Nelson Mandela est né le 18 juillet 1918 à Mvezo, en Afrique du Sud. Diplômé en droit, il rejoint le Congrès national africain (ANC) en 1944 avec lequel il s'engage contre la politique de l'apartheid établie par le nouveau parti au pouvoir, le National Party. Il est arrêté en août 1962, puis incarcéré en 1963. Condamné à la perpétuité en 1964, il est détenu à Robben Island, puis, à partir de 1982, à Pollsmoor, où sa notoriété de symbole de la résistance à la politique de l'apartheid ne cessera jamais de croître. Nelson Mandela est libéré en 1990, après vingt-sept années de réclusion. Il reçoit le prix Nobel de la Paix en 1993 et devient, en 1994, le premier président démocratiquement élu de l'Afrique du Sud.

DU MÊME AUTEUR

Un long chemin vers la liberté
Autobiographie
Fayard, 1995
L'école des loisirs, 1996
et « Le Livre de poche », n° 14063

Nelson Mandela
L'œil et le mot
(illustrations de William Nelson)
Mango-Jeunesse, 2001

Le Prodigieux Destin d'un humaniste
(lu et entendu par Thierry Geffrotin)
Éponymes, 2010

Une minute peut changer le monde
(textes rassemblés et présentés par Jennifer Crwys-Williams)
Presses du Châtelet, 2011

Conversations avec moi-même
Lettres de prison, notes et carnets intimes
Éditions de la Martinière, 2010
et « Points », n° P2730

Nelson Mandela

PENSÉES POUR MOI-MÊME

Le livre autorisé de citations

Publié sous la direction
de Sello Hatang et Sahm Venter

Traduit de l'anglais (Afrique du Sud)
par Maxime Berrée

Éditions de la Martinière
in association with PQ Blackwell

TEXTE INTÉGRAL

TITRE ORIGINAL
Nelson Mandela By Himself : The Authorized Book of Quotations

ISBN 978-2-7578-2880-9
(ISBN 978-2-7324-4613-4, 1re publication)

Introduction

Nelson Rolihlahla Mandela est l'une des personnalités les plus citées au monde, bien que ses propos soient parfois déformés. On peut voir là une certaine ironie de l'histoire étant donné que, pendant la majeure partie de sa vie, il était interdit de le citer : en Afrique du Sud, reprendre les propos de Mandela pouvait entraîner l'ouverture d'une enquête et conduire au cachot. Pendant le régime de l'apartheid, nul n'avait le droit de citer les opposants bannis ou emprisonnés, et Mandela fut d'abord banni, à partir de décembre 1952, puis incarcéré du 5 août 1962 au 11 février 1990.

Bien entendu, les propos tenus par un accusé au tribunal n'étaient pas concernés par cette mesure, et les mots qu'il a prononcés lors de son procès d'octobre-novembre 1962, ainsi que son célèbre discours depuis le banc des accusés, lors du procès de Rivonia le 20 avril 1964, furent repris par les médias. Pourtant, les gens craignaient de les répéter. Les dernières phrases du discours de Rivonia, qui a duré quatre heures et demie, font partie de la légende de la lutte contre l'apartheid :

> Durant toute ma vie, je me suis engagé dans la lutte pour le peuple africain. J'ai combattu la domination blanche, et j'ai combattu la domination noire. J'ai

défendu l'idéal d'une société démocratique et libre dans laquelle tous les individus vivraient en harmonie et bénéficieraient de chances égales. C'est un idéal pour lequel j'espère vivre et que j'espère voir se réaliser. Mais c'est un idéal aussi pour lequel, s'il le faut, je suis prêt à mourir.

Ces mots caractérisent Mandela et ses camarades, c'est l'essence même de leur courage, de leur abnégation et de leur volonté de mettre fin à l'apartheid. Au cours du quart de siècle qui a suivi le procès de Rivonia, achevé le 12 juin 1964, un silence né de la peur est plus ou moins tombé sur le nom de Nelson Mandela en Afrique du Sud. Pendant des décennies, on ne l'a pour ainsi dire prononcé qu'en secret, ou en manière de défi aux stratégies de plus en plus répressives du régime d'apartheid et de ses agents. Quelques-uns de ses propos sortirent de prison et furent relayés par le Congrès national africain (ANC) en exil, mais on avait réussi à faire taire Mandela.

Le silence fut rompu le dimanche 11 février 1990, lorsque le prisonnier Mandela, à peine libéré, s'adressa depuis le balcon de l'hôtel de ville du Cap à une foule de milliers de partisans rassemblés sur la place de Grand Parade pour entendre sa voix. Grâce à la télévision et à la radio, il toucha des millions de gens :

Mes amis, mes camarades, mes chers compatriotes, je vous salue au nom de la paix, de la démocratie et de la liberté pour tous. Je me présente devant vous non en prophète, mais en modeste serviteur du peuple. Ce sont vos sacrifices permanents, héroïques, qui m'ont permis d'être ici aujourd'hui. Je place donc les prochaines années de ma vie entre vos mains.

Cette fois, le monde entier entendit ou lut ses paroles, et on commença à le citer d'abondance. Ses propos se répandaient dans le monde entier : quand il négociait avec ses camarades pour mettre fin à la domination de la minorité blanche ; quand il faisait campagne pour le premier vote démocratique de l'histoire sud-africaine ; lorsqu'il fut élu et investi président ; pendant ses voyages en Afrique du Sud, dans toute l'Afrique ou à travers le monde ; quand il s'occupait de ses œuvres de charité ; et lors de ses diverses retraites. Aujourd'hui, alors qu'il a depuis bien longtemps pris la « retraite de sa retraite » – ce 1er juin 2004 où il a déclaré : « Ne m'appelez pas ; c'est moi qui vous appellerai » –, au Centre pour la mémoire de la Fondation Nelson Mandela, nous continuons à traiter des milliers de demandes d'authentification de citations.

Nous nous sommes aperçus que la plupart d'entre elles, livrées par des sites Internet prétendant fournir des informations fiables sur Mandela, ne sont pas correctes. L'une d'elles est en fait la reprise d'une phrase de l'auteur américain Marianne Williamson dans son livre *Un retour à l'amour*. Elle a écrit : « Notre plus grande peur est d'être puissant au-delà de toute limite. » Cette phrase – ainsi que celle qui conclut son texte : « Quand nous nous libérons de nos peurs, automatiquement notre présence libère les autres » – est souvent attribuée à Mandela.

Le but de cet ouvrage est donc d'abord d'offrir au lecteur des sources complètes et précises, mais aussi de réunir les phrases les plus significatives de Mandela. Ce livre recense soixante ans de pensée d'un acteur majeur de l'histoire. En travaillant à cette publication, nous avons été frappés autant par la gravité des propos – alors qu'il risquait la mort en 1964 et qu'il luttait contre l'apartheid – que par leur simplicité. Nous avons été bouleversés par la façon dont ses discours sont toujours directement liés à ses valeurs et à ses principes, ce qui fait de Nelson Mandela l'un des individus les plus aimés et les plus admirés du XXIe siècle. Il choisit ses mots avec soin, il sait ce qu'il veut dire et il tient à ce que le public le comprenne. Comme il l'a dit le 14 juillet 2000 :

> Je n'ai pas pour habitude de parler à la légère. En vingt-sept années de prison, j'ai appris grâce au silence et à la solitude que les mots sont précieux et que le discours a un impact bien réel sur la manière dont les gens vivent et meurent.

L'importance qu'il attache à utiliser des mots clairs pour bien se faire comprendre de l'assistance est résumée par cette phrase extraite d'un discours prononcé le 21 septembre 1953 :

> Faire de longs discours, brandir le poing, frapper sur la table et prendre des résolutions déconnectées des conditions objectives ne fait pas naître des actions massives, et cela peut même faire du mal à l'organisation et à la lutte que nous servons.

Bien sûr, Mandela est aussi connu pour son sens de l'humour et sa capacité à rire même dans les circonstances les plus difficiles. Au cours de nos recherches, nous sommes souvent tombés sur des remarques très amusantes. En 2005, il expliquait la valeur qu'il accordait à l'humour :

> On affûte ses idées en se mettant au niveau des gens avec qui on se trouve, et même quand on discute de choses sérieuses, le sens de l'humour et le fait d'être détendu aident à mobiliser les amis autour de soi. J'adore ça.

Nous avons sélectionné environ deux mille citations sur les milliers qui étaient à notre disposition afin de compiler soixante-trois ans de pensée de Mandela. Ces citations sont divisées en 317 catégories, au sein desquelles elles apparaissent par ordre chronologique, ce qui permet de voir comment ses idées ont évolué ou bien sont restées constantes – ce qui est le cas la plupart du temps. À titre d'exemple, voici les citations sur le « non à la discrimination raciale », respectivement en 1964 et en 2005 :

> Nous, membres de l'ANC, avons toujours défendu une démocratie non raciale et évitons toute action qui pourrait diviser les races plus qu'elles ne le sont déjà.

Et :

> J'espère que notre mouvement continuera de s'opposer au racisme, comme cela est inscrit dans sa pensée, dans sa politique et dans ses actions. C'est cet engagement, entre autres, et malgré des circonstances qui parfois auraient pu justifier que nous en déviions, qui nous a valu le respect du monde entier.

Les citations sont tirées de discours de Mandela, le plus vieux datant de 1951, d'interviews enregistrées avant son emprisonnement, de lettres qui remontent à 1948, de carnets (y compris celui de son voyage à travers l'Afrique et au Royaume-Uni en 1962), ainsi que de remarques impromptues.

Nous avons tronqué les citations le moins possible et avons mentionné la source à chaque fois. Nous pouvons tous ainsi faire honneur à Nelson Mandela en le citant avec exactitude et en ayant conscience des différents contextes dans lesquels il a formulé ces paroles.

Sello Hatang et Sahm Venter
Éditeurs au Centre pour la mémoire
de la Fondation Nelson Mandela
Mars 2011

« Ce qui compte dans la vie, ce n'est pas seulement d'avoir vécu. C'est la différence faite dans la vie des autres qui définit le sens de la vie que nous avons menée. »

Célébrations du quatre-vingt-dixième anniversaire de Walter Sisulu, Walter Sisulu Hall, Randburg, Johannesburg.

Afrique du Sud, 18 mai 2002

Action collective

L'action collective peut renverser des gouvernements. Si l'on est capable d'organiser une grève prolongée et massive et que les gens restent chez eux, cela peut suffire à renverser un gouvernement.

CONVERSATION AVEC RICHARD STENGEL, 29 AVRIL 1993

Adaptation

L'âme et le corps humains ont une infinie capacité d'adaptation, et il est stupéfiant de constater à quel point l'on peut s'endurcir et comment des concepts que l'on jugeait jusque-là peu importants prennent subitement une valeur cruciale.

LETTRE À ADELAIDE TAMBO, ÉCRITE À ROBBEN ISLAND, 1ER JANVIER 1970

Les êtres humains ont la capacité de s'adapter à n'importe quoi.

DOCUMENTAIRE *LEGENDS : NELSON MANDELA*, 2005

Afrikaners

On trouve des honnêtes hommes de part et d'autre de la ligne de couleur, et les Afrikaners ne font pas exception. Nous avons des arguments d'une force imparable, mais les leaders afrikaners obtiendront un soutien sans faille de leur peuple tant que celui-ci restera ignorant des questions en jeu. Infiltrer leurs rangs nous permet d'être informés des courants de pensée sur les problèmes actuels et de fonder nos propres actions sur des faits et non sur de simples hypothèses.

ESSAI INTITULÉ « BALAYER LES OBSTACLES ET AFFRONTER L'ENNEMI », ÉCRIT À ROBBEN ISLAND, 1976

Les mots manquent pour évoquer la réaction de l'ensemble des communautés, noires et blanches, et en particulier celle des Afrikaners. Et c'est l'un des facteurs qui nous donnent de la force, de la foi en notre avenir.
CONFÉRENCE AU MÉMORIAL BRAM FISCHER, MARKET THEATRE, JOHANNESBURG, AFRIQUE DU SUD, 9 JUIN 1995

J'ai dit en plusieurs occasions à quel point les Afrikaners nous ont fait souffrir. Leur froideur était indescriptible. Il est difficile de concevoir que des êtres humains ont été capables d'infliger ce que les Afrikaners ont infligé aux Noirs dans ce pays. Mais en tant que petit employé avide de connaissance, en tant qu'avocat, en tant que prisonnier, en tant qu'homme politique, j'ai découvert un fait que je tiens pour certain : quand un Afrikaner change, il change complètement et devient un véritable ami.
IBID.

Beaucoup d'Afrikaners, qui ont agi envers la majorité de la population avec une cruauté et une brutalité dont on ne connaît vraiment la teneur qu'en étant allé en prison, ont complètement changé et sont devenus des Sud-Africains loyaux en qui nous pouvons avoir confiance. Chacun à sa manière doit changer si nous voulons guérir notre nation, en travaillant ensemble pour solder l'héritage du passé, et en particulier la pauvreté qui afflige tant de malheureux.
JOURNÉE REGINA MUNDI À LA REGINA MUNDI CHURCH, SOWETO, AFRIQUE DU SUD, 30 NOVEMBRE 1997

Afrique

Quand on pense aux ennemis directs du peuple africain, à savoir la Grande-Bretagne, l'Espagne, la France, le Portugal, l'Italie et l'Afrique du Sud, nous ne devons

jamais oublier l'ennemi indirect, infiniment plus dangereux, qui soutient les autres grâce aux prêts, au capital et aux armes. Comme tous les peuples à travers le monde, les hommes en Afrique combattent ces forces.
DISCOURS DE PRÉSIDENCE À LA CONFÉRENCE ANNUELLE DE LA LIGUE DE LA JEUNESSE DE L'A.N.C., AFRIQUE DU SUD, DÉCEMBRE 1951

L'avenir de ce continent n'est pas entre les mains des régimes discrédités qui se sont alliés à l'impérialisme américain. Il est entre les mains des peuples d'Afrique, il dépend de leurs mouvements de masse.
ARTICLE INTITULÉ « UNE NOUVELLE MENACE EN AFRIQUE », *LIBERATION*, MARS 1958

Faire le tour du continent m'a profondément marqué. Pour la première fois de ma vie, j'étais un homme libre ; libéré de l'oppression, de l'idiotie de l'apartheid et de l'arrogance raciale, des molestations policières, de l'humiliation et de l'indignité. Partout où j'allais, j'étais traité comme un être humain.
PLAIDOYER POUR L'ATTÉNUATION DE SA PEINE APRÈS AVOIR ÉTÉ RECONNU COUPABLE D'AVOIR INCITÉ DES TRAVAILLEURS À FAIRE GRÈVE ET D'AVOIR QUITTÉ LE PAYS ILLÉGALEMENT, ANCIENNE SYNAGOGUE, PRETORIA, AFRIQUE DU SUD, NOVEMBRE 1962

Je me suis toujours considéré avant tout comme un patriote africain.
DISCOURS DEPUIS LE BANC DES ACCUSÉS, PROCÈS DE RIVONIA, PALAIS DE JUSTICE, PRETORIA, AFRIQUE DU SUD, 20 AVRIL 1964

La civilisation occidentale n'a pas totalement effacé mes origines africaines.
MANUSCRIT AUTOBIOGRAPHIQUE INÉDIT, ÉCRIT À ROBBEN ISLAND, 1975

Bien qu'il soit toujours dangereux de généraliser, il est juste de dire que les pays non-alignés en général, et les peuples de ce continent en particulier, ont leur

propre approche de bien des problèmes qui divisent les pays capitalistes et socialistes.
LETTRE À LORD NICHOLAS BETHELL, ÉCRITE À LA PRISON DE POLLSMOOR, LE CAP, AFRIQUE DU SUD, 1ER AVRIL 1985

Le continent africain est tout à fait conscient de l'importance de l'environnement. Mais l'essentiel des problèmes du continent en matière d'environnement sont le produit de la pauvreté et du manque d'éducation. L'Afrique n'a pas les ressources ou les compétences pour s'occuper de la désertation [*sic*], de la déforestation, de l'érosion des sols et de la pollution.
CARNET, DÉCEMBRE 1991

Il y a à l'évidence un mouvement en Afrique qui rejette l'autoritarisme et aspire à une démocratie multipartite où chaque parti serait libre de développer ses points de vue politiques. Ce mouvement a pris de l'ampleur en Afrique. Il me semble qu'il submergera bientôt la vie publique.
DOCUMENTAIRE *THE LAST MILE : MANDELA – AFRICA AND DEMOCRACY*, 1992

Dans la situation qui prévaut en Afrique, les valeurs conceptuelles de la démocratie ne sont pas faciles à appliquer, il y a beaucoup de corruption dans certains pays d'Afrique ; pas tous, mais dans certains pays.
IBID.

« L'Afrique aux Africains » n'avait pas de connotations raciales… Ça ne voulait pas dire que les Blancs qui s'étaient installés en Afrique devaient partir, non. Cela signifiait qu'il fallait mettre un terme au système colonial.
CONVERSATION AVEC RICHARD STENGEL, 21 DÉCEMBRE 1992

Dire « l'unité, du Cap au Caire », c'était – ça a toujours été – un rêve ; ou « du Maroc à Madagascar ». Alors qu'ils disaient vouloir un seul gouvernement, j'ai rejeté cette idée dès le départ. En revanche, quand ils ont parlé d'une organisation panafricaniste qui coordonnerait les efforts des différents gouvernements, je les ai soutenus. Mais l'idée d'avoir un seul gouvernement, je trouvais que c'était ridicule.

IBID.

Je dis que si le développement du peuple africain dans ce pays n'avait pas été interrompu par l'arrivée des Blancs, le pays se serait développé comme l'Europe et aurait atteint le même niveau, sans contact avec quiconque.

CONVERSATION AVEC RICHARD STENGEL, 22 DÉCEMBRE 1993

L'effort titanesque qui a permis la libération de l'Afrique du Sud, et la libération totale de l'Afrique, constitue un acte de rédemption pour le peuple noir à travers le monde. C'est un cadeau émancipateur fait à tous ceux qui, parce qu'ils étaient blancs, se sont infligé à eux-mêmes le lourd fardeau de diriger toute l'humanité.

SOMMET DE L'O.U.A. (ORGANISATION DE L'UNITÉ AFRICAINE), TUNIS, TUNISIE, 13 JUIN 1994

L'Afrique a versé son sang et sacrifié la vie de ses enfants afin que tous ses enfants soient libres. Elle a cédé ses richesses et ses ressources limitées afin que toute l'Afrique soit libérée. Elle a ouvert son cœur débordant d'hospitalité et sa tête pleine de sages conseils afin que nous en sortions victorieux. Un million de fois, elle a pris entre ses mains la charrue et a arraché du sol où il était enfoncé le fardeau de l'oppression accumulée depuis des siècles.

IBID.

Quand l'histoire de notre lutte sera écrite, elle constituera un conte à la gloire de la solidarité africaine, de l'adhésion des Africains à des principes. Elle racontera l'histoire émouvante des sacrifices faits par les peuples de notre continent pour que l'insulte intolérable à la dignité humaine et le crime d'apartheid contre l'humanité soient relégués au passé.

IBID.

Si la liberté est la couronne que les combattants de liberté cherchent à poser sur la tête de notre mère l'Afrique, que l'exaltation, le bonheur, la prospérité et le réconfort de nos enfants en soient les joyaux.

IBID.

De même qu'un arbre ne bourgeonne que si l'on s'en occupe avec soin, nos pays et notre région ne s'épanouiront et ne prendront leur essor que si nous nous y engageons de toutes nos forces. Comme l'arbre peut atteindre le ciel, encourageons-les toujours à viser plus haut face aux nouveaux défis. Et à la manière des branches qui se déploient, puisse la coopération entre nous grandir et se répandre dans toute la région et sur tout le continent africain.

KGOTLA (ASSEMBLÉE TRADITIONNELLE), SEROWE, BOTSWANA, 6 SEPTEMBRE 1995

Le peuple du continent n'a qu'une envie : figurer parmi les meilleurs dans tout ce qu'il entreprend. Il a raison de traiter avec mépris ceux qui suggèrent qu'on devrait le juger selon des standards inférieurs, comme si les Africains étaient des sous-hommes. Ils méritent de remporter la lutte pour améliorer leur condition et leur vie : dans la conduite de la politique, à travers les libertés dont ils jouissent, dans les conditions sociales qui leur sont faites, dans l'environnement où ils habitent.

SOMMET DE L'O.U.A. (ORGANISATION DE L'UNITÉ AFRICAINE), YAOUNDÉ, CAMEROUN, 8 JUILLET 1996

À cause de notre passé, parce que nous avons été victimes de l'avidité et de la puissance de nations au-delà de l'océan, nous sommes fondés à réclamer une part des bénéfices économiques et scientifique réalisés dans une large mesure à nos dépens. Mais notre passé nous oblige aussi à nous épuiser à la tâche et à briser le cercle vicieux de la dépendance imposée par les puissances financières qui dirigent les marchés et veulent façonner le monde à leur image.

IBID.

Pendant des siècles, les plaies béantes du vieux continent ont saigné. Auparavant, il avait perdu des millions de ses fils et de ses filles les plus précieux : les marchands d'esclaves avaient jugé les Africains bons pour l'esclavage parce qu'ils étaient africains.

DISCOURS DEVANT LES DEUX CHAMBRES DU PARLEMENT, WESTMINSTER HALL, LONDRES, GRANDE-BRETAGNE, 11 JUILLET 1996

Aujourd'hui encore, nous continuons de perdre les meilleurs d'entre nous parce que les lumières du monde développé brillent plus fort.

IBID.

Ensemble nous avons cherché des solutions politiques pacifiques à plusieurs conflits en Afrique, car nous savions que le conflit menace non seulement nos acquis, mais notre avenir collectif.

BANQUET EN L'HONNEUR DU PRÉSIDENT OUGANDAIS MUSEVENI, LE CAP, AFRIQUE DU SUD, 1997

L'Histoire ferait preuve d'ironie et de cruauté si les efforts africains pour régénérer le continent conduisaient à de nouveaux démêlés et, comme au XIXe siècle, dépouillaient le continent de ses richesses, le laissant encore plus appauvri.

CENTRE D'ÉTUDES ISLAMIQUES, SHELDONIAN THEATRE, OXFORD, GRANDE-BRETAGNE, 11 JUILLET 1997

Plus que tout autre continent, l'Afrique a dû affronter les conséquences des conquêtes qui lui déniaient tout rôle dans l'Histoire, et même niaient la capacité de ses peuples à rechercher le changement et le progrès. Aujourd'hui, le monde est moins ignorant. Les brumes qui nous empêchaient de voir se sont levées.
IBID.

Nous avons besoin aujourd'hui d'adopter l'attitude et la façon de vivre que Biko et ses camarades appelaient de leurs vœux. Elles demeurent pertinentes à l'heure de nous définir comme une nation africaine sur le continent africain. Elles demeurent pertinentes pour nous qui nous efforçons de repousser la tentation de devenir les clones d'autres peuples.
INAUGURATION D'UNE STATUE À EAST LONDON COMMÉMORANT LE VINGTIÈME ANNIVERSAIRE DE LA MORT DE STEVE BIKO, AFRIQUE DU SUD, 1ER SEPTEMBRE 1997

Un conflit déstabilisateur, où qu'il soit sur le continent, est toujours de trop. Et notre tâche, en tant qu'Africains et responsables politiques, n'est pas de condamner tout ce qu'il y a de condamnable, mais de saisir les occasions qui surgissent.
PRÉSENTATION DU PRIX AFRICAIN DE LA PAIX ACCORDÉ AU MOZAMBIQUE, DURBAN, AFRIQUE DU SUD, 1ER NOVEMBRE 1997

Oui, l'Afrique a tout ce qu'il faut pour que son rêve de renouveau devienne réalité. Nous renaissons des cendres de la guerre.
IBID.

Car tant que la majorité des individus du continent se sentiront opprimés, qu'on leur refusera de prendre part démocratiquement aux décisions et d'élire leurs propres représentants par des élections libres et honnêtes, il y aura toujours des tensions et des conflits. Car tant que des parties légitimes de l'opinion se sentiront étouffées, les esprits les plus vils profiteront des griefs justifiés pour détruire, tuer et mutiler.

IBID.

Nous parlons d'un continent qui, alors qu'il est à la base de l'évolution de la vie humaine et qu'il a joué un rôle central dans la connaissance, la technologie et les arts des temps anciens, a traversé diverses périodes traumatiques, lesquelles ont arriéré ses peuples et les ont enfoncés toujours plus dans la pauvreté.

OUVERTURE DE LA CINQUANTIÈME CONFÉRENCE NATIONALE DE L'A.N.C., UNIVERSITÉ DU NORD-OUEST, CAMPUS DE MAFIKENG, AFRIQUE DU SUD, 16 DÉCEMBRE 1997

L'emprisonnement sans procès des opposants politiques est contraire aux principes élémentaires de la démocratie et n'est pas fait pour encourager la confiance en l'activité politique à laquelle la déclaration d'Harare nous invite pourtant, en tant qu'États de la région.

DÉCLARATION APRÈS L'ARRESTATION DE L'ANCIEN PRÉSIDENT ZAMBIEN KENNETH KAUNDA, 16 DÉCEMBRE 1997

Aucun de nous n'est une superstar, personne ne peut réussir sans le succès des autres. Ce destin commun exige que nous traitions les questions de paix et de stabilité sur le continent comme un défi commun.

SOMMET DE L'O.U.A. (ORGANISATION DE L'UNITÉ AFRICAINE), OUAGADOUGOU, BURKINA FASO, 8 JUIN 1998

Je crois que nous devons tous accepter qu'il n'est pas permis d'abuser du concept de souveraineté nationale afin de dénier au reste du continent le droit et le devoir d'intervenir quand, à l'intérieur de ces frontières souveraines, on massacre le peuple pour protéger un tyran.

IBID.

Au seuil d'une nouvelle ère pour l'Afrique, caractérisée par la démocratie, un développement économique durable et une réappropriation des richesses de notre culture et de notre patrimoine, l'unité africaine demeure notre devise et l'Organisation de l'unité africaine notre guide. Alors que nous tentons de faire pression sur les institutions financières mondiales afin d'alléger le fardeau de la dette qui entrave les efforts pour sortir les plus pauvres de la misère, la nécessité pour notre continent de parler d'une seule voix n'a jamais été aussi forte.

BANQUET EN L'HONNEUR DU PRÉSIDENT GHANÉEN RAWLINGS, PRETORIA, AFRIQUE DU SUD, 9 JUILLET 1998

Malheureusement, notre continent connaît encore beaucoup trop de guerres, de conflits violents, d'instabilité. Dans ces conditions, les citoyens ordinaires, qui n'ont aucune part dans ces conflits, sont ceux qui souffrent le plus. La plupart d'entre eux aspirent seulement à mener leur vie dignement, décemment, et en particulier à offrir une éducation à leurs enfants.

CONGRÈS DU S.A.D.T.U. (SOUTH AFRICAN DEMOCRATIC TEACHERS'UNION), JOHANNESBURG, AFRIQUE DU SUD, 19 JUILLET 2001

Nous avons une grande dette envers nos camarades et compatriotes du continent africain. Si aujourd'hui nous parlons avec tant d'insistance de l'Afrique du Sud comme le premier pays démocratique d'Afrique, c'est aussi parce que notre mouvement et notre armée de libération ont été si bien accueillis dans beaucoup de pays africains. Sans leur soutien, matériel et moral, notre mouvement ne serait pas ce qu'il est aujourd'hui, et notre pays non plus.

QUARANTIÈME ANNIVERSAIRE DE LA NAISSANCE D'UMKHONTO WE SIZWE, SOWETO, JOHANNESBURG, AFRIQUE DU SUD, 16 DÉCEMBRE 2001

Il y a encore sur notre continent trop de souffrances qui pourraient être évitées si les dirigeants politiques se concentraient sur les intérêts du peuple. Les conflits, les guerres, l'instabilité de nombreux pays de notre continent sont en grande partie à mettre sur le compte de dirigeants qui soumettent à des considérations personnelles ou partisanes le bien-être et l'intérêt général des peuples.

LORS DE LA REMISE DE L'ORDRE DU LION DU MALAWI PAR LE PRÉSIDENT BAKILI MULUZI, MALAWI, MAI 2002

Nous devons restaurer et réaffirmer la dignité du peuple africain et des pays en voie de développement. Nous devons mettre l'éradication de la pauvreté au premier plan de nos préoccupations. Nous devons avoir la conviction que nous partageons tous une humanité commune et que c'est notre diversité à travers le monde qui fait la force de notre avenir ensemble.

BANQUET CÉLÉBRANT LES CENT MEILLEURS LIVRES AFRICAINS DU XXE SIÈCLE, LE CAP, AFRIQUE DU SUD, JUILLET 2002

Nous sommes à l'aube du siècle africain, un siècle où l'Afrique prendra la place qui lui revient parmi les nations du monde.

RENCONTRE DU ROTARY, PRETORIA EAST, AFRIQUE DU SUD, NOVEMBRE 2003

Il est essentiel pour notre avenir commun sur la planète de mettre un terme à la marginalisation de l'Afrique et d'accorder une attention et un statut égal à toutes les parties du monde globalisé.

MESSAGE À LA CONFÉRENCE DE ROME SUR L'AFRIQUE, ITALIE, AVRIL 2004

Pour le bien de l'Afrique et du monde, nous devons agir, et agir maintenant.

DOCUMENTAIRE *HEADLINERS AND LEGENDS : NELSON MANDELA*, 2006

Notre continent a fait d'immenses progrès depuis cette visite aux ruines de Carthage et à la belle ville rebâtie de Tunis. Les pessimistes n'ont qu'à lire les statistiques sur les nouveaux États démocratiques, la disparition des partis uniques et des dictateurs militaires, les taux de croissance de l'économie, pour se rendre compte que l'Afrique est en essor.

MESSAGE VIDÉO POUR LA CÉRÉMONIE DE REMISE DU PRIX IBRAHIM, ALEXANDRIE, ÉGYPTE, 26 NOVEMBRE 2007

Afrique du Sud

Ce sont les Noirs, les Abatwa, que les Blancs appelaient désobligeamment les « broussards » dans leur littérature, qui ont fondé l'Afrique du Sud bien avant que Bartolomeu Dias ne découvre nos rivages, et les Khoïkhoï (appelés Hottentots) l'ont accueilli lorsqu'il a débarqué.

ESSAI INTITULÉ « LE MOUVEMENT DE CONSCIENCE NOIRE », ÉCRIT À ROBBEN ISLAND, 1978

À mes compatriotes, je n'hésite pas à dire que chacun d'entre nous est aussi intimement attaché au sol de ce beau pays que les jacarandas de Pretoria ou les mimosas du veld.

PRESTATION DE SERMENT, INVESTITURE À LA PRÉSIDENCE DE L'AFRIQUE DU SUD, UNION BUILDINGS, PRETORIA, AFRIQUE DU SUD, 10 MAI 1994

Afrique du Sud : communauté juive

La communauté juive a contribué de façon très importante à l'amélioration de l'Afrique du Sud, et ce dans toutes les sphères : en enrichissant notre culture, en aidant l'économie et en apportant sa pensée à notre vie intellectuelle. La communauté juive a donné à notre nation nombre de combattants qui ont lutté pour la démocratie, certains au prix d'énormes sacrifices.

MESSAGE POUR LE NOUVEL AN JUIF (ROSH HA-SHANA), AFRIQUE DU SUD, 13 SEPTEMBRE 1996

Afrique du Sud : communauté musulmane

Notre pays peut fièrement reconnaître les musulmans comme des frères et des sœurs, des compatriotes, des combattants de la liberté et des leaders révérés par notre nation. Leur nom est gravé dans nos mémoires en lettres de sang et de larmes.

CÉLÉBRATIONS INTERCULTURELLES DE L'AÏD EL-KÉBIR, JOHANNESBURG, AFRIQUE DU SUD, 30 JANVIER 1998

Afrique du Sud : défis

Il est facile de résister. La vraie difficulté, aujourd'hui, est d'avoir une démarche active pour aider à résoudre les problèmes du pays.

DOCUMENTAIRE *LEGENDS : NELSON MANDELA*, 2005

Nous sommes une nation capable de grandes victoires ! Nous reconnaissons les problèmes et les difficultés, puis nous nous y attaquons avec détermination et optimisme. Nous avons surmonté beaucoup de choses pour être où nous en sommes aujourd'hui.

MESSAGE VIDÉO, 20 OCTOBRE 2007

Afrique du Sud : guerre

Nous ne devons plus jamais permettre que les ressources, les scientifiques et les ingénieurs de notre pays

soient utilisés pour servir une idéologie en produisant des armes de destruction de masse.
CONFÉRENCE DU CENTENAIRE DE L'INSTITUT SUD-AFRICAIN DU GÉNIE MÉCANIQUE, AFRIQUE DU SUD, 30 AOÛT 1993

Afrique du Sud : lieux

Alexandra

Alexandra ! Quel endroit remarquable. Pour certains, c'est un township à la réputation douteuse, célèbre pour ses gangs, ses bidonvilles, ses incendies, le soufre qui s'en dégage. Pour d'autres, c'est un refuge où l'on peut construire la maison de ses rêves sur un lopin de terre et vivre dans l'amour auprès des siens. Pour ma part, j'y suis chez moi.
LETTRE À ONICA MASHEGO, ÉCRITE À ROBBEN ISLAND, 8 NOVEMBRE 1970

La vie ne valait rien. La nuit, les armes à feu et les couteaux dictaient leur loi.
MANUSCRIT AUTOBIOGRAPHIQUE INÉDIT, ÉCRIT À ROBBEN ISLAND, 1975

Quand je pense à la « Ville Ténèbres », j'ai le mal du pays. C'est là que j'habitais quand je suis arrivé à Johannesburg. Certains de mes meilleurs amis vivaient dans cette ville.
LETTRE À REBECCA KOTANE, ÉCRITE À ROBBEN ISLAND, 7 OCTOBRE 1979

Alexandra est éternelle dans le cœur de nombreux vétérans, morts ou vivants, et ce n'est que justice qu'on ne laisse pas ce patrimoine disparaître.
LETTRE AU RÉVÉREND SAM BUTI, ÉCRITE À LA PRISON DE POLLSMOOR, LE CAP, AFRIQUE DU SUD, 29 JUIN 1983

J'attends le jour où Alexandra, ainsi que ses communes voisines, deviendra une commune unie et organisée, dont je pourrai me souvenir comme d'une ancienne maison.

DISCOURS LORS D'UN RASSEMBLEMENT, STADE D'ALEXANDRA, AFRIQUE DU SUD, 19 AOÛT 1995

Bloemfontein

L'ANC est né à Bloemfontein. Le cordon ombilical de l'ANC y est enterré.

DISCOURS LORS D'UN RASSEMBLEMENT, BLOEMFONTEIN, AFRIQUE DU SUD, 25 FÉVRIER 1990

Le Cap

Peut-être l'histoire voulait-elle que ce fût ici, au cap de Bonne-Espérance, que nous posions la pierre fondatrice de notre nouvelle nation. Car c'est sur les rivages de ce cap, il y a trois siècles, qu'a eu lieu la convergence fatale des peuples d'Afrique, d'Europe et d'Asie.

DISCOURS APRÈS SON ÉLECTION À LA PRÉSIDENCE, HÔTEL DE VILLE, LE CAP, AFRIQUE DU SUD, 9 MAI 1994

Au Cap repose une partie de l'âme de bien des nations et des cultures, comme autant de fils d'une valeur inestimable tissant la riche diversité de notre nation africaine. Cet héritage de notre histoire est à la fois une force et un défi.

RECEVANT LA « FREEDOM OF THE CITY OF CAPE TOWN », LE CAP, AFRIQUE DU SUD, 27 NOVEMBRE 1997

Si Robben Island, face au Cap, a été pendant des siècles le symbole de la répression, la ville a aussi été le théâtre d'une résistance farouche, dès le début de l'occupation coloniale et jusqu'au triomphe de notre peuple contre l'oppression.

IBID.

L'importance du Cap ne réside pas seulement dans sa contribution à notre économie, mais aussi dans son rôle au cœur de l'histoire de notre pays. C'est ici, il y a trois siècles, que les aventuriers venus d'Europe ont mis en œuvre la mécanique d'appropriation dont nous subissons encore aujourd'hui les conséquences.
IBID.

Cette ville m'a hébergé avec mes camarades pendant plus de vingt-six ans. Ce sont les habitants du Cap qui m'ont accueilli au premier jour de ma liberté.
IBID.

Le Cap héberge des peuples de différentes cultures depuis très, très longtemps. Plus que n'importe quelle autre ville sud-africaine. Ceux qui considèrent Le Cap comme leur maison ont des ancêtres aux quatre coins du monde. Musulmans et juifs, chrétiens et hindous, métis, Africains, Indiens et Blancs : tous ont apporté au Cap une partie de l'âme des peuples et des cultures qui vivent à travers le monde.
LANCEMENT DU PROJET « ONE CITY MANY CULTURES », LE CAP, AFRIQUE DU SUD, 1ER MARS 1999

Johannesburg

Johannesburg a toujours été La Mecque des gens entreprenants, on y apprenait la vie, et les conditions étaient telles qu'elles poussaient les gens à adhérer au mouvement pour la libération du peuple africain.
CONVERSATION AVEC RICHARD STENGEL, VERS AVRIL 1993

Longue vie à cette ville trépidante et active. Nous savons qu'elle transcendera les divisions de notre histoire. Nous savons qu'elle est en train de devenir l'un des tous premiers lieux d'unité nationale dans ce pays. Nous savons qu'elle est au cœur de la prospérité de notre pays, qu'elle offre la possibilité de créer de meilleures conditions de vie pour tout notre peuple.

CÉLÉBRATIONS À JOHANNESBURG DES DIX ANS DE LA DÉMOCRATIE SUD-AFRICAINE, MAISON DE QUARTIER D'ORLANDO, SOWETO, JOHANNESBURG, AFRIQUE DU SUD, 23 JUILLET 2004

Kholvad House

Nous n'avions pas de bureau à l'époque, alors nous nous réunissions à cet endroit. Et le Dr [Yusuf] Dadoo rencontrait lui aussi beaucoup de gens dans cet appartement. Au départ, c'était l'appartement d'Ismail Meer, un de mes camarades à Varsity, et j'y ai passé beaucoup de temps quand je préparais les examens. J'ai même dormi là-bas.

CONVERSATION AVEC RICHARD STENGEL, 17 MARS 1993

Nous avons fermé le bureau parce que Oliver Tambo s'est exilé et que j'étais tous les jours au procès pour trahison. Je ne pouvais pas m'occuper du bureau, nous l'avons fermé. Mais j'ai quand même continué à être actif, et l'appartement me servait de bureau.

IBID.

J'espère que la retranscription sera correcte, parce que cela montre ce que d'autres groupes ont fait pour nous.

CONVERSATION AVEC AHMED KATHRADA À PROPOS DE KHOLVAD HOUSE ET DE LA LUTTE CONTRE L'APARTHEID, VERS 2009

Langa

Langa me manque vraiment beaucoup, j'aimerais parfois être au sommet de la montagne de la Table, comme en 1948, ne serait-ce que pour distinguer ses contours au loin.

LETTRE AU DR MZOBANZI MBOYA, ÉCRITE À LA PRISON VICTOR VERSTER, PAARL, AFRIQUE DU SUD, 1ER MARS 1988

Ferme de Liliesfield, à Rivonia

Je trouvais évidemment que Rivonia était l'endroit idéal pour quelqu'un qui vivait comme un fugitif. Jusqu'alors, j'étais forcé de rester à l'abri toute la journée. Je ne pouvais m'aventurer dehors qu'à la faveur des ténèbres. Mais à Liliesleaf, j'ai pu vivre différemment, et travailler de façon beaucoup plus efficace.

DISCOURS DEPUIS LE BANC DES ACCUSÉS, PALAIS DE JUSTICE, PRETORIA, AFRIQUE DU SUD, 20 AVRIL 1964

Au moment de mon arrestation, la ferme de Liliesleaf n'était pas le quartier général du Congrès national africain ou d'Umkhonto. À l'exception de moi-même, aucun dirigeant ou membre de ces deux formations n'y vivait, on n'y tenait pas de réunion des instances dirigeantes et aucune des activités liées à ces formations n'était organisée ou dirigée de là-bas.

IBID.

On pourrait considérer Liliesleaf comme le quartier général d'Umkhonto we Sizwe mais il n'y a eu aucune décision, formelle ou informelle, de faire de Rivonia ou de Trevallyn le quartier général d'Umkhonto.

CONVERSATION AVEC RICHARD STENGEL, 17 AVRIL 1993

Mqhekezweni

Peu de choses m'ont davantage convaincu du rapide défilement du temps que la décrépitude des bâtiments

autrefois imposants de Mqhekezweni, où j'ai vécu enfant. Ces murs silencieux renferment une grande partie de notre histoire.
LETTRE À AMINA ET PETER FRENSE, ÉCRITE À LA PRISON VICTOR VERSTER, PAARL, AFRIQUE DU SUD, 21 AOÛT 1989

Quand j'ai quitté mon village, à Mqhekezweni le train passait très rarement. Les gens connaissaient le jour à l'avance et tout le monde sortait pour le regarder passer, car ce n'était pas quelque chose d'ordinaire, c'était l'inconnu.
CONVERSATION AVEC RICHARD STENGEL, 13 JANVIER 1993

Paarl

Je me sens parfaitement chez moi et j'ai le sentiment d'avoir été adopté à bras ouverts par les résidents de cette célèbre ville.
LETTRE AU CONSEILLER LÉGAL DE PAARL, ÉCRITE À LA PRISON VICTOR VERSTER, PAARL, AFRIQUE DU SUD, 21 AOÛT 1989

Qunu

Quand je suis retourné à Qunu en 1990, c'était un moment très émouvant parce que c'était la première fois que je voyais la tombe de ma mère.
CONVERSATION AVEC RICHARD STENGEL, 13 JANVIER 1993

La façon dont les gens parlent… Aujourd'hui encore, c'est particulier de retourner à Qunu : les gens là-bas, vous voyez… il y a une dimension totalement différente, et je suis vraiment sous le charme quand je les écoute parler ; leur manière d'être me ramène à mon enfance.
CONVERSATION AVEC RICHARD STENGEL, 10 MARS 1993

Cela réveille beaucoup d'émotions en moi. Il serait juste de dire qu'une partie de moi repose là-bas.
DOCUMENTAIRE DE LA B.B.C. (GRANDE-BRETAGNE), À PROPOS DES TOMBES DE SES ANCÊTRES À QUNU, 1996

Quand je mourrai, on m'enterrera là-bas. C'est là que je veux être enterré.
DOCUMENTAIRE DE LA B.B.C. (GRANDE-BRETAGNE), À PROPOS DE QUNU, 1996

J'attends avec impatience le moment où je pourrai me lever avec le soleil et marcher en paix, tranquille, dans les collines et les vallées de mon village natal, Qunu.
SESSION DE CLÔTURE DE LA CINQUANTIÈME CONFÉRENCE NATIONALE DE L'A.N.C., UNIVERSITÉ DU NORD-OUEST, CAMPUS DE MAFIKENG, AFRIQUE DU SUD, 20 DÉCEMBRE 1997

Soweto

La police a maté les émeutes avec un mépris total de la vie humaine. Ils ont abattu sans pitié des enfants, torturé ceux qui tombaient entre leurs mains et maltraité ceux qui étaient emprisonnés.
ESSAI INTITULÉ « LE MOUVEMENT DE CONSCIENCE NOIRE », ÉCRIT À ROBBEN ISLAND, 1978

Afrique du Sud : nationalisation

Où prendrons-nous le capital pour développer le pays et améliorer les conditions de vie si nous ne nationalisons pas ?
CHEZ LUI, À SOWETO, AFRIQUE DU SUD, 14 FÉVRIER 1990

Nous avons décidé de ne pas nationaliser l'intégralité de l'économie du pays, qui restera exactement telle qu'elle est, sauf certains secteurs que nous avons évo-

qués, comme les mines, les institutions financières et les monopoles industriels, c'est tout.
IBID.

Nous n'avons pas d'autre solution si nous voulons résoudre les problèmes et répondre aux doléances des Noirs de ce pays.
CHEZ LUI, À PROPOS DE LA NATIONALISATION DES BANQUES ET DES MINES. IL CHANGERA D'AVIS QUAND LE MONDE DES AFFAIRES REFUSERA D'INVESTIR DANS UN PAYS QUI MÈNE UNE TELLE POLITIQUE (VOIR L'ENTRÉE DATÉE DU 28 OCTOBRE 1993, CI-DESSOUS), SOWETO, AFRIQUE DU SUD, 14 FÉVRIER 1990

La seule façon d'avoir les ressources pour développer le pays est de nationaliser certains secteurs de l'économie.
IBID.

La nationalisation fait partie de l'histoire de ce pays. Après tout, beaucoup de secteurs de notre économie sont nationalisés aujourd'hui. C'est seulement maintenant que le gouvernement envisage de changer totalement son approche du système économique, il n'appelait pas à la privatisation jusqu'ici.
S.A.B.C. (SYNDICAT DES DIFFUSEURS AUDIOVISUELS D'AFRIQUE DU SUD), JOHANNESBURG, AFRIQUE DU SUD, 15 FÉVRIER 1990

L'idée que les seuls mots du vocabulaire économique de l'ANC seraient « nationalisation » et « redistribution » est fausse. Nous aurons beaucoup de questions à envisager lorsque nous discuterons de la démocratisation et de la déracialisation du pouvoir économique.
CONFÉRENCE ORGANISÉE PAR LE MOUVEMENT ÉCONOMIQUE CONSULTATIF SUR LE THÈME « PERSPECTIVES POUR LA CONSTRUCTION DE L'AVENIR ÉCONOMIQUE », AFRIQUE DU SUD, 23 MAI 1990

L'ANC n'a pas de projet qui décrète que telle ou telle entreprise sera nationalisée, ou que la nationalisation prendra telle ou telle forme. Pour autant, nous disons que cette option devrait être prise en compte dans le débat actuel, soumise à une analyse critique comme n'importe quelle autre et examinée dans le contexte de la réalité sud-africaine.

IBID.

L'ANC n'a pas de positions idéologiques qui lui dictent d'adopter une politique de nationalisation. Mais l'ANC considère qu'il n'existe dans l'économie sud-africaine aucun mécanisme de régulation capable, à lui seul, d'assurer une croissance justement répartie.

DISCOURS DEVANT LE CONGRÈS DES ÉTATS-UNIS, WASHINGTON D.C., U.S.A., 26 JUIN 1990

Déclarer de façon générale que la terre devrait appartenir aux habitants de l'Afrique du Sud, ce n'est pas parler de nationalisation. Ça peut évoquer la propriété individuelle, et nous n'avons jamais discuté de ce sujet, c'est la vérité.

CONVERSATION AVEC RICHARD STENGEL, 22 DÉCEMBRE 1992

Il y avait déjà eu une réaction de fureur en Afrique du Sud quand j'avais dit, en prison, que notre politique passait toujours par la nationalisation.

CONVERSATION AVEC RICHARD STENGEL, 22 AVRIL 1993

Il est important de comprendre qu'il ne sera pas possible d'attirer des investissements de l'étranger, voire du pays lui-même, s'il y a un risque que les biens soient confisqués.

INTERVIEW À LA B.B.C. (GRANDE-BRETAGNE) (VOIR LA TROISIÈME ENTRÉE SOUS « NATIONALISATION » DATÉE DU 14 FÉVRIER 1990, CI-DESSUS), 28 OCTOBRE 1993

Il est assez évident qu'à travers le monde la nationalisation n'est pas un choix populaire.

INTERVIEW À LA B.B.C. (GRANDE-BRETAGNE), 1993

Quand on m'a libéré de prison, j'ai annoncé que, pour moi, la nationalisation était la pierre angulaire de notre économie politique. Au fil de mes déplacements à travers le monde, en discutant avec des économistes et des hommes du milieu financier sur les mécanismes de la croissance, j'ai fini par me laisser convaincre par l'économie de marché. La question est de savoir comment répondre aux exigences de l'économie de marché et aux urgents problèmes sociaux de ce monde.
COLLOQUE MILTON EISENHOWER, UNIVERSITÉ JOHNS-HOPKINS, BALTIMORE, U.S.A., 12 NOVEMBRE 2003

Afrique du Sud : oppression raciale

L'Afrique du Sud est connue à travers le monde comme le pays où sont pratiquées les formes les plus brutales de discrimination raciale et où la lutte pacifique pour la liberté est violemment réprimée. C'est un pays ravagé de haut en bas par les conflits raciaux, où le sang des patriotes africains coule souvent.
DISCOURS AU NOM DE LA DÉLÉGATION DE L'A.N.C. LORS DE LA CONFÉRENCE DE LA PAFMECA (MOUVEMENT PANAFRICAIN DE LIBÉRATION DE L'AFRIQUE ORIENTALE ET CENTRALE), ADDIS-ABEBA, 3-6 FÉVRIER 1962

Nombre d'autres patriotes sud-africains, connus ou non, se sont sacrifiés de différentes façons au nom de la liberté des Africains.
IBID.

Nous luttons contre deux caractéristiques de la vie en Afrique du Sud, que la loi cautionne et auxquelles nous voulons mettre fin. Il s'agit de la pauvreté et de l'absence de considération pour la dignité des hommes.
DISCOURS DEPUIS LE BANC DES ACCUSÉS, PROCÈS DE RIVONIA, PALAIS DE JUSTICE, PRETORIA, AFRIQUE DU SUD, 20 AVRIL 1964

L'Afrique du Sud et le continent africain font partie du monde, et le peuple de mon pays comme ceux d'Afrique font partie de l'espèce humaine. Leurs problèmes doivent être considérés du point de vue de leur singularité et du point de vue de l'histoire de l'humanité dans son ensemble.

MANUSCRIT AUTOBIOGRAPHIQUE INÉDIT, ÉCRIT À ROBBEN ISLAND, 1975

L'Afrique du Sud aujourd'hui est un pays qui pratique l'oppression raciale, l'emprisonnement sans procès, la torture et les condamnations lourdes ; les camps d'internement ne sont pas l'écho d'un lointain passé, mais une menace pour l'avenir immédiat.

LETTRE AU GÉNÉRAL DU PREEZ, COMMISSAIRE DES PRISONS, ÉCRITE À ROBBEN ISLAND, 12 JUILLET 1976

L'Afrique du Sud doit éliminer la haine raciale et le soupçon perpétuel nés de l'apartheid, et garantir à tous ses citoyens la paix, la sécurité et la prospérité.

RASSEMBLEMENT LORS DE SON RETOUR CHEZ LUI, SOCCER CITY, SOWETO, AFRIQUE DU SUD, 13 FÉVRIER 1990

Afrique du Sud : peuple

Je suis fier de ce que je suis, de mon pays et de mon peuple, de notre histoire et de notre tradition, de notre langage, de notre musique et de notre art, et je crois fermement que les Africains ont quelque chose de distinct à apporter à la culture mondiale.

MANUSCRIT AUTOBIOGRAPHIQUE INÉDIT, ÉCRIT À ROBBEN ISLAND, 1975

Mon pays est riche des minerais et des pierres précieuses qui gisent naturellement sous son sol, mais j'ai toujours pensé que sa plus grande richesse était son peuple, plus beau et plus vrai que les minerais et les diamants.

CONFÉRENCE AU MÉMORIAL BRAM FISCHER, MARKET THEATRE, JOHANNESBURG, AFRIQUE DU SUD, 9 JUIN 1995

Le peuple sud-africain est un peuple audacieux qui n'esquive pas les obstacles, aussi gigantesques soient-ils.
SOMMET SUR LA SÉCURITÉ EN ZONE RURALE, MIDRAND, AFRIQUE DU SUD, 10 OCTOBRE 1998

Les Sud-Africains sont capables de régler entre eux les problèmes de la réconciliation, de la réparation et de la transformation, sans interférence, ingérence ou instruction extérieures. Nous nous sommes occupés de notre transition politique de cette façon et nous avons les moyens de traiter les autres aspects de notre transformation en poursuivant dans cette voie.
DONATION DE L'IMMEUBLE RHODES PAR L'ENTREPRISE DE BEERS À LA FONDATION MANDELA RHODES, LE CAP, AFRIQUE DU SUD, AOÛT 2003

Nous devons prendre garde de ne pas trop projeter notre contexte singulier sur d'autres situations. Si nous commettions cette erreur, les peuples pourraient s'offenser de ce qui pourrait passer pour de l'arrogance.
INTERVIEW DES LAURÉATS DU PRIX NOBEL AVEC LORIE KARNATH, AVRIL 2004

Afrique du Sud : processus de guérison

C'est la nation sud-africaine tout entière qui a été martyrisée, et c'est dans ce contexte que nous devrions envisager la restauration de la dignité et le rétablissement du pays. Le processus de guérison s'adresse aux individus, aux familles, aux communautés. Mais, par-dessus tout, le processus de guérison implique toute la nation, car c'est la nation elle-même qui a besoin de se racheter et de se reconstruire.
LORS DU SERVICE ŒCUMÉNIQUE POUR LA COMMISSION VÉRITÉ ET RÉCONCILIATION, CATHÉDRALE SAINT-GEORGE, LE CAP, AFRIQUE DU SUD, 13 FÉVRIER 1996

Afrique du Sud : réputation

L'heure est venue de laisser derrière nous ce terrible passé qui a fait de notre pays l'objet de la haine des nations à travers le monde.

MESSAGE DE NOËL, 25 DÉCEMBRE 1990

L'Afrique du Sud unie, non raciale et non sexiste, démocratique, sera le joyau de la planète.

INAUGURATION DE LA SALLE GANDHI, LENASIA, AFRIQUE DU SUD, 27 SEPTEMBRE 1992

Cette sensation spirituelle et physique de ne faire qu'un avec notre patrie commune explique la profonde blessure que nous portions dans nos cœurs lorsque nous avons vu notre pays déchiré par un terrible conflit, lorsque nous l'avons vu rejeté, boycotté et isolé par les peuples du monde entier, précisément parce qu'il était devenu le symbole universel d'une idéologie pernicieuse, du racisme et de l'oppression raciale.

DISCOURS D'INVESTITURE, UNION BUILDINGS, PRETORIA, AFRIQUE DU SUD, 10 MAI 1994

Cela m'a beaucoup inspiré de servir une nation qui a contribué à redonner au monde l'espoir que tous les conflits, aussi insolubles qu'ils paraissent, pourront connaître une issue pacifique.

BANQUET D'ADIEU DONNÉ PAR LE PRÉSIDENT THABO MBEKI, PRETORIA, AFRIQUE DU SUD, 16 JUIN 1999

Je n'avais jamais imaginé que le monde nous soutiendrait comme nous l'avons été et que notre pays deviendrait célèbre pour son « miracle ». Je n'avais jamais espéré une chose pareille, mais cela nous a donné beaucoup de fierté.

DOCUMENTAIRE *MANDELA : THE LIVING LEGEND*, 2003

Nous, le peuple d'Afrique du Sud et les mouvements de libération du peuple, avons traversé beaucoup de périodes de découragement, quand il semblait que jamais, ou tout du moins pas de notre vivant, nous n'obtiendrions l'émancipation désirée depuis si longtemps.
ARTICLE DANS *THE SUNDAY TIMES* (AFRIQUE DU SUD) MARQUANT LES DIX ANS DE LA DÉMOCRATIE, AVRIL 2004

Nous avons d'ailleurs beaucoup de raisons d'être fiers et reconnaissants. Nous vivons aujourd'hui dans une démocratie stable, qui n'exclut personne, et notre constitution est présentée comme un modèle à travers le monde. Notre nation s'est rassemblée autour d'une société unie et non raciale, à la surprise du monde entier.
BANQUET D'ADIEU AU COMITÉ DE CANDIDATURE DE L'AFRIQUE DU SUD POUR L'ORGANISATION DE LA COUPE DU MONDE DE FOOTBALL 2010, VODAWORLD, MIDRAND, AFRIQUE DU SUD, 10 MAI 2004

Dans un monde cynique, nous sommes devenus une source d'inspiration. Nous symbolisons le fait qu'il est possible de faire le bien entre êtres humains prêts à se faire confiance et à croire en la bonté des autres.
SÉANCE DU PARLEMENT À L'OCCASION DE L'ANNIVERSAIRE DES DIX ANS DE LA DÉMOCRATIE, PARLEMENT, LE CAP, AFRIQUE DU SUD, 10 MAI 2004

Afrique du Sud : une nation démocratique

Nous sommes fiers de compter dans nos rangs des Africains, des métis, des Indiens et des Blancs. Nous sommes « une nation dans un pays ».
DISCOURS À BLOEMFONTEIN, AFRIQUE DU SUD, VERS 1990

Nous avons la vision d'une Afrique du Sud unie, démocratique, non sexiste et non raciale. Nous ne nous alignons sur aucun bloc militaire. En revanche, nous

nous positionnons fermement sur toutes les questions fondamentales et universelles relatives aux droits de l'homme, au droit et à la possibilité pour tout individu de se développer sans entraves, au droit pour chaque pays de déterminer son avenir, à la protection de l'environnement et à la paix dans un monde libéré des conflits régionaux et de la menace nucléaire.

DISCOURS DEVANT LE PARLEMENT SUÉDOIS, STOCKHOLM, SUÈDE, 13 MARS 1990

Nous devons tous nous efforcer d'être inspirés par un profond amour pour notre pays, sans distinction de race, de couleur, de sexe ou de position sociale. Nous devons nous efforcer d'être mobilisés par une générosité d'esprit qui nous permettra de dépasser la haine et les conflits du passé. Nous devons ancrer tous nos efforts dans notre détermination commune à construire une société sud-africaine enviée dans le monde entier.

MESSAGE DE NOËL, 25 DÉCEMBRE 1990

C'était le droit du peuple africain, Noirs et Blancs réunis, de décider de l'avenir du pays.

CONFÉRENCE DE PRESSE AVEC OLIVER TAMBO ET WALTER SISULU, JOHANNESBURG, AFRIQUE DU SUD, 8 JANVIER 1991

Nous vivons avec l'espoir que, dans sa lutte pour se reconstruire, l'Afrique du Sud sera comme le microcosme du nouveau monde qui essaie de naître.

CÉRÉMONIE DE REMISE DU PRIX NOBEL DE LA PAIX, OSLO, NORVÈGE, 10 DÉCEMBRE 1993

Nous laissons derrière nous une époque de pessimisme, de division, de possibilités limitées, de tumulte et de conflit. Nous entrons dans une nouvelle ère d'espoir, de réconciliation et de construction de la nation.

APRÈS AVOIR VOTÉ POUR LA PREMIÈRE FOIS, DÉCLARATION AU LYCÉE D'OHLANGE, AFRIQUE DU SUD, 27 AVRIL 1994

Dès demain, tous les dirigeants de l'ANC et moi-même nous remettrons au travail. Nous allons nous retrousser les manches pour nous attaquer aux problèmes du pays. Nous vous demandons de vous joindre à nous : retournez au travail dès demain matin. Que l'Afrique du Sud se remette au travail. Car nous devons sans délai commencer à offrir une vie meilleure à tous les Sud-Africains. Cela passe par la création d'emplois, la construction de logements, l'éducation, la paix et la sécurité pour tous.

CÉLÉBRATIONS DE LA VICTOIRE ÉLECTORALE DE L'A.N.C., HÔTEL CARLTON, JOHANNESBURG, AFRIQUE DU SUD, 2 MAI 1994

De cette expérience extraordinairement désastreuse, qui n'a que trop duré, doit naître une société dont toute l'humanité sera fière.

PRESTATION DE SERMENT, INVESTITURE À LA PRÉSIDENCE DE L'AFRIQUE DU SUD, UNION BUILDINGS, PRETORIA, AFRIQUE DU SUD, 10 MAI 1994

Il faut que nos actes ordinaires de citoyens sud-africains produisent une réalité qui renforcera la croyance des hommes en la justice, leur confiance en la noblesse de l'âme humaine et l'espoir d'une vie radieuse pour tous.

IBID.

Nous promettons de tout faire pour construire une société dans laquelle tous les Sud-Africains, qu'ils soient noirs ou blancs, pourront marcher fièrement, sans nourrir de peur, assurés de leur droit inaliénable à la dignité : une nation arc-en-ciel en paix avec elle-même et avec le monde.

IBID.

Nous devons construire cette société de manière qu'elle garantisse les libertés politiques et les droits de tous les citoyens.

PREMIER DISCOURS AU PARLEMENT, LE CAP, AFRIQUE DU SUD, 24 MAI 1994

En voyant des fermiers afrikaners discuter dans une queue avec leurs employés, dans une ambiance détendue, on comprend qu'une nouvelle Afrique du Sud est née.

DOCUMENTAIRE *COUNTDOWN TO FREEDOM : TEN DAYS THAT CHANGED SOUTH AFRICA*, 1994

Nous, Sud-Africains, sommes convaincus qu'il est possible d'atteindre notre objectif d'une vie meilleure pour tous, dans les meilleurs délais. Notre confiance vient du fait que nous savons que cette vision est partagée par l'écrasante majorité des Sud-Africains, par-delà leur couleur de peau ou les divisions politiques.

CONFÉRENCE À LA FONDATION RAJIV GANDHI, NEW DELHI, INDE, 25 JANVIER 1995

Le temps des conflits est terminé. Nous devons tous nous embrasser, avoir foi en la justice et nourrir le sentiment que nous appartenons tous à la même famille.

DIX-HUITIÈME ANNIVERSAIRE DE BEYER NAUDE, JOHANNESBURG, AFRIQUE DU SUD, 23 MAI 1995

Ensemble, nous avons le pouvoir de changer l'Afrique du Sud.

MESSAGE POUR LA JOURNÉE DE LA FEMME, 9 AOÛT 1995

Oui, l'Afrique du Sud n'est pas seulement sur la bonne voie, nous sommes en train d'en faire le pays de nos rêves.

DISCOURS AU PARLEMENT, LE CAP, AFRIQUE DU SUD, 9 FÉVRIER 1996

L'Afrique du Sud est en route pour une vie meilleure. Mais nous y arriverons seulement si nous ne cédons pas à la nonchalance en chemin et si nous saisissons toutes les occasions qui s'offrent à nous.

IBID.

Jour après jour, les prophètes de malheur ont été mis en défaut par la capacité et la détermination des Sud-Africains à résoudre leurs problèmes et à réaliser leur vision commune d'un pays uni, pacifique et prospère.

LORS DU SERVICE ŒCUMÉNIQUE POUR LA COMMISSION VÉRITÉ ET RÉCONCILIATION, CATHÉDRALE SAINT-GEORGE, LE CAP, AFRIQUE DU SUD, 13 FÉVRIER 1996

En tant que Sud-Africains, nous avons le privilège de vivre une époque où notre nation, émergeant de la nuit la plus noire, découvre l'aube radieuse de la liberté et de la démocratie.

ADOPTION DE LA NOUVELLE CONSTITUTION, ASSEMBLÉE CONSTITUANTE, LE CAP, AFRIQUE DU SUD, 8 MAI 1996

Ainsi l'Afrique du Sud, nettoyée des horreurs du passé, connaît-elle aujourd'hui la renaissance. Ayant mûri après des débuts timides, elle aborde l'avenir avec confiance.

IBID.

Je me présente devant vous en représentant d'une nation qui vient de naître : un peuple arc-en-ciel qui se définit dans la reconnaissance de la valeur de chacun et dans les efforts de tous pour atteindre les étoiles. Et l'ironie de notre arrivée tardive dans la cour des nations libres, c'est que nous pouvons nous approprier le meilleur de la civilisation, rejeter le pire et tirer profit de la riche expérience de l'humanité, en prenant garde aux spécificités de notre propre passé.

DISCOURS DEVANT LA CONFÉRENCE DU C.B.I. (CONFEDERATION OF BRITISH INDUSTRY), LONDRES, 10 JUILLET 1996

Les Sud-Africains ont fait un sort aux prédictions pessimistes, tournant le dos aux divisions et aux conflits. Nous avons des problèmes, certes. Mais nous sommes

fiers des pas de géant que nous avons faits pour éradiquer le racisme et l'injustice, ainsi que l'intolérance religieuse et la discrimination sous toutes ses formes.
DÎNER DE GALA DE DIRIGEANTS INTERNATIONAUX, LE CAP, AFRIQUE DU SUD, 20 OCTOBRE 1996

Il ne pouvait y avoir ni paix, ni sécurité, ni prospérité dans ce pays tant que tous les individus ne vivaient pas à égalité dans la liberté et la justice. C'est de cette idée qu'est née la vision d'une Afrique du Sud libre, unie dans sa diversité et s'efforçant d'offrir une meilleure vie à tous ses citoyens. De tous les massacres à celui de Sharpeville est née la conviction inébranlable que le respect de la vie humaine, de la liberté et du bien-être doit être inscrit dans la loi de telle façon qu'aucune force ne puisse y porter atteinte.
SIGNATURE DE LA NOUVELLE CONSTITUTION, SHARPEVILLE, VEREENIGING, AFRIQUE DU SUD, 10 DÉCEMBRE 1996

À l'heure de fermer le chapitre de l'exclusion et de la lutte héroïque, nous réaffirmons notre volonté de construire une société où chacun pourra être fier, en tant que Sud-Africain, en tant qu'Africain et en tant que citoyen du monde.
IBID.

La construction d'une nouvelle nation, c'est notamment la construction d'un esprit de tolérance, d'amour et de respect au sein de la population de ce pays.
DÎNER DE BIENFAISANCE À L'OCCASION DE SON ANNIVERSAIRE, DESTINÉ AUX ENFANTS ATTEINTS D'UNE MALADIE MORTELLE, AFRIQUE DU SUD, 4 JUILLET 1997

Au fil du temps, nous devons offrir à l'Afrique du Sud un cadeau inestimable : une société plus humaine. En forgeant une nouvelle nation prospère, nous savons que nous poursuivons le combat pour lequel Steve Biko a fait le plus grand des sacrifices.

COMMÉMORATION DU VINGTIÈME ANNIVERSAIRE DE LA MORT DE STEVE BIKO EN DÉTENTION, EAST LONDON, AFRIQUE DU SUD, 1ER SEPTEMBRE 1997

Bien que vous m'accordiez un diplôme honoraire, je sais qu'il ne sanctionne pas une réussite personnelle. C'est plutôt le triomphe de la nation sud-africaine. Elle a quitté le désert de l'apartheid, marqué par la division et le conflit, et se réinvente en société où tout est fait pour que les citoyens s'épanouissent. J'accepte cet honneur avec humilité, de leur part et dans le fervent espoir que ce que nous avons accompli servira de symbole de paix et de réconciliation, partout où les communautés et les sociétés sont en proie au conflit.

RÉCEPTION DU DOCTORAT HONORIS CAUSA DE L'UNIVERSITÉ BEN GOURION DU NÉGUEV, LE CAP, AFRIQUE DU SUD, 19 SEPTEMBRE 1997

L'histoire ne se répétera pas pour nous, elle ne nous redonnera pas le privilège de participer à la création d'un nouveau monde.

DISCOURS D'OUVERTURE DE LA CINQUANTIÈME CONFÉRENCE NATIONALE DE L'A.N.C., UNIVERSITÉ DU NORD-OUEST, CAMPUS DE MAFIKENG, AFRIQUE DU SUD, 16 DÉCEMBRE 1997

On fait souvent référence au « miracle » de la transition pacifique sud-africaine. Il faut rappeler que ce miracle a eu lieu notamment en raison du travail effectué depuis des décennies pour faire éclore et grandir une culture politique de tolérance, dénuée de racisme.

SESSION DE CLÔTURE DE LA CINQUANTIÈME CONFÉRENCE NATIONALE DE L'A.N.C., UNIVERSITÉ DU NORD-OUEST, CAMPUS DE MAFIKENG, AFRIQUE DU SUD, 20 DÉCEMBRE 1997

L'heure est donc venue de céder la place à la nouvelle génération en sachant que, malgré nos nombreuses erreurs, nous avons toujours cherché à servir la cause de la liberté. Et si nous avons trébuché à l'occasion, les marques qui en ont résulté étaient des leçons nécessaires pour pouvoir apporter notre maigre contribution à la naissance de notre nation : afin que notre peuple, après le règne de la défaite et de l'humiliation, puisse reprendre la maîtrise de sa destinée collective.

IBID.

Nous affirmons avec confiance que l'Afrique du Sud réussira, car nous savons, notamment, qu'il y a une Cour constitutionnelle, un Protecteur public, une Commission des droits de l'homme, une Commission électorale qui a commencé son difficile travail et une magistrature. Tous nous aident à nous assurer que ce que nous faisons est constitutionnel, légal et légitime, mais de surcroît tout le monde le verra ainsi, y compris les plus faibles d'entre nous.

OUVERTURE DE LA SESSION PARLEMENTAIRE, LE CAP, AFRIQUE DU SUD, 6 FÉVRIER 1998

Nous n'avons pas le droit de nous laisser aller à la complaisance, l'héritage du passé est trop profondément ancré dans notre société. La construction de la nation doit d'abord et avant tout reposer sur la coopération de tous les Sud-Africains, sans distinctions de races ou de tribus, pour abolir la pauvreté, le chômage, la corruption, le crime et le conflit.

IBID.

Nous avons tant de raisons d'être reconnaissants. Mais si je ne devais parler que d'une chose qui me met en joie à l'heure de mon quatre-vingtième anniversaire, ce serait de la manière dont le peuple sud-africain s'unit autour d'objectifs communs.

CÉLÉBRATION DE SON QUATRE-VINGTIÈME ANNIVERSAIRE, GALLAGHER ESTATE, MIDRAND, AFRIQUE DU SUD, 19 JUILLET 1998

Maintenant que nous sommes libres, l'Afrique du Sud se forge une identité entièrement neuve et accorde des droits égaux aux différentes religions, aux différentes cultures et aux différents langages.

SOMMET DU CONSEIL DE COOPÉRATION DU GOLFE, ABU DHABI, ÉMIRATS ARABES UNIS, 7 DÉCEMBRE 1998

Pour un pays qui il y a encore quelques années était au ban des nations, l'Afrique du Sud a connu une véritable révolution dans ses relations au sein de la communauté internationale. Les portes du monde se sont ouvertes devant nous, grâce à notre capacité à accomplir des choses qui sont chères à l'humanité dans son ensemble. De cela, nous pouvons tous être fiers.

DISCOURS DEVANT LE PARLEMENT, LE CAP, AFRIQUE DU SUD, 5 FÉVRIER 1999

Les Sud-Africains sont passés par-dessus des divisions vieilles de plusieurs siècles et ont évité le bain de sang que la plupart des observateurs jugeaient inévitable. Si bien que la tranquillité de notre transition est partout qualifiée de miraculeuse.

BANQUET D'ADIEU DONNÉ PAR LE PRÉSIDENT THABO MBEKI, AFRIQUE DU SUD, 16 JUIN 1999

L'Afrique du Sud est riche d'un potentiel inexploité et d'immenses possibilités.

DISCOURS AUX BÉNÉFICIAIRES DE LA BOURSE NELSON MANDELA, AFRIQUE DU SUD, AOÛT 2002

Je me dis souvent que le défi le plus fondamental des Sud-Africains dans cette ère post-apartheid est de faire de l'attention à autrui la caractéristique principale de notre société.

DISCOURS LORS D'UN ÉVÉNEMENT CARITATIF, AFRIQUE DU SUD, SEPTEMBRE 2002

Une partie de la grandeur potentielle de ce pays réside dans la manière dont nous identifions, admettons et discutons les problèmes et les défis qui se présentent à nous.
DISCOURS AUX BÉNÉFICIAIRES DE LA BOURSE NELSON MANDELA, AFRIQUE DU SUD, AOÛT 2003

Nous devons nous réengager auprès de nos compatriotes sud-africains. Un simple sourire, un salut, une main tendue ou un acte de courtoisie disent : « Je ne suis rien sans vous, je suis plus riche grâce à vous. Je vous respecte tel que vous êtes. » Engageons-nous une nouvelle fois pour notre objectif commun : une nation où nous sommes tous gagnants, où nous avons tous un toit, de quoi nous nourrir et éduquer nos enfants. Construisons une nation de champions.
DÉVOILEMENT DE LA PIERRE TOMBALE DE WALTER SISULU, CIMETIÈRE DE NEWCLARE, JOHANNESBURG, AFRIQUE DU SUD, 16 DÉCEMBRE 2003

L'Afrique du Sud, le pays qui a inspiré le Mahatma [Gandhi] et que le Mahatma a inspiré, a choisi le chemin de la paix en dépit de tous les oiseaux de mauvais augure. Nous avons choisi ce chemin, la route de la négociation et du compromis. Nous espérons avoir honoré sa mémoire. Et que d'autres, en souvenir de cette grande tradition, nous imiteront.
MESSAGE À LA CONVENTION MONDIALE SUR LE PAIX ET LA NON-VIOLENCE, NEW DELHI, INDE, 31 JANVIER 2004

Nous autres Sud-Africains avons travaillé dur, dans l'unité, pour surmonter notre passé et créer une société où tous les individus jouissent de la plus grande des protections, celle de leur dignité. Nous avons travaillé dur pour concrétiser dans la réalité les valeurs emblématiques de notre Constitution : dignité, égalité, droits de l'homme, liberté, refus de la discrimination raciale ou sexuelle.
DÎNER DE GALA POUR L'INAUGURATION OFFICIELLE DE L'IMMEUBLE DE LA COUR CONSTITUTIONNELLE, JOHANNESBURG, AFRIQUE DU SUD, 19 MARS 2004

En tant que nation, nous nous sommes élevés au-dessus de l'élan destructeur et des divisions du passé. Pour réaliser la transition, nous n'avons rien détruit ou brisé sans raison. Nous avons dans bien des cas repris les anciennes formes, les anciennes structures, en y ajoutant les nouvelles valeurs d'humanité et de solidarité.

IBID.

Nous sommes une nation, unis dans notre diversité et rassemblés par notre attachement commun à la Constitution. Nous avons laissé derrière nous le passé de division raciale et nous envisageons l'avenir avec la confiance d'un pays uni, non racial et démocratique.

MESSAGE VIDÉO POUR MARQUER LES DIX ANS DE LA DÉMOCRATIE EN AFRIQUE DU SUD, AVRIL 2004

Nous, le peuple d'Afrique du Sud, comme l'établit le préambule de notre Constitution, croyons que l'Afrique du Sud appartient à ceux qui y vivent, unis dans leur diversité.

SÉANCE DU PARLEMENT À L'OCCASION DE L'ANNIVERSAIRE DES DIX ANS DE LA DÉMOCRATIE, PARLEMENT, LE CAP, AFRIQUE DU SUD, 10 MAI 2004

L'esprit de générosité, qui continue de caractériser notre nation et nos efforts, nous réchauffe le cœur.

IBID.

Nous vivons aujourd'hui dans un pays à l'économie solide et en croissance constante. Nous vivons dans une démocratie moderne et stable au sein de laquelle nous avons constitutionnellement la possibilité de vivre nos différences tout en restant unis dans notre diversité.

QUATRIÈME CONFÉRENCE ANNUELLE NELSON MANDELA, WITS GREAT HALL, JOHANNESBURG, AFRIQUE DU SUD, 29 JUILLET 2006

L'Afrique du Sud continue d'être un exemple de ce qui peut naître d'un conflit lorsqu'on a la volonté de trouver des solutions pacifiques. Malgré nos différences, malgré les tensions, nous sommes un pays remarquablement réconcilié avec lui-même.
SOIXANTE-QUINZIÈME ANNIVERSAIRE DE L'ARCHEVÊQUE DESMOND TUTU, JOHANNESBURG, AFRIQUE DU SUD, 8 OCTOBRE 2006

Nous sommes aujourd'hui prêts à entreprendre la nécessaire reconstruction du pays.
DOCUMENTAIRE *HEADLINERS AND LEGENDS : NELSON MANDELA*, 2006

Nous sommes un pays, nous sommes un peuple.
IBID.

Afrique du Sud : unité de la nation

Nous ne pouvons ni guérir ni construire si le processus est perçu comme allant à sens unique, avec les victimes qui pardonnent les injustices passées et les bénéficiaires de l'ancien régime qui se contentent de dire merci. Nous devons ensemble corriger les erreurs du passé.
DISCOURS AU PARLEMENT, LE CAP, AFRIQUE DU SUD, 9 FÉVRIER 1995

J'appelle maintenant chacun d'entre nous à se poser la question : faisons-nous tout ce que nous pouvons pour aider à construire le pays de nos rêves ?
CÉLÉBRATIONS INTERCULTURELLES DE L'AÏD EL-KÉBIR, JOHANNESBURG, AFRIQUE DU SUD, 30 JANVIER 1998

Aujourd'hui, avec l'ANC le peuple africain a la possibilité et le devoir d'établir le programme politique de notre pays. Le vrai défi est de le formuler et de le définir de façon à unir les Sud-Africains, noirs et blancs, afin qu'ils collaborent à l'objectif commun qui

est d'éradiquer la pauvreté et de créer une Afrique du Sud prospère, non raciste et non sexiste.
À LA MORT DE WALTER SISULU, AFRIQUE DU SUD, MAI 2003

L'histoire de notre nation est fondée sur la division et les conflits ; que jamais, par nos actes et nos paroles, nous ne ramenions notre peuple dans cette direction.
RASSEMBLEMENT DE L'A.N.C. POUR LE QUATRE-VINGT-DIXIÈME ANNIVERSAIRE DE NELSON MANDELA, STADE LOFTUS VERSFELD, PRETORIA, AFRIQUE DU SUD, 2 AOÛT 2008

Afrique : pays

Botswana

Le Botswana était assez différent de l'Afrique du Sud. Comme il n'y avait pas de laissez-passer, on ne pouvait pas t'arrêter dans la rue, les gens n'avaient pas à réclamer de laissez-passer et les Africains pouvaient jouir d'une grande indépendance, plus que nous ne pouvions en espérer ailleurs à cette époque.
CONVERSATION AVEC AHMED KATHRADA, VERS 1993-1994

Lors de mon tout premier voyage à l'étranger en 1962, je me suis rendu dans ce pays. Nos situations étaient bien différentes. Le Botswana, ou le Bechuanaland comme on l'appelait, vivait une phase pacifique précédant l'indépendance. La liberté était à portée de main. Alors qu'en Afrique du Sud les nuages noirs de la répression et de l'apartheid grossissaient.
BANQUET DONNÉ PAR LE PRÉSIDENT MASIRE, GABORONE, BOTSWANA, 5 SEPTEMBRE 1995

Burundi

Il y a des hommes et des femmes de bien dans toutes les communautés. Et il y a notamment des hommes et des femmes de bien parmi les Hutus, les Tutsis et les Twas : le devoir d'un vrai chef est d'identifier ces hommes et ces femmes et de leur confier des tâches au service de la communauté.

CARNET PERSONNEL, 16 JANVIER 2000

Nous félicitons les dirigeants burundais qui ont su placer les intérêts de leur peuple, qui a enduré bien des souffrances, devant les considérations personnelles et les sentiments partisans. Parce que vous avez eu la volonté de trouver des compromis et de préparer l'avenir plutôt que de vous laisser engluer dans les vieilles divisions du passé, vous prendrez une place d'honneur pour vous-même et votre pays dans l'histoire de notre continent.

NOMINATION DU GOUVERNEMENT DE TRANSITION DU BURUNDI, BUJUMBURA, BURUNDI, 1ER NOVEMBRE 2001

Dorénavant, c'est au peuple du Burundi et à ses dirigeants de construire un avenir dans la paix et la sécurité pour eux-mêmes et les générations futures. Au bout du compte, vous êtes les seuls à pouvoir réussir cette entreprise. La région, le continent et la communauté internationale vous ont accordé leur soutien, mais votre avenir est entre vos mains.

IBID.

Égypte

Malgré les pillages des colons, l'Égypte est toujours un pays d'une richesse fabuleuse en art antique et en culture.

MANUSCRIT AUTOBIOGRAPHIQUE INÉDIT, ÉCRIT À ROBBEN ISLAND, 1975

Ce n'est pas un hasard si la plus grande ville d'Afrique a été une escale à chaque étape de notre longue marche vers la liberté. J'ai visité Le Caire pour la première fois en 1962, alors que j'étais un combattant de liberté et que nous nous embarquions dans la lutte armée. J'y suis revenu en 1990 quand le peuple sud-africain, avec tous les peuples épris de liberté à travers le monde, a ouvert les prisons de l'apartheid. Nous venions dire que le peuple d'Afrique du Sud n'oublierait jamais le soutien du gouvernement et du peuple égyptiens – et aujourd'hui, une fois de plus, nous vous remercions du fond du cœur.

LORS DE LA REMISE DU COLLIER DU NIL PAR LE PRÉSIDENT ÉGYPTIEN HOSNI MOUBARAK, QUI DEVIENT MEMBRE LE MÊME JOUR DE L'ORDRE DU BON ESPOIR, LE CAIRE, ÉGYPTE, 21 OCTOBRE 1997

Ghana

Mon retour au Ghana après trente ans ressemble à un retour chez soi.

DOCUMENTAIRE *THE LAST MILE : MANDELA – AFRICA AND DEMOCRACY*, 1992

Quand nous pensons au Ghana, nous pensons à la liberté pour les Africains, à l'autodétermination africaine, à la fierté et à la dignité du peuple africain. Nous pensons à Kwame Nkrumah et à son profond amour pour le peuple et le continent africains, et à sa croyance passionnée en l'unité du peuple africain, en dépit des frontières nationales et géographiques qui nous séparent et cherchent à nous diviser.

RÉCEPTION DU DOCTORAT HONORIS CAUSA DE L'UNIVERSITÉ DU GHANA, JOHANNESBURG, AFRIQUE DU SUD, 24 AVRIL 2002

Libye

Le peuple libyen a vécu dans les tranchées avec nous quand nous luttions pour nos libertés. Vous étiez au premier rang de ceux dont l'abnégation et le soutien logistique nous ont aidés à emporter une victoire qui était autant la vôtre que la nôtre.

BANQUET DONNÉ PAR MUAMMAR KADHAFI, LIBYE, 22 OCTOBRE 1997

C'était pur opportunisme d'en appeler à une Afrique du Sud démocratique pour tourner le dos à la Libye et à Kadhafi, alors qu'eux nous avaient aidés à obtenir la démocratie, à une époque où ceux qui la réclamaient à cor et à cri étaient les amis des ennemis de la démocratie en Afrique du Sud.

DÉJEUNER EN L'HONNEUR DE MUAMMAR KHADAFI, LE CAP, AFRIQUE DU SUD, 13 JUIN 1999

Mozambique

Le monde est de votre côté. Il ne peut pas vous trahir et il ne le fera pas. Avec le soutien du monde et grâce à la détermination légendaire du peuple mozambicain, vous ne pouvez que vaincre.

MESSAGE DE CONDOLÉANCES APRÈS LA MORT DU PRÉSIDENT SAMORA MACHEL, AVEC WINNIE MANDELA, 28 OCTOBRE 1986

Notre peine d'avoir perdu le camarade Samora [Machel] est si profonde que cela nous brise le cœur. Cette nuit, nous veillerons à vos côtés. Demain, nous pleurerons avec vous la perte d'un soldat magistral, d'un fils courageux et d'un homme d'État d'une immense noblesse.

IBID.

Nous devons croire que sa mort renforcera encore votre détermination à devenir libres un jour, ainsi que la nôtre. Pour vous, ce sera une victoire sur les bandits sans morale. Pour nous, ce sera une victoire sur l'oppression.

IBID.

Rwanda

Hommage aux grands penseurs de notre continent qui ont essayé et essaient encore de nous émouvoir et de nous faire comprendre les liens intimes entre les grands problèmes de notre époque : paix, stabilité, démocratie, droits de l'homme, coopération et développement. Au moment où je vous parle, le Rwanda nous montre que nous avons failli à nous occuper de ces questions. Le résultat, c'est qu'un terrible massacre d'innocents se déroule devant nous.

SOMMET DE L'O.U.A. (ORGANISATION DE L'UNITÉ AFRICAINE), TUNIS, TUNISIE, 13 JUIN 1994

Plus les cris de désespoir résonnent – même quand ce désespoir provient d'un demi-million de morts au Rwanda –, plus ces cris semblent encourager la réaction instinctive qui consiste à lever les mains pour se boucher les yeux et les oreilles.

DISCOURS AUX DEUX CHAMBRES DU PARLEMENT, WESTMINSTER HALL, LONDRES, GRANDE-BRETAGNE, 11 JUILLET 1996

Nous tous, nous avons pris part à la tragédie qui se déroule, nous avons regardé, attendu, troublés, sans reconnaître la bête née de ces souffrances surhumaines, la bête qui se traîne vers Bethléem pour y naître, selon les mots du poète irlandais. Mais il est une chose que nous savons, c'est qu'aucun de nous ne peut ignorer des souffrances humaines d'une telle ampleur.

IBID.

Sahara

De tous les déserts, je ne crois pas qu'il y en ait un seul qui soit aussi effrayant que le Sahara, où les dunes de sable se succèdent sans fin, immenses masses visibles même depuis les airs. Je n'ai jamais vu le moindre arbre ni le moindre coin d'herbe.

LETTRE À WINNIE MANDELA, ÉCRITE À ROBBEN ISLAND, 26 OCTOBRE 1976

Tanzanie

Le peuple de Tanzanie a soutenu sans jamais flancher la libération de l'Afrique du Sud. Il a donné une forme concrète au principe qui veut que notre liberté et la sienne soient interdépendantes.

BANQUET EN L'HONNEUR DE JULIUS NYERERE, JOHANNESBURG, AFRIQUE DU SUD, 17 OCTOBRE 1997

Zimbabwe

Nous regardons avec tristesse la tragédie qui se poursuit au Darfour. Plus près de nous, nous avions assisté à l'éruption de violence contre les Africains dans notre propre pays et à la défaillance tragique des dirigeants du Zimbabwe.

CONCERT DU 466664, HYDE PARK, LONDRES, GRANDE-BRETAGNE, 27 JUIN 2008

Amitié

L'amour et le respect que je porte à nos amis à l'intérieur et en dehors du pays ont considérablement augmenté. Je frémis toujours en pensant à ce qui se serait passé si nous avions été seuls. Nous aurions survécu mais la tâche aurait été bien plus difficile.

SOURCE INCONNUE

Walter [Sisulu] et Kathy [Ahmed Kathrada] partagent un trait commun qui constitue la base de notre amitié et que j'apprécie à sa pleine mesure : ils n'hésitent pas à me critiquer pour mes erreurs et, tout au long de ma carrière politique, ils m'ont toujours tendu un miroir dans lequel je pouvais me regarder.

MANUSCRIT AUTOBIOGRAPHIQUE INÉDIT, ÉCRIT À ROBBEN ISLAND, 1975

J'ai un attachement particulier pour les gens avec qui j'ai lié des amitiés lors de mes périodes de détresse.

IBID.

J'aime avoir des amis indépendants d'esprit, parce qu'ils vous font voir les problèmes sous d'autres angles.

IBID.

Souvent, quand je fais les cent pas dans ma cellule ou que je suis allongé sur mon lit, mon esprit erre ici et là, convoquant tel épisode, telle erreur. Entre autres, je me demande souvent si, à l'époque où j'étais libre, j'ai suffisamment montré de reconnaissance à ceux qui m'ont aidé de leur amour et de leur gentillesse alors que j'étais pauvre et en lutte.

LETTRE À ZINDZI MANDELA, ÉCRITE À ROBBEN ISLAND, 1ER MARS 1981

C'est toujours une immense source de confiance de sentir le soutien de gens puissants et fidèles.

LETTRE À LORD NICHOLAS BETHELL, ÉCRITE À LA PRISON DE POLLSMOOR, LE CAP, AFRIQUE DU SUD, 1ER AVRIL 1985

La vie pour moi tient, pour une grande part, dans l'espoir de revoir un jour les vrais amis et d'entendre de vive voix tout ce qu'on ne peut mettre dans une courte lettre.

LETTRE AU DR MAMPHELA RAMPHELE, ÉCRITE À LA PRISON DE POLLSMOOR, LE CAP, AFRIQUE DU SUD, 12 AOÛT 1987

J'ai toujours considéré l'amitié comme quelque chose d'extrêmement précieux. Il y a des moments dans la vie d'un homme où cela prend une importance singulière, où cela vous rend maître de votre destin.

LETTRE À RAY CARTER, ÉCRITE À LA PRISON DE POLLSMOOR, LE CAP, AFRIQUE DU SUD, 28 FÉVRIER 1989

Avec des camarades comme toi, il est facile de demeurer le capitaine de son âme.

LETTRE À FARIDA OMAR, ÉCRITE À LA PRISON DE POLLSMOOR, LE CAP, AFRIQUE DU SUD, 28 FÉVRIER 1989

Le soutien d'amis sûrs, de gens dignes de confiance, donne la force de garder l'espoir et de supporter même les coups les plus durs.

LETTRE À DON MATTERA, ÉCRITE À LA PRISON DE POLLSMOOR, LE CAP, AFRIQUE DU SUD, 4 AVRIL 1989

Je suis avec Kathy [Ahmed Kathrada] depuis la fin des années 40. J'ai besoin de m'entourer de forts caractères qui me disent quand j'ai tort, et il a fort caractère.

INTERVIEW À PROPOS D'AHMED « KATHY » KATHRADA, TUYNHUYS, LE CAP, AFRIQUE DU SUD, 22 AOÛT 1996

Les Sud-Africains qui me reprochent d'être fidèle à nos amis, ils peuvent aussi bien aller se jeter dans une piscine.

CONFÉRENCE DE PRESSE AVEC LE PRÉSIDENT BILL CLINTON, À PROPOS DE SES RELATIONS AVEC LA LYBIE, L'IRAN ET CUBA, LE CAP, AFRIQUE DU SUD, 27 MARS 1998

Notre autorité morale nous dicte de ne pas abandonner ceux qui nous ont aidés aux plus sombres heures de notre histoire.

IBID.

Notre morale ne nous autorise pas à laisser tomber nos amis.

RÉCEPTION DONNÉE PAR LE PRÉSIDENT BILL CLINTON, MAISON-BLANCHE, WASHINGTON D.C., U.S.A., 22 SEPTEMBRE 1998

Amour

Que le fait de savoir que tu es aimée t'aide à affirmer ton intérêt pour ton travail et te récompense à la fin de l'année.

CARTE D'ANNIVERSAIRE À NANDI MANDELA, ÉCRITE À LA PRISON DE POLLSMOOR, LE CAP, AFRIQUE DU SUD, 23 JUIN 1988

La camarade Nomzamo [Winnie Mandela] a accepté le lourd fardeau d'élever nos enfants seule. Elle a eu plus de chance que d'autres mères isolées, dans le sens où elle a bénéficié du soutien moral et matériel à la fois des Sud-Africains et de la communauté internationale. Avec une détermination exemplaire, elle a enduré les persécutions dont l'accablait le gouvernement et n'a jamais manqué à son engagement en faveur de la lutte pour la liberté. Sa ténacité a renforcé mon respect, mon amour et mon affection. Elle lui a aussi valu l'admiration du monde entier. Mon amour pour elle reste entier.

ANNONCE DE SA SÉPARATION AVEC WINNIE MANDELA, JOHANNESBURG, AFRIQUE DU SUD, 13 AVRIL 1992

Les gens vont finir par me tuer par amour, tout le monde veut me toucher, m'embrasser et ainsi de suite. Je dois donc être protégé de gens qui sont mes partisans, mes admirateurs, et qui me donnent beaucoup de force.

INTERVIEW AVEC TIM COHEN ET SAHM VENTER POUR L'ASSOCIATED PRESS, TUYNHUYS, LE CAP, AFRIQUE DU SUD, 22 SEPTEMBRE 1994

Le jeune homme qui vous parle vous aime tous ; en fait, si j'avais de grandes poches, je vous y mettrais tous, un à un, et je vous ramènerais avec moi en Afrique du Sud.

DU BALCON DE SOUTH AFRICA HOUSE, TRAFALGAR SQUARE, LONDRES, GRANDE-BRETAGNE, JUILLET 1996

Je vous aime tous. J'aimerais pouvoir vous mettre tous dans ma poche pour vous montrer combien je vous aime. Que chacun d'entre vous se protège et protège ceux qu'il aime.
MESSAGE À LA JEUNESSE SUD-AFRICAINE LORS DE LA JOURNÉE MONDIALE DE LUTTE CONTRE LE SIDA, 1ER DÉCEMBRE 2000

Notre société doit refonder une culture solidaire.
DISCOURS LORS D'UN DÉJEUNER POUR LA FÊTE DES PÈRES DONNÉ PAR ZINDZI MANDELA, HYATT HOTEL, JOHANNESBURG, AFRIQUE DU SUD, 1ER JUIN 2001

Le chemin de ceux qui prêchent l'amour au lieu de la haine n'est pas facile. Ils doivent souvent porter une couronne d'épines.
MESSAGE À LA CONVENTION MONDIALE SUR LA PAIX ET LA NON-VIOLENCE, NEW DELHI, INDE, 31 JANVIER 2004

J'ose croire que l'individu moyen expérimente l'un des plus hauts degrés d'attachement émotionnel, de satisfaction et de bonheur quand il est amoureux.
DOSSIER PERSONNEL, DATE INCONNUE

Anciens

Au cours de ma jeunesse dans le Transkei, j'écoutais les anciens de ma tribu qui racontaient les histoires des jours lointains. Entre autres histoires, ils m'ont parlé de ces guerres livrées par nos ancêtres pour défendre notre terre. Les noms de Dingane et Bambatha, Hintsa et Makana, Squngthi et Dalasile, Moshoeshoe et Sekhukhune étaient loués, et parés de la gloire de toute la nation africaine.
DISCOURS DEPUIS LE BANC DES ACCUSÉS, PROCÈS DE RIVONIA, PALAIS DE JUSTICE, PRETORIA, AFRIQUE DU SUD, 20 AVRIL 1964

Je respecte toujours nos anciens et j'aime discuter avec eux de l'ancien temps, quand nous avions notre propre gouvernement et que nous vivions librement.
MANUSCRIT AUTOBIOGRAPHIQUE INÉDIT, ÉCRIT À ROBBEN ISLAND, 1975

L'ancienne génération, qui avait hérité de la tradition orale de nos ancêtres, a disparu ou est sur le point de disparaître. La science a développé des moyens techniques qui permettent d'acquérir des connaissances dans beaucoup de domaines, mais même les générations d'aujourd'hui savent que l'expérience des anciens est inestimable.
IBID.

Une société qui n'accorde aucune valeur à ses anciens nie ses racines et compromet son avenir. Efforçons-nous d'augmenter leur capacité à se maintenir aussi longtemps que possible et, quand ce n'est plus possible, occupons-nous bien d'eux.
MESSAGE ANNONÇANT, POUR L'ONU, 1999 COMME ANNÉE INTERNATIONALE DES PERSONNES ÂGÉES, 17 DÉCEMBRE 1998

Apartheid

Les peuples d'Afrique ont élevé la voix pour condamner la misère noire, les bas salaires, le manque patent de terres, l'exploitation inhumaine et toute la politique de domination blanche. Mais au lieu qu'ils obtiennent la liberté, la répression a grandi en intensité.
DISCOURS DE PRÉSIDENCE LORS DU CONGRÈS DU TRANSVAAL DE L'A.N.C., ÉGALEMENT CONNU COMME LE DISCOURS DU « DIFFICILE CHEMIN VERS LA LIBERTÉ », TRANSVAAL, AFRIQUE DU SUD, 21 SEPTEMBRE 1953

La politique raciale du gouvernement a éveillé la conscience de tous les hommes de bonne volonté et suscité leur profonde indignation. Les populations opprimées n'ont jamais été plus en colère.
IBID.

Toutes les facettes de la vie de la nation sont subordonnées à la nécessité primordiale pour le parti en place de conserver le pouvoir. Tous les garde-fous constitutionnels sont jetés par-dessus bord, en même temps qu'on supprime implacablement les libertés individuelles.

ARTICLE INTITULÉ « LE PEUPLE EST ÉCRASÉ », *LIBERATION*, OCTOBRE 1955

La dispersion des familles africaines, la séparation forcée des mères et des enfants, le traitement impitoyable infligé aux prisonniers et la détention d'Africains dans des bagnes agricoles pour des délits inventés de toutes pièces, voilà quelques exemples des conséquences de la doctrine hideuse et pernicieuse de l'inégalité raciale.

IBID.

Nous ne pouvons oublier un seul instant que nous sommes face à un gouvernement fasciste qui a mis au point un immense appareil de coercition pour écraser la démocratie dans ce pays et pour faire taire tous ceux qui protestent contre la politique d'apartheid et de *baasskap* [mot afrikaans signifiant « domination du maître »].

ARTICLE INTITULÉ « L'ÉDUCATION BANTOUE À L'UNIVERSITÉ », *LIBERATION*, JUIN 1957

On ne peut espérer que des gens à qui on refuse le droit de vote continuent à payer des impôts à un gouvernement de domination blanche. On ne peut vouloir que des gens réduits à la misère paient leur loyer sous peine de poursuites judiciaires et d'emprisonnement. Par-dessus tout, les opprimés ne peuvent tolérer une situation où ce sont leurs propres camarades qui font tourner et qui maintiennent la machinerie de l'oppression nationale.

DÉCLARATION AU NOM DU CONSEIL D'ACTION NATIONALE À LA SUITE DE L'OPÉRATION « GRÈVE À DOMICILE » DU 29-31 MAI EN SOUTIEN DE LA CONVENTION NATIONALE, AFRIQUE DU SUD, 1961

Sur le plan légal et moral, je ne me sens pas tenu d'obéir à des lois votées par un Parlement dans lequel je ne suis pas représenté.

DEMANDE DE RÉCUSATION DU JUGE WA VAN HELSDINGEN, ANCIENNE SYNAGOGUE, PRETORIA, AFRIQUE DU SUD, 22 OCTOBRE 1962

Tous les efforts de l'Afrique du Sud pour garder le peuple africain dans une position perpétuelle de subordination échoueront.

PLAIDOYER POUR L'ATTÉNUATION DE SA PEINE APRÈS AVOIR ÉTÉ RECONNU COUPABLE D'AVOIR INCITÉ DES TRAVAILLEURS À FAIRE GRÈVE ET D'AVOIR QUITTÉ LE PAYS ILLÉGALEMENT, ANCIENNE SYNAGOGUE, PRETORIA, AFRIQUE DU SUD, NOVEMBRE 1962

Je hais l'arrogance raciale qui décrète que les bonnes choses de la vie doivent demeurer l'apanage d'une minorité de la population tandis que les esclaves, privés du droit de voter, doivent travailler là où on leur dit et se conduire selon les règles édictées par la minorité.

IBID.

La loi telle qu'elle est appliquée, la loi telle qu'elle s'est développée pendant une longue période de l'histoire, et surtout la loi telle qu'elle a été écrite et conçue par un gouvernement nationaliste est, de notre point de vue, *immorale*, *injuste* et *intolérable*. Notre conscience nous ordonne de nous y opposer et de tenter de la changer.

IBID.

Les Blancs jouissent de ce qui est peut-être le plus haut niveau de vie au monde tandis que les Africains vivent dans la pauvreté et la misère.

DISCOURS DEPUIS LE BANC DES ACCUSÉS, PROCÈS DE RIVONIA, PALAIS DE JUSTICE, PRETORIA, AFRIQUE DU SUD, 20 AVRIL 1964

L'absence de dignité endurée par les Africains est le résultat direct de la politique de suprématie blanche.
IBID.

L'apartheid a été inventé comme un moyen de préserver pour toujours la suprématie blanche. Mais quand il est devenu clair que nous y résisterions jusqu'au bout et que le colonialisme battait de l'aile un peu partout, le régime a changé de ton et décidé de laisser les bantoustans se gouverner eux-mêmes, dans l'optique de leur accorder l'indépendance.
ESSAI INTITULÉ « BALAYER LES OBSTACLES ET AFFRONTER L'ENNEMI », ÉCRIT À ROBBEN ISLAND, 1976

Pendant trois siècles, les Blancs ont essayé de dire aux Noirs que ceux-ci n'avaient pas d'histoire, pas de civilisation et d'identité dont ils pouvaient s'enorgueillir ; que seuls les Blancs avaient un passé, un patrimoine culturel et une conscience commune de leur mission dans la vie.
ESSAI INTITULÉ « LE MOUVEMENT DE CONSCIENCE NOIRE », ÉCRIT À ROBBEN ISLAND, 1978

La victoire est certaine. La révulsion que l'apartheid suscite dans le monde ne fait que grandir et les frontières de la suprématie blanche se réduisent.
DÉCLARATION À PROPOS DU SOULÈVEMENT DE SOWETO EN 1976, ÉCRIT À ROBBEN ISLAND ET PUBLIÉ PAR L'A.N.C. EN EXIL, 1980

Ce verdict retentissant est sans appel : l'apartheid a échoué. Notre peuple le rejette unanimement. Les jeunes et les vieux, les parents et les enfants, tous le rejettent.
IBID.

L'apartheid, c'est le règne des fusils et des bourreaux. Le FN Rifle [famille de fusils] et les gibets sont ses véritables symboles. On y a recours de façon systé-

matique, c'est la solution toute trouvée des dirigeants fanatiques de l'Afrique du Sud.
IBID.

En dépit des beaux discours, l'apartheid est devenu intolérable. Cette opinion vaut pour tous, quels que soient les détails de notre asservissement. Pour preuve, les gens reconnaissent que sous le régime de l'apartheid nos vies, individuellement et collectivement, ne comptent pour rien.
LETTRE AU PRÉSIDENT P.W. BOTHA, ÉCRITE À LA PRISON DE POLLSMOOR, LE CAP, AFRIQUE DU SUD, 13 FÉVRIER 1985

Le système d'apartheid a détruit le pays. Il y a une pauvreté galopante, endémique. Les conditions de vie du peuple empirent chaque jour davantage.
DISCOURS À L'ASSEMBLÉE NATIONALE FRANÇAISE, PALAIS BOURBON, PARIS, FRANCE, 7 JUIN 1990

C'est une tâche indélébile dans l'histoire de l'humanité que l'apartheid ait pu exister.
COMMISSION SPÉCIALE DES NATIONS UNIES CONTRE L'APARTHEID, NATIONS UNIES, NEW YORK, U.S.A., 22 JUIN 1990

Il aurait été immoral de garder le silence alors qu'une tyrannie raciste réduisait un peuple entier à un statut inférieur à celui des bêtes dans la forêt.
DISCOURS DEVANT LE CONGRÈS DES ÉTATS-UNIS, WASHINGTON D.C., U.S.A., 26 JUIN 1990

Il était impossible de rester les bras ballants alors qu'on imposait à notre peuple cette obscénité qu'était l'apartheid.
IBID.

Le soleil commence à se coucher sur le régime malfaisant de l'apartheid. Nous voyons pointer l'aube du jour où les Noirs ne seront plus condamnés à être les

serviteurs des autres simplement parce que ceux-ci ont la peau blanche.
RASSEMBLEMENT, MAPUTO, MOZAMBIQUE, 16 JUILLET 1990

Nous devons agir aussi vite que possible pour abolir le système d'apartheid et pour transformer l'Afrique du Sud en un pays uni, démocratique, non racial et non sexiste.
RASSEMBLEMENT POUR LA RENAISSANCE DU PARTI COMMUNISTE SUD-AFRICAIN, AFRIQUE DU SUD, 29 JUILLET 1990

L'apartheid, on le constatait tous les jours, c'était une forme moderne de nazisme où une race proclame sa supériorité sur une autre en s'appuyant entièrement sur la force brute. Tuer des gens simplement parce qu'ils manifestent contre ce qu'ils considèrent être une injustice, et le simple fait de tirer à balles réelles sur des foules sans défense, c'est une forme de nazisme.
CONVERSATION AVEC RICHARD STENGEL, 29 AVRIL 1993

Vous savez, la brutalité du régime d'apartheid était effarante.
INTERVIEW, 1993

Les quarante années d'apartheid ont ressemblé à quarante années de guerre. Notre économie et notre vie sociale ont été complètement dévastées, de façon irrémédiable sur certains plans. C'était la même situation en Europe après la dernière guerre. Le monde occidental a mobilisé ses ressources et mis au point le plan Marshall pour faire en sorte que les pays d'Europe dévastés puissent se relever.
SOURCE INCONNUE

Nous avons connu une société atrocement divisée dans laquelle les lois et la police servaient à défendre et à préserver un système illégitime.
JOURNÉE NATIONALE DE LA SÉCURITÉ, SOWETO, AFRIQUE DU SUD, 15 OCTOBRE 1994

La division forcée a engendré chez notre peuple un besoin pressant d'unité, condition essentielle pour garantir la liberté et la paix.

DÉBAT DU BUDGET PRÉSIDENTIEL AU SÉNAT, LE CAP, AFRIQUE DU SUD, 18 JUIN 1996

Aucune société sortant de l'énorme désastre de l'apartheid ne pourrait se permettre de perpétuer les erreurs de son passé. Si la nouvelle Afrique du Sud émergeait de nulle part, elle n'existerait pas. Le destin qu'elle assume, et qui lui est dicté par ses origines, lui souffle tout ce qui reste encore à faire pour mettre un terme au système d'apartheid.

DISCOURS AUX DEUX CHAMBRES DU PARLEMENT, WESTMINSTER HALL, LONDRES, GRANDE-BRETAGNE, 11 JUILLET 1996

Nous savons, et la majorité des Sud-Africains en font l'expérience dans leur quotidien, que l'apartheid continue à vivre en nous : dans les cabanes de tôle ondulée aux toits qui fuient ; dans les ventres renflés des enfants affamés ; dans l'obscurité des maisons sans électricité ; et dans les lourds seaux d'eau croupie que les femmes de la campagne portent sur de longues distances pour cuisiner et étancher leur soif.

DÎNER ANNUEL DE L'ASSOCIATION DES CORRESPONDANTS ÉTRANGERS, TRANSVAAL AUTOMOBILE CLUB, JOHANNESBURG, AFRIQUE DU SUD, 21 NOVEMBRE 1997

Le régime d'apartheid a jeté le discrédit sur la loi et l'ordre. Les droits de l'homme étaient refusés à la majorité de la population, c'était le régime de la détention arbitraire, de la torture et du meurtre des activistes politiques, des critiques ouvertes contre la Cour d'appel indépendante qui rendait des jugements contraires aux intérêts des oppresseurs, de la mise au pas du système judiciaire par les avocats conservateurs.

SUITE INÉDITE DE SON AUTOBIOGRAPHIE, VERS 1998

Nous nous dégageons d'un système qui a insulté notre humanité en nous divisant sur la base de la race et en nous montant les uns contre les autres, oppresseurs et opprimés.

RECEVANT LE RAPPORT DE LA COMMISSION VÉRITÉ ET RÉCONCILIATION, PRETORIA, AFRIQUE DU SUD, 29 OCTOBRE 1998

Ensemble, nous pouvons continuer à remplacer les ténèbres de l'apartheid par les lumières de la liberté, de la paix et du développement.

DISCOURS D'OUVERTURE DU DÉBAT DU BUDGET PRÉSIDENTIEL, PARLEMENT, LE CAP, AFRIQUE DU SUD, 2 MARS 1999

Tous, nous avons affronté un système illégal et inhumain, l'apartheid, qui tentait d'étouffer notre aspiration à la liberté sur la terre qui nous a vus naître.

RASSEMBLEMENT ÉLECTORAL, SOWETO, AFRIQUE DU SUD, 1999

Nous avons vaincu l'apartheid parce que les gens de ce pays ont décidé de s'unir plutôt que de se détruire les uns les autres, un processus qui aurait anéanti le pays.

LANCEMENT DE LA CAMPAGNE DU 466664, ROBBEN ISLAND, AFRIQUE DU SUD, 28 NOVEMBRE 2003

Nous avons fait front en tant que nation pour éliminer le fléau qu'était l'apartheid. Aujourd'hui, nous avons pour mission de mettre fin à la pauvreté et aux souffrances qui en découlent.

RASSEMBLEMENT DE L'A.N.C. POUR LE QUATRE-VINGT-DIXIÈME ANNIVERSAIRE DE NELSON MANDELA, STADE LOFTUS VERSFELD, PRETORIA, AFRIQUE DU SUD, 2 AOÛT 2008

Apparence

Je prenais du poids rapidement et je me suis résolu à ne plus prendre de dîner ni de snack dans l'après-midi.

LETTRE AU BRIGADIER KEULDER, ÉCRITE À LA PRISON VICTOR VERSTER, PAARL, AFRIQUE DU SUD, 9 OCTOBRE 1989

Parfois on s'attache à quelque chose, tu sais ? Eh bien je m'étais attaché à ma barbe.

CONVERSATION AVEC AHMED KATHRADA SUR LES RAISONS QUI LE POUSSAIENT À NE PAS VOULOIR SE RASER QUAND IL ÉTAIT EN CLANDESTINITÉ, VERS 1993-1994

L'archevêque [Desmond] Tutu et moi avons discuté de ce sujet. Il m'a dit : « Monsieur le Président, je pense que vous avez raison dans tout ce que vous faites, sauf dans votre manière de vous habiller. » J'ai répondu à l'archevêque, pour lequel j'ai beaucoup de respect : « Ne nous lançons pas dans un débat sans issue. »

COMMENTAIRE APRÈS UNE RENCONTRE AVEC MME BETSIE VERWOERD, ORANIA, AFRIQUE DU SUD, 15 AOÛT 1995

À chaque fois que j'enfile ce truc, je n'arrive plus à parler. Je trouve que ça devient vraiment difficile de parler.

DISCUSSION AVEC SES ASSISTANTS QUI VEULENT QU'IL PORTE UN NŒUD PAPILLON POUR UN DÎNER OFFICIEL, DOCUMENTAIRE DE LA B.B.C. (GRANDE-BRETAGNE), 1996

Quand les médias ont demandé à l'un de mes célèbres neveux : « Que pensez-vous de la manière de s'habiller de votre oncle ? », il a répondu : « C'est honteux. Un Président devrait toujours porter un costume, une chemise blanche, une cravate et un chapeau. Mon oncle s'habille comme un ivrogne. »

RECEVANT LE RAPPORT DE LA COMMISSION VÉRITÉ ET RÉCONCILIATION, PRETORIA, AFRIQUE DU SUD, 29 OCTOBRE 1998

S'il y a une chose dont je peux me vanter, c'est que je suis plus grand que le président des États-Unis.

EN RÉFÉRENCE AU PRÉSIDENT JIMMY CARTER LORS DE L'INAUGURATION DE LA CLINIQUE ZOLA, SOWETO, AFRIQUE DU SUD, 7 MARS 2002

Il ne faut pas que ça défasse ma coiffure, j'ai mis une heure à me peigner.

ALORS QU'IL DOIT METTRE UN CASQUE, DOCUMENTAIRE *MANDELA : THE LIVING LEGEND*, 2003

Je n'ai jamais aimé ce genre de chaussures avec un bout pointu.

DOCUMENTAIRE *MANDELA AT 90*, 2008

Arrestation

Le monde autour de moi s'est littéralement écroulé, je n'avais plus de revenus, je ne pouvais plus honorer mes obligations.

LETTRE À ZINDZI MANDELA À PROPOS DE SON ARRESTATION POUR TRAHISON EN 1956, ÉCRITE À ROBBEN ISLAND, 1ER MARS 1981

Je me suis rendu compte qu'essayer de m'échapper était un pari risqué.

VISITE DU LIEU DE SON ARRESTATION DU 5 AOÛT 1962, HOWICK, AFRIQUE DU SUD, 15 NOVEMBRE 1993

L'arrestation elle-même s'est passée de façon très courtoise, très polie.

IBID.

Le policier faisait son devoir, il l'a fait en respectant la loi, il s'est montré courtois. Il m'a traité avec respect et je n'avais pas non plus de raisons d'en vouloir à un policier qui faisait son métier. Ce qui peut nous irriter, c'est que la police abuse de son pouvoir et fasse des choses inacceptables.

IBID.

J'ai décidé que la partie était terminée.

CONVERSATION AVEC AHMED KATHRADA, VERS 1993-1994

Arts

Un bon usage de la photographie peut donner même à la pauvreté, avec ses haillons, sa crasse, sa vermine, un air presque divin qu'on ne voit que rarement dans la réalité.

LETTRE À ZINDZI MANDELA, ÉCRITE À ROBBEN ISLAND, 27 JANVIER 1980

L'art, quand il est bon, est toujours universel et intemporel.

LETTRE À ZINDZI MANDELA, ÉCRITE À ROBBEN ISLAND, 10 FÉVRIER 1980

Pendant les pires années de la répression, quand tous les moyens de protestation ordinaires nous étaient interdits par l'état d'urgence, ce sont les arts qui ont permis d'exprimer le désespoir et les aspirations démocratiques de notre peuple. Ces sentiments s'affirmaient au théâtre, dans la danse, la littérature, les chansons, les films, les peintures et la sculpture, qui rompaient le silence que tentait d'imposer l'apartheid.

DÉCLARATION À L'OCCASION DE L'OUVERTURE DU CONGRÈS SUR LE DÉVELOPPEMENT CULTUREL AU CIVIC THEATRE, JOHANNESBURG, AFRIQUE DU SUD, 25 AVRIL 1993

Peu de Sud-Africains sont restés insensibles aux mélodies obsédantes de Miriam Makeba, qui a donné une voix aux souffrances de l'exil et du déracinement en même temps qu'elle inspirait un puissant sentiment d'espoir. Et nombreux ont été ceux que cette tension du désespoir et de l'espoir a touchés, notamment grâce aux sublimes interprétations de Vusi Mahlasela et Johnny Clegg.

DÉBAT DU BUDGET PRÉSIDENTIEL, PARLEMENT, AFRIQUE DU SUD, 18 JUIN 1996

Nos artistes et écrivains entremêlent un attachement viscéral à la culture particulière dont ils sont issus et un amour tout aussi fort pour la nation sud-africaine dans son ensemble.

IBID.

Nous ne donnerons de meilleures conditions de vie aux gens ordinaires et aux citoyens de notre continent que si nous donnons la priorité aux préceptes humains très simples dont traite toujours la littérature, ou du moins la bonne littérature. Nous y arriverons si nous faisons en sorte que la littérature et l'élévation de l'esprit soient prises au sérieux et valorisées dans notre société et dans nos idéaux.

BANQUET CÉLÉBRANT LES CENT MEILLEURS LIVRES AFRICAINS DU XXE SIÈCLE, LE CAP, AFRIQUE DU SUD, JUILLET 2002

Assassinat

Il n'y a pas de menace de l'extrême gauche, les prétendus radicaux. Je peux me déplacer librement ici au milieu de mon peuple, sans escorte. Je ne doute pas le moins du monde que je suis en sécurité. Tous ces hommes se sentent responsables de ma sécurité. Je ne peux pas en dire autant de l'extrême droite.

CHEZ LUI, SOWETO, AFRIQUE DU SUD, 14 FÉVRIER 1990

Ma foi, la mort – l'assassinat de n'importe quel individu – n'a jamais rien de plaisant. Nous préférerions que la communauté exprime sa désapprobation des politiques menées sans recourir à des extrémités comme l'assassinat.

CONVERSATION AVEC RICHARD STENGEL, 9 DÉCEMBRE 1992

Ce soir, je tends la main à tous les Sud-Africains, noirs et blancs, avec toute la sincérité dont je suis capable. Un Blanc, un homme plein de préjugés et de haine, est venu dans notre pays et a commis un acte si odieux que toute notre nation vacille au bord de l'abîme. Une Blanche, d'origine afrikaner, a risqué sa vie pour que nous le sachions, et pour que l'assassin soit traîné devant la justice.

DISCOURS RETRANSMIS À LA TÉLÉVISION APRÈS L'ASSASSINAT DE CHRIS HANI, JOHANNESBURG, AFRIQUE DU SUD, 13 AVRIL 1993

Associations civiles

Les associations civiles dans ce pays jouent un rôle important dans l'expression des aspirations du peuple et dans la formulation des idées.

LETTRE À L'ASSOCIATION CIVILE PAARL, ÉCRITE À LA PRISON VICTOR VERSTER, AFRIQUE DU SUD, 21 AOÛT 1989

Autobiographie

Quel doux euphémisme a inventé la langue anglaise pour l'autocélébration – « autobiographie » !

LETTRE À FATIMA MEER, ÉCRITE À ROBBEN ISLAND, 1ER MARS 1971

Si j'étais en situation d'écrire mon autobiographie, sa publication serait retardée jusqu'au jour où mon cadavre pourrirait six pieds sous terre.

IBID.

En racontant l'histoire de sa vie, on doit parler honnêtement de ses camarades politiques, de leurs personnalités et de leurs opinions. Le lecteur a envie de savoir quel genre de personne est celui qui écrit, quelles relations il a eu avec les autres, et cela ne doit pas se traduire par des choix d'épithètes, mais par la relation des faits eux-mêmes.

MANUSCRIT AUTOBIOGRAPHIQUE INÉDIT, ÉCRIT À ROBBEN ISLAND, 1975

Une autobiographie n'est pas seulement le catalogue des événements et des expériences qu'a traversés un individu, c'est aussi un modèle sur lequel d'autres peuvent façonner leur vie.
SUITE INÉDITE À SON AUTOBIOGRAPHIE, VERS 1988

Avenir

D'autres gens dans ce pays seront conduits, à cause des persécutions policières et de l'action administrative du gouvernement, à m'imiter, de cela je suis certain.
PLAIDOYER POUR L'ATTÉNUATION DE SA PEINE APRÈS AVOIR ÉTÉ RECONNU COUPABLE D'AVOIR INCITÉ DES TRAVAILLEURS À FAIRE GRÈVE ET D'AVOIR QUITTÉ LE PAYS ILLÉGALEMENT, ANCIENNE SYNAGOGUE, PRETORIA, AFRIQUE DU SUD, NOVEMBRE 1962

Beaucoup de gens dans ce pays ont payé cher avant moi, et d'autres paieront encore après.
IBID.

Un jour, il sera possible pour l'humanité de produire des saints qui seront véritablement droits, vénérables, inspirés dans tout ce qu'ils font par l'amour authentique de l'humanité, et qui serviront tous les hommes avec altruisme.
LETTRE À WINNIE MANDELA, ÉCRITE À ROBBEN ISLAND, 19 AOÛT 1976

Nous regardons l'avenir avec confiance. Car les armes qui servent l'apartheid ne le rendent pas invincible. Ceux qui vivent par le feu périront par le feu.
DÉCLARATION À PROPOS DU SOULÈVEMENT DE SOWETO EN 1976, SORTIE CLANDESTINEMENT DE LA PRISON DE ROBBEN ISLAND ET DIFFUSÉE PAR L'A.N.C. EN EXIL, 1980

Savoir que nous partageons les mêmes souffrances, aussi écrasantes soient-elles, rend vivant pour nous notre unité avec l'humanité, même si cela accroît nos responsabilités. Cela contribue aussi à renforcer notre foi et notre croyance en l'avenir.

LETTRE À MME MANORAMA BHALLA, SECRÉTAIRE DU CONSEIL INDIEN POUR LES RELATIONS CULTURELLES, ÉCRITE À ROBBEN ISLAND, 3 AOÛT 1980

Les idéaux que nous chérissons, nos rêves les plus chers et nos espoirs les plus ardents ne se réaliseront peut-être pas de notre vivant.

LETTRE À SHEENA DUNCAN, ÉCRITE À LA PRISON DE POLLSMOOR, LE CAP, AFRIQUE DU SUD, 1ER AVRIL 1985

Réalisons notre glorieuse vision d'une Afrique du Sud débarrassée du racisme. Débarrassée de l'antagonisme raciale. Une Afrique du Sud qui ne serait plus une menace pour la paix. Qui ne serait plus la honte du monde. Notre victoire commune est certaine.

DISCOURS À LA CONFÉRENCE INTERNATIONALE DU TRAVAIL, GENÈVE, SUISSE, 8 JUIN 1990

Quand nous promettions la liberté au peuple, étions-nous en train d'offrir un mirage ? Quand nous annoncions un avenir heureux et prospère, cherchions-nous à aveugler les gens face à la misère et à la pauvreté croissantes ? Quand nous proclamions que nous représentions véritablement leurs intérêts, cachions-nous au peuple notre incapacité à lui donner ce qu'il exige dans la vie ?

RENCONTRE DU SOMMET DU FRONT PATRIOTIQUE, PORT ELIZABETH, AFRIQUE DU SUD, 29 OCTOBRE 1992

Nous pouvons construire une société fondée sur l'amitié et notre humanité commune : une société fondée sur la tolérance. C'est la seule route qui s'ouvre à nous. La seule pour que notre beau pays connaisse un avenir glorieux. Donnons-nous la main et marchons ensemble vers l'avenir.

ANNONCE DE LA DATE DE L'ÉLECTION, PROCESSUS DE NÉGOCIATIONS MULTIPARTITES, KEMPTON PARK, AFRIQUE DU SUD, 17 NOVEMBRE 1993

Nous avons toutes les raisons de regarder l'avenir avec confiance et espoir, car si l'on observe que les avancées réalisées ont impliqué, d'un coup, vingt-six partis politiques avec différentes origines, notre réussite est vraiment historique.

INTERVIEW, VERS 1994

Le monde que nous imaginons est exposé dans la Charte de la liberté : le principe gravé dans le marbre qui veut que l'Afrique du Sud appartient à l'ensemble du peuple ; une Charte des droits qui défend les droits de tous les individus, quelle que soit leur couleur ; un système multipartite ; des élections régulières ; la représentation proportionnelle et la sécurisation du droit à la propriété et de la liberté confessionnelle – voilà le monde auquel je crois.

DOCUMENTAIRE *COUNTDOWN TO FREEDOWN : TEN DAYS THAT CHANGED SOUTH AFRICA*, 1994

Je promets de faire de mon mieux pour être digne de la foi et de la confiance que vous placez en moi et en mon organisation, le Congrès national africain. Bâtissons ensemble l'avenir, et buvons à une vie meilleure pour tous les Sud-Africains.

CÉLÉBRATIONS DE LA VICTOIRE ÉLECTORALE DE L'A.N.C., HÔTEL CARLTON, JOHANNESBURG, AFRIQUE DU SUD, 2 MAI 1994

Tous les Sud-Africains ont pour défi d'assumer le passé d'une manière qui permette d'envisager l'avenir comme une nation unie et en paix avec elle-même.

LORS DU SERVICE ŒCUMENIQUE POUR LA COMMISSION VÉRITÉ ET RÉCONCILIATION, CATHÉDRALE SAINT-GEORGE, LE CAP, AFRIQUE DU SUD, 13 FÉVRIER 1996

Un avenir radieux nous attend. À nous, grâce à notre travail, à notre honnêteté et notre intégrité, d'atteindre les étoiles.
CÉLÉBRATIONS DU JOUR DE LA LIBERTÉ, PRETORIA, AFRIQUE DU SUD, 27 AVRIL 1996

Notre serment : jamais plus les lois de ce pays ne déchireront le peuple ni ne rendront légales l'oppression et la répression. Ensemble, nous marcherons, main dans la main, vers un avenir meilleur.
SIGNATURE DE LA NOUVELLE CONSTITUTION, SHARPEVILLE, VEREENIGING, AFRIQUE DU SUD, 10 DÉCEMBRE 1996

Reconnaissons franchement les injustices du passé et bâtissons l'avenir sur des bases d'égalité et de justice sociale.
IBID.

Quand je resterai assis à Qunu et que je deviendrai aussi vieux que ses collines, je continuerai à entretenir l'espoir qu'apparaissent toujours des dirigeants dans mon pays et dans ma région, sur mon continent et à travers le monde, des dirigeants qui ne laissent personne être bafoué comme nous l'avons été, devenir réfugié comme nous l'avons été, être réduit à la faim comme nous l'avons été, être dépouillé de sa dignité comme nous l'avons été.
CINQUANTE-TROISIÈME ASSEMBLÉE GÉNÉRALE DES NATIONS UNIES, NEW YORK, U.S.A., 21 SEPTEMBRE 1998

Notre vision de l'avenir passe par un dévouement renouvelé des dirigeants de ce monde dans tous les domaines d'échange entre les hommes, pour que le XXIe siècle soit celui de la paix et de la réconciliation.
RECEVANT LE PRIX ALLEMAND DES MÉDIAS, BADEN-BADEN, ALLEMAGNE, 28 JANVIER 1999

Les fondations sont creusées – la construction est en cours. Avec une nouvelle génération de dirigeants et un peuple qui se retrousse les manches pour être partenaire du changement, nous pouvons construire le pays de nos rêves !

DISCOURS DEVANT LE PARLEMENT, LE CAP, AFRIQUE DU SUD, 5 FÉVRIER 1999

Nous ne ferons pas de petits pas, mais de grandes foulées vers l'avenir radieux en ce nouveau millénaire. Comme nous avons réduit à néant les prophètes de malheur, nous devons aujourd'hui défier les marchands de cynisme et de désespoir.

IBID.

La longue marche continue.

SÉANCE FINALE DU PREMIER PARLEMENT DÉMOCRATIQUEMENT ÉLU, LE CAP, AFRIQUE DU SUD, 26 MARS 1999

La route que nous avons parcourue, nous l'avons bâtie au fur et à mesure par l'ensemble de nos contributions ; les outils dont nous avons eu besoin en cours de route, nous les avons fabriqués ensemble ; notre avenir est ensemble, avec ses promesses et ses exigences.

INAUGURATION D'UN MONUMENT À LA RÉSISTANCE PASSIVE, UMBILO PARK, DURBAN, AFRIQUE DU SUD, 27 MAI 2002

Il faut que le monde devienne meilleur : que les droits des individus soient respectés, qu'on construise à partir des aspirations les plus anciennes, et qu'on permette à chaque individu de développer tout son potentiel.

MESSAGE AU FORUM SOCIAL MONDIAL, MUMBAI, INDE, JANVIER 2004

Nous sommes trop vieux pour prétendre contribuer à la résolution des conflits et des tensions sur le front international. En conséquence, c'est une immense gratification de voir une nouvelle génération de chefs d'États africains émerger. Ils seront capables de défendre avec autorité un nouvel ordre mondial dans lequel les peuples vivront dans l'égalité, l'harmonie et la paix.

CINQUIÈME CONFÉRENCE ANNUELLE NELSON MANDELA, LINDER AUDITORIUM, JOHANNESBURG, AFRIQUE DU SUD, 22 JUILLET 2007

Il est temps que d'autres se chargent du fardeau. C'est entre vos mains, désormais.

CONCERT 46664, HYDE PARK, LONDRES, GRANDE-BRETAGNE, 27 JUIN 2008

Il incombe à la nouvelle génération de prendre les rênes ; la nôtre a fait du mieux qu'elle a pu en son temps.

MESSAGE POUR LE LANCEMENT DU MANIFESTE ÉLECTORAL DE L'A.N.C. ET POUR LES CÉLÉBRATIONS DE SON QUATRE-VINGT-DIX-SEPTIÈME ANNIVERSAIRE, ABSA STADIUM, EAST LONDON, AFRIQUE DU SUD, 10 JANVIER 2009

Bannissement

Pour faire court, je me retrouvais traité comme un criminel, mais pas derrière les barreaux. Je n'avais pas le droit de choisir à qui je parlais, de fréquenter certains hommes, de participer à leurs activités politiques, d'adhérer à leurs organisations. J'étais soumis à une surveillance policière constante.

PLAIDOYER POUR L'ATTÉNUATION DE SA PEINE APRÈS AVOIR ÉTÉ RECONNU COUPABLE D'AVOIR INCITÉ DES TRAVAILLEURS À FAIRE GRÈVE ET D'AVOIR QUITTÉ LE PAYS ILLÉGALEMENT, ANCIENNE SYNAGOGUE, PRETORIA, AFRIQUE DU SUD, NOVEMBRE 1962

En 1960, il y a une fusillade à Sharpeville, à la suite de quoi on a proclamé l'état d'urgence et déclaré l'ANC illégal. Mes camarades et moi, après y avoir mûrement réfléchi, nous avons décidé que nous n'obéirions pas à ce décret.

DISCOURS DEPUIS LE BANC DES ACCUSÉS, PROCÈS DE RIVONIA, PALAIS DE JUSTICE, PRETORIA, AFRIQUE DU SUD, 20 AVRIL 1964

J'ai absolument voulu visiter le pays parce que je savais que la question du bannissement et du confinement dans une région précise ne cesserait de me hanter le reste de ma vie, tant que je serais actif sur le plan politique.
CONVERSATION AVEC RICHARD STENGEL, 24 DÉCEMBRE 1992

Le bannissement n'est pas seulement un confinement physique, ça emprisonne aussi l'esprit. Cela provoque une sorte de claustrophobie psychologique qui accentue le désir non seulement de liberté de mouvement, mais d'évasion spirituelle.
DANS *UN LONG CHEMIN VERS LA LIBERTÉ*, 1994

Bhunga

Il y avait ce qu'on appelait le Bhunga, qui était l'institution politique et administrative où se réunissaient les penseurs les plus influents et les chefs traditionnels de la région. Ils y discutaient des problèmes relatifs au Transkei. C'était un corps de gouvernement qui était unique en ce sens qu'il n'existait pas ailleurs dans le pays.
CONVERSATION AVEC RICHARD STENGEL, 23 MARS 1993

Bonheur

Il m'arrive de rire tout seul en pensant à la chance que j'ai eue, ainsi qu'aux moments de bonheurs.
LETTRE À WINNIE MANDELA, ÉCRITE À ROBBEN ISLAND, 1ER OCTOBRE 1976

C'est une vertu précieuse que de rendre les autres heureux et de leur faire oublier leurs soucis.
LETTRE À ZINDZI MANDELA, ÉCRITE À ROBBEN ISLAND, 1ER MARS 1981

Prenez sur vous, où que vous viviez, de donner de la joie et de l'espoir autour de vous.
OUVERTURE DE LA CLINIQUE ZOLA, SOWETO, AFRIQUE DU SUD, 7 MARS 2002

Bonne volonté

Des témoignages de bonne volonté nous parviennent en permanence, de tous bords, ce qui nous donne confiance et espoir.

LETTRE À MANGOSUTHU BUTHELEZI, ÉCRITE À ROBBEN ISLAND, 1[ER] OCTOBRE 1978

Bonté

Il y aura toujours des hommes bons sur terre, dans tous les pays, et même ici.

LETTRE À WINNIE MANDELA, ÉCRITE À ROBBEN ISLAND, 1[ER] AOÛT 1970

L'habitude de se préoccuper des détails et d'apprécier les petits gestes de courtoisie est révélatrice des bons caractères.

LETTRE À ZENANI MANDELA, ÉCRITE À ROBBEN ISLAND, 25 MARS 1979

Les gens ont l'impression que je vois toujours le bien dans les gens. C'est une critique que je prends en compte et j'essaie de me corriger, que ce soit vrai ou non, mais je pense que c'est une faiblesse profitable.

CONVERSATION AVEC RICHARD STENGEL, 29 DÉCEMBRE 1992

Je me risque à dire qu'il y a une part de bonté naturelle en l'homme, qu'on peut attribuer entre autres à la conscience sociale que nous possédons tous. Et, oui, il y a une part de mal naturel en nous tous, qui sommes faits de chair et d'os, à cause de notre désir concomitant de perpétuer et de satisfaire notre moi.

DISCOURS LORS DE LA CONFÉRENCE MONDIALE SUR LA RELIGION ET LA PAIX (CHAPITRE DE L'AFRIQUE DU SUD), DURBAN, AFRIQUE DU SUD, 7 AOÛT 1994

Il y a un zeste de bonté chez les hommes qui peut être enfoui ou caché, et ressurgir tout à coup.
DANS *UN LONG CHEMIN VERS LA LIBERTÉ*, 1994

Nous sommes le symbole qu'il est possible de produire de bonnes choses lorsque les hommes sont disposés à se faire confiance et à croire en la bonté de chacun.
SÉANCE DU PARLEMENT À L'OCCASION DE L'ANNIVERSAIRE DES DIX ANS DE LA DÉMOCRATIE, PARLEMENT, LE CAP, AFRIQUE DU SUD, 10 MAI 2004

Boxe

La boxe est égalitaire. Le rang, l'âge, la couleur, la richesse ne comptent pas sur le ring. Quand vous tournez en cercle autour de votre adversaire, que vous explorez ses forces et ses faiblesses, vous ne pensez pas à sa couleur ou à son statut social.
DANS *UN LONG CHEMIN VERS LA LIBERTÉ*, 1994

Ce que j'aimais dans la boxe, ce n'était pas sa violence mais son côté scientifique.
IBID.

J'aimerais que mon ami Evander Holyfield sache qu'aujourd'hui je me sens comme un champion du monde poids lourd.
RECEVANT LA MÉDAILLE D'OR DU CONGRÈS, WASHINGTON D.C., U.S.A., 29 JUILLET 1998

À son meilleur, la boxe est un art, une activité extrêmement spectaculaire, et dans bien des cas un ticket pour sortir de la pauvreté.
TRENTE-SIXIÈME CONVENTION DE LA WORLD BOXING COUNCIL, JOHANNESBURG, AFRIQUE DU SUD, 26 OCTOBRE 1998

À part être champion du monde de boxe, ce que je n'ai jamais pu devenir, peut-être que la meilleure chose qui puisse arriver à quelqu'un est d'inaugurer une prestigieuse convention annuelle de boxe.
IBID.

J'étais un combattant.
RENCONTRE AVEC LA BOXEUSE LAILA ALI, FONDATION NELSON MANDELA, JOHANNESBURG, AFRIQUE DU SUD, 30 JANVIER 2006

Nous soutenons les femmes qui vont de l'avant et bousculent les hommes qui ont monopolisé certains rôles.
RENCONTRE AVEC LA BOXEUSE GWENDOLYN O'NEIL, FONDATION NELSON MANDELA, JOHANNESBURG, AFRIQUE DU SUD, 31 JANVIER 2007

Campagne

Tu sais que, comme la plupart de mes contemporains, je reste au fond quelqu'un de rustique, né et élevé dans un village de campagne, avec ses immenses espaces, son grand air et ses somptueux paysages.
LETTRE AU SÉNATEUR DOUGLAS LUKHELE, ÉCRITE À ROBBEN ISLAND, 1ER AOÛT 1970

Quatorze ans à vivre les uns sur les autres dans la plus grande ville d'Afrique du Sud n'avait pas tué le paysan en moi, et j'avais encore une fois envie de voir le veld ouvert et accueillant, les montagnes bleues, l'herbe et les buissons verts, les collines moutonnantes, les riches vallées, les ruisseaux rapides qui dévalent les escarpements vers la mer insatiable.
MANUSCRIT AUTOBIOGRAPHIQUE INÉDIT, ÉCRIT À ROBBEN ISLAND, 1975

Je devais avoir cinq ans quand j'ai commencé à m'occuper avec d'autres garçons des moutons et des veaux et que je suis tombé amoureux du veld. Quelques années plus tard, j'étais capable de m'occuper aussi du bétail…

IBID.

Comparée à la ville, la vie à la campagne est triste et terne, même si nous y sommes nés et y avons grandi. Et même si nous aimerions y être enterrés, on s'aperçoit qu'un voyage à l'étranger est une expérience saine et enrichissante.

LETTRE À KEPU MKENTANE, ÉCRITE À LA PRISON DE POLLSMOOR, LE CAP, AFRIQUE DU SUD, 1ER MARS 1988

J'ai toujours aimé regarder par la fenêtre quand je suis au volant. J'ai toujours eu mes meilleures idées en roulant dans la campagne avec le vent qui fouette les vitres.

DANS *UN LONG CHEMIN VERS LA LIBERTÉ*, 1994

Campagne d'insoumission

La campagne d'insoumission était une étape d'une grande importance politique. Elle a libéré des forces qui ont touché des milliers de nos compatriotes. C'était une façon efficace de donner une fonction politique aux masses, une méthode puissante pour exprimer notre indignation contre les politiques réactionnaires du gouvernement.

DISCOURS DE PRÉSIDENCE LORS DU CONGRÈS DU TRANSVAAL DE L'A.N.C., ÉGALEMENT CONNU COMME LE DISCOURS DU « DIFFICILE CHEMIN VERS LA LIBERTÉ », TRANSVAAL, AFRIQUE DU SUD, 21 SEPTEMBRE 1953

J'en ai tiré la capacité à mener une lutte sans violence, de manière paisible et disciplinée. C'est ce que j'ai appris, pas comme un principe, mais comme une stratégie.

CONVERSATION AVEC RICHARD STENGEL, 4 DÉCEMBRE 1992

Voilà des gens qui allaient en prison à cause d'un principe, parce qu'ils protestaient contre une loi qu'ils considéraient comme injuste. Des étudiants qui étaient mes camarades quittaient leur classe et allaient défier l'autorité pour l'amour de leur peuple et de leur pays. Ça a eu un énorme impact sur moi.

CONVERSATION AVEC RICHARD STENGEL, 18 MARS 1993

Le but était d'enfreindre six lois et d'aller en prison. Ainsi on attirait l'attention du pays et du monde sur nos doléances. Sur le fait que nous voulions nous débarrasser de la peur de l'homme blanc, qui paralysait tout le monde, la peur de ses tribunaux, de sa police, de son armée. Nous voulions que les gens sachent qu'ils pouvaient résister à l'injustice, aller en prison et en sortir quand même. Nous voulions instiller un esprit de résistance, et aussi créer l'unité.

CONVERSATION AVEC RICHARD STENGEL, VERS MARS 1993

Vu les standards de l'époque, c'était extraordinaire de voir des gens aller en prison et en ressortir vivants, et même prêts à y retourner. Mais c'était limité aux villes, car nous négligions complètement la campagne, et ça a toujours été notre faiblesse.

IBID.

C'était une forme de protestation, pas un moyen immédiat de mettre le gouvernement à genoux.

CONVERSATION AVEC RICHARD STENGEL, 19 MARS 1993

Certains pensaient que la Campagne d'insoumission renverserait le gouvernement, et quand nous leur disions : « Non, ça n'arrivera pas », ils ne voulaient pas nous croire, ils voulaient que nous continuions indéfiniment. Nous avons répondu qu'on ne pouvait pas faire ça. Cette campagne avait seulement pour but d'attirer l'attention sur nos revendications.

IBID.

Quand un homme enfreint une loi, va en prison et en ressort, il est peu probable que cet homme soit effrayé par la vie en prison, de manière générale.

CONVERSATION AVEC RICHARD STENGEL, 29 AVRIL 1993

Nous avons enfreint les lois et été condamnés à la prison, et le résultat de la nature de cette campagne, c'est que nous avons amené le peuple à ne plus craindre la répression, à être prêt à résister.

IBID.

La campagne m'a libéré de tout ce qui pouvait me rester de doute ou de sentiment d'infériorité ; ça m'a débarrassé de l'impression d'être écrasé par la puissance et l'apparente invincibilité de l'homme blanc et de ses institutions. Maintenant l'homme blanc avait goûté à mes poings et je pouvais me tenir droit, comme un homme, et regarder tout le monde dans les yeux avec la dignité qui vient de n'avoir pas succombé à l'oppression et à la peur. Je m'étais transformé en combattant de la liberté.

DANS *UN LONG CHEMIN VERS LA LIBERTÉ*, 1994

En 1952, nous avons lancé la Campagne d'insoumission. Nous avons choisi six lois injustes que nous devions enfreindre pour aller en prison, le but étant d'attirer l'attention justement sur ces lois injustes.

DOCUMENTAIRE DE LA B.B.C. (GRANDE-BRETAGNE), 1996

Caractère

Un jour, nous aurons pour nous le soutien sincère et indéfectible d'un homme honnête, placé au sommet de l'État, qui jugera incorrect de ne pas honorer son devoir et de ne pas protéger les droits et les prérogatives de ses ennemis les plus résolus dans la bataille d'idées qui se joue ici.

LETTRE À WINNIE MANDELA, ALORS INCARCÉRÉE À LA PRISON CENTRALE DE PRETORIA, ÉCRITE À ROBBEN ISLAND, 1ER AOÛT 1970

Une tête bien faite et un bon cœur forment toujours une formidable combinaison.

LETTRE À FATIMA MEER ÉCRITE À ROBBEN ISLAND, 1ER JANVIER 1976

Sur quel aspect se concentrer pour juger l'autre, cela dépend du caractère de chacun. Comme nous jugeons les autres, ils nous jugent.

LETTRE À WINNIE MANDELA, ÉCRITE À ROBBEN ISLAND, 9 DÉCEMBRE 1979

C'est ce que nous faisons de ce que nous avons, et non de ce qui nous est donné, qui sépare une personne d'une autre.

DANS *UN LONG CHEMIN VERS LA LIBERTÉ*, 1994

Je n'ai joué que dans quelques pièces, mais j'ai eu un rôle mémorable : celui de Créon, le roi de Thèbes dans l'*Antigone* de Sophocle. J'ai lu plusieurs tragédies grecques en prison et je les ai trouvées extrêmement enrichissantes. J'en ai retenu qu'on mesurait le caractère d'un homme à son comportement dans l'adversité et qu'un héros ne pliait jamais, même dans les circonstances les plus éprouvantes.

IBID.

Il est dans la nature de notre esprit que nous apprenions autant des expériences agréables que désagréables.

DÎNER ANNUEL DE L'ASSOCIATION DES CORRESPONDANTS ÉTRANGERS, TRANSVAAL AUTOMOBILE CLUB, JOHANNESBURG, AFRIQUE DU SUD, 21 NOVEMBRE 1997

Caraïbes

Cette région, par les chansons et les poèmes qu'elle a inspirés, par la philosophie et l'action politique qui s'y sont développées, est depuis longtemps un foyer où s'articulent à la fois les lamentations et les aspirations du peuple noir à travers le monde. Nous sommes liés par notre héritage africain commun. Quand les Africains étaient arrachés à leur continent, ils portaient l'Afrique en eux et ont fait des Caraïbes une partie de l'Afrique.

DIX-NEUVIÈME SOMMET DES CHEFS DE GOUVERNEMENT DE LA CARICOM (COMMUNAUTÉ CARIBÉENNE), SAINTE-LUCIE, 4 JUILLET 1998

Célébrité

Quand vous voyagez d'un endroit à l'autre, vous êtes entourés par des agents de sécurité. Il est difficile de s'arrêter et de parler aux gens comme on aimerait le faire quand on visite un endroit.

CONVERSATION AVEC RICHARD STENGEL, 23 AVRIL 1993

Tu sais, vivre comme cela, c'est difficile.

CONVERSATION AVEC AHMED KATHRADA À PROPOS DU FAIT D'ÊTRE CONNU, VERS 1993-1994

Censeurs

J'espère que les impitoyables agents du destin, qui interfèrent constamment dans ma correspondance et m'ont coupé d'avec ma famille en un moment si crucial, seront amenés par des considérations sur l'honneur et l'honnêteté à laisser passer cette lettre.

LETTRE AU SÉNATEUR DOUGLAS LUKHELE, ÉCRITE À ROBBEN ISLAND, 1ER AOÛT 1970

Le double niveau de censure est lâche et calculé dans le but de tromper le public en lui donnant l'impression que les lettres envoyées ne sont pas censurées.
LETTRE EXPÉDIÉE CLANDESTINEMENT DE PRISON À DES AVOCATS DE DURBAN, ÉCRITE À ROBBEN ISLAND, JANVIER 1977

Nous avons régulièrement demandé aux censeurs de ne pas raturer au stylo à bille les lettres retournées, et d'utiliser plutôt un crayon de bois.
LETTRE AU MAJOR HARDING, DIRECTEUR DE LA PRISON DE ROBBEN ISLAND, 23 DÉCEMBRE 1979

Changement

Nous ne pouvons pas oublier les hommes et les femmes qui ont provoqué ces changements.
INTERVIEW À LA B.B.C. (GRANDE-BRETAGNE), 1993

Nous avons de nombreuses preuves indiquant que les Blancs de ce pays soutiennent le changement.
INTERVIEW, VERS 1994

Le changement qui s'opère est indescriptible.
IBID.

Je pense qu'il y a des preuves solides montrant que tous les groupes de la population sont pour le changement, même si bien entendu les minorités nourrissent des craintes compréhensibles.
IBID.

Le changement des nations, la renaissance des continents et l'émergence d'un nouvel ordre mondial sont des processus séparés. Mais aujourd'hui, ils font aussi partie d'une transformation globale d'importance historique. La croyance en la possibilité du changement

et du renouveau est peut-être l'une des caractéristiques communes de la politique et de la religion.
CONFÉRENCE AU CENTRE D'ÉTUDES ISLAMIQUES, SHELDONIAN THEATRE, OXFORD, GRANDE-BRETAGNE, 11 JUILLET 1997

Le plus difficile n'est pas de changer la société, mais de se changer, soi.
INTERVIEW AVEC JOHN BATTERSBY, JOHANNESBURG, AFRIQUE DU SUD, PUBLIÉE DANS *THE CHRISTIAN SCIENCE MONITOR* LE 10 FÉVRIER 2000

Pour défendre efficacement la paix, il ne faut pas seulement chercher à changer la société et le monde. Le plus difficile est de se changer soi avant de vouloir faire changer les autres.
RECEVANT LE PREMIER « LAUREUS LIFETIME ACHIEVEMENT AWARD », SPORTING CLUB, MONTE-CARLO, MONACO, 25 MAI 2000

Charte de la liberté

Pour la première fois dans l'histoire de notre pays, toutes les forces démocratiques, sans distinction de race, de conviction idéologique, politique ou religieuse, ont dénoncé et rejeté le racisme sous toutes ses formes, elles ont clairement défini leurs objectifs et leurs ambition et se sont unies dans un programme d'action commun.
ARTICLE INTITULÉ « LA LIBERTÉ AUJOURD'HUI », *LIBERATION*, JUIN 1956

Nous croyons que l'Afrique du Sud appartient au peuple qui y vit, et non à un groupe, qu'il soit noir ou blanc.
DISCOURS DEPUIS LE BANC DES ACCUSÉS, PROCÈS DE RIVONIA, PALAIS DE JUSTICE, PRETORIA, AFRIQUE DU SUD, 20 AVRIL 1964

On devrait hisser une bannière au-dessus de toutes les maisons du pays, qui proclamerait que l'Afrique du Sud appartient à ceux qui y vivent, les Noirs et les

Blancs, et que notre pays ne sera jamais prospère ni libre tant que le peuple ne vivra pas fraternellement, en jouissant de droits égaux et des mêmes chances.
ESSAI INTITULÉ « BALAYER LES OBSTACLES ET AFFRONTER L'ENNEMI », ÉCRIT À ROBBEN ISLAND, 1976

Comme cela est dit dans notre déclaration politique historique, la Charte de la liberté, nous sommes résolus à assurer à tous les citoyens des droits égaux en matière de langue, de culture et de religion. Ces dispositions, entre autres, doivent régler le problème des prétendues peurs des Blancs, et répondre aux aspirations du peuple sud-africain dans son ensemble.
DISCOURS AU PARLEMENT DU CANADA, OTTAWA, CANADA, 18 JUIN 1990

Étudiez notre document politique fondateur, la Charte de la liberté, et vous vous apercevrez qu'il défend la libre entreprise.
DOCUMENTAIRE *THE LAST MILE : MANDELA – AFRICA AND DEMOCRACY*, 1992

Avant d'être ratifiée par le Congrès du peuple, la Charte de la liberté est passée par notre organisation et nous y avons apporté pas mal de modifications. Certaines de ces modifications dérangeaient ses rédacteurs originels. Et donc c'est devenu une entreprise collective au vrai sens du terme.
CONVERSATION AVEC RICHARD STENGEL, 20 MARS 1993

Déjà, lors des années difficiles de la Seconde Guerre mondiale, alors que la survie même de la démocratie à travers le monde était en jeu, l'ANC a adopté les Résolutions africaines, un document inspiré par la Charte de l'Atlantique, dans lequel nous définissions notre vision de l'avenir. Et au beau milieu de ce cauchemar qu'était l'apartheid, nous avons élaboré la Charte de la liberté, un programme politique né de notre lutte et enraciné dans la réalité sud-africaine, qui a été salué dans le monde entier comme un document exceptionnel sur les droits de l'homme.

REMISE DE DÉCORATION, CLARK UNIVERSITY, ATLANTA, U.S.A., 10 JUILLET 1993

Chefferie

Fut un temps où, comme tous les peuples sur terre, les communautés très simples des Africains étaient conduites par les chefs, eux-mêmes conseillés par les conseils de tribus et les assemblées populaires. À cette époque, les chefs étaient en fait des gouverneurs représentatifs. Cependant, nulle part ces institutions n'ont survécu à la civilisation moderne industrielle.

ARTICLE INTITULÉ « LE TRIBALISME DE VERWOERD », *LIBERATION*, MAI 1959

Après tout, les seuls héros que j'avais connus jusque-là étaient presque tous des chefs, et le respect dont témoignaient les Noirs comme les Blancs à l'égard du régent avait tendance à exagérer l'importance de cette institution dans mon esprit.

MANUSCRIT AUTOBIOGRAPHIQUE INÉDIT, ÉCRIT À ROBBEN ISLAND, 1975

En tant que descendants des héros célèbres qui ont si bien guidé notre peuple lors des guerres de dépossession, et en tant que leaders traditionnels de plein droit, les chefs jouissent du respect de tous.

IBID.

Je considérais la chefferie non seulement comme le pivot autour duquel tournait la vie de la communauté, mais comme la clé menant aux positions d'influence et de pouvoir.

IBID.

Mais si j'étais resté chez moi, je serais un chef respecté aujourd'hui, vous savez ? J'aurais un gros estomac, et beaucoup de bœufs et de moutons.
CONVERSATION AVEC RICHARD STENGEL, 3 MAI 1993

Chine

La révolution chinoise a été un chef-d'œuvre, un *vrai* chef-d'œuvre. En lisant comment a été menée cette révolution, on croit à l'impossible. C'est tout simplement un miracle.
CONVERSATION AVEC RICHARD STENGEL, 4 AVRIL 1993

Cigarettes

Quand mes amis fumaient, il m'arrivait de prendre une cigarette et de la laisser brûler entre mes lèvres, vous voyez ? Fumer faisait plus moderne, mais j'ai arrêté, je crois que je n'avais pas encore seize ans, j'ai arrêté en 1934, je pense… Je fumais du tabac très fort.
CONVERSATION AVEC RICHARD STENGEL, 3 MAI 1993

Clandestinité

Jusqu'ici, nous avons réussi à anticiper tous les mouvements de la police. J'ai tellement de travail que je n'ai pas le temps de penser à une éventuelle arrestation.
SOURCE INCONNUE, VERS 1961

J'ai dû me séparer de ma femme et de mes enfants adorés, de ma mère et de mes sœurs, forcé de vivre comme un hors-la-loi dans mon propre pays. J'ai dû fermer boutique, quitter ma profession et vivre dans la pauvreté et la misère, comme tant d'autres.

DÉCLARATION DEVANT LA PRESSE INTITULÉE « LA LUTTE EST MA VIE », EXPLIQUANT SA DÉCISION DE MENER CLANDESTINEMENT LA LUTTE POLITIQUE CONFORMÉMENT AUX VŒUX DU CONSEIL D'ACTION NATIONALE, AFRIQUE DU SUD, 26 JUIN 1961

Parce qu'on lui dénie le droit de vivre normalement, comme ce fut le cas dans ma vie, vient un moment où l'homme se résout à vivre en dehors des lois. C'est le gouvernement qui en est responsable, c'est lui qui utilise la loi pour en faire un criminel. J'ai été poussé dans cette situation, et je ne regrette pas les décisions qui furent les miennes.

PLAIDOYER POUR L'ATTÉNUATION DE SA PEINE APRÈS AVOIR ÉTÉ RECONNU COUPABLE D'AVOIR INCITÉ DES TRAVAILLEURS À FAIRE GRÈVE ET D'AVOIR QUITTÉ LE PAYS ILLÉGALEMENT, ANCIENNE SYNAGOGUE, PRETORIA, AFRIQUE DU SUD, NOVEMBRE 1962

L'ANC refusa la dissolution et décida de poursuivre clandestinement. Nous considérions qu'il était de notre devoir de préserver une organisation qui s'était construite sur cent cinquante années de labeur. Je ne doute pas qu'aucune organisation blanche qui se respecte n'aurait baissé pavillon si un gouvernement dans lequel elle n'avait aucune part l'avait déclarée illégale.

DISCOURS DEPUIS LE BANC DES ACCUSÉS, PROCÈS DE RIVONIA, PALAIS DE JUSTICE, PRETORIA, AFRIQUE DU SUD, 20 AVRIL 1964

Cela signifiait en premier lieu que nous devions faire preuve d'une extrême discrétion, ne serait-ce que pour nous rencontrer et prendre des décisions, car si l'organisation devait devenir clandestine la première chose à faire était de créer les dispositifs qui lui permettraient de fonctionner clandestinement.

CONVERSATION AVEC RICHARD STENGEL, 5 AVRIL 1993

Nous avions déjà décidé de conduire certaines actions. Si nous nous faisions prendre – en dehors de la question de l'interdiction de l'ANC –, nous serions accusés et condamnés. L'idée de passer en clandestinité, c'était de démarrer une nouvelle ère, l'ère des activités violentes, de la violence organisée.
IBID.

Je ne m'étais pas vraiment rendu compte de tout ce qu'impliquait la vie que j'avais choisie. Je savais que je suivais un chemin qui allait me créer beaucoup de problèmes, ainsi qu'à ma famille, mais je n'anticipais pas sur leur nature précise.
INTERVIEW, VERS 1993

J'avais divers camouflages, pour la famille, les enfants, et un autre, différent, pour les déplacements en ville.
INTERVIEW, À PROPOS DE SON PASSAGE À LA CLANDESTINITÉ LE 29 MARS 1961, JUSTE APRÈS SON ACQUITTEMENT DANS LE PROCÈS POUR TRAHISON, PARCE QU'IL S'ATTENDAIT À ÊTRE DE NOUVEAU BANNI, VERS 1993

J'étais passé à la clandestinité et je menais un autre genre de vie. J'avais une barbe, je m'habillais autrement. J'étais habitué à faire attention à mes vêtements, ce genre de choses ; là, je portais des pantalons de velours, des sandales, j'avais les cheveux longs et je ne me peignais pas.
CONVERSATION AVEC AHMED KATHRADA, VERS 1993-1994

Quand on dénie à un homme le droit de vivre comme il l'entend, il n'a pas d'autre choix que de se mettre hors-la-loi.
SOURCE INCONNUE, 1994

C'est notre soif de liberté qui a fait de nous des hors-la-loi.
BANQUET DONNÉ PAR LE PRÉSIDENT KETUMILE MASIRE, BOTSWANA, 5 SEPTEMBRE 1995

Nous pensions que quelqu'un devait passer à la clandestinité et diriger le mouvement. J'ai accepté cette mission, avec toutes ses difficultés.
DOCUMENTAIRE DE LA B.B.C. (GRANDE-BRETAGNE), 1996

Colonialisme

Il est important pour nous comme pour le peuple africain dans son ensemble de comprendre que, sans le soutien de la finance américaine, il aurait été difficile voire impossible aux puissances coloniales occidentales de maintenir leur pouvoir en Afrique, et partout dans le monde.
DISCOURS DE PRÉSIDENCE À LA LIGUE DE JEUNESSE DE L'A.N.C., DÉCEMBRE 1951

Les puissances coloniales n'ont jamais vraiment développé l'Afrique dans les colonies qu'elles dirigeaient. Les petites infrastructures mises en place l'étaient toujours à l'intention du colonisateur, pas pour les masses populaires des pays concernés.
DOCUMENTAIRE *THE LAST MILE : MANDELA – AFRICA AND DEMOCRACY*, 1992

L'expansion de l'influence et de la domination européennes à l'échelle de presque toute la planète était l'aspect central de l'ambition européenne pendant cette période de l'histoire européenne.
CONFÉRENCE AU CENTRE D'ÉTUDES ISLAMIQUES, SHELDONIAN THEATRE, OXFORD, GRANDE-BRETAGNE, 11 JUILLET 1997

La colonisation du continent africain au XIXe siècle a été à bien des égards le point culminant de l'expansion entamée pendant la Renaissance, et de la domination de l'Europe sur la planète.
IBID.

Ses effets sur le continent colonisé sont trop bien connus pour qu'il soit nécessaire de les répéter. Oui, comme cela a été dit, l'étude de l'histoire n'a pas pour but de tourner en ridicule les actions humaines, pas plus que de faire pleurer ou de susciter la haine, il s'agit seulement de comprendre. Et, espérons-le, de tirer des leçons en nous tournant vers l'avenir.

SUITE INÉDITE À SON AUTOBIOGRAPHIE, VERS 1998

Le colonialisme et l'apartheid nous ont laissé une société très polarisée. Tant que nous n'aurons pas réduit l'immense fossé entre les gens cultivés et les incultes, les gens à l'abri et les exclus, les très riches et les très pauvres, nous continuerons d'être profondément divisés.

INAUGURATION DU PROJET « UNE VILLE, PLUSIEURS CULTURES », LE CAP, AFRIQUE DU SUD, 1ER MARS 1999

Les frontières nationales créées artificiellement à l'époque coloniale ont séparé des tribus et des clans, coupé les routes migratoires des animaux, fragmenté les écosystèmes et conduit à la destruction de la biodiversité.

MESSAGE LORS DE LA CONFÉRENCE INTERNATIONALE SUR LA ZONE CORÉENNE DÉMILITARISÉE, SÉOUL, CORÉE, 14-19 JUILLET 2004

Combattants de la liberté

Face à l'absence totale de volonté du gouvernement de prendre en compte, de considérer – voire d'y répondre – nos objections et nos propositions sérieuses et articulées pour la République à venir, que fallait-il faire ? Devions-nous laisser la loi – qui stipule que toute protestation est un délit – nous museler, en trahissant notre conscience et nos convictions ? Ou devions-nous rester fidèles à notre conscience et à nos convictions en nous battant pour le peuple de ce pays, pour la génération actuelle comme pour celles à venir, en transgressant la loi ?

PLAIDOYER POUR L'ATTÉNUATION DE SA PEINE APRÈS AVOIR ÉTÉ RECONNU COUPABLE D'AVOIR INCITÉ DES TRAVAILLEURS À FAIRE GRÈVE ET D'AVOIR QUITTÉ LE PAYS ILLÉGALEMENT, ANCIENNE SYNAGOGUE, PRETORIA, AFRIQUE DU SUD, NOVEMBRE 1962

L'espoir est au combattant de la liberté ce que la bouée de sauvetage est au nageur : la garantie qu'il ne se noiera pas, qu'il restera à l'abri du danger.

LETTRE À WINNIE MANDELA, ÉCRITE À ROBBEN ISLAND, 1ER AOÛT 1970

Les combattants de la liberté peuvent choisir de courir au désastre et de mener les révolutions actuelles avec des flèches et des arcs, des lances et des boucliers, ou ils peuvent faire preuve de sagesse et employer des fusils et des missiles balistiques.

MANUSCRIT AUTOBIOGRAPHIQUE INÉDIT, ÉCRIT À ROBBEN ISLAND, 1975

Alors que j'étais désormais complètement engagé, et même si je me faisais une meilleure idée des risques qui allaient avec la vie d'un combattant de la liberté, je n'avais encore vu aucune campagne politique d'envergure menée par des Noirs et je n'avais même pas commencé à me poser la question des méthodes.

IBID.

Ils ont bravé la brutalité du régime sans réfléchir à ce qui pouvait leur arriver. Pour la libération, ils étaient prêts à payer le prix fort.

MANUSCRIT AUTOBIOGRAPHIQUE INÉDIT, ÉCRIT À ROBBEN ISLAND, 1975

Aucun combattant de liberté qui se respecte ne peut recevoir d'ordres du gouvernement sur la manière dont il doit mener la lutte contre ce même gouvernement et sur les alliances qu'il doit contracter au nom de sa lutte.

NOTE À L'INTENTION DU PRÉSIDENT P.W. BOTHA AVANT UNE RENCONTRE AVEC LUI, ÉCRITE À LA PRISON VICTOR VERSTER, PAARL, AFRIQUE DU SUD, JUILLET 1989

Un combattant de la liberté doit saisir toutes les occasions de défendre sa cause devant le peuple.

SOURCE INCONNUE, 1994

Nommer un à un ceux qui furent incarcérés à Robben Island, c'est dresser la liste des combattant de la liberté et des démocrates des trois derniers siècles. Si le cap de Bonne-Espérance mérite son nom, c'est seulement grâce à l'esprit de ces hommes et aux autres du même calibre.

DISCOURS LA VEILLE DE SON INVESTITURE À LA PRÉSIDENCE, HÔTEL DE VILLE, LE CAP, AFRIQUE DU SUD, 9 MAI 1994

La place d'un combattant de la liberté est à côté de son peuple, pas derrière les barreaux.

DANS *UN LONG CHEMIN VERS LA LIBERTÉ*, 1994

Nous devons faire en sorte que les générations futures n'oublient pas la légion des grands combattants de la liberté – communistes ou non – en construisant la société dont ils avaient la vision.

LORS DU SOIXANTE-DIXIÈME ANNIVERSAIRE DU S.A.C.P. (PARTI COMMUNISTE SUD-AFRICAIN), LE CAP, AFRIQUE DU SUD, 28 JUILLET 1996

Nous avons essayé à notre manière de mener notre vie de façon à faire une différence dans celles des autres.

RECEVANT LE « FRANKLIN D. ROOSEVELT FOUR FREEDOMS AWARD », 8 JUIN 2002

Commission vérité et réconciliation

Tandis que la Commission vérité et réconciliation progresse pas à pas vers la vérité, nous sommes tous voués à nous lamenter sur le prix que les victimes ont à payer, en termes de justice. Mais nous pouvons tirer réconfort de la conviction que les demi-vérités d'un modeste interrogateur ne peuvent et ne doivent pas cacher la culpabilité des commandants et des dirigeants politiques qui donnaient les ordres. Car nous savons que ce qu'ils attendaient désespérément de lui, c'était un contact avec la tête du mouvement de libération. La vérité finira par sortir !

COMMÉMORATION DU VINGTIÈME ANNIVERSAIRE DE LA MORT EN DÉTENTION DE STEVE BIKO, EAST LONDON, AFRIQUE DU SUD, 1ER SEPTEMBRE 1997

Si la Commission vérité et réconciliation nous embarque dans un voyage difficile, elle nous aide néanmoins à comprendre notre douloureux passé. Aussi incomplet et imparfait que soit ce travail, il contribue à nous délivrer du passé afin de poursuivre notre route vers un avenir glorieux.

VŒUX DE NOUVEL AN, 31 DÉCEMBRE 1998

Communication

Même le régime le plus répressif ne peut empêcher les êtres humains de communiquer et d'accéder à l'information.

SOURCE INCONNUE, 1995

Communisme

Il ne fait pas de doute que le Parti communiste est derrière le mouvement mais, fidèle à la tradition, ses leaders ont choisi de masquer sa véritable nature et sa composition afin de tromper le public.

LETTRE À IB TABATA, 22 MAI 1948 (LE « MOUVEMENT » EST « LA PREMIÈRE ASSEMBLÉE POPULAIRE DU TRANSVAAL ET DE L'ÉTAT LIBRE D'ORANGE POUR LE DROIT DE VOTE »)

Il est peut-être difficile pour les Sud-Africains blancs, dont les préjugés contre le communisme sont bien ancrés, de comprendre pourquoi les politiciens africains expérimentés ont si facilement accepté les communistes comme leurs amis. Mais pour nous, cela n'a rien de mystérieux. Les divergences théoriques entre combattants de l'oppression sont un luxe que nous ne pouvons pas nous permettre. En outre, pendant des décennies, les communistes ont formé le seul groupe en Afrique du Sud prêt à traiter les Africains comme des êtres humains égaux en droits, à manger avec nous, à parler avec nous, à vivre et à travailler avec nous.

DISCOURS DEPUIS LE BANC DES ACCUSÉS, PROCÈS DE RIVONIA, PALAIS DE JUSTICE, PRETORIA, AFRIQUE DU SUD, 20 AVRIL 1964

L'alliance avec le Parti communiste existe depuis le début des années 20. Il est naturel quand on a un ennemi commun de chercher à s'allier.

CHEZ LUI, À SOWETO, AFRIQUE DU SUD, 14 FÉVRIER 1990

L'ANC n'est pas un parti communiste. Mais parce qu'il défend la démocratie, il s'est battu et continuera de se battre pour que le Parti communiste ait le droit d'exister. En tant que mouvement de libération national, l'ANC n'a pas pour vocation d'épouser l'idéologie marxiste. Mais en tant que mouvement démocratique, représentant du peuple de notre pays, l'ANC a défendu et continuera de défendre le droit pour tout Sud-Africain d'adhérer à l'idéologie marxiste si tel est son souhait.

RASSEMBLEMENT POUR RELANCER LE PARTI COMMUNISTE SUD-AFRICAIN, SOWETO, AFRIQUE DU SUD, 29 JUILLET 1990

J'avais découvert que les communistes étaient des alliés sincères, dénués d'arrière-pensées ; leur but était simplement de renverser la domination blanche.
CONVERSATION AVEC RICHARD STENGEL, 18 MARS 1993

Ainsi, la chute du Parti communiste n'a eu aucun impact sur le plan idéologique, mais de notre point de vue, à nous qui prenions les armes, cela changeait la donne.
CONVERSATION AVEC RICHARD STENGEL, 26 AVRIL 1993

Compromis

Quand on ne veut pas d'un compromis, il ne sert à rien de négocier.
CHEZ LUI, À SOWETO, AFRIQUE DU SUD, 14 FÉVRIER 1990

C'est à l'ANC de décider quels compromis il peut accepter, et nous sommes prêts à trouver un compromis honorable, sans transiger sur les principes.
IBID.

Il faut chercher des compromis pour tous les problèmes, tant que ces compromis sont dans l'intérêt non d'une partie de la population, mais de tout le pays. C'est la nature même des compromis.
IBID.

Les compromis signifient que chacune des parties impliquées fasse des concessions, qu'elle réponde aux exigences et aux craintes de l'autre.
INTERVIEW AVEC LA S.A.B.C. (SOUTH AFRICAN BROADCASTING CORPORATION), JOHANNESBURG, AFRIQUE DU SUD, 15 FÉVRIER 1990

J'ai senti que nos gouvernants avaient hâte de sortir de l'impasse, qu'ils avaient conscience de devoir

abandonner leurs vieilles positions. J'ai entraperçu la possibilité d'un compromis.
DANS *UN LONG CHEMIN VERS LA LIBERTÉ*, 1994

Si l'expérience de l'Afrique du Sud peut servir au reste du monde, nous espérons qu'elle aura démontré que, quand des gens de bonne volonté s'assoient autour d'une table et transcendent leurs différences pour l'intérêt de tous, ils peuvent trouver des solutions pacifiques et justes à des problèmes qui semblaient insolubles.
RECEVANT LE PRIX ALLEMAND DES MÉDIAS, BADEN-BADEN, ALLEMAGNE, 28 JANVIER 1999

L'opinion prévalait à travers le monde que les Sud-Africains étaient condamnés à une confrontation raciale sanglante et à l'autodestruction. Mais les responsables des différentes communautés et des partis politiques, par leur volonté de négocier et de trouver des compromis, ont confondu les prophètes de malheur.
IBID.

Dans un monde où le fort cherche à s'imposer au vulnérable, et où des nations ou des groupes de nations veulent toujours décider du sort de la planète, dans un monde pareil, le respect du multiculturalisme, la modération des discours publics et la recherche patiente des compromis deviennent impératifs pour éviter au monde des conflits ruineux et la pérennisation des inégalités.
DÉJEUNER EN L'HONNEUR DE MUAMMAR KHADAFI, LE CAP, AFRIQUE DU SUD, 13 JUIN 1999

Dans toute querelle, on atteint un point où aucun des deux partis n'a tout à fait raison ou tout à fait tort et où la recherche de compromis est la seule solution pour ceux qui veulent à tout prix la paix et la stabilité.
DOSSIER PERSONNEL, 16 JANVIER 2000

Par votre volonté de négocier et de préparer l'avenir, au lieu de vous laisser prendre par les vieilles divisions du passé, vous vous êtes fait une place de choix pour vous-même et votre pays dans l'histoire de notre continent.
INSTALLATION DU GOUVERNEMENT TRANSITOIRE, BUJUMBURA, BURUNDI, 1ER NOVEMBRE 2001

Les êtres humains trouveront toujours des motifs de dispute au lieu de chercher des compromis. Pourtant, les hommes sont capables de raison et de compassion, et ils savent évoluer.
MESSAGE À LA CONVENTION MONDIALE SUR LA PAIX ET LA NON-VIOLENCE, NEW DELHI, INDE, 31 JANVIER 2004

Conflit

La plus importante leçon apprise au cours de ma vie consacrée au combat pour la liberté et la paix, c'est que dans tout conflit arrive un moment où aucun des deux camps ne peut plus prétendre avoir raison, même si c'était le cas au début du conflit.
MESSAGE VIDÉO LORS DE LA SIGNATURE DE L'INITIATIVE DE GENÈVE, DÉCEMBRE 2003

Congrès national africain (ANC)

Nous devons réfléchir à des mesures pour éliminer le manque de rigueur et de discipline dans le mouvement, et pour cultiver une approche sérieuse de la lutte.
DISCOURS DE PRÉSIDENCE LORS DE LA CONFÉRENCE ANNUELLE DE LA LIGUE DE JEUNESSE DE L'A.N.C., AFRIQUE DU SUD, DÉCEMBRE 1951

Un mouvement politique doit rester en contact avec la réalité et les conditions qui prévalent.
DISCOURS DE PRÉSIDENCE LORS DU CONGRÈS DU TRANSVAAL DE L'A.N.C., ÉGALEMENT CONNU COMME LE DISCOURS DU « DIFFICILE CHEMIN VERS LA LIBERTÉ », TRANSVAAL, AFRIQUE DU SUD, 21 SEPTEMBRE 1953

Au tout début de ma carrière et de mon expérience d'avocat, j'ai rencontré certaines difficultés à cause de la couleur de ma peau, et d'autres parce que j'étais membre du Congrès national africain.

PLAIDOYER POUR L'ATTÉNUATION DE SA PEINE APRÈS AVOIR ÉTÉ RECONNU COUPABLE D'AVOIR INCITÉ DES TRAVAILLEURS À FAIRE GRÈVE ET D'AVOIR QUITTÉ LE PAYS ILLÉGALEMENT, ANCIENNE SYNAGOGUE, PRETORIA, AFRIQUE DU SUD, NOVEMBRE 1962

C'était pour moi un motif de joie et de fierté de faire partie d'une organisation [l'ANC] qui défendait une politique aussi démocratique et menait sans peur des campagnes militantes.

IBID.

Au cours de ses cinquante années d'existence, le Congrès national africain, par exemple, a fait tout ce qui était possible pour porter ses revendications à l'attention des gouvernements qui se sont succédé à la tête de l'Afrique du Sud. Il a constamment cherché des solutions pacifiques aux maux et aux problèmes du pays.

IBID.

Parvenu à l'âge adulte, je suis devenu membre du Congrès national africain. C'était en 1944 et cela fait dix-huit ans que je suis sa politique, que je le soutiens, que je crois en ses revendications. Sa politique correspond à mes convictions les plus intimes.

IBID.

Ce qui m'a permis de tenir même dans les moments les plus sombres, c'est de savoir que je fais partie d'une famille éprouvée, mise à l'épreuve, qui a triomphé de tant de difficultés.

LETTRE À ADELAIDE TAMBO, ÉCRITE À ROBBEN ISLAND, 31 JANVIER 1970

Mon association avec le Congrès national africain m'a appris qu'un grand mouvement national a des contradictions nombreuses et divergentes, parfois fondamentales.

MANUSCRIT AUTOBIOGRAPHIQUE INÉDIT, ÉCRIT À ROBBEN ISLAND, 1975

À la maison, j'avais souvent entendu dire que les Thembu étaient tous membres d'Umbutho we Sizwe parce que [le chef Jongintaba] Dalindyebo avait payé une cotisation de trente livres pour son peuple. Mais c'était la première fois que j'entendais le nom du Congrès national africain, et je n'ai découvert que bien plus tard qu'Umbutho we Sizwe était en fait le Congrès national africain.

IBID.

L'ANC fait partie d'une puissante alliance sud-africaine qui comprend le Frelimo [Front de libération du Mozambique], le ZAPU [Syndicat du peuple africain du Zimbabwe], le MPLA [Mouvement populaire pour la libération de l'Angola] et le SWAPO ZAPU [Organisation des peuples d'Afrique du Sud-Ouest]. Nous ne résistons pas à l'optimisme : la perspective d'une nouvelle ère a grandement avancé depuis la libération du Mozambique et de l'Angola.

ESSAI INTITULÉ « BALAYER LES OBSTACLES ET AFFRONTER L'ENNEMI », ÉCRIT À ROBBEN ISLAND, 1976

L'ANC peut remplir sa mission historique tout seul, si besoin est. Il a survécu aux attaques les plus féroces de l'ennemi, lancé d'importantes campagnes malgré la clandestinité, rallié l'opinion mondiale à sa cause et il se tient prêt à une nouvelle étape dans le combat contre la suprématie blanche dans notre pays.

IBID.

Dans son combat pour une Afrique du Sud non raciale, l'ANC est influencé par son amour éternel pour la démocratie et par le fait essentiel que le combat n'a pas lieu contre une puissance étrangère, mais contre une minorité blanche fermement retranchée dans notre propre pays. L'endurance de l'ANC repose sur sa capacité à s'adapter rapidement aux conditions qui changent.

ESSAI INTITULÉ « LE MOUVEMENT DE CONSCIENCE NOIRE », ÉCRIT À ROBBEN ISLAND, 1978

Je suis membre du Congrès national africain. J'ai toujours été membre du Congrès national africain et je serai membre du Congrès national africain jusqu'au jour de ma mort.

RÉPONSE À L'OFFRE DE LIBÉRATION CONDITIONNELLE, LUE PAR ZINDZI MANDELA LORS D'UN RASSEMBLEMENT, STADE JABULANI, SOWETO, AFRIQUE DU SUD, 10 FÉVRIER 1985

Aucune organisation politique de ce pays, à l'intérieur et à l'extérieur du Parlement, ne peut se comparer à l'ANC et à son engagement total en faveur de la paix.

PREMIÈRE CONFÉRENCE DE PRESSE APRÈS SA LIBÉRATION, BISHOPSCOURT, RÉSIDENCE DE L'ARCHEVÊQUE DESMOND TUTU, LE CAP, AFRIQUE DU SUD, 12 FÉVRIER 1990

Tout le monde se rend compte à présent qu'il ne peut y avoir d'issue pacifique dans ce pays sans le concours de l'ANC.

CHEZ LUI, SOWETO, AFRIQUE DU SUD, 14 FÉVRIER 1990

Je suis un membre loyal et discipliné de l'ANC. J'exécuterai toutes les instructions qui me seront données.

IBID.

L'ANC accueille tous ceux qui souscrivent aux principes d'une Afrique du Sud libre, démocratique, non raciale et unie. Nous sommes résolus à bâtir une nation une et indivisible dans notre pays.

DISCOURS LORS D'UN RASSEMBLEMENT, STADE KINGS PARK, AFRIQUE DU SUD, 25 FÉVRIER 1990

Toute forme de violence, toute forme de coercition, toute forme de harcèlement va à l'encontre de la politique de l'ANC.

DISCOURS À LA JEUNESSE, AFRIQUE DU SUD, 13 AVRIL 1990

L'ANC ne croit pas au socialisme. Nous sommes un mouvement national large qui brasse divers courants de pensée politique, de l'extrême droite à l'extrême gauche, des libéraux aux conservateurs.

DOCUMENTAIRE *THE LAST MILE : MANDELA – AFRICA AND DEMOCRACY*, 1992

Quand tu es produit par un mouvement de masse comme l'ANC, tu ne peux pas t'empêcher de penser au bien-être de tes collègues, parce qu'ils ont fait des sacrifices. Certains ont fait plus de sacrifices que d'autres, pour cette raison nous tenions à toujours veiller sur leurs intérêts.

CONVERSATION AVEC RICHARD STENGEL, 24 DÉCEMBRE 1992

À l'ANC, lorsque nous réfléchissons à un problème, nous partons en général de deux points de vue diamétralement opposés que nous discutons à fond. Puis nous atteignons un consensus qui rend nos décisions très fortes.

CONVERSATION AVEC RICHARD STENGEL, 16 MARS 1993

C'était après 1944, après mon adhésion, et je me suis mis à en apprendre un peu plus sur les idées associées à mon mouvement et sur la lutte pour que la situation change dans mon pays.

CONVERSATION AVEC RICHARD STENGEL, VERS MARS 1993

Je m'inquiétais parce que nous agissions désormais dans l'illégalité et qu'il n'était plus réaliste pour nous de compter simplement sur des réunions publiques, comme nous l'avions fait par le passé. Nous devions faire en sorte de pouvoir prendre une décision au plan national et de la communiquer dans les meilleurs délais à tous nos membres à travers le pays.

CONVERSATION AVEC RICHARD STENGEL, 19 MARS 1993

Vous n'avez pas le droit de diviser l'organisation. Les gens doivent venir vous voir, de façon à être en mesure de maintenir la cohésion de l'organisation.

CONVERSATION AVEC RICHARD STENGEL, 29 AVRIL 1993

Les individus vont et viennent mais l'organisation continue, j'espère pour toujours.

INTERVIEW À LA B.B.C. (GRANDE-BRETAGNE), DATE INCONNUE

Notre capacité à agir en force unie et en mouvement combatif dépend de la discipline à laquelle nous sommes prêts à nous soumettre, en tant qu'individus dans notre travail quotidien au sein de l'organisation.

DIX-SEPTIÈME ANNIVERSAIRE DU SOULÈVEMENT DE SOWETO DE 1976, STADE ORLANDO, SOWETO, AFRIQUE DU SUD, 16 JUIN 1993

Nous sommes ennemis du racisme et de l'oppression.

CONFÉRENCE NATIONALE DE L'A.N.C. SUR LA RECONSTRUCTION ET LA STRATÉGIE, AFRIQUE DU SUD, 21 JANVIER 1994

Je me présente devant vous et je me sens humble devant votre courage. Mon cœur est plein d'amour pour vous. Je considère comme un immense honneur de diriger l'ANC à ce moment de notre histoire, alors que nous avons été choisis pour faire entrer notre pays dans le nouveau siècle.

CÉLÉBRATION DE LA VICTOIRE ÉLECTORALE DE L'A.N.C., HÔTEL CARLTON, JOHANNESBURG, AFRIQUE DU SUD, 2 MAI 1994

Je lève mon verre à vous tous qui avez travaillé si dur pour que s'accomplisse ce qu'on ne peut qualifier que de petit miracle. Que nos célébrations soient conformes à l'esprit de notre campagne, paisibles, respectueuses et disciplinées. Montrons à tous que notre peuple est prêt à assumer les responsabilités du gouvernement.

IBID.

Sortir notre pays et son peuple du bourbier du racisme et de l'apartheid va exiger beaucoup de détermination et d'efforts. Au gouvernement, l'ANC va créer un cadre légal qui permettra de soutenir, et non d'entraver, l'immense tâche de reconstruction et de développement de notre société meurtrie.

LA VEILLE DE SON INVESTITURE À LA PRÉSIDENCE, LE CAP, AFRIQUE DU SUD, 9 MAI 1994

C'est en adhérant au Congrès national africain que je me suis rendu compte que les Xhosa n'étaient qu'une partie du peuple africain. Que la tâche de l'ANC était d'unir ce peuple africain et, à partir de là, de construire une nation.

DOCUMENTAIRE DE LA B.B.C. (GRANDE-BRETAGNE), 1996

Beaucoup de nos membres considèrent leur appartenance à l'ANC comme un moyen de satisfaire leurs ambitions, afin d'obtenir des positions de pouvoir et un accès à certaines ressources pour leur gratification personnelle.

OUVERTURE DE LA CINQUANTIÈME CONFÉRENCE NATIONALE DE L'A.N.C., UNIVERSITÉ DU NORD-OUEST, CAMPUS DE MAFIKENG, AFRIQUE DU SUD, 16 DÉCEMBRE 1997

Tant que je serai en vie, je me souviendrai toujours avec affection de cette expérience. Passer en revue les décisions que nous avons prises, c'est réaffirmer la démarche qui a toujours été celle de l'ANC : apporter des changements fondamentaux aux vies de tous les Sud-Africains, en particulier les pauvres ; reconnaître les contradictions actuelles de notre société et les dénoncer vigoureusement, pour mieux chercher des solutions ; éviter les initiatives qui enveniment les conflits sociaux ; construire notre nouvelle nation en exorcisant sans relâche les démons du tribalisme, du racisme et de l'intolérance religieuse.

SESSION DE CLÔTURE DE LA CINQUANTIÈME CONFÉRENCE NATIONALE DE L'A.N.C., UNIVERSITÉ DU NORD-OUEST, CAMPUS DE MAFIKENG, AFRIQUE DU SUD, 20 DÉCEMBRE 1997

Lors de mes jeunes années, quand j'étais encore vert et mal dégrossi dans les rangs du mouvement, Constantine Ramohanoe, le président de la section de l'ANC du Transvaal, m'a emmené en train et à pied visiter des villages et des villes, et il m'a appris, ainsi qu'à d'autres de ma génération, à ne jamais perdre le contact avec le peuple.

IBID.

Plus souvent qu'on ne le croit, une époque créé et nourrit en son sein les individus qu'elle associe dans ses tours et ses détours. Ainsi un nom devient-il le symbole d'une période. Avant de laisser la parole, j'aimerais remercier l'ANC d'avoir fait de moi un symbole de la lutte qu'il mène. Je sais que l'amour et le respect dont je jouis sont en fait l'amour et le respect pour l'ANC et ses idéaux. Je sais que l'appréciation mondiale du miracle sud-africain et de la dignité de son peuple est avant tout celle de l'œuvre de l'ANC.

IBID.

Soyez assurés, de même que le peuple de notre pays, qu'à mon humble façon je continuerai à être au service de la transformation et de l'ANC, le seul mouvement capable de mettre en œuvre cette transformation.

IBID.

Si j'ai pu aider notre pays à progresser un peu vers la démocratie, l'abolition de la ségrégation raciale et du sexisme, c'est parce que je suis le produit du Congrès national africain, du mouvement pour la justice, la dignité et la liberté, qui a produit tant de géants à l'ombre desquels nous trouvons la gloire.

SÉANCE FINALE DU PREMIER PARLEMENT DÉMOCRATIQUEMENT ÉLU, LE CAP, AFRIQUE DU SUD, 26 MARS 1999

Le mouvement devait se rassembler dans l'exil et mener la lutte depuis un sol étranger. Les différences et les tensions dans une organisation n'ont rien d'inhabituel ou d'anormal. C'est la façon dont on gère ces différences qui compte.

MESSAGE À LA CINQUANTE-DEUXIÈME CONFÉRENCE NATIONALE DU CONGRÈS NATIONAL AFRICAIN, UNIVERSITÉ DE LIMPOPO, POLOKWANE, AFRIQUE DU SUD, DÉCEMBRE 2007

Je ne serais rien sans l'ANC.

RASSEMBLEMENT DE L'A.N.C. POUR LE QUATRE-VINGT-DIXIÈME ANNIVERSAIRE DE NELSON MANDELA, STADE LOFTUS VERSFELD, PRETORIA, AFRIQUE DU SUD, 2 AOÛT 2008

Vous êtes les héritiers d'une grande organisation, qui lutte depuis presque un siècle. À vous désormais de faire vivre ce qu'il y a de plus noble dans cette histoire.

IBID.

Qu'aucun individu, aucune section, aucune faction ou groupe ne se considère jamais comme plus important que l'organisation ou l'intérêt général de tout notre peuple.

IBID.

J'offre mes meilleurs vœux à l'organisation pour ses délibérations, tandis qu'elle célèbre son passé et réfléchit sur son avenir, à la fois à court et à long terme. Les premiers défis qui s'imposent à notre pays demeurent la consolidation et l'approfondissement de notre démocratie et l'amélioration fondamentale de la vie des Sud-Africains. Le rôle de l'ANC dans tout cela reste crucial

MESSAGE PRONONCÉ LORS DU LANCEMENT DU MANIFESTE ÉLECTORAL 2009 DE L'A.N.C. ET DES CÉLÉBRATIONS DU QUATRE-VINGT-DIX-SEPTIÈME ANNIVERSAIRE DE L'ORGANISATION, STADE ABSA, EAST LONDON, AFRIQUE DU SUD, 10 JANVIER 2009

Nous nous tournons une nouvelle fois vers l'ANC pour qu'il guide notre peuple et lui permette d'exercer les droits démocratiques pour lesquels nous avons si courageusement combattu et enduré des sacrifices. Que l'organisation, en toutes circonstances, se comporte avec dignité, dans la droite ligne de sa glorieuse histoire. Et que le bien de notre peuple reste toujours la première de toutes les préoccupations.

IBID.

Conscience

C'est le dilemme auquel nous devons faire face, et face à un tel dilemme, les hommes honnêtes, conscients de la moralité et du bien public, ne peuvent choisir qu'une réponse. Ils doivent suivre ce que leur dicte leur conscience, même si les conséquences les dépassent.

PLAIDOYER POUR L'ATTÉNUATION DE SA PEINE APRÈS AVOIR ÉTÉ RECONNU COUPABLE D'AVOIR INCITÉ DES TRAVAILLEURS À FAIRE GRÈVE ET D'AVOIR QUITTÉ LE PAYS ILLÉGALEMENT, ANCIENNE SYNAGOGUE, PRETORIA, AFRIQUE DU SUD, NOVEMBRE 1962

L'Histoire montre que les sanctions ne dissuadent pas les hommes dont la conscience est éveillée, comme

elles ne dissuadent pas mon peuple ou les camarades avec qui j'ai travaillé jusqu'ici.
IBID.

La loi a fait de moi un criminel, non à cause de ce que j'ai fait, mais en raison de ce qui me poussait à me lever, de ce que je pensais, de ma conscience.
IBID.

Je ne suis pas le seul, tous nous sommes prêts à subir les sanctions dont nous sommes passibles, et je paierai peut-être pour avoir suivi ma conscience et défendu ce que je croyais juste. Nous y sommes tous prêts. Beaucoup de gens dans ce pays en ont payé le prix avant moi, et il y en aura d'autres après.
IBID.

Je dirais que la vie d'un Africain conscient dans ce pays le pousse continuellement au conflit entre d'un côté sa conscience et de l'autre la loi. Ce n'est pas un conflit propre à ce pays. Le conflit existe pour tous les hommes de conscience dans tous les pays, pour tous ceux qui réfléchissent et qui ressentent profondément les choses.
IBID.

Même quand ma conscience ne me laisse pas en paix, je dois reconnaître que mon engagement total et entier dans la cause de la libération de notre peuple donne du sens à ma vie et me procure une joie réelle, ainsi qu'un sentiment de fierté nationale.
MANUSCRIT AUTOBIOGRAPHIQUE INÉDIT, ÉCRIT À ROBBEN ISLAND, 1975

Cela restera comme une tache pour tous les hommes et les femmes de conscience qu'il ait fallu tant de temps avant que nous nous levions pour dire que cela suffisait.
DISCOURS AU COMITÉ SPÉCIAL DES NATIONS UNIES CONTRE L'APARTHEID, NATIONS UNIES, NEW YORK, U.S.A., 22 JUIN 1990

La Commission vérité et réconciliation est un instrument essentiel non seulement pour traiter les erreurs du passé, mais pour libérer notre conscience et penser à l'avenir.

CONFÉRENCE ANNUELLE DE L'ÉGLISE MÉTHODISTE, MTHATHA, AFRIQUE DU SUD, 18 SEPTEMBRE 1994

Conscience noire

Ce qu'on peut remarquer en analysant objectivement la courte histoire du Mouvement de conscience noire et le rôle qu'il a joué, c'est qu'en dépit de ses faiblesses et de ses erreurs, le Mouvement attirait des jeunes gens doués et dévoués qui se débrouillaient bien, qui connaissaient la valeur d'une organisation unie et dont tous les efforts étaient dirigés vers le même objectif. Les plus réalistes d'entre eux acceptaient le fait que l'ennemi ne serait pas vaincu par des discours revendicatifs, des campagnes de masse, des poings nus, des pierres et des cocktails Molotov, et que seule une armée de libération disciplinée, sous un commandement unifié, équipée d'armes modernes et soutenue par la population, nous vaudrait des lauriers.

ESSAI INTITULÉ « LE MOUVEMENT DE CONSCIENCE NOIRE », ÉCRIT À ROBBEN ISLAND, 1978

Depuis l'émergence d'Umkhonto we Sizwe, aucune autre organisation que le Mouvement de conscience noire n'a su saisir l'imagination de la jeunesse, mener tant de projets positifs, conduire des campagnes avec autant de pugnacité ou gérer un aussi gros budget.

IBID.

La contribution du Mouvement de conscience noire est encore plus remarquable si nous gardons à l'esprit qu'à l'époque de son lancement l'ennemi était devenu impitoyable avec les opposants ; que de nombreux activistes étaient sous les verrous, mouraient en détention, étaient confinés dans certaines régions ou avaient fui le pays ; que le mouvement de libération était au plus mal et que toute activité politique était réprimée.

IBID.

Les Abatwa et les Khoïkhoï ont combattu pour leur pays et pour leur peuple. Ce faisant, ils ont affirmé leur identité et leur amour pour la liberté. Cet héritage glorieux s'est considérablement enrichi quand, à partir de la seconde moitié du XXe siècle, les Africains se sont engagés dans la bataille. Pendant ces guerres patriotiques, nos ancêtres nous disaient en fait : « Nous sommes noirs et nous n'appartenons qu'à nous-mêmes. Ceci est notre terre et nous la défendrons jusqu'au bout ! »

IBID.

L'un des plus grands héritages de la lutte menée par Steve Biko – et la raison pour laquelle il est mort – est la fierté qu'il a fait naître chez les victimes de l'apartheid. La valeur qu'accordait le Mouvement de conscience noire à la culture s'est répandue à travers le pays, dans nos prisons et parmi notre communauté en exil. Notre peuple, à qui l'on enjoignait de regarder vers l'Europe et l'Amérique pour trouver des nourritures spirituelles, s'est tourné vers l'Afrique. Je parle de culture et de créativité parce que, comme la vérité, elles sont éternelles.

INAUGURATION D'UNE STATUE COMMÉMORANT LE VINGTIÈME ANNIVERSAIRE DE LA MORT DE STEVE BIKO, EAST LONDON, AFRIQUE DU SUD, 1ER SEPTEMBRE 1997

Dès le début, la conscience noire s'est définie comme « un état d'esprit, un mode de vie ». Sous diverses

formes et sous divers noms, avant et après, cet état d'esprit et ce mode de vie ont fait partie des forces motrices de la lutte ; ils ont cristallisé la détermination des dirigeants et des masses.
IBID.

L'ANC a vu le Mouvement de conscience noire comme une part des forces révolutionnaires. Nous savions qu'il contribuait à donner une forme et une organisation à la colère grandissante de tous les groupes opprimés dans notre société. Par-dessus tout, le mouvement de libération affirmait que par la lutte – que ce soit les mouvements de masse, l'organisation clandestine, les actions armées ou la mobilisation internationale – le peuple développerait naturellement une conscience de son identité, de son égalité avec les autres, de sa capacité à écrire l'histoire.
CINQUIÈME CONFÉRENCE SUR STEVE BIKO, UNIVERSITÉ DU CAP, AFRIQUE DU SUD, 10 SEPTEMBRE 2004

L'avancée majeure du Mouvement de conscience noire fut de défendre la fierté et l'unité de tous les opprimés, de déjouer la stratégie qui consiste à diviser pour mieux régner, d'engendrer chez les masses populaires la fierté et la confiance en leur capacité à se défaire de l'oppression.
IBID.

Ils ne voulaient pas coopérer avec les autorités tandis que nous, tout en combattant avec fermeté sur des questions de principe, nous croyions aussi en l'ordre, en sa nécessité, et nous voulions que les prisonniers, les gardiens de prison et les responsables de la prison puissent collaborer.
À PROPOS DES PRISONNIERS DU MOUVEMENT DE CONSCIENCE NOIRE, DOCUMENTAIRE *A SOUTH AFRICAN LOVE STORY : WALTER AND ALBERTINA*, 2004

Conseil

Je préfère débattre avec tout le monde sur la base de l'égalité la plus parfaite, afin que mes points de vue se présentent comme des conseils que la personne concernée est libre d'accepter ou de rejeter comme bon lui semble.

LETTRE À MAKGATHO MANDELZ, ÉCRITE À ROBBEN ISLAND, 28 JUILLET 1969

[Je ne] m'immisce pas dans les affaires des autres, à moins qu'on me le demande. Et quand on me le demande, mon souci premier est toujours de rapprocher les gens.

CONVERSATION AVEC RICHARD STENGEL, 3 MAI 1993

Constitution de l'Afrique du Sud

En conséquence, la clé de la protection des minorités est de placer les droits civiques et politiques les plus cruciaux à l'abri des majorités temporaires en en faisant des droits de l'homme fondamentaux, inscrits dans les Constitutions démocratiques.

REMISE DE DÉCORATION, CLARK UNIVERSITY, ATLANTA, U.S.A., 10 JUILLET 1993

Nous nous battons pour une Constitution démocratique depuis 1880. Nous voulions une Constitution librement adoptée par le peuple d'Afrique du Sud, à l'image de ses désirs et de ses aspirations.

DISCOURS APRÈS SON ÉLECTION À LA PRÉSIDENCE, HÔTEL DE VILLE, LE CAP, AFRIQUE DU SUD, 9 MAI 1994

Nous ne présentons pas notre vision d'un nouvel ordre constitutionnel pour l'Afrique du Sud en conquérants, nous ne l'imposons pas aux conquis. Nous parlons en

citoyens égaux, pour refermer les cicatrices du passé, et avec l'intention de construire un nouvel ordre fondé sur la justice pour tous.
IBID.

L'une des étapes les plus importantes pour notre jeune démocratie a été la récente adoption de notre nouvelle Constitution. Elle repose sur l'affirmation de la liberté religieuse et culturelle de tous les citoyens.
MESSAGE POUR LE NOUVEL AN JUIF (ROSH HA-SHANA), AFRIQUE DU SUD, 13 SEPTEMBRE 1996

Avec toute la force que nous donne l'unité, saisissons ensemble les chances et réalisons la vision inscrite dans cette Constitution.
SIGNATURE DE LA NOUVELLE CONSTITUTION, SHARPEVILLE, VEREENIGING, AFRIQUE DU SUD, 10 DÉCEMBRE 1996

Nous chérissons notre Constitution et voulons faire en sorte que ses droits deviennent une réalité en acte pour l'ensemble de notre peuple.
CÉLÉBRATIONS DU JOUR DE LA LIBERTÉ, LE CAP, AFRIQUE DU SUD, 27 AVRIL 1998

Le gouvernement au-dessus duquel on m'a élu pour présider a dû faire le point sur les structures et les règles qui gouvernaient notre nation et nos vies sous le régime perverti de l'apartheid : pour initier le processus de dé-législation et de re-législation ; pour créer un nouveau système législatif et de nouvelles régulations gouvernées par la suprématie de la Constitution et le respect de la loi.
ARTICLE DANS *THE SUNDAY TIMES* (AFRIQUE DU SUD) MARQUANT LES DIX ANNÉES DE LA DÉMOCRATIE, AVRIL 2004

Le préambule de notre Constitution nous rappelle qu'il faut honorer ceux qui se sont sacrifiés pour la justice et la liberté dans notre pays, et qu'il faut respecter ceux qui ont bâti et développé notre pays. Ces deux phrases appellent à une profonde réconciliation entre les divers courants qui ont prévalu lors de notre histoire conflictuelle.

CONFÉRENCE DE PRESSE DU COMITÉ DES EX-PRISONNIERS POLITIQUES, FONDATION NELSON MANDELA, JOHANNESBUG, AFRIQUE DU SUD, 30 MARS 2006

Contradictions

Les contradictions sont une composante essentielle de la vie et elles ne cessent jamais de nous déchirer.

LETTRE À EFFIE SCHULTZ, ÉCRITE À LA PRISON DE POLLSMOOR, LE CAP, AFRIQUE DU SUD, 1ER AVRIL 1987

Contrôle de soi

J'ai fréquenté des lycées et des pensionnats où l'on ne voyait pas de femmes pendant six mois, il fallait apprendre à se contrôler.

CONVERSATION AVEC RICHARD STENGEL, 9 MARS 1993

Il m'avait fait perdre le contrôle de mes nerfs et je l'ai vécu comme une défaite.

DANS *UN LONG CHEMIN VERS LA LIBERTÉ*, À PROPOS D'UN GARDIEN DE PRISON, 1994

Coopération

Vous ne pouvez pas éviter qu'il y ait des gens négatifs, qui n'ont pas saisi l'esprit de la coopération.

CONVERSATION AVEC TOKYO SEXWALE, F.W. DE KLERK ET SIVUYILE MIKKI XAYAYI APRÈS AVOIR ACCEPTÉ D'APPROCHER LE SECTEUR PRIVÉ POUR FINANCER LES CAMPAGNES ÉLECTORALES 2004, AFRIQUE DU SUD, 2004

Coopération internationale

Nous demandons à nos millions d'amis à travers le monde d'intensifier le boycott pour isoler toujours plus le gouvernement de ce pays, diplomatiquement, économiquement, et de toutes les façons possibles. Les mines, les industries et les fermes du pays ne peuvent pas continuer si le fruit du labeur des Africains n'est pas exporté ailleurs en Afrique.

DÉCLARATION AU NOM DU CONSEIL D'ACTION NATIONALE À LA SUITE DE L'OPÉRATION « GRÈVE À DOMICILE » DU 29-31 MAI EN SOUTIEN DE LA CONVENTION NATIONALE, AFRIQUE DU SUD, 1961

Nous voulons construire un système de coopération avec toutes les nations afin que l'Afrique du Sud libérée devienne une force de paix, d'amitié et de progrès social à travers le monde.

DISCOURS À LA CONFÉRENCE INTERNATIONALE SUR LE TRAVAIL, GENÈVE, SUISSE, 8 JUIN 1990

Par l'exercice de cette volonté d'une nation de Noirs et de Blancs unis, vous trouverez sûrement à la pointe sud de l'Afrique un pays que vous serez fiers d'avoir pour ami et allié, en raison de sa contribution à la marche universelle vers la liberté, les droits de l'homme, la prospérité et la paix entre les peuples. Que ce jour vienne au plus vite. Serrons-nous la main et formons une solide force contre le racisme pour faire en sorte que ce jour vienne. Par nos actions communes, faisons triompher la justice sans délai. Quand ce sera fait, alors nous serons tous habilités à répondre au salut qu'on nous lancera : bénis soient ceux qui apportent la paix.

DISCOURS DEVANT LE CONGRÈS DES ÉTATS-UNIS, WASHINGTON D.C., U.S.A., 26 JUIN 1990

De ce chaudron sont aussi nés les tyrans, les dictateurs et les démagogues qui non seulement ôtent ou restreignent les droits du peuple, mais lui rendent impossible l'action nécessaire à sa prospérité. En même temps, on ne peut plus ignorer la réalité : nous vivons sur la même terre, nous sommes interdépendants et nous sommes liés par un destin commun.

QUARANTE-NEUVIÈME SESSION DE L'ASSEMBLÉE GÉNÉRALE DES NATIONS UNIES, NEW YORK, U.S.A., 3 OCTOBRE 1994

La dernière de nos remarques a trait au fait que la conscience de plus en plus forte de l'interdépendance des nations sur notre planète amène toutes les décisions majeures prises par le système de gouvernance à faire l'objet de critiques au plan international, si bien que leur succès dépend de l'approbation et du soutien de la communauté internationale.

OUVERTURE DE LA CINQUANTIÈME CONFÉRENCE NATIONALE DE L'A.N.C., UNIVERSITÉ DU NORD-OUEST, CAMPUS DE MAFIKENG, AFRIQUE DU SUD, 16 DÉCEMBRE 1997

Au cours de notre lutte pour la libération, l'une des nombreuses choses que le Parti communiste nous a apprises, c'est l'importance de la solidarité internationale : aucune lutte ne peut être menée seul, dans l'isolement.

RECEVANT LE PRIX CHRIS HANI LORS DU DIXIÈME CONGRÈS NATIONAL DU S.A.C.P. (PARTI COMMUNISTE SUD-AFRICAIN), JOHANNESBURG, AFRIQUE DU SUD, 1ER JUILLET 1998

Dans le monde moderne, aucun pays ne peut conduire tout seul ses affaires. Les problèmes auxquels nous faisons face demandent de tels moyens qu'aucune nation ne peut les résoudre sans les autres. Ce qui se passe dans un pays a un impact chez ses voisins et au-delà.

SOMMET DU CONSEIL DE COOPÉRATION DU GOLFE, ABU DHABI, ÉMIRATS ARABES UNIS, 7 DÉCEMBRE 1998

Ce qui était pour moi une sorte de tournée d'adieux m'a aussi permis d'avoir un aperçu encourageant de l'avenir qu'on peut créer si les nations du monde coopèrent pour donner réalité aux idéaux, ce qu'elles ne pourront faire séparées ou en conflit les unes avec les autres.

IBID.

Nous sommes à un moment de l'histoire où le monde peut soit sombrer dans des successions de conflits mondiaux de plus en plus durs, engendrant une inégalité grandissante, soit renouveler son engagement en faveur de la paix et de la coopération mondiale.

RECEVANT LE PRIX « GREATEST SON OF AFRICA » PAR LE ROTARY, MALAWI, 23 MAI 2003

Dans un monde où règne l'inégalité et la division, à la fois sur le plan matériel et sur le plan du pouvoir et de l'influence, notre espoir pour une coexistence harmonieuse et la protection de la dignité humaine repose sur la coopération mondiale et sur une approche multilatérale sans compromis des problèmes, des conflits, des différences et des épreuves.

VINGT-HUITIÈME CONFÉRENCE INTERNATIONALE DE LA CROIX-ROUGE ET DU CROISSANT-ROUGE, GENÈVE, SUISSE, 2 DÉCEMBRE 2003

Corps

Le corps est capable de prendre soin de lui-même. Ce qu'il faut faire, j'y crois, c'est encourager le corps à avoir les ressources pour traiter n'importe quelle indisposition.

CONVERSATION AVEC RICHARD STENGEL, 29 AVRIL 1993

Corruption

Nous savons désormais que même les hommes à côté desquels nous avons lutté contre la corruption de l'apartheid peuvent devenir corrompus.

INAUGURATION DU CENTRE POUR LA JEUNESSE EMTHONJENI, PRETORIA, AFRIQUE DU SUD, 25 AOÛT 1998

Après être arrivés au gouvernement en déclarant notre intention de lutter contre la corruption que nous savions endémique, nous avons découvert ces quatre dernières années que certains individus qui se battaient pour la liberté se trouvent aussi corrompus. Notre passé d'apartheid ne doit pas servir d'excuse pour ce genre de fautes.

OUVERTURE DU SOMMET SUR LA MORALISATION, JOHANNESBURG, AFRIQUE DU SUD, 22 OCTOBRE 1998

Les symptômes de notre malaise spirituel ne sont que trop familiers. Ils incluent : l'extension de la corruption au sein des secteurs privé et public, où les positions de pouvoir sont considérées comme des moyens de s'enrichir ; la corruption qui a parfois cours dans notre système judiciaire ; la violence dans les relations interpersonnelles et dans les familles, en particulier notre record honteux en matière de mauvais traitements infligés aux femmes et aux enfants ; et l'augmentation de l'évasion fiscale et du refus de payer pour les services utilisés.

IBID.

Nous pouvons mesurer à quel point cette gangrène s'est répandue au fait que même dans la communauté religieuse on trouve des individus qui encouragent ou participent aux crimes, à la fraude fiscale, aux violences faites aux femmes et aux enfants. Dans la mesure où

les membres de cette communauté devraient être aux avant-postes du combat en la matière, leur légitimité dépendra aussi de leur volonté d'en finir avec ces abus dans leurs rangs.
IBID.

Les révolutionnaires du passé ont fréquemment succombé à l'avidité, ils ne résistaient pas à la tentation de s'enrichir en s'octroyant des ressources publiques.
SUITE INÉDITE À SON AUTOBIOGRAPHIE, VERS 1998

Notre espoir pour l'avenir repose aussi sur notre résolution en tant que nation à venir à bout du fléau de la corruption. Pour y parvenir, nous devons reconnaître que, à certains égards, notre société est malade.
DISCOURS DEVANT LE PARLEMENT, LE CAP, AFRIQUE DU SUD, 5 FÉVRIER 1999

Courage

Je peux faire comme si j'étais courageux, vous savez, comme si je pouvais battre la terre entière.
CONVERSATION AVEC RICHARD STENGEL, 18 MARS 1993

J'ai appris que le courage n'était pas de ne pas avoir peur, mais d'en triompher. Moi-même, j'ai ressenti la peur plus de fois que je ne peux m'en souvenir, mais je la cachais derrière un masque intrépide. L'homme courageux n'est pas celui qui n'éprouve pas la peur, mais celui qui l'apprivoise.
DANS *UN LONG CHEMIN VERS LA LIBERTÉ*, 1994

J'étais ébranlé mais j'ai fait semblant d'avoir une confiance suprême dans la victoire du mouvement de libération.
SUITE INÉDITE À SON AUTOBIOGRAPHIE, VERS 1998

Coutume

Je me sens tenu de rendre hommage à mes coutumes et à mes traditions, pourvu que ces coutumes et ces traditions nous permettent de rester ensemble et n'entrent en aucune façon en conflit avec les ambitions et les objectifs de la lutte contre l'oppression raciale.

MANUSCRIT AUTOBIOGRAPHIQUE INÉDIT, ÉCRIT À ROBBEN ISLAND, 1975

J'en suis venu à accepter que je n'avais pas le droit de juger les autres en fonction de mes propres coutumes, aussi fier que je sois de mes coutumes ; que mépriser les autres parce qu'ils n'observaient pas telle ou telle coutume était une forme dangereuse de chauvinisme.

IBID.

Je n'imposerai pas mes coutumes aux autres et je ne suivrai aucune pratique qui offense mes camarades, surtout maintenant que la liberté a un prix si élevé.

IBID.

Mère ne savait ni lire ni écrire, et elle n'avait pas les moyens de m'envoyer à l'école. Mais un membre instruit de notre clan m'a éduqué de l'école élémentaire jusqu'à Fort Hare, sans attendre de rétribution. Selon notre coutume, j'étais son enfant et sa responsabilité. Je n'ai que des louanges à faire sur cette institution, pas uniquement parce qu'elle fait partie de moi, mais aussi parce qu'elle est utile.

LETTRE À MME N. THULARE, ÉCRITE À ROBBEN ISLAND, 19 JUILLET 1977

Selon nos coutumes, le chef est le porte-parole de son peuple. Il doit écouter les doléances de son peuple. Il

est le gardien de ses espoirs et de ses désirs. Et si un chef décide de se comporter en tyran, de prendre des décisions à la place de son peuple, il connaît une fin tragique en ce sens que nous nous occupons de lui.
DISCOURS À LA JEUNESSE, AFRIQUE DU SUD, 13 AVRIL 1990

C'est si profondément ancré en nous que, même en prison, les prisonniers se faisaient les circoncisions entre eux.
DOCUMENTAIRE DE LA B.B.C. (GRANDE-BRETAGNE), À PROPOS DU RITE DE PASSAGE À L'ÂGE ADULTE DE LA CIRCONCISION, 1996

Crime

Chacune des communautés de ce pays a le droit fondamental de ne pas connaître la peur. Chaque Sud-Africain a le droit de se sentir en sécurité chez lui, de se sentir en sécurité dans les villes ou les zones rurales. Les gens ne devraient pas avoir peur la nuit. Ils doivent pouvoir se déplacer pour travailler, aller à l'école ou n'importe où sans danger.
JOURNÉE NATIONALE DE LA SÉCURITÉ, VOSLOORUS, AFRIQUE DU SUD, 15 OCTOBRE 1994

Prenons la responsabilité de libérer nos communautés du crime et des violences. Ne nous privons pas de la liberté si récemment acquise en laissant ces maux se perpétuer.
IBID.

Les attaques contre la police sont inacceptables. Le travail de la police est de protéger et de servir les communautés. En retour, la communauté devrait protéger la police en refusant d'abriter les criminels responsables de ces attaques.
IBID.

La liberté n'aurait aucun sens si nous ne sommes pas en sécurité chez nous et dans la rue.
CÉLÉBRATIONS DU JOUR DE LA LIBERTÉ, PRETORIA, AFRIQUE DU SUD, 27 AVRIL 1995

Notre liberté est incomplète, chers compatriotes, tant que la sécurité nous est refusée par des criminels qui s'attaquent à nos communautés, volent nos entreprises, sapent notre économie, vendent leurs drogues destructrices dans nos écoles et violentent nos femmes et nos enfants.
CÉLÉBRATIONS DU JOUR DE LA LIBERTÉ, LE CAP, AFRIQUE DU SUD, 27 AVRIL 1998

La criminalité est une menace qui pèse sur tous les pays. Elle met à mal nos efforts pour construire une société dans laquelle les droits de tous les individus sont respectés. Nous n'aurons pas de repos tant qu'il y aura des gens qui ne se sentent pas en sécurité dans notre pays.
PREMIÈRE CONFÉRENCE TRIENNALE DE L'ÉGLISE MÉTHODISTE D'AFRIQUE DU SUD, DURBAN, AFRIQUE DU SUD, 17 JUILLET 1998

Crime contre l'humanité

Les millions de tombes dispersées à travers l'Europe, résultat de la tyrannie nazie, les populations autochtones décimées en Amérique et en Australie, la portée destructrice du crime contre l'humanité qu'était l'apartheid – tout cela pose une question qui flotte au vent : pourquoi avons-nous laissé des choses pareilles arriver ?
DISCOURS DEVANT LES DEUX CHAMBRES DU PARLEMENT, WESTMINSTER HALL, LONDRES, GRANDE-BRETAGNE, 11 JUILLET 1996

Critique

Il y a une énorme différence entre les critiques constructives qui pavent le chemin menant au consensus et les simples invectives qui accentuent les différences.
ESSAI INTITULÉ « BALAYER LES OBSTACLES ET AFFRONTER L'ENNEMI », ÉCRIT À ROBBEN ISLAND, 1976

Certains préféreraient sans doute ne rien dire, eu égard aux erreurs que nous avons faites et aux faiblesses que nous avons montrées çà et là dans notre parcours politique. Le fait que les institutions de l'apartheid soient toujours opérantes dans certaines régions nous renvoie à nos propres faiblesses.
IBID.

Nous devrions davantage nous concentrer sur une autocritique constructive et reconnaître honnêtement et publiquement nos erreurs devant notre peuple. Loin d'être un signe de faiblesse, cette mesure montre notre force et notre confiance, qui paieront au bout du compte.
IBID.

L'ANC ne craint pas l'autocritique parce que nous savons que nous n'avons rien à cacher. Nous avons la certitude absolue que le vent de l'histoire souffle pour nous et qu'il ne tournera pas, quelles que soient les critiques.
RASSEMBLEMENT À LA FIN DE LA CONFÉRENCE NATIONALE CONSULTATIVE DE L'A.N.C., SOCCER CITY, SOWETO, AFRIQUE DU SUD, 16 DÉCEMBRE 1990

Entre nous, nous pourrions pointer du doigt n'importe qui et distribuer les blâmes. Peut-être cela satisferait-il certains ego. Mais les critiques détournées, aussi justifiées soient-elles, n'aideraient en rien à résoudre le problème.

OUVERTURE DU SOMMET A.N.C./INKHATA POUR LA LIBERTÉ, DURBAN, AFRIQUE DU SUD, 29 JANVIER 1991

Il est crucial de s'entourer, à la fois dans les structures et dans le travail individuel, de gens qui sont forts et qui résisteront si vous vous trompez.

IBID.

La critique doit être digne. Nous devons être factuels, nous devons être réalistes, nous devons êtres honnêtes, mais en même temps en restant dans un cadre, parce que nous sommes des bâtisseurs.

CONVERSATION AVEC AHMED KATHRADA, VERS 1993-1994

Il arrive souvent qu'ils me disent : « Non, monsieur le Président, avec tout mon respect, nous ne pouvons pas accepter cela. Vous vous trompez. »

DOCUMENTAIRE *COUNTDOWN TO FREEDOM : TEN DAYS THAT CHANGED SOUTH AFRICA*, 1994

J'ai souvent dit que les médias sont le miroir grâce auquel nous pouvons nous voir tels que les autres nous perçoivent, avec les verrues, les boutons, tout. Le Congrès national africain n'a rien à craindre de la critique. Je vous le promets, un regard critique ne nous fera pas dépérir. Notre point de vue est que cette critique ne peut que nous faire grandir, en attirant l'attention sur les actions ou les omissions qui ne sont pas à la hauteur des attentes du peuple et des valeurs auxquelles nous souscrivons.

DISCOURS LORS DE LA CONFÉRENCE DE LA FÉDÉRATION INTERNATIONALE DES ÉDITEURS DE PRESSE, 14 FÉVRIER 1994

Nous savons très bien, de par nos expériences passés, que les débats et les critiques sont nécessaires dans toute société qui se veut vraiment démocratique et pour tout gouvernement qui veut tenir la route.

DÉJEUNER DONNÉ LORS DE LA CONFÉRENCE DES ÉDITEURS, AFRIQUE DU SUD, 6 SEPTEMBRE 1994

L'Afrique du Sud a maintenant un gouvernement démocratique représentatif du peuple, à qui il doit rendre des comptes. Par leur engagement courageux en faveur de la vérité et de la justice, l'Église méthodiste et les autres instances religieuses y ont contribué. Mais tous les gouvernements, aussi démocratiques soient-ils, ont besoin de critiques et de conseils. Je vous demande de continuer à jouer ce rôle prophétique, en cherchant toujours à obliger la nation et tous ses responsables à la plus grande intégrité.

CONFÉRENCE ANNUELLE DE L'ÉGLISE MÉTHODISTE, MTHATHA, AFRIQUE DU SUD, 18 SEPTEMBRE 1994

Le temps que toutes nos institutions définissent le rôle qu'elles devraient jouer dans notre nouvelle société, il y aura des moments de difficulté et d'incertitude. Une institution aussi centrale que les médias rencontrera inévitablement de tels moments. À cet égard, nous devons réclamer la vigilance et la critique publiques sur le travail et les réalisations du gouvernement, à tous les niveaux.

DÉBAT DU BUDGET PRÉSIDENTIEL, PARLEMENT, LE CAP, AFRIQUE DU SUD, 3 MAI 1995

Les stratégies, les structures, les plans généraux devraient être améliorés par la critique, là où c'est nécessaire, et bénéficier à l'ensemble du pays. Au bout du compte, dans le débat et dans l'action, aujourd'hui comme dans le futur, nous aurons toujours devant nous deux options : nous vautrer dans le bourbier de la mesquinerie ou traiter les vrais problèmes de la nation.

DISCOURS DE CLÔTURE DU DÉBAT DU BUDGET PRÉSIDENTIEL, PARLEMENT, LE CAP, AFRIQUE DU SUD, 21 JUIN 1996

Nous avons soulevé certains problèmes avec honnêteté, précisément parce que nous savons que les questions posées, les éloges prononcés et les critiques ouvertes étaient nécessaires à la solidité d'un débat qui vise à construire une meilleure démocratie, une meilleure société. Nous les avons soulevés parce que tous, nous avons la certitude que le gouvernement ne transige pas avec la mobilisation de la nation sud-africaine dans sa volonté d'en faire le pays de nos rêves.

DISCOURS DE CLÔTURE DU DÉBAT DU BUDGET PRÉSIDENTIEL, PARLEMENT, LE CAP, AFRIQUE DU SUD, 16 AVRIL 1997

Nos honorables députés se comportent-ils toujours de façon respectueuse vis-à-vis de ceux qui les ont élus, de ceux qui les observent à travers les médias, de leurs collègues et d'eux-mêmes ? Comment pouvons-nous assurer que tous les points de vue sont librement exprimés et pris en compte comme ils le méritent ? Pour le parti majoritaire, cela signifie accepter la critique d'opposition au gouvernement et la prendre en considération selon son apport à l'intérêt général.

DISCOURS DE CLÔTURE DU DÉBAT DU BUDGET PRÉSIDENTIEL, PARLEMENT, LE CAP, AFRIQUE DU SUD, 22 AVRIL 1998

Les dirigeants comprennent pleinement que la critique constructive au sein des appareils de l'organisation, aussi acérée soit-elle, est l'une des méthodes les plus efficaces pour régler les problèmes internes.

SUITE INÉDITE À SON AUTOBIOGRAPHIE, VERS 1998

Nous apprécions la critique. De vrais responsables apparaissent, capables de voir quelles questions unissent le pays : des responsables qui ont suffisamment le sens des responsabilités pour faire en sorte que, à la fin de chaque débat, nous en sortions plus unis qu'avant.

REMARQUES FAITES LORS DU DÉBAT QUI SUIVIT LE DISCOURS À LA NATION, PARLEMENT, LE CAP, AFRIQUE DU SUD, 10 FÉVRIER 1999

Bien sûr, il y a eu des erreurs et des défaillances de la part de notre gouvernement dans la façon de s'occuper des problèmes du pays, pour des raisons tout à fait évidentes. Mais de manière générale, nous préférons nous concentrer sur les immenses progrès réalisés.

RÉUNION AVEC DES ÉDITORIALISTES ET DES PERSONNALITÉS, PRETORIA, AFRIQUE DU SUD, 10 MAI 1999

Nous avons été élevés dans cette tradition de la responsabilité collective, où même le chef de l'organisation est soumis à des critiques, à des critiques sévères, qu'il supporte toujours, à moins bien sûr que vous soyez discourtois.

INTERVIEW À LA B.B.C. (GRANDE-BRETAGNE), 1993

Croix-Rouge

L'amélioration de nos conditions d'emprisonnement à Robben Island est en grande partie due à la pression que la simple présence de la Croix-Rouge a fait peser sur le régime qui nous avait enfermés.

CONFÉRENCE À LA CROIX-ROUGE BRITANNIQUE, CENTRE DE CONFÉRENCE ÉLIZABETH II, LONDRES, GRANDE-BRETAGNE, 10 JUILLET 2003

Au milieu du sang et de la guerre, de l'hostilité et de la souffrance, de la haine et du conflit, la Croix-Rouge a hissé le drapeau de la foi en notre humanité commune et fait vivre cette foi par son action, dans des conditions et en des circonstances où dominait le sentiment opposé.

IBID.

Cuba

Le premier pays que nous avons approché était les États-Unis. Nous n'arrivions même pas à atteindre le gouvernement, et il refusait de nous aider. Mais Cuba, dès que nous avons fait appel à leur soutien ils se sont montrés disposés à nous venir en aide, ce qu'ils ont fait. Pourquoi devrions-nous aujourd'hui écouter les Occidentaux quand ils disent que nous ne devrions pas nous occuper de Cuba ? Ce n'est vraiment pas raisonnable.

DOCUMENTAIRE *MANDELA EN AMÉRIQUE*, 1990

Je dois dire qu'à l'époque où nous voulions prendre les armes, nous avons approché plusieurs gouvernements occidentaux en leur demandant de nous venir en aide, et nous n'avons jamais pu voir autre chose que des secrétaires d'État. Quand nous nous sommes rendus à Cuba, nous avons rencontré de hauts responsables qui nous ont immédiatement offert tout ce que nous désirions. C'était notre première rencontre avec l'internationalisme cubain.

DISCOURS LORS DU TRENTE-HUITIÈME ANNIVERSAIRE DE LA RÉVOLUTION CUBAINE, MATANZAS, CUBA, 26 JUILLET 1991

Le peuple cubain occupe une place à part dans le cœur des Africains. Les internationalistes cubains ont contribué à l'indépendance, à la liberté et à la justice en Afrique, avec un désintéressement et un sens des principes sans équivalent.

IBID.

Culpabilité

Il y a eu des moments où cet amour et ce bonheur, cette confiance et cet espoir, ont laissé la place aux pires tourments, où la mauvaise conscience et le sentiment de culpabilité ravageaient jusqu'au tréfonds de mon être, où je me suis demandé si mon engagement pouvait être une excuse suffisante pour avoir abandonné ma jeune épouse inexpérimentée au beau milieu d'un désert impitoyable. C'est comme si je l'avais jetée dans les bras des bandits de grand chemin, littéralement, une femme merveilleuse, dans le besoin, et sans soutien.

À PROPOS DE WINNIE MANDELA, EN REVISITANT ROBBEN ISLAND, AFRIQUE DU SUD, 11 FÉVRIER 1994

Défi

Je suis convaincu que l'avalanche de désastres personnels ne peut pas écraser un révolutionnaire déterminé, pas plus que le cumul de misère qui accompagne son drame ne peut le faire suffoquer.

LETTRE À WINNIE MANDELA, ÉCRIT À ROBBEN ISLAND, 1ER AOÛT 1970

Les difficultés brisent certains hommes, d'autres en ressortent plus forts. Aucune hache n'est assez puissante pour mettre en morceaux l'âme du pécheur qui continue d'essayer, qui ne renonce jamais à l'espoir, jusqu'au bout.

LETTRE À WINNIE MANDELA, ÉCRITE À ROBBEN ISLAND, 1ER FÉVRIER 1975

J'aborde tous les problèmes avec optimisme.

CHEZ LUI, SOWETO, AFRIQUE DU SUD, 14 FÉVRIER 1990

J'assume le fait qu'il faut affronter les problèmes sans chercher à les cacher.

CONVERSATION AVEC RICHARD STENGEL, 29 DÉCEMBRE 1992

La transformation que nous devons opérer exige que nous reconsidérions tout le cadre de notre vie politique, sociale et économique, et que nous en finissions avec tous les vestiges de l'inégalité et du racisme imposés par l'apartheid. C'est la seule façon de construire une nouvelle société et de réaliser la paix et la prospérité pour lesquelles d'innombrables hommes, femmes et enfants ont été détenus, déportés, emprisonnés, torturés et assassinés.

OUVERTURE DE LA CONFÉRENCE SUBSAHARIENNE SUR LE PÉTROLE ET LES MINERAIS, LE CAP, AFRIQUE DU SUD, 29-30 NOVEMBRE 1993

Je tends une main amicale à tous les responsables et aux membres des divers partis, et je leur demande de se joindre à nous pour que nous résolvions ensemble les problèmes de la nation.

CÉLÉBRATION DE LA VICTOIRE ÉLECTORALE DE L'A.N.C., JOHANNESBURG, AFRIQUE DU SUD, 2 MAI 1994

Je sais que je suis parmi des amis, qui souhaitent le meilleur pour l'Afrique du Sud, et je peux donc reconnaître avec candeur que nous nous trouvons face à des défis majeurs. Je sais que nous avons tous intérêt à voir notre nouvelle démocratie réussir et se développer dans la paix avec l'aide du capital international.

RECEVANT LA « FREEDOM OF THE CITY OF LONDON », GUILDHALL, LONDRES, GRANDE-BRETAGNE, 10 JUILLET 1996

Des défis majeurs nous attendent, mais aucun n'est aussi difficile que ceux que nous avons déjà surmontés.

IBID.

Pouvons-nous affirmer avec confiance que jamais plus les continents, les pays ou des communautés ne seront réduits aux champs de bataille fumants de forces antagonistes à cause des nationalismes, des religions, de la race ou de la langue ? Serons-nous à la hauteur du défi que l'Histoire nous propose, ferons-nous en sorte que la capacité prodigieuse du monde pour la croissance économique bénéficie à tous les peuples et pas seulement aux puissants ?

CENTRE D'ÉTUDES ISLAMIQUES, SHELDONIAN THEATRE, OXFORD, GRANDE-BRETAGNE, 11 JUILLET 1997

Nous ne faisons qu'entamer cette épreuve, que nous ne sous-estimons pas et dont nous ne viendrons pas à bout avant des années. Mais nous regardons l'avenir avec confiance, sûrs que ceux qui sont prêts à se donner la main peuvent surmonter les défis les plus grands.
RÉCEPTION DU DOCTORAT HONORIS CAUSA DE L'UNIVERSITÉ BEN GOURION DU NÉGUEV, LE CAP, AFRIQUE DU SUD, 19 SEPTEMBRE 1997

Aujourd'hui, nous avons à mener une lutte nouvelle et encore plus délicate. Pendant les premières années de liberté, en tant que nation, nous avons pris un bon départ. Pourtant, tous autant que nous sommes, à quelque communauté que nous appartenions, nous savons qu'il reste encore beaucoup à faire.
CÉLÉBRATIONS INTERCULTURELLES DE L'AÏD EL-KÉBIR, JOHANNESBURG, AFRIQUE DU SUD, 30 JANVIER 1998

Vous qui êtes les futurs dirigeants destinés à prendre la relève de la vieille génération à laquelle j'appartiens, vous aurez de grands défis à relever. Bien que le monde ait fait de grands progrès au XXe siècle, nombre d'hommes à travers le monde subissent toujours la pauvreté, la violence, la faim, la maladie, la dégradation de l'environnement.
LANCEMENT DES AMIS CANADIENS DU FONDS NELSON MANDELA POUR LES ENFANTS, TORONTO, CANADA, 25 SEPTEMBRE 1998

Il était prévisible, étant donné notre passé, que nous rencontrerions des problèmes de ce genre, mais pas, je crois, d'une telle ampleur. Pas plus que nous ne pensions avoir autant de difficultés à mobiliser notre société pour unir ses efforts afin d'éradiquer ces problèmes.
OUVERTURE DU SOMMET SUR LES MŒURS, JOHANNESBURG, AFRIQUE DU SUD, 11 OCTOBRE 1998

Tous les pays du monde ont des défis à relever, l'un des nôtres est de traiter la pauvreté, le manque d'éducation, mais aussi de faire en sorte que la santé générale de notre peuple s'améliore.

APRÈS AVOIR VOTÉ, AFRIQUE DU SUD, DATE INCONNUE

Même si nous avons beaucoup de défis devant nous, même si nous avons encore beaucoup de chemin à faire pour éradiquer les conséquences de notre passé et devenir une nation unie et enfin réconciliée, ensemble nous avons posé les fondations pour y parvenir.

DISCOURS D'OUVERTURE DU DÉBAT DU BUDGET PRÉSIDENTIEL, PARLEMENT, LE CAP, AFRIQUE DU SUD, 2 MARS 1999

On peut dire qu'il y a quatre choses élémentaires que veut la masse des gens qui composent une société : vivre dans un environnement sûr, pouvoir travailler et gagner son pain, avoir accès à des soins de qualité et offrir une éducation correcte à ses enfants. Aujourd'hui, en tant que société, nous luttons dans chacun de ces quatre domaines, mais ayons confiance : l'implication de tous et de chacun permettra de dépasser les obstacles vers le développement.

INAUGURATION DE L'ACADÉMIE D'ÉLITE OPRAH WINFREY, HENLEY-ON-KLIP, AFRIQUE DU SUD, 2 JANVIER 2007

En tant que futurs chefs de ce pays, votre devoir est d'encourager une nation dans laquelle tous les citoyens, quels que soient leur race, leur couleur, leur sexe, leur religion ou leur croyance, puissent revendiquer pleinement la cohésion sociale. Vous devez continuer, avec la conscience des défis qui vous attendent, à promouvoir avec acharnement les principes de la liberté et de la démocratie comme les bases sur lesquelles sont fondés les droits de l'homme.

MESSAGE VIDÉO POUR LE FESTIVAL NATIONAL DE LA JEUNESSE, AFRIQUE DU SUD, JUIN 2008

Démocratie

Toutes les forces démocratiques du pays doivent s'unir autour d'un programme de changement démocratique. Si elles ne sont pas prêtes à se joindre à nous, elles peuvent au moins rester neutres et contribuer à isoler ce gouvernement, à faire qu'il n'ait plus d'amis.

ARTICLE INTITULÉ « LA LUTTE POUR UNE CONVENTION NATIONALE », *FIGHTING TALK*, AVRIL 1961

Les Africains réclament le droit de vote sur la base d'une voix par homme. Ils veulent l'indépendance politique.

INTERVIEW AVEC BRIAN WIDLAKE POUR I.T.N. TELEVISION (GRANDE-BRETAGNE), JOHANNESBURG, AFRIQUE DU SUD, 31 MAI 1961

Nous avons insisté sur le fait que la grève serait suivie d'autres formes de pression pour obliger les maniaques de la race qui gouvernent notre pays adoré à céder la place au gouvernement démocratique du peuple, par le peuple et pour le peuple.

DÉCLARATION DEVANT LA PRESSE INTITULÉE « LA LUTTE EST MA VIE », EXPLIQUANT SA DÉCISION DE MENER CLANDESTINEMENT LA LUTTE POLITIQUE CONFORMÉMENT AUX VŒUX DU CONSEIL D'ACTION NATIONALE, AFRIQUE DU SUD, 26 JUIN 1961

Nous étions inspirés par la volonté de faire advenir une république démocratique où tous les Sud-Africains bénéficieraient des mêmes droits, sans la moindre discrimination : où les Africains comme les non Africains seraient capables de vivre en paix, en partageant une nationalité commune et une fidélité commune à ce pays, qui est notre mère patrie.

PLAIDOYER POUR L'ATTÉNUATION DE SA PEINE APRÈS AVOIR ÉTÉ RECONNU COUPABLE D'AVOIR INCITÉ DES TRAVAILLEURS À FAIRE GRÈVE ET D'AVOIR QUITTÉ LE PAYS ILLÉGALEMENT, ANCIENNE SYNAGOGUE, PRETORIA, AFRIQUE DU SUD, NOVEMBRE 1962

Que la volonté du peuple soit le fondement de l'autorité du gouvernement est un principe universellement reconnu comme sacré à travers le monde civilisé, ce sont les bases de la liberté et de la justice. Chacun comprend que les citoyens qui peuvent voter et choisir leurs représentants dans les corps du gouvernement sont moralement et légalement tenus par les lois qui gouvernent le pays.
IBID.

Notre principale exigence est l'abolition totale de la suprématie blanche sous toutes ses formes, et l'extension du droit de vote à tous les Sud-Africains.
ESSAI INTITULÉ « BALAYER LES OBSTACLES ET AFFRONTER L'ENNEMI », ÉCRIT À ROBBEN ISLAND, 1976

Il importe peu pour moi que je le voie ou non, l'essentiel est que ce soit à portée de main, c'est ce qui me motive.
INTERVIEW À LA B.B.C. (GRANDE-BRETAGNE), VERS 1993

Notre peuple exige la démocratie. Notre pays, qui continue de saigner et de souffrir, a besoin de la démocratie. Il attend ce moment où la loi décrétera que la liberté de parler de la liberté constitue l'essence même de la légalité et de la légitimité de l'ordre constitutionnel.
DISCOURS DEVANT LE CONGRÈS DES ÉTATS-UNIS, WASHINGTON D.C., U.S.A., 26 JUIN 1990

L'heure du destin a sonné. Le jour n'est pas loin où notre rêve d'une Afrique du Sud unie, démocratique, non raciale et non sexiste deviendra réalité.
CONCERT ORGANISÉ PAR LE MOUVEMENT IRLANDAIS ANTI-APARTHEID, DUBLIN, IRLANDE, 1ER JUILLET 1990

C'est la responsabilité solennelle des plus opprimés et des plus exploités que de sortir l'Afrique du Sud du bourbier dégradant de l'apartheid et de la faire entrer dans une nouvelle ère de liberté et de démocratie pour tout le peuple. Nous tendons une main amicale à nos compatriotes blancs et nous les appelons à embrasser la cause de la démocratie par milliers, car c'est la seule façon de garantir leur avenir. La promesse éclatante d'une Afrique du Sud démocratique exige qu'ils se défassent de leurs peurs et qu'ils s'avancent avec courage pour construire une nation dont nous soyons fiers.

DISCOURS LORS DE LA CONFÉRENCE CONSULTATIVE NATIONALE DE L'A.N.C., JOHANNESBURG, AFRIQUE DU SUD, 14 DÉCEMBRE 1990

Sans démocratie, il ne peut y avoir de paix.

INTERVENTION À L'UNIVERSITÉ DE FORT HARE, ALICE, AFRIQUE DU SUD, 9 MAI 1992

L'une des leçons de notre temps, c'est que le transfert du pouvoir vers une organisation démocratique ne signifie pas nécessairement que les gens ordinaires aient l'occasion d'exercer leurs droits démocratiques.

IBID.

Nous sommes à un tournant. Nos décisions et nos actions vont déterminer si nous nous servons de notre souffrance, de notre peine et de notre indignation pour aller vers la seule solution viable pour notre pays – un gouvernement du peuple, élu par le peuple et pour le peuple.

DISCOURS TÉLÉVISÉ APRÈS L'ASSASSINAT DE CHRIS HANI, 13 AVRIL 1993

Votre droit à décider de votre propre destin a été utilisé pour nous empêcher de décider du nôtre. Ainsi l'histoire a-t-elle rassemblé nos peuples selon son cours erratique. Cette histoire nous oblige aujourd'hui à lutter pour obtenir ce que vous, par la redécouverte de la pratique démocratique, avez obtenu pour vous-mêmes.

DISCOURS DEVANT LA CHAMBRE DES COMMUNES, LONDRES, GRANDE-BRETAGNE, 5 MAI 1993

L'ordre démocratique ne se fonde pas seulement sur le principe reconnu d'une voix par tête ; il doit en outre reconnaître le droit constitutionnel à la contestation. Il doit aussi assurer que le pouvoir de la majorité soit limité par des règles constitutionnelles.

RÉCEPTION DU DIPLÔME DE *DOCTOR IN LAWS*, UNIVERSITÉ SOOCHOW, TAÏWAN, 1ER AOÛT 1993

La démocratie et les droits de l'homme sont inséparables. Il n'est pas possible d'avoir l'un sans l'autre. La route que notre pays s'apprête à prendre n'est pas facile. La fin de l'apartheid ne garantit pas l'avènement de la démocratie. Mais tant que l'apartheid ne sera pas totalement détruit, il n'y aura pas de démocratie.

IBID.

Le peuple sud-africain a attendu trop longtemps pour avoir un gouvernement élu par tous. Nous n'avons pas le droit de le décevoir. Un gouvernement démocratique ainsi élu devra liquider le terrible héritage de l'apartheid et permettre à chaque homme, à chaque femme et à chaque enfant de marcher librement, la tête haute, dans le pays de sa naissance.

RÉACTION APRÈS L'ANNONCE DU PRIX NOBEL DE LA PAIX, 15 OCTOBRE 1993

Que les choses soient claires : il n'y a pas en démocratie de communauté ou de groupe communautaire qui puisse imposer sa volonté aux dépens des droits fondamentaux des autres citoyens.

ANNONCE DE LA DATE DES ÉLECTIONS, PROCESSUS DE NÉGOCIATIONS MULTIPARTITES, KEMPTON PARK, AFRIQUE DU SUD, 17 NOVEMBRE 1993

La lutte pour la démocratie n'a jamais été l'apanage d'une race, d'une classe, d'une communauté religieuse ou d'un sexe chez les Sud-Africains. En honorant ceux qui se sont battus pour que ce jour arrive, nous honorons les fils et filles les meilleurs de tous nos peuples. Parmi eux, nous comptons des Africains, des métis, des Blancs, des Indiens, des musulmans, des chrétiens, des hindous, des juifs – tous unis par la vision commune d'une vie meilleure pour le peuple de ce pays.

DISCOURS APRÈS SON ÉLECTION À LA PRÉSIDENCE, HÔTEL DE VILLE, LE CAP, AFRIQUE DU SUD, 9 MAI 1994

La démocratie en Afrique du Sud a apporté de nouvelles priorités sociales. Elle a apporté la paix avec nos voisins. Elle a exposé notre pays aux forces de l'économie mondiale, qui offrent de nouvelles chances et de nouveaux défis, plus grands que jamais.

CENT QUATRIÈME RENCONTRE GÉNÉRALE ANNUELLE DE LA CHAMBRE DES MINES D'AFRIQUE DU SUD, JOHANNESBURG, AFRIQUE DU SUD, 8 NOVEMBRE 1994

Jawaharlal Nehru nous a appris que le droit de disposer d'un toit au-dessus de sa tête, de bénéficier de services à des prix abordables, d'avoir un travail, des revenus raisonnables, une éducation et des soins, tout cela est bien plus qu'un simple bonus. C'est l'essence même de la démocratie, l'essence des droits de l'homme.

CONFÉRENCE À LA FONDATION RAJIV GANDHI, NEW DELHI, INDE, 25 JANVIER 1995

Ce n'est pas notre diversité qui nous divise ; ce ne sont pas nos ethnies, nos religions ou nos cultures qui nous divisent. Depuis que nous avons gagné notre liberté, il ne peut y avoir qu'une ligne de division parmi nous : entre ceux qui chérissent la démocratie et ceux qui ne la chérissent pas.

RECEVANT LA « FREEDOM OF THE CITY OF DURBAN », DURBAN, AFRIQUE DU SUD, 16 AVRIL 1999

Le droit d'une personne à voter librement dans des élections démocratiques, de s'exprimer sans entraves, le droit de se rassembler et de s'associer comme on le souhaite, de se déplacer librement dans le pays – ce sont des libertés précieuses qui inspirent l'esprit humain et donnent une expression aux droits reçus de Dieu.

RECEVANT LE PRIX DE LA LIBERTÉ DU MUSÉE NATIONAL DES DROITS CIVIQUES, MEMPHIS, TENNESSEE, U.S.A., 22 NOVEMBRE 2000

L'Afrique du Sud démocratique reste consciente qu'elle doit toujours veiller à ce que ce soit bel et bien le peuple qui gouverne.

DÎNER DE COMMÉMORATION DU SIXIÈME ANNIVERSAIRE DE LA MORT DU PREMIER MINISTRE GREC ANDHRÉAS PAPANDHRÉOU, GRÈCE, 19 JUIN 2001

Nous devons consolider, approfondir la démocratie pour laquelle nous avons tant lutté : l'impulsion et la pratique démocratiques doivent imprégner les moindres fibres de la société.

FORUM DE LA JEUNESSE SUR LE SIDA, UNIVERSITÉ DU WITWATERSTRAND, JOHANNESBURG, AFRIQUE DU SUD, 22 SEPTEMBRE 2003

Une population éduquée, éclairée et informée est l'un des plus sûrs moyens d'assurer la santé d'une démocratie.

ST JOHN'S COLLEGE, JOHANNESBURG, AFRIQUE DU SUD, 6 OCTOBRE 2003

L'accroissement, la consolidation et la bonne santé de notre démocratie sont de la responsabilité non seulement des dirigeants, mais de tous les citoyens.

MESSAGE VIDÉO POUR L'ANNIVERSAIRE DES DIX ANS DE LA DÉMOCRATIE EN AFRIQUE DU SUD, AVRIL 2004

Notre première décennie démocratique a été consacrée à la pose des fondations et à la consolidation.

Nous pouvons maintenant clamer avec assurance, avec confiance, que notre démocratie est fermement établie.
RASSEMBLEMENT ÉLECTORAL DE L'A.N.C., FIRST NATIONAL BANK STADIUM, SOWETO, AFRIQUE DU SUD, 4 AVRIL 2004

Non seulement nous avons évité la conflagration raciale, mais nous avons créé pour nous tous un régime non racial et non sexiste parmi les plus exemplaires et les plus progressistes du monde contemporain.
ARTICLE DANS *THE SUNDAY TIMES* (AFRIQUE DU SUD) POUR L'ANNIVERSAIRE DES DIX ANS DE LA DÉMOCRATIE, AVRIL 2004

Pour une fois, histoire et espoir ont rimé, comme nous l'a rappelé un célèbre poète, quand nous parlions du miracle de notre transition et de notre démocratie.
IBID.

Notre démocratie doit apporter ses bienfaits matériels à tous, en particulier aux pauvres, aux marginaux, aux plus vulnérables. Nous croyons dans le bien commun, ce qui nous oblige nécessairement à nous soucier de ceux qui souffrent des manques et des privations de toutes sortes.
SÉANCE DU PARLEMENT À L'OCCASION DE L'ANNIVERSAIRE DES DIX ANS DE LA DÉMOCRATIE, PARLEMENT, LE CAP, AFRIQUE DU SUD, 10 MAI 2004

Ne nous laissons pas aller à la gloriole, mais ne sous-estimons pas non plus ce que nous avons réussi en fondant une démocratie stable et progressiste où la liberté est prise au sérieux : en construisant l'unité nationale en dépit de décennies d'apartheid et de siècles de domination coloniale ; et en créant une culture dans laquelle nous respectons toujours plus la dignité de tous.
IBID.

Le principe qui nous a guidés dans notre quête d'une démocratie pour tous, non raciale, a été qu'il y avait des justes, hommes ou femmes, dans tous les groupes et tous les secteurs de la société ; et que, dans une société libre et ouverte, ces Sud-Africains s'uniraient pour réaliser le bien commun ensemble, par la coopération.
IBID.

Nous nous sommes battus âprement, et nous avons fait beaucoup de sacrifices au nom de la démocratie. Protéger, défendre, consolider et faire progresser la démocratie – au sein de notre organisation et dans la vie de la nation. Soyons les premiers à montrer notre respect pour les institutions de la démocratie – par nos actes comme par nos paroles.
RASSEMBLEMENT DE L'A.N.C. POUR LE QUATRE-VINGT-DIXIÈME ANNIVERSAIRE DE NELSON MANDELA, LOFTUS VERSTELD STADIUM, PRETORIA, AFRIQUE DU SUD, 2 AOÛT 2008

Les libertés qu'apporte la démocratie resteront des coquilles vides si elles ne s'accompagnent pas d'une amélioration réelle et tangible des conditions de vie matérielles de millions de citoyens ordinaires de ces pays.
DOCUMENTAIRE *VIVA MADIBA : A HERO FOR ALL SEASONS*, 2010

Quand les hommes et les femmes ont faim, les discours sur la démocratie et la liberté qui ne prennent pas en compte cet aspect matériel peuvent sonner creux et éroder la confiance dans les valeurs que nous cherchons précisément à promouvoir.
IBID.

Désastres

Les désastres s'en vont et s'en viennent, et laissent derrière eux des victimes soit brisées, soit endurcies, aguerries, et mieux à même de faire face aux nouveaux défis qui se lèvent à l'horizon.

LETTRE À WINNIE MANDELA, ÉCRITE À ROBBEN ISLAND, 23 JUIN 1969

Destin

Les peuples doivent avoir le droit de déterminer leur propre destin.

CHEZ LUI, À SOWETO, AFRIQUE DU SUD, 14 FÉVRIER 1990

Les rêves et les projets que nous avions formés s'avèrent difficiles à réaliser, et quand le sort s'acharne le destin offre rarement des ponts d'or.

LETTRE À THOROBETSANE TSHUKUDU (ADELAIDE TAMBO), ÉCRITE À ROBBEN ISLAND, 1ER JANVIER 1997

Détermination

Il est peu de revers en ce monde qu'il n'est pas possible de transformer en triomphe personnel si l'on a une volonté de fer et le talent nécessaire.

LETTRE À ZINDZI MANDELA, ÉCRITE À ROBBEN ISLAND, 25 MARS 1979

Ce qui nous a permis de tenir le cap, c'est l'ardente aspiration de notre peuple à l'égalité, à la dignité, au respect et à la tolérance.

DÎNER POUR MARQUER L'ADOPTION DE LA CONSTITUTION, LE CAP, AFRIQUE DU SUD, 8 MAI 1996

Aucune société émergeant de l'immense désastre que représentait le régime d'apartheid n'aurait pu se permettre de porter les scories du passé. Si la nouvelle Afrique du Sud était née de rien, elle n'existerait pas. Le destin qu'elle assume, dicté par ses origines, constitue une véritable source pour déterminer ce qui doit encore être fait pour mettre fin au système de l'apartheid.

DISCOURS DEVANT LES DEUX CHAMBRES DU PARLEMENT, WESTMINSTER HALL, LONDRES, GRANDE-BRETAGNE, 11 JUILLET 1996

Même si nos espérances – nos prières et nos rêves les plus chers – ne se réalisent pas, nous devons tous garder à l'esprit que dans la vie le plus glorieux n'est pas de ne jamais tomber, mais de toujours se relever après une chute.

RÉCEPTION DONNÉE PAR LE PRÉSIDENT BILL CLINTON, MAISON-BLANCHE, WASHINGTON D.C., U.S.A., 22 SEPTEMBRE 1998

Quand les gens décident de se prendre en main, rien ne peut les arrêter.

DÉJEUNER POUR LA FÊTE DES PÈRES DONNÉ PAR ZINDZI MANDELA, HYATT WOMEN OF VISION CLUB, JOHANNESBURG, AFRIQUE DU SUD, 1ER JUIN 2002

Avec de la détermination, on peut surmonter n'importe quel obstacle.

CONVERSATION AVEC MORGAN FREEMAN, JOHANNESBURG, AFRIQUE DU SUD, 14 NOVEMBRE 2006

Tout le monde peut se hisser au-dessus des circonstances et réussir ce qu'il veut, il suffit de se dévouer entièrement et d'être passionné.

LETTRE À MAKHAYA NTINI POUR SON CENTIÈME TEST-MATCH DE CRICKET AVEC L'ÉQUIPE D'AFRIQUE DU SUD, 17 DÉCEMBRE 2009

Développement de l'économie noire

Nous aimerions aussi encourager les institutions financières à une plus grande participation dans le domaine crucial du développement de l'économie noire et du soutien aux petites et moyennes entreprises.

PREMIER DISCOURS AU PARLEMENT, LE CAP, AFRIQUE DU SUD, 24 MAI 1994

En ce qui concerne la question du développement de l'économie noire, nous avons raison de mettre en garde contre la création d'une nouvelle élite qui ne ferait que perpétuer l'inégalité. Mais nous ne devons pas perdre de vue que, en dépit de tous les obstacles, un milieu d'affaires audacieux et pionnier est en train d'émerger.

DIXIÈME ANNIVERSAIRE DE L'INITIATIVE DE CONSTRUCTION NATIONALE DE SOWETO, JOHANNESBURG, AFRIQUE DU SUD, 30 JUIN 1998

Le secteur privé et le gouvernement ont pleinement conscience que notre transition politique presque miraculeuse ne portera tous ses fruits que si tous les secteurs de la société se partagent aussi l'économie, d'où nos efforts communs pour développer largement l'économie noire.

INVESTEC EVENT, WHITEHALL, LONDRES, GRANDE-BRETAGNE, 21 OCTOBRE 2003

Devoir

Aller en prison à cause de ses convictions, être prêt à souffrir à cause de ce que l'on croit, cela vaut la peine. C'est un honneur pour l'homme de faire son devoir sur terre, quelles que soient les conséquences.

INTERVIEW AVEC SCOTT MACLEOD DU MAGAZINE *TIME*, SOWETO, AFRIQUE DU SUD, 26 FÉVRIER 1990

Dévouement

Je suis prêt à payer le prix fort, même si je connais la situation désespérée des Africains dans les prisons de ce pays.

PLAIDOYER POUR L'ATTÉNUATION DE SA PEINE APRÈS AVOIR ÉTÉ RECONNU COUPABLE D'AVOIR INCITÉ DES TRAVAILLEURS À FAIRE GRÈVE ET D'AVOIR QUITTÉ LE PAYS ILLÉGALEMENT, ANCIENNE SYNAGOGUE, PRETORIA, AFRIQUE DU SUD, NOVEMBRE 1962

Honnêteté, sincérité, simplicité, humilité, générosité, absence de vanité, dévouement – autant de qualités qui sont à la portée de n'importe quelle âme – sont les fondements de la vie spirituelle.

LETTRE À WINNIE MANDELA, ÉCRITE À ROBBEN ISLAND, 1ER FÉVRIER 1975

Il n'y a pas cadeau plus généreux que de consacrer son temps et son énergie à aider les autres sans rien attendre en retour.

CÉRÉMONIE EN L'HONNEUR DE L'ACTION DE MÉCENAT DE FCB HARLOW BUTLER PTY (LTD) AUPRÈS DU PROGRAMME D'ÉDUCATION CONTRE LE SIDA DE LA FONDATION NELSON MANDELA, JOHANNESBURG, AFRIQUE DU SUD, 27 FÉVRIER 2004

Se préoccuper fondamentalement des autres, dans notre vie personnelle ou collective, serait un grand pas vers ce monde meilleur dont nous rêvons tous.

SIXIÈME CONFÉRENCE ANNUELLE DE NELSON MANDELA, KLIPTOWN, SOWETO, AFRIQUE DU SUD, 12 JUILLET 2008

Dialogue

Certains parmi nous, et des plus influents, doutaient que le dialogue avec le régime d'apartheid soit une option.

MANUSCRIT AUTOBIOGRAPHIQUE INÉDIT, ÉCRIT À ROBBEN ISLAND, 1975

L'arme la plus puissante n'est pas la violence, mais la discussion.

INTERVIEW À LA B.B.C. (GRANDE-BRETAGNE), 28 OCTOBRE 1993

Les succès relatifs que nous avons obtenus dans le sud de l'Afrique donnent raison à notre conviction, qui est que les conflits peuvent être résolus pacifiquement grâce au dialogue.

PRÉSENTATION DE L'AFRICA PEACE AWARD À LA NATION DU MOZAMBIQUE, DURBAN, AFRIQUE DU SUD, 1ER NOVEMBRE 1997

Malheureusement, aucun de nous ne peut échapper aux reproches quant à la situation dans laquelle est l'humanité. Dans pratiquement toutes les parties du monde, des êtres humains trouvent des raisons de recourir à la violence et à la force pour régler des différends que nous aurions sans doute dû tenter de résoudre par la négociation, le dialogue et la raison.

MESSAGE À LA CONVENTION MONDIALE SUR LA PAIX ET LA NON-VIOLENCE, NEW DELHI, INDE, 31 JANVIER 2004

Différences

Nos différences font notre force en tant qu'espèce réunie dans une communauté mondiale.

RECEVANT LE « FRANKLIN D. ROOSEVELT FOUR FREEDOMS AWARD », 8 JUIN 2002

Dignité

J'aimerais pouvoir vous en dire davantage sur les valeureux camarades avec lesquels j'ai subi des humiliations quotidiennes et qui se sont cependant comportés avec dignité et détermination.

MANUSCRIT AUTOBIOGRAPHIQUE INÉDIT, ÉCRIT À ROBBEN ISLAND, 1975

J'appelle de toutes mes forces à ce que nous agissions avec la dignité et la discipline que notre juste lutte pour la liberté mérite.

RASSEMBLEMENT LORS DE SON RETOUR CHEZ LUI, SOCCER CITY, SOWETO, AFRIQUE DU SUD, 13 FÉVRIER 1990

Nous sommes issus d'un peuple qui, en refusant d'être traité comme sous-humanité, a racheté la dignité de toute l'humanité.

DISCOURS AU PARLEMENT DU CANADA, OTTAWA, CANADA, 18 JUIN 1990

Notre peuple a le droit à l'espoir, à l'avenir, à la vie elle-même. Aucune puissance sur terre ne peut détruire la soif de dignité humaine. Notre terre réclame la paix. Nous ne l'obtiendrons qu'en adhérant aux principes démocratiques et au respect des droits de chacun.

KING WILLIAM'S TOWN, BISHO, AFRIQUE DU SUD, 8 SEPTEMBRE 1992

L'engagement de mon gouvernement à créer une société libre, tournée vers le peuple, nous oblige à poursuivre la lutte contre le manque, la faim, les privations, l'ignorance, la répression, la peur. Ces libertés sont fondamentales pour garantir la dignité de l'homme.

PREMIER DISCOURS AU PARLEMENT, LE CAP, AFRIQUE DU SUD, 24 MAI 1994

Notre définition de la liberté individuelle doit être éclairée par l'objectif fondamental qui est de restaurer la dignité de tous les Sud-Africains.

IBID.

Ensemble, nous avons conquis la liberté et la dignité. Aujourd'hui, nous pouvons marcher la tête haute et dire fièrement que nous sommes tous sud-africains.

RASSEMBLEMENT ÉLECTORAL, SOWETO, AFRIQUE DU SUD, 1999

La première valeur citée dans les dispositions fondatrices de notre Constitution est la dignité de l'homme.

ARTICLE DANS *THE SUNDAY TIMES* (AFRIQUE DU SUD) POUR MARQUER LES DIX ANS DE LA DÉMOCRATIE, AVRIL 2004

Nous accordons la dignité aux gens en partant du principe qu'ils sont bons, qu'ils partagent les mêmes qualités humaines que nous nous attribuons.

SÉANCE DU PARLEMENT À L'OCCASION DE L'ANNIVERSAIRE DES DIX ANS DE LA DÉMOCRATIE, PARLEMENT, LE CAP, AFRIQUE DU SUD, 10 MAI 2004

Il était important de se tenir avec une certaine dignité. Rire n'aidait pas à rester digne. Il fallait garder l'air sérieux.

INTERVIEW AVEC TIM COUZENS, VERNE HARRIS ET MAC MAHARAJ DANS *MANDELA : THE AUTHORISED PORTRAIT*, 2006, À PROPOS DE SON ENFANCE ET DES RECOMMANDATIONS QUI LUI ÉTAIENT FAITES DE NE PAS TROP RIRE, JOHANNESBURG, AFRIQUE DU SUD, 13 AOÛT 2005

Discipline

Les êtres humains aiment s'associer à des gens qui travaillent dur, qui sont disciplinés et réussissent ce qu'ils entreprennent. En cultivant soigneusement ces qualités, tu te gagneras beaucoup d'amis.

LETTRE À MAKGATHO MANDELA, ÉCRITE À ROBBEN ISLAND, 28 JUILLET 1969

En tant que futurs leaders, nous espérons que vous observerez certaines règles, en ayant une discipline de fer. Sans discipline, vous ne gagnerez jamais notre confiance.

DISCOURS À LA JEUNESSE, AFRIQUE DU SUD, 13 AVRIL 1990

Discours

Les grands discours, les poings qu'on brandit ou qu'on abat sur la table, les résolutions fracassantes incompatibles avec les conditions objectives ne provoquent pas des actions de masse et peuvent faire beaucoup de mal à l'organisation et à la cause que nous défendons.

DISCOURS DE PRÉSIDENCE LORS DU CONGRÈS DU TRANSVAAL DE L'A.N.C., ÉGALEMENT CONNU COMME LE DISCOURS DU « DIFFICILE CHEMIN VERS LA LIBERTÉ », TRANSVAAL, AFRIQUE DU SUD, 21 SEPTEMBRE 1953

Vient un moment, dans la vie de tout réformateur social, où il donne de la voix sur les estrades d'abord pour se soulager des bouts d'information mal digérés qui se sont accumulés dans sa tête ; il tente d'impressionner les foules, au lieu d'exposer calmement et simplement les principes et les idées dont la vérité universelle est rendue évidente par l'expérience personnelle et une profonde réflexion.

LETTRE À WINNIE MANDELA, ÉCRITE À ROBBEN ISLAND, 20 JUIN 1970

Médire en parlant des autres est certainement un vice ; quand on parle de soi, c'est une vertu.

ENTRÉE D'UN JOURNAL, ÉCRITE À ROBBEN ISLAND, 18 JANVIER 1977

Les masses aiment voir des hommes responsables, qui parlent de façon responsable. Elles apprécient cela, donc j'évite les discours incitateurs de troubles.

CONVERSATION AVEC RICHARD STENGEL, 3 FÉVRIER 1993

On ne peut pas s'adresser à une masse de gens comme à une assistance d'une dizaine de personnes. Pourtant, j'ai toujours essayé de prendre autant de soin à m'expliquer devant les grandes foules que devant les petites.

DANS *UN LONG CHEMIN VERS LA LIBERTÉ*, 1994

Discrimination

Je considérais comme un devoir non seulement envers mon peuple, mais aussi envers ma profession, la pratique de la loi et la justice des hommes, de m'élever contre la discrimination, qui est essentiellement injuste et opposée à toute la tradition juridique pratiquée dans ce pays.

PLAIDOYER POUR L'ATTÉNUATION DE SA PEINE APRÈS AVOIR ÉTÉ RECONNU COUPABLE D'AVOIR INCITÉ DES TRAVAILLEURS À FAIRE GRÈVE ET D'AVOIR QUITTÉ LE PAYS ILLÉGALEMENT, ANCIENNE SYNAGOGUE, PRETORIA, AFRIQUE DU SUD, NOVEMBRE 1962

Discrimination positive

Notre mouvement de libération se bat pour donner le pouvoir aux franges les plus désavantagées de la population. Nous pensons que ce processus peut être initié par une politique de discrimination positive et de promotion des Noirs dans les secteurs où existent des déséquilibres entre les races ou les sexes. Nous devons briser la division raciale et sexuelle et la domination du champ intellectuel par certains groupes raciaux. Pour réaliser une transition efficace vers la démocratie, il faut dès aujourd'hui développer nos ressources humaines.

SIGNATURE D'UNE DÉCLARATION D'INTENTION VISANT À METTRE EN ŒUVRE DES MOYENS POUR LA RECHERCHE ÉCONOMIQUE ET POLITIQUE, AFRIQUE DU SUD, 23 NOVEMBRE 1991

La discrimination positive n'est une menace ni pour les individus ni pour le fonctionnement de la société. C'est une méthode internationalement reconnue qui permet de rectifier les erreurs du passé. Rejeter ce procédé, c'est accepter le *statu quo* et la perpétuation du colonialisme, du racisme, du sexisme et de l'oppression.

RÉCEPTION DU DIPLÔME DE *DOCTOR IN LAWS*, UNIVERSITÉ SOOCHOW, TAÏWAN, 1ER AOÛT 1993

L'État démocratique maintiendra et développera l'économie de marché, mais nous envisageons d'intervenir en certaines occasions, là où la croissance et le développement le rendent nécessaire. Je pense en particulier à des mécanismes sur l'emploi, et notamment à la discrimination positive, qui corrige les effets de l'ancienne discrimination contre les Noirs, les femmes, les habitants des zones rurales et les handicapés.

CONGRÈS DE L'INSTITUT INTERNATIONAL DE LA PRESSE, LE CAP, AFRIQUE DU SUD, 14 FÉVRIER 1994

Comme nous l'avons maintes fois déclaré, la discrimination positive devrait bénéficier à tous ceux qui étaient privés de droits pendant l'apartheid : Africains, métis, Indiens, femmes de toutes races, handicapés, masses rurales, etc.

QUARANTE-NEUVIÈME CONFÉRENCE NATIONALE DE L'A.N.C., BLOEMFONTEIN, AFRIQUE DU SUD, 17 DÉCEMBRE 1994

Cette politique suscite des craintes chez certains membres des communautés métisses. On prétend parfois qu'elle a été faite pour ne bénéficier qu'aux seuls Africains, ou que certains employeurs l'interprètent de cette façon. Il est donc nécessaire de le répéter avec force : quiconque affirme que la discrimination positive oblige à réserver les emplois et les opportunités aux seuls Africains déforme grossièrement la politique du gouvernement et de l'ANC. C'est un droit pour tous ceux qui ont été désavantagés par le passé, que celui à qui on le refuse n'hésite pas à se tourner vers les autorités.

CONFÉRENCE NATIONALE DE L'INSTITUT POUR UNE AFRIQUE DU SUD DÉMOCRATIQUE, LE CAP, 18 AOÛT 1995

Nous ne pourrons rien guérir, ni rien construire, tant que nous aurons des gens à des postes d'influence et de pouvoir qui, dans le meilleur des cas, acquiescent du bout des lèvres à la discrimination positive, à la promotion des Noirs et à l'émancipation des femmes, ou qui en réalité s'opposent à ces objectifs ; tant que nous aurons des gens qui continuent, dans leur arrogance et leur aveuglement, à pratiquer le racisme sur les lieux de travail et dans les écoles, malgré l'appel que nous avons lancé lors de notre tout premier discours à ce Parlement. Nous devons œuvrer ensemble à la distribution équitable des richesses, des opportunités et du pouvoir dans notre société.

DISCOURS AU PARLEMENT, LE CAP, AFRIQUE DU SUD, 9 FÉVRIER 1996

La discrimination positive voulue par le gouvernement et l'ANC vise à offrir des chances à tous ceux qui étaient auparavant désavantagés par l'apartheid : Africains, métis et Indiens. Nous sommes totalement opposés à ce qu'elle ne s'applique qu'aux Africains. Elle ne doit pas non plus être utilisée au détriment des Blancs qui étaient avantagés jusque-là. Son but est de créer des opportunités, pas de les barrer ; c'est un outil pour rectifier les erreurs du passé, pas pour en créer de nouvelles. Mise en œuvre judicieusement, elle libérera l'immense potentiel de notre peuple, potentiel que le régime d'apartheid n'a pas exploité.

RENCONTRE AVEC DES REPRÉSENTANTS DES ENTREPRISES DU CAP, AFRIQUE DU SUD, 6 DÉCEMBRE 1996

Nous devons nous occuper des peurs liées à la discrimination positive, à l'enseignement, à la pauvreté, au logement et au chômage. Nous devons apprendre à faire la distinction entre les termes racistes par lesquels certains politiciens essaient d'exploiter ces peurs et l'angoisse bien réelle des gens, et il nous faut combattre l'idée que l'ANC n'est pas faite pour les métis.

RENCONTRE AVEC LA SECTION A.N.C. DU CAP-OCCIDENTAL ET LES REPRÉSENTANTS DES AUTRES SECTIONS, LE CAP, AFRIQUE DU SUD, 8 DÉCEMBRE 1996

Sur le problème de la discrimination positive : le gouvernement a, à plusieurs reprises, fait état de sa position qui consiste à assurer la formation et la promotion d'une catégorie de population à qui la loi refusait ce droit, et à lui offrir des perspectives d'emploi. Après des années de rejet et d'exclusion délibérés, toute autre prise de décision serait désastreuse. En tout état de cause, la Constitution nous enjoint d'entreprendre ce programme.

DISCOURS DE CLÔTURE DES DÉBATS AU PARLEMENT, LE CAP, AFRIQUE DU SUD, 12 FÉVRIER 1997

Tous nos étudiants devraient être en mesure de rivaliser avec leurs homologues, non seulement en Afrique du Sud, mais dans le reste du monde. Si la discrimination positive nous aide à rectifier les erreurs du passé, elle ne peut être une caractéristique permanente de notre société.

LANCEMENT DE LA JOURNÉE NATIONALE DE L'APPRENTISSAGE ET DE L'ENSEIGNEMENT, SOWETO, JOHANNESBURG, AFRIQUE DU SUD, 20 FÉVRIER 1997

La discrimination positive est une action corrective. Il n'existe pas d'autre moyen pour passer de la discrimination raciale à une égalité véritable.

DISCOURS AU PARLEMENT, LE CAP, AFRIQUE DU SUD, 6 FÉVRIER 1998

Nous savons pouvoir compter au sein de notre alliance sur les syndicats, fières vigies de l'antiracisme, pour veiller à ce que cet instrument qu'est la discrimination positive ne serve jamais à avantager un groupe au détriment des autres.

FÊTE DU TRAVAIL, KIMBERLEY, AFRIQUE DU SUD, 1ER MAI 1998

Pour changer la vie des femmes et remplir nos objectifs en tant que nation, nous devons également faire en sorte que les femmes participent pleinement à tous les niveaux de la vie économique et politique de notre pays. Le gouvernement démocratique et la politique de discrimination positive commencent à porter leurs fruits.

CONGRÈS DE LA JOURNÉE MONDIALE DES FEMMES RURALES, MTHATHA, AFRIQUE DU SUD, 15 OCTOBRE 1998

La CVR [Commission vérité et réconciliation] a lancé un appel, que nous reprenons avec force, pour que les secteurs publics et privés renouvellent avec vigueur leur engagement à transformer nos structures et nos entreprises au double moyen de la discrimination positive et de l'égalité devant l'emploi, ainsi qu'à renforcer la culture du travail, de l'efficacité et de l'honnêteté.

DÉBAT EXTRAORDINAIRE DU PARLEMENT SUR LE RAPPORT DE LA COMMISSION VÉRITÉ ET RÉCONCILIATION, LE CAP, AFRIQUE DU SUD, 25 FÉVRIER 1999

Discrimination sexuelle

Certains disent que le machisme est l'une de mes faiblesses. Ils ont peut-être raison. Il est vrai que mon sang et mon cerveau ne sont pas souvent synchrones. Très souvent, la raison m'incite à m'approcher avec prudence de ce qui excite mes sens.

LETTRE À NOMABUTHO BHALA, ÉCRITE À ROBBEN ISLAND, 1ER JANVIER 1971

Nous devons tous redoubler d'efforts et réaffirmer notre engagement à assurer collectivement une plus grande sensibilité aux problèmes de discrimination sexuelle et à mettre en œuvre des pratiques véritablement égalitaires.

DÎNER DE GALA POUR LE MOIS DE LA FEMME, JOHANNESBURG COUNTRY CLUB, JOHANNESBURG, AFRIQUE DU SUD, 25 AOÛT 2003

L'une des réussites les plus spectaculaires de la démocratie sud-africaine est la place prise par les questions de l'égalité des sexes et du rôle des femmes dans le débat public. Cela reste trop souvent limité au niveau rhétorique, mais le fait que peu de gens dans notre société puissent jouer aux ignorants ou aux innocents sur ce sujet est dû en grande partie à la pression permanente des femmes.

IBID.

Nous n'avons plus le droit de placer la question nationale au-dessus du problème de l'égalité des sexes ; en fait, nous ne pouvons plus penser la question nationale en dehors du rôle et de la place des femmes dans la société.

IBID.

Nous avons besoin d'une révolution complète des esprits quant à notre manière de parler et d'agir concernant le sexe et la sexualité. Les hommes ont un rôle crucial à jouer, ils doivent abandonner les façons machistes et humiliantes avec lesquelles ils abordaient traditionnellement les femmes et la sexualité, dans leurs actes comme dans leurs paroles.

FORUM DE LA JEUNESSE SUR LE SIDA, UNIVERSITÉ DU WITWATERSRAND, JOHANNESBURG, AFRIQUE DU SUD, 22 SEPTEMBRE 2003

Pour chaque femme agressée, nous rabaissons notre humanité. Pour chaque femme forcée par un homme à avoir une relation sexuelle sans protection, nous rabaissons notre dignité. Chaque femme qui doit vendre son corps, nous la condamnons à une vie de prisonnière. Chaque fois que nous gardons le silence, nous conspirons contre nos femmes. Pour chaque femme infectée par le sida, nous détruisons une génération.

CONCERT 46664, FANCOURT, GEORGE, AFRIQUE DU SUD, 19 MARS 2005

Nous devons être honnêtes et francs à propos des relations de pouvoir entre les hommes et les femmes dans notre société, et nous devons construire un environnement plus propice, qui mette le rôle de la femme au centre de cette lutte. Chacun d'entre nous – sœur et frère, mère et père, enseignant et étudiant, prêtre et paroissien, cadre et ouvrier, président et Premier ministre – doit ajouter sa voix et lancer cet appel.

IBID.

Eh bien, vous savez, quand vous êtes assis en prison et que vous lisez, vous découvrez des choses que vous n'auriez jamais imaginées : vous vous apercevez que certaines de vos idées étaient complètement fausses.

INTERVIEW AVEC TIM COUZENS, VERNE HARRIS ET MAC MAHARAJ POUR *MANDELA : THE AUTHORISED PORTRAIT*, 2006, JOHANNESBURG, AFRIQUE DU SUD, 13 AOÛT 2005

Discussion

La discussion affûte l'intérêt qu'on porte à tel ou tel sujet, elle inspire des lectures et permet de rectifier des erreurs.

LETTRE AU COMMISSAIRE DES PRISONS, ÉCRITE À ROBBEN ISLAND, 10 OCTOBRE 1965

Dans toute discussion, en particulier avec des politiciens, il y a des désaccords.

CONVERSATION AVEC RICHARD STENGEL, 22 DÉCEMBRE 1992

J'ai découvert qu'au cours d'une discussion il ne sert jamais à rien de prendre envers son opposant un ton moralement supérieur.

DANS *UN LONG CHEMIN VERS LA LIBERTÉ*, 1994

Distinctions

Je dédie aussi ces distinctions aux millions d'hommes et de femmes anonymes, oubliés, qui à travers le monde et au fil du siècle ont courageusement refusé de se conformer aux plus bas instincts de notre nature et ont choisi de vivre dans la paix, la tolérance et le respect des différences.

DISCOURS AU PARLEMENT MONDIAL DES RELIGIONS, LE CAP, AFRIQUE DU SUD, DÉCEMBRE 1999

Je suis un garçon de la campagne très simple et je reste stupéfait, et même intimidé, par les distinctions et les honneurs dont les gens, pour quelque raison incompréhensible, décident de me gratifier.

RECEVANT LA MÉDAILLE PLANÈTE ET HUMANITÉ, UNION GÉOGRAPHIQUE INTERNATIONALE, DURBAN, AFRIQUE DU SUD, 4 AOÛT 2002

Douleur

Les blessures qu'on ne voit pas sont plus douloureuses que celles qui se voient et qu'un médecin peut soigner.

EN REVISITANT ROBBEN ISLAND, LE CAP, AFRIQUE DU SUD, 11 FÉVRIER 1994

J'ai passé un temps terrible sans partager ma douleur avec quiconque.

IBID.

Droits de l'homme

Il n'est pas nécessaire d'être éduqué pour savoir qu'on veut certains droits fondamentaux, qu'on a des aspirations, des revendications. Ça n'a rien à voir avec l'éducation.

INTERVIEW AVEC BRIAN WIDLAKE POUR I.T.N. TELEVISION (GRANDE-BRETAGNE), JOHANNESBURG, AFRIQUE DU SUD, 31 MAI 1961

Les droits de l'homme sont toujours l'un des problèmes brûlants de ce monde, et l'œuvre de Sir Wilberforce est aussi pertinente aujourd'hui qu'elle l'était en son temps.

LETTRE À JACK LENNARD, WILBERFORCE COUNCIL, ÉCRITE À LA PRISON VICTOR VERSTER, PAARL, AFRIQUE DU SUD, 21 AOÛT 1989

Il faut garantir les droits de tous les citoyens à leur langue, leur culture, leur religion.

DISCOURS AU PARLEMENT EUROPÉEN, STRASBOURG, FRANCE, 13 JUIN 1990

Tout adulte sud-africain doit avoir le droit de participer au gouvernement de notre pays selon le principe « un homme, un vote ». Les droits de chacun de nos citoyens doivent être garantis par une charte des droits inaliénables, et défendus par un système judiciaire indépendant.

IBID.

Parce que nous avons fait l'expérience de l'oppression et de la répression, nous sommes résolus à ce que notre pays soit une démocratie pleine et entière, dans laquelle les droits des citoyens sont inviolables et où l'égalité devant la loi est complète.

DISCOURS DEVANT LE PARLEMENT DU CANADA, OTTAWA, CANADA, 18 JUIN 1990

Les droits de l'homme doivent être protégés et garantis pour tous les citoyens, afin que chaque individu jouisse de la liberté.

RENCONTRE AVEC LES CERCLES D'AFFAIRES, WORLD TRADE CENTER, NEW YORK, U.S.A., 21 JUIN 1990

Dénier les droits de l'homme à une population, c'est nier son humanité. Lui imposer une vie de famine et de privation, c'est la déshumaniser.

DISCOURS DEVANT LE CONGRÈS DES ÉTATS-UNIS, WASHINGTON D.C., U.S.A., 26 JUIN 1990

Pour assurer la liberté des individus, nous insisterons pour que la Constitution démocratique soit renforcée par une charte des droits, elle-même renforcée par un système judiciaire indépendant et représentatif.

DÉCLARATION DEVANT LE PARLEMENT IRLANDAIS, DUBLIN, IRLANDE, 2 JUILLET 1990

Une charte des droits affirme avec force la nature des relations de pouvoir dans une société. Le pouvoir exécutif et législatif sans limites, qui gangrène toujours notre pays dominé par une minorité blanche, ne peut pas cohabiter avec des droits civiques et politiques pour chaque individu.

REMISE DE DÉCORATION, CLARK UNIVERSITY, ATLANTA, U.S.A., 10 JUILLET 1993

Nos propositions soulignent le fait que les êtres humains ont des identités et des vies multiples qui bousculent les lignes raciales et ethniques. La clé de la protection des minorités, en conséquence, consiste à placer les droits civiques et politiques au cœur du dispositif, hors de portée des majorités temporaires, en les garantissant comme des droits fondamentaux, gravés dans la Constitution démocratique.

IBID.

Dès 1923, quand la toute première charte des droits sud-africaine fut adoptée par l'ANC, les droits de l'homme et la justice étaient explicitement au centre de nos préoccupations.

IBID.

Pour ceux qui, comme nous-mêmes et avec votre aide, se sont battus afin de s'émanciper et qui se sont libérés du régime criminel de l'apartheid, la Déclaration universelle des droits de l'homme des Nations unies est un rempart et une justification à leur cause. En contrepartie, elle nous oblige à faire usage de notre liberté pour appliquer les préceptes qu'elle affirme.

LORS DE LA CINQUANTE-TROISIÈME ASSEMBLÉE GÉNÉRALE DES NATIONS UNIES, NEW YORK, U.S.A., 21 SEPTEMBRE 1998

Nous vivons aujourd'hui dans un État constitutionnel fondé sur la protection et le développement des droits de l'homme, un État où la protection de la dignité humaine prévaut sur tout le reste, et où la Constitution veille sur les valeurs fondamentales que sont l'égalité, l'antiracisme, la lutte contre les discriminations sexuelles et les droits des citoyens.

DÎNER DE RÉCEPTION, RÉUNION DU CONSEIL D'ADMINISTRATION D'AIG (AMERICAN INTERNATIONAL GROUP), TUNIS, TUNISIE, 24 MARS 2004

Étant l'ancien prisonnier numéro 46664, il y a toujours dans mon cœur une place pour ceux que l'on prive de droits fondamentaux. Nous encourageons tous les pays à changer de politique et à protéger les droits de ceux qui souffrent de discriminations injustes.

CÉRÉMONIE DE CLÔTURE DE LA QUINZIÈME CONFÉRENCE INTERNATIONALE SUR LE SIDA, BANGKOK, THAÏLANDE, 16 JUILLET 2004

Là où il y a de la pauvreté et des maladies, y compris le sida, là où des êtres humains sont opprimés, il reste du travail à accomplir. Notre but est la liberté pour tous.

CONCERT 46664, HYDE PARK, LONDRES, GRANDE-BRETAGNE, 27 JUIN 2008

Célébrez la noblesse de nos idéaux qui visaient à créer une société débarrassée du racisme et du sexisme.

RASSEMBLEMENT DE L'A.N.C. POUR LE QUATRE-VINGT-DIXIÈME ANNIVERSAIRE DE NELSON MANDELA, PRETORIA, AFRIQUE DU SUD, 2 AOÛT 2008

Redoublons d'efforts pour réaliser pleinement l'idéal d'un État et d'une société démocratiques qui assurent des droits à tous leurs citoyens, sans distinction de couleur, de race, de sexe ou de croyance. Vivons délivrés du racisme et du sexisme, dans nos actes comme dans nos paroles.

IBID.

Eau

Partout dans le monde l'eau est considérée comme aussi précieuse que la vie elle-même. Ici, en Afrique du Sud, elle l'est encore plus que la vie. Et pourtant, depuis quarante-huit ans et plus, des millions de gens étaient considérés comme indignes de cette nécessité simple, mais cruciale. Il aura fallu attendre l'arrivée de la démocratie.

COMMISSION DU PROJET POUR LE DÉVELOPPEMENT DE L'EAU POTABLE À MORETELE, SEKAMPANENG, AFRIQUE DU SUD, 14 OCTOBRE 1995

Économie

Les changements économiques seront décidés uniquement selon notre détermination à assurer le plein emploi, une productivité maximale et le développement d'une conscience sociale. Quelle que soit la formule, quel que soit le modèle qui nous permettra d'obtenir cela, nous l'adopterons.

DOCUMENTAIRE *MANDELA EN AMÉRIQUE*, 1990

Le projet démocratique qui nous intéresse ne réussira pas si l'économie ne suit pas.

CONFÉRENCE ORGANISÉE PAR LE MOUVEMENT ÉCONOMIQUE CONSULTATIF SUR LE THÈME « PERSPECTIVES POUR LA CONSTRUCTION DE L'AVENIR ÉCONOMIQUE », AFRIQUE DU SUD, 23 MAI 1990

Nous devons faire en sorte que l'économie serve les intérêts du peuple dans son ensemble, qu'elle serve à mettre un terme à la pauvreté terrible et aux privations que nous ont légués le système d'apartheid, qu'elle croisse à un rythme et d'une façon qui permette aux gens de profiter de conditions de vie décentes.

DISCOURS AU PARLEMENT EUROPÉEN, STRASBOURG, FRANCE, 13 JUIN 1990

Nous avons aussi la conviction que la liberté politique dont nous avons parlé doit aller de pair avec la disparition de la faim, de la misère et de la souffrance. Il est donc d'une importance vitale que nous restructurions l'économie sud-africaine pour que ses fruits soient partagés par tous, Noirs et Blancs, et pour que tout le monde profite de conditions de vie s'améliorant au fil du temps.

DISCOURS AU PARLEMENT DU CANADA, OTTAWA, CANADA, 18 JUIN 1990

Nous savons qu'il faudra restructurer l'économie pour qu'elle puisse servir les intérêts matériels de tout notre peuple, et non uniquement de la minorité blanche.

MESSAGE À LA COMMUNAUTÉ DES AFFAIRES AMÉRICAINES, U.S.A., 19 JUIN 1990

Nous avons besoin d'une économie capable de répondre aux besoins du peuple, qui donne aux gens de quoi manger, s'abriter, éduquer les enfants, se soigner, qui permette d'assurer la sécurité sociale, et tout ce qui rend la vie humaine et joyeuse, au lieu d'une confrontation permanente au désespoir.

DISCOURS DEVANT LE CONGRÈS DES ÉTATS-UNIS, WASHINGTON D.C., U.S.A., 26 JUIN 1990

Il faut voir de ses yeux des millions de gens plongés dans la misère pour y croire. L'opulence de nos compatriotes blancs et la distorsion de l'économie nécessaire à cette opulence rendent cette misère d'autant plus intolérable.

IBID.

La lutte que nous menons vise aussi à transformer l'économie de notre pays. Le système dont nous héritons a été conçu et dirigé au bénéfice de la minorité blanche et aux dépens de la majorité noire. Il est clair qu'une telle situation ne peut pas durer, où des millions d'hommes et de femmes ne connaissent rien d'autre que les ravages de la faim, où des enfants innombrables meurent ou sont affligés de kwashiorkor et autres maladies liées à la pauvreté. Ils sont des millions aujourd'hui sans emploi et sans terre. La seule issue qui les attend est de mourir de faim.

DÉCLARATION DEVANT LE PARLEMENT DE LA RÉPUBLIQUE D'IRLANDE, DUBLIN, RÉPUBLIQUE D'IRLANDE, 2 JUILLET 1990

Nous devons nous réserver le droit d'utiliser tous les leviers économiques dont nous disposons pour stimuler la croissance et redistribuer la richesse, afin de rectifier les déséquilibres et les injustices économiques historiques.

SIGNATURE D'UNE DÉCLARATION D'INTENTION VISANT À METTRE EN ŒUVRE DES MOYENS POUR LA RECHERCHE ÉCONOMIQUE ET POLITIQUE, AFRIQUE DU SUD, 23 NOVEMBRE 1991

La plus grande menace pour la démocratie, la justice socio-économique et la croissance dans ce pays, est le contrôle monopolistique de l'ensemble de l'économie par quelques entreprises.

IBID.

Nous devons donc nous astreindre à une discipline et une implication encore plus grandes pour atteindre les objectifs économiques qui permettront de créer davantage d'emplois et de libérer les ressources nécessaires à une politique sociale.

PRISE DE FONCTION DU PROFESSEUR MELCK, UNIVERSITÉ D'AFRIQUE DU SUD, PRETORIA, AFRIQUE DU SUD, 29 MARS 1999

Nous devons faire en sorte que tous les Sud-Africains aient le sentiment de participer à tous les secteurs de l'économie. La stabilité à long terme de notre ordre démocratique dépend aussi du fait que toutes les parties de la population participent pleinement à tous les niveaux de l'économie.

DISCOURS LORS DU DÎNER DE LA CHAMBRE DE COMMERCE SUD-AFRICAINE (SACOB), JOHANNESBURG, AFRIQUE DU SUD, 23 OCTOBRE 2001

Économie domestique

Être économe, particulièrement pour une jeune femme, est une vertu ; poussée à l'extrême, cependant, cette

vertu serait considérée par beaucoup comme un déni de soi et une affliction aussi dangereuse que l'anorexie.
LETTRE À ELAINE KEARNS, ÉCRITE À LA PRISON VICTOR VERSTER, PAARL, AFRIQUE DU SUD, 14 FÉVRIER 1989

Écoute

Dans la position qui est la mienne, la tâche principale est de rassembler les diverses factions, donc d'écouter très attentivement quand quelqu'un vient m'exposer un problème.
CONVERSATION AVEC RICHARD STENGEL, 29 AVRIL 1993

En tant que leader, j'ai toujours suivi les préceptes que j'ai vu mis en œuvre par le régent sur la grande place [Mqhekezweni]. Je me suis toujours efforcé d'écouter ce que chacun avait à dire dans les discussions avant de me risquer à exprimer ma propre opinion.
DANS *UN LONG CHEMIN VERS LA LIBERTÉ*, 1994

Écriture

Quand je relis mes premiers textes et mes premiers discours, je suis frappé par leur pédantisme, leur artificialité et leur manque d'originalité. La volonté d'impressionner y est évidente.
LETTRE À WINNIE MANDELA, ÉCRITE À ROBBEN ISLAND, 20 JUIN 1970

Il faut faire preuve d'une extrême prudence quand on écrit clandestinement son autobiographie en prison et qu'on se trouve avec des camarades qui connaissent eux aussi les difficultés et les tensions de la vie en prison. Ils sont en contact quotidien avec des officiers qui ont la manie de persécuter les prisonniers.
MANUSCRIT AUTOBIOGRAPHIE INÉDIT, ÉCRIT À ROBBEN ISLAND, 1975

Écrivain est un métier prestigieux qui place celui qui l'exerce au cœur du monde. Et pour rester au sommet, il faut travailler très dur, le but étant d'avoir un bon thème, original, et une simplicité d'expression en même temps que des mots irremplaçables.

LETTRE À ZINDZI MANDELA, ÉCRITE À ROBBEN ISLAND, 4 SEPTEMBRE 1977

Tu devrais cultiver soigneusement cette habitude en choisissant un jour de la semaine ou du mois réservé à la tenue de ta correspondance. Il vaut toujours mieux écrire des brouillons et les relire pour pointer les erreurs et améliorer la formulation.

LETTRE À MAKAWIZE MANDELA, ÉCRITE À ROBBEN ISLAND, 13 MAI 1979

Un stylo permet de se remémorer les moments les plus heureux de notre vie et d'ancrer des idées nobles au plus profond de nous, dans notre sang et dans notre âme. Il peut transformer une tragédie en espoir et en victoire.

LETTRE À ZINDZI MANDELA, ÉCRITE À ROBBEN ISLAND, 10 FÉVRIER 1980

Écrire une lettre en prison peut être un exercice harassant et frustrant. Certaines lettres sont envoyées aux quartiers généraux de la prison à Pretoria pour approbation, un processus qui implique obligatoirement de longs délais, parfois jusqu'à plusieurs mois. Quand la réponse arrive enfin, c'est le plus souvent un sec « non approuvé » et, de manière générale, aucune raison ne motive la décision.

LETTRE AU PROFESSEUR SAMUEL DASH, ÉCRITE À LA PRISON DE POLLSMOOR, LE CAP, AFRIQUE DU SUD, 12 MAI 1986

Écrire des lettres aux amis était l'un de mes passe-temps favoris et chaque lettre me procurait beaucoup de plaisir. La pression du travail me met aujourd'hui dans l'impossibilité de me livrer à cette passion.

CARNET, VERS 1993

Sous le régime de l'apartheid, il était courant pour les autorités de soutirer des documents à ceux qu'elles considéraient comme ses ennemis. Tantôt elles se servaient de ces documents comme de preuves devant les tribunaux, tantôt elles les utilisaient pour mener des tentatives d'intimidation. Parfois, elles se contentaient de les détruire. Pour tous ceux d'entre nous qui nous étions engagés dans la lutte pour la justice et la liberté dans ce pays, mettre des informations sur papier était très risqué.

INAUGURATION DU CENTRE POUR LA MÉMOIRE, JOHANNESBURG, AFRIQUE DU SUD, 21 SEPTEMBRE 2004

Éducation

Nous affirmons notre foi dans les principes énoncés par la Déclaration universelle des droits de l'homme, selon laquelle chacun a le droit à l'éducation : cette éducation doit avoir pour objectif l'accomplissement de la personne et le renforcement du respect des droits et des libertés fondamentales. Elle doit promouvoir la compréhension, la tolérance et l'amitié entre les groupes raciaux ou religieux, et faire progresser l'action des Nations unies pour le maintien de la paix.

DISCOURS DE PRÉSIDENCE LORS DU CONGRÈS DU TRANSVAAL DE L'A.N.C., ÉGALEMENT CONNU COMME LE DISCOURS DU « DIFFICILE CHEMIN VERS LA LIBERTÉ », TRANSVAAL, AFRIQUE DU SUD, 21 SEPTEMBRE 1953

Il faut défendre le droit des parents africains à décider de l'éducation qu'ils souhaitent donner à leurs enfants. À enseigner à leurs enfants que les Africains ne sont pas inférieurs d'un iota aux Européens. À établir des écoles dans leurs communautés pour qu'y soit dispensé le genre d'éducation qu'ils veulent. S'il devient dangereux ou impossible d'avoir ces écoles alternatives, il faut refaire de chaque maison, de chaque bicoque, de chaque taudis branlant un foyer d'apprentissage pour notre jeunesse. Ne baissons jamais pavillon devant les théories barbares et inhumaines de Verwoerd.

IBID.

Partout dans le monde, il est accepté que les étudiants, qui constituent une population réfléchie et indépendante d'esprit, ont le droit à la liberté de penser et à l'expression de leurs opinions.

DÉCLARATION PRONONCÉE LORS DU CONSEIL D'ACTION NATIONALE AFRICAINE, 5 SEPTEMBRE 1961

Les problèmes qui agitent aujourd'hui l'humanité exigent des esprits formés, et l'homme déficient à cet égard est un infirme parce qu'il ne possède pas l'outillage intellectuel nécessaire pour s'assurer succès et victoire au service du pays et du peuple.

LETTRE À MAKGATHO MANDELA, ÉCRITE À ROBBEN ISLAND, 28 JUILLET 1969

Personne ne s'est jamais assis à mes côtés à intervalles réguliers pour me donner un cours clair et construit sur l'histoire du pays, sa géographie, ses richesses naturelles et ses problèmes, pas plus qu'on ne m'a enseigné à compter ou à me servir des poids et mesures.

MANUSCRIT AUTOBIOGRAPHIQUE INÉDIT, ÉCRIT À ROBBEN ISLAND, 1975

Si je pouvais lancer un appel, ce serait que les jeunes gens s'efforcent de recevoir la meilleure éducation possible, afin qu'à l'avenir ils puissent nous représenter.

DOCUMENTAIRE *MANDELA EN AMÉRIQUE*, 1990

Les enfants d'aujourd'hui sont les dirigeants de demain et l'éducation est une arme très importante pour les préparer à jouer ce rôle au sein de la communauté.

CHEZ LUI, À SOWETO, AFRIQUE DU SUD, FÉVRIER 1990

Nous voulons que toutes les institutions de l'éducation contribuent à la création d'une nouvelle Afrique du Sud démocratique, non raciale et non sexiste. Cela ne suppose pas de soutenir toutes les positions de l'ANC. Nous avons commis des erreurs, et peut-être que les universitaires, par une critique constructive, peuvent nous en épargner d'autres à l'avenir. Je vous demande donc d'agir selon votre conscience et de vous rendre utiles en faisant progresser la cause de la démocratie, que nous partageons.

DISCOURS À L'UNIVERSITÉ DE FORT HARE, ALICE, AFRIQUE DU SUD, 9 MAI 1992

L'éducation est un formidable outil de développement personnel. C'est grâce à l'éducation que la fille du paysan peut devenir docteur, le fils du mineur directeur de la mine, l'enfant de fermiers le Président d'une grande nation. C'est ce que nous faisons de ce que nous avons, et non de ce qu'on nous donne, qui fait la différence entre deux personnes.

DANS *UN LONG CHEMIN VERS LA LIBERTÉ*, 1994

Pour notre génération, l'éducation devint la clé qui permettait d'ouvrir les portes de l'oppression, un outil contre la logique perverse maître-esclave. Les institutions éducatives devinrent un foyer à partir duquel défier la domination coloniale, l'injustice. Notre diplôme de réussite universitaire, ce fut la détention, la mort, l'exil, les longues années de prison.

RÉCEPTION DU DOCTORAT HONORIS CAUSA, UNIVERSITÉ NATIONALE DE SÉOUL, CORÉE DU SUD, 6 JUILLET 1995

De la même façon que nous avons mené la guerre contre l'éducation de l'apartheid, le gouvernement et les communautés devraient combattre ensemble les facteurs qui entravent un apprentissage et une instruction efficaces.

LANCEMENT DE LA CAMPAGNE POUR L'INSTRUCTION ET L'APPRENTISSAGE, SOWETO, JOHANNESBURG, AFRIQUE DU SUD, 20 FÉVRIER 1997

Les Sud-Africains ont fait des sacrifices énormes, nombre d'entre eux ont payé de leur vie pour que vous ayez accès à la meilleure éducation que puisse donner le pays. Faites en sorte, en assurant une instruction efficace dans nos écoles, qu'ils ne se soient pas sacrifiés pour rien.

IBID.

Vous pouvez élever la nation en participant aux activités scolaires, en protégeant les établissements contre les vandales, en soutenant les équipes éducatives, en collaborant avec les enseignants et les élèves, et en veillant à ce que votre enfant aille à l'école et fasse ses devoirs.

IBID.

La majorité de nos enfants, notamment dans les provinces rurales, n'ont pas accès à une éducation de base, ou alors ils dépendent d'institutions qui manquent du matériel et des moyens appropriés à un apprentissage efficace.

« EDUCATION AFRICA, PRESIDENTIAL AND PREMIER EDUCATION AWARDS », AFRIQUE DU SUD, 22 NOVEMBRE 1997

J'ai grandi dans des endroits où l'éducation des Noirs était très rare. Et mes parents n'étaient jamais allés à l'école. Ils étaient complètement illettrés.

LONDRES, GRANDE-BRETAGNE, 2000

La division entre les riches et les pauvres, les privilégiés et les nécessiteux, les puissants et les exclus, est marquée en premier lieu par une différence dans l'accès à la connaissance et à l'information. Ceux qui ont accès au savoir détiennent aujourd'hui les clés de la vie sociale, politique et économique.

VINGT-SIXIÈME CONFÉRENCE INTERNATIONALE SUR L'AMÉLIORATION DE L'ENSEIGNEMENT UNIVERSITAIRE, UNIVERSITÉ DE JOHANNESBURG, AFRIQUE DU SUD, JUILLET 2001

L'éducation est l'arme la plus puissante dont nous puissions nous servir pour changer le monde.

DISCOURS AU PLANÉTARIUM, JOHANNESBURG, AFRIQUE DU SUD, 16 JUILLET 2003

L'avenir d'une nation ne porte comme promesse que sa prochaine génération de citoyens, et nous vous applaudissons d'investir dans l'avenir en offrant aux enfants des zones rurales un meilleur accès aux technologies de l'information.

FONDATION ESKOM POUR L'AIDE AU DÉVELOPPEMENT, JOHANNESBURG, AFRIQUE DU SUD, 11 MARS 2004

Aucun enfant en Afrique, et d'ailleurs nulle part au monde, ne doit être privé d'éducation. Je sais que nous pouvons atteindre cet objectif.

LANCEMENT DE LA CAMPAGNE INTERNATIONALE DE LEVÉE DE FONDS « UN RÊVE POUR L'AFRIQUE », LE CAP, AFRIQUE DU SUD, 6 DÉCEMBRE 2004

Aucun de nous ne peut se dire satisfait alors qu'il y a des enfants, des millions d'enfants, qui ne reçoivent pas une éducation qui leur permette de vivre dignement, en s'accomplissant.

MESSAGE ENREGISTRÉ POUR LE LANCEMENT DE L'INSTITUT NELSON MANDELA POUR L'ÉDUCATION ET LE DÉVELOPPEMENT DES ZONES RURALES, NOVEMBRE 2007

Il est à notre portée de créer un monde où tous les enfants ont accès à une bonne éducation.

IBID.

Éduquer tous nos enfants doit être l'une de nos principales priorités. Nous savons tous que l'éducation, plus que tout le reste, augmente nos chances d'améliorer le sort des gens.

MESSAGE POUR LA CAMPAGNE « DES ÉCOLES POUR L'AFRIQUE », JOHANNESBURG, AFRIQUE DU SUD, 15 MAI 2008

Effort collectif

On émet parfois l'idée que les avancées, la conscientisation de notre peuple, les succès obtenus ici et la reconnaissance qu'ils nous valent, ici comme à l'étranger, seraient en quelque sorte le fruit de mon travail. Je me sens tenu de dire que je ne suis qu'un homme au sein d'une grande armée populaire, dont tous les membres sont à créditer pour nos résultats et nos accomplissements.

PLAIDOYER POUR L'ATTÉNUATION DE SA PEINE APRÈS AVOIR ÉTÉ RECONNU COUPABLE D'AVOIR INCITÉ DES TRAVAILLEURS À FAIRE GRÈVE ET D'AVOIR QUITTÉ LE PAYS ILLÉGALEMENT, ANCIENNE SYNAGOGUE, PRETORIA, AFRIQUE DU SUD, NOVEMBRE 1962

Quand je me tourne vers le passé, je suis enclin à penser que le genre de vie que je menais chez moi – mes expériences dans le veld où nous travaillions et jouions en groupe – m'a familiarisé très tôt aux principes de l'effort collectif.

MANUSCRIT AUTOBIOGRAPHIQUE INÉDIT, ÉCRIT À ROBBEN ISLAND, 1975

Aucun individu ne peut entreprendre seul l'immense tâche de résoudre les problèmes de ce pays. Si l'un d'entre nous a acquis un statut particulier, c'est dû en grande partie à ce qu'a fait l'organisation.

INTERVIEW AVEC JAMES ROBBINS DE LA B.B.C. (GRANDE-BRETAGNE), LEVISION (GRANDE-BRETAGNE), CHEZ LUI À SOWETO, AFRIQUE DU SUD, 14 FÉVRIER 1990

Inutile de s'attaquer à ces problèmes sur une base personnelle, on ne peut les traiter que par un effort collectif. Je n'agirai pas en tant qu'individu. Je n'agirai qu'en qualité de membre d'une équipe.

INTERVIEW AVEC SCOTT MACLEOD DU MAGAZINE *TIME*, SOWETO, AFRIQUE DU SUD, 26 FÉVRIER 1990

Nous ne voulons pas élever le rôle joué par un individu en particulier au-dessus de celui du collectif.
CONVERSATION AVEC AHMED KATHRADA, VERS 1993-1994

Que se passe-t-il quand des divergences apparaissent ? Nous les traitons, nous débattons sur les valeurs, nous essayons de persuader l'autre et de trouver un consensus.
INTERVIEW À LA B.B.C. (GRANDE-BRETAGNE), 28 OCTOBRE 1993

On apprécie parfois la contribution de quelqu'un d'autre justement parce qu'il apporte une idée à laquelle on n'avait pas pensé.
INTERVIEW, DATE INCONNUE

Cela passe par l'analyse finale, et non par une contribution individuelle ; c'est le collectif qui est le caractère distinctif de notre travail au Congrès national africain.
INTERVIEW À LA B.B.C. (GRANDE-BRETAGNE), 28 OCTOBRE 1993

Les résultats ont été le fruit d'une autorité collective, et pratiquement tout ce que nous avons réussi, nous l'avons réussi ensemble.
EN REVISITANT ROBBEN ISLAND, AFRIQUE DU SUD, 11 FÉVRIER 1994

Je ne les influencerai pas dans un sens ou dans l'autre, je fais confiance au travail collectif et je sais que leur décision sera absolument judicieuse.
INTERVIEW AVEC TOM COHEN ET SAHM VENTER POUR ASSOCIATED PRESS, DISCUSSION À PROPOS DE SON SUCCESSEUR, TUYNHUYS, LE CAP, AFRIQUE DU SUD, 22 SEPTEMBRE 1994

S'asseoir à la fin de la journée et réfléchir pour évaluer son humble contribution au travail d'équipe est essentiel pour s'organiser et porter sa part des initiatives politiques.
DISCOURS DE CLÔTURE DE LA QUARANTE-NEUVIÈME CONFÉRENCE NATIONALE DE L'A.N.C., BLOEMFONTEIN, AFRIQUE DU SUD, 22 DÉCEMBRE 1994

J'aimerais qu'on se souvienne de moi comme d'un équipier, et que ma contribution soit jugée comme celle d'un homme qui a mis en œuvre des décisions collectives.

INTERVIEW AVEC JOHN BATTERSBY, JOHANNESBURG, AFRIQUE DU SUD, PUBLIÉE DANS *THE CHRISTIAN SCIENCE MONITOR* LE 10 FÉVRIER 2000

Il y a un point crucial que nous devons toujours garder à l'esprit, l'étoile qui doit nous guider tandis que nous négocions les hauts et les bas de la lutte pour la libération : les avancées ne résultent jamais des efforts individuels. Elles surgissent toujours grâce au triomphe des efforts collectifs.

CARNET, DATE INCONNUE

Égalité

Nous sommes convaincus qu'il y a des milliers d'honnêtes démocrates dans la population blanche, qui sont prêts à prendre position fermement, avec courage, pour une égalité inconditionnelle, c'est-à-dire pour la renonciation complète à la « suprématie blanche ». Nous leur tendons une main amicale, sincère, pour une alliance fraternelle.

ARTICLE INTITULÉ « LES SABLES MOUVANTS DE L'ILLUSION », *LIBERATION*, JUIN 1953

Je suis plus influencé que jamais par la certitude que l'égalité sociale est la seule base du bonheur des hommes.

LETTRE AU SÉNATEUR DOUGLAS LUKHELE, ÉCRITE À ROBBEN ISLAND, 1ER AOÛT 1970

Je n'ai jamais considéré aucun homme comme mon supérieur dans la vie, ni en prison ni en dehors.

LETTRE AU GÉNÉRAL DU PREEZ, COMMISSAIRE DES PRISONS, ÉCRITE À ROBBEN ISLAND, 12 JUILLET 1976

Mon respect pour les êtres humains n'est pas fondé sur la couleur de leur peau, ni sur l'autorité qu'ils peuvent détenir, mais uniquement sur leur mérite.
IBID.

Le principe de la décolonisation et l'acceptation du droit des nations à participer à égalité à la vie de la communauté mondiale ne doivent pas être altérés et servir à opprimer les autres peuples.
RECEVANT LE PRIX PRINCE DES ASTURIES DE LA COOPÉRATION INTERNATIONALE, ESPAGNE, 31 OCTOBRE 1992

Ce défi sans précédent était de restaurer la dignité de tout notre peuple en éliminant toutes les formes de discrimination raciale et en introduisant le principe d'égalité dans toutes les sphères de la vie.
SUITE INÉDITE À SON AUTOBIOGRAPHIE, VERS 1998

Ego

La poursuite aveugle d'une popularité facile n'a rien à voir avec la révolution.
RAPPORT DU COMITÉ NATIONAL EXÉCUTIF DE LA QUARANTE-NEUVIÈME CONFÉRENCE NATIONALE DE L'A.N.C., BLOEMFONTEIN, AFRIQUE DU SUD, 17 DÉCEMBRE 1994

Élections

Les gens doivent être libres de fonder un parti ou d'adhérer au parti de leur choix. Il faut qu'il y ait des élections dans les règles pour que le peuple choisisse son dirigeant.
CONFÉRENCE ORGANISÉE PAR LE MOUVEMENT ÉCONOMIQUE CONSULTATIF SUR LE THÈME « PERSPECTIVES POUR LA CONSTRUCTION DE L'AVENIR ÉCONOMIQUE », AFRIQUE DU SUD, 23 MAI 1990

Pour la première fois dans l'histoire de notre pays, le 27 avril 1994, tous les Sud-Africains, quelles que soient leur langue, leur religion ou leur culture, quelles que soient leur couleur ou leur classe, voteront comme des citoyens égaux entre eux. Des millions de gens à qui le droit de vote était refusé se rendront aux urnes. Et moi aussi, pour la première fois de ma vie, je vais voter.

ANNONCE DE LA DATE DES ÉLECTIONS, PROCESSUS DE NÉGOCIATIONS MULTIPARTITES, KEMPTON PARK, AFRIQUE DU SUD, 17 NOVEMBRE 1993

L'atmosphère de calme et de tolérance qui a régné durant ces élections augure de l'Afrique du Sud que nous pouvons construire. Elle a donné le ton pour l'avenir. Nous avons sans doute nos différences, mais nous formons un peuple uni par le destin, avec la richesse qu'est notre variété de cultures et de traditions.

CÉLÉBRATION DE LA VICTOIRE ÉLECTORALE DE L'A.N.C., HÔTEL CARLTON, JOHANNESBURG, AFRIQUE DU SUD, 2 MAI 1994

Quand l'histoire sera écrite, il faudra rendre hommage à tous ces organisateurs anonymes qui ont arpenté les routes pour éduquer notre peuple et le préparer aux élections. Hommage soit rendu, surtout, au peuple qui a su saisir cette chance historique à pleines mains, qui a bravé les menaces venues de toutes parts. Car en ce jour crucial, la vieille maxime résonne plus fort que jamais : le peuple est son propre libérateur.

RAPPORT POLITIQUE DU COMITÉ NATIONAL EXÉCUTIF DE LA QUARANTE-NEUVIÈME CONFÉRENCE NATIONALE DE L'A.N.C., BLOEMFONTEIN, AFRIQUE DU SUD, 17 DÉCEMBRE 1994

Le fait que nous ayons tenu ces élections, qu'elles se soient déroulées sans fraude, sans intimidation, sans violence, c'est un signe d'espoir pour l'avenir.

DOCUMENTAIRE *COUNTDOWN TO FREEDOM : TEN DAYS THAT CHANGED SOUTH AFRICA*, 1994

Émotion

La morosité est une humeur ordinaire qui affecte bien des gens.

LETTRE À ZINDZI MANDELA, ÉCRITE À ROBBEN ISLAND, 3 FÉVRIER 1979

Je dois avouer que je suis incapable de décrire mes émotions. J'ai été complètement submergé par l'enthousiasme. Je ne m'y attendais pas. Je mentirais si je prétendais décrire mes propres sentiments. C'était époustouflant.

À PROPOS DE L'ACCUEIL REÇU À SA SORTIE DE PRISON, PREMIÈRE CONFÉRENCE DE PRESSE APRÈS SA LIBÉRATION, BISHOPSCOURT, RÉSIDENCE DE L'ARCHEVÊQUE DESMOND TUTU, LE CAP, AFRIQUE DU SUD, 12 FÉVRIER 1990

De même que « nul homme n'est une île », nous ne sommes pas non plus de pierre, nous ne restons pas insensibles aux passions de l'amour, de l'amitié, et à la compassion humaine.

DISCOURS À LA CATHÉDRALE D'UPPSALA, SUÈDE, 13 MARS 1990

Ma foi ce serait exagérer de dire que je ne déprime jamais. Bien sûr, beaucoup de gens ne s'en aperçoivent pas.

CONVERSATION AVEC RICHARD STENGEL, VERS AVRIL OU MAI 1993

Il y a des moments où le moral était au plus bas à cause de ce qui se passait dehors, mais de façon générale je sentais que je sortirais un jour.

EN REVISITANT ROBBEN ISLAND, AFRIQUE DU SUD, 11 FÉVRIER 1994

Je trouve difficile de ramener à un plan personnel l'expérience politique que nous avons connue en prison.

IBID.

Il y a eu des moments très noirs, où ma foi en l'humanité était durement éprouvée, mais je ne voulais et ne pouvais m'abandonner au désespoir. Cela ne m'aurait conduit qu'à la défaite et à la mort.

DANS *UN LONG CHEMIN VERS LA LIBERTÉ*, 1994

Je ne suis pas et je n'ai jamais été quelqu'un qui parle facilement de ses sentiments en public. Les journalistes me demandaient souvent ce que cela me faisait d'être libre, je faisais de mon mieux pour décrire l'indescriptible, et en général je n'y arrivais pas.

IBID.

L'âge, l'éducation et une culture prude me rendent difficile de parler en public de mes sentiments ou de mes émotions intimes.

DOSSIER PERSONNEL, VERS 1996

Nous avons le devoir de créer un environnement propice et d'offrir aux gens les outils et les mécanismes qui les soutiendront dans leurs efforts pour s'améliorer.

LANCEMENT DE LA CAMPAGNE NATIONALE POUR L'INSTRUCTION ET L'APPRENTISSAGE, SOWETO, JOHANNESBURG, AFRIQUE DU SUD, 20 FÉVRIER 1997

Je suis honoré que vous souhaitiez fêter l'anniversaire d'un vieil homme à la retraite qui n'a plus ni pouvoir ni influence.

MESSAGE ENREGISTRÉ POUR SON QUATRE-VINGT-DIXIÈME ANNIVERSAIRE, 2008

Enfance

Je n'ai pas oublié les jours de mon enfance, quand nous nous rassemblions autour des doyens de la communauté pour écouter les leçons de leur sagesse et de leur expérience.

MANUSCRIT AUTOBIOGRAPHIQUE INÉDIT, ÉCRIT À ROBBEN ISLAND, 1975

J'ai des souvenirs fabuleux du Transkei de mon enfance, où je chassais, jouais avec des bâtons, volais du maïs dans les champs, et où j'ai appris à compter ; c'est un monde disparu. Un poète anglais bien connu avait un monde semblable à l'esprit quand il a écrit : « Les choses que j'ai vues, je ne peux plus les apercevoir. »
LETTRE À UN AMI, PRISON DE POLLSMOOR, LE CAP, 22 FÉVRIER 1985

L'un de nos passe-temps favoris était de nous battre avec des bâtons.
DOCUMENTAIRE DE LA B.B.C. (GRANDE-BRETAGNE), 1996

Mon enfance paisible et bucolique paraît-elle pittoresque avec le recul, surtout ici dans cette ville bondée ? Je vous assure que ce n'était pas si romantique, ni si libre, à l'époque. Toute l'eau que nous utilisions pour cultiver, cuisiner et nous laver – pour développer nos familles et rester en bonne santé – devait être puisée avec des seaux dans des ruisseaux et des sources.
LANCEMENT DU RAPPORT FINAL DE LA COMMISSION MONDIALE SUR LES BARRAGES, CABOT HALL, LONDRES, GRANDE-BRETAGNE, 16 NOVEMBRE 2000

Enfants

Peu de choses rendent la vie de parent plus douce et gratifiante que la réussite de son enfant.
LETTRE À AMINA CACHALIA, ÉCRITE À ROBBEN ISLAND, 3 MARS 1981

On dirait qu'une sorte de diaspora bat son plein, que les enfants des townships et des villages de campagne se dispersent à travers le monde et que, dans ce processus, ils s'ouvrent à de nouveaux horizons et à de nouvelles idées ; ils reviennent enrichis de cette expérience dans un environnement qui n'est pas encore prêt à s'en accommoder.
LETTRE À FRIEDA MATTHEWS, ÉCRITE À LA PRISON DE POLLSMOOR, LE CAP, AFRIQUE DU SUD, 25 FÉVRIER 1987

Les médias de masse, en particulier la télévision, attirent aujourd'hui plus que jamais l'attention sur la détresse des enfants défavorisés. Certaines images diffusées sont aussi poignantes qu'effrayantes.

LETTRE AU DR MAMPHELA RAMPHELE, ÉCRITE À LA PRISON DE POLLSMOOR, LE CAP, AFRIQUE DU SUD, 12 AOÛT 1987

Les enfants peuvent enfin jouer dans la campagne sans souffrir des morsures de la faim, être ravagés par les maladies ou menacés par les fléaux de l'ignorance, des mauvais traitements et des atteintes sexuelles. Ils n'ont plus besoin de commettre des actes dont la gravité dépasse de loin ce qu'on peut attendre d'eux dans leurs tendres années.

CÉRÉMONIE DE REMISE DU PRIX NOBEL DE LA PAIX, OSLO, NORVÈGE, 10 DÉCEMBRE 1993

La récompense dont nous avons parlé se mesurera aussi au bonheur et au bien-être des parents de ces enfants, qui doivent pouvoir arpenter la terre sans craindre qu'on les vole, qu'on les tue pour des raisons politiques ou matérielles ou qu'on leur crache dessus parce qu'ils mendient.

IBID.

L'un des chapitres les plus honteux de notre passé aura été la façon dont on ruinait la vie des enfants.

CÉLÉBRATION DU DIXIÈME ANNIVERSAIRE DU DOMAINE DE NEETHLINGSHOF, NEETHLINGSHOF ESTATE, STELLENBOSCH, AFRIQUE DU SUD, 1995

On ne saurait mieux révéler l'âme d'une société que par la manière dont elle traite ses enfants.

LANCEMENT DU FOND NELSON MANDELA POUR LES ENFANTS, MAHLAMBA NDLOPFU, PRETORIA, AFRIQUE DU SUD, 8 MAI 1995

Nous sommes issus d'un passé où les vies des enfants étaient agressées et dévastées d'innombrables façons.

On n'exagérerait pas en parlant de mauvais traitement national infligé par une société à une génération qui aurait dû pouvoir lui faire confiance.
IBID.

Nos enfants sont la pierre sur laquelle notre avenir se construira, ils sont notre plus grand atout en tant que nation. Ils seront les dirigeants de notre pays, les créateurs de notre richesse nationale, ils s'occuperont de notre peuple, le protégeront.
INAUGURATION DES ÉCOLES DE QUNU ET NKALANE, QUNU, AFRIQUE DU SUD, 3 JUIN 1995

Nos enfants ont subi tout le poids des privations de l'apartheid. On a volé à la plupart d'entre eux le droit à une éducation de qualité, à des soins médicaux appropriés, à des vies de famille stables, et parfois c'est toute leur enfance qu'on leur a volée.
OUVERTURE DU VILLAGE S.O.S. ENFANTS DU CAP, LE CAP, AFRIQUE DU SUD, 25 MAI 1996

Les enfants d'Afrique du Sud assument des responsabilités qui ne sont pas de leur âge, à la fois pour la libération de leur pays et pour la construction de son avenir.
IBID.

Enfin, les cris de l'enfant qui meurt de faim ou parce qu'une machette lui ouvre l'estomac va pénétrer le bruit de la ville moderne et ses fenêtres scellées pour dire : ne suis-je pas un être humain moi aussi ?
DISCOURS DEVANT LES DEUX CHAMBRES DU PARLEMENT, WESTMINSTER HALL, LONDRES, GRANDE-BRETAGNE, 11 JUILLET 1996

Les enfants qui dorment dans les rues, réduits à mendier pour vivre, témoignent que nous n'avons pas fini

notre travail. Les familles qui vivent dans des taudis sans eau courante, sans sanitaires, sans électricité, nous rappellent que le passé continue de hanter le présent.
SOIXANTE-QUINZIÈME ANNIVERSAIRE DU S.A.C.P. (PARTI COMMUNISTE SUD-AFRICAIN), LE CAP, AFRIQUE DU SUD, 28 JUILLET 1996

L'Afrique est célébrée pour sa beauté, son riche patrimoine naturel et ses ressources prolifiques, mais l'image de ses enfants en souffrance hante la conscience de notre continent et du monde entier.
LANCEMENT DE LA CAMPAGNE « PLUS DE POLIO EN AFRIQUE », JOHANNESBURG, AFRIQUE DU SUD, 2 AOÛT 1996

J'ai toujours beaucoup de plaisir à être entouré par les beaux enfants de notre pays. Quand je me trouve avec des jeunes gens énergiques comme vous, je sens ma batterie se recharger et je suis certain que notre pays peut espérer de grandes choses. Vous êtes l'avenir de ce pays, c'est vous qui nous guiderez dans le prochain siècle.
FESTIVAL « FOOD FOR LIFE », DURBAN, AFRIQUE DU SUD, 23 AVRIL 1997

Tous autant que nous sommes, nous avons la responsabilité de faire en sorte qu'on soigne nos enfants malades, dans leur famille et dans leur communauté. Nous avons la responsabilité de montrer la valeur de chaque vie humaine, aussi courte soit-elle, et aussi fragile soit-elle.
DÎNER DE BIENFAISANCE À L'OCCASION DE SON ANNIVERSAIRE, DESTINÉ AUX ENFANTS ATTEINTS D'UNE MALADIE MORTELLE, AFRIQUE DU SUD, 4 JUILLET 1997

Aidons les enfants. Faisons tout ce qui est en notre pouvoir, soutenons leur combat pour s'élever au-dessus des souffrances.
IBID.

En tant que nation, nous avons l'obligation d'apporter un rayon de soleil dans les vies de ces petits. Ils sont

précieux. Ils méritent tout le bonheur que leur vie peut leur offrir.
IBID.

Le véritable caractère d'une société se révèle dans la façon dont elle traite ses enfants.
LANCEMENT DU TRAIN BLEU, WORCESTER STATION, WORCESTER, AFRIQUE DU SUD, 27 SEPTEMBRE 1997

Nos enfants sont notre plus grand trésor. Ils sont notre avenir. Ceux qui abusent d'eux déchirent le tissu social et affaiblissent notre nation.
ALLOCUTION LORS D'UNE MARCHE NATIONALE DES HOMMES, PRETORIA, AFRIQUE DU SUD, 22 NOVEMBRE 1997

Je suis le produit de l'Afrique et de son vieux rêve chéri d'une renaissance aujourd'hui en passe de se réaliser, pour que tous les enfants puissent jouer au soleil.
DERNIÈRE SÉANCE DU PREMIER PARLEMENT DÉMOCRATIQUEMENT ÉLU, LE CAP, AFRIQUE DU SUD, 26 MARS 1999

Soyez toujours vigilants, surveillez les actes de vos gouvernements, luttez pour la paix et la justice. N'abandonnez pas un seul instant, car en aucune circonstance les négligences ou les mauvais traitements envers les enfants ne peuvent être tolérés.
DÉCLARATION EN FAVEUR DE LA MISE EN ŒUVRE D'UN PARTENARIAT MONDIAL POUR L'ENFANCE, 6 MAI 2000

Dans un monde où règne une telle abondance, nous pouvons sûrement trouver le moyen de faire en sorte qu'aucun enfant n'ait faim, qu'aucune femme enceinte ne soit trop faible pour survivre à l'accouchement et que chacun des presque six millions d'enfants qui mourront l'an prochain à cause de la malnutrition soit sauvé.
IBID.

Il n'y a rien de plus terrible que de voir des enfants souffrir, et nous pensons en particulier à ceux qui sont infectés par le virus du sida. Comme dans toutes les guerres, eux, les enfants, sont les victimes innocentes qui subissent le plus lourdement les souffrances.

LANCEMENT DE LA LEVÉE DE FONDS DU VILLAGE S.O.S. ENFANTS POUR LES VICTIMES DU SIDA, SEPTEMBRE 2001

Peu d'expériences dans la vie sont plus douloureuses, pour un père ou une mère, que de perdre son enfant. Quelles que soient les circonstances, cette perte tranche au cœur même de notre lien avec l'humanité.

MESSAGE DE CONDOLÉANCES APRÈS LA MORT DU DERNIER-NÉ D'ANTON ET HUBERTE RUPERT, ANTHONIJ, DANS UN ACCIDENT DE VOITURE, OCTOBRE 2001

Donner aux enfants un bon début dans la vie, sans distinction de lieu ou de condition de naissance, est l'obligation morale de chacun d'entre nous.

DÉJEUNER DONNÉ PAR LE SECRÉTAIRE GÉNÉRAL DES NATIONS UNIES KOFI ANNAN LORS DE LA SESSION EXTRAORDINAIRE DES NATIONS UNIES POUR LES ENFANTS, NEW YORK, U.S.A., 9 MAI 2002

L'histoire nous jugera en fonction des progrès que nous apportons à la vie quotidienne des enfants.

IBID.

Nous sommes à un moment crucial de la mobilisation de l'énergie collective pour œuvrer à un monde plus humain, plus compatissant et plus juste. Et la mesure pertinente de notre compassion sera la manière dont nous allons travailler à une vie meilleure et à un avenir plus sûr pour nos enfants.

IBID.

Nous comprenons et soutenons la notion qui veut que, si les enfants ont besoin d'être guidés, ils ont aussi le

droit inaliénable de choisir ce qu'ils veulent devenir, et que cela n'est possible que si on leur donne l'espace pour rêver et vivre leurs rêves.
CÉLÉBRATIONS ANNUELLES DES ENFANTS, BLOEMFONTEIN, AFRIQUE DU SUD, 27 SEPTEMBRE 2003

Si nous voulons être la société humaine que nous appelions de nos vœux pendant notre lutte contre le régime inique de l'apartheid, nous devons éradiquer toutes les formes de violences et d'abus infligés aux enfants. Aucune forme de violence n'est excusable dans une société qui se veut décente, mais la violence faite aux enfants est certainement la plus abominable. Elle soumet les plus vulnérables et les plus faibles à l'indignité, à l'humiliation, à l'avilissement et au traumatisme.
AFRIQUE DU SUD, NOVEMBRE 2003

Nos enfants sont notre avenir, et l'une de nos premières responsabilités est de nous occuper d'eux au mieux, avec le plus de charité possible.
INAUGURATION DU CENTRE DE CARDIOLOGIE PÉDIATRIQUE POUR L'AFRIQUE WALTER SISULU, JOHANNESBURG, AFRIQUE DU SUD, 7 NOVEMBRE 2003

Une façon de bâtir un meilleur avenir pour nos enfants, c'est de leur donner du pouvoir en les laissant s'exprimer. Bien entendu, en tant qu'adultes, nous devons les guider et au bout du compte assumer les responsabilités, mais ça n'est pas la même chose que de les traiter avec condescendance. Les droits de l'enfant, et c'est éminemment important, doivent inclure le droit d'être lui-même et de parler en son propre nom.
DISCOURS, LIEU INCONNU, AFRIQUE DU SUD, NOVEMBRE 2003

Voulez-vous dire aux enfants de votre école que je les aime ?
DOCUMENTAIRE *LEGENDS : NELSON MANDELA, 2005*

Ennemis

Nous ne sous-estimons pas l'ennemi. Par le passé, malgré son infériorité numérique, il a combattu courageusement et reçu l'admiration de tous.

MANUSCRIT AUTOBIOGRAPHIQUE INÉDIT, ÉCRIT À ROBBEN ISLAND, 1975

Quand un homme se bat, même ses ennemis le respectent, surtout s'il se bat avec intelligence.

CONVERSATION AVEC RICHARD STENGEL, VERS DÉCEMBRE 1992

Quand on veut faire la paix avec son ennemi, il faut travailler avec lui et il devient alors un partenaire.

DANS *UN LONG CHEMIN VERS LA LIBERTÉ*, 1994

Environnement

Plus tard je suis sorti dans la cour, et le peu de vie qu'il y avait, les mouettes, les bergeronnettes, les plantes, les arbrisseaux, même les brins d'herbe me paraissaient gais et pleins de sourires. Tout était happé par la beauté du jour.

LETTRE À ZINDZI MANDELA, ÉCRITE À ROBBEN ISLAND, 5 MARS 1978

Quand je suis parti, *au moins* le pays était propre. C'était un plaisir de regarder le veld et de contempler les collines au loin, l'horizon, de regarder un brin d'herbe, une feuille verte, sans la saleté qu'on trouve partout maintenant à cause du plastique.

CONVERSATION AVEC RICHARD STENGEL, 13 JANVIER 1993

C'est magnifique de voir le jour se lever quand on est sur la route, le soleil qui se lève, la lumière qui change, à mesure que la nuit se termine.

CONVERSATION AVEC RICHARD STENGEL, 25 MARS 1993

Chaque fois que nous touchons le sol de cette terre, nous sentons que nous nous régénérons. L'humeur nationale change avec les saisons. Nous sommes saisis d'un sentiment de joie et d'étourdissement heureux quand l'herbe verdit et que les fleurs s'épanouissent.
DISCOURS D'INVESTITURE À LA PRÉSIDENCE, UNION BUILDINGS, PRETORIA, AFRIQUE DU SUD, 10 MAI 1994

Je n'aime pas ôter la vie, même aux créatures qui emplissent certains de terreur.
DANS *UN LONG CHEMIN VERS LA LIBERTÉ*, 1994

J'aime voir l'aube pointer, la bascule entre la nuit et le jour, c'est toujours majestueux.
IBID.

L'avenir des hommes dépend de notre usage prudent et réfléchi des océans. Lequel dépend de la détermination et des efforts d'hommes et de femmes dévoués, à l'échelle de la planète.
CINQUIÈME SESSION DE LA COMMISSION MONDIALE INDÉPENDANTE SUR LES OCÉANS, LE CAP, AFRIQUE DU SUD, 11 NOVEMBRE 1997

Je me suis souvenu qu'après le rite de la circoncision, nous nous débarrassions de notre jeunesse en nous plongeant dans la rivière Mbashe, puis que nous la traversions en hommes. Il faut que les petits-enfants de mes petits-enfants connaissent notre rivière purificatrice comme je l'ai connue enfant, il y a bien des années.
LANCEMENT DU RAPORT FINAL DE LA COMMISSION MONDIALE SUR LES BARRAGES, CABOT HALL, LONDRES, GRANDE-BRETAGNE, 16 NOVEMBRE 2000

Les arbres et les forêts ont été détruits justement parce que notre peuple dépendait trop de cette source d'énergie. Et maintenant, les gens ont froid et ils manquent d'énergie pour cuisiner, nettoyer et bénéficier du confort de base, parce que les arbres et les forêts sont détruits.

RECEVANT LA MÉDAILLE PLANÈTE ET HUMANITÉ, UNION GÉOGRAPHIQUE INTERNATIONALE, DURBAN, AFRIQUE DU SUD, 4 AOÛT 2002

Les ruisseaux de mon enfance, des endroits d'une beauté propice à l'inspiration, étaient maintenant pleins de saleté. J'ai vu les descendantes des mères de notre peuple se pencher et prendre dans leurs mains nues le peu d'eau propre qu'elles pouvaient prélever dans ces eaux sales et dangereuses.

IBID.

Levons-nous tous ensemble afin de faire de notre monde une source durable pour l'avenir de l'humanité sur la planète.

IBID.

Parmi les nombreuses choses que j'ai apprises en présidant ce pays, c'est l'aspect central de l'eau dans les affaires sociales, politiques et économiques du pays, du continent et même du monde.

OUVERTURE DU WATER DOME, SOMMET MONDIAL POUR LE DÉVELOPPEMENT DURABLE, JOHANNESBURG, AFRIQUE DU SUD, 28 AOÛT 2002

Beaucoup de magnifiques sites africains protégés trouvent leur origine dans le passé colonial, où ils étaient marqués comme des « réserves ». Cela aliénait les populations locales, qui les regardaient comme des endroits inutiles, voire ruineux.

LANCEMENT DU CONGRÈS MONDIAL DES PARCS, JOHANNESBURG, AFRIQUE DU SUD, 2 SEPREMBRE 2002

Les pays du sud de l'Afrique œuvrent ensemble à l'assouplissement des frontières nationales et à développer le potentiel de biodiversité, la conservation et les opportunités touristiques, travail qu'aucun pays ne peut réaliser par des efforts individuels mal coordonnés.

OUVERTURE DU CINQUIÈME CONGRÈS MONDIAL DES PARCS « PAR-DELÀ LES FRONTIÈRES », DURBAN, AFRIQUE DU SUD, 8 SEPTEMBRE 2003

Il faut rester à l'écart des hippopotames, ils sont très dangereux.

DOCUMENTAIRE *MANDELA : THE LIVING LEGEND*, 2003

Épanouissement personnel

Si tu travailles dur à tes études, de façon systématique tout au long de l'année, tu auras toutes les récompenses que tu convoites et cela t'apportera beaucoup de bonheur.

LETTRE À MAKGATHO MANDELA, ÉCRITE À ROBBEN ISLAND, 28 JUILLET 1969

Pour juger nos progrès en tant qu'individus, nous avons tendance à nous concentrer sur des facteurs externes tels que la position sociale, l'influence et la popularité, la richesse et le niveau d'éducation. Ce sont bien entendu des éléments importants pour mesurer la réussite en termes matériels et il est parfaitement compréhensible que ce soit là ce qui pousse la plupart des gens à s'épuiser. Mais certains facteurs internes sont encore plus cruciaux pour affirmer notre épanouissement en tant qu'êtres humains. L'honnêteté, la sincérité, la simplicité, l'humilité, la générosité pure, l'absence de vanité, la volonté de servir les autres – des qualités qui sont à la portée de toute âme –, tels sont les fondements de la vie spirituelle.

LETTRE À WINNIE MANDELA, ÉCRITE À ROBBEN ISLAND, 1ER FÉVRIER 1975

L'important est de se souvenir qu'aucune personne ne peut tout faire toute seule.

DÉJEUNER DONNÉ PAR ZINDZI MANDELA POUR LA FÊTE DES PÈRES, HYATT WOMEN OF VISION CLUB, JOHANNESBURG, AFRIQUE DU SUD, 1ER JUIN 2002

Erreurs

Seuls les politiciens qui restent les bras croisés sont à l'abri de commettre des erreurs. Les erreurs sont inhérentes à l'action politique. Celui qui est au centre d'une lutte politique, qui doit répondre à des problèmes pratiques pressants sans avoir de temps pour la réflexion et alors qu'aucun précédent ne le guide, est amené à faire de nombreuses bourdes.

MANUSCRIT AUTOBIOGRAPHIQUE INÉDIT, ÉCRIT À ROBBEN ISLAND, 1975

Je ne veux pas m'effrayer du fait qu'un homme a commis certaines erreurs et qu'il a des faiblesses.

CONVERSATION AVEC RICHARD STENGEL, 3 MAI 1993

Esclavage

L'institution de l'esclavage a contribué à renforcer la croyance selon laquelle l'Afrique n'a pas d'histoire ni de culture.

DOCUMENTAIRE *THE LAST MILE : MANDELA – AFRICA AND DEMOCRACY*, 1992

Je peux vous assurer que c'était une expérience infernale.

DOCUMENTAIRE *THE LAST MILE : MANDELA – AFRICA AND DEMOCRACY*, APRÈS UNE VISITE À L'ÎLE DE GORÉE, D'OÙ LES ESCLAVES AFRICAINS EMBARQUAIENT POUR L'AMÉRIQUE, SÉNÉGAL, 1992

Nous avons vu des hommes d'une arrogance telle qu'ils voulaient conquérir le monde et transformer les êtres humains en esclaves. Mais les peuples viennent toujours à bout de ces hommes et de ces femmes.

DISCOURS DEVANT LE PARLEMENT MONDIAL DES RELIGIONS, LE CAP, AFRIQUE DU SUD, DÉCEMBRE 1999

Espérances

S'il y a une chose que je répète continûment, c'est que les gens ne devraient pas entretenir des espérances exagérées, qu'on ne peut pas régler leurs problèmes en une nuit.

INTERVIEW AVEC TOM COHEN ET SAHM VENTER POUR L'ASSOCIATED PRESS, TUYNHUYS, LE CAP, AFRIQUE DU SUD, 22 SEPTEMBRE 1994

Les gens sont pleins d'espérances, ils voudraient que je fasse des choses qui sont bien au-delà de mes capacités.

INTERVIEW AVEC JOHN BATTERSBY, JOHANNESBURG, AFRIQUE DU SUD, PUBLIÉE DANS *THE CHRISTIAN SCIENCE MONITOR* LE 10 FÉVRIER 2000

Espoir

L'espoir est une arme puissante et aucun pouvoir sur terre ne peut t'en priver.

LETTRE À WINNIE MANDELA, ÉCRITE À ROBBEN ISLAND, 23 JUIN 1969

Je ne m'étais jamais imaginé que le temps et l'espoir puissent représenter autant pour quelqu'un.

LETTRE À ADELAIDE TAMBO, ÉCRITE À ROBBEN ISLAND, 31 JANVIER 1970

Je sens mon cœur qui pompe de l'espoir dans toutes les parties de mon corps, il réchauffe mon sang et me regonfle le moral.

LETTRE À WINNIE MANDELA, ALORS À LA PRISON CENTRALE DE PRETORIA, ÉCRITE À ROBBEN ISLAND, 1ER AOÛT 1970

Nous n'avons jamais perdu l'espoir de rentrer chez nous, c'est ce qui nous permettait de renouveler sans cesse notre engagement envers des principes fondateurs, parce que ainsi nous marchions dans les pas des grands défenseurs des droits de l'homme.

INAUGURATION DU MUSÉE ANNE FRANK À MUSEUMAFRIKA, JOHANNESBURG, AFRIQUE DU SUD, 15 AOÛT 1994

Il y a eu des moments où l'espoir vacillait, mais Walter [Sisulu] avait une énorme capacité de résistance, et il nous a appris qu'en toute situation il faut espérer et avoir la certitude de triompher à la fin.
IBID.

Nos espoirs vont devenir réalité.
DISCOURS DEVANT LE PARLEMENT, LE CAP, AFRIQUE DU SUD, 5 FÉVRIER 1999

La compassion nous lie les uns aux autres, ce qui n'a rien à voir avec la pitié ou la condescendance. En tant qu'êtres humains, nous avons appris à transformer nos souffrances communes en espoir pour l'avenir.
MESSAGE AU SERVICE DE SANTÉ, DÉDIÉ « À LA SOUFFRANCE DES SÉROPOSITIFS », 6 DÉCEMBRE 2000

J'ai passé toute ma vie à rêver d'un âge d'or où tous les problèmes seraient résolus et nos plus fervents espoirs réalisés.
SOURCE INCONNUE

Esprit pratique

Si la conscience politique est vitale pour former une armée et mobiliser le soutien des masses, il faut garder à l'esprit les considérations pratiques.
CARNET, 1962

États-Unis d'Amérique

La position que vous avez adoptée a fait comprendre à des millions de gens chez nous qu'ici nous avons des amis, qu'ici il y a des opposants au racisme, qui souffrent parce que nous souffrons, qui veulent nous voir triompher pour que la démocratie l'emporte sur la tyrannie. Et là je ne m'adresse pas seulement à vous, membres

du Congrès des États-Unis, mais aussi aux millions de gens à travers cet immense pays, qui se sont levés et se sont engagés dans la lutte contre le régime d'apartheid.
DISCOURS DEVANT LE CONGRÈS DES ÉTATS-UNIS, WASHINGTON D.C., U.S.A., 26 JUIN 1990

Nous ne pouvions pas découvrir, grâce à la littérature, des géants tels que George Washington, Abraham Lincoln et Thomas Jefferson sans être poussés à agir comme ils ont agi. Nous ne pouvions pas connaître et admirer des hommes comme John Brown, Sojourner Truth, Frederick Douglass, W.E.B. Du Bois, Marcus Garvey, Martin Luther King, sans être poussés à agir comme ils ont agi. Nous ne pouvions pas connaître votre Déclaration d'indépendance sans choisir de rejoindre la lutte pour garantir au peuple la vie, la liberté et la poursuite du bonheur.
IBID.

La sécurité américaine est professionnelle, très professionnelle. Ils m'ont expliqué comment me déplacer ; que le moment le plus dangereux, c'est quand on quitte un endroit pour retourner dans sa voiture, ou qu'on sort de sa voiture pour rentrer dans son lieu de résidence. Ils insistent beaucoup sur le fait qu'il faut avoir des mouvements rapides. Et quand on voyage d'un endroit à un autre, on est entouré d'agents de sécurité. Il est difficile de s'arrêter et de parler aux gens comme on le voudrait quand on visite un endroit.
CONVERSATION AVEC RICHARD STENGEL, 22 AVRIL 1993

S'il y a un pays qui a commis des atrocités indescriptibles à traves le monde, ce sont les États-Unis d'Amérique. Ils ne tiennent pas compte des êtres humains.
CONFÉRENCE LORS DU FORUM INTERNATIONAL DES FEMMES, TOKYO, JAPON, 30 JANVIER 2003

Ce que je condamne, c'est qu'une puissance, avec un Président inconséquent, et même incapable de penser correctement, veuille maintenant plonger le monde dans un holocauste. Je suis heureux que les peuples à travers le monde, et en particulier le peuple américain, s'opposent à leur propre Président. J'espère que cette opposition lui fera un jour comprendre qu'il [George W. Bush] a fait la plus grande erreur de sa vie en provoquant un carnage et en voulant faire la police dans le monde, sans aucun mandat des instances internationales. Nous devons le condamner sans réserve.
IBID.

J'ai signifié mon désaccord aux dirigeants américains quand je trouvais qu'ils agissaient à l'encontre des valeurs de la Constitution américaine. Par exemple, je me suis fortement opposé à l'action unilatérale, entreprise sans l'accord des Nations unies, en Irak. Cela n'a pas pour autant diminué mon respect pour le rôle de leadership de l'Amérique dans le monde, ni l'estime que je porte au rôle joué par ses dirigeants à travers le monde.
COLLOQUE MILTON EISENHOWER, UNIVERSITÉ JOHNS-HOPKINS, BALTIMORE, U.S.A., 12 NOVEMBRE 2003

Je pense que les États-Unis sont devenus ivres de pouvoir.
DOCUMENTAIRE *MANDELA : THE LIVING LEGEND*, 2003

Êtres humains

Depuis l'aube de l'Histoire, le genre humain a honoré et respecté la bravoure et l'honnêteté chez un homme.
LETTRE À WINNIE MANDELA, ÉCRITE À ROBBEN ISLAND, 23 JUIN 1969

Dans la vraie vie, nous ne côtoyons pas des dieux mais des êtres ordinaires, comme nous-mêmes : des hommes et des femmes pleins de contradictions, constants et capricieux, forts et faibles, glorieux et infâmes, des gens dans le sang desquels des insectes se battent chaque jour contre de puissants pesticides.

LETTRE À WINNIE MANDELA, ÉCRITE À ROBBEN ISLAND, 9 DÉCEMBRE 1979

On s'enrichit beaucoup en rencontrant des personnes qui ont eu des chemins de vie différents. Les conversations avec des gens venus de divers environnements ouvrent l'horizon et augmentent les connaissances.

LETTRE À MAKAZIWE MANDELA, ÉCRITE À ROBBEN ISLAND, 31 JANVIER 1981

Peu de gens se satisfont de regarder depuis le bord du terrain, sans pouvoir influer sur le cours des événements.

LETTRE À EFFIE SCHULZ, ÉCRITE À LA PRISON DE POLLSMOOR, LE CAP, AFRIQUE DU SUD, 1ER AVRIL 1987

Il faut reconnaître que les gens sont produits par la boue de la société dans laquelle on vit, et donc que ce sont des êtres humains. Ils ont de bons côtés, et des points faibles. Notre devoir est d'œuvrer avec les êtres humains tels qu'ils sont, et non parce qu'on les prend pour des anges.

CONVERSATION AVEC RICHARD STENGEL, 29 AVRIL 1993

Tous les hommes, même ceux qui semblent les moins sensibles, sont accessibles à la morale, et quand on touche leur cœur ils sont capables de changer.

DANS *UN LONG CHEMIN VERS LA LIBERTÉ*, 1994

Le trésor qui a le plus de valeur à nos yeux, ce sont les gens, et en particulier les jeunes. Ce sont les gens qui nous permettent de récolter les bénéfices de tous nos autres atouts.

LANCEMENT DE LA CAMPAGNE NATIONALE POUR L'ÉDUCATION ET L'APPRENTISSAGE, SOWETO, JOHANNESBURG, 20 FÉVRIER 1997

Ils sont universellement respectés et admirés, ceux qui ont une nature humble et simple et qui ont une confiance absolue dans tous les êtres humains, quel que soit leur statut social.
SUITE INÉDITE À SON AUTOBIOGRAPHIE, VERS 1998

Au cours de ma carrière politique, j'ai découvert que, dans toutes les communautés, africaines, métisses, indiennes et blanches, et dans toutes les organisations politiques sans exception, il y a de bonnes personnes qui souhaitent ardemment vivre dans la paix et la stabilité, qui veulent des revenus décents, de bonnes maisons, envoyer leurs enfants dans les meilleures écoles, des hommes et des femmes qui respectent et préservent le tissu social.
IBID.

Notre liberté ne sera jamais complète, ni stable notre démocratie, tant qu'on n'aura pas répondu aux besoins basiques des individus.
RECEVANT LA « FREEDOM OF THE CITY OF DURBAN », DURBAN, AFRIQUE DU SUD, 16 AVRIL 1999

Ce sont les gens ordinaires – non les rois et les généraux –, des gens ordinaires qui pour certains étaient anonymes même dans leur village, qui ont renversé ces tyrans, ces dictateurs.
DISCOURS DEVANT LE PARLEMENT DES RELIGIONS DU MONDE, LE CAP, AFRIQUE DU SUD, DÉCEMBRE 1999

Les individus sont des êtres humains, produits par la société dans laquelle ils vivent. Chercher ce qu'il y a de bon en eux les encourage à s'y conformer.
INTERVIEW, DATE INCONNUE

Il y a des hommes et des femmes de valeur dans toutes les communautés, dans tous les partis politiques, et ils sont de toutes confessions. Quand ces hommes et ces femmes travaillent ensemble, ce sont les bâtisseurs qui triomphent à la place des destructeurs. Alors nous réaffirmons notre humanité commune.

FESTIVAL POUR LA PAIX, CENTRE JEUNES KAMANGE, BUJUMBURA, BURUNDI, DÉCEMBRE 2000

Rappelons-nous que ce sont les gens ordinaires – les hommes et les femmes, les garçons et les filles – qui font du monde un endroit spécial.

CÉLÉBRATIONS ANNUELLES DU N.M.C.F. (NELSON MANDELA CHILDREN'S FUND) ET FORUM DU PARLEMENT DE LA JEUNESSE DU SUD DE L'AFRIQUE, LYCÉE FRANÇAIS JULES VERNE, JOHANNESBURG, AFRIQUE DU SUD, 9 JUILLET 2008

Europe : pays

France

Au cours de notre longue lutte, de notre combat violent et sanglant, nous avons noué un lien entre le peuple sud-africain et le peuple français. Nous sommes absolument convaincus que dans l'Afrique du Sud post-apartheid, l'amitié, la solidarité et la coopération entre nos deux peuples aura un caractère permanent.

CÉRÉMONIE DE BIENVENUE DONNÉE PAR LE PRÉSIDENT FRANÇOIS MITTERRAND, PARIS, FRANCE, 6 JUIN 1990

Le sang des huguenots venus dans notre pays au XVIIe siècle court dans les veines de beaucoup de nos compatriotes, Noirs et Blancs. La culture qu'ils ont apportée fait partie de ce qui constitue l'identité commune des Sud-Africains.

DÎNER DONNÉ PAR LE PREMIER MINISTRE FRANÇAIS MICHEL ROCARD, HÔTEL MATIGNON, PARIS, FRANCE, 7 JUIN 1990

Le nom de la France évoque chez notre peuple les images vivantes d'une lutte couronnée de succès contre l'autocratie, pour la démocratie et la justice.

DÉCLARATION DEVANT L'ASSEMBLÉE NATIONALE FRANÇAISE, PALAIS BOURBON, PARIS, FRANCE, 7 JUIN 1990

Grande-Bretagne

J'ai un grand respect pour les institutions politiques britanniques et pour le système judiciaire de ce pays. Je considère le Parlement britannique comme l'institution la plus démocratique du monde, et l'indépendance et l'impartialité de sa magistrature ne manquent jamais de susciter mon admiration.

DISCOURS DEPUIS LE BANC DES ACCUSÉS, PROCÈS DE RIVONIA, PALAIS DE JUSTICE, PRETORIA, AFRIQUE DU SUD, 20 AVRIL 1964

Votre pays a produit beaucoup d'hommes et de femmes dont le nom est connu en Afrique du Sud, des hommes et des femmes qui, avec des milliers d'autres citoyens, se sont dressés contre un système pernicieux et nous ont aidés à faire qu'aujourd'hui nous pouvons dire enfin : la liberté est en vue. Ces Britanniques ont agi comme ils l'ont fait parce qu'ils se sont rendu compte que c'était une obligation morale et un impératif stratégique, pour leur pays comme pour eux, de mettre fin au système raciste en Afrique du Sud, comme ils avaient détruit le système similaire de l'Allemagne nazie.

DISCOURS DEVANT LA CHAMBRE DES COMMUNES, LONDRES, GRANDE-BRETAGNE, 5 MAI 1993

J'ai passé un moment agréable parce que j'ai rencontré des hommes politiques britanniques et qu'ils m'ont tous très bien accueilli.

CONVERSATION AVEC AHMED KATHRADA À PROPOS DE SA VISITE EN 1962, VERS 1993-1994

Bien sûr, c'était excitant d'être en Angleterre, dans la capitale de l'Empire britannique, autrefois si puissant. J'ai apprécié ma visite, et de pouvoir aller dans les librairies, acheter des livres sur les stratégies de guérilla, etc.

CONVERSATION AVEC AHMED KATHRADA, VERS 1993-1994

Je chérirai toujours cet instant, car devenir le citoyen de votre grande ville, c'est l'aboutissement d'un long chemin commencé ici même en 1962. En un sens, je laisse une partie de moi ici.

RECEVANT LA « FREEDOM OF THE CITY OF LONDON », GUILDHALL, LONDRES, GRANDE-BRETAGNE, 10 JUILLET 1996

Avec éloquence et passion, les députés britanniques de l'époque nous ont fait savoir qu'ils ne souhaitaient pas modifier leur ordre du jour pour s'intéresser à l'Afrique du Sud, pour se pencher sur la partie de notre population qui n'était pas blanche. Malgré cette rebuffade et le prix terrible que nous avons dû payer par la suite, nous revenons devant cette noble assemblée non avec des piques, animés d'un désir de revanche, ni même en vous lançant un appel pour que vous nous aidiez à calmer notre faim. Nous venons en amis.

DISCOURS DEVANT LES DEUX CHAMBRES DU PARLEMENT, WESTMINSTER HALL, LONDRES, GRANDE-BRETAGNE, 11 JUILLET 1996

Je ne remercierai jamais assez le peuple britannique pour son soutien tandis que nous menions la lutte contre l'apartheid.

DISCOURS POUR LA CAMPAGNE « MAKE POVERTY HISTORY », TRAFALGAR SQUARE, LONDRES, GRANDE-BRETAGNE, 3 FÉVRIER 2005

Je suis heureux que la statue représente et rappelle constamment la libération de l'Afrique du Sud après de longues années de lutte. En Grande-Bretagne, vous avez joué un grand rôle dans ce processus. Nous autres, en Afrique du Sud, nous n'oublierons jamais vos efforts pour soutenir notre lutte de libération – votre hospitalité pour nous et nos organisations, vos boycotts, vos manifestations, vos campagnes de levées de fonds. Nous demeurons profondément reconnaissants envers vous pour tout ce que vous avez fait.

RÉCEPTION SUIVANT L'INAUGURATION DE SA STATUE, LONDRES, GRANDE-BRETAGNE, 29 AOÛT 2007

Grèce

Aucune démocratie au monde ne peut se célébrer sans rendre hommage à cet antique berceau de la démocratie. Nous devons tous une partie de notre compréhension de la démocratie à cet héritage.

TOAST EN L'HONNEUR DU PREMIER MINISTRE GREC KONSTANTINOS SIMITIS, GRÈCE, 18 JUIN 2002

La Grèce sait, aussi bien que les autres pays, qu'en ce monde la liberté et la démocratie ne sont pas des états définitifs d'existence sociale. Son histoire récente témoigne du fait que nous devons toujours diffuser, défendre, protéger, nourrir et faire croître la liberté.

DÎNER DE COMMÉMORATION DU SIXIÈME ANNIVERSAIRE DE LA MORT DU PREMIER MINISTRE GREC ANDHRÉAS PAPANDHRÉOU, GRÈCE, 19 JUIN 2002

La Grèce antique, berceau de la démocratie et de la pensée démocratique, a été une référence et une source d'inspiration constantes dans notre lutte pour la liberté.

IBID.

Irlande

Le fait même qu'il y ait aujourd'hui un État irlandais, même s'il a fallu longtemps au peuple irlandais pour le faire advenir, confirme que nous aussi, nous deviendrons un peuple libre, que nous aussi, nous vivrons dans un pays qui « chérira également tous les enfants de la nation », comme l'ont dit les grands patriotes irlandais dans la proclamation de 1916.

DÉCLARATION DEVANT LE PARLEMENT DE LA RÉPUBLIQUE D'IRLANDE, DUBLIN, IRLANDE, 2 JUILLET 1990

Suède

L'émotion nous étreint quand nous nous rappelons que, parmi les premiers à sonner l'alarme quant à la situation en Afrique du Sud, il y avait des Suédois et des Suédoises de cœur, qui avaient œuvré comme missionnaire parmi notre peuple.

DISCOURS À LA CATHÉDRALE D'UPPSALA, SUÈDE, 13 MARS 1990

Nous sommes devenus des voisins politiques qui partagent bien volontiers le pain et le sel qu'ils ont. La force que cela nous donne est impossible à mesurer. Nous faisons cause commune pour mettre un terme au crime contre l'humanité qu'est l'apartheid.

DISCOURS DEVANT LE PARLEMENT SUÉDOIS, STOCKHOLM, SUÈDE, 13 MARS 1990

Exercice

Tu devrais aussi faire régulièrement de l'exercice, en particulier courir en survêtement. Courir a l'avantage de faire fonctionner toutes les parties du corps et de procurer un sentiment de bien-être.

LETTRE À MAKAWIZE MANDELA, ÉCRITE À ROBBEN ISLAND, 31 DÉCEMBRE 1978

La condition physique, en particulier le sentiment de bien-être qui vient après un bon exercice, est liée de près aux performances intellectuelles.

LETTRE À XOLISWA MATANZIMA, ÉCRITE À ROBBEN ISLAND, 23 DÉCEMBRE 1979

J'étais déjà en forme avant d'aller en prison.

CONVERSATION AVEC RICHARD STENGEL, 29 DÉCEMBRE 1992

L'exercice, c'est bon pour le corps ; ça donne un sentiment de bien-être. J'en ai toujours fait à mon réveil, pendant une heure.

CONVERSATION AVEC AHMED KATHRADA, VERS 1993-1994

J'étais en bonne condition physique. L'entraînement, les exercices ont toujours fait partie de ma vie. J'ai toujours aimé marcher pour me fatiguer. Je ne faisais pas ça tous les jours, seulement une fois par semaine, je faisais des exercices au camp et je faisais parfois les vingt kilomètres jusqu'au champ de tir à pied.

IBID.

J'ai toujours pensé que l'exercice est la clé non seulement de la santé, mais de la paix de l'esprit. Il m'est arrivé bien des fois de décharger ma colère et ma frustration sur un punching-ball plutôt que sur un camarade ou même un policier. L'exercice dissipe les tensions, ennemies de la sérénité. Je me suis aperçu que je travaillais mieux et que je pensais plus clairement quand j'étais en bonne condition physique. J'ai fait de l'entraînement une règle inflexible dans ma vie. En prison, avoir un exutoire était absolument essentiel.

DANS *UN LONG CHEMIN VERS LA LIBERTÉ*, 1994

Famille

Il n'a pas été facile pour moi pendant cette période de me séparer de ma femme et de mes enfants, de dire adieu à la belle époque où après une dure journée de travail au bureau je pouvais rejoindre ma famille autour de la table, et d'endosser le rôle d'un homme continuellement traqué par la police, séparé de ceux qui lui sont chers, de devoir faire attention à ne pas être repéré et arrêté, dans mon propre pays. C'était infiniment plus difficile que de purger une peine de prison. Aucun homme de bon sens ne choisirait de lui-même une vie pareille au lieu de la vie de famille normale comme elle existe dans les sociétés civilisées.

PLAIDOYER POUR L'ATTÉNUATION DE SA PEINE APRÈS AVOIR ÉTÉ RECONNU COUPABLE D'AVOIR INCITÉ DES TRAVAILLEURS À FAIRE GRÈVE ET D'AVOIR QUITTÉ LE PAYS ILLÉGALEMENT, ANCIENNE SYNAGOGUE, PRETORIA, AFRIQUE DU SUD, NOVEMBRE 1962

Je sais d'expérience qu'en prison une photo de famille a plus de valeur que n'importe quoi d'autre et qu'il faut l'avoir dès le début.

LETTRE À WINNIE MANDELA, ÉCRITE À ROBBEN ISLAND, 22 JUIN 1969

Le rêve de toute famille est de pouvoir mener une vie heureuse dans une maison calme et paisible où les parents ont la possibilité d'élever leurs enfants de la meilleure façon possible, en les guidant, les aidant à choisir leur carrière, en leur donnant l'amour qui développera en eux sentiment de sécurité et confiance en soi.

LETTRE À ZINDZI ET ZENI MANDELA, ÉCRITE À ROBBEN ISLAND, 1ER JUIN 1970

La souffrance physique n'est rien comparée au piétinement des tendres liens d'affection qui fondent l'institution du mariage et de la famille, lesquels unissent mari et femme.

LETTRE À WINNIE MANDELA, ÉCRITE À ROBBEN ISLAND, 1ER AOÛT 1970

Je me suis souvent demandé si le fait de combattre pour que les autres aient davantage de possibilités justifiait que je néglige ma famille.

MANUSCRIT AUTOBIOGRAPHIQUE INÉDIT, ÉCRIT À ROBBEN ISLAND, 1975

J'aime me détendre à la maison, lire tranquillement, sentir la bonne odeur qui se dégage des marmites, m'asseoir autour de la table et sortir avec ma femme et mes enfants. Quand vous ne pouvez plus profiter de ces plaisirs simples, vous êtes privé de quelque chose d'important et vous le ressentez dans votre travail au quotidien.
IBID.

Je n'ai jamais apprécié que la politique et les obligations nuisent aux liens familiaux et j'ai toujours essayé de résister quand cela était possible.
IBID.

Nos familles sont bien plus nombreuses que celles des Blancs et c'est toujours un plaisir d'être admis dans un village, un district ou même plusieurs districts occupés par son clan, de se sentir un membre aimé, de pouvoir venir quand on le souhaite, se détendre complètement, dormir tranquille et prendre part librement aux discussions sur tous les problèmes, on pourrait même se faire donner gratuitement du bétail et une terre pour s'installer.
LETTRE À MME N. THULARE, ÉCRITE À ROBBEN ISLAND, 19 JUILLET 1977

Une famille heureuse est un appui important pour tout homme public. Peu de gens sont aussi essentiels à la réussite ou à la chute d'un politicien qu'une bonne épouse.
LETTRE À WINNIE MANDELA, ÉCRITE À ROBBEN ISLAND, 6 MAI 1979

Mes salutations ne seraient pas complètes si je n'exprimais pas ma profonde reconnaissance à mon épouse et à ma famille pour l'amour reçu au cours de ces longues années solitaires en prison. Je suis persuadé que votre peine et votre souffrance ont été plus grandes que les miennes.

PREMIER DISCOURS APRÈS SA LIBÉRATION, HÔTEL DE VILLE, LE CAP, AFRIQUE DU SUD, 11 FÉVRIER 1990

Nous avons vu nos enfants grandir sans pouvoir veiller sur eux… et quand nous sommes sortis, mon enfant m'a dit : « Nous pensions que nous avions un père et qu'un jour il reviendrait. Mais à notre grande consternation, quand notre père est revenu, il nous a laissés seuls parce qu'il était devenu le père de la nation. »

LORS DU MARIAGE DE ZINDZI MANDELA AVEC ZWELI HLONGWANE, JOHANNESBURG, AFRIQUE DU SUD, 24 OCTOBRE 1992

Notre conception de la famille est large. Si vous prétendez descendre de tel ancêtre, vous formez une famille et vous devez faire votre devoir envers chacun des membres du clan, comme pour vos propres enfants, vos frères ou vos sœurs.

CONVERSATION AVEC RICHARD STENGEL, 3 DÉCEMBRE 1992

Avec elle, j'ai discuté de la question des enfants… j'ai mentionné le nom d'amis et de gens qui me devaient de l'argent, j'ai parlé de la façon dont il fallait élever les enfants, je lui ai dit qu'elle devait se préparer à vivre une mauvaise période.

CONVERSATION AVEC AHMED KATHRADA, À PROPOS D'UNE VISITE DE WINNIE MANDELA APRÈS SON ARRESTATION EN 1962, VERS 1993-1994

Il y a ce débat intérieur, la contradiction entre votre engagement et votre famille, le fait que vous voulez rester avec votre famille à la fin de la journée, que vous voulez passer du temps avec votre femme et vos enfants, et abandonner cela, c'est très douloureux. Ça m'a été très pénible.

CONVERSATION AVEC AHMED KATHRADA, VERS 1993-1994

Quand il arrivait quelque chose à ma famille, je revenais de la carrière et je trouvais une coupure de journal sur mon bureau, et je pouvais savoir ce qui se passait.

EN REVISITANT ROBBEN ISLAND, AFRIQUE DU SUD, 11 FÉVRIER 1994

La mort de mon fils aîné dans un accident a été dévastatrice… Ce n'était pas seulement un fils, mais un ami, et j'ai été blessé de ne pas pouvoir aller à ses obsèques, comme à celles de ma mère.

IBID.

Beaucoup de choses vous inquiètent quand vos enfants grandissent loin de vous.

DOCUMENTAIRE *MANDELA : THE LIVING LEGEND*, 2003

Femmes

L'Afrique du Sud a donné naissance à une pléiade de femmes éminentes qui ont joué un rôle autonome dans notre histoire.

LETTRE À HELEN SUZMAN, ÉCRITE À ROBBEN ISLAND, 1ER MARS 1974

Je n'ai jamais considéré que les femmes étaient moins compétentes que les hommes.

LETTRE À L'AVOCATE FELICITY KENTRIDGE, ÉCRITE À ROBBEN ISLAND, 9 MAI 1976

Je rends hommage aux femmes, aux mères et aux sœurs de notre nation. Vous êtes l'assise indestructible de notre lutte. C'est à vous que l'apartheid a infligé le plus de souffrances.

PREMIER DISCOURS APRÈS SA LIBÉRATION, HÔTEL DE VILLE, LE CAP, AFRIQUE DU SUD, 11 FÉVRIER 1990

Nous saluons les mères des membres d'Umkhonto we Sizwe dont les enfants sont tombés au champ d'honneur,

en Afrique du Sud ou ailleurs. Nous rendons hommage aux mères de tous ceux qui sont morts en luttant pour la liberté contre le régime d'apartheid. Nous applaudissons aussi ces mères blanches qui étaient aux côtés de leurs fils lorsqu'ils refusaient la conscription dans l'armée de l'apartheid. Nous saluons les épouses et les mères dont les maris et les fils sont encore en prison malgré les promesses solennelles du gouvernement d'apartheid. Nous saluons les courageuses sœurs de ce pays qui sont à l'heure actuelle en prison à cause de leur engagement en faveur d'une Afrique du Sud juste, non raciale et démocratique.
IBID.

La liberté ne sera pas totale tant que les femmes n'auront pas été émancipées de toutes les formes d'oppression.
PREMIER DISCOURS AU PARLEMENT, LE CAP, AFRIQUE DU SUD, 24 MAI 1994

Le combat contre l'apartheid a libéré tous les Sud-Africains : les Africains, les métis, les Indiens et les Blancs ; le combat pour l'égalité sexuelle bénéficiera aux hommes autant qu'aux femmes. L'avenir prospère auquel nous aspirons requiert l'unité de tous les Sud-Africains, par-delà les problèmes de couleur ou de sexe.
DISCOURS À LA CONFÉRENCE NATIONALE SUR LE RÔLE DES FEMMES, KEMPTON PARK, AFRIQUE DU SUD, 23 FÉVRIER 1996

La cause de l'émancipation des femmes fait partie de notre lutte nationale contre des pratiques et des préjugés dépassés. C'est une lutte qui demande autant d'efforts aux hommes qu'aux femmes.
IBID.

Tant que nous partons du principe que c'est aux femmes de résoudre seules ce problème, nous ne pouvons espérer diminuer le nombre important des viols et des abus sur les enfants. La violence domestique n'est pas éradiquée. Nous ne viendrons à bout de ce fléau qui affecte chacun d'entre nous qu'en réussissant à mobiliser la société tout entière.

DISCOURS LORS DE LA MARCHE NATIONALE DES HOMMES, PRETORIA, AFRIQUE DU SUD, 22 NOVEMBRE 1997

Trop de femmes continuent à être touchées par les difficultés sociales et économiques, dans les zones rurales comme dans les agglomérations. Violences domestiques, viols, agressions sexuelles sont toujours des taches sur la réputation d'un pays pourtant capable de miracles à d'autres égards. La souffrance des enfants affecte toujours plus fortement les femmes que les hommes.

DISCOURS LORS DU DÎNER DE CÉLÉBRATION DU MOIS DE LA FEMME, JOHANNESBURG COUNTRY CLUB, JOHANNESBURG, AFRIQUE DU SUD, 25 AOÛT 2003

Il ne nous est plus permis de placer la question nationale au-dessus des problèmes de discrimination sexuelle ; en fait, il ne nous est plus permis de penser à la question nationale séparément du rôle et de la place des femmes dans la société.

IBID.

Nous avons des femmes, nous avons eu des femmes, dans le Thembuland, qui ont occupé des fonctions importantes, qui ont dirigé la région. La mère de Mandela en faisait partie.

INTERVIEW AVEC TIM COUZENS, VERNE HARRIS ET MAC MAHARAJ POUR *MANDELA : THE AUTHORISED PORTRAIT*, 2006, 13 AOÛT 2005

Eh bien, en prison, nous avons le privilège de pouvoir lire et d'approfondir notre pensée. Il y a beaucoup de femmes à travers le monde qui ont dirigé leur pays.

IBID.

Fondation Mandela Rhodes

Une nouvelle génération de leaders potentiels commence à émerger sur le continent africain. La Fondation Mandela Rhodes accompagnera ces jeunes gens, elle les aidera à stimuler leur créativité en même temps qu'ils acquerront les compétences nécessaires à la refondation de notre continent.

MESSAGE ENREGISTRÉ POUR UN DÎNER CARITATIF, MONTE-CARLO, MONACO, 1ER DÉCEMBRE 2004

Fondation Nelson Mandela

La mémoire est une force vitale de la vie des peuples et des nations, elle contribue à unir des sociétés divisées. Ma fondation s'efforce de rapprocher les gens, d'offrir un cadre pacifique, en particulier pour ceux qui sont en désaccord, afin qu'ils s'expriment et qu'ils s'écoutent.

MESSAGE ENREGISTRÉ POUR UN DÎNER DE GALA À MONACO, « UNIS POUR UN MONDE MEILLEUR », 1ER DÉCEMBRE 2004

Fonds Nelson Mandela pour les enfants

Notre amour des enfants reste entier. Leur innocence, leur énergie, leur bonheur et leur bien-être doivent être protégés et chéris comme des trésors. C'est leur rire dont je me languissais en prison. Le Fonds pour les enfants continue d'apporter de l'espoir aux enfants et aux jeunes.

MESSAGE ENREGISTRÉ POUR UN DÎNER DE GALA À MONACO, « UNIS POUR UN MONDE MEILLEUR », 1ER DÉCEMBRE 2004

Front démocratique uni

Le Front démocratique uni est l'un des piliers du mouvement démocratique.

LETTRE À DULLAH OMAR, ÉCRITE À LA PRISON VICTOR VERSTER, PAARL, AFRIQUE DU SUD, 21 AOÛT 1989

Global Elders (Conseil des sages)

Si nous nous appuyons sur leur expérience collective, sur leur courage moral et sur leur capacité à s'élever au-dessus des querelles de clochers, des croyances et des races, ils peuvent nous aider à faire de notre planète un endroit plus pacifique, plus vivable et plus équitable.

LANCEMENT DES « ELDERS », CONSTITUTION HILL, JOHANNESBURG, AFRIQUE DU SUD, 18 JUILLET 2008

Je crois que, avec leur expérience, leur énergie et leur engagement sans faille pour la construction d'un monde meilleur, les Sages peuvent devenir une force farouchement indépendante au service du bien, capable de s'attaquer à des problèmes complexes et insolubles, en particulier ceux qui ne sont pas populaires.

IBID.

Grandeur

Il arrive parfois qu'une génération doive faire preuve de grandeur. Vous pouvez être cette grande génération. Laissez votre grandeur s'épanouir.

DISCOURS POUR LA CAMPAGNE « MAKE POVERTY HISTORY », TRAFALGAR SQUARE, LONDRES, GRANDE-BRETAGNE, 3 FÉVRIER 2005

Grève à domicile

L'un des facteurs les plus décisifs de la grève à domicile fut le soutien massif qu'elle reçut des étudiants et l'enthousiasme des manifestations militantes qu'elle leur inspira.

DÉCLARATION AU NOM DU CONSEIL D'ACTION NATIONALE À LA SUITE DE L'OPÉRATION « GRÈVE À DOMICILE » DU 29-31 MAI EN SOUTIEN DE LA CONVENTION NATIONALE, AFRIQUE DU SUD, 1961

Malgré le magnifique courage démontré par notre peuple, la participation a été en dessous des attentes. Des erreurs ont été commises, il y a eu des faiblesses, des insuffisances. Nous devons rectifier nos méthodes et notre façon de faire pour parer aux éventualités que nous n'avons pas su anticiper. C'est le seul moyen de retrouver de la force et d'augmenter l'impact de nos grèves.

IBID.

La grève de la fin du mois de mai n'était que le début de notre campagne. Nous lançons maintenant une grande campagne nationale de non-coopération avec le gouvernement Verwoerd, jusqu'à ce que nous obtenions l'élection d'une Convention nationale qui représentera le peuple dans son entier et qui aura le pouvoir de rédiger et de faire appliquer une nouvelle Constitution.

IBID.

Grève de la faim

Le corps humain a une capacité d'adaptation extraordinaire, surtout quand on peut le maîtriser par l'esprit. On coordonne sa pensée, toute son approche spirituelle, pour contrôler son physique, et quand on sait qu'on a raison, qu'on est en train de montrer aux autorités qu'on défend ses droits, qu'on se bat, on ne sent plus rien.

CONVERSATION AVEC RICHARD STENGEL, 9 DÉCEMBRE 1992

C'était une tragédie nationale. Pour moi, peu importait qui c'était. Le fait que des gens aient décidé par principe de se laisser mourir de faim émouvait tout le monde. Et j'y suis allé dans cet esprit.

CONVERSATION AVEC RICHARD STENGEL À PROPOS DE SA VISITE À DES PRISONNIERS DE L'ORGANISATION ORDE BOEREVOLK EN GRÈVE DE LA FAIM, 26 AVRIL 1993

Guerre

Mon message pour ceux qui sont impliqués dans cette lutte fratricide est le suivant : Prenez vos armes, vos couteaux et vos machettes, et jetez-les à la mer. Fermez les usines de la mort. Arrêtez la guerre maintenant !

DISCOURS LORS D'UN RASSEMBLEMENT, KINGS PARK STADIUM, DURBAN, AFRIQUE DU SUD, 25 FÉVRIER 1990

J'ai traversé pratiquement tout le XXe siècle dans un pays et sur un continent où nous avons voué presque toute notre vie à lutter contre l'héritage politique et social que nous avaient légué les événements du XIXe siècle. Voir de jeunes dirigeants politiques du monde développé, au XXIe siècle, accomplir des actes qui ruinent les tentatives les plus nobles de l'humanité pour régler cet héritage politique, me fait beaucoup de mal et m'inquiète immensément pour notre avenir.

CONFÉRENCE À LA CROIX-ROUGE BRITANNIQUE, CENTRE DE CONFÉRENCE ÉLIZABETH II, LONDRES, GRANDE-BRETAGNE, À PROPOS DU PREMIER MINISTRE TONY BLAIR ET DU PRÉSIDENT GEORGE W. BUSH, ET DE L'INVASION DE L'IRAK, 10 JUILLET 2003

L'histoire du monde, au cours des deux derniers siècles, est malheureusement parsemée de guerres trop nombreuses, avec toutes les cruautés dont est capable le genre humain contre lui-même. Le XXIe siècle, dont beaucoup espéraient qu'il serait le siècle du triomphe de la paix dans le monde, n'a pas commencé sous les meilleurs auspices. Les conflits prolifèrent dans beaucoup de parties du monde et nous avons vu l'émergence des interventions militaires unilatérales d'une superpuissance.

IBID.

Notre planète est encore beaucoup trop enlisée dans des conflits destructeurs, dans la guerre et la brutalité. Et malheureusement, aucun de nous n'est exempt de reproches pour la situation dans laquelle se trouve l'humanité.

MESSAGE À LA CONVENTION MONDIALE SUR LA PAIX ET LA NON-VIOLENCE, NEW DELHI, INDE, 31 JANVIER 2004

Héritage

J'ai agi comme je l'ai fait, en tant qu'individu comme dans la lutte, en raison de ma propre expérience en Afrique du Sud et de l'héritage africain, que je ressentais avec fierté.

DISCOURS DEPUIS LE BANC DES ACCUSÉS, PROCÈS DE RIVONIA, PALAIS DE JUSTICE, PRETORIA, AFRIQUE DU SUD, 20 AVRIL 1964

Savoir que vous avez fait votre devoir et que vous avez été à la hauteur des attentes de vos camarades est gratifiant en soi, et c'est une réussite magnifique.

LETTRE À SHEENA DUNCAN, ÉCRITE À LA PRISON DE POLLSMOOR, LE CAP, AFRIQUE DU SUD, 1ER AVRIL 1985

Rien ne procure plus de fierté et de satisfaction à la vieille garde que de savoir que les idées pour lesquelles ils se sont sacrifiés portent enfin leurs fruits.

LETTRE À FRANKLIN SONN, ÉCRITE À LA PRISON VICTOR VERSTER, PAARL, AFRIQUE DU SUD, 21 AOÛT 1989

Les hommes et les femmes vont et viennent à travers le monde depuis des siècles. Certains ne laissent rien derrière, pas même leur nom. On dirait qu'ils n'ont même jamais existé.

SUITE INÉDITE À SON AUTOBIOGRAPHIE, VERS 1998

Héros

D'abord, ceux qui n'ont pas d'âme, aucun sentiment de fierté nationale, aucun idéal, ne peuvent être ni humiliés ni vaincus ; ils ne peuvent développer aucun héritage national, aucune mission sacrée ne les inspire, ils ne peuvent produire ni martyrs, ni héros nationaux.

LETTRE À WINNIE MANDELA, ÉCRITE À ROBBEN ISLAND, 23 JUIN 1969

L'histoire de notre passé reste incomplète si nous oublions de chanter les héros indigènes qui ont ouvert le bal des conflits majeurs à venir et qui s'en sont formidablement acquittés.

LETTRE À NOMABUTHO BHALA, ÉCRITE À ROBBEN ISLAND, 1ER JANVIER 1971

Nous avons reçu en legs un héritage qui nous inspire dans notre combat et nous oblige à être prêts à mourir pour les idéaux les plus nobles. Le titre de « héros africain » désigne tous ces vétérans.

IBID.

Il n'est pas raisonnable de croire que notre peuple – pour lequel nous sommes des héros persécutés pour vouloir nous réapproprier notre pays – nous oublie de notre vivant alors que la lutte pour la libération de l'Afrique du Sud suit son cours.

LETTRE AU GÉNÉRAL DU PREEZ, COMMISSAIRE DES PRISONS, ÉCRITE À ROBBEN ISLAND, 12 JUILLET 1976

Nous vous saluons. Nous qui sommes confinés entre les murailles grises du régime de Pretoria, nous tendons la main à notre peuple, parmi lequel nous comptons ceux qui ont péri sous les armes ou au bout de la corde du bourreau. Nous vous saluons tous : les vivants, les blessés et les morts ; car vous avez osé vous soulever contre la tyrannie.

DÉCLARATION APRÈS LE SOULÈVEMENT DE SOWETO EN 1976, SORTIE CLANDESTINEMENT DE LA PRISON DE ROBBEN ISLAND ET DIFFUSÉE PAR L'A.N.C. EN EXIL, 1980

Ceux qui affrontent les problèmes qui se présentent à eux et qui embrassent les croyances universelles qui ont changé le cours de l'histoire dans de nombreuses sociétés recevront, l'heure venue, le soutien indéfectible et l'admiration de tous, bien au-delà des rangs dont ils sont issus.

LETTRE À SHEENA DUNCAN, ÉCRITE À LA PRISON DE POLLSMOOR, LE CAP, AFRIQUE DU SUD, 1ER AVRIL 1985

Pendant des milliers d'années, génération après génération l'espèce humaine a produit des hommes et des femmes visionnaires, emplis d'amour et d'un courage sans bornes. Grâce à ces géants, nous n'avons jamais perdu notre humanité et nous ne la perdrons jamais, quels que soient les obstacles que l'histoire jette sur la route, d'une période à l'autre.

CONFÉRENCE INTERNATIONALE « ANATOMIE DE LA HAINE : RÉSOUDRE LES CONFLITS PAR LE DIALOGUE ET LA DÉMOCRATIE », OSLO, NORVÈGE, 26 AOÛT 1990

[Jawaharlal] Nehru était mon vrai héros.

CONVERSATION AVEC AHMED KATHRADA, VERS 1993-1994

L'événement qui nous réunit symbolise notre résolution de préserver la mémoire de nos héros et de nos héroïnes ; de garder en vie la flamme du patriotisme qui brûlait dans le cœur et l'esprit de Steve Biko et de ses semblables ; de nous acquitter de la promesse de donner un visage plus humain à une société piétinée pendant des siècles sous les bottes de l'inhumanité.

DÉVOILEMENT DE LA STATUE COMMÉMORANT LE VINGTIÈME ANNIVERSAIRE DE LA MORT DE STEVE BIKO, EAST LONDON, AFRIQUE DU SUD, 1ER SEPTEMBRE 1997

Ils sont peu nombreux, ceux dont on se souvient longtemps après qu'ils ont vécu. On se souvient de certains avec effroi à cause de ce qu'ils ont fait. Il en est d'autres dont on se rappelle les bonnes actions et la contribution à la société dans laquelle ils vécurent.
LANCEMENT DU FONDS DU MÉMORIAL BRAM FISCHER, GREY COLLEGE, BLOEMFONTEIN, AFRIQUE DU SUD, 28 NOVEMBRE 1997

Oliver Tambo était unique : c'était un frère et un ami pour moi. Il a enrichi ma vie et mon intellect ; et ce pays, pas plus que moi, ne peut oublier ce colosse qui a traversé notre histoire.
SESSION DE CLÔTURE DE LA CINQUANTIÈME CONFÉRENCE NATIONALE DE L'A.N.C., UNIVERSITÉ DU NORD-OUEST, MAFIKENG CAMPUS, AFRIQUE DU SUD, 20 DÉCEMBRE 1997

Les héros comme le chef khoïkhoï Autshumao, Maqoma des Rharhabe, Bambatha, Cetywayo pour les Zulu, Mampuru des Pedi, Tshivase des Venda et une foule d'autres, furent à l'avant-garde des guerres de résistance, et nous les évoquons avec respect et admiration.
SUITE INÉDITE À SON AUTOBIOGRAPHIE, VERS 1998

En bien des occasions, les combattants de la liberté qui avaient été des héros nationaux se sont retournés contre les masses, ils perdaient le sens commun.
DISCOURS LORS D'UN RASSEMBLEMENT, AFRIQUE DU SUD, DATE INCONNUE

Je dis souvent que ce ne sont pas forcément les hommes et les femmes en situation de responsabilité mais les hommes et les femmes ordinaires qu'on trouve dans toutes les communautés et qui font du monde leur théâtre d'opérations, qui comprennent que les plus grands défis sont d'ordre socio-économique : pauvreté, illettrisme, maladie, pénurie de logement, impossibilité de scolariser les enfants. Ce sont eux, mes héros. Quand un chef d'État partage ce point de vue, il est mon héros.

DISCOURS DE CLÔTURE DE LA TREIZIÈME CONFÉRENCE INTERNATIONALE SUR LE SIDA, DURBAN, AFRIQUE DU SUD, 14 JUILLET 2000

Parmi les héros et les héroïnes de notre long combat pour la liberté et la justice, le nom de Joe Slovo restera toujours au premier plan. Peu d'hommes ont été plus révérés et universellement acclamés et admirés que lui.

MONUMENT À LA MÉMOIRE DE JOE SLOVO, CIMETIÈRE D'AVALON, SOWETO, AFRIQUE DU SUD, 1ER MARS 2004

Les murs des prisons ne vous empêchent jamais de vous identifier à la lutte qui se mène en dehors. Même si nous étions derrière les barreaux, nous étions tous des héros, à l'instar des leaders de l'ANC en dehors.

DOCUMENTAIRE *LEGENDS : NELSON MANDELA*, 2005

Nous espérons que cette statue rappellera les héros et les héroïnes du passé et servira d'inspiration pour continuer la lutte contre l'injustice.

DÉVOILEMENT DE SA STATUE, PARLIAMENT SQUARE, LONDRES, GRANDE-BRETAGNE, 29 AOÛT 2007

L'histoire de la lutte en Afrique du Sud est riche de héros et d'héroïnes, de chefs et de camarades. Tous méritent qu'on se souvienne d'eux.

IBID.

Il est facile de détruire et de briser. Les héros sont ceux qui font la paix et qui construisent.

SIXIÈME CONFÉRENCE ANNUELLE DE NELSON MANDELA, WALTER SISULU SQUARE, KLIPTOWN, SOWETO, AFRIQUE DU SUD, 12 JUILLET 2008

Ma foi, ça fait du bien aux gens de parler de moi comme d'un héros. Ce n'est pas vraiment de moi qu'ils parlent. Je suis comme une patère sur laquelle on accroche toute l'adulation.

DOCUMENTAIRE *VIVA MADIBA : A HERO FOR ALL SEASONS*, 2010

Histoire

Il y a bien des années, quand j'étais un petit garçon dans mon village du Transkei, j'écoutais les anciens de la tribu parler du passé, avant l'arrivée des Blancs. À l'époque, notre peuple vivait paisiblement, dans une démocratie ordonnée par les rois et l'*amapakati* [conseil des sages], les gens se déplaçaient dans le pays sans entraves, en toute liberté et en toute sécurité. Le pays nous appartenait, de plein droit.

PLAIDOYER POUR L'ATTÉNUATION DE SA PEINE APRÈS AVOIR ÉTÉ RECONNU COUPABLE D'AVOIR INCITÉ DES TRAVAILLEURS À FAIRE GRÈVE ET D'AVOIR QUITTÉ LE PAYS ILLÉGALEMENT, ANCIENNE SYNAGOGUE, PRETORIA, AFRIQUE DU SUD, NOVEMBRE 1962

Nous occupions les terres, les forêts, les rivières ; nous extrayions les minerais du sol et toutes les richesses de ce beau pays. Nous dirigions notre propre gouvernement, nous contrôlions nos propres armées et nous dirigions nos échanges commerciaux. Les anciens parlaient des guerres livrées par nos ancêtres pour défendre leur terre nourricière, ainsi que des prouesses accomplies par les généraux et les soldats lors des combats épiques.

IBID.

Rien n'a plus de valeur que de faire partie de l'histoire d'un pays.

LETTRE À WINNIE MANDELA, ÉCRITE À ROBBEN ISLAND, 10 JUIN 1969

Depuis ma libération, je suis plus convaincu que jamais que ceux qui font vraiment l'histoire sont les hommes et les femmes ordinaires de notre pays ; leur participation à toutes les prises de décision concernant notre avenir est la seule garantie d'une véritable démocratie et de l'exercice plein et entier des libertés.

DISCOURS LORS D'UN RASSEMBLEMENT, KINGS PARK STADIUM, DURBAN, AFRIQUE DU SUD, 25 FÉVRIER 1990

Hollywood

Hollywood a eu tendance à faire naître des stéréotypes sur la vie des Africains. Dans ma jeunesse, je me souviens d'avoir vu *Tarzan* et d'avoir été mal à l'aise, et même dérangé par ce portrait unidimensionnel distordu. Heureusement, ces dernières années, quelques films ont tenté de redresser partiellement cette injustice.

DOCUMENTAIRE *MANDELA EN AMÉRIQUE*, 1990

Honneur

L'honneur revient à ceux qui, même quand l'heure est sombre, ne s'écartent jamais de la vérité, suivent encore et toujours la même voie, ceux que les insultes, les humiliations et même les défaites ne découragent pas.

LETTRE À WINNIE MANDELA, ÉCRITE À ROBBEN ISLAND, 23 JUIN 1969

J'aimerais que nous nous combattions sur des principes et des idées, sans haine personnelle, pour qu'à la fin du combat, quelle qu'en soit l'issue, je puisse fièrement vous serrer la main parce que je saurai que j'ai combattu un opposant droit qui a observé un code d'honneur.

LETTRE SORTIE CLANDESTINEMENT DE ROBBEN ISLAND POUR DES AVOCATS À DURBAN, ÉCRITE À ROBBEN ISLAND, JANVIER 1977

J'ai appris qu'humilier quelqu'un c'est lui faire subir un sort cruel. Déjà, enfant, je battais mes adversaires sans les déshonorer.

DANS *UN LONG CHEMIN VERS LA LIBERTÉ*, 1994

Humanité

Le prix dont vous m'honorez aujourd'hui est l'expression de cette humanité commune qui nous lie, d'une personne à l'autre, d'une nation à l'autre, d'un peuple du Nord à un peuple du Sud. Je le reçois avec fierté, comme le symbole d'un partenariat pour la paix, la prospérité et l'égalité, alors que nous entrons dans un nouveau millénaire.

RECEVANT LA MÉDAILLE D'OR DU CONGRÈS, WASHINGTON D.C., U.S.A., 23 SEPTEMBRE 1998

À la suite du 11 septembre, le monde bouleversé dut réfléchir à la façon dont nous vivons ensemble, dans la paix et le respect de nos différences.

CÉRÉMONIE D'OUVERTURE DU PREMIER FESTIVAL ANNUEL DU CINÉMA DE TRIBECA, HÔTEL DE VILLE, NEW YORK, U.S.A., 8 MAI 2002

Humilité

Savoir que l'on fait l'objet d'autant de bonne volonté rend humble.

CONVERSATION AVEC RICHARD STENGEL, 22 AVRIL 1993

Il est totalement erroné d'élever un être humain à la place de Dieu.

CHEZ LUI, SOWETO, AFRIQUE DU SUD, FÉVRIER 1990

Humour

La tradition disait qu'il ne fallait pas trop rire. Il fallait être sérieux. Pour être un bon chef, il fallait être quelqu'un de sérieux. Ne pas se livrer à de grands éclats de rire. Telle était la tradition à l'époque.

CONVERSATION SUR SA JEUNESSE AVEC TIM COUZENS, VERNE HARRIS ET MAC MAHARAJ POUR *MANDELA : THE AUTHORISED PORTRAIT*, 2006, JOHANNESBURG, AFRIQUE DU SUD, 13 AOÛT 2005

J'aime que les gens soient détendus, même quand on discute de choses sérieuses, parce que cela stimule la réflexion ; donc j'aime plaisanter même quand j'examine des sujets sérieux. Quand les gens sont détendus, ils pensent mieux.

IBID.

Nous avons le sens de l'humour parce que nous pensons qu'il est de notre devoir de faire oublier au peuple ses problèmes pour l'aider à mieux comprendre les sentiments et les expériences des autres.

IBID.

On affûte ses idées en se mettant au niveau de ceux avec qui on se trouve. Avoir le sens de l'humour et être complètement détendu, même quand on discute de choses sérieuses, permet de mobiliser plus facilement des amis autour de soi. J'adore ça.

IBID.

Idéologie

Ma réflexion a été influencée à la fois par l'Occident et l'Orient. Tout cela m'avait amené à penser que, dans ma quête d'une formule politique, je devais être absolument impartial et objectif. Je ne devais pas m'attacher à un autre système de société que le socialisme. Je devais rester libre d'emprunter le meilleur de l'Occident et de l'Orient.

DISCOURS DEPUIS LE BANC DES ACCUSÉS, PROCÈS DE RIVONIA, PALAIS DE JUSTICE, PRETORIA, AFRIQUE DU SUD, 20 AVRIL 1964

Je n'avais aucune croyance spécifique, sinon que notre cause était juste, qu'elle avait beaucoup de partisans et qu'elle gagnait de plus en plus de soutiens.

EN REVISITANT ROBBEN ISLAND, LE CAP, AFRIQUE DU SUD, 11 FÉVRIER 1994

N'oubliez pas que je cherche un boulot.

PLAISANTERIE ADRESSÉE À DES JOURNALISTES, JOHANNESBURG, AFRIQUE DU SUD, 1ER AVRIL 2006

Impérialisme

De notre point de vue, le plus important à savoir sur l'impérialisme aujourd'hui, c'est qu'il s'est répandu partout à travers le monde, qu'il a assujetti les peuples, les a exploités, n'a apporté que la mort et la destruction à des millions de gens.

DÉPOSITION PENDANT LE PROCÈS POUR TRAHISON, PRETORIA, AFRIQUE DU SUD, 1956-1961

Alors que l'influence des anciennes puissances européennes a considérablement décliné et que les forces anti-impérialistes remportent des victoires immenses à travers le monde, un nouveau danger apparaît, qui menace de détruire l'indépendance récente des peuples en Asie et en Afrique. Il s'agit de l'impérialisme américain, que les peuples africains et asiatiques doivent combattre et vaincre s'ils veulent préserver les victoires acquises en luttant.

ARTICLE INTITULÉ « UNE NOUVELLE MENACE POUR L'AFRIQUE », *LIBERATION*, MARS 1958

L'impérialisme à la manière américaine n'en est pas moins un impérialisme, malgré le parfum de modernité qu'il répand et les douces paroles de ses agents.
IBID.

Partout à travers le monde, les peuples se dressent et la lutte pour l'émancipation gagne chaque jour en ampleur. L'impérialisme est jaugé et rejeté. Il est combattu et vaincu par l'action concertée des gens ordinaires, qui s'unissent contre lui.
IBID.

Inde

C'est précisément le rôle exemplaire de l'Inde dans les affaires du monde qui nous rappelle que notre problème, aussi grave soit-il, participe de la marche de l'humanité. Et aucune partie du monde ne pourra s'y croire étrangère tant que le dernier vestige des souffrances causées par l'homme ne sera pas éradiqué de la surface du globe.
LETTRE À MME MANORAMA BHALLA, SECRÉTAIRE DU CONSEIL INDIEN DES RELATIONS CULTURELLES, ÉCRITE À ROBBEN ISLAND, 3 AOÛT 1980

De même que l'Inde fait partie du corps de notre pays, nous faisons partie du corps de l'Inde. L'histoire nous a condamnés à parler, à échanger, comme les membres d'une même famille.
BANQUET DONNÉ PAR LE PRÉSIDENT DE LA RÉPUBLIQUE DE L'INDE, NEW DELHI, INDE, 15 OCTOBRE 1990

Venir en Inde, pour nous, c'est comme rentrer chez soi : c'est un pèlerinage sur les rivages d'un grand peuple et de grands dirigeants que nous admirerons toujours.
À LA FONDATION RAJIV GANDHI, NEW DELHI, INDE, 25 JANVIER 1995

Nous ne nous fatiguerons jamais de répéter que l'indépendance de l'Inde est une victoire pour tous les peuples sous domination coloniale. Et particulièrement pour les Sud-Africains, dont vous considériez la liberté comme essentielle à votre liberté, et dont la victoire contre l'oppression fut aussi votre victoire.

BANQUET DONNÉ POUR LE PREMIER MINISTRE INDIEN KUMAR GUJRAL, LE CAP, AFRIQUE DU SUD, 7 OCTOBRE 1997

Les Sud-Africains ont longtemps trouvé leur inspiration en Inde, nation engagée dans la pratique universelle des droits de l'homme.

IBID.

Vous constaterez par vous-même qu'une partie de l'âme indienne réside en Afrique du Sud et qu'elle y est révérée comme un élément de notre vie nationale.

IBID.

C'est l'Inde qui s'est toujours placée à la tête de la communauté internationale pour soutenir moralement, politiquement et matériellement notre cause, afin de libérer notre peuple de l'oppression raciale et de son gouvernement raciste.

AU PALAIS PRÉSIDENTIEL, NEW DELHI, INDE, 16 MARS 2001

Indiens d'Amérique

J'ai reçu plusieurs lettres de la First American Nation, les Indiens d'Amérique, et je peux vous dire qu'elles m'ont considérablement troublé.

DOCUMENTAIRE *MANDELA IN AMERICA*, 1990

Infirmité

Les enfants handicapés ont eux aussi droit à un avenir brillant et excitant.

OUVERTURE DU PREMIER CAMP SPORTIF ANNUEL POUR LES JEUNES EN FAUTEUIL ROULANT, JOHANNESBURG, AFRIQUE DU SUD, 4 DÉCEMBRE 1994

J'aimerais vous dire que je porte moi aussi un appareil acoustique, comme vous. Ces petits instruments font une grande différence dans ma vie. Partout où je vais, ils m'aident à mieux entendre, à mieux comprendre.

PROJET D'AIDE AUX MALENTENDANTS DU BARAGWANATH HOSPITAL, SOWETO, AFRIQUE DU SUD, 23 MAI 1997

Les êtres humains considèrent leurs facultés intellectuelles comme le trait distinctif de leur espèce. Soigner les malades atteints de troubles mentaux, c'est se reconnaître comme un être humain et vivre avec humanité.

DISCOURS LORS D'UN ÉVÉNEMENT CARITATIF POUR LA MAISON D'ACCUEIL TAKALANI DES DÉFICIENTS MENTAUX, SPARROW SCHOOLS ET LIVING LINK, AFRIQUE DU SUD, SEPTEMBRE 2002

Nous avons essayé de mettre l'accent sur les droits des personnes handicapées. Il est facile de penser d'abord aux exigences égalitaires concernant la race, la couleur, la religion ou le sexe, et d'oublier, ou de reléguer au second rang, les immenses discriminations subies par les personnes handicapées.

MESSAGE À LA CONFÉRENCE POUR LE HANDICAP, 4 AVRIL 2004

Une démocratie est un ordre où prévalent l'égalité sociale et la non-discrimination. Nos compatriotes atteints d'une infirmité nous mettent au défi, d'une façon très particulière, de manifester dans la vie réelle ces valeurs démocratiques.

IBID.

Injustice

Je pensais qu'en me dressant contre l'injustice j'œuvrais pour la dignité de ce qui devrait être une profession honorable.

À PROPOS DE LA DISCRIMINATION RACIALE CONTRE LES AVOCATS NOIRS, LORS DU PROCÈS POUR INCITATION À LA GRÈVE ET SORTIE ILLÉGALE DU TERRITOIRE, PALAIS DE JUSTICE, PRETORIA, AFRIQUE DU SUD, NOVEMBRE 1962

Reconnaissons franchement les injustices du passé et bâtissons l'avenir sur des bases d'égalité et de justice sociale.

SIGNATURE DE LA NOUVELLE CONSTITUTION, SHARPEVILLE, VEREENIGING, AFRIQUE DU SUD, 10 DÉCEMBRE 1996

Les gens, non seulement dans notre pays mais à travers le monde, étaient inspirés par une croyance commune : en unissant leurs efforts, ils pourraient faire cesser l'injustice et construire une meilleure vie pour tous.

LETTRE AU PRÉSIDENT BARACK OBAMA À L'OCCASION DE SON INVESTITURE, 20 JANVIER 2009

Inspiration

Mon inspiration, ce sont les hommes et les femmes qui émergent à travers le globe, ceux qui ont choisi le monde comme théâtre de leurs opérations et qui combattent, où qu'ils soient, les conditions socio-économiques néfastes au progrès de l'humanité. Les hommes et les femmes qui luttent contre l'étouffement de certaines voix, contre la maladie, l'illettrisme, la pauvreté et la faim. Certains sont connus, d'autres non. Ce sont eux qui m'inspirent.

À LA LONDON SCHOOL OF ECONOMICS, LONDRES, GRANDE-BRETAGNE, 6 AVRIL 2000

Intégrité

On fait de grands progrès en vue de développer des relations personnelles quand on part du principe très simple qu'on a face à soi un homme intègre. Je le crois profondément.

CONVERSATION AVEC RICHARD STENGEL, JOHANNESBURG, 28 DÉCEMBRE 1992

Quand vous êtes une personnalité publique, vous devez accepter l'intégrité des autres tant que vous n'avez pas eu la preuve du contraire.

CONVERSATION AVEC RICHARD STENGEL, 3 MAI 1993

Ceux qui se conduisent avec moralité, intégrité et constance n'ont pas à craindre les foudres de l'inhumanité et de la cruauté.

CONFÉRENCE À LA CROIX-ROUGE BRITANNIQUE, CENTRE DE CONFÉRENCE ÉLIZABETH II, LONDRES, GRANDE-BRETAGNE, 10 JUILLET 2003

Interviews

En règle générale, il faut connaître à l'avance les sujets qui seront évoqués lors de l'interview, s'y préparer, être calme et diplomate, et éviter les échanges brusques.

LETTRE À ZENANI MANDELA, ÉCRITE À LA PRISON DE POLLSMOOR, LE CAP, AFRIQUE DU SUD, 30 JUIN 1987

Intimité

Il y a des affaires dans la vie où on ne devrait pas laisser un tiers, quel qu'il soit, interférer.

LETTRE À WINNIE MANDELA, ÉCRITE À ROBBEN ISLAND, 1ER FÉVRIER 1975

Ne discute pas des problèmes du pays et de tes opinions religieuses avec les autres, même si ce sont des amis intimes.
LETTRE À MAKAWIZE MANDELA, ÉCRITE À ROBBEN ISLAND, 11 MARS 1979

Islam

En même temps que nous nous libérons d'une lecture bipolaire du monde, les vieux discours sur les relations entre l'Islam et l'Occident cèdent naturellement la place à une conception plurivoque.
CONFÉRENCE AU CENTRE D'ÉTUDES ISLAMIQUES D'OXFORD, SHELDONIAN THEATRE, OXFORD, GRANDE-BRETAGNE, 11 JUILLET 1997

L'Islam a enrichi l'Afrique, dont il fait partie. En retour, l'Islam a été transformé et l'Afrique en fait également partie.
IBID.

L'arrivée de l'Islam se traduisait parfois par l'imposition d'un nouvel ordre politique et social, parfois par l'absorption de l'Islam dans un ordre existant.
IBID.

L'héritage islamique vivant de l'Afrique du Sud constitue une facette appréciée et respectée de notre nation.
IBID.

L'Islam est devenu une composante de l'Afrique dans un processus aussi complexe que l'histoire du continent lui-même.
IBID.

L'héritage islamique de l'Afrique du Sud a constitué une partie vitale de notre histoire.
SOMMET DU CONSEIL DE COOPÉRATION DU GOLFE, ABU DHABI, ÉMIRATS ARABES UNIS, 7 DÉCEMBRE 1998

Jardinage

La Bible nous dit que les jardins ont précédé les jardiniers, mais ce n'était pas le cas à [la prison de] Pollsmoor, où j'ai cultivé un jardin qui est devenu ma distraction favorite. C'était ma manière de m'évader du monde de béton monolithique qui nous entourait.

DANS *UN LONG CHEMIN VERS LA LIBERTÉ*, 1994

J'ai écrit à Winnie deux lettres à propos d'un plant de tomates particulièrement beau, je lui expliquais comment à force de cajoleries j'en ai fait une plante robuste donnant de magnifiques fruits rouges. Mais alors, à cause d'une erreur ou d'un manque de soin, elle s'est mise à dépérir et rien de ce que j'ai tenté ne lui a redonné la santé. Quand elle est morte finalement, j'ai retiré ses racines du sol, puis je les ai nettoyées et enterrées au fond du jardin.

IBID.

Jeunesse

L'implication des étudiants dans la lutte pour la liberté est cruciale, et l'émergence d'un mouvement étudiant vigoureux sera bienvenue.

ESSAI INTITULÉ « LE MOUVEMENT DE CONSCIENCE NOIRE », ÉCRIT À ROBBEN ISLAND, 1978

L'initiative prise par les étudiants blancs sur de nombreuses questions publiques, qui affectent principalement les Noirs, a aiguisé la conscience des étudiants noirs, qui se sont rendu compte de l'ironie qu'il y avait à rester les bras croisés alors que leurs camarades blancs étaient à l'attaque.

IBID.

Jamais les opprimés, et en particulier les jeunes, n'ont affiché une telle unité dans l'action, une telle résistance à l'oppression raciale, et jamais ils n'avaient autant prolongé les manifestations malgré la brutalité des militaires et l'action policière.

LETTRE AU PRÉSIDENT P.W. BOTHA, ÉCRITE À LA PRISON DE POLLSMOOR, LE CAP, AFRIQUE DU SUD, 13 FÉVRIER 1985

L'Afrique du Sud produit des jeunes gens déterminés dont le niveau de conscience est remarquablement élevé.

LETTRE À HILDA BERNSTEIN, ÉCRITE À LA PRISON DE POLLSMOOR, LE CAP, AFRIQUE DU SUD, 8 JUILLET 1985

Le courage des membres du Congrès de la jeunesse du Cap semble grandir avec le danger. Leur détermination face à l'adversité a déjà produit de jeunes héros de la nation, dont la vie sert aux autres jeunes de modèle pour leur propre vie.

LETTRE AU CONGRÈS DE LA JEUNESSE DU CAP, ÉCRITE À LA PRISON VICTOR VERSTER, PAARL, AFRIQUE DU SUD, 21 AOÛT 1989

Une cause qui bénéficie du soutien enthousiaste de toute la jeunesse à travers le pays ne peut que triompher. Ce soutien est le signe que les idéaux sacrés pour lesquels tant d'hommes sont morts ne seront jamais oubliés, que ceux qui s'y sont accrochés mourront riches en esprit, aussi pauvres soient-ils sur le plan matériel.

LETTRE À PETER MOKABA, ÉCRITE À LA PRISON VICTOR VERSTER, PAARL, AFRIQUE DU SUD, 21 AOÛT 1989

Les jeunes gens à travers le monde, notamment les étudiants, sont résolus à bâtir un nouveau monde plus heureux et riche d'espoir.

LETTRE À L'ASSOCIATION DES ÉTUDIANTS DE PAARL, ÉCRITE À LA PRISON VICTOR VERSTER, PAARL, AFRIQUE DU SUD, 21 AOÛT 1989

Je rends hommage à l'héroïsme inépuisable de la jeunesse. Vous, les jeunes lions, vous avez apporté de l'énergie à notre lutte.

PREMIER DISCOURS APRÈS SA LIBÉRATION, HÔTEL DE VILLE, LE CAP, AFRIQUE DU SUD, 11 FÉVRIER 1990

Nous avons un message à l'intention de la jeunesse sud-africaine : vous avez perdu un grand héros. Vous avez régulièrement montré que votre amour pour la liberté était plus grand que votre attachement au plus précieux des dons, la vie elle-même. Votre pays, votre peuple, votre organisation ont besoin que vous vous comportiez avec sagesse. Une responsabilité particulière pèse sur vos épaules.

DISCOURS RETRANSMIS À LA TÉLÉVISION APRÈS L'ASSASSINAT DE CHRIS HANI, JOHANNESBURG, AFRIQUE DU SUD, 13 AVRIL 1993

Il n'y a pas de projet plus important pour l'avenir de l'Afrique du Sud que la réalisation du potentiel de nos jeunes gens. La liberté serait vaine si elle ne leur apportait la libération du grand poids qui contraignait leur énergie, amoindrissait leur appétit pour la vie et jetait une ombre sur leur amour-propre.

CÉRÉMONIE DE REMISE DE PRIX DÉCERNÉS PAR LE PRÉSIDENT, AFRIQUE DU SUD, 25 NOVEMBRE 1994

La jeunesse vers laquelle nous avons dirigé la plupart de nos campagnes de sensibilisation à l'occasion de ce glorieux anniversaire devrait s'émerveiller de nos intentions. Mais elle peut aussi à bon droit se demander comment il est encore possible que la pauvreté règne sur la plus grande partie du globe ; que la guerre continue à faire rage ; que beaucoup d'hommes de pouvoir privilégient des philosophies rigides qui proclament un terrifiant : « Je ne suis pas ton frère, ni ton gardien ! » Car nul, ni au nord ni au sud, ne peut échapper au fait que nous faisons tous partie de l'humanité.

CINQUANTIÈME ANNIVERSAIRE DES NATIONS UNIES, ASSEMBLÉE GÉNÉRALE DES NATIONS UNIES, NEW YORK, U.S.A., 23 OCTOBRE 1995

La jeunesse sud-africaine a apporté une importante contribution à la lutte pour la libération et il ne fait pas de doute dans mon esprit qu'elle a ce qu'il faut pour laisser derrière elle les injustices du passé.

OUVERTURE DU CONSEIL MONDIAL DES JEUNES OUVRIERS CHRÉTIENS, OUKASIE, AFRIQUE DU SUD, 26 NOVEMBRE 1995

Vous avez secoué la nation endormie et rejeté l'éducation d'esclaves que le régime d'apartheid mettait en œuvre dans l'espoir que les Noirs accepteraient leur esclavage. Vous avez changé le cours de l'Histoire et accéléré la chute du système d'apartheid.

JOURNÉE DE LA JEUNESSE SUD-AFRICAINE, AFRIQUE DU SUD, 16 JUIN 1996

Les efforts de la jeunesse sont cruciaux pour notre avenir. L'économie dépend de vous. En travaillant dur et en améliorant vos compétences, vous pouvez vous approprier l'une des nations les plus prospères du monde.

IBID.

Il y a là une leçon profonde pour les jeunes Sud-Africains. Car la morale de vos propres accomplissements est que, avec de l'application, de la détermination et de la discipline, nous pouvons tous nous élever à des postes à responsabilité. Aujourd'hui, les voies de l'apprentissage s'ouvrent à eux et les jeunes Sud-Africains de toutes les communautés devraient relever le défi.

SOIXANTE-QUINZIÈME ANNIVERSAIRE DE LA BANQUE CENTRALE D'AFRIQUE DU SUD, PRETORIA, AFRIQUE DU SUD, 28 JUIN 1996

J'admire les jeunes gens qui s'intéressent aux affaires de leur communauté et de leur nation, peut-être parce que je me suis engagé moi aussi dans la lutte alors que j'étais encore à l'école. Avec une jeunesse pareille, nous pouvons être certains que les idéaux que nous célébrons aujourd'hui ne disparaîtront jamais. La jeunesse est capable, lorsque c'est nécessaire, d'abattre les tours de l'oppression et de hisser les bannières de la liberté.

FÊTE NATIONALE FRANÇAISE, PARIS, FRANCE, 14 JUILLET 1996

Ce dernier siècle a vu plus que sa part de misères et d'injustices parmi les peuples de la terre, mais les jeunes générations qui étudient à l'école ont toutes les raisons de croire en un avenir meilleur.

MESSAGE ENREGISTRÉ POUR LA CAMPAGNE « ROUND SQUARE », AFRIQUE DU SUD, 4 OCTOBRE 1996

Notre jeunesse est notre avenir. Notre pays se relèvera des cendres de l'apartheid pour devenir un symbole de la réussite dans le monde, à la condition, en grande partie, que nous investissions dans l'éducation et la formation de notre jeunesse.

DISCOURS AU DAMELIN BUSINESS COLLEGE, JOHANNESBURG, AFRIQUE DU SUD, 13 FÉVRIER 1997

Il est vital que notre jeunesse s'efforce de créer les conditions pour que notre peuple puisse dormir en paix la nuit et que nos enfants aillent en sécurité à l'école.

RÉCEPTION DU DOCTORAT HONORIS CAUSA DE L'UNIVERSITÉ DU KWAZULU-NATAL, AFRIQUE DU SUD, 30 MAI 1998

L'avenir appartient à la jeunesse. Certains d'entre nous approchant du terme de leur carrière politique, il faut que des jeunes gens prennent le relais. Ils doivent travailler à renforcer les conditions de la paix, c'est-à-dire l'unité dans la diversité, et trouver des moyens durables de la préserver.

IBID.

Il est toujours délicat de distinguer des individus. Mais aujourd'hui 16 juin, c'est le jour où nous autres Sud-Africains célébrons la contribution de notre jeunesse à l'avènement de la démocratie, et réaffirmons notre volonté de créer une société plus juste.

RECEVANT LA « FREEDOM OF THE CITY AND COUNTY OF CARDIFF », PAYS DE GALLES, GRANDE-BRETAGNE, 16 JUIN 1998

Beaucoup de jeunes gens de la nouvelle génération pensent par eux-mêmes, avec leur propre échelle de valeur.

DOSSIER PERSONNEL, DATE INCONNUE

Dans un monde qui décrie si souvent l'apathie de la jeunesse, nous devons ouvrir nos bras aux millions d'adolescents désireux d'apporter des idées neuves et de l'enthousiasme.

DÉCLARATION EN FAVEUR DE LA MISE EN ŒUVRE D'UN PARTENARIAT MONDIAL POUR L'ENFANCE, 6 MAI 2000

La lutte pour la véritable émancipation universelle reste toujours à mener pour les enfants, les jeunes et les prochaines générations de notre planète.

LANCEMENT DU FONDS DE SOLIDARITÉ AFRICAINE DE LA ROBERT F. WAGNER GRADUATE SCHOOL OF PUBLIC SERVICE, UNIVERSITÉ DE NEW YORK, U.S.A., 7 MAI 2002

Notre jeunesse a gravement souffert des cruautés de l'apartheid. Néanmoins, sa bravoure et son sens du sacrifice ont surpassé la volonté de l'oppresseur.

FUNÉRAILLES D'ANTON LEMBEDE, MBUMBULU, AFRIQUE DU SUD, 27 OCTOBRE 2002

C'est à notre jeunesse de sortir une bonne fois pour toute notre société des clivages et des errements du passé.

IBID.

L'histoire de la Ligue de jeunesse de l'ANC témoigne du rôle constructif que la jeunesse organisée d'un pays peut et doit jouer pour façonner une société.

RASSEMBLEMENT DE CÉLÉBRATION DU CINQUANTE-HUITIÈME ANNIVERSAIRE DE LA LIGUE DE JEUNESSE DE L'A.N.C., AFRIQUE DU SUD, 27 OCTOBRE 2002

Les jeunes Sud-Africains ont joué un rôle héroïque et d'une immense importance dans la défaite de l'apartheid. C'est avec une grande tristesse que nous les observions sacrifier leur innocence pour résister à la puissance de l'État d'apartheid ; cependant, notre tristesse était toujours accompagnée d'une grande admiration pour le courage et l'abnégation de la jeunesse de notre pays.

FORUM DE LA JEUNESSE SUR LE SIDA, UNIVERSITÉ DU WITWATERSRAND, JOHANNESBURG, AFRIQUE DU SUD, 22 SEPTEMBRE 2003

L'un de nos défis, pendant que nous construisons notre démocratie, c'est la nécessité de faire en sorte que notre jeunesse sache d'où elle vient, ce que nous avons fait pour briser les chaînes de l'oppression et comment nous avons obtenu la liberté et la dignité pour tous.

LANCEMENT DU CENTRE DE LA MÉMOIRE DE LA FONDATION NELSON MANDELA, JOHANNESBURG, AFRIQUE DU SUD, 21 SEPTEMBRE 2004

Je souhaiterais formuler un vœu pour la jeunesse d'aujourd'hui : écrivez votre propre destin et mettez-vous en première ligne, parmi ceux qui ouvrent la voie vers un avenir radieux.

ANNIVERSAIRE DU N.M.C.F. (NELSON MANDELA'S CHILDREN FUND), ÉCOLE FRANÇAISE INTERNATIONALE, JOHANNESBURG, AFRIQUE DU SUD, 9 JUILLET 2008

Le fait que notre jeunesse ait la volonté d'avoir prise sur les événements me réconforte et me fait dire que tout n'est pas perdu.

IBID.

Justice

Comment se fait-il que dans ce tribunal, je me trouve face à un magistrat blanc, à un procureur blanc, et que ce soit un planton blanc qui me conduise sur le banc des accusés ? Peut-on honnêtement et sérieusement prétendre que, dans ce genre d'ambiance, les plateaux de la justice sont équilibrés ?

DEMANDE DE RÉCUSATION DU JUGE WĄ VAN HELSDINGEN, ANCIENNE SYNAGOGUE, PRETORIA, AFRIQUE DU SUD, 22 OCTOBRE 1962

Au bout du compte, nous devons nous souvenir qu'aucune loi ni aucun système ne peuvent venir à bout de ceux qui luttent avec la justice de leur côté.

CINQUANTIÈME ANNIVERSAIRE DU GATT (ACCORD GÉNÉRAL SUR LES TARIFS DOUANIERS ET LE COMMERCE), GENÈVE, SUISSE, 19 MAI 1998

Langage

L'afrikaans est la langue d'une partie substantielle des Noirs de ce pays, et tenter de les priver de leur langue serait dangereux. C'est la langue maternelle de quatre-vingt-quinze pour cent des métis, et les Indiens l'utilisent également, notamment dans les petites villes du Transvaal. Il est aussi largement parlé par les jeunes Africains des zones urbaines.

ESSAI INTITULÉ « LE MOUVEMENT DE CONSCIENCE NOIRE », ÉCRIT À ROBBEN ISLAND, 1978

C'est précisément parce que l'afrikaans est la langue de l'oppresseur que nous devrions encourager tout le monde à l'apprendre, à connaître sa littérature et son histoire, et à surveiller les nouvelles tendances chez les écrivains afrikaners. Connaître les forces et les faiblesses de son opposant est l'une des règles élémentaires de tout combat.

IBID.

Si notre peuple rejette le racisme grossier des Afrikaners, il est attiré par la tradition libérale ancrée dans la pensée politique britannique et par le fait que la Grande-Bretagne a depuis des siècles accordé l'asile à tous les réfugiés politiques. Cependant, les Anglais sont toujours d'importants partenaires de nos oppresseurs. Pourquoi ne pas inviter notre peuple à boycotter la langue anglaise et à réclamer son abolition après la libération ?

IBID.

Quand on s'exprime en anglais, beaucoup de gens peuvent vous comprendre, y compris les Afrikaners. Mais quand vous vous exprimez en afrikaans, vous les touchez droit au cœur.

CONVERSATION AVEC RICHARD STENGEL, VERS DÉCEMBRE 1992

Les gens qui parlent cette langue considérée comme la langue xhosa appartiennent à différentes tribus.

CONVERSATION AVEC RICHARD STENGEL, 23 MARS 1993

Nous ne voulons abolir aucune langue ; nous voulons développer les langues africaines mises de côté par la politique d'apartheid et les considérer à égalité avec l'anglais et l'afrikaans. Cela ne veut pas dire que nous comptons rabaisser l'afrikaans et l'anglais ; nous disons seulement que les autres langues doivent être prises autant en compte.

CONVERSATION AVEC RICHARD STENGEL, 29 AVRIL 1993

Je suis plus à l'aise en anglais aujourd'hui, à cause de toutes les années que j'ai passées ici et en prison, et j'ai perdu le contact avec la littérature en xhosa.
IBID.

Nous admettons que la langue, la culture et la religion sont des facteurs importants de l'identité. Néanmoins, nous rejetons en totalité la supposition issue de l'apartheid selon laquelle les groupes raciaux ou ethniques sont à la base de toute l'organisation sociale et qu'ils doivent notamment définir les relations de pouvoir dans la société.
REMISE DE DÉCORATION, CLARK UNIVERSITY, ATLANTA, U.S.A., 10 JUILLET 1993

Sans la langue, on ne peut pas parler aux gens et les comprendre ; on ne peut pas partager leurs espoirs et leurs aspirations, comprendre leur histoire, apprécier leur poésie ou savourer leurs chansons.
DANS *UN LONG CHEMIN VERS LA LIBERTÉ*, 1994

Malheureusement moi anglais pas parler.
DOCUMENTAIRE *MANDELA : THE LIVING LEGEND*, 2003

Je parlais mieux l'afrikaans en prison parce que j'avais tous les jours l'occasion de le pratiquer.
INTERVIEW AVEC VERNE HARRIS POUR LE CENTRE DE LA MÉMOIRE, JOHANNESBURG, AFRIQUE DU SUD, 2005

Le Journal d'Anne Frank

J'ai lu ce journal avant d'aller en prison, mais lire des livres à cette époque était complètement différent que de lire les mêmes livres en prison, surtout le *Journal d'Anne Frank*, car nous nous identifiions à sa situation et en conséquence les leçons de cette tragédie s'enfonçaient plus profondément dans nos âmes. Mais cela nous encourageait aussi, car si une jeune fille de treize ans pouvait agir en militante, nous pouvions suivre son exemple.

INTERVIEW, JOHANNESBURG, AFRIQUE DU SUD, 15 AOÛT 1994

Ce que nous en avons retenu, c'est l'invincibilité de l'esprit humain qui s'exprime de différentes façons selon les situations. Sa remarquable manière d'être encourageait tous ceux qui pouvaient se trouver dans une situation similaire.

IBID.

Pour une jeune femme de cette nature, tenir bon de cette façon est quelque chose d'unique. Les gens pouvaient prendre exemple sur elle, c'est ce qui est frappant dans la vie d'Anne Frank.

IBID.

Leader

Il est impossible d'écraser l'esprit d'un peuple. Peu importe ce qu'il adviendra des dirigeants actuels, de nouveaux leaders se lèveront toujours, jusqu'à la victoire.

DISCOURS DE PRÉSIDENCE LORS DE LA CONFÉRENCE ANNUELLE DE LA LIGUE DE JEUNESSE DE L'A.N.C., AFRIQUE DU SUD, DÉCEMBRE 1951

Un leader commet un crime contre son peuple s'il hésite à affûter ses armes politiques quand elles deviennent moins efficaces.

DISCOURS AU NOM DE LA DÉLÉGATION DE L'A.N.C. LORS DE LA CONFÉRENCE DE LA PAFMECA (MOUVEMENT PANAFRICAIN DE LIBÉRATION DE L'AFRIQUE ORIENTALE ET CENTRALE), ADDIS-ABEBA, 3-6 FÉVRIER 1962

Un homme qui s'élève au sommet dans son pays doit être un homme compétent, une forte personnalité, et avoir un comportement d'une rectitude irréprochable dans sa vie publique.

MANUSCRIT AUTOBIOGRAPHIQUE INÉDIT, ÉCRIT À ROBBEN ISLAND, 1975

Aucun leader de mouvement de libération digne de ce nom ne se soumettrait à des conditions qui ressemblent plutôt aux termes d'une reddition, dictés par un vainqueur à son ennemi, et qui visent essentiellement à affaiblir l'organisation et à humilier ses dirigeants.

LETTRE AU PRÉSIDENT P.W. BOTHA, ÉCRITE À LA PRISON VICTOR VERSTER, PAARL, AFRIQUE DU SUD, JUILLET 1989

Le monde est plein de gens qui ont des qualités naturelles de leaders. Les chefs traditionnels qui ont mené la lutte pour l'indépendance depuis le XVIIe siècle en faisaient partie. Mais l'époque n'est plus la même et l'éducation est une arme très puissante au service de la lutte pour produire des individus capables.

LETTRE À MAKHI JOMO DALASILE, ÉCRITE À LA PRISON VICTOR VERSTER, PAARL, AFRIQUE DU SUD, 14 AOÛT 1989

Seuls les leaders d'un immense calibre et d'une intégrité sans faille sont capables de voir les problèmes basiques qui nous affectent tous et préfèrent éviter les polémiques stériles qui limitent la vision de nombre d'activistes.

LETTRE À JAMES MNDAWENI, ÉCRITE À LA PRISON VICTOR VERSTER, PAARL, AFRIQUE DU SUD, 21 AOÛT 1989

On peut mesurer l'importance d'une organisation selon divers facteurs. L'un des facteurs les plus fondamentaux est la qualité de ses leaders.

LETTRE AU RÉVÉREND ANDREW HUNTER, ÉCRITE À LA PRISON VICTOR VERSTER, PAARL, AFRIQUE DU SUD, 21 AOÛT 1989

La position de chef n'a pas été accordée par l'histoire à certains individus pour qu'ils en usent ou en abusent selon leur bon vouloir. Comme toutes les formes de leadership, elle donne des responsabilités spécifiques à qui la détient. Comme le disait le chef Albert Luthuli, « un chef est avant tout le serviteur de son peuple. Il est la voix de son peuple ».

DISCOURS LORS D'UN RASSEMBLEMENT, KINGS PARK STADIUM, DURBAN, AFRIQUE DU SUD, 25 FÉVRIER 1990

Il n'y a rien de plus néfaste qu'un leader faisant une demande dont on sait qu'elle n'a aucune chance d'aboutir.

CONVERSATION AVEC RICHARD STENGEL, VERS DÉCEMBRE 1992

La simplicité est un immense avantage, surtout pour un chef d'État.

CONVERSATION AVEC RICHARD STENGEL, 2 FÉVRIER 1993

Il est absolument nécessaire parfois pour un leader de prendre une initiative en toute indépendance, sans consulter personne, puis de présenter ce qu'il a fait à l'organisation.

IBID.

Notre approche consistait à doter l'organisation de dirigeants efficaces.

CONVERSATION AVEC RICHARD STENGEL, 25 MARS 1993

On s'aperçoit qu'il n'est pas nécessaire d'avoir des diplômes pour avoir des qualités de leader, les qualités qui font qu'un homme combat l'injustice partout où il est.

CONVERSATION AVEC RICHARD STENGEL, 29 AVRIL 1993

La première tâche d'un leader est de donner une vision. La seconde est de recruter des partisans qui l'aideront à mettre en œuvre sa vision et à accomplir un processus grâce à des équipes efficaces. Le peuple qu'il dirige sait où il va parce qu'il leur a communiqué sa vision et que ses partisans adhèrent au but qu'il a défini autant qu'aux moyens pour y parvenir.

CARNET, VERS 1993

Je me souviens encore de l'axiome du régent [au trône thembu] : il disait qu'un chef est comme un berger. Il reste derrière le troupeau, laisse les plus intrépides prendre la tête, suivis par les autres, sans qu'ils se rendent compte que pendant tout ce temps il les dirige de l'arrière.

DANS *UN LONG CHEMIN VERS LA LIBERTÉ*, 1994

De temps à autre, un leader peut exprimer des regrets en public sans que cela le diminue aux yeux du peuple.

IBID.

C'est par décret de l'histoire que sont mis en avant les hommes qui captent l'air du temps, qui cristallisent les désirs et les aspirations des opprimés. Tel était Steve Biko, pur produit de son époque, fier représentant du réveil de son peuple.

COMMÉMORATION DU VINGTIÈME ANNIVERSAIRE DE LA MORT EN DÉTENTION DE STEVE BIKO, EAST LONDON, AFRIQUE DU SUD, 1ER SEPTEMBRE 1997

C'est aussi le destin de tout leader que d'être incompris : par les historiens, les chercheurs, les écrivains et les journalistes, qui reflètent sa vie selon leurs propres critères subjectifs. C'est encore plus évident dans un pays où les interprètes ont de multiples ressources pour publier leur point de vue sur la quête de dignité et d'unité nationale.

DÉVOILEMENT DE LA STATUE COMMÉMORANT LE VINGTIÈME ANNIVERSAIRE DE LA MORT DE STEVE BIKO, EAST LONDON, AFRIQUE DU SUD, 1ER SEPTEMBRE 1997

L'une des tentations qui guettent le leader élu sans opposition est d'utiliser cette position de pouvoir pour régler leur compte à ses détracteurs, les marginaliser, et dans certains cas s'en débarrasser. Et de ne s'entourer que d'hommes et de femmes dociles, aux ordres.

SESSION DE CLÔTURE DE LA CINQUANTIÈME CONFÉRENCE NATIONALE DE L'A.N.C., UNIVERSITÉ DU NORD-OUEST, CAMPUS DE MAFIKENG, AFRIQUE DU SUD, 20 DÉCEMBRE 1997

Il y a une contradiction inhérente aux organisations politiques : le leader doit maintenir en vie les forces qui ont permis à l'organisation d'exister, mais il ne peut le faire qu'en autorisant les dissensions. Il faut que tous les sujets puissent être débattus sous toutes les coutures et que les gens puissent critiquer les dirigeants sans crainte. C'est la seule façon de maintenir l'unité parmi les membres.

IBID.

Les vrais leaders doivent être prêts à se sacrifier pour la liberté de leur peuple.

CÉLÉBRATIONS DU CENTENAIRE DE LA NAISSANCE D'ALBERT LUTHULI, KWADUKUZA, AFRIQUE DU SUD, 25 AVRIL 1998

La marque des grands leaders est leur capacité à comprendre le contexte dans lequel ils opèrent et à agir en conséquence. En tant que combattant de la liberté courageux et dévoué, notre camarade Chris [Hani] a poursuivi la mission de notre organisation qu'il contribuait à définir à chaque instant.

RECEVANT LE PRIX CHRIS HANI LORS DU DIXIÈME CONGRÈS NATIONAL DU S.A.C.P. (PARTI COMMUNISTE SUD-AFRICAIN), JOHANNESBURG, AFRIQUE DU SUD, 1ER JUILLET 1998

Les bons leaders apprécient pleinement que la décrispation de la société, quelle que soit la nature des tensions, mette les penseurs créatifs au centre de l'attention, produisant un environnement idéal pour que les hommes et les femmes doués de vision influencent la société.

SUITE INÉDITE À SON AUTOBIOGRAPHIE, VERS 1998

C'est une grave erreur, pour n'importe quel leader, d'être hypersensible aux critiques et de mener les débats comme s'il était un professeur discourant devant des élèves moins informés et moins expérimentés.

IBID.

Beaucoup de chefs traditionnels n'ont pas vraiment conscience des leçons de l'histoire. Ils ne semblent pas être au courant qu'il y avait autrefois des monarques absolus qui ne partageaient pas le pouvoir avec leurs sujets.

IBID.

Nous ne devons jamais oublier que l'institution des chefs traditionnels est sanctifiée par la loi et la coutume africaines, par notre culture et notre tradition. Il ne faut rien tenter pour l'abolir. Nous devons trouver une solution à l'amiable basée sur des principes démocratiques, et qui permette aux chefs traditionnels de jouer un rôle significatif à tous les niveaux du gouvernement.

IBID.

Les leaders devront agir de façon claire et décisive en faveur d'un monde de tolérance et de respect de la différence, et s'engager sans compromis pour une résolution pacifique des conflits et des litiges.

RECEVANT LE PRIX ALLEMAND DES MÉDIAS, BADEN-BADEN, ALLEMAGNE, 28 JANVIER 1999

Dans la mesure où votre autorité contribue à améliorer la vie des gens, dans la mesure où elle promeut le meilleur de la culture et de la tradition africaines, et par-dessus tout dans la mesure où elle encourage l'unité et la paix entre les peuples, je me sentirai comblé.

INSTALLATION DU CHEF SANGO PHATHEKILE HOLOMISA, MQANDULI DISTRICT, TRANSKEI, AFRIQUE DU SUD, 17 AVRIL 1999

Un vrai leader doit travailler dur pour apaiser les tensions, surtout quand il s'attaque à des problèmes délicats et compliqués. En général, les extrémistes prospèrent quand il y a de la tension, et l'émotion pure tend à remplacer la pensée rationnelle.

CARNET PERSONNEL, 16 JANVIER 2000

Un vrai leader se sert de chaque problème, aussi sérieux et sensible soit-il, pour faire en sorte que nous sortions du débat plus forts et plus unis qu'avant.

IBID.

Je fais entièrement confiance à notre faculté de nous gouverner collectivement. Ce qui ne signifie pas qu'il ne doit pas y avoir de différences d'opinion ou même de déceptions entre nous. S'il y en a, il faut en débattre à fond, et que chacun accepte la décision de la majorité et aide à la mettre en œuvre.

RÉUNION DU CONSEIL GÉNÉRAL DE L'A.N.C., PORT ELIZABETH, AFRIQUE DU SUD, 12 JUILLET 2000

Nous avons besoin de l'engagement de tous les leaders à tous les niveaux si nous voulons donner corps à la vie meilleure que nous avons promise à notre peuple.

IBID.

Parmi les gens de ma génération, nombreux sont ceux qui auraient pu prendre ma place si les circonstances et l'histoire en avaient décidé autrement. Si je suis devenu un leader, c'est grâce à ceux qui m'entouraient et qui m'ont formé.

RECEVANT L'« HONORARY FELLOWSHIP » DU MAGDALENE COLLEGE, UNIVERSITÉ DE CAMBRIDGE, GRANDE-BRETAGNE, 2 MAI 2001

Je sais qu'à travers le monde on parle de moi comme d'un exemple. Je ne peux accepter ces louanges qu'en répétant que je ne fais que représenter un collectif produit par mon pays et son histoire.

IBID.

La nature du changement dans notre société dépendra en grande partie de la qualité du leadership exercé dans les divers secteurs et activités de notre communauté, dans nos organisations et notre vie publique.

DÎNER LORS DE LA CONFÉRENCE ANNUELLE DU FORUM DE MANAGEMENT NOIR, AFRIQUE DU SUD, OCTOBRE 2002

Par le droit ancestral, j'étais né pour régner. Xhamela [Walter Sisulu] m'a aidé à comprendre que ma véritable vocation était de servir mon peuple.

À LA MORT DE WALTER SISULU, 5 MAI 2003

Comme nous l'avons si souvent observé, beaucoup d'entre nous ont gagné des positions, reçu des honneurs et été acclamés en de nombreux endroits. Aucun d'entre nous, cependant, n'avait autant de qualités humaines de leader que Walter Sisulu, qui ne se mettait jamais dans la lumière et préférait toujours louer les autres. Quand il y avait un travail à accomplir ou une bataille à mener, il était en tête des troupes. Quand on recevait des félicitations, il rentrait dans le rang.

INAUGURATION DE LA MAISON MANDELA, JOHANNESBURG, AFRIQUE DU SUD, 6 MAI 2003

Les bons leaders, par sagesse, respectent les lois et les valeurs essentielles de leur société.

LORS DE LA FÊTE ANNUELLE DES ENFANTS, BLOEMFONTEIN, AFRIQUE DU SUD, 27 SEPTEMBRE 2003

Si je suis votre leader, vous devez m'écouter. Et si vous ne voulez pas m'écouter, vous devez me rejeter comme leader.

DOCUMENTAIRE *MANDELA : THE LIVING LEGEND*, À PROPOS DE SON DISCOURS À UN RASSEMBLEMENT AU KINGS PARK STADIUM OÙ LA FOULE ACCUEILLAIT MAL SON PLAIDOYER POUR LA PAIX, DURBAN, AFRIQUE DU SUD, 2003

Je suis souvent frappé par la façon dont les célébrations des réussites de l'Afrique du Sud, qui ne sont pas à minorer, tendent à se focaliser sur le rôle d'individus tels que Mandela ou [Govan] Mbeki, qui ont eu le privilège d'être présidents fondateurs, ou d'autres qui ont eu la chance de participer aux négociations de transition.

LORS DE LA CINQUIÈME CONFÉRENCE STEVE BIKO, UNIVERSITÉ DU CAP, AFRIQUE DU SUD, 10 SEPTEMBRE 1994

Nous avons passé le témoin du leadership et nous espérons que les honneurs couronneront ceux qui ont si excellemment pris la relève de notre génération.

RECEVANT LA « FREEDOM OF THE CITY OF TSHWANE », FONDATION NELSON MANDELA, JOHANNESBURG, AFRIQUE DU SUD, 13 MAI 2008

Aujourd'hui, plus que jamais dans l'histoire de notre pays, nous avons besoin de leaders et de membres disciplinés, qui respectent l'organisation et s'intéressent à tous les Sud-Africains et à tous les gens qui vivent à l'intérieur de nos frontières.

RASSEMBLEMENT DE L'A.N.C. POUR LE QUATRE-VINGT-DIXIÈME ANNIVERSAIRE DE NELSON MANDELA, STADE LOFTUS VERSTELD, PRETORIA, AFRIQUE DU SUD, 2 AOÛT 2008

Si l'on n'y fait pas attention, il est facile d'oublier que ce sont les plus pauvres parmi les plus pauvres qui vous ont placé à cette position.

ALLOCUTION LORS D'UNE RÉUNION, AFRIQUE DU SUD, DATE INCONNUE

Il existe deux catégories de leaders. Ceux qui sont incohérents, qui donnent leur accord un jour sur un problème majeur et se désavouent le lendemain. Ceux qui sont cohérents, qui ont de l'honneur, et une vision.

CARNET, DATE INCONNUE

Nous avons été élevés dans la tradition d'un leadership collectif. Nous discutons à fond des sujets, nous nous disputons parfois violemment mais nous finissons par trouver un consensus.

DOCUMENTAIRE *VIVA MADIBA : A HERO FOR ALL SEASONS*, 2010

Lecture

Tu dois prendre certaines mesures pour te préparer à une carrière fructueuse. Tu dois améliorer tes connaissances en lisant constamment des livres et des journaux.

LETTRE À MAKAWIZE MANDELA, ÉCRITE À ROBBEN ISLAND, 31 DÉCEMBRE 1978

Lire des œuvres de cette nature donne du courage. Cela vous renforce.

CONVERSATION AVEC RICHARD STENGEL À PROPOS DU POÈME *INVICTUS* DE WILLIAM ERNEST HENLEY (1875), VERS MARS 1993

J'aimais lire à l'époque, comme vous le savez ; avant d'être trop occupé, j'aimais lire.

CONVERSATION AVEC RICHARD STENGEL, 19 MARS 1993

Je lisais, et je découvrais tout un monde que j'ignorais et dont les portes s'ouvraient devant moi. Il faudrait

peser l'influence de ces hommes, comparée à celle de mon environnement.
CONVERSATION AVEC RICHARD STENGEL, 3 MAI 1993

Il n'y a pas de prisonnier politique qui ait contribué à introduire de la littérature politique à Robben Island autant que Mac Maharaj.
CONVERSATION AVEC RICHARD STENGEL, 22 DÉCEMBRE 1993

C'est l'une des plus grandes expériences qu'on puisse faire, vous savez : lire des tragédies grecques, et la littérature grecque en général.
CONVERSATION AVEC RICHARD STENGEL, 23 DÉCEMBRE 1993

C'est toujours un plaisir de parler avec des enfants de mon passe-temps favori : la lecture.
LANCEMENT DU LIVRE *MADIBA, THE RAINBOW MAN*, 27 NOVEMBRE 1997

La lecture nous fait voyager partout, elle nous fait rencontrer des gens et comprendre le monde. Nous apprenons aussi comment affronter les problèmes que nous rencontrons en tirant les leçons du passé.
IBID.

L'une des tristes réalités d'aujourd'hui, c'est que très peu de gens – et surtout chez les jeunes – lisent des livres. À moins que nous n'imaginions des façons de remédier à cet état de fait, les générations futures courent le danger d'être privées de leur histoire.
LANCEMENT DE L'EXPOSITION IZIPHO, D'UNE SÉRIE DE LIVRES ET DE BANDES DESSINÉES, JOHANNESBURG, AFRIQUE DU SUD, 14 JUILLET 2005

Pas un jour ne passe sans que je lise tous les journaux qui passent à portée de ma main, où que je sois.
MESSAGE AU CONGRÈS DE L'ASSOCIATION MONDIALE DES JOURNAUX, QUATORZIÈME CONGRÈS DU FORUM MONDIAL DES ÉDITEURS, CASTLE OF GOOD HOPE, LE CAP, AFRIQUE DU SUD, 3 JUIN 2007

Légitimité

Nous avons aussi vu l'émergence de l'élitisme chez certains de nos membres. Sont apparues des notions comme la légitimité des positions décisionnelles, ce qui a conduit à une rupture dans l'interaction continue entre nos dirigeants d'un côté et de l'autre l'organisation et le peuple.

OUVERTURE DE LA CINQUANTIÈME CONFÉRENCE NATIONALE DE L'A.N.C., UNIVERSITÉ DU NORD-OUEST, CAMPUS DE MAFIKENG, AFRIQUE DU SUD, 16 DÉCEMBRE 1997

Liberté

Se soulever contre l'oppression est une attitude partagée par toute l'humanité, et c'est la plus haute aspiration de tout homme libre.

DISCOURS DE PRÉSIDENCE LORS DU CONGRÈS DU TRANSVAAL DE L'A.N.C., ÉGALEMENT CONNU COMME LE DISCOURS DU « DIFFICILE CHEMIN VERS LA LIBERTÉ », TRANSVAAL, AFRIQUE DU SUD, 21 SEPTEMBRE 1953

La fabuleuse réponse à l'appel lancé par le Conseil d'action nationale pour une grève de trois jours et le merveilleux travail réalisé par nos organisateurs et nos hommes de terrain à travers le pays prouvent une fois de plus qu'aucun pouvoir sur terre ne peut arrêter un peuple opprimé déterminé à conquérir sa liberté.

DÉCLARATION DEVANT LA PRESSE INTITULÉE « LA LUTTE EST MA VIE », EXPLIQUANT SA DÉCISION DE MENER CLANDESTINEMENT LA LUTTE POLITIQUE CONFORMÉMENT AUX VŒUX DU CONSEIL D'ACTION NATIONALE, AFRIQUE DU SUD, 26 JUIN 1961

Pour les hommes, jouir de la liberté dans leur propre pays est l'ambition suprême. Rien ne peut détourner les hommes de conviction de ce but.

PLAIDOYER POUR L'ATTÉNUATION DE SA PEINE APRÈS AVOIR ÉTÉ RECONNU COUPABLE D'AVOIR INCITÉ DES TRAVAILLEURS À FAIRE GRÈVE ET D'AVOIR QUITTÉ LE PAYS ILLÉGALEMENT, ANCIENNE SYNAGOGUE, PRETORIA, AFRIQUE DU SUD, NOVEMBRE 1962

Jouir de la liberté oblige à créer les conditions pour que les autres en jouissent.

CALENDRIER DE BUREAU EN PRISON, ÉCRIT À ROBBEN ISLAND, 2 JUIN 1979

Nous avons vite appris l'avertissement de ce grand penseur politique pour qui aucun peuple, nulle part, ne pouvait vraiment être libre tant que ses frères ailleurs dans le monde ployaient sous une domination étrangère.

LETTRE À MME MANORAMA BHALLA, SECRÉTAIRE DU CONSEIL INDIEN AUX RELATIONS CULTURELLES, ÉCRITE À ROBBEN ISLAND, 3 AOÛT 1980

Je chéris ma liberté, mais je m'inquiète encore plus de la vôtre.

RÉPONSE À UNE OFFRE DE LIBÉRATION CONDITIONNELLE, LUE PAR ZINDZI MANDELA LORS D'UN RASSEMBLEMENT, STADE JABULANI, SOWETO, AFRIQUE DU SUD, 10 FÉVRIER 1985

Quelle liberté m'offre-t-on alors que l'organisation du peuple demeure bannie ? Quelle liberté m'offre-t-on alors que je peux être arrêté parce que je n'ai pas les bons papiers ? Quelle liberté m'offre-t-on quand je ne peux pas vivre ma vie de famille avec ma chère femme, toujours bannie à Brandfort ? Quelle liberté m'offre-t-on alors que je dois demander une autorisation pour vivre dans une zone urbaine ? Quelle liberté m'offre-t-on si j'ai besoin d'un tampon sur mes papiers pour chercher du travail ? Quelle liberté m'offre-t-on quand ma citoyenneté sud-africaine n'est pas respectée ?

IBID.

Je ne vendrai pas le droit qu'a mon peuple d'être libre.
IBID.

Je refuse de faire des promesses alors que le peuple n'est pas libre, alors que je ne suis pas libre. Votre liberté et la mienne sont inséparables. Je reviendrai.
IBID.

Seuls les hommes libres peuvent négocier. Les prisonniers ne peuvent pas passer de contrats.
IBID.

Nous avons déjà trop attendu notre liberté. Nous n'en pouvons plus d'attendre. L'heure est venue d'intensifier la lutte sur tous les fronts. Relâcher nos efforts serait une erreur que les générations à venir ne pourront pas nous pardonner. La liberté que nous voyons poindre à l'horizon doit nous encourager à redoubler d'efforts.
PREMIER DISCOURS APRÈS SA LIBÉRATION, HÔTEL DE VILLE, LE CAP, AFRIQUE DU SUD, 11 FÉVRIER 1990

Notre marche vers la liberté est irréversible. Ne laissons pas la peur se mettre en travers de notre chemin.
IBID.

Nous voulons voir les millions de Sud-Africains construire une nation dont l'intégrité sera assurée par la liberté pour tous ses membres de décider de leur destin, de parler la langue de leur choix, de vivre leur culture et de pratiquer leur religion selon leur conscience.
MESSAGE AUX CERCLES D'AFFAIRES AMÉRICAINS, 19 JUIN 1990

Nous avons le droit d'être libres. Et nous serons libres !
VŒUX DE NOËL, 25 DÉCEMBRE 1990

Nous ne voulons pas la liberté sans le pain, de même que nous ne voulons pas le pain sans la liberté. Nous devons bénéficier de tous les droits fondamentaux et de toutes les libertés fondamentales qu'on associe à une société démocratique.

RÉCEPTION DU DIPLÔME DE *DOCTOR IN LAWS*, UNIVERSITÉ SOOCHOW, TAÏWAN, 1ER AOÛT 1993

C'est le désir que mon peuple vive librement, dans la dignité et le respect, qui a animé ma vie, a fait d'un jeune homme effrayé un homme audacieux, a conduit un avocat respectueux de la loi à devenir un criminel, a transformé un père de famille aimant en clandestin, c'est ce désir qui a obligé un homme qui aimait la vie à vivre comme un moine.

DANS *UN LONG CHEMIN VERS LA LIBERTÉ*, 1994

Je ne suis pas né avec une soif de liberté. Je suis né libre – libre de toutes les façons qui soient. Libre de courir dans les champs près de la cabane de ma mère, libre de nager dans le ruisseau limpide qui coulait dans mon village, libre de griller des pommes de terre sous les étoiles et d'enfourcher les taureaux les moins fougueux. Tant que j'étais sous les lois de mon père et que je respectais les coutumes de ma tribu, je n'étais troublé ni par les lois de l'homme ni par celles de Dieu.

IBID.

Là seulement, j'ai compris que la liberté de mon enfance n'était qu'une illusion. J'ai découvert que ma liberté m'avait déjà été prise, et je commençai à la réclamer.

IBID.

J'ai arpenté ce long chemin vers la liberté. J'ai essayé de ne pas faiblir ; il m'est arrivé de me tromper en

cours de route. Mais j'ai appris ce secret : on ne finit de gravir une colline que pour s'apercevoir qu'il y en a encore d'autres à gravir. J'ai pris un moment ici pour me reposer, pour prendre la mesure du panorama somptueux qui m'entoure et regarder derrière moi la distance parcourue. Mais je ne peux pas me reposer longtemps, car avec la liberté viennent les responsabilités, et je n'ai pas le droit de mollir, car mon long chemin n'est pas encore terminé.
IBID.

Car pour être libre, il ne suffit pas de se libérer de ses chaînes, il faut vivre en respectant et en augmentant la liberté des autres.
IBID.

Je savais d'ores et déjà que l'oppresseur doit être libéré, comme l'opprimé. Un homme qui enlève à un autre sa liberté est prisonnier de la haine, il est enfermé derrière les barreaux des préjugés de son esprit étriqué. Je ne suis pas vraiment libre quand j'enlève à un autre sa liberté, de même que je ne suis pas libre quand on m'enlève mon humanité. L'opprimé et l'oppresseur se font tous deux voler leur humanité.
IBID.

Monsieur le président, je suis venu vous annoncer qu'aujourd'hui l'Afrique du Sud est libre.
SUR LA TOMBE DE JOHN LANGALIBALELE DUBE, PRÉSIDENT FONDATEUR DE L'A.N.C., OHLANGE, AFRIQUE DU SUD, 27 AVRIL 1994

Je me tiens devant vous empli d'un profond sentiment de joie et de fierté : de la fierté pour tous les gens humbles, les petites gens de ce pays – vous avez fait preuve d'une telle détermination, d'un tel calme et d'une telle patience pour reconquérir ce pays. Et

de la joie, car nous pouvons crier par tous les toits maintenant : enfin libres !
CÉLÉBRATION DE LA VICTOIRE ÉLECTORALE DE L'A.N.C., HÔTEL CARLTON, JOHANNESBURG, AFRIQUE DU SUD, 2 MAI 1994

Jamais, jamais plus cette terre magnifique qui est la nôtre ne connaîtra l'oppression de l'un par l'autre.
DISCOURS D'INVESTITURE À LA PRÉSIDENCE, UNION BUILDINGS, PRETORIA, AFRIQUE DU SUD, 10 MAI 1994

Nous avons enfin obtenu notre émancipation politique. Nous nous engageons à libérer tout notre peuple de l'asservissement que représentent la pauvreté, le manque, la souffrance, le sexisme et toutes les autres discriminations.
IBID.

La liberté ne se comprend pas en termes de positions de pouvoir ou de postes clés. Il faut la comprendre comme la transformation de la vie pour tous les gens de peu dans les foyers, les ghettos, les squats, dans les fermes et dans les mines.
DISCOURS AUX DIRIGEANTS DE LA PROVINCE DE L'ÉTAT-LIBRE, AFRIQUE DU SUD, 17 SEPTEMBRE 1994

Hommage soit rendu, avant tout, au peuple qui a su saisir cette chance historique à pleines mains, qui a bravé les menaces venues de toutes parts. Car en ce jour crucial, la vieille maxime résonne plus fort que jamais : le peuple est son propre libérateur.
RAPPORT POLITIQUE DU COMITÉ NATIONAL EXÉCUTIF DE LA QUARANTE-NEUVIÈME CONFÉRENCE NATIONALE DE L'A.N.C., BLOEMFONTEIN, AFRIQUE DU SUD, 17 DÉCEMBRE 1994

La liberté n'a aucun sens si les gens n'ont pas de quoi se nourrir, de quoi s'abriter, si l'illettrisme et les maladies les poursuivent.
INTERVIEW, VERS 1994

L'heure est venue d'accepter dans notre cœur et dans notre esprit qu'avec la liberté viennent les responsabilités.

ALLOCUTION DE CLÔTURE DU DÉBAT SUR LE DISCOURS PRÉSIDENTIEL, PARLEMENT, LE CAP, AFRIQUE DU SUD, 24 FÉVRIER 1995

Le sentiment de liberté présent dans le cœur de tous les Sud-Africains, enfin libérés du joug, souligne le fait que tous, d'une manière ou d'une autre, nous avons été victimes du régime d'apartheid.

CÉLÉBRATIONS DU JOUR DE LA LIBERTÉ, LE CAP, AFRIQUE DU SUD, 27 AVRIL 1996

Nous savons que la liberté dont nous jouissons est un cadeau riche de promesses, qui nous a été offert par des gens ordinaires qui ne supportaient pas que leur dignité d'êtres humains soit insultée. L'acceptation de ce cadeau est conditionnée à la promesse que nous ne laisserons plus jamais notre pays être le jouet du racisme. De même, nous devrons élever la voix chaque fois que quelqu'un, ailleurs dans le monde, est victime de la tyrannie raciale.

DISCOURS DEVANT LES DEUX CHAMBRES DU PARLEMENT, WESTMINSTER HALL, LONDRES, GRANDE-BRETAGNE, 11 JUILLET 1996

En plusieurs siècles de lutte contre la domination raciale, les Sud-Africains de toutes les couleurs, quelle que soit leur origine, ont clamé leur aspiration insatiable à la liberté et à la justice.

SIGNATURE DE LA NOUVELLE CONSTITUTION, SHARPEVILLE, VEREENIGING, AFRIQUE DU SUD, 10 DÉCEMBRE 1996

Nous donnons vie à la prière de notre nation pour la reconquête de la liberté et la renaissance du continent.

IBID.

Ceux qui recherchaient leur propre liberté dans la domination des autres étaient condamnés à l'échec et à l'ignominie.

IBID.

Nous honorons solennellement la promesse que nous nous sommes faite : que l'Afrique du Sud se rachète et qu'elle élargisse les frontières de la liberté des hommes.
IBID.

En tant qu'individus, nous avons été appelés par l'histoire à représenter les aspirations collectives d'un peuple asservi, d'un peuple en lutte, d'un peuple qui hurlait sa passion pour la liberté, son envie de reconstruire et de se développer.
DISCOURS DE CLÔTURE DU DÉBAT DU BUDGET PRÉSIDENTIEL, PARLEMENT, LE CAP, AFRIQUE DU SUD, 22 AVRIL 1998

Nous avons été libérés d'un système qui nous tenait dans des chaînes, nous sommes libres enfin d'être qui nous sommes vraiment, et certains du respect des autres pour nos cultures et nos religions.
CÉLÉBRATIONS DU JOUR DE LA LIBERTÉ, LE CAP, AFRIQUE DU SUD, 27 AVRIL 1998

La liberté ne doit jamais être prise pour un acquis. Chaque génération doit la protéger et l'étendre. Vos parents et vos ancêtres se sont sacrifiés pour que vous soyez libres et que vous ne connaissiez pas les mêmes souffrances qu'eux. Utilisez ce droit précieux pour faire en sorte que les ombres du passé ne reviennent jamais.
DISCOURS D'OUVERTURE DU DÉBAT DU BUDGET PRÉSIDENTIEL, PARLEMENT, LE CAP, AFRIQUE DU SUD, 2 MARS 1999

La liberté seule ne suffit pas quand on n'a pas de lumière pour lire quand il fait nuit, quand on n'a pas le temps ou l'accès à l'eau pour irriguer les champs, quand on n'a pas la capacité de pêcher pour nourrir sa famille.
LANCEMENT DU RAPPORT FINAL DE LA COMMISSION MONDIALE SUR LES BARRAGES, CABOT HALL, LONDRES, GRANDE-BRETAGNE, 16 NOVEMBRE 2000

Un vieux précepte dit que la liberté et l'ordre sont perpétuellement en conflit au sein de la société. L'ordre sans la liberté conduit au totalitarisme. La liberté sans l'ordre conduit à l'anarchie. On dit aussi que les sociétés se remettent mieux et plus vite d'un excès de liberté que d'un excès d'ordre.

LORS DU DIXIÈME ANNIVERSAIRE DE L'INSTITUT POUR LA PROMOTION DU JOURNALISME, JOHANNESBURG, AFRIQUE DU SUD, 14 JUIN 2002

À notre époque, la liberté était un slogan plein d'espoir, qui encourageait, soutenait et inspirait la génération des combattants de la liberté, des activistes anti-apartheid, et les masses populaires qui souffraient de l'oppression, de l'exploitation et des traitements dégradants.

ARTICLE DANS *THE SUNDAY TIMES* (AFRIQUE DU SUD), CÉLÉBRANT LES DIX ANS DE LA DÉMOCRATIE EN AFRIQUE DU SUD, AVRIL 2004

La liberté, ce n'est pas seulement le fait de ne pas être en prison, de même que la paix n'est pas seulement l'absence de guerre.

INTERVIEW DES LAURÉATS DU PRIX NOBEL AVEC LORIE KARNATH, AVRIL 2004

Notre nation est née d'une histoire de profonde division, de discorde ; ne ramenons jamais notre peuple dans cette voie, que ce soit par nos actes ou par nos paroles.

RASSEMBLEMENT DE L'A.N.C. POUR LE QUATRE-VINGT-DIXIÈME ANNIVERSAIRE DE NELSON MANDELA, PRETORIA, AFRIQUE DU SUD, 2 AOÛT 2008

Liberté d'expression

L'une des tragédies de ce pays est l'interdiction de la presse.

CONFÉRENCE DE PRESSE POUR DES MÉDIAS ALTERNATIFS, SOWETO, AFRIQUE DU SUD, 15 FÉVRIER 1990

Tous les points de vue méritent d'être diffusés. Seul un débat vigoureux et constructif nous permettra de tracer ensemble la voie à suivre.
OUVERTURE DE LA QUARANTE-HUITIÈME CONFÉRENCE NATIONALE DE L'A.N.C., UNIVERSITÉ DE DURBAN-WESTWILLE, DURBAN, AFRIQUE DU SUD, 2 JUILLET 1991

Je ne saurais trop insister sur la valeur que nous accordons à une presse libre, indépendante et honnête, dans l'Afrique du Sud que nous espérons construire.
FÉDÉRATION INTERNATIONALE DES ÉDITEURS DE PRESSE, PRAGUE, RÉPUBLIQUE TCHÈQUE, 26 MAI 1992

Une presse critique, indépendante, d'investigation, c'est le poumon d'une démocratie. La presse doit être libre de toute intervention de l'État. Elle doit avoir de la force économique pour résister aux flatteries des autorités. Elle doit être assez indépendante des intérêts particuliers pour avoir l'audace d'enquêter sans peur et sans favoritisme. Elle doit être protégée par la Constitution pour pouvoir protéger nos droits de citoyens.
CONGRÈS DE L'INSTITUT DE LA PRESSE INTERNATIONALE, LE CAP, AFRIQUE DU SUD, 14 FÉVRIER 1994

J'ai maintes et maintes fois déclaré mon engagement en faveur d'une presse libre, indépendante et critique depuis que je suis sorti de prison et que je suis apparu dans la vie publique, et encore plus pendant que j'assumais mes fonctions à la présidence de la République, et je l'ai tout aussi régulièrement affirmé depuis que j'ai quitté mes fonctions.
DIXIÈME ANNIVERSAIRE DE L'INSTITUT POUR LA PROMOTION DU JOURNALISME, JOHANNESBURG, AFRIQUE DU SUD, 14 JUIN 2002

En tant que démocratie, l'Afrique du Sud devrait faire de la liberté de la presse et des médias l'une de ses priorités. Aucune de nos remarques parfois irritées sur les défauts palpables de nos médias ne doit laisser à penser, fût-ce subrepticement, qu'on peut toucher à l'indépendance de la presse. Mieux vaut une mauvaise presse libre plutôt qu'une presse techniquement bonne, mais obéissante.

IBID.

Ligue de jeunesse du Congrès national africain

La Ligue de jeunesse du Congrès, en tant que gardienne du nationalisme africain, et dans une moindre mesure le Congrès lui-même constituent sans nul doute le plus grand espoir du peuple africain, et même de tous les opprimés, de vivre un jour dans une Afrique du Sud libre, indépendante, unie, démocratique et prospère.

DISCOURS DE PRÉSIDENCE LORS DE LA CONFÉRENCE ANNUELLE DE LA LIGUE DE JEUNESSE DE L'A.N.C., AFRIQUE DU SUD, DÉCEMBRE 1951

J'aimerais dire avec toute la force dont je suis capable qu'il n'existe qu'un nationalisme africain, et que c'est le nationalisme africain promu par le Congrès et la Ligue de jeunesse.

IBID.

La Ligue de jeunesse a joué un rôle si important dans notre arrivée sur la scène politique nationale que nous sommes très honorés de célébrer avec la génération actuelle de l'organisation ce jour à marquer d'une pierre blanche.

CÉLÉBRATIONS DU QUATRE-VINGT-HUITIÈME ANNIVERSAIRE DE LA LIGUE DE JEUNESSE DE L'A.N.C., AFRIQUE DU SUD, 27 OCTOBRE 2002

L'un des plus grands défis de notre Ligue de jeunesse, née de la lutte pour la libération, est de s'adapter et

de s'ajuster aux besoins d'une société plus normalisée dans ses programmes, ses projets et son message.
IBID.

Nous souhaitons que la Ligue de jeunesse de l'ANC prenne la tête de la jeunesse de la nation et se conduise comme un bâtisseur de la nouvelle société – libérée de la victimisation, grâce à la certitude que nous avons d'avoir repris le contrôle de notre destin.
IBID.

L'histoire de la Ligue de jeunesse de l'ANC témoigne du rôle constructif que peut et doit jouer la jeunesse de ce pays quand elle s'organise pour aider à réformer le cours de la société.
IBID.

Lutte armée

Beaucoup de gens ont considéré que la réaction du gouvernement à notre grève à domicile – ordonner la mobilisation générale, armer la communauté blanche contre des dizaines de milliers d'Africains, faire des démonstrations de force à travers tout le pays, tout cela sans tenir compte du caractère pacifique et non-violent déclaré de notre campagne – refermait le chapitre de la lutte purement politique.
INTERVIEW AVEC BRIAN WIDLAKE POUR I.T.N. TELEVISION (GRANDE-BRETAGNE), JOHANNESBURG, AFRIQUE DU SUD, 31 MAI 1961

Beaucoup de gens trouvent inutile et futile pour nous de continuer à parler de paix et de non-violence face à un gouvernement qui ne répond que par des attaques brutales contre un peuple désarmé et sans défense, et je crois que le temps est venu pour nous de nous demander, à la lumière de cette expérience de grève à domicile, si les méthodes que nous avons appliquées jusqu'ici sont adéquates.

IBID.

Aujourd'hui encore, la question qui est posée avec une régularité monotone à travers tout le pays est la suivante : est-ce politiquement judicieux de continuer à prêcher la paix et la non-violence quand on a affaire à un gouvernement dont les pratiques barbares ont occasionné tant de souffrances et de misères ?

DÉCLARATION AU NOM DU CONSEIL D'ACTION NATIONALE À LA SUITE DE L'OPÉRATION « GRÈVE À DOMICILE » DU 29-31 MAI EN SOUTIEN DE LA CONVENTION NATIONALE, AFRIQUE DU SUD, 1961

Dans un pays où les combattants de la liberté paient leur engagement de leur vie et en une époque où les entraînements militaires les plus élaborés visent à écraser le peuple en lutte, les actes de sabotage planifiés contre les installations gouvernementales amorcent une nouvelle phase dans la situation politique et démontrent l'inébranlable détermination du peuple à obtenir la liberté, quel qu'en soit le prix.

DISCOURS AU NOM DE LA DÉLÉGATION DE L'A.N.C. LORS DE LA CONFÉRENCE DE LA PAFMECA (MOUVEMENT PANAFRICAIN DE LIBÉRATION DE L'AFRIQUE ORIENTALE ET CENTRALE), ADDIS-ABEBA, ÉTHIOPIE, 3-6 FÉVRIER 1962

Ils ont attisé la violence en ne réagissant que par la violence aux demandes du peuple. Les contre-mesures qu'ils ont prises reflétaient à l'évidence une appréhension grandissante de leur part, car ils savaient que leur politique n'était pas soutenue par la majorité du peuple, contrairement à la nôtre.

PLAIDOYER POUR L'ATTÉNUATION DE SA PEINE APRÈS AVOIR ÉTÉ RECONNU COUPABLE D'AVOIR INCITÉ DES TRAVAILLEURS À FAIRE GRÈVE ET D'AVOIR QUITTÉ LE PAYS ILLÉGALEMENT, ANCIENNE SYNAGOGUE, PRETORIA, AFRIQUE DU SUD, NOVEMBRE 1962

Je ne conteste pas, néanmoins, avoir planifié des actes de sabotage. Je ne les ai pas planifiés par inconscience, ou parce que j'aimerais la violence. Je m'y suis résolu après avoir pris en compte calmement, sobrement, la situation politique dans laquelle nous nous trouvions après des années de tyrannie, d'exploitation et d'oppression de mon peuple par les Blancs.

DISCOURS DEPUIS LE BANC DES ACCUSÉS, PROCÈS DE RIVONIA, PALAIS DE JUSTICE, PRETORIA, AFRIQUE DU SUD, 20 AVRIL 1964

Nous avons pensé qu'au vu de la politique du gouvernement la violence des Africains était inévitable, et que, à moins que des dirigeants responsables canalisent et contrôlent les sentiments de notre peuple, il y aurait des actes de terrorisme qui produiraient une accentuation de l'hostilité et du ressentiment entre les diverses races de ce pays.

IBID.

Nous ne doutions pas qu'il nous fallait continuer le combat. Toute autre décision aurait été une lamentable reddition. Notre problème n'a jamais été de savoir si nous devions poursuivre le combat, mais comment le poursuivre.

IBID.

J'ai commencé à étudier l'art de la guerre et de la révolution et, lors de mon séjour à l'étranger, j'ai subi un entraînement militaire. Si une guérilla devait apparaître, je voulais être en mesure de me battre aux côtés de mon peuple et partager les risques avec lui.

IBID.

Le MK [Umkhonto we Sizwe] a décidé que je devais me mettre en quête de sites où entraîner des soldats,

ce qui était la première étape de la préparation d'une guérilla.
IBID.

Au début du mois de juin 1961, après une longue et angoissante évaluation de la situation en Afrique du Sud, avec d'autres collègues nous en sommes venus à la conclusion que, puisque la violence était inévitable, il était irréaliste et vain de continuer à prêcher la paix et la non-violence alors que le gouvernement répondait par la force à nos demandes pacifiques.
IBID.

Nous avons d'abord résisté d'une façon qui évitait le recours à la violence ; mais quand cette forme d'action a été rendue illégale et que le gouvernement a fait une démonstration de force pour écraser les opposants à sa politique, nous avons décidé de répondre à la violence par la violence.
IBID.

Tous les moyens légaux d'exprimer son opposition à ce principe ont été interdits par la législation et nous nous sommes retrouvés dans la position suivante : soit nous acceptions un état permanent d'infériorité, soit nous défiions le gouvernement. Nous avons choisi de le défier.
IBID.

Le sabotage n'impliquait pas de perte de vies et c'était notre meilleur espoir d'arriver à de nouvelles relations entre les races à l'avenir. Le ressentiment demeurerait minimal et, si notre politique portait ses fruits, un gouvernement démocratique pourrait devenir réalité.
IBID.

L'évitement de la guerre civile a dominé notre pensée pendant des années, mais quand nous avons décidé

d'adopter la violence comme moyen politique, nous avons réalisé que nous pourrions un jour avoir à affronter la perspective d'une telle guerre.
IBID.

L'expérience nous a convaincus que la rébellion offrirait au gouvernement des occasions sans nombre de se livrer au massacre d'innocents. Mais c'est précisément parce que le sol sud-africain est déjà saturé du sang des Africains innocents que nous avons cru de notre devoir d'entraîner des soldats pour nous défendre et utiliser la force contre la force.
IBID.

Tout le reste avait échoué, tous les moyens de protester pacifiquement nous étaient interdits, c'est pour cela uniquement que nous avons pris la décision de nous embarquer dans des formes violentes de lutte politique et de fonder Umkhonto we Sizwe.
IBID.

Je peux seulement dire que je me suis senti moralement obligé de faire ce que j'ai fait.
IBID.

Umkhonto we Sizwe avait pour but d'accomplir des actes de sabotage, et nous avons dès le départ donné des instructions très strictes pour qu'en aucune circonstance ils ne blessent ou ne tuent des gens en planifiant ou en mettant à exécution les opérations.
IBID.

Dans une situation pareille, recourir à la violence était la seule issue des combattants de la liberté qui avaient le courage de leurs convictions. Aucun homme de principe, en toute intégrité, n'aurait pu faire autrement. Croiser les bras aurait signifié nous rendre au gouvernement de la minorité blanche et trahir notre cause. L'histoire du monde en général, et celle de l'Afrique du Sud en particulier, nous enseigne que recourir à la violence est dans certains cas parfaitement légitime.

LETTRE AU MINISTRE DE LA JUSTICE, ÉCRITE À ROBBEN ISLAND, AVRIL 1969

Peu de nos hommes avaient reçu un entraînement professionnel au sabotage. Dans l'ensemble, ils s'en tiraient bien et méritaient les louanges qu'ils recevaient. Cependant, ils n'étaient pas assez forts pour poursuivre l'offensive.

ESSAI INTITULÉ « BALAYER LES OBSTACLES ET AFFRONTER L'ENNEMI », ÉCRIT À ROBBEN ISLAND, 1976

Nous avons toujours été en faveur d'un règlement pacifique du conflit et nous avons toujours demandé à notre peuple d'éviter la violence. Mais le régime a profité de notre désir de paix et nous a encore plus réprimés, nous forçant à nous tourner vers la violence.

IBID.

En vingt-quatre mois, le régime nous a étranglés, il a mis à mal nos organisations et mis un terme aux actes de sabotage.

IBID.

Forcés d'arrêter le sabotage, qui était relativement facile à exécuter, nous nous sommes alors attelés à la préparation bien plus délicate de la lutte armée. Le MK [Umkhonto we Sizwe] a commencé en 1962 à envoyer nos recrues effectuer des stages d'entraînements militaires.

IBID.

Les actes de sabotage ont été éradiqués parce que, tout à notre enthousiasme d'avoir trouvé dans la violence un moyen de frapper l'ennemi, nous avons négligé

l'important travail de renforcement des organisations politiques par le recrutement de nouveaux membres, l'organisation de réunions de sections, la poursuite de l'éducation politique et l'utilisation de plateformes légales pour atteindre les masses populaires.
IBID.

L'ANC et le PAC [Congrès panafricain] ont tous deux des escadrons entraînés et disciplinés dont la simple existence devrait être source de fierté pour nous tous. Ils nous rappellent les jours lointains où nous commandions nos propres armées et pouvions défendre nos libertés.
IBID.

Pour mener une lutte armée, il n'est pas seulement question d'acheter une arme et de tirer. Il faut que le peuple y adhère et que pour chaque homme au front il y en ait dix qui soutiennent la lutte.
IBID.

D'emblée, le but doit être de faire de la lutte armée la guerre du peuple. La victoire est impossible si nous échouons là-dessus.
IBID.

L'intensification de l'apartheid, le bannissement des organisations politiques et l'interdiction de tous les moyens de protester pacifiquement sont venus heurter nos principes et ont forcé l'ANC à se tourner vers la violence.
LETTRE AU PRÉSIDENT P.W. BOTHA, ÉCRITE À LA PRISON DE POLLSMOOR, LE CAP, AFRIQUE DU SUD, 13 FÉVRIER 1985

Les facteurs qui rendaient la lutte armée nécessaire sont toujours existants aujourd'hui. Nous n'avons pas d'autre option que de continuer. Nous exprimons l'espoir qu'un

climat favorable à un accord négocié soit bientôt créé, afin qu'il n'y ait plus besoin de la lutte armée.
PREMIER DISCOURS APRÈS SA LIBÉRATION, HÔTEL DE VILLE, LE CAP, AFRIQUE DU SUD, 11 FÉVRIER 1990

La lutte armée est purement défensive, c'est un acte de défense contre la violence de l'apartheid.
PREMIÈRE CONFÉRENCE DE PRESSE APRÈS SA LIBÉRATION, BISHOPSCOURT, RÉSIDENCE DE L'ARCHEVÊQUE DESMOND TUTU, LE CAP, AFRIQUE DU SUD, 12 FÉVRIER 1990

Tant que l'apartheid ne sera pas démantelé, il n'y a aucune raison pour que nous envisagions de suspendre ou d'abandonner la lutte armée. La lutte armée continuera comme nous l'avons annoncé en 1961 ; elle continuera jusqu'à ce que les réclamations du peuple soient entendues.
CHEZ LUI, SOWETO, AFRIQUE DU SUD, FÉVRIER 1990

Si nous avions eu des moyens de communiquer pacifiquement, nous n'aurions jamais envisagé de recourir à la violence. Sans la violence de l'apartheid, il n'y aurait jamais eu de violence de notre part.
IBID.

Quand nous avons décidé de prendre les armes, c'était parce que la seule autre option était se rendre et se soumettre à l'esclavage.
QUARANTE-HUITIÈME CONFÉRENCE NATIONALE DE L'A.N.C., DURBAN, AFRIQUE DU SUD, 2 JUILLET 1991

Si M. De Klerk promet de faire son devoir en tant que chef du gouvernement, c'est-à-dire de mettre un terme à la violence, de tenir la bride à ses services de sécurité, de débarrasser le pays des troupes de choc et de tous les éléments responsables de la mort de tant d'innocents, alors il pourra venir vers nous et nous dire : je veux que vous déposiez les armes et que nous exercions un contrôle conjoint. Mais tant qu'il jouera ce double jeu, il peut avoir la certitude que nous ne coopérerons pas avec lui sur ce sujet. Il peut faire tout ce qu'il veut. Nous ne dissoudrons pas Umkhonto we Sizwe.

RÉPONSE À LA PREMIÈRE SESSION DE NÉGOCIATIONS MULTIPARTITES DE F.S. DE KLERK, WORLD TRADE CENTER, KEMPTON PARK, AFRIQUE DU SUD

Même si nous n'avions aucune chance de vaincre l'ennemi sur un champ de bataille, nous nous battions pour garder en vie l'idée de la libération.

CONVERSATION AVEC RICHARD STENGEL, 13 JANVIER 1993

Quand la seule manière de progresser, de résoudre les problèmes, est l'usage de la force, les méthodes pacifiques deviennent inadéquates. Telle est la leçon de l'Histoire, tout au long des siècles et dans toutes les parties du monde.

CONVERSATION AVEC RICHARD STENGEL, 8 FÉVRIER 1993

Nous voulons une guérilla digne, une lutte armée guidée par des principes, où nous sauvons des vies, où nous frappons des symboles de l'oppression. Si c'est une organisation terroriste, ça conduit au massacre d'êtres humains.

CONVERSATION AVEC RICHARD STENGEL, 5 AVRIL 1993

Umkhonto [la lance] était une arme puissante répandue chez les Africains, ils se battaient avec des sagaies et ils ont résisté à la suprématie blanche pendant des siècles avec leurs lances. C'est donc quelque chose de très symbolique, chargé d'émotions, et nous nous sommes appuyés là-dessus.

IBID.

L'idée était d'attaquer les installations du gouvernement, qui symbolisaient l'oppression. Mais comme l'a dit

le juge au procès de Rivonia, le MK [Umkhonto we Sizwe] a toujours pris soin – ce sont les mots qu'il a employés – d'épargner les civils.
CONVERSATION AVEC RICHARD STENGEL, 9 AVRIL 1993

Les conditions à l'intérieur du pays ne se prêtaient pas encore à ce que nous nous lancions dans la guérilla, pas tant que les autres pays autour de nous n'étaient pas libres. J'ai dit que nous devions opérer depuis des bases près de nos frontières, et finalement c'est ce qui a fonctionné.
CONVERSATION AVEC RICHARD STENGEL, 17 AVRIL 1993

Umkhonto we Sizwe a unilatéralement décidé de suspendre l'action armée afin de contribuer à la création d'une atmosphère propice à une solution pacifique. *A priori* ça ne me satisfaisait pas, mais j'y ai repensé au cours de la nuit et je me suis dit que c'était une bonne tactique. J'ai accepté et j'ai dit à Joe [Slovo] que s'il lançait la proposition pendant la réunion du comité national, je le soutiendrais. C'est comme cela qu'a eu lieu la suspension d'Umkhonto we Sizwe.
CONVERSATION AVEC RICHARD STENGEL, 23 AVRIL 1993

Quand vous êtes amené à diriger un mouvement de guérilla, vous avez intérêt à savoir ce que ce genre de guerre implique, comment on la mène, vous devez savoir vous servir d'une arme mais surtout maîtriser la science militaire. L'idée était de mener une guerre et de changer le système en se battant, et bien sûr on ne pouvait éviter qu'il y ait des morts.
CONVERSATION AVEC AHMED KATHRADA, VERS 1993-1994

On ne peut empêcher qu'il y ait des victimes lorsqu'on se lance dans une nouvelle méthode politique.
IBID.

Nous avions affaire à un gouvernement fort, à un ennemi fort qui avait des équipements pour se déplacer et pour détecter les mouvements sur le terrain. Vu les circonstances, nous ne pouvions entraîner qu'une poignée d'hommes.
IBID.

Nous voulions créer une force militaire subordonnée à une organisation politique centrale. Elle devait prendre ses instructions auprès de l'organisation politique. C'est sur ce principe que nous l'avons montée.
IBID.

Je n'avais pas reçu d'entraînement militaire avant d'aller en Éthiopie, puis au Maroc.
IBID.

Nous insistions pour que l'entraînement militaire aille de pair avec l'éducation politique. Il faut qu'ils sachent pourquoi ils prennent les armes, pourquoi ils se battent. On doit leur apprendre que la révolution ne consiste pas seulement à appuyer sur une gâchette et à faire feu, qu'ils appartiennent à une organisation dont le but est de renverser le pouvoir politique.
IBID.

À l'époque, j'étais le commandant en chef d'Umkhonto we Sizwe. Il était naturel qu'on m'envoie à l'étranger présenter les raisons pour lesquelles nous avions pris cette décision à la communauté internationale, afin que celle-ci nous aide à entraîner nos hommes et qu'elle mette des ressources à notre disposition.
IBID.

Nous n'avons à aucun moment pensé que nous pourrions obtenir une victoire militaire contre ce régime.

Nous savions que nous avions l'avantage du nombre, et donc le potentiel pour venir à bout de ce régime à long terme. Nous étions déterminés à ce que le peuple opprimé de ce pays se lève et résiste.

CONFÉRENCE À L'UNIVERSITÉ DU KWAZULU-NATAL, DURBAN, AFRIQUE DU SUD, 1993

Au vu de la situation, nous n'avions pas d'autre issue que de recourir à la lutte armée. Mais nous avons clairement dit, au moment où nous avons pris cette décision, que la responsabilité en reposait uniquement sur les épaules du gouvernement, et nous aurions pu revenir en arrière au dernier moment si le gouvernement avait accepté de nous rencontrer et de s'asseoir autour d'une table.

DOCUMENTAIRE DE LA B.B.C. (GRANDE-BRETAGNE), 1996

Les victoires que nous avons obtenues n'auraient jamais été possibles sans la loyauté sans faille de nos forces armées, sans leur dévouement à notre pays et à notre peuple.

CÉLÉBRATIONS DU JOUR DE LA LIBERTÉ, MTHATHA, AFRIQUE DU SUD, 27 AVRIL 1999

Nous avons toujours considéré que les méthodes de l'oppresseur influaient inévitablement sur les méthodes de la résistance. Et notre lutte armée n'a jamais fait usage d'une violence aveugle ; c'était une politique choisie, dont le but était de ramener à la raison les personnes décidées à assujettir violemment notre peuple.

INAUGURATION D'UN MONUMENT À LA CAMPAGNE DE RÉSISTANCE PASSIVE, UMBILO PARK, DURBAN, AFRIQUE DU SUD, 27 MAI 2002

Lutte pour la liberté

Je suis surpris des conditions que le gouvernement veut m'imposer. Je ne suis pas quelqu'un de violent. Mes camarades et moi avons écrit en 1952 à [Daniel] Malan pour lui demander d'organiser une table ronde afin de trouver une solution aux problèmes de notre pays, mais c'est resté lettre morte. Quand [Johannes] Strijdom était au pouvoir, nous lui avons réitéré notre offre. Il l'a lui aussi ignorée. Et quand [Hendrik] Verwoerd était au pouvoir, nous lui avons demandé l'organisation d'une convention nationale pour que le peuple d'Afrique du Sud décide de son avenir. Cette fois encore, en vain.

RÉPONSE À UNE OFFRE DE LIBÉRATION CONDITIONNELLE, LUE PAR ZINDZI MANDELA LORS D'UN RASSEMBLEMENT, STADE JABULANI, SOWETO, AFRIQUE DU SUD, 10 FÉVRIER 1985

Maison

À la maison, il y avait toujours d'autres enfants, des garçons surtout, et très jeune j'ai évolué à côté de mes parents, jouant et mangeant avec les autres garçons. En fait, je n'ai pas le souvenir de jamais être resté seul chez moi.

MANUSCRIT AUTOBIOGRAPHIQUE INÉDIT, ÉCRIT À ROBBEN ISLAND, 1975

On n'a qu'un chez-soi, même ceux qui aspirent à servir des intérêts plus vastes et qui se sont établis dans des régions lointaines.

IBID.

C'était une expérience émouvante que de revenir à la maison et d'entrer dans la chambre où j'avais vécu à partir de mars 1947.

CONVERSATION AVEC RICHARD STENGEL, 22 AVRIL 1993

Je ressentais un sentiment de satisfaction. Pouvoir reprendre une vie normale, rejoindre ma famille et reprendre ma place là, dans cet endroit de l'univers que je considérais comme ma maison, où je pourrais m'asseoir et réfléchir aux problèmes de mon pays.

IBID.

Mal

En fin de compte, le mal vit dans la peur, menacé qu'il est par l'engagement sans borne pour la justice, l'équité et la compassion.

CONFÉRENCE À LA CROIX-ROUGE BRITANNIQUE, CENTRE DE CONFÉRENCE ÉLIZABETH II, LONDRES, GRANDE-BRETAGNE, 10 JUILLET 2003

Maladie

Dans un monde où nous avons les moyens de soigner nombre de cancers considérés comme mortels il y a encore dix ans, nous sommes certainement capables de vacciner tous les enfants contre les maladies infantiles mortelles.

DÉCLARATION EN FAVEUR DE LA MISE EN ŒUVRE D'UN PARTENARIAT MONDIAL POUR L'ENFANCE, 6 MAI 2000

Ne laissez pas cela à votre gouvernement… Prenez l'initiative là où vous vous trouvez, assurez-vous que vos voisins, quelle que soit la maladie mortelle dont ils souffrent, reçoivent de l'amour, du soutien, et tout ce qui peut leur faire oublier leur maladie et se sentir humains ; qu'ils sentent l'amour autour d'eux.

INAUGURATION DE LA CLINIQUE ZOLA, SOWETO, AFRIQUE DU SUD, 7 MARS 2002

J'ai déjà été atteint de maladies qui sont comme des stigmates. En prison, j'ai contracté la tuberculose, et il y a beaucoup de gens qui ne veulent pas avoir affaire à un tuberculeux. Et comme vous le savez, l'année dernière on m'a diagnostiqué un cancer. Eh bien, je ne l'ai pas caché, j'ai immédiatement appelé la presse pour annoncer que j'avais cette maladie.

IBID.

Il ne sert à rien de cacher la maladie dont on souffre.
CHEZ LUI, À JOHANNESBURG, AFRIQUE DU SUD, 6 JANVIER 2005

Mandela Day

L'appel à une journée Mandela chaque année en notre honneur nous remplit d'humilité.
FONDATION NELSON MANDELA, JOHANNESBURG, AFRIQUE DU SUD, 30 JUIN 2009

Notre lutte pour la liberté et la justice était un effort collectif. Il en va de même pour le Mandela Day.
IBID.

Nous avons entre nos mains la possibilité de créer un monde meilleur pour ceux qui y vivent. Le Mandela Day ne sera pas un jour férié, mais un jour dédié au service.
IBID.

Nous avons pour espoir que les gens consacreront leur temps et leurs efforts à améliorer les conditions de vie au sein de leur propre communauté. Nous vous remercions de participer au Mandela Day.
IBID.

Mariage

Tout être humain rêve d'un mariage heureux, et que tu aies trouvé un partenaire pour la vie me remplit de joie.
LETTRE À LEABIE PILISO [SA SŒUR], ÉCRITE À ROBBEN ISLAND, 1ER JUIN 1970

La souffrance physique n'est rien comparée au piétinement des tendres liens d'affection qui fondent l'institution du mariage et de la famille, lesquels unissent mari et femme.
LETTRE À WINNIE MANDELA, ÉCRITE À ROBBEN ISLAND, 1ER AOÛT 1970

La camarade Nomzamo [Winnie Mandela] et moi nous sommes mariés à une époque critique de la lutte pour la libération de notre pays. En raison des contraintes que faisait peser notre engagement commun envers l'ANC et le combat contre l'apartheid, nous n'avons pas pu profiter d'une vie de famille normale. Malgré cette pression, notre amour l'un pour l'autre et notre attachement à notre mariage ne sont allés qu'en s'intensifiant.

ANNONCE DE SA SÉPARATION AVEC WINNIE MANDELA, JOHANNESBURG, AFRIQUE DU SUD, 13 AVRIL 1992

Le souvenir le plus agréable que je garde de mon retour après pratiquement vingt-huit ans, c'est le moment où j'ai fermé la porte de la chambre à coucher et essayé de rassurer ma femme en lui disant que j'étais bel et bien de retour et qu'elle aurait maintenant quelqu'un avec qui partager ses soucis.

DOCUMENTAIRE *VIVA MADIBA : A HERO FOR ALL SEASONS*

Martyrs

Les Abatwa et les Khoïkhoï ont inauguré les guerres patriotiques qui ont fait rage jusqu'à la fin du XIXe siècle et engendré des martyrs qu'aujourd'hui les combattants de la liberté, eux-mêmes nés et élevés dans un environnement raciste, ne mentionnent presque jamais dans leurs discours et leurs écrits à propos de la lutte de notre peuple contre l'agression étrangère.

ESSAI INTITULÉ « LE MOUVEMENT DE CONSCIENCE NOIRE », ÉCRIT À ROBBEN ISLAND, 1978

En 1965, John Harris, un membre blanc du Parti libéral et de l'ARM (Mouvement de résistance africain) fut exécuté après avoir commis un acte de sabotage. Que peut faire de plus un homme blanc pour s'identifier à

la lutte de l'homme noir que de payer la liberté de sa propre vie ? Rejeter un martyr comme lui du côté des oppresseurs est un crime que la plupart des combattants de la liberté sud-africains trouvent difficile à excuser.
IBID.

La mémoire de Ruth First, et de bien d'autres qui sont morts pour que nous soyons libres, vit toujours dans nos cœurs. Nous ne les oublierons jamais.
DIXIÈME ANNIVERSAIRE DE LA MORT DE RUTH FIRST, 17 AOÛT 1992

Notre nation pleure. Notre peine et notre colère sont réelles. Pourtant, nous ne devons pas nous permettre de répondre aux provocations de ceux qui cherchent à nous voler la liberté pour laquelle Chris Hani a donné sa vie.
DISCOURS À LA NATION APRÈS L'ASSASSINAT DE CHRIS HANI, AFRIQUE DU SUD, 10 AVRIL 1993

C'est grâce à leur esprit de sacrifice inébranlable face à un gouvernement vicieux, impitoyable et raciste qu'aujourd'hui nous suivons toujours la voie qui mène à une meilleure vie pour tous.
FUNÉRAILLES DE MME NOKUZOLA BIKO, GINSBERG, KING WILLIAM'S TOWN, AFRIQUE DU SUD, 26 NOVEMBRE 1995

Steve [Biko] n'était pas une simple statistique. Sa mort a contribué à mettre en lumière la situation désespérée des détenus qui étaient soumis quotidiennement à des méthodes de torture terrifiantes, et risquaient la mort ou des détentions interminables sans procès.
IBID.

Médias

C'est la presse qui a gardé la mémoire de ceux qui étaient en prison pour des délits commis dans le cadre de leur activité politique. C'est la presse qui ne nous a pas oubliés, et nous vous en sommes reconnaissants.

À PROPOS DE L'ACCUEIL REÇU À SA SORTIE DE PRISON, PREMIÈRE CONFÉRENCE DE PRESSE APRÈS SA LIBÉRATION, BISHOPSCOURT, RÉSIDENCE DE L'ARCHEVÊQUE DESMOND TUTU, LE CAP, AFRIQUE DU SUD, 12 FÉVRIER 1990

Il est de votre devoir d'examiner la conduite des personnalités publiques et de braquer les projecteurs sur eux – c'est votre devoir.

EN RÉPONSE À DES JOURNALISTES QUI L'INTERROGEAIENT SUR SA SÉPARATION IMMINENTE D'AVEC WINNIE MANDELA, AFRIQUE DU SUD, 1992

Au Congrès national africain, nous croyons en une presse libre et dynamique qui nous tende un miroir dans lequel nous pourrons nous regarder et avoir conscience de nos faiblesses et de nos erreurs.

DOCUMENTAIRE *THE LAST MILE : MANDELA – AFRICA AND DEMOCRACY*, 1992

Les médias nous étaient très hostiles, ils demandaient qu'on nous pende.

CONVERSATION AVEC RICHARD STENGEL À PROPOS DU PROCÈS DE RIVONIA, 17 AVRIL 1993

Les journaux ne sont que l'ombre portée de la réalité ; leur information est importante pour un combattant de la liberté, non parce qu'elle révèle la vérité, mais parce qu'elle dévoile les partis pris et les points de vue de ceux qui les écrivent et qui les lisent.

DANS *UN LONG CHEMIN VERS LA LIBERTÉ*, 1994

La confrérie des médias n'est pas un simple observateur critique de l'histoire en marche. Au moins dans notre jeune démocratie, elle joue un rôle important de chien de garde. Elle fait partie du processus de construction ; elle y participe activement.

CÉLÉBRATIONS DU VINGT ET UNIÈME ANNIVERSAIRE DU CLUB DE PRESSE DU CAP, LE CAP, AFRIQUE DU SUD, 31 OCTOBRE 1996

Je me réjouis toujours de l'occasion d'être avec des journalistes, sachant que je vais avoir face à moi des gens qui sont d'une franchise brutale envers mes collègues et moi-même, et des gens qui apprécient aussi notre franchise.
SOURCE INCONNUE

Aujourd'hui, j'aimerais simplement vous remercier pour votre loyauté sans faille envers l'histoire sud-africaine, pour vous être efforcés de placer l'Afrique du Sud sur la carte du monde, et pour les batailles avec vos directeurs de journaux afin de leur faire comprendre que le dur travail de reconstruction et de développement est aussi excitant que les rumeurs de conflits.
DÎNER ANNUEL DE L'ASSOCIATION DES CORRESPONDANTS ÉTRANGERS, JOHANNESBURG, AFRIQUE DU SUD, 21 NOVEMBRE 1997

Crucial est le rôle des médias pour que nous restions en contact et soyons informés ; dans la diffusion des informations bonnes ou mauvaises, sensationnels ou banales. J'aimerais rendre hommage en cette occasion à leur dévouement sans borne, et souvent mal apprécié, et à leur contribution à un monde mieux informé, et donc meilleur.
SESSION DE CLÔTURE DE LA CINQUANTIÈME CONFÉRENCE NATIONALE DE L'A.N.C., UNIVERSITÉ DU NORD-OUEST, CAMPUS DE MAFIKENG, AFRIQUE DU SUD, 20 DÉCEMBRE 1997

Les médias sont incontournables pour développer le pays, unir le peuple et promouvoir la réconciliation.
DISCOURS D'ADIEU AUX ÉDITEURS DE PRESSE, PRETORIA, AFRIQUE DU SUD, 10 MAI 1999

Dans toutes mes années de vie publique, les hommes et les femmes que j'ai préféré côtoyer étaient justement ceux des médias. Vous étiez toujours les premiers à avoir le courage de me rappeler à l'ordre et de me réprimander quand je me comportais un peu moins comme un gentleman.

CONFÉRENCE DE PRESSE 46664, ROBBEN ISLAND, LE CAP, AFRIQUE DU SUD, 28 NOVEMBRE 2003

Les journaux nous tendent un miroir et nous devons avoir assez de courage pour regarder notre reflet.

MESSAGE AU CONGRÈS DE L'ASSOCIATION MONDIALE DES JOURNAUX, QUATORZIÈME CONGRÈS DU FORUM MONDIAL DES ÉDITEURS, CASTLE OF GOOD HOPE, LE CAP, AFRIQUE DU SUD, 3 JUIN 2007

Méditation

La cellule offre l'occasion de scruter chaque jour sa conduite, de surmonter ce qu'il y a de mauvais et de développer ce qu'il y a de bon en soi. Pratiquée régulièrement, disons quinze minutes par jour avant de se coucher, la méditation peut être fructueuse sur ce plan.

LETTRE À WINNIE MANDELA, ALORS À LA PRISON DE KROONSTADT, AFRIQUE DU SUD, ÉCRITE À ROBBEN ISLAND, 1ER FÉVRIER 1975

Mémoire

En dehors de l'affection de ma femme et de l'ensemble de ma famille, peu de choses m'ont plus inspiré que de savoir que, en dépit de tout ce que l'ennemi entreprend pour nous isoler et nous discréditer, les gens ne nous oublient pas.

MANUSCRIT AUTOBIOGRAPHIQUE INÉDIT, ÉCRIT À ROBBEN ISLAND, 1975

Peu de choses m'ont plus inspiré que de savoir que, en dépit de tout ce que l'ennemi entreprend pour nous isoler et nous discréditer, les gens ne nous oublient pas.

IBID.

Être longtemps absent d'un endroit peut être désastreux, cela efface souvent les plus tendres souvenirs.
LETTRE À M. KHALAKE SELLO, ÉCRITE À ROBBEN ISLAND, 26 OCTOBRE 1980

Jusqu'à ce qu'on me mette en prison, je n'ai jamais apprécié pleinement la capacité de la mémoire, l'infini cordon d'informations que la tête peut contenir.
LETTRE À HILDA BERNSTEIN, ÉCRITE À LA PRISON DE POLLSMOOR, LE CAP, AFRIQUE DU SUD, 8 JUILLET 1985

L'heure viendra où notre nation honorera la mémoire de tous les enfants, les mères, les pères, les jeunes gens qui par leurs pensées et par leurs actes nous ont donné le droit d'affirmer avec fierté que nous sommes sud-africains, que nous sommes africains, et que nous sommes citoyens du monde.
PREMIER DISCOURS AU PARLEMENT, LE CAP, AFRIQUE DU SUD, 24 MAI 1994

Nous ne devons jamais oublier ceux après lesquels nous sommes passés et qui ont payé notre liberté au prix fort.
RECEVANT LA « FREEDOM OF HOWICK », COMPLEXE SPORTIF DE HOWICK, AFRIQUE DU SUD, 12 DÉCEMBRE 1996

Peu importe ce que je souhaite, je ne peux pas obliger les générations futures à se souvenir de moi comme je le voudrais.
INTERVIEW AVEC JOHN BATTERSBY, JOHANNESBURG, AFRIQUE DU SUD, PUBLIÉE DANS *THE CHRISTIAN SCIENCE MONITOR* LE 10 FÉVRIER 2000

Le souvenir de notre histoire de division et de haine, d'injustice et de souffrance, d'inhumanité, devrait nous donner l'envie de célébrer la démonstration faite de la capacité des êtres humains à progresser, à aller de l'avant, à s'améliorer, à faire mieux.
SÉANCE DU PARLEMENT À L'OCCASION DE L'ANNIVERSAIRE DES DIX ANS DE LA DÉMOCRATIE, PARLEMENT, LE CAP, AFRIQUE DU SUD, 10 MAI 2004

Tous, nous avons une obligation morale impérieuse envers les voix et les histoires des gens marginalisés ou éliminés à l'époque de l'apartheid.
LANCEMENT DU CENTRE DE LA MÉMOIRE, JOHANNESBURG, AFRIQUE DU SUD, 21 SEPTEMBRE 2004

L'histoire de notre pays se caractérise par trop d'oubli. L'oubli, qui sert les puissants et dépossède les faibles.
IBID.

L'un de nos défis, alors que nous construisons et étendons la démocratie, est de faire en sorte que les jeunes sachent d'où nous venons, ce que nous avons fait pour nous libérer des chaînes de l'oppression et de quelle façon nous avons fait le chemin vers la liberté et la dignité pour tous. Nous manquerions à nos jeunes si nous les tenions dans l'ignorance de ce qui leur a offert les possibilités dont ils profitent aujourd'hui. Parallèlement, pour ceux qui sont plus âgés et qui ont vécu la transition de l'apartheid vers la démocratie, entretenir les souvenirs permet de cicatriser et d'honorer les camarades qui l'ont rendue possible.
IBID.

De notre point de vue, le travail sur les archives en Afrique du Sud est peut-être l'un des plus cruciaux pour le rétablissement du pays et la réconciliation.
IBID.

N'oublions jamais les générations qui ont défié le régime d'apartheid et qui ont conquis la liberté au terme d'années de lutte.
LANCEMENT DE L'EXPOSITION « 46664 : UN PRISONNIER TRAVAILLANT AU JARDIN », CONSTITUTION HILL, JOHANNESBURG, AFRIQUE DU SUD, 16 MARS 2005

Nous avons tous tendance à associer les archives et les musées à la mémoire du passé. Mais ça n'est qu'une partie de leur travail. Si leur influence se fait surtout sentir en matière de justice, ils travaillent aussi à préparer l'avenir.

IBID.

Dans la vie de tout individu, de toute famille, de toute communauté ou de toute société, la mémoire est d'une importance fondamentale. C'est la fabrique de l'identité.

DANS *UN PRISONNIER DANS LE JARDIN : EN OUVRANT LES ARCHIVES DE PRISON DE NELSON MANDELA,* 2000

Le combat contre l'apartheid peut être caractérisé comme l'opposition entre la mémoire et l'oubli. C'est dans notre volonté de nous souvenir de nos ancêtres, de nos histoires, de nos valeurs et de nos rêves que nous fondions notre camaraderie.

IBID.

Au cœur de tous les instruments de répression développés par le régime d'apartheid, il y avait la volonté de contrôler, de falsifier, d'affaiblir, voire d'effacer la mémoire du peuple.

DISCOURS À LA FONDATION NELSON MANDELA, JOHANNESBURG, AFRIQUE DU SUD, 2005

Les institutions dédiées à l'entretien de la mémoire, telles que le projet du Centre de la mémoire Nelson Mandela, ont un rôle important à jouer dans la mise au jour des histoires écartées par le pouvoir… Nous sommes reconnaissants à la Fondation Nelson Mandela et à son projet de Centre de la mémoire, pour le travail important qu'ils effectuent afin que nos histoires ne se perdent pas.

LANCEMENT DE L'EXPOSITION IZIPHO, D'UNE SÉRIE DE LIVRES ET DE BANDES DESSINÉES, JOHANNESBURG, AFRIQUE DU SUD, 14 JUILLET 2005

Mère

Ses visites me donnaient toujours beaucoup de joie et la nouvelle de sa mort m'a durement frappé. D'un coup, je me suis senti vide et seul.

LETTRE À K.D. MATANZIMA, ÉCRITE À ROBBEN ISLAND, 14 OCTOBRE 1968

Je ne m'étais jamais imaginé que je ne pourrais pas enterrer ma mère.

LETTRE À NOPHIKELA MADIKIZELA, ÉCRITE À ROBBEN ISLAND, 4 MAI 1969

Elle a passé toute sa vie à la campagne, elle s'était attachée aux plaines et aux collines, à la simplicité des gens et des manières.

IBID.

Je l'ai regardée repartir à petits pas vers le bateau qui devait la ramener sur le continent, je craignais de la voir pour la dernière fois.

IBID.

J'ai toujours fait de mon mieux pour faciliter un peu la vie de ma mère, pour lui apporter du réconfort.

MANUSCRIT AUTOBIOGRAPHIQUE INÉDIT, ÉCRIT À ROBBEN ISLAND, 1975

Me trouver avec ma mère dans sa maison me procurait un sentiment d'excitation enfantin.

IBID.

Ma mère était une simple paysanne, tout allait bien tant que mon père était en vie, même si elle ne dépendait que d'elle-même, qu'elle remuait la terre… la vie à la campagne est très dure.

CONVERSATION AVEC RICHARD STENGEL, 25 MARS 1993

L'un des plus tristes moments de ma vie en prison fut la mort de ma mère… Elle était venue deux ou trois fois me voir, mais la dernière c'était en 1968 ; j'ai vu qu'elle n'allait pas bien. Quand elle est partie, je l'ai regardée marcher jusqu'au port. J'avais le sentiment de l'avoir vue pour la dernière fois, et c'était le cas. Elle est morte et j'ai essayé d'obtenir la permission d'aller l'enterrer mais les autorités ont refusé.
EN REVISITANT ROBBEN ISLAND, LE CAP, AFRIQUE DU SUD, 11 FÉVRIER 1994

Ma mère était ma première amie, au vrai sens du terme. Ce n'était pas quelqu'un qui se laissait emporter par ses émotions, elle les contrôlait, elle était calme, en paix avec elle-même et avec le monde.
DOCUMENTAIRE *MANDELA*, 1996

Une femme qui n'était jamais allée à l'école, qui ne savait pas lire, mais qui a écouté les chrétiens éclairés du village et est devenue chrétienne malgré son mari, qui ne voulait rien savoir de la religion chrétienne.
IBID.

Millénaire

Prenons-nous par la main en entrant dans ce nouveau millénaire, pour que les droits que le XXe siècle a reconnus et l'indépendance gagnée par les nations se traduisent par la paix, la prospérité, l'équité pour tous.
COURONNEMENT DU ROI LETSIE III, MASURU, LESOTHO, 31 OCTOBRE 1997

Mines

Les mines sont des armes aveugles qui ne distinguent pas le pied d'un soldat de celui du vieillard qui ramasse du bois pour faire un feu. Elles ne connaissent pas de cessez-le-feu et, bien après la fin du combat, elles continuent de mutiler ou de tuer les enfants et les petits-enfants des soldats qui les ont posées.

MESSAGE DE SOUTIEN À LA CAMPAGNE « NIGHT OF A THOUSAND DINNER » RELAYÉE PAR LE ROTARY DE PRETORIA EAST, PRETORIA, AFRIQUE DU SUD, NOVEMBRE 2003

Monarchie

Même au plus fort de la répression exercée par le régime de l'apartheid, il y a eu des monarques courageux, comme Sabata, des Thembu, et Cyprien, des Zulu, qui ont refusé de trahir leur peuple.

SUITE INÉDITE À SON AUTOBIOGRAPHIE, VERS 1998

Monde nouveau

Ce ne sont pas ceux qui restent les bras croisés qui conquerront un nouveau monde, mais ceux qui sont dans l'arène, dont les vêtements sont déchirés par les tempêtes et qui sont meurtris parce qu'ils contestent.

LETTRE À WINNIE MANDELA, ÉCRITE À ROBBEN ISLAND, 23 JUIN 1969

L'univers que nous habitons en tant qu'êtres humains devient une maison commune et cette maison fait preuve d'un irrespect grandissant par la rigidité qu'imposent aux humains les frontières nationales.

DISCOURS DEVANT LA CHAMBRE DES COMMUNES, LONDRES, GRANDE-BRETAGNE, 5 MAI 1993

L'heure n'est-elle pas venue, en conséquence, de cesser de traiter la tyrannie, l'instabilité et la pauvreté, où que ce soit sur le globe, comme des problèmes annexes n'intéressant pas directement notre avenir et nos intérêts ?

DISCOURS DEVANT LE CONGRÈS DES ÉTATS-UNIS, WASHINGTON D.C., U.S.A., 6 OCTOBRE 1994

Nous opérons dans un monde qui cherche une vie meilleure – sans être emprisonné par des dogmes.
SESSION DE CLÔTURE DE LA CINQUANTIÈME CONFÉRENCE NATIONALE DE L'A.N.C., UNIVERSITÉ DU NORD-OUEST, CAMPUS DE MAFIKENG, AFRIQUE DU SUD, 20 DÉCEMBRE 1997

Le monde reste assiégé par la souffrance, la pauvreté et le dénuement. Nous avons le pouvoir de faire de ce monde un monde meilleur pour tous, en particulier les pauvres, les personnes vulnérables et les marginaux.
DÎNER POUR SON QUATRE-VINGT-DIXIÈME ANNIVERSAIRE, HYDE PARK, LONDRES, GRANDE-BRETAGNE, 25 JUIN 2008

Mondialisation

En même temps que le processus de mondialisation s'accélère, il est clair que le système de gouvernance mondiale se renforce. Il ne fait pas de doute que cette tendance va se poursuivre.
OUVERTURE DE LA CINQUANTIÈME CONFÉRENCE NATIONALE DE L'A.N.C., UNIVERSITÉ DU NORD-OUEST, MAFIKENG CAMPUS, AFRIQUE DU SUD, 16 DÉCEMBRE 1997

Moralité

Dans le monde globalisé moderne, nous sommes chacun les gardiens de nos frères et sœurs. Trop souvent, nous manquons à cet impératif moral.
CONFÉRENCE À LA CROIX-ROUGE BRITANNIQUE, CENTRE DE CONFÉRENCE ÉLIZABETH II, LONDRES, GRANDE-BRETAGNE, 10 JUILLET 2003

Un mouvement sans vision serait un mouvement sans fondement moral.
RÉCEPTION DU DIPLÔME DE *DOCTOR IN LAWS*, UNIVERSITÉ SOOCHOW, TAÏWAN, 1ER AOÛT 1993

Mort

Si je dois mourir, que tout le monde sache que c'est en homme que j'irai au-devant de la mort.

NOTE ÉCRITE QUELQUES HEURES AVANT SA CONDAMNATION LORS DU PROCÈS DE RIVONIA, PRETORIA, AFRIQUE DU SUD, 12 JUIN 1964

La mort d'un être humain, quelle que soit sa condition, est toujours triste et douloureuse ; celle d'une personnalité publique remarquable jette non seulement sa famille et ses amis dans le deuil, mais elle a aussi des implications d'une nature beaucoup plus complexe.

LETTRE AU CHEF MANGOSUTHU BUTHELEZI, ÉCRITE À ROBBEN ISLAND, 4 NOVEMBRE 1968

La menace de la mort n'éveillait en moi aucune envie de jouer au martyr. J'étais prêt à le faire si les circonstances m'y obligeaient. Mais la soif de vivre demeurait toujours.

LETTRE À SEFTON VUTELA, ÉCRITE À ROBBEN ISLAND, 28 JUILLET 1969

La mort est un désastre effroyable, quels qu'en soient la cause ou l'âge du défunt.

LETTRE À IRENE BUTHELEZI APRÈS QU'IL APPRIT LA MORT DE SON FILS THEMBI, ÉCRITE À ROBBEN ISLAND, 3 AOÛT 1969

Mon cœur a soudain semblé cesser de battre et le sang chaud qui coule dans mes veines depuis cinquante et un ans s'est glacé. Pendant un long moment, je n'ai pu ni penser ni parler. Je m'étais vidé de toutes mes forces.

IBID.

Il arrive que de vieux chevaux célèbres flanchent comme tant d'autres avant eux ; certains finissent oubliés à jamais, d'autres restent comme de simples noms dans l'histoire, et n'intéressent que les savants.

LETTRE À ARCHIE GUMEDE, ÉCRITE À ROBBEN ISLAND, 1ER JANVIER 1975

La perte de vieux combattants fidèles et respectés qui ont joué un rôle si décisif dans nos vies a été un coup dur. Le plus déchirant était que nous ne pouvions pas leur rendre hommage en étant présents à leurs funérailles.

LETTRE À MANGOSUTH BUTHELEZI, ÉCRITE À ROBBEN ISLAND, 1ER OCTOBRE 1978

En nous penchant sur leurs tombes, voici ce dont nous nous souvenons : les morts continuent de vivre dans nos têtes et dans nos cœurs comme des martyrs, ils nous reprochent notre manque d'unité et les déficiences qu'engendrent les divisions parmi les opprimés, ils nous encouragent à resserrer les rangs et nous rappellent que la liberté de notre peuple est encore à conquérir.

DÉCLARATION À PROPOS DU SOULÈVEMENT DE SOWETO EN 1976, SORTIE CLANDESTINEMENT DE PRISON ET PUBLIÉE PAR L'A.N.C. EN EXIL, 1980

La mort de tes proches et des amis intimes à qui tu es attaché par d'innombrables liens, depuis plusieurs décennies pour certains, la grande variété de problèmes auxquels ta famille est exposée durant ton absence, ce sont des désastres personnels qui sont souvent difficiles à supporter et qui t'obligent à te demander si, dans ce genre de vie, il faut avoir une famille, élever des enfants et nouer de véritables amitiés.

LETTRE À JOY MOSIELOA, ÉCRITE À LA PRISON DE POLLSMOOR, LE CAP, AFRIQUE DU SUD, 17 FÉVRIER 1986

Tant de proches et d'amis sont morts ces vingt dernières années que j'ai l'impression que c'est le monde lui-même qui se meurt.

LETTRE AU DR AMEEN ARNOLD, ÉCRITE À LA PRISON DE POLLSMOOR, LE CAP, AFRIQUE DU SUD, 10 AOÛT 1987

La mort d'un combattant aguerri est toujours tragique.

LETTRE À MME KINI SIHLALI, ÉCRITE À ROBBEN ISLAND, 4 AVRIL 1989

Au cours des vingt dernières années, nous avons perdu tant d'amis chers, et tant de bâtiments illustres ont été balayés, que j'ai parfois peur, en sortant, de constater que le monde lui-même a disparu.

LETTRE À MADANJIT ET MARJORIE KAPITAN, ÉCRITE À LA PRISON VICTOR VERSTER, PAARL, AFRIQUE DU SUD, 28 SEPTEMBRE 1989

C'est un fait propre à la condition humaine que chacun, tel un météore traversant un instant le temps et l'espace, apparaît sur la scène du monde avant de quitter l'existence. Golden boys ou ramoneurs, tous viennent, et le lendemain ne sont plus.

DISCOURS DEVANT LE CONGRÈS DES ÉTATS-UNIS, WASHINGTON D.C., U.S.A., 26 JUIN 1990

Au moment où le procès commençait, un gardien amical m'a demandé : « Mandela, qu'est-ce que tu crois qu'ils vont faire de vous dans ce procès ? » J'ai dit : « Ils vont nous pendre. » Je croyais qu'il répondrait : « Non, ils ne feraient jamais ça », mais il s'est arrêté, il a pris un air grave et il a détourné le regard avant de dire : « Tu as raison, ils vont vous pendre. »

CONVERSATION AVEC RICHARD STENGEL, 3 DÉCEMBRE 1992

Il y a une coutume chez nous : quand tu as été absent et que tu découvres en revenant qu'un parent proche est mort, tu vas lui rendre hommage en visitant sa tombe, et je savais que ce serait ma première priorité à mon retour.

CONVERSATION AVEC RICHARD STENGEL, 13 JANVIER 1993

Perdre un fils, mon fils aîné, auquel j'étais très attaché, et je n'avais aucun moyen de me rendre à ses funérailles, ni de régler les frais de ses funérailles et de m'assurer qu'il repose en paix. C'était accablant.

CONVERSATION AVEC RICHARD STENGEL, 9 MARS 1993

Nous aussi, nous mourrons, mais ce qui en nous contribue collectivement à notre identité culturelle nationale vivra à jamais après nous.

DÉCLARATION LORS DE L'OUVERTURE DU CONGRÈS POUR LE DÉVELOPPEMENT CULTUREL AU CIVIC THEATRE, JOHANNESBURG, AFRIQUE DU SUD, 25 AVRIL 1993

Ils disaient que [le chef Albert] Luthuli était confiné à Groutville et qu'il était devenu handicapé, immobilisé, que [Robert] Sobukwe était en prison, et que [Walter] Sisulu et Mandela seraient probablement pendus, et ce n'était pas très agréable de lire qu'on allait sans doute me pendre.

CONVERSATION AVEC AHMED KATHRADA À PROPOS D'UN ÉDITORIAL DU *RAND DAILY MAIL*, VERS 1993-1994

En fait, nous nous étions dit entre nous, parce que nous étions prévenus par les avocats que nous devions nous attendre à la peine capitale, du moins pour certains d'entre nous, et ils ont prononcé nos noms, et nous nous sommes dit : « Partons auréolés de gloire. »

CONVERSATION AVEC AHMED KATHRADA, VERS 1993-1994

Nous nous attendions à la peine capitale et nous nous y étions résignés.

IBID.

J'étais prêt pour la peine de mort. Pour être vraiment préparé pour quelque chose, il faut s'y attendre. On ne peut pas se préparer pour quelque chose en croyant secrètement qu'on va y échapper. Nous nous étions tous préparés, pas parce que nous étions courageux mais parce que nous étions réalistes.

DANS *UN LONG CHEMIN VERS LA LIBERTÉ*, 1994

Les hommes et les femmes qui ont des qualités rares sont peu nombreux et on ne les remplace pas. Quand ils partent, le sentiment de perte est d'autant plus profond et dur à gérer.

FUNÉRAILLES DE JOE SLOVO, AFRIQUE DU SUD, 15 JANVIER 1995

La mort est inévitable. Quand un homme a fait ce qu'il considérait être son devoir envers son peuple et son pays, il peut reposer en paix. Je crois avoir fait cet effort, c'est pour cela que je dormirai pour l'éternité.

DOCUMENTAIRE, *MANDELA*, 1996

Je redis donc l'évidence : j'ai depuis longtemps laissé ma jeunesse derrière moi ; et la distance vers la destination finale est plus courte que le chemin parcouru au fil des ans ! Tous, nous devons vivre avec cette vérité, sans souffrir d'une insécurité excessive. C'est ce que la nature a ordonné.

ARTICLE ÉCRIT POUR *THE SUNDAY TIMES* (AFRIQUE DU SUD), 22 FÉVRIER 1996

Les éloges funèbres n'ont parfois que peu de rapport avec la vie et la réalité des défunts.

INAUGURATION DE LA STATUE DE STEVE BIKO LORS DU VINGTIÈME ANNIVERSAIRE DE SA MORT, EAST LONDON, AFRIQUE DU SUD, 1ER SEPTEMBRE 1997

Si le cancer prend le dessus et que je quitte ce monde, en arrivant dans le prochain la première chose que je ferai sera de chercher l'antenne du Congrès national africain et de renouveler mon adhésion.

OUVERTURE DE LA CLINIQUE ZOLA, SOWETO, AFRIQUE DU SUD, 7 MARS 2002

Je sais maintenant que mon heure venue, [Walter] Sisulu sera là pour m'accueillir, et je suis presque certain qu'il me tendra un formulaire d'adhésion pour m'inscrire à l'ANC dans ce monde, et qu'il m'enjôlera en me chantant l'une de nos chansons favorites à l'époque où nous mobilisions le peuple derrière la Charte de la liberté.

DÉCLARATION À LA MORT DE WALTER SISULU, 5 MAI 2003

Ces dernières années, nous avons arpenté cette route de plus en plus régulièrement, accompagnant des processions pour saluer une dernière fois les combattants de notre mouvement et rendre hommage à une génération qui arrive au bout d'une longue lutte héroïque.
FUNÉRAILLES DE WALTER SISULU, SOWETO, AFRIQUE DU SUD, 17 MAI 2003

Nous pleurons parce que nous avons fait un long chemin ensemble : nous avons vécu bien des tribulations ; le danger, l'angoisse et la peur ; et aussi des moments précieux de joie, de bonheur et de rire. Leur départ laisse tous ceux qui restent un peu plus vides.
IBID.

Ils ont livré un combat noble, et vécu en cherchant toujours à améliorer la vie de ceux qui les suivraient. Nous les enterrons et les honorons dans une démocratie qui est le fruit de leur vie de lutte et de sacrifice.
IBID.

Ma famille est ici et j'aimerais être enterré avec elle.
DOCUMENTAIRE *MANDELA : THE LIVING LEGEND*, À PROPOS DU CIMETIÈRE FAMILIAL DE QUNU, AFRIQUE DU SUD, 2003

Même quand nos parents vieillissent, on aimerait qu'ils vivent toujours. Et il y a des enfants qui meurent, ce qui laisse des souvenirs douloureux.
IBID.

J'aimerais qu'on dise : « Ci-gît un homme qui a fait son devoir sur cette terre. » C'est tout.
DOCUMENTAIRE DE MSNBC *HEADLINERS AND LEGENDS*, 2006

Mots

Le sens véritable des mots que l'on prononce doit être validé par les actes quotidiens.

DÉCLARATION DEVANT LE PARLEMENT FRANÇAIS, PALAIS BOURBON, PARIS, FRANCE, 7 JUIN 1990

Toute cette question de l'écriture des discours introduit une grande dose d'artificialité.

CONVERSATION À SHELL HOUSE (BUREAU DE L'A.N.C.), JOHANNESBURG, AFRIQUE DU SUD, 28 OCTOBRE 1993

Utiliser des mots à la légère n'a jamais été dans mes habitudes. Si vingt-sept ans de prison nous ont servi à quelque chose, c'est à profiter du silence de la solitude pour comprendre que les mots sont précieux et que les discours ont un véritable impact sur la façon dont les gens vivent et meurent.

DISCOURS DE CLÔTURE DE LA TREIZIÈME CONFÉRENCE INTERNATIONALE SUR LE SIDA, DURBAN, AFRIQUE DU SUD, 14 JUILLET 2000

Toute déclaration sur un sujet politique majeur ne doit être faite qu'après avoir été réfléchie et validée, quel que soit le statut du camarade.

CARNET, DATE INCONNUE

Mouvement de libération

L'homme ordinaire qui, pendant des générations, a été l'instrument de politiciens et de gouvernements insensés, qui a subi des privations et des guerres qui profitaient à quelques privilégiés, le voilà qui s'élève aujourd'hui de la condition d'objet de l'histoire à celle de sujet de l'histoire.

DISCOURS DE PRÉSIDENCE LORS DE LA CONFÉRENCE ANNUELLE DE LA LIGUE DE JEUNESSE DE L'A.N.C., AFRIQUE DU SUD, DÉCEMBRE 1951

Tandis que les forces sinistres et sombres du monde se préparent à une bataille ultime et désespérée pour défendre une civilisation décadente, en faillite, l'homme de la rue, plein de confiance et d'espoir bouillonnant, lutte pour la création d'une nouvelle famille humaine, unie et prospère.

IBID.

Oui, la lutte sera dure. Les leaders seront déportés, emprisonnés, voire abattus. Le gouvernement terrorisera le peuple et ses leaders dans l'espoir d'arrêter cette marche en avant : les formes habituelles de manifestation seront rendues impossibles.

IBID.

Nous avons appris que lorsque les masses sont en marche, même si nous avons de vraies objections de principe, nous ne devons jamais nous opposer aux mouvements de masse du peuple. Nous avons appris qu'un véritable combattant doit toujours être du côté du peuple et contre l'oppresseur.

IBID.

Enfants de l'Afrique, notre tâche est immense, mais j'ai une foi tout aussi immense dans notre capacité à répondre au défi que nous pose la situation. Sous le slogan : « Des droits démocratiques pour l'Afrique du Sud », nous marcherons vers la victoire.

IBID.

Les opprimés à travers le monde deviennent en toute conscience les créateurs de leur propre histoire.

IBID.

La théorie selon laquelle nous n'avons qu'à nous croiser les bras et à attendre qu'un futur parlement légifère sur la dignité de tous les êtres humains, quelles que soient leur race, leur couleur ou leur croyance, est une perversion grossière des principes élémentaires de la lutte politique.

ARTICLE INTITULÉ « LES SABLES MOUVANTS DE L'ILLUSION », *LIBERATION*, JUIN 1953

Le jour de l'affrontement entre les forces de la liberté et celles de la réaction n'est plus très loin. Il ne fait pas le moindre doute pour moi que, ce jour-là, la vérité et la justice l'emporteront.

DISCOURS DE PRÉSIDENCE LORS DU CONGRÈS DU TRANSVAAL DE L'A.N.C., ÉGALEMENT CONNU COMME LE DISCOURS DU « DIFFICILE CHEMIN VERS LA LIBERTÉ », TRANSVAAL, AFRIQUE DU SUD, 21 SEPTEMBRE 1953

Si les cercles dirigeants veulent se maintenir grâce à des méthodes aussi inhumaines, alors un affrontement entre les forces de la liberté et celles de la réaction est inéluctable. La détresse du peuple oblige celui-ci à résister jusqu'à la mort aux politiques ignobles des gangsters qui dirigent notre pays.

IBID.

Voyez par vous-même, « il n'y a nulle part de chemin facile vers la liberté », et beaucoup d'entre nous devront traverser encore et encore la vallée de l'ombre de la mort avant que nous atteignions les cimes de nos désirs.

CITANT JAWAHARLAL NEHRU DANS UN DISCOURS LORS DU CONGRÈS DU TRANSVAAL DE L'A.N.C., ÉGALEMENT CONNU COMME LE DISCOURS DU « DIFFICILE CHEMIN VERS LA LIBERTÉ », TRANSVAAL, AFRIQUE DU SUD, 21 SEPTEMBRE 1953

Nous ne pouvons pas un seul instant oublier que nous sommes face à un gouvernement fasciste qui a mis en place un appareil d'État massivement coercitif pour écraser la démocratie dans ce pays et faire taire les voix de ceux qui protestent contre la politique de l'apartheid et du *baasskap* [mot afrikaans signifiant « domination du maître »].

ARTICLE INTITULÉ « L'ÉDUCATION BANTOUE À L'UNIVERSITÉ », *LIBERATION*, JUIN 1957

Dans sa lutte pour faire aboutir ses revendications, le mouvement de libération a à sa disposition plusieurs armes politiques, l'une d'entre elles étant (mais pas nécessairement) le boycott. C'est donc une grave erreur que de considérer le boycott comme une arme qu'on peut employer tout le temps et en toutes circonstances.

DÉCLARATION AU NOM DU CONSEIL D'ACTION NATIONALE À LA SUITE DE L'OPÉRATION « GRÈVE À DOMICILE » DU 29-31 MAI EN SOUTIEN DE LA CONVENTION NATIONALE, AFRIQUE DU SUD, 1961

Nous sommes le peuple de ce pays. C'est nous qui produisons les richesses dans les mines d'or, les fermes et les industries. La non collaboration est l'arme que nous devons employer pour mettre à bas le gouvernement. Nous avons décidé de l'utiliser pleinement et sans réserve.

IBID.

La non collaboration est une arme dynamique. Le refus est nécessaire. Nous devons nous en servir pour envoyer le gouvernement dans la tombe.

DÉCLARATION DEVANT LA PRESSE INTITULÉE « LA LUTTE EST MA VIE », EXPLIQUANT SA DÉCISION DE MENER CLANDESTINEMENT LA LUTTE POLITIQUE CONFORMÉMENT AUX VŒUX DU CONSEIL D'ACTION NATIONALE, AFRIQUE DU SUD, 26 JUIN 1961

Nous voulons qu'il devienne impossible de gouverner.

IBID.

Quand un gouvernement cherche à interdire une manifestation pacifique en mobilisant toutes les ressources de l'État, militaires et autres, il reconnaît le soutien massif et populaire de la manifestation. Faut-il une

autre preuve du fait que nous sommes devenus une puissance avec laquelle il faut compter, et la plus forte opposition au gouvernement ?
IBID.

Je ne quitterai pas l'Afrique du Sud et je ne me rendrai pas. Seules les épreuves, les sacrifices et l'action militante peuvent nous apporter la liberté. La lutte est ma vie. Je continuerai à me battre pour la liberté jusqu'à mon dernier souffle.
IBID.

Je combattrai le gouvernement à vos côtés, mètre par mètre, kilomètre par kilomètre, jusqu'à ce que nous sortions vainqueurs.
IBID.

Je vous affirme que le peuple africain d'Afrique du Sud, en dépit des violentes persécutions et de ses souffrances indescriptibles, grâce à son courage, ne se détournera pas un seul instant de sa mission historique, il libérera le pays et conquerra la liberté, la paix et le bonheur.
DISCOURS AU NOM DE LA DÉLÉGATION DE L'A.N.C. LORS DE LA CONFÉRENCE DE LA PAFMECA (MOUVEMENT PANAFRICAIN DE LIBÉRATION DE L'AFRIQUE ORIENTALE ET CENTRALE), ADDIS-ABEBA, 3-6 FÉVRIER 1962

Inquiète est la tête qui porte la couronne de la suprématie blanche en Afrique du Sud. Le bannissement et le confinement des leaders, leur déportation, leur emprisonnement voire leur mort n'ont jamais dissuadé nos compatriotes sud-africains.
IBID.

Le mouvement de libération en Afrique du Sud croit que des coups puissants et rapides devraient être portés avec tout le poids des masses populaires, qui seules

nous fournissent la garantie absolue que les flammes de la liberté qui brûlent aujourd'hui dans le pays ne s'éteindront jamais.
IBID.

Les hommes, je crois, sont incapables de ne rien faire, de ne rien dire, de ne pas réagir à l'injustice, de ne pas protester contre l'oppression, de ne pas rechercher la société juste et la vie meilleure qu'ils envisagent.
PLAIDOYER POUR L'ATTÉNUATION DE SA PEINE APRÈS AVOIR ÉTÉ RECONNU COUPABLE D'AVOIR INCITÉ DES TRAVAILLEURS À FAIRE GRÈVE ET D'AVOIR QUITTÉ LE PAYS ILLÉGALEMENT, ANCIENNE SYNAGOGUE, PRETORIA, AFRIQUE DU SUD, NOVEMBRE 1962

J'ai fait mon devoir envers mon peuple et envers l'Afrique du Sud. Je ne doute pas que la postérité jugera que je suis innocent et que les criminels qu'on aurait dû traîner devant ce tribunal sont les membres du gouvernement Verwoerd.
IBID.

Quelle que soit la sentence que Votre Honneur jugera approprié de me donner pour le crime dont on m'accuse dans ce tribunal, qu'elle soit assurée que ma peine purgée, je remuerai encore, comme remuent toujours les hommes tiraillés par leur conscience ; je serai encore mû par mon dégoût des discriminations raciales lorsque je sortirai et je reprendrai, du mieux possible, la lutte contre les injustices jusqu'à ce qu'elles soient abolies une bonne fois pour toutes.
IBID.

Si je devais recommencer ma vie, je referais la même chose. Comme n'importe quel homme digne de s'appeler un homme.
IBID.

J'ai espéré et souhaité, parmi les trésors que la vie m'offrirait, avoir la chance de servir mon peuple et d'apporter ma modeste contribution aux luttes pour la liberté.
IBID.

Au cours de ma vie, je me suis consacré à la défense du peuple africain. J'ai combattu la domination blanche, et j'ai combattu la domination noire. J'ai chéri l'idéal d'une société démocratique et libre dans laquelle toutes les personnes vivraient en harmonie, avec des chances égales. C'est un idéal que j'espère voir se réaliser. Mais s'il le faut, c'est un idéal pour lequel je suis prêt à mourir.
DISCOURS DEPUIS LE BANC DES ACCUSÉS, PROCÈS DE RIVONIA, PALAIS DE JUSTICE, PRETORIA, AFRIQUE DU SUD, 20 AVRIL 1964

Nous combattons les privations réelles, et non imaginaires – ou pour reprendre les termes du procureur, les « prétendues privations ». Nous combattons contre deux faits qui sont caractéristiques de la vie des Africains en Afrique du Sud, et qui sont gravés dans la législation que nous voulons voir abrogée. Ces faits sont la pauvreté et l'absence de dignité humaine, et nous n'avons pas besoin des communistes ou des prétendus « agitateurs » pour savoir de quoi nous parlons.
IBID.

J'espérais que la vie m'offrirait la chance de servir mon peuple et de contribuer modestement à la lutte pour sa libération.
IBID.

Nous qui sommes des camarades disciplinés et dévoués, combattant au nom d'une juste cause, nous devons être

prêts à entreprendre toutes les tâches que l'histoire nous assignera, quel que soit le prix à payer.
LETTRE À SEFTON VUTELA, ÉCRITE À ROBBEN ISLAND, 28 JUILLET 1969

La roue de la vie est là et les héros nationaux au cours de notre histoire, d'Autshumao à Albert Luthuli, et en fait notre peuple dans son ensemble, s'efforcent de la faire tourner depuis trois siècles. Elle est couverte de cire séchée et de rouille mais nous avons réussi à la faire grincer et à la mouvoir, et nous vivons dans l'espoir qu'un jour nous parviendrons à lui faire décrire un tour complet. Ainsi, les privilégiés seront méprisés et les méprisés seront privilégiés ; non, tous les hommes qui furent privilégiés et méprisés vivront égaux.
MANUSCRIT AUTOBIOGRAPHIQUE INÉDIT, ÉCRIT À ROBBEN ISLAND, 1975

Je combattrai vigoureusement pour le respect de l'indépendance nationale d'une Afrique du Sud libre et démocratique et je résisterai aux agressions contre son intégrité territoriale ou aux ingérences dans ses affaires intérieures.
IBID.

Les forces anti-apartheid sont puissantes et elles donnent de la voix à la fois dans et hors du Parlement. Leur permanence en une période aussi critique et l'arrivée de nouvelles organisations en lieu et place de celles qui sont passées à la clandestinité montre que les masses refusent d'accepter la suprématie blanche et que, malgré les immenses dégâts causés par l'ennemi, la victoire ne pourra nous échapper.
ESSAI INTITULÉ « BALAYER LES OBSTACLES ET AFFRONTER L'ENNEMI », ÉCRIT À ROBBEN ISLAND, 1976

Les Sud-Africains blancs contribuent eux aussi à la lutte. Depuis 1962, pas moins de quarante-cinq d'entre eux ont été jetés en prison pour des délits politiques allant du sabotage à la défense des revendications d'une organisation bannie.

IBID.

Il est vrai que la révolution sud-africaine ne sera victorieuse que si les Afrikans en prennent la tête et si les masses des Afrikans se mobilisent. Mais l'histoire de notre lutte montre que le combat contre l'oppression raciale n'est pas le monopole de l'homme noir.

ESSAI INTITULÉ « LE MOUVEMENT DE CONSCIENCE NOIRE », ÉCRIT À ROBBEN ISLAND, 1978

L'expérience nous rappelle que le chemin jusqu'à la libération n'a rien de facile ou de romantique, que c'est une entreprise pratique et complexe qui nécessite des idées claires et une véritable planification.

IBID.

Nous sommes fiers d'avoir libéré non seulement les métis, les Indiens et les Africains, mais aussi les Blancs.

INTERVIEW, DATE INCONNUE

Notre marche vers la liberté est longue et difficile, mais à l'intérieur comme en dehors de nos frontières la perspective de la victoire resplendit.

DÉCLARATION À PROPOS DU SOULÈVEMENT DE SOWETO EN 1976, SORTIE CLANDESTINEMENT DE LA PRISON DE ROBBEN ISLAND ET DIFFUSÉE PAR L'A.N.C. EN EXIL, 1980

Le fracas des fusils et des chars, depuis 1976, a une nouvelle fois levé le voile sur la réalité brute. À la face de tout le pays, dans les townships des Noirs l'armée et la police racistes déversent une pluie de balles, tuant et mutilant les hommes, les femmes et

les enfants noirs. Le nombre de victimes, mortes ou blessées, surpasse déjà celui de tous les autres massacres perpétrés par ce régime.
IBID.

La résistance de l'homme noir à l'intrusion coloniale des Blancs a été réprimée par le feu. Notre lutte pour nous libérer de la domination blanche est tenue en échec par la force des armes. De la conquête à aujourd'hui, l'histoire reste la même. Les régimes blancs successifs ont constamment massacré les noirs désarmés et sans défense. Et dans quelque direction qu'ils aient pointé leurs fusils, leur violence s'est toujours tournée contre le peuple africain.
IBID.

Unité, mobilisation, combat. Entre l'enclume de l'action de masse et le marteau de la lutte armée, nous écraserons l'apartheid et le règne de la minorité blanche raciste.
IBID.

S'il y eut quelque chose d'unique dans notre lutte pour la liberté, ce fut le fait qu'elle était soutenue par presque tous les partis politiques à travers le monde.
SOMMET DU CONSEIL DE COOPÉRATION DU GOLFE, ABU DHABI, ÉMIRATS ARABES UNIS, 7 DÉCEMBRE 1988

La lutte est toute notre vie, et au moment où la victoire est à portée de main, nous pouvons faire de ce combat une expérience immensément enrichissante ou un désastre absolu.
LETTRE À MANGOSUTHU BUTHELEZI, ÉCRITE À LA PRISON VICTOR VERSTER, PAARL, AFRIQUE DU SUD, 3 FÉVRIER 1989

Au fils du temps, les opprimés ont défendu leurs droits par des moyens pacifiques, quand c'était possible, et par la force quand ceux-ci leur étaient interdits.
LETTRE AU PRÉSIDENT P.W. BOTHA, ÉCRITE À LA PRISON VICTOR VERSTER, PAARL, AFRIQUE DU SUD, JUILLET 1989

Notre lutte a été rejointe par des hommes de toutes langues, de toutes couleurs, toutes les nuances de ce pays s'y sont retrouvées.
DISCOURS LORS D'UN RASSEMBLEMENT, KINGS PARK STADIUM, DURBAN, AFRIQUE DU SUD, 25 FÉVRIER 1990

Nous avons fait face sans crainte aux fusils de l'apartheid. Le sang de nos martyrs a taché le sol et les murs des prisons de l'apartheid. Pourtant, nous n'avons jamais flanché dans notre quête d'une Afrique du Sud où règneraient la liberté, la paix, la justice et l'égalité.
DISCOURS LORS D'UN RASSEMBLEMENT, BLOEMFONTEIN, AFRIQUE DU SUD, 25 FÉVRIER 1990

Ce qui nous pousse à agir, c'est le tableau quotidien qui s'offre à nous : des enfants noirs qui meurent au lieu de vivre, des adultes malingres qui devraient ressembler à des athlètes, des patriotes aux corps criblés de balles parce qu'ils voulaient compter parmi les partisans de la paix.
DISCOURS DEVANT LE PARLEMENT EUROPÉEN, STRASBOURG, FRANCE, 13 JUIN 1990

C'est tout un peuple qui a appris à ne pas se lamenter sur la mort de ses héros, mais à s'armer de courage pour les nouvelles batailles.
DISCOURS DEVANT LE PARLEMENT DU CANADA, OTTAWA, CANADA, 18 JUIN 1990

Rien ne peut stopper l'humanité en route pour une liberté toujours plus grande. Si l'on peut étouffer la voix d'un individu par la mort, l'emprisonnement et le confinement, l'esprit qui guide le peuple dans sa quête de liberté ne peut pas être arrêté.

DÉCLARATION DEVANT LE PARLEMENT DE LA RÉPUBLIQUE D'IRLANDE, DUBLIN, IRLANDE, 2 JUILLET 1990

Nous sommes en lutte parce que nous aimons la vie et l'humanité. Dans l'Afrique du Sud libérée que nous imaginons, le peuple sera uni, Noirs et Blancs ensemble comme des frères et sœurs. Nous imaginons la naissance d'une nation sud-africaine de compatriotes égaux et unis, enrichie par la diversité des couleurs et des cultures des citoyens qui la composent.

IBID.

Nos activistes étaient forcés de vivre comme des hors-la-loi. Nous étions chassés de nos boulots et de nos maisons. D'autres étaient contraints à l'exil. Mais l'ennemi n'a pas réussi à nous écraser.

RASSEMBLEMENT À LA FIN DE LA CONFÉRENCE CONSULTATIVE NATIONALE DE L'A.N.C., SOCCER CITY, SOWETO, AFRIQUE DU SUD, 16 DÉCEMBRE 1990

Il est primordial qu'aucun participant à la lutte pour la libération ne reste en prison ; qu'aucun combattant ne languisse en exil ; qu'aucun patriote ne doive vivre dans la clandestinité et la peur des arrestations pour des actions menées dans le but de mettre un terme à l'apartheid.

DÉCLARATION SUR L'OPÉRATION VULINDLELA, 22 JUILLET 1991

Nous avons dû traverser un jardin parsemé d'épines, littéralement, et nous en sommes encore à franchir les rivières de sang.

LORS DE SA PRISE DE FONCTIONS À LA PRÉSIDENCE DE L'UNIVERSITÉ DU NORD, TURFLOOP, AFRIQUE DU SUD, 25 AVRIL 1992

C'est le mélange des luttes non violentes et de l'action militaire qui a inspiré au peuple sa résistance, dans les conditions les plus abominables.
INAUGURATION DU MÉMORIAL EN HOMMAGE À GANDHI, AFRIQUE DU SUD, 6 JUIN 1993

Nous ne serons pas le premier mouvement de libération à prendre le pouvoir sans expérience.
INTERVIEW À LA B.B.C. (GRANDE-BRETAGNE), 28 OCTOBRE 1993

Je rappelais encore et toujours aux gens que la lutte pour la libération n'était pas une bataille menée contre un groupe ou une couleur, mais un combat contre un système répressif. Chaque fois que j'en avais l'occasion, je disais que tous les Sud-Africains devaient s'unir et se donner la main pour affirmer que nous formons un pays, une nation, un peuple, et que nous marchons ensemble vers l'avenir.
DANS *UN LONG CHEMIN VERS LA LIBERTÉ*, 1994

Le 16 décembre, c'est l'anniversaire de la bataille sanglante sur les berges de la rivière Ncome, lorsque les guerriers ont repoussé les tentatives d'incursions répétées sur leurs terres ancestrales, qui étaient des attaques contre leur liberté et leur dignité. Ils furent nombreux à périr avec les honneurs, comme des milliers d'hommes et de femmes avant et après eux.
RAPPORT POLITIQUE DU COMITÉ NATIONAL EXÉCUTIF, QUARANTE-NEUVIÈME CONFÉRENCE NATIONALE DE L'A.N.C., BLOEMFONTEIN, AFRIQUE DU SUD, 17 DÉCEMBRE 1994

Tout ce que nous pouvons faire, c'est nous assurer que notre nouvelle bataille pour offrir une vie meilleure au peuple soit gagnée.
LORS DE LA CONFÉRENCE DE RÉCONCILIATION DE ROBBEN ISLAND, UNIVERSITÉ DU CAP-OCCIDENTAL, BELLVILLE, AFRIQUE DU SUD, 12 FÉVRIER 1995

L'histoire et les circonstances m'ont donné le privilège de faire partie d'un collectif de leaders aux nobles aspirations et d'un mouvement de libération qui avec discipline et constance s'est fait le champion de notre peuple pendant plus de huit décennies. J'ai également eu le privilège de naître dans un pays dont le peuple a résisté courageusement à l'un des systèmes d'oppression et de domination raciales les plus cruels que ce siècle ait connu.

RECEVANT LE PRIX ALLEMAND DES MÉDIAS, BADEN-BADEN, ALLEMAGNE, 28 JANVIER 1999

Ce sont l'AZAPO [Organisation du peuple azanien], le PAC [Congrès panafricain] et l'ANC [Congrès national africain] qui ont renversé la suprématie blanche.

DISCOURS D'ADIEU AUX ÉDITEURS DE PRESSE, PRETORIA, AFRIQUE DU SUD, 10 MAI 1999

Souvenons-nous qu'en dépit de l'oppression, en dépit des exécutions, des bannissements, des peines de prison et de l'exil, notre mouvement de libération est resté uni comme aucun autre à travers le monde.

RÉUNION DU CONSEIL DE L'A.N.C., PORT ELIZABETH, AFRIQUE DU SUD, 12 JUILLET 2000

Alors le monde entier s'est mis à soutenir notre cause et le régime de l'apartheid a été mis au ban, complètement isolé.

DOCUMENTAIRE *MANDELA : THE LIVING LEGEND*, À PROPOS DU CONCERT 46664 AU STADE DE WEMBLEY, 2003

Je sais que beaucoup de membres ont bien plus souffert que moi pour la libération de l'Afrique du Sud.

INAUGURATION DU PONT NELSON MANDELA, JOHANNESBURG, AFRIQUE DU SUD, 20 JUILLET 2003

Nous avons vaincu l'apartheid parce que la population a décidé de travailler ensemble plutôt que de se déchirer, ce qui aurait détruit notre pays tout entier.

CONFÉRENCE DE PRESSE 46664, ROBBEN ISLAND, LE CAP, AFRIQUE DU SUD, 20 NOVEMBRE 2003

Notre travail est loin d'être achevé.

CONCERT 46664, HYDE PARK, LONDRES, GRANDE-BRETAGNE, 27 JUIN 2008

Moyen-Orient

Notre mouvement reconnaît la légitimité du nationalisme palestinien, de même que nous reconnaissons la légitimité du sionisme en tant que nationalisme juif. Nous insistons sur le droit qu'a l'État d'Israël d'exister avec des frontières sûres et soutenons avec la même vigueur le droit des Palestiniens à l'autodétermination.

TRENTE-SEPTIÈME CONGRÈS DU CONSEIL DES DÉPUTÉS JUIFS D'AFRIQUE DU SUD, HÔTEL CARLTON, JOHANNESBURG, AFRIQUE DU SUD, 21 AOÛT 1993

J'espère que le processus de paix au Moyen-Orient se poursuivra et qu'il portera ses fruits. Nous savons d'expérience qu'avec de la bonne volonté on peut trouver une issue négociée même aux problèmes les plus profonds.

MESSAGE POUR LE NOUVEL AN JUIF (ROSH HA-SHANA), AFRIQUE DU SUD, 13 SEPTEMBRE 1996

Aujourd'hui, à la fin d'un siècle témoin de tant de dévastations causées par des guerres horribles, un siècle qui a au moins acquis quelque expérience dans la résolution pacifique des conflits, nous devons nous demander : l'époque est-elle à la guerre ; est-elle à envoyer des jeunes gens à la mort ?

RÉCEPTION DU DOCTORAT HONORIS CAUSA DE L'UNIVERSITÉ BEN GOURION DU NÉGUEV, LE CAP, AFRIQUE DU SUD, 19 SEPTEMBRE 1997

La tentation, dans cette situation, est de parler à voix basse d'un problème comme le droit du peuple de Palestine à avoir un État. Ayant obtenu notre propre liberté, nous pourrions tomber dans le piège qui consiste à nous laver les mains des difficultés auxquelles les autres font face. Mais dans ce cas, nous ne serions pas des hommes.

JOURNÉE INTERNATIONALE DE SOLIDARITÉ AVEC LE PEUPLE PALESTINIEN, PRETORIA, AFRIQUE DU SUD, 4 DÉCEMBRE 1997

Ceux qui promeuvent la paix en Palestine et en Israël savent que la sécurité, pour une nation, n'est pas abstraite, et qu'elle doit être la même pour tous. Ils savent qu'ils dépendent de la sécurité des autres : de leur respect mutuel et de la confiance qu'ils s'accordent. Oui, ces soldats de la paix savent que leurs destins sont liés, et que nul ne peut être en paix quand les autres croupissent dans la pauvreté et l'insécurité.

IBID.

Les soldats de la paix savent que le monde dans lequel nous vivons s'élève au-dessus des pièges de la haine et des conflits religieux et raciaux. Ils savent que les entorses faites à des accords conclus de bonne foi et l'occupation par la force de territoires ne peuvent que raviver les flammes du conflit. Ils savent par expérience que, dans une situation comme celle-là, les extrémistes de tous bords fleurissent en se nourrissant de la soif de sang des siècles passés.

IBID.

Nous devons tous faire davantage afin de soutenir la lutte du peuple palestinien pour l'autodétermination, et la recherche de la paix, de la sécurité et de l'amitié dans cette région.

IBID.

Quand, en 1977, les Nations unies ont voté la résolution inaugurant la Journée internationale de solidarité avec le peuple palestinien, elles affirmaient avoir connaissance de l'injustice et de la violation des droits de l'homme qui ont cours en Palestine. À la même époque, l'ONU s'est opposée fortement à l'apartheid, et au fil des ans un consensus international s'est construit, qui a aidé à mettre un terme à ce système inique. Mais nous savons bien que notre liberté est incomplète sans celle des Palestiniens, sans la résolution des conflits qui font rage au Timor-Oriental, au Soudan et dans d'autres parties du monde.

IBID.

L'Afrique du Sud est fière de faire partie du consensus international qui affirme le droit de la Palestine à l'autodétermination. Nous sommes résolus à jouer notre modeste rôle, dans les limites de nos ressources, pour faire en sorte que la Palestine jouisse d'une place légitime sur la scène internationale.

BANQUET EN L'HONNEUR DU PRÉSIDENT PALESTINIEN YASSER ARAFAT, LE CAP, AFRIQUE DU SUD, 11 AOÛT 1998

Les Sud-Africains comprennent les souffrances du peuple palestinien. Les Palestiniens vivent toujours dans l'humiliation et la misère. Les exilés et les réfugiés nourrissent depuis longtemps l'espoir de voir la fin du conflit et l'aube d'un avenir meilleur.

DISCOURS PRONONCÉ PAR LE MINISTRE DES AFFAIRES ÉTRANGÈRES ALFRED NZO AU NOM DU PRÉSIDENT MANDELA LORS DE LA JOURNÉE INTERNATIONALE DE SOLIDARITÉ AVEC LE PEUPLE PALESTINIEN, AFRIQUE DU SUD, 25 NOVEMBRE 1998

Le peuple palestinien et l'ensemble de la région ont besoin que nous soutenions leurs efforts pour mettre un terme à ce conflit qui gangrène notre planète depuis si longtemps.

IBID.

Nous restons persuadés que le seul moyen de voir la fin du conflit et d'apporter la paix et la sécurité à la Palestine, à Israël et à toute la région, passe par des négociations et le respect scrupuleux des accords conclus jusqu'ici.
IBID.

Il n'y aurait rien de moins tragique si le non-respect des accords, y compris en ce qui concerne la libération des prisonniers politiques, frustrait une nouvelle fois les aspirations des Palestiniens à la justice et ruinait la paix au Moyen-Orient, tant désirée à travers le monde.
SOMMET DU CONSEIL DE COOPÉRATION DU GOLFE, ABU DHABI, ÉMIRATS ARABES UNIS, 7 DÉCEMBRE 1998

Nous devons condamner [Tony] Blair et [George W.] Bush, et leur faire entendre avec clarté qu'ils ont tort.
CONFÉRENCE LORS DU FORUM INTERNATIONAL DES FEMMES, TOKYO, JAPON, 30 JANVIER 2003

Nous avons été amenés à nous exprimer avec force ces derniers mois contre la montée de l'unilatéralisme dans les affaires du monde. Nous avons fait part publiquement et en privé de la différence de nos points de vue avec le Premier ministre [Tony] Blair et le président [George W.] Bush, deux jeunes dirigeants que nous tenons par ailleurs en haute estime.
CONFÉRENCE À LA CROIX-ROUGE BRITANNIQUE, CENTRE DE CONFÉRENCE ÉLIZABETH II, LONDRES, GRANDE-BRETAGNE, 10 JUILLET 2003

Vous, peuples d'Israël et de Palestine, devez maintenant donner l'exemple à vos dirigeants en faisant en sorte que vos sociétés dépassent la haine et la peur ; il est de votre responsabilité de reconnaître la coexistence pacifique d'un État palestinien souverain et d'un État israélien à l'abri des menaces terroristes.

DÉCLARATION À PROPOS DE LA SIGNATURE DE L'ACCORD DE GENÈVE, NOVEMBRE 2003

Nous avions protesté contre l'invasion de l'Irak et nous observons aujourd'hui les terribles souffrances de ce pays.

CONCERT 46664, HYDE PARK, LONDRES, 27 JUIN 2008

Nous constatons les importants progrès de l'homme, et nous notons avec tristesse ses erreurs. Quand nous étions au pouvoir, nous avons souvent parlé de la situation en Palestine et en Israël, et ce conflit se poursuit avec la même violence.

IBID.

Musique

La musique africaine touche directement le cœur, elle parle de votre vie, de vos conditions de vie, de vos aspirations.

CONVERSATION AVEC RICHARD STENGEL, 25 MARS 1993

La curieuse beauté de la musique africaine vient de ce qu'elle vous transporte même quand elle raconte des choses tristes. On peut être pauvre, avoir une maison branlante, avoir perdu son travail, mais les chansons redonnent de l'espoir.

DANS *UN LONG CHEMIN VERS LA LIBERTÉ*, 1994

Nous avons perdu beaucoup d'années de notre vie dans l'isolement d'une île-prison. Je suppose qu'il est difficile pour les autres de s'imaginer le réconfort que nous avons tiré du fait de connaître et de nous remémorer les grandes œuvres musicales émanant de cette ville. Elles résonnaient en nous et nous rappelaient l'unité de l'âme humaine et le caractère indestructible de l'esprit humain.

DISCOURS, VIENNE, AUTRICHE, 22-23 OCTOBRE 2003

Mythologie

Après le dîner, nous écoutions, captivés, ma mère ou parfois ma tante nous raconter des histoires, des légendes, des mythes et des fables venues de générations lointaines, qui stimulaient toujours notre imagination et contenaient des leçons morales inestimables.

MANUSCRIT AUTOBIOGRAPHIQUE INÉDIT, ÉCRIT À ROBBEN ISLAND, 1975

Quant à la mythologie, mon intérêt pour elle vient de loin, c'est ma mère qui m'en a nourri dès les premiers jours de mon enfance.

LETTRE À FATIMA MEER, ÉCRITE À ROBBEN ISLAND, 1ER JANVIER 1976

Nation arc-en-ciel

Si nous pouvons parler fièrement de la nation arc-en-ciel, unie dans la diversité de ses cultures, de ses religions, de ses langues et de ses ethnies, c'est en partie parce que le monde nous a érigés en exemple moral et que nous avons osé nous y conformer. Cette réussite est durable car elle est fondée sur la conviction que la réconciliation et la construction nous obligent, entre autres choses, à faire la lumière sur notre passé pour ne pas le voir ressurgir.

CONFÉRENCE À LA FONDATION RAJIV GANDHI, NEW DELHI, INDE, 25 JANVIER 1995

Nationalisme africain

Un jour, un ami m'a demandé comment je faisais pour réconcilier ma croyance dans le nationalisme africain

et mon adhésion au matérialisme dialectique. Il n'y a aucune contradiction entre les deux idéologies ; au contraire, je les trouve complémentaires.
MANUSCRIT AUTOBIOGRAPHIQUE INÉDIT, 1975

Je suis un nationaliste africain, je lutte pour que le peuple africain s'unisse, qu'il s'émancipe de la domination d'une minorité et qu'il ait le droit de vivre en toute autonomie.
IBID.

Nations unies

Les Nations unies ont très bien compris que le racisme dans notre pays ne pouvait que nourrir le racisme dans d'autres parties du monde. La lutte universelle contre l'apartheid n'a donc pas été un acte de charité suscité par la pitié pour notre peuple, mais une affirmation de notre humanité commune. Nous croyons que cette affirmation oblige cette organisation à concentrer durablement son attention sur l'essentiel de tout ce qui peut rendre le monde meilleur pour toute l'humanité.
QUARANTE-NEUVIÈME SESSION DE L'ASSEMBLÉE GÉNÉRALE DES NATIONS UNIES, NEW YORK, U.S.A., 3 OCTOBRE 1994

Quand les secrétaires généraux étaient blancs, nous n'avions jamais le cas d'un pays ignorant les Nations unies. Mais maintenant que nous avons des secrétaires généraux noirs, comme Boutros Boutros-Ghali et maintenant Kofi Annan, certains pays qui croient à la suprématie blanche ignorent les Nations unies. Nous devons combattre cela sans réserve.
CONFÉRENCE DE PRESSE, JAKARTA, INDONÉSIE, 30 SEPTEMBRE 2002

Aucun pays, aussi puissant soit-il, n'est habilité à agir en dehors des Nations unies. Les Nations unies ont été fondées afin que les pays, quel que soit leur continent d'origine, agissent à travers une organisation disciplinée. Les Nations unies sont là pour promouvoir la paix dans le monde et tout pays agissant en dehors des Nations unies commet une grave erreur.

IBID.

Le monde a aujourd'hui besoin de partenariats respectueux et équitables entre toutes les nations. Nous avons aussi besoin d'institutions internationales qui servent équitablement les besoins d'une nation.

MESSAGE ENREGISTRÉ DIFFUSÉ LORS DE LA REMISE D'UN DIPLÔME HONORIFIQUE PAR L'UNIVERSITÉ DU MICHIGAN, U.S.A., 29 AVRIL 2008

Négociation

Quand nous nous serons battus et que ce pays sera réduit en cendres, il sera toujours nécessaire de nous asseoir et de parler des problèmes de la reconstruction – l'homme blanc et l'homme noir, l'Africain et l'Afrikaner.

ESSAI INTITULÉ « BALAYER LES OBSTACLES ET AFFRONTER L'ENNEMI », ÉCRIT À ROBBEN ISLAND, 1976

Je suis prêt à jouer mon rôle dans les efforts pour normaliser la situation, et à négocier les mécanismes du transfert du pouvoir vers tous les Sud-Africains.

LETTRE AU PROFESSEUR SAMUEL DASH, ÉCRITE À LA PRISON DE POLLSMOOR, LE CAP, AFRIQUE DU SUD, 12 MAI 1986

En conséquence, l'action que je mène ne doit pas être considérée comme le commencement de véritables négociations entre le gouvernement et l'ANC. Ma tâche est très limitée et consiste à amener les deux forces politiques les plus importantes du pays à la table des négociations.

LETTRE AU PRÉSIDENT P.W. BOTHA, ÉCRITE À LA PRISON VICTOR VERSTER, PAARL, AFRIQUE DU SUD, JUILLET 1989

Nous n'avons pas pour le moment commencé à discuter de nos premières revendications. Je voudrais souligner le fait qu'à aucun moment je n'ai participé à des négociations concernant l'avenir de notre pays, sauf pour insister sur la nécessité de pourparlers entre l'ANC et le gouvernement.

PREMIER DISCOURS APRÈS SA LIBÉRATION, HÔTEL DE VILLE, LE CAP, AFRIQUE DU SUD, 11 FÉVRIER 1990

Les négociations à propos du démantèlement de l'apartheid devront répondre aux aspirations incontournables de notre peuple pour une Afrique du Sud démocratique, non raciale et unitaire.

IBID.

Nous marchons vers l'avenir en nous appuyant sur des fondations solides et le respect de chacun, dans le cadre de négociations de bonne foi.

DISCOURS LORS D'UN RASSEMBLEMENT, SOWETO, AFRIQUE DU SUD, 13 FÉVRIER 1990

Je n'ai servi d'intermédiaire qu'en prison ; une fois dehors, la tâche de conduire les négociations revient au Conseil exécutif national, qui se trouve à Lusaka.

CHEZ LUI, À SOWETO, AFRIQUE DU SUD, 14 FÉVRIER 1990

J'espère sincèrement qu'à l'avenir nous pourrons nous sortir du conflit et de la confrontation pour entamer des négociations pacifiques.

IBID.

Si vous êtes décidé à régler des problèmes par la négociation, vous devez être prêt à faire des compromis. Et le compromis, à mon sens, ne concerne pas des questions annexes.

ENTRETIEN AVEC DES RESPONSABLES DES MÉDIAS SUD-AFRICAINS, JOHANNESBURG, AFRIQUE DU SUD, 15 FÉVRIER 1990

C'est le peuple qui a initié des discussions dans le but d'obliger le gouvernement et l'ANC à s'asseoir ensemble et à examiner la solution politique.
CONFÉRENCE DE PRESSE, LE CAP, AFRIQUE DU SUD, AVRIL 1990

Quand vous négociez, vous devez penser à la réconciliation, pas à lancer des ultimatums.
DÉCLARATION AUX MÉDIAS APRÈS UN ENTRETIEN AVEC LE PRÉSIDENT F.W. DE KLERK À PROPOS DE LA VIOLENCE DANS L'EAST RAND, UNION BUILDINGS, LE CAP, AFRIQUE DU SUD, VERS LE DÉBUT 1990

L'ANC a pris l'initiative de s'asseoir avec le gouvernement pour mettre au point une solution pacifique.
CONFÉRENCE DE PRESSE, LE CAP, AFRIQUE DU SUD, 4 MAI 1990

Nous ne pouvons accepter la poursuite des négociations et la rhétorique sur la paix alors que, dans le même temps, le gouvernement mène la guerre contre nous. Nous avons prévenu plusieurs fois le gouvernement à ce sujet. S'il ne prend pas de mesures efficaces, malheureusement et contre notre volonté, toute l'Afrique du Sud baignera bientôt dans le sang.
DÉCLARATION À KAGISO, WEST RAND, AFRIQUE DU SUD, VERS 1991

Ce jour restera marqué d'une pierre blanche dans l'histoire de notre pays. Si nous, qui sommes réunis ici, répondons au défi qui est le nôtre, ce jour marquera le commencement de la transition de l'apartheid vers la démocratie. Notre peuple, des quatre coins du pays, a fait savoir qu'il aspirait à la démocratie et à la paix. La CODESA représente la chance historique de transposer ces aspirations dans la réalité.
LORS DE L'OUVERTURE DE LA CODESA (CONVENTION POUR UNE AFRIQUE DU SUD DÉMOCRATIQUE), WORLD TRADE CENTER, KEMPTON PARK, AFRIQUE DU SUD, 20 DÉCEMBRE 1991

Je voulais parler des problèmes sobrement, parce que les gens ont envie de vous entendre vous exprimer, pour avoir une idée de la façon dont vous traitez les questions essentielles pendant les négociations.
CONVERSATION AVEC RICHARD STENGEL, 3 FÉVRIER 1993

Une approche moins brusque, surtout quand vous avec confiance dans ce que vous défendez, donne plus de résultats que l'agressivité.
CONVERSATION AVEC RICHARD STENGEL, 8 FÉVRIER 1993

Alors j'ai décidé de commencer les négociations sans leur en parler, puis de les mettre devant le fait accompli.
CONVERSATION AVEC RICHARD STENGEL, 8 MARS 1993

Ces premières discussions étaient très honnêtes, amicales, et Thabo Mbeki a tout dit dans une réunion, après la rencontre des deux délégations, lorsqu'il a déclaré que nous étions tous là et nous sommes aperçus que personne n'avait de cornes.
CONVERSATION AVEC RICHARD STENGEL, 22 AVRIL 1993

Quand nous nous sommes rencontrés, nous avons découvert qu'en fait c'étaient des gens normaux, qui répondaient de manière très constructive, avec humanité ; la politique était toujours la même, avec toute sa dureté, mais les êtres humains étaient complètement différents.
IBID.

Il faut voir les négociations comme l'aboutissement de tous nos efforts collectifs, à tous les niveaux, avec toute la variété de méthodes employées, dans des conditions diverses, pour arriver à notre objectif stratégique : le transfert du pouvoir d'une minorité vers la majorité.
CONFÉRENCE NATIONALE D'UMKHONTO WE SIZWE, TRANSVAAL ORIENTAL, 3 SEPTEMBRE 1993

Souvent, c'est aux moments les plus décourageants qu'il faut prendre des initiatives. Dans de tels moments, les gens cherchent à échapper à un dilemme.

DANS *UN LONG CHEMIN VERS LA LIBERTÉ*, 1994

Nous avons posé le constat que les hommes et les femmes à travers le monde veulent la paix, qu'ils veulent la sécurité, qu'ils veulent vivre leur vie, et que le simple fait que des parties qui étaient en conflit s'assoient autour d'une table donne un message d'espoir, non seulement aux populations concernées, mais à l'ensemble du monde.

APRÈS SA RENCONTRE AVEC LE DIRIGEANT DU SINN FÉIN GERRY ADAMS, SHELL HOUSE, JOHANNESBURG, AFRIQUE DU SUD, 19 JUIN 1995

Notre expérience nous a appris que, avec de la bonne volonté, on peut trouver une solution négociée même aux problèmes les plus profonds.

MESSAGE POUR LE NOUVEL AN JUIF (ROSH HA-SHANA), AFRIQUE DU SUD, 13 SEPTEMBRE 1996

L'Afrique du Sud ne se croit pas capable de résoudre les problèmes des autres. Mais nous pensons que notre humble expérience a prouvé qu'on peut négocier des solutions même aux conflits les plus durs, et que ces solutions apparaissent lorsque ceux qui sont divisés se tendent la main pour trouver un terrain d'entente.

RÉCEPTION DU DOCTORAT HONORIS CAUSA DE L'UNIVERSITÉ BEN GOURION DU NÉGUEV, LE CAP, AFRIQUE DU SUD, 19 SEPTEMBRE 1997

Dès l'époque des négociations, notre expérience nous enseignait que la poursuite de la fraternité et de l'égalité – sans distinction de race ou de religion – doit être au centre des efforts pour la paix.

JOURNÉE INTERNATIONALE DE SOLIDARITÉ AVEC LE PEUPLE PALESTINIEN, PRETORIA, AFRIQUE DU SUD, 4 DÉCEMBRE 1997

Notre modeste expérience a montré qu'on peut arriver à des solutions négociées même pour les conflits que le monde s'est habitué à considérer comme insolubles. Elle nous a appris que ces solutions naissent lorsque les anciens opposants s'accordent à trouver un terrain d'entente.

BANQUET EN L'HONNEUR DU PRÉSIDENT PALESTINIEN YASSER ARAFAT, LE CAP, AFRIQUE DU SUD, 11 AOÛT 1998

La négociation et la discussion sont les plus grandes armes que nous ayons pour promouvoir la paix et le développement.

SOMMET DU CONSEIL DE COOPÉRATION DU GOLFE, ABU DHABI, ÉMIRATS ARABES UNIS, 7 DÉCEMBRE 1998

J'ai approché le gouvernement sans même en parler à mes camarades en prison.

SUITE INÉDITE À SON AUTOBIOGRAPHIE, VERS 1998

Aucun problème n'est trop profond pour être surmonté si toutes les parties en ont la volonté, par la discussion et la négociation au lieu de la force et de la violence.

DISCOURS D'OUVERTURE DU DÉBAT DU BUDGET PRÉSIDENTIEL, PARLEMENT, LE CAP, AFRIQUE DU SUD, 2 MARS 1999

Parmi les principes qu'a suivis le mouvement de libération dès le début des négociations, il y avait le fait que nous devions en sortir plus forts et plus unis, qu'il ne devait y avoir ni gagnants ni perdants.

SÉANCE FINALE DU PREMIER PARLEMENT DÉMOCRATIQUEMENT ÉLU, LE CAP, AFRIQUE DU SUD, 26 MARS 1999

L'ANC a eu le courage et la sagacité de reconnaître que, si nous refusions de parler à nos ennemis d'avant, nous ne pourrions pas mettre en œuvre les transformations, et donc nous avons eu le courage d'aller les voir et de leur dire : « Pourquoi devrions-nous nous massacrer alors que nous pouvons nous asseoir autour d'une table et discuter pacifiquement des problèmes ? » Heureusement, parmi nos ennemis, certains ont eu la présence d'esprit et le cran de dire : « Oublions le passé. » Alors nous nous sommes assis et nous avons parlé. Cela a été une grande source de fierté.

DISCOURS D'ADIEU AUX ÉDITEURS DE PRESSE, PRETORIA, AFRIQUE DU SUD, 10 MAI 1999

Nous n'aurions jamais pu effectuer ce changement pacifique sans nous asseoir et parler avec nos ennemis.

IBID.

Les dirigeants du mouvement de libération ont eu suffisamment d'intelligence pour placer les considérations rationnelles au-dessus des impulsions émotionnelles qui nous auraient interdit de discuter avec l'ennemi.

CONFÉRENCE ANNUELLE DU FORUM DE MANAGEMENT NOIR, AFRIQUE DU SUD, OCTOBRE 2002

Tout le monde s'attendait à ce que nous nous détruisions collectivement dans la pire des conflagrations raciales. Mais notre peuple a choisi la voie de la négociation, du compromis et du règlement pacifique. Au lieu de la haine et de la vengeance, nous avons choisi la réconciliation et la construction nationale.

DISCOURS AU NOBEL SQUARE, LE CAP, AFRIQUE DU SUD, 14 DÉCEMBRE 2003

La meilleure arme, c'est s'asseoir et parler.

DOCUMENTAIRE *MANDELA : THE LIVING LEGEND*, 2003

Nos dirigeants ont donné tort à tous les prédicateurs d'apocalypse en s'asseyant pour régler pacifiquement nos différends. Si nous en avons été capables, cela doit être possible dans d'autres situations.

INTERVIEW DES LAURÉATS DU PRIX NOBEL PAR LORIE KARNATH, AVRIL 2004

Des ennemis historiques ont réussi à négocier une transition pacifique de l'apartheid à la démocratie, tout simplement parce que nous étions disposés à accepter la capacité inhérente de l'autre à la bonté.
SÉANCE DU PARLEMENT À L'OCCASION DE L'ANNIVERSAIRE DES DIX ANS DE LA DÉMOCRATIE, PARLEMENT, LE CAP, AFRIQUE DU SUD, 10 MAI 2004

L'Afrique du Sud continue d'être un exemple de ce que l'on peut réussir dans des circonstances conflictuelles, pour peu qu'on ait de la volonté et que l'on s'attache à trouver des solutions pacifiques.
CÉLÉBRATION DE L'ANNIVERSAIRE DU RÉVÉREND DESMOND TUTU, JOHANNESBURG, AFRIQUE DU SUD, 7 DÉCEMBRE 2006

Discuter entre Sud-Africains, négocier dans des conditions qui n'avilissent aucune des parties impliquées, rechercher des solutions par des compromis honorables : ces conceptions ont toujours été au cœur de la pensée du mouvement de libération.
CONFÉRENCE DEVANT LA SOCIÉTÉ CIVILE, AFRIQUE DU SUD, 24 AVRIL 2010

En entamant des négociations depuis ma prison, je n'inventais rien ; nous avions déjà pris cette décision en décembre 1961.
INTERVIEW, DATE INCONNUE

Non-discrimination raciale

Nous affirmons clairement dans notre politique que l'Afrique du Sud est un pays peuplé de nombreuses races. Il y a de la place pour toutes les races dans ce pays.
INTERVIEW AVEC BRIAN WIDLAKE POUR I.T.N. TELEVISION (GRANDE-BRETAGNE), JOHANNESBURG, AFRIQUE DU SUD, 31 MAI 1961

Dans les États africains, j'ai vu des Noirs et des Blancs se mêler pacifiquement et joyeusement dans les hôtels, dans les cinémas, je les ai vus commercer dans les mêmes rues, utiliser les mêmes systèmes de transport public et vivre dans les mêmes quartiers résidentiels.

PLAIDOYER POUR L'ATTÉNUATION DE SA PEINE APRÈS AVOIR ÉTÉ RECONNU COUPABLE D'AVOIR INCITÉ DES TRAVAILLEURS À FAIRE GRÈVE ET D'AVOIR QUITTÉ LE PAYS ILLÉGALEMENT, ANCIENNE SYNAGOGUE, PRETORIA, AFRIQUE DU SUD, NOVEMBRE 1962

L'ANC a toujours défendu une démocratie non raciale et nous reculons devant toutes les actions qui pourraient éloigner les races plus qu'elles ne le sont déjà. Mais le fait est là, têtu, que cinquante ans de non-violence n'ont rien apporté d'autre au peuple africain qu'une législation de plus en plus répressive, et de moins en moins de droits.

DISCOURS DEPUIS LE BANC DES ACCUSÉS, PROCÈS DE RIVONIA, PALAIS DE JUSTICE, PRETORIA, AFRIQUE DU SUD, 20 AVRIL 1964

Nous redoublons nos efforts pour que les Blancs acceptent que nous soyons leurs frères, leurs sœurs, que nous soyons des enfants de Dieu comme eux, et pour qu'il n'y ait aucune raison qu'il y ait un sentiment d'hostilité ou de soupçon entre les Noirs et les Blancs de ce pays.

CHEZ LUI, À SOWETO, AFRIQUE DU SUD, 14 FÉVRIER 1990

Liés entre eux par un destin commun, il n'y aura plus de Blancs et de Noirs, mais seulement des Sud-Africains, libres et fiers. Fiers de faire partie de la même famille.

CONCERT ORGANISÉ PAR LE MOUVEMENT ANTI-APARTHEID IRLANDAIS, DUBLIN, IRLANDE, 1ER JUILLET 1990

Nous sommes totalement dévoués à une nouvelle Afrique du Sud, non raciale et démocratique. C'est un idéal au nom duquel nombre d'entre nous sont allés en prison, au nom duquel beaucoup de gens sont morts

en cellule, au bout d'une corde, et lors des massacres dans nos villes, nos bidonvilles, et dans les campagnes d'Afrique du Sud.
DÉCLARATION AU GROUPE PARLEMENTAIRE SUR L'AFRIQUE DU SUD, PARLEMENT, LONDRES, GRANDE-BRETAGNE, 3 JUILLET 1990

Nous sommes une organisation non raciale et nous voulons que nos réunions et nos structures reflètent ce caractère non racial.
DISCOURS À KAGISO, WEST RAND, AFRIQUE DU SUD, VERS 1991

La tentative qui vise à diviser notre peuple selon des clivages ethniques, à transformer sa variété en un danger pour lui percer le cœur, nous ferons tout pour qu'elle échoue.
SOMMET A.N.C./INKHATA, DURBAN, AFRIQUE DU SUD, 29 JANVIER 1991

Il n'y a point de salut pour notre pays menacé hors la compréhension par tout un chacun que nous ne formons qu'un peuple, noir et blanc. Issus d'un moule qui peut être différent, nous n'en restons pas moins dépendants les uns des autres – et ce quel que soit le credo politique et idéologique que chacun porte dans son cœur.
IBID.

L'ANC combat la discrimination raciale, pour que la population d'Afrique du Sud vive dans la paix et l'amitié.
DISCOURS À L'UNIVERSITÉ DE PRETORIA, AFRIQUE DU SUD, 29 AVRIL 1991

L'unité non raciale de notre pays n'est pas négociable, il n'est pas question de chercher de compromis sur ce point.
DISCOURS À L'UNIVERSITÉ DE DURBAN-WESTVILLE, DURBAN, AFRIQUE DU SUD, 6 JUILLET 1991

Nous nous battons pour une société où les gens cesseront de penser en termes de couleur.

CONVERSATION AVEC RICHARD STENGEL, 8 MARS 1993

Nous n'avons jamais vraiment accepté le communautarisme. Nous demandons une société non raciale, parce que parler de communautarisme, c'est multiplier les races.

CONVERSATION AVEC RICHARD STENGEL, 9 MARS 1993

J'avais le sentiment que les Juifs d'Afrique du Sud avaient moins de préjugés liés à la couleur que les autres Blancs.

CONVERSATION AVEC RICHARD STENGEL, 16 MARS 1993

La question d'une société non raciale a toujours été un marqueur du Congrès national africain, surtout depuis 1955 quand nous avons publié la Charte des libertés. C'est devenu la politique établie de l'ANC.

CONVERSATION AVEC RICHARD STENGEL, 28 AVRIL 1993

J'ai agi tout au long de ma vie avec la conviction que nous ne sommes qu'un pays, et qu'un peuple : métis, Indiens, Africains et Blancs. Un pays, un peuple.

EN REVISITANT ROBBEN ISLAND, LE CAP, AFRIQUE DU SUD, 11 FÉVRIER 1994

L'une des choses remarquables en ce monde, c'est l'émergence d'hommes et de femmes sur chaque continent qui décident de s'attaquer à des problèmes socio-économiques dans toutes les parties du monde, sans s'occuper du groupe ethnique de ceux qui souffrent.

INAUGURATION DE LA CLINIQUE ZOLA, SOWETO, AFRIQUE DU SUD, 7 MARS 2002

Le caractère non racial de notre lutte et de la société que nous construisons aujourd'hui doit beaucoup aux efforts et aux contributions de personnes comme Rusty Bernstein. Il a fait le choix délibéré de renoncer à une vie confortable pour joindre ses forces à celles de ses compatriotes sud-africains dans le combat pour la démocratie et la liberté.

DÉCLARATION APRÈS LA MORT DE RUSTY BERNSTEIN, JOHANNESBURG, AFRIQUE DU SUD, 24 JUIN 2002

En menant la transformation de notre pays pour que les Noirs occupent la place qui leur revient dans tous les secteurs et à tous les niveaux de la société, il faut faire connaître le principe qui doit nous guider, à savoir que nous construisons une société non raciale.

CONFÉRENCE ANNUELLE DU FORUM DE MANAGEMENT NOIR, AFRIQUE DU SUD, OCTOBRE 2002

J'espère que notre mouvement conservera toujours l'attachement à la non-discrimination raciale chère à sa pensée, à sa politique et à son action. C'est entre autres cet engagement, même dans des circonstances où on nous aurait pardonné d'en dévier, qui nous a valu d'être respectés à travers le monde.

HOMMAGE À YUSUF CACHALIA ET À BRAM FISCHER, JOHANNESBURG METROPOLITAN CENTRE, JOHANNESBURG, AFRIQUE DU SUD, 5 JUIN 2005

Non-violence

La non-violence, aussi efficace qu'elle ait été, n'aurait pas suffi, parce que nous avons affaire à un gouvernement qui est complètement obtus, qui n'a aucune culture de la démocratie.

CONVERSATION AVEC RICHARD STENGEL, 19 MARS 1993

Nous avons décidé de nous en tenir à la non-violence tant que les conditions le permettaient. Et si les conditions évoluaient, nous abandonnerions automatiquement

la non-violence et emploierions les méthodes dictées par les conditions.
CONVERSATION AVEC RICHARD STENGEL, 25 MARS 1993

Nous avons toujours cru à la stratégie de la non-violence. Quand les conditions exigeaient de s'en tenir à la non-violence, nous le faisions ; quand les conditions nous dictaient de dépasser la non-violence, nous le faisions.
CONVERSATION AVEC RICHARD STENGEL, 5 AVRIL 1993

Pour moi, la non-violence n'était pas un principe moral, mais une stratégie ; il n'y a aucune valeur morale à employer une arme qui n'est pas efficace.
DANS *UN LONG CHEMIN VERS LA LIBERTÉ*, 1994

Nourriture et boisson

J'ai envie d'amasi [lait fermenté, boisson traditionnelle du sud de l'Afrique] ; j'aime me tendre la peau du ventre avec l'amasi, j'adore ça, ça va directement dans mon sang et dans mon cœur et ça me procure un contentement parfait.
LETTRE À WINNIE MANDELA, ÉCRITE À ROBBEN ISLAND, 31 AOÛT 1970

Un être humain, quelle que soit sa couleur, qu'il vive parmi des chrétiens, des pharisiens, des hypocrites, des païens ou parmi ceux qui se laissent séduire par le diable, ne devrait jamais être amené à considérer le fait de prendre ses repas comme un simple devoir.
IBID.

En ville, je prends du lait écrémé. Mais dans le Transkei, il n'y a pas de lait écrémé. Le lait est le lait.
CONVERSATION AVEC RICHARD STENGEL, VERS DÉCEMBRE 1992

Aujourd'hui, je suis mourant ; je vais en manger. Oh oui, ça fait longtemps que je n'ai pas eu d'œufs et de bacon.

QUAND IL ÉTAIT PRISONNIER, LORS D'UN TRANSFERT À L'HÔPITAL, CONVERSATION AVEC RICHARD STENGEL, 3 FÉVRIER 1993

Le thé de rooibos était mon préféré en prison mais dehors j'aime trop le café et je ne bois presque jamais de thé.

APRÈS UNE VISITE DE MME BETSIE VERWOERD, ORANIA, AFRIQUE DU SUD, 15 AOÛT 1995

Pouvons-nous boire du whisky ?

DOCUMENTAIRE *MANDELA : THE LIVING LEGEND*, LORSQUE L'ÉQUIPE DE L'HÉLICOPTÈRE DEMANDA SI LES PASSAGERS AVAIENT DES QUESTIONS, 2003

Objectifs

Quand vous avez un objectif dans la vie, vous avez envie de vous concentrer dessus, pas de vous lancer dans un affrontement avec vos ennemis. Vous avez envie de créer une atmosphère qui rassemble tout le monde autour de l'objectif que vous vous êtes assigné, avec le collectif auquel vous appartenez.

INTERVIEW AVEC JOHN BATTERSBY POUR *THE CHRISTIAN SCIENCE MONITOR*, JOHANNESBURG, AFRIQUE DU SUD, 10 FÉVRIER 2000

Occasion

Vous avez intérêt à saisir les occasions avec prudence et à vous assurer que l'histoire sera de votre côté.

CONVERSATION AVEC RICHARD STENGEL, 5 AVRIL 1993

Nous ne passons qu'une fois en ce monde et les occasions qu'on rate ne se représentent plus jamais.

CARNET, DATE INCONNUE

Oppression

Ils sont derrière nous, ces jours où des lois dures et cruelles offraient aux oppresseurs des années de paix et de tranquillité.

DISCOURS DE PRÉSIDENCE LORS DU CONGRÈS DU TRANSVAAL DE L'A.N.C., ÉGALEMENT CONNU COMME LE DISCOURS DU « DIFFICILE CHEMIN VERS LA LIBERTÉ », TRANSVAAL, AFRIQUE DU SUD, 21 SEPTEMBRE 1953

Nous avons été conditionnés par l'histoire du gouvernement blanc de ce pays à accepter le fait que les Africains, pour avoir une chance de voir leurs revendications aboutir, doivent faire face à la force et à la terreur. Ce n'est pas quelque chose qu'on a enseigné au peuple africain ; c'est quelque chose que les Africains ont appris d'expérience, avec amertume.

PLAIDOYER POUR L'ATTÉNUATION DE SA PEINE APRÈS AVOIR ÉTÉ RECONNU COUPABLE D'AVOIR INCITÉ DES TRAVAILLEURS À FAIRE GRÈVE ET D'AVOIR QUITTÉ LE PAYS ILLÉGALEMENT, ANCIENNE SYNAGOGUE, PRETORIA, AFRIQUE DU SUD, NOVEMBRE 1962

Optimisme

Je suis fondamentalement optimiste. Je ne saurais dire si c'est dans ma nature ou si je l'ai cultivé. Une partie de ce qui fait un optimiste, c'est de garder la tête tournée vers le soleil en mettant un pied devant l'autre.

DANS *UN LONG CHEMIN VERS LA LIBERTÉ*, 1994

Organisation de l'unité africaine

Jamais notre pays ne cherchera à en dominer un autre par la force des armes, par la puissance économique ou par la subversion. Nous sommes déterminés à rester fidèles à la vision de l'Afrique du Sud que vous pro-

jetiez lorsque vous vous joigniez à l'offensive contre le système d'apartheid.
SOMMET DE L'O.U.A. (ORGANISATION DE L'UNITÉ AFRICAINE), TUNIS, TUNISIE, 13 JUIN 1994

Aujourd'hui, aux confins sud du Sahara, sous les dunes majestueuses duquel se cachent beaucoup de nos vieilles origines africaines et ce qui lie le nord et le sud de l'Afrique, j'ai l'honneur de présenter mes adieux à un conclave qui a été l'accoucheur de notre liberté et notre professeur, à nous qui cherchions à savoir quoi faire de notre liberté.
SOMMET DE L'O.U.A. (ORGANISATION DE L'UNITÉ AFRICAINE), OUAGADOUGOU, BURKINA FASO, 8 JUIN 1998

Orgueil

Dans la vie normale, quand nous sommes heureux et libres, nous nous enfermons souvent dans des tours d'ivoire où notre orgueil et notre suffisance gonflent, et nous traitons avec indifférence, voire avec mépris, la générosité et l'affection de nos amis.
LETTRE À SEFTON VUTELA, ÉCRITE À ROBBEN ISLAND, 28 JUILLET 1969

Aucun peuple orgueilleux n'obéirait aux ordres de ceux qui l'ont humilié et déshonoré pendant si longtemps.
LE CAP, AFRIQUE DU SUD, DATE INCONNUE

Ouvriers

Dans la lutte contre l'apartheid, ce sont les ouvriers noirs qui frapperont les plus grands coups. Sans leur participation, l'impact du mouvement de libération restera limité. Heureusement, ils sont au cœur de la lutte contre la discrimination raciale et ils constituent la principale force d'entraînement vers une Afrique du Sud démocratique.

ESSAI INTITULÉ « BALAYER LES OBSTACLES ET AFFRONTER L'ENNEMI », ÉCRIT À ROBBEN ISLAND, 1976

Notre peuple a besoin de logements convenables, pas de ghettos comme Soweto. Les ouvriers veulent un salaire décent ; ils veulent aussi le droit d'adhérer au syndicat de leur choix et de participer aux politiques qui déterminent leur vie.

DISCOURS LORS D'UN RASSEMBLEMENT, SOCCER CITY, SOWETO, AFRIQUE DU SUD, FÉVRIER 1990

Paix

Les peuples à travers le monde commencent à comprendre combien la lutte pour la paix et contre les menaces de guerre est liée à la préservation du droit des nations et des individus à une existence pacifique.

CONFÉRENCE DU NATAL POUR LA PAIX, AFRIQUE DU SUD, 23 AOÛT 1953

Il se peut que le jour soit encore loin où les nations transformeront leurs armées puissantes en mouvements pour la paix et les armes mortelles en socs de charrue inoffensifs. Mais c'est un vrai motif d'espoir qu'il y ait aujourd'hui dans le monde des organisations, des gouvernements, des chefs d'État, des groupes d'influence et des individus qui travaillent avec sincérité et courage à la paix dans le monde.

LETTRE À LORD NICHOLAS BETHELL, ÉCRITE À LA PRISON DE POLLSMOOR, LE CAP, AFRIQUE DU SUD, 4 JUIN 1986

Nous sommes toujours en faveur de la paix et, si le gouvernement nous en donne l'occasion, s'il normalise la situation, nous sommes prêts à apporter notre contribution au règlement pacifique des problèmes de ce pays.

À PROPOS DE L'ACCUEIL REÇU À SA SORTIE DE PRISON, PREMIÈRE CONFÉRENCE DE PRESSE APRÈS SA LIBÉRATION, BISHOPSCOURT, RÉSIDENCE DE L'ARCHEVÊQUE DESMOND TUTU, LE CAP, AFRIQUE DU SUD, 12 FÉVRIER 1990

Je me suis voué à la promotion de la paix dans ce pays, mais je l'ai fait dans le cadre plus large des décisions prises et des campagnes lancées par l'ANC.

IBID.

Nous voulons sortir de cette atmosphère de conflit. Nous aimerions que notre politique affirmée de règlement des problèmes par des moyens pacifiques soit restaurée.

CHEZ LUI, À SOWETO, AFRIQUE DU SUD, 14 FÉVRIER 1990

Notre propre destin, né de siècles de générations successives, n'a été que tension, conflit et mort. En un sens, nous ne savons pas ce qu'est la paix, sauf en imagination. Mais parce que nous n'avons jamais connu la véritable paix, parce que depuis des siècles, des générations ont dû enterrer les victimes de la violence d'État, nous nous sommes battus pour le droit de connaître la paix.

DISCOURS DEVANT LE CONGRÈS DES ÉTATS-UNIS, WASHINGTON D.C., U.S.A., 26 JUIN 1990

Il ne peut y avoir de paix tant que notre peuple manque des structures sociales de base, comme par exemple l'accès à la médecine. Il ne peut y avoir de paix tant que l'immense majorité des docteurs et des établissements médicaux sont concentrés dans des quartiers qui ne sont accessibles qu'à une petite partie de la population.

CÉRÉMONIE DE REMISE DES DIPLÔMES, FACULTÉ DE MÉDECINE D'AFRIQUE DU SUD, 23 MARS 1991

Grâce à la paix, on peut convertir les gens les plus déterminés, les plus engagés sur la question de la violence.

CONVERSATION AVEC RICHARD STENGEL, 16 MARS 1993

L'important, c'était de s'assurer que le message de paix s'enfonce profondément dans la pensée et l'approche de notre peuple.

IBID.

Car ce n'est pas seulement de la bonne logique, mais la réalité de la vie qui nous dit qu'au bout du compte, c'est le fait d'être délivré de la faim, de l'ignorance et de la maladie qui fait qu'une société favorise la paix ou bascule dans la guerre.

CÉRÉMONIE DE REMISE DE L'AFRICA PEACE AWARD, DURBAN, AFRIQUE DU SUD, 18 MARS 1995

Les soldats de la paix savent que le monde dans lequel nous vivons s'élève au-dessus des pièges de la haine et du conflit religieux ou racial. Ils savent que le mépris des accords signés de bonne foi et l'occupation de territoires par la force ne peuvent que raviver les flammes du conflit.

JOURNÉE INTERNATIONALE DE SOLIDARITÉ AVEC LE PEUPLE PALESTINIEN, PRETORIA, AFRIQUE DU SUD, 4 DÉCEMBRE 1997

Nous vivons dans un monde et à une époque où il est reconnu que la paix est l'arme la plus puissante aux mains des communautés et des peuples pour apporter la stabilité et le progrès, liés au développement.

RÉCEPTION DU DOCTORAT HONORIS CAUSA DE L'UNIVERSITÉ DU KWAZULU-NATAL, AFRIQUE DU SUD, 30 MAI 1998

Le combat de l'Afrique du Sud pour la paix dans le monde n'est pas totalement désintéressé. Il est de l'intérêt de notre pays que les principes de liberté et de démocratie que nous tenons pour vrais trouvent leur résonance dans toutes les parties du monde.

RECEVANT LE PRIX CHRIS HANI LORS DU DIXIÈME CONGRÈS NATIONAL DU S.A.C.P. (PARTI COMMUNISTE SUD-AFRICAIN), JOHANNESBURG, AFRIQUE DU SUD, 1ER JUILLET 1998

Il n'y a pas meilleure arme que la paix pour le développement.

DISCOURS DEVANT LE COMITÉ NATIONAL EXÉCUTIF DU CHAMA CHA MAPINDUZI (PARTI AU POUVOIR EN TANZANIE), DAR ES-SALAAM, TANZANIE, 17 NOVEMBRE 1998

Verser le sang crée un climat qui nuit au processus de paix.

FUNÉRAILLES DU PRINCE CYRIL MFUNAFUTHI ZULU, DURBAN, AFRIQUE DU SUD, 14 NOVEMBRE 1999

Car il n'y a pas aujourd'hui de plus grande cause que la quête de la paix. Rien n'arrêtera le processus de paix dans ce pays.

DÎNER DE GALA « NEWSMAKER OF THE DECADE » DU CLUB DE PRESSE DE JOHANNESBURG, JOHANNESBURG, AFRIQUE DU SUD, 31 OCTOBRE 2001

Nous devons continuer à souligner l'existence d'un respect commun et d'un désir de vivre en paix les uns avec les autres dans le monde. Les hommes, les femmes et les enfants sur tout le globe, quelles que soient leurs origines, leurs histoires ou leurs confessions, ne désirent rien d'autre que de vivre dignement.

IBID.

La paix n'est pas seulement l'absence de conflit ; la paix consiste à créer un environnement où les hommes peuvent s'épanouir, sans distinction de race, de couleur, de croyance, de religion, de sexe, de caste ou de tout autre marqueur de différence sociale.

MESSAGE À LA CONVENTION MONDIALE SUR LA PAIX ET LA NON-VIOLENCE, NEW DELHI, INDE, 31 JANVIER 2004

Le développement et la paix sont indivisibles. Sans la paix et la sécurité internationale, les nations ne peuvent pas se concentrer sur le soutien aux plus défavorisés de leurs citoyens.

IBID.

Notre arme la plus forte, à laquelle nos ennemis ne peuvent jamais résister, est la paix.

CONVERSATION AVEC AHMED KATHRADA ET MAC MAHARAJ, JOHANNESBURG, AFRIQUE DU SUD, 27 JUILLET 2006

Dans un monde déchiré par la violence et la discorde, le message de paix et de non-violence de Gandhi est la clé de la survie de l'homme au XXIe siècle. Gandhi croyait à juste titre en l'efficacité et en la force d'âme du *Satyagraha* [« force de la vérité », en sanskrit] contre la force brute de l'oppresseur, il la savait capable de convertir l'oppresseur à un point de vue honnête et moral.

MESSAGE VIDÉO À LA CONFÉRENCE DU CENTENAIRE DU SATYAGRAHA, NEW DELHI, INDE, 29-30 JANVIER 2007

La méthode la plus pacifique pour résoudre les problèmes est la paix.

DOCUMENTAIRE *MANDELA À 90 ANS*, 2008

Quand je suis sorti, j'ai soulevé la question fondamentale de la réconciliation et de la paix. Je veux dire par là qu'on ne gagne rien par le conflit et la crispation. Mieux vaut prêcher la paix.

IBID.

Aucune organisation politique sérieuse ne parlera jamais de paix quand on mène une guerre agressive contre elle.

LE CAP, AFRIQUE DU SUD, DATE INCONNUE

Paradis

Je ne suis pas ici pour annoncer un départ définitif. Et de toute façon ma famille et mes conseillers m'ont interdit de raconter mon histoire préférée à propos de l'homme qui arrive au paradis, qui frappe à la porte, donne son nom, et à qui on dit qu'il s'est trompé de porte. Apparemment, cette histoire rend beaucoup de gens moroses !

ANNONCE DE SON « DÉPART À LA RETRAITE », FONDATION NELSON MANDELA, JOHANNESBURG, AFRIQUE DU SUD, 2 JUIN 2004

Je suis sûr que si je vais au paradis, on me dira : « Qui êtes-vous ? » Je dirai : « Madiba. – De Qunu ? – Oui. » Ils me diront : « Allez frapper à l'enfer, ils vous accepteront. »

LORS DE SON QUATRE-VINGT-DOUZIÈME ANNIVERSAIRE, HOUGHTON, AFRIQUE DU SUD, 18 JUILLET 2010

Pardon

Je travaille aujourd'hui avec les gens qui m'ont jeté en prison, qui ont persécuté ma femme, chassé mes enfants d'une école à l'autre… Et je fais partie de ceux qui disent : « Oublions le passé, et pensons au présent. »

CONVERSATION AVEC RICHARD STENGEL, 9 MARS 1993

Nous devons pardonner le passé et, dans le même temps, restaurer la dignité des victimes, entendre leur détresse.

LORS DE LA CONFÉRENCE ANNUELLE DE L'ÉGLISE MÉTHODISTE, MTHATHA, AFRIQUE DU SUD, 18 SEPTEMBRE 1994

Chez les gens qui se sont retrouvés en prison alors qu'ils essayaient de transformer la société, le pardon est naturel. Ils n'ont pas de temps à perdre à se venger.
INTERVIEW AVEC JOHN BATTERSBY, JOHANNESBURG, AFRIQUE DU SUD, PUBLIÉE DANS *THE CHRISTIAN SCIENCE MONITOR* LE 10 FÉVRIER 2000

Passé

Dans les circonstances actuelles, penser au passé peut être plus épuisant que contempler le présent et prédire le cours des événements futurs.
LETTRE À HILDA BERNSTEIN, ÉCRITE À LA PRISON DE POLLSMOOR, LE CAP, AFRIQUE DU SUD, 8 JUILLET 1985

Le passé est une riche ressource dans laquelle nous pouvons puiser pour prendre des décisions concernant l'avenir, mais il ne dicte pas nos choix. Nous devons nous retourner sur notre passé, prendre ce qu'il y a de bon et laisser le mauvais de côté.
DISCOURS LORS D'UN RASSEMBLEMENT, KINGS PARK STADIUM, DURBAN, AFRIQUE DU SUD, 25 FÉVRIER 1990

Même si nous nous accordons tous sur le fait qu'il ne faut pas laisser le passé devenir un fardeau qui diminue la capacité de notre pays et de notre peuple à aller de l'avant, il faudrait avoir la vue bien courte pour le balayer d'un revers de main et l'oublier, comme s'il n'avait qu'une seule et brutale dimension.
TRENTE-SEPTIÈME CONGRÈS DU CONSEIL DES DÉPUTÉS JUIFS D'AFRIQUE DU SUD, HÔTEL CARLTON, JOHANNESBURG, AFRIQUE DU SUD, 21 AOÛT 1993

Il y en a toujours dans notre pays pour croire faussement qu'ils peuvent apporter leur contribution à la cause de la justice et de la paix en s'accrochant à des incantations qui n'ont jamais rien suscité d'autre que des désastres. Nous avons l'espoir qu'eux aussi auront suffisamment de raison pour comprendre qu'on ne peut pas tourner le dos à l'histoire et qu'on ne crée pas une nouvelle société en reproduisant un passé répugnant, même présenté sous un jour plus attrayant ou raffiné.

CÉRÉMONIE DE REMISE DU PRIX NOBEL DE LA PAIX, OSLO, NORVÈGE, 10 DÉCEMBRE 1993

Je pense que nous serons tous d'accord sur le fait qu'il n'est pas très agréable de revivre des souvenirs difficiles, de réveiller les douleurs et les souffrances du passé, mais, comme la population des Pays-Bas et des autres pays d'Europe, nous avons connu la dure réalité du nazisme et du fascisme. Comme les peuples des pays en voie de développement, qui ont vécu la brutalité du colonialisme, en Afrique du Sud nous savons fort bien que nous ne pouvons pas avancer avec confiance vers l'avenir en ignorant le passé.

INAUGURATION DU MUSÉE ANNE FRANK À MUSEUMAFRIKA, JOHANNESBURG, AFRIQUE DU SUD, 15 AOÛT 1994

Certains considèrent qu'il vaut mieux oublier le passé. Certains nous critiquent quand nous disons que nous pardonnons, mais que nous n'oublions pas. Ils ne sont pas d'accord sur le fait que les auteurs de violations des droits de l'homme doivent d'abord révéler et faire connaître celles-ci avant qu'on leur accorde l'amnistie.

LORS DU SERVICE ŒCUMÉNIQUE POUR LA COMMISSION VÉRITÉ ET RÉCONCILIATION, CATHÉDRALE SAINT-GEORGE, LE CAP, AFRIQUE DU SUD, 13 FÉVRIER 1996

Les Sud-Africains de la rue sont déterminés à ce que le passé soit révélé, afin qu'il ne se répète pas. S'ils exigent cela, ce n'est pas par esprit de vengeance, mais pour que nous entrions ensemble dans l'avenir. La question pour notre nation n'est pas de savoir si le

passé doit être révélé, mais de faire en sorte qu'il le soit de façon à promouvoir la réconciliation et la paix.
IBID.

Il y a des monuments qui désignent en silence un passé lointain, qui s'efface toujours plus. Dénués de vie, ils n'ont presque aucun sens hors des livres d'histoire et de l'esprit des érudits.
RÉINAUGURATION DU MONUMENT AUX COLONS DE 1820, GRAHAMSTOWN, AFRIQUE DU SUD, 16 MAI 1996

Alors que nous cherchons la vérité sur notre passé de divisions, rien n'est plus douloureux que d'affronter les terribles souffrances que nous nous sommes infligées les uns aux autres durant les dernières décennies du régime d'apartheid.
CÉLÉBRATIONS DU JOUR DE LA LIBERTÉ, LE CAP, AFRIQUE DU SUD, 27 AVRIL 1997

Nous nous souvenons de notre terrible passé afin de pouvoir y faire face, de pardonner quand le pardon est nécessaire, de nous assurer que jamais plus une telle inhumanité ne nous déchirera et de nous pousser à éradiquer un héritage qui rôde dangereusement autour de notre démocratie.
DÉBAT SPÉCIAL SUR LE RAPPORT DE LA COMMISSION VÉRITÉ ET RÉCONCILIATION, PARLEMENT, LE CAP, AFRIQUE DU SUD, 25 FÉVRIER 1999

Ne nous attardons pas sur les querelles de clocher concernant notre passé. Qu'il nous inspire plutôt les contributions intellectuelles et culturelles à la représentation et à la compréhension de notre humanité commune, qui peut faire de cette planète un monde meilleur pour tous.
BANQUET CÉLÉBRANT LES CENT MEILLEURS LIVRES AFRICAINS DU XXE SIÈCLE, LE CAP, AFRIQUE DU SUD, JUILLET 2002

Ne regardons jamais avec légèreté le terrible passé dont nous sommes issus – la mémoire non pour rester négativement fixés sur le passé, mais plutôt comme un rappel joyeux du chemin parcouru et de ce que nous avons réussi.
SÉANCE DU PARLEMENT À L'OCCASION DE L'ANNIVERSAIRE DES DIX ANS DE LA DÉMOCRATIE, PARLEMENT, LE CAP, AFRIQUE DU SUD, 10 MAI 2004

Nous sommes enchantés que la vérité à propos du passé commence à sortir.
DOCUMENTAIRE *HEADLINERS AND LEGENDS : NELSON MANDELA*, 2006

Souvenons-nous des horreurs du passé ; n'oublions jamais la grandeur d'une nation qui a su surmonter ses divisions et devenir ce qu'elle est ; et ne nous abaissons jamais à des finalités destructrices, quelles que soient les considérations.
RECEVANT LA « FREEDOM OF THE CITY OF TSHWANE », FONDATION NELSON MANDELA, JOHANNESBURG, AFRIQUE DU SUD, 13 MAI 2008

Pauvreté

Il y a deux façons de sortir de la pauvreté. La première passe par l'éducation, la seconde par l'acquisition de nouvelles compétences pour les travailleurs, ce qui leur permet d'obtenir de meilleurs salaires. En ce qui concerne les Africains, ces deux moyens d'avancement sont délibérément bouchés par la législation.
DISCOURS DEPUIS LE BANC DES ACCUSÉS, PROCÈS DE RIVONIA, PALAIS DE JUSTICE, PRETORIA, AFRIQUE DU SUD, 20 AVRIL 1964

Lors de ma première année à Johannesburg, j'en ai plus appris sur la pauvreté que durant toute mon enfance à Qunu.
MANUSCRIT AUTOBIOGRAPHIQUE INÉDIT, ÉCRIT À ROBBEN ISLAND, 1975

Soulevez les couvercles des marmites et demandez aux hommes pourquoi il y a aussi peu à manger dedans.

Quand la pluie s'infiltre dans la maison, posez la main de vos hommes dans les flaques au sol et demandez-leur pourquoi. Il n'y a qu'une réponse, qui est que nous vivons dans la précarité.
DISCOURS LORS D'UN RASSEMBLEMENT, KINGS PARK STADIUM, DURBAN, AFRIQUE DU SUD, 25 FÉVRIER 1990

Nous devons aussi affirmer avec force que la concorde politique – et la démocratie elle-même – ne peut survivre si les besoins du peuple, le problème du pain et du beurre, ne sont pas réglés de toute urgence en même temps que se fait le processus. Il ne faut pas provoquer la colère des pauvres, qui sera un doigt accusateur brandi dans notre direction si nous échouons à répondre aux appels du peuple, qui veut de la nourriture, des maisons, et la dignité.
DISCOURS DEVANT LE CONGRÈS DES ÉTATS-UNIS, WASHINGTON D.C., U.S.A., 26 JUIN 1990

Être pauvre est une chose terrible.
CONVERSATION AVEC AHMED KATHRADA, VERS 1993-1994

Nous nous engageons à n'avoir de repos tant que des millions de nos concitoyens souffriront de la faim et de l'indignité de la pauvreté sous toutes ses formes.
QUARANTE-NEUVIÈME SESSION DE L'ASSEMBLÉE GÉNÉRALE DES NATIONS UNIES, NEW YORK, U.S.A., 3 OCTOBRE 1994

Sans changements socio-économiques pour améliorer les conditions de vie, notamment des pauvres, notre démocratie toute neuve sonnera creux.
DÎNER DE LA FÉDÉRATION DES CHAMBRES INDIENNES DE COMMERCE, CONFÉDÉRATION DES CONSEILS INDIENS DE L'INDUSTRIE ET DES AFFAIRES, DELHI, INDE, 26 JANVIER 1995

Ce qui nous oblige à nous dépasser, ce qui nous définit en tant qu'hommes d'État, c'est l'appel du clairon pour que nous nous mettions au service du peuple – le proverbial homme de la rue. Les pauvres, les affamés, les victimes des tyrans irascibles, les cibles de la politique, ceux-là réclament le changement.

RÉUNION COMMÉMORATIVE DE L'ASSEEMBLÉE GÉNÉRALE POUR LE CINQUANTIÈME ANNIVERSAIRE DES NATIONS UNIES, NEW YORK, U.S.A., 23 OCTOBRE 1995

Tant qu'une grande partie de la population vivra dans la plus grande pauvreté, tant que des enfants dormiront avec pour couvertures des bâches en plastique, tant que le chômage frappera, aucun Sud-Africain ne pourra se reposer et jouir totalement de la liberté.

SOIXANTE-QUINZIÈME ANNIVERSAIRE DU S.A.C.P. (PARTI COMMUNISTE SUD-AFRICAIN), LE CAP, AFRIQUE DU SUD, 28 JUILLET 1996

Les enfants qui dorment dans les rues, réduits à la mendicité pour vivre, sont la preuve que le travail n'est pas fini. Les familles qui vivent dans des taudis sans eau courante, sanitaires ou électricité, nous rappellent que le passé continue de hanter le présent.

IBID.

Alors que le monde se délivre de la domination d'un pouvoir bipolaire, la division du monde entre peuples riches et peuples pauvres n'en devient que plus frappante. Et au sein de cette division, l'Afrique subsaharienne occupe la place la plus extrême.

CONFÉRENCE AU CENTRE D'ÉTUDES ISLAMIQUES D'OXFORD, SHELDONIAN THEATRE, OXFORD, GRANDE-BRETAGNE, 11 JUILLET 1997

Les générations futures diront-elles de nous : « Oui ils ont posé les fondations pour l'éradication de la pauvreté dans le monde, ils ont réussi à établir un nouvel ordre mondial basé sur le respect mutuel, le partenariat et l'équité. »

IBID.

La pauvreté et l'injustice matérielle sont les ennemis de la paix et de la stabilité.

SESSION DE CLÔTURE DE LA CINQUANTIÈME CONFÉRENCE NATIONALE DE L'A.N.C., UNIVERSITÉ DU NORD-OUEST, CAMPUS DE MAFIKENG, AFRIQUE DU SUD, 20 DÉCEMBRE 1997

Nous sommes fiers de ce que nous avons réalisé. Mais la pauvreté dans laquelle sont toujours plongés des millions de gens, les problèmes d'éducation, de logement, de santé, de manque de terres ou de travail, qui affligent encore la majorité de nos concitoyens, tout cela nous rappelle que la mission de la liberté, de la démocratie et des droits de l'homme est encore loin d'être accomplie.

DISCOURS DE CLÔTURE DU DÉBAT DU BUDGET PRÉSIDENTIEL, PARLEMENT, LE CAP, AFRIQUE DU SUD, 22 AVRIL 1998

Notre liberté et nos droits ne prendront tout leur sens que lorsque nous aurons réussi ensemble à surmonter les divisions et les injustices du passé et à améliorer les conditions de vie des plus pauvres.

CÉLÉBRATIONS DU JOUR DE LA LIBERTÉ, LE CAP, AFRIQUE DU SUD, 27 AVRIL 1998

Les besoins des pauvres et des défavorisés sont immenses.

RECEVANT UN DIPLÔME HONORIFIQUE DE L'UNIVERSITÉ DU ZULULAND, AFRIQUE DU SUD, 30 MAI 1998

Le droit même à l'humanité est dénié chaque jour à des millions de gens, par leur pauvreté et de leur incapacité à pourvoir à des besoins tels que la nourriture, le travail, l'eau, l'abri, l'éducation, la santé et un environnement sain.

CINQUANTE-TROISIÈME ASSEMBLÉE GÉNÉRALE DES NATIONS UNIES, NEW YORK, U.S.A., 21 SEPTEMBRE 1998

Pour le dire sans ambages, nous sommes dans une situation où l'accumulation de richesses, au lieu de contribuer à l'amélioration de la qualité de vie de l'ensemble de l'humanité, génère de la pauvreté à un rythme qui croît de façon effrayante.

IBID.

Nous devons continuer, toujours plus vite, à changer la vie de notre population, en particulier celle des plus pauvres, en éradiquant ce qu'il reste de l'apartheid et de son héritage.

DISCOURS DEVANT LE PARLEMENT DU PAKISTAN, ISLAMABAD, PAKISTAN, 4 MAI 1999

Nous devons faire en sorte que la mondialisation ne bénéficie pas qu'aux puissants, mais aussi aux hommes, aux femmes et aux enfants dont la pauvreté ravage la vie.

DISCOURS À L'UNIVERSITÉ DE PÉKIN, CHINE, 6 MAI 1999

Si nous voulons construire une démocratie digne de ce nom, nous devons faire en sorte qu'elle apporte une amélioration matérielle à la vie de la majorité des Sud-Africains, ceux qui ont reçu la pauvreté en héritage de l'oppression.

IBID.

Nous ne devons pas avoir honte de reconnaître que la pauvreté nous poursuit. Il ne suffit pas de constater que nous en avons hérité. Il est plus important de prendre de toute urgence les mesures pour y mettre fin. Nous n'avons pas besoin de carriéristes ou d'opportunistes à tous les niveaux du gouvernement.

CONSEIL GÉNÉRAL NATIONAL DE L'A.N.C., PORT ELIZABETH, AFRIQUE DU SUD, 12 JUILLET 2000

La misère est humiliante, elle attaque la dignité de ceux qui en souffrent. Au bout du compte, elle nous humilie tous. Notre liberté en perd une partie de son sens.

RECEVANT LE PRIX DE LA LIBERTÉ DU MUSÉE NATIONAL DES DROITS CIVIQUES, MEMPHIS, TENNESSEE, U.S.A., 22 NOVEMBRE 2000

La sécurité de l'avenir de l'humanité dépend aussi de la rapide réduction de l'écart entre les riches et les pauvres au sein des nations et entre les nations.

VINGT-SIXIÈME CONFÉRENCE INTERNATIONALE SUR L'AMÉLIORATION DE L'ENSEIGNEMENT UNIVERSITAIRE, UNIVERSITÉ DE JOHANNESBURG, AFRIQUE DU SUD, JUILLET 2001

Il nous reste beaucoup à faire dans ce pays avant de pouvoir prétendre avoir atteint nos objectifs. La pauvreté et les phénomènes de dénuement et de souffrance qui y sont liés nous frappent encore trop pour que nous puissions revendiquer notre victoire contre l'héritage de l'oppression et de la discrimination.

DÎNER DE RÉCEPTION, RÉUNION DU CONSEIL D'ADMINISTRATION D'A.I.G. (AMERICAN INTERNATIONAL GROUP), TUNIS, TUNISIE, 24 MARS 2004

Trop de gens dans notre pays souffrent encore de privations et sont dans la difficulté. L'une des racines de cette pauvreté est le manque de travail. Rien n'entame plus la dignité d'un individu que l'incapacité de trouver un emploi rémunéré.

MESSAGE VIDÉO POUR MARQUER LES DIX ANS DE LA DÉMOCRATIE EN AFRIQUE DU SUD, AVRIL 2004

Comme l'esclavage et l'apartheid, la pauvreté n'est pas naturelle. C'est l'homme qui la provoque, elle peut être surmontée et éradiquée par les actions des hommes.

LANCEMENT DE LA CAMPAGNE « MAKE POVERTY HISTORY », TRAFALGAR SQUARE, LONDRES, GRANDE-BRETAGNE, 3 FÉVRIER 2005

En ce nouveau siècle, des millions de gens dans les pays les plus pauvres restent emprisonnés, asservis, enchaînés. Ils sont enfermés dans la prison de la pauvreté. Il est temps de les libérer.
IBID.

Là où la pauvreté existe, il n'y a pas de vraie liberté.
IBID.

Tant que la pauvreté, l'injustice et l'inégalité persistent dans notre monde, aucun d'entre nous n'a le droit de se reposer pour de bon.
IBID.

La pauvreté massive et les inégalités obscènes sont de tels fléaux à notre époque – une époque où le monde peut pourtant se vanter de stupéfiants progrès scientifiques, technologiques, industriels – qu'il faut les classer dans les maladies sociales, aux côtés de l'esclavage et de l'apartheid.
IBID.

Tant que la pauvreté, manifestation flagrante de l'inégalité, subsiste sur la planète, la lutte que mes camarades et moi avons menée avec nos partenaires internationaux solidaires n'est pas terminée.
RÉUNION DES MINISTRES DES FINANCES AU SOMMET DU G8, GLENEAGLES, ÉCOSSE, 4 FÉVRIER 2005

Combattre la pauvreté n'est pas un acte de charité. C'est un acte de justice. C'est la protection d'un droit humain fondamental, le droit à la dignité et à une vie décente.
CONCERT LIVE 8, MARY FITZGERALD SQUARE, JOHANNESBURG, AFRIQUE DU SUD, 2 JUILLET 2005

La pauvreté et le dénuement, autour de nous, nous avilissent tous. Rassemblons, dans un grand effort

national de coopération, l'immense énergie de notre société afin de surmonter et d'éradiquer la pauvreté.
RASSEMBLEMENT DE L'A.N.C. POUR LE QUATRE-VINGT-DIXIÈME ANNIVERSAIRE DE NELSON MANDELA, PRETORIA, AFRIQUE DU SUD, 2 AOÛT 2008

Aujourd'hui, notre défi est de mettre un terme à la pauvreté et aux souffrances qui en découlent.
IBID.

Il n'y a pas grand-chose à dire en faveur de la pauvreté, mais c'est souvent grâce à elle que naissent de vraies amitiés. Beaucoup de gens veulent devenir vos amis quand vous êtes riche, mais seuls les plus précieux le veulent quand vous êtes pauvres. Si la richesse est un aimant, la pauvreté est une sorte de repoussoir. Pourtant la pauvreté fait ressortir la véritable générosité chez les autres.
SOURCE INCONNUE

Peine capitale

La réponse au problème du crime n'est pas la peine capitale, mais le combat contre la culture de l'impunité. Commettre un crime doit entraîner la perspective certaine de l'arrestation, des poursuites judiciaires et de la sanction.
CONFÉRENCE DU CONSEIL DU TRAVAIL ET DU DÉVELOPPEMENT ÉCONOMIQUE NATIONAL SUR LE CRIME ET LA VIOLENCE, JOHANNESBURG, AFRIQUE DU SUD, 21 NOVEMBRE 1996

Quand on appelle à revenir sur l'abolition de la peine capitale, on appelle en fait à pendre les pauvres et les Noirs qui, dans l'ensemble, se tuent entre eux. Ceux qui réclament cette mesure nient le fait que c'est la pauvreté déshumanisante imposée au peuple par le régime d'apartheid qui génère la criminalité.
OUVERTURE DE LA CINQUANTIÈME CONFÉRENCE NATIONALE DE L'A.N.C., UNIVERSITÉ DU NORD-OUEST, CAMPUS DE MAKIFENG, AFRIQUE DU SUD, 16 DÉCEMBRE 1997

Père

Malgré son amitié pour les chrétiens, mon père s'est tenu à l'écart du Dieu chrétien et a préféré ancrer sa propre foi sur Qamata, le Dieu de ses pères. En tant que membre le plus âgé de la famille, il en était le prêtre.

MANUSCRIT AUTOBIOGRAPHIQUE INÉDIT, ÉCRIT À ROBBEN ISLAND, 1975

Je pense qu'il aimait sa femme et ses enfants, comme n'importe quel homme. Mais pour que ses enfants respectent la discipline, il n'hésitait pas à manier la baguette s'il l'estimait nécessaire.

IBID.

Le roi en exercice qui m'a élevé fut désigné, et élu, Chef suprême par la tribu, en raison de l'influence de mon père.

CONVERSATION AVEC RICHARD STENGEL, 10 MARS 1993

Il ne cessait de demander : « Nodayimani, apporte-moi mon tabac. » Et la demande était impérieuse, alors ils ont fini par lui apporter, ils ont rempli la pipe de tabac, ils l'ont allumée et la lui ont donnée, puis il a fumé et il est mort en fumant.

CONVERSATION AVEC RICHARD STENGEL À PROPOS DE SON PÈRE, 10 MARS 1993

Persécution

Cela a été une expérience précieuse pour moi de voir des organisations puissantes et des individus haut placés s'associer dans le but précis de détruire une femme pratiquement veuve ; voir comme ils sont prêts à s'abaisser, pour me faire remarquer toutes sortes de détails calculés afin d'assombrir l'image lumineuse que je garde de l'amie la plus merveilleuse que j'aie eue dans ma vie, me rend perplexe.

LETTRE À WINNIE MANDELA, ÉCRITE À ROBBEN ISLAND, 19 AOÛT 1976

La question de ma femme qui était harcelée, persécutée par la police, parfois même agressée, alors que je n'étais pas là pour la défendre… C'était une période très difficile pour moi.

CONVERSATION AVEC RICHARD STENGEL, 9 MARS 1993

Peurs

Cependant, nous devons accepter que nos déclarations ne suffiront pas à dissiper les peurs des Sud-Africains blancs. Nous devons démontrer sans équivoque notre bonne volonté à nos compatriotes blancs et les convaincre par notre conduite et nos arguments que l'Afrique du Sud débarrassée de l'apartheid sera un meilleur pays pour tout le monde.

RASSEMBLEMENT LORS DE SON RETOUR CHEZ LUI, SOCCER CITY, SOWETO, AFRIQUE DU SUD, 13 FÉVRIER 1990

Nous sommes conscients que les Blancs de ce pays ont peur d'être dominés par les Noirs et nous nous en occupons avec beaucoup de sérieux et de sincérité.

CHEZ LUI, À SOWETO, AFRIQUE DU SUD, 14 FÉVRIER 1990

C'eût été un acte de trahison contre le peuple et contre notre conscience que de laisser la peur et l'instinct de conservation nous dicter notre comportement et nous obliger à déserter la lutte pour la démocratie et les droits de l'homme, non seulement dans notre pays mais à travers le monde.

DISCOURS DEVANT LE CONGRÈS DES ÉTATS-UNIS, WASHINGTON D.C., U.S.A., 26 JUIN 1990

Une fois que vous vous êtes défait de la peur de l'oppresseur, de ses prisons, de sa police, de son armée, il ne peut plus vous faire grand-chose. Vous êtes libéré.

CONVERSATION AVEC RICHARD STENGEL, 9 MARS 1993

Plaisir

Repousser le plaisir peut apporter une immense satisfaction.

LETTRE À FRIEDA MATTHEWS, ÉCRITE À LA PRISON DE POLLSMOOR, LE CAP, AFRIQUE DU SUD, 10 MARS 1986

Planification

Des progrès significatifs sont toujours possibles, il suffit de planifier chaque détail de notre vie et de nos actions et de ne laisser le hasard intervenir que selon nos propres termes.

LETTRE À THOROBETSANE TSHUKUDU (ADELAIDE TAMBO), ÉCRITE À ROBBEN ISLAND, 1ER JANVIER 1977

Mettre au point un plan parfait et l'appliquer sont deux choses différentes.

ESSAI INTITULÉ « LE MOUVEMENT DE CONSCIENCE NOIRE », ÉCRIT À ROBBEN ISLAND, 1978

L'avantage d'une organisation et d'une planification avisée dans les affaires familiales, dans les usines, dans les sphères sociales ou autres, c'est que les institutions et les organismes peuvent travailler de bonne façon, en équipe, même si les individus qui les composent changent.

LETTRE À « MATLALA A TSHUDUKU » (PSEUDONYME D'ADELAIDE TAMBO), ÉCRITE À ROBBEN ISLAND, 9 NOVEMBRE 1980

Politique

Ceux qui sont au cœur d'une lutte politique, qui doivent gérer des problèmes pratiques pressants, ont peu de temps pour la réflexion, aucun précédent pour les guider, et sont condamnés à faire de nombreuses gaffes.

MANUSCRIT AUTOBIOGRAPHIQUE INÉDIT, ÉCRIT À ROBBEN ISLAND, 1975

J'étais en retard sur le plan politique et j'avais affaire à des gens qui connaissaient la politique, qui pouvaient discuter de ce qui se passait en Afrique du Sud et en dehors.

CONVERSATION AVEC RICHARD STENGEL À PROPOS DE SA NERVOSITÉ LORS DES RÉUNIONS POLITIQUES DANS LES ANNÉES 40, 16 MARS 1993

Pour réussir en politique, vous devez amener les gens à avoir confiance dans votre point de vue en le donnant très clairement, très poliment, très calmement, mais en toute franchise.

CONVERSATION AVEC RICHARD STENGEL, 29 AVRIL 1993

Quand je suis arrivé à la fac, à l'école, enfin plus précisément c'était au lycée, j'ai commencé… à prendre conscience qu'il existait des organisations politiques et une lutte politique.

CONVERSATION AVEC RICHARD STENGEL, 3 MAI 1993

Un philosophe a remarqué un jour qu'il est bizarre de ne pas être libéral quand on est jeune et conservateur quand on est vieux.

DANS *UN LONG CHEMIN VERS LA LIBERTÉ*, 1994

Polygamie

La polygamie fait partie de l'histoire de notre peuple, en particulier chez les Nguni, où un homme prend plusieurs femmes, notamment les membres de la famille royale.

CONVERSATION AVEC RICHARD STENGEL, 10 MARS 1993

Le chef voulait épouser autant de femmes qu'il pouvait se le permettre. Chaque femme devait habiter dans son propre kraal, et parfois ils étaient séparés d'une trentaine de kilomètres, comme dans ma famille, par exemple.

IBID.

Mon père était polygame, il avait quatre femmes et neuf enfants. J'ai grandi dans cette atmosphère, où nous jouions ensemble, où nous nous battions entre nous mais nous mangions tous dans le même plat.
DOCUMENTAIRE *MANDELA*, 1996

Préjugé

Nous pensons toujours que l'autre est le diable avant de l'avoir rencontré.
APRÈS UNE VISITE À MME BETSIE VERWOERD, ORANIA, AFRIQUE DU SUD, 15 AOÛT 1995

Présidence

Moi, Nelson Rolihlahla Mandela, je jure de me consacrer à l'intérêt de la république d'Afrique du Sud et de son peuple.
PRESTATION DE SERMENT, INVESTITURE À LA PRÉSIDENCE DE L'AFRIQUE DU SUD, UNION BUILDINGS, PRETORIA, AFRIQUE DU SUD, 10 MAI 1994

Je suis résolu à faire en sorte que le Président de notre pays ne vive pas dans un style totalement différent de celui des masses populaires qui l'ont porté au pouvoir.
INTERVIEW AVEC TOM COHEN ET SAHM VENTER POUR L'ASSOCIATED PRESS, TUYNHUYS, LE CAP, AFRIQUE DU SUD, 22 SEPTEMBRE 1994

Mon accession à la fonction de premier président de la république d'Afrique du Sud démocratiquement élu m'a été imposée contre mon gré.
SUITE INÉDITE À SON AUTOBIOGRAPHIE, VERS 1998

Désormais, l'ancien terroriste avait pour tâche d'unir l'Afrique du Sud, de mettre en œuvre les principes qui sont au cœur de la Charte de la liberté et qui déclarent

que l'Afrique du Sud appartient à tout son peuple, aux Blancs comme aux Noirs.
IBID.

J'ai insisté auprès de trois dirigeants, je leur ai dit que je préférais servir sans occuper de position au sein de l'organisation ou du gouvernement.
IBID.

Peu après mon arrivée à la tête de l'État, j'ai publiquement annoncé que je ne ferais qu'un mandat et ne me présenterais pas pour une réélection.
IBID.

La prochaine fois, dans cinq ans, quand je me représenterai à la présidence, je m'arrangerai pour choisir des gens d'accord pour faire de moi un Président à vie.
PLAISANTERIE LORS DE SON BANQUET D'ADIEUX DONNÉ PAR LE PRÉSIDENT THABO MBEKI, PRETORIA, AFRIQUE DU SUD, 16 JUIN 1999

Prévoir

Quand un homme s'engage dans le genre de vie qu'il a vécue pendant quarante-cinq ans, même s'il a conscience d'emblée des risques qu'il prend, il lui est impossible de prévoir dans le détail le cours des événements et la façon qu'ils auront d'influencer sa vie.
LETTRE À JOY MOSIELA, ÉCRITE À LA PRISON DE POLLSMOOR, LE CAP, AFRIQUE DU SUD, 17 FÉVRIER 1986

Si j'avais pu prévoir tout ce qui m'est arrivé depuis, j'aurais malgré tout pris la même décision, du moins c'est ce que je crois. Mais cela aurait été bien difficile, et certaines des tragédies que j'ai vécues par la suite auraient ébranlé ma résolution.
IBID.

Prison

Je ne me souviens pas d'avoir jamais perdu le contrôle de moi-même ; après tout, dans toute situation, on ne survit que si l'on garde son sang-froid.

CHEZ LUI, À SOWETO, AFRIQUE DU SUD, 14 FÉVRIER 1990

Il faut repartir de zéro dans une nouvelle prison. Parce qu'ils se disent : « Ce sont des prisonniers politiques, il faut les traiter gentiment », sauf que la manière qu'ils ont de bien traiter les prisonniers noirs est très différente de ce qu'on entend en général par « traiter bien quelqu'un ».

CONVERSATION AVEC RICHARD STENGEL, 30 DÉCEMBRE 1992

Il y a ensuite toute une déclinaison des aspects de la vie en prison : classer ces sous-catégories par ordre alphabétique.

Prison : camarades

J'étais avec des camarades courageux ; ils se sont montrés plus courageux que moi d'ailleurs, j'aimerais que ce soit enregistré.

CONVERSATION AVEC AHMED KATHRADA, VERS 1993-1994

On nous jetait ensemble en prison, et nous nous battions au quotidien contre la politique des prisons, et donc nous avons commencé à nous coordonner, comme à l'extérieur, alors que nous ne nous étions pratiquement jamais rencontrés.

CONVERSATION AVEC RICHARD STENGEL, 9 MARS 1993

Il était difficile de penser au côté le plus sombre de notre vie. Le plus important, c'était que je me trouvais en compagnie d'hommes de grande expérience et de grand talent.

EN REVISITANT ROBBEN ISLAND, LE CAP, AFRIQUE DU SUD, 11 FÉVRIER 1994

Bien sûr, il y avait des moments charmants. J'étais en compagnie de grands camarades de l'ANC et d'ailleurs… Quand on s'asseyait avec eux pour discuter, on se sentait comme un homme nouveau.

IBID.

Mes camarades de prison étaient des hommes de principe, des honnêtes hommes.

SUITE INÉDITE À SON AUTOBIOGRAPHIE, VERS 1998

Prison : campagne pour sa libération

Nous n'avons jamais éprouvé de désespoir parce que, dès notre arrivée en prison, nous étions soutenus par des chefs d'État, des gouvernements, des parlements, qui exigeaient notre libération et nous ont beaucoup encouragés.

INTERVIEW AVEC JAMES ROBBINS POUR LA B.B.C. (GRANDE-BRETAGNE), CHEZ LUI, À SOWETO, AFRIQUE DU SUD, 14 FÉVRIER 1990

Chaque jour, nous vous entendions crier : « Libérez les prisonniers politiques ! » Nous vous entendions chanter : « Libérez mon peuple ! » Et en écoutant ces cris vibrants d'humanité, nous savions que nous recouvririons notre liberté.

DISCOURS À LA CATHÉDRALE D'UPPSALA, SUÈDE, 13 MARS 1990

Au bout du compte, les puissants ont entendu la voix des petites gens. Eux aussi se sont aperçus que dans les cachots du régime de Pretoria étaient enterrés des gens qui n'auraient même jamais dû être arrêtés. Ils ont

fini par reprendre le refrain : « Libérez les prisonniers politiques ! »
IBID.

Au cours de cette période où nous avons croupi dans les cachots de l'apartheid, jamais nous n'avons perdu la foi en notre libération future et en la victoire contre le système d'apartheid. Car nous savions que même les hommes les plus acharnés de Pretoria ne pourraient résister à l'énorme force que développaient ensemble les peuples d'Afrique du Sud et le reste du monde.
CONCERT HOMMAGE POUR SON SOIXANTE-DIXIÈME ANNIVERSAIRE, STADE DE WEMBLEY, LONDRES, 16 AVRIL 1990

Il n'y a rien de plus encourageant pour un prisonnier que de comprendre qu'il n'a pas gâché sa vie. Pour cela, il lui suffit de voir ses camarades en liberté continuer de porter la flamme.
EN REVISITANT ROBBEN ISLAND, LE CAP, AFRIQUE DU SUD, 11 FÉVRIER 1994

Nous n'oublierons jamais que des millions de gens à travers le monde ont fait preuve de solidarité en combattant l'injustice pendant notre incarcération.
CONCERT LIVE 8, MARY FITZGERALD SQUARE, JOHANNESBURG, AFRIQUE DU SUD, 2 JUILLET 2005

Prison : chanter

Ils voulaient nous casser. Alors nous chantions des chants de liberté en travaillant et ça nous remontait le moral.
CONVERSATION AVEC RICHARD STENGEL, 8 DÉCEMBRE 1992

Certains camarades chantaient bien. Ce n'était pas mon cas, mais j'aimais chanter.
CONVERSATION AVEC RICHARD STENGEL, 14 DÉCEMBRE 1992

Nous chantions des hymnes à la liberté en travaillant, nous avions le moral. Alors les autorités, pour que nous ressentions toute la dureté du travail, nous ont interdit de chanter.

EN REVISITANT ROBBEN ISLAND, LE CAP, AFRIQUE DU SUD, 11 FÉVRIER 1994

Prison : conditions

L'hiver est devenu notre cauchemar, et nous espérons tous ne pas avoir à subir un autre hiver dans cet uniforme, qui ne nous protège absolument pas du froid.

NOTE À HELEN SUZMAN, ÉCRITE À ROBBEN ISLAND, 23 FÉVRIER 1967

On ne nous fournit aucun oreiller et nous sommes obligés de nous servir d'autres fournitures, comme la veste et le pantalon, pour faire office d'oreiller. Nos couvertures nous ont été données en 1964 (à l'exception naturellement de ceux qui sont arrivés par la suite) et nous n'en avons pas eu d'autres depuis.

IBID.

Dès le début, nous avons décidé d'essayer d'améliorer les conditions de détention en discutant directement de nos problèmes avec les autorités.

IBID.

Je suis un prisonnier condamné à perpétuité et il n'y a pas le moindre danger que je puisse de nouveau pratiquer comme avocat.

LETTRE AU PROCUREUR J.H. DU TOIT, ÉCRITE À ROBBEN ISLAND

Certains, qui réfléchissent aux problèmes des prisonniers moyens, ont tendance à se concentrer sur la durée de la peine qu'il reste à purger, la difficulté des travaux auxquels nous sommes condamnés, les menus frustes

et sans goût, l'ennui triste et terne qui poursuit chaque prisonnier et la frustration d'une vie passée à tourner en rond, où chaque jour commence exactement au même endroit que la veille. Mais certains d'entre nous ont connu des expériences beaucoup plus douloureuses que cela, car elles sont gravées au cœur même de leur être et de leur âme.
LETTRE À IRENE NOLUSAPHO MKWAYI, ÉCRITE À ROBBEN ISLAND, 19 NOVEMBRE 1969

Je ne suis pas en position d'identifier un facteur unique dont je puisse dire qu'il m'ait impressionné plus qu'un autre, mais d'abord il y avait la politique du gouvernement, qui était impitoyable et très brutale, et il fallait aller en prison pour se rendre compte de la réalité de la politique gouvernementale.
CONVERSATION AVEC RICHARD STENGEL, 29 AVRIL 1992

Elle est très petite, pas de fenêtre, complètement insalubre.
CONVERSATION AVEC RICHARD STENGEL À PROPOS DE SA CELLULE À ROBBEN ISLAND EN 1964, 3 DÉCEMBRE 1992

C'était le mois de juin et il faisait très froid. Pour tout vêtement, nous avions un pantalon, une chemise kaki et une veste en coton. Et des sandales ouvertes. Et notre travail consistait à piocher de la pierre. Il faisait très froid et nous étions dehors, sans protection. C'était vraiment glacial. Si glacial que le froid pénétrait jusqu'aux os.
IBID.

Il y avait des moments de lumière, où certains gardes nous traitaient comme des êtres humains.
CONVERSATION AVEC RICHARD STENGEL, 4 DÉCEMBRE 1992

Il est impossible de supporter la torture lorsqu'on est complètement coupé de l'extérieur, qu'on n'a personne à appeler à l'aide.

CONVERSATION AVEC RICHARD STENGEL, 21 DÉCEMBRE 1992

Nous n'étions pas autorisés à lire les journaux et je me souviens très bien que nous étions très bons pour les faire entrer quand même.

EN REVISITANT ROBBEN ISLAND, LE CAP, AFRIQUE DU SUD, 11 FÉVRIER 1994

C'était dur au départ, parce que nous n'avions pas l'habitude de travailler de nos mains. Certains ont eu des cloques.

IBID.

La cellule était petite mais nous appréciions l'intimité.

DOCUMENTAIRE *LEGENDS : NELSON MANDELA*, 2005

Prison : études

Aller en prison m'a beaucoup aidé. Par exemple, je voulais suivre des études mais l'ANC me disait : « Non, arrête ça. Il faudrait que tu fasses ça, une action politique pour le mouvement. » Il y avait toujours des interférences, alors que j'ai pu progresser en prison.

DOCUMENTAIRE *MANDELA À 90 ANS*, 2008

Prison : évasion

En tant que prisonnier, j'étais prêt à saisir la première occasion pour m'évader, mais quand on a affaire à individu précis pour lequel on éprouve du respect, on n'a pas envie de lui attirer des ennuis.

CONVERSATION AVEC AHMED KATHRADA, À PROPOS D'UN GARDIEN QU'IL RESPECTAIT, VERS 1993-1994

Je n'ai jamais imaginé m'évader quand les gens se comportaient correctement. Je cherchais une occasion où je serais seul, où je ne profiterais pas de la confiance que les gens m'accordaient. Je n'ai jamais pensé à m'enfuir en courant.

IBID.

Même si la perspective semblait improbable, je n'ai jamais cessé de songer à une évasion tout le temps que j'ai été sur cette île.

DANS *UN LONG CHEMIN VERS LA LIBERTÉ*, 1994

Prison : gardiens

Je ne veux pas donner l'impression que tous les gardiens étaient des brutes, des voyous, non. Dès le départ, certains gardiens ont considéré qu'il fallait nous traiter correctement.

CONVERSATION AVEC RICHARD STENGEL, 4 DÉCEMBER 1992

En tant que prisonniers, nous nous servions de nos positions individuelles et collectives pour sympathiser avec certains de nos geôliers.

INTERVIEW AVEC JOHN BATTERSBY, JOHANNESBURG, AFRIQUE DU SUD, PUBLIÉE DANS *THE CHRISTIAN SCIENCE MONITOR* LE 10 FÉVRIER 2000

Je m'occupais d'un jardin, et quand les tomates étaient mûres les gardiens devenaient très amicaux, ils venaient et prenaient des tomates du jardin.

INTERVIEW AVEC VERNE HARRIS, JOHANNESBURG, AFRIQUE DU SUD, 2005

Prison : horizon

Tout au long de mon incarcération, mon cœur et mon âme ont toujours été loin de cet endroit, dans le veld et dans la brousse.

LETTRE À DOUGLAS LUKHELE, ÉCRITE À ROBBEN ISLAND, 1ER AOÛT 1970

Ce n'est que ma chair et mon sang qui sont enfermés derrière ces murs épais. Je reste cosmopolite dans mes conceptions ; et en pensée je suis aussi libre qu'un faucon.

IBID.

Par-delà les murs de la prison, je vois les nuages bas et le ciel bleu à l'horizon.

MANUSCRIT AUTOBIOGRAPBHIQUE INÉDIT, ÉCRIT À ROBBEN ISLAND, 1975

J'ai su dès le premier jour de notre incarcération qu'au bout du compte il serait impossible au système d'apartheid de nous enfermer dans des cachots.

DISCOURS LORS DE LA CONFÉRENCE INTERNATIONALE DU TRAVAIL, GENÈVE, SUISSE, 8 JUIN 1990

Pour survivre en prison, il faut développer des façons de tirer des satisfactions de la vie quotidienne. On peut être ravi en nettoyant ses vêtements pour qu'ils soient impeccables, en balayant un couloir pour qu'il n'y ait plus la moindre trace de poussière, en organisant sa cellule pour gagner le plus d'espace possible. La fierté que l'on éprouve en réalisant des tâches plus importantes hors de prison, on la retrouve dans des petites choses à l'intérieur de la prison.

DANS *UN LONG CHEMIN VERS LA LIBERTÉ*, 1994

Je me sentais comme un touriste dans un pays étrange et remarquable.

IBID.

Prison : libération

J'ai également conscience que des efforts importants ont été faits ici et à l'étranger pour ma libération et celle des autres prisonniers politiques ; cette campagne nous a beaucoup inspirés et elle nous a montré que nous avons des centaines de milliers d'amis.

MANUSCRIT AUTOBIOGRAPHIQUE INÉDIT, ÉCRIT À ROBBEN ISLAND, 1975

Aussi enthousiasmant soit-il de savoir que nos amis exigent notre libération, une approche réaliste montre clairement qu'il faut exclure la possibilité qu'une telle demande aboutisse.

IBID.

Je ressortirai vivant, debout, sous le soleil, et j'avancerai d'un pas ferme parce que cet événement aura eu lieu grâce à la force de mon organisation et à la détermination inébranlable de notre peuple.

IBID.

Nous n'accepterons en aucune circonstance d'être libérés et confinés dans le Transkei ou n'importe quel autre bantoustan. Vous savez fort bien que nous avons passé la dernière partie de notre vie en prison justement parce que nous sommes opposés à l'idée même d'un développement séparé, qui fait de nous des étrangers dans notre propre pays et a permis au gouvernement de perpétuer l'oppression jusqu'à ce jour.

LETTRE À WINNIE MANDELA, CITANT UNE LETTRE À K.D. MATANZIMA, ÉCRITE À LA PRISON DE POLLSMOOR, LE CAP, AFRIQUE DU SUD, 27 DÉCEMBRE 1984

Que [le président P.W.] Botha montre qu'il est différent de [Daniel] Malan, de [Johannes] Strijdom et de [Hendrik] Verwoerd. Qu'il renonce à la violence. Qu'il dise qu'il va démanteler l'apartheid. Qu'il revienne sur l'interdiction de notre organisation, le Congrès national africain. Qu'il libère tous ceux qui sont en prison, bannis ou exilés pour leur opposition à l'apartheid.

Qu'il garantisse la liberté politique afin que le peuple puisse décider qui le gouvernera.

RÉPONSE À L'OFFRE DE LIBERTÉ CONDITIONNELLE, LUE PAR ZINDZI MANDELA LORS D'UN RASSEMBLEMENT, STADE JABULANI, SOWETO, AFRIQUE DU SUD, 10 FÉVRIER 1985

S'il en est parmi vous qui rêvent de ma libération, Oliver Tambo est celui qui en rêve le plus, et je sais qu'il donnerait sa vie pour me voir libre. Nous partageons les mêmes points de vue.

RÉPONSE À L'OFFRE DE LIBÉRATION CONDITIONNELLE, LUE PAR ZINDZI MANDELA LORS D'UN RASSEMBLEMENT, STADE JABULANI, SOWETO, AFRIQUE DU SUD, 10 FÉVRIER 1985

Aucun être humain qui se respecte ne s'abaisserait, ne s'humilierait à accepter des obligations de cette nature. Vous ne devriez pas poursuivre notre emprisonnement en vous appuyant sur l'expédient de conditions qui, vous le savez, sont inacceptables pour nous.

LETTRE AU PRÉSIDENT P.W. BOTHA, ÉCRITE À LA PRISON DE POLLSMOOR, LE CAP, AFRIQUE DU SUD, 13 FÉVRIER 1985

Mes amis, mes camarades, mes compatriotes sud-africains, je vous salue au nom de la paix, de la démocratie et de la liberté pour tous ! Je me présente devant vous non comme prophète mais comme un humble serviteur du peuple. Vos efforts inlassables et héroïques ont rendu possible ma présence ici aujourd'hui. Je place donc les dernières années de ma vie entre vos mains.

PREMIERS DISCOURS APRÈS SA LIBÉRATION, HÔTEL DE VILLE, LE CAP, AFRIQUE DU SUD, 11 FÉVRIER 1990

Je suis très excité d'être sorti.

À PROPOS DE L'ACCUEIL REÇU À SA SORTIE DE PRISON, PREMIÈRE CONFÉRENCE DE PRESSE APRÈS SA LIBÉRATION, BISHOPSCOURT, RÉSIDENCE DE L'ARCHEVÊQUE DESMOND TUTU, LE CAP, AFRIQUE DU SUD, 12 FÉVRIER 1990

J'étais excité d'être libre et de voir la foule venue m'accueillir, même si je ne m'attendais pas à autant de monde.
CHEZ LUI, À SOWETO, AFRIQUE DU SUD, 14 FÉVRIER 1990

Les gens étaient venus nous accueillir ; ils voulaient partager la joie de voir un prisonnier libéré revenir vers son peuple.
IBID.

Nous ne demandions pas la libération de Mandela, nous demandions la libération de tous les prisonniers politiques du pays.
IBID.

Nous prenons notre libération comme le signal que le peuple lui-même sera bientôt libéré de la vaste prison que représente le système d'apartheid.
DISCOURS À LA CONFÉRENCE INTERNATIONALE DU TRAVAIL, GENÈVE, SUISSE, 8 JUIN 1990

J'avais demandé aux autorités carcérales de faire en sorte que les gardiens qui travaillaient dans la partie de la prison où je me trouvais soient rassemblés aux portes avec leurs familles, de façon à ce que j'aie l'occasion de les remercier – ils travaillaient par équipes de roulement, donc je ne m'attendais pas à plus de vingt ou trente personnes. J'ai eu alors la surprise de découvrir la foule et je n'ai même pas eu la possibilité de voir les gardiens, tellement il y avait de monde, à l'intérieur comme à l'extérieur.
CONVERSATION AVEC RICHARD STENGEL, 22 AVRIL 1993

C'étaient des moments très angoissants car nous étions cernés par la foule… À un moment, la voiture a menacé de basculer. J'étais inquiet. Ils essayaient d'ouvrir,

pour permettre à la voiture d'avancer, mais elle ne pouvait ni avancer ni reculer. Et des gens comme Allan Boesak et quelques autres s'efforçaient de dégager le chemin pour moi.
IBID.

Je suis heureux d'être revenu chez moi, c'est une expérience très gratifiante et enrichissante de reprendre une vie normale, d'entendre les rires des enfants et de pouvoir les aider à grandir.
INTERVIEW, VERS 1993

C'était une journée merveilleuse : être libre et pouvoir participer à la vie politique du pays. J'avais dit à M. P.W. Botha quand je l'avais vu en juillet 1989 et à deux reprises à M. De Klerk que, s'ils voulaient me libérer pour que je joue un rôle constructif, ils devaient annuler l'interdiction de mon organisation.
EN REVISITANT ROBBEN ISLAND, LE CAP, AFRIQUE DU SUD, 11 FÉVRIER 1994

Quand on m'a libéré de prison, la situation a été un peu paradoxale : le 9 février, M. De Klerk me dit que je serais libéré le dimanche, je lui ai alors demandé de m'y laisser encore deux semaines. Je voulais en effet m'organiser avec les gens dehors, j'avais peur que la libération se fasse dans le chaos.
IBID.

Je sautais dans l'inconnu et naturellement j'étais très inquiet de la façon dont je serais reçu, comment on me traiterait, quel genre de vie je mènerais.
IBID.

En voyant la foule, j'ai ressenti un sentiment d'exaltation impossible à réprimer, et à décrire. Il fallait que je retrouve ma famille et mes enfants et il y avait tout un monde nouveau qui s'ouvrait à moi et dont on m'avait privé en prison.

DOCUMENTAIRE *MANDELA : THE LIVING LEGEND*, 2003

Quand je suis sorti de prison, je suis arrivé dans un pays totalement différent de celui qui m'avait envoyé en prison, et il faut s'en réjouir, car les gens qui n'étaient pas du tout de notre bord comprenaient que la lutte était importante. Car nous n'avons pas libéré seulement les opprimés, mais aussi les oppresseurs. Ils peuvent maintenant se mêler à nous sans s'inquiéter ni chercher de protection.

CÉLÉBRATIONS DE SON QUATRE-VINGT-HUITIÈME ANNIVERSAIRE, NELSON MANDELA CHILDREN'S FUND, JOHANNESBURG, AFRIQUE DU SUD, JUILLET 2006

On peut trouver étrange qu'un prisonnier purgeant une longue peine résiste et reste en prison quand son geôlier lui dit : « Sors. » Mais je n'étais pas d'accord avec ce qu'ils me disaient : « Bon, on va vous faire prendre un vol vers le Transvaal, et plus tard, le dimanche soir, on vous ramènera chez vous. » Je ne voulais pas sortir comme ça. Je voulais qu'il y ait de la publicité autour de ma sortie.

INTERVIEW À LA B.B.C. (GRANDE-BRETAGNE), 28 OCTOBRE 1993

Je suis sorti avec plusieurs sentiments : il y avait la joie et l'excitation de revoir ma femme bien-aimée ; j'allais avoir la chance d'aider mes enfants et mes petits-enfants à grandir. Je pouvais retrouver les camarades qui avaient maintenu la flamme en vie durant ces vingt-sept années. Mais ce n'est qu'en sortant que j'ai réalisé l'immensité du défi qui se présentait à mes camarades et à moi-même.

INTERVIEW, DATE INCONNUE

Prison : mauvais traitements

Notre opinion, mûrement réfléchie, est que la façon dont nous sommes traités en prison n'est à aucun égard compatible avec l'esprit et les dispositions du *Prisons Act* et avec les règlementations concernant la vie carcérale.

NOTE À HELEN SUZMAN, ÉCRITE À ROBBEN ISLAND, 23 FÉVRIER 1967

Nous considérons que la discrimination sur des critères raciaux en matière de régime alimentaire au sein de la population carcérale viole les principes fondamentaux de justice et d'équité, et qu'elle est contraire aux préceptes chrétiens du département des Prisons.

IBID.

La persécution des prisonniers, pour un motif ou un autre, est une routine en prison.

IBID.

Je déteste qu'on me transfère d'une prison à l'autre. Cela occasionne beaucoup de choses désagréables et des traitements dégradants.

MANUSCRIT AUTOBIOGRAPHIQUE INÉDIT, ÉCRIT À ROBBEN ISLAND, 1975

L'inhumanité du gardien moyen en Afrique du Sud reste entière ; seulement elle a été canalisée et revêt maintenant la forme subtile de la persécution psychologique, domaine dans lequel certains de vos officiers s'efforcent de devenir des spécialistes.

LETTRE AU GÉNÉRAL DU PREEZ, COMMISSAIRE DES PRISONS, ÉCRITE À ROBBEN ISLAND, 12 JUILLET 1976

Dans ce pays, seuls les prisonniers blancs ont le droit de dormir en pyjama, et exceptionnellement ceux de nos camarades qui sont hospitalisés et à qui on donne une chemise de nuit, laquelle descend rarement jusqu'aux genoux. Les prisonniers noirs dorment nus sous leur couverture.

IBID.

Mon expérience carcérale ces quinze dernières années m'a appris que, dans ses rapports avec les prisonniers, le gardien moyen ne juge pas du tout inapproprié de transgresser la loi, de conspirer, de balayer tout code moral.

LETTRE AU DIRECTEUR DE LA PRISON DE ROBBEN ISLAND, 18 SEPTEMBRE 1977

Il est de notoriété publique qu'au cours de notre long emprisonnement, en particulier dans les premières années, les autorités ont mis en œuvre une politique qui visait délibérément à nous saper le moral. Nous étions soumis à un traitement dur, sinon brutal, et beaucoup de prisonniers souffrent de dommages physiques et psychologiques irrémédiables.

LETTRE AU PRÉSIDENT P.W. BOTHA, ÉCRITE À LA PRISON DE POLLSMOOR, LE CAP, AFRIQUE DU SUD, 13 FÉVRIER 1985

Nous avons connu des expériences très dures ; nous nous y sommes habitués et, des années plus tard, pour moi et pour mes camarades condamnés en même temps au procès de Rivonia, les choses se sont tant et si bien améliorées que nous avons oublié ces expériences.

CHEZ LUI, À SOWETO, AFRIQUE DU SUD, 14 FÉVRIER 1990

Nous sommes passés par de vraies épreuves au début de notre emprisonnement. Je n'ai jamais été agressé brutalement, mais beaucoup de mes camarades l'ont été autour de moi.

INTERVIEW AVEC SCOTT MACLEOD DU MAGAZINE *TIME*, SOWETO, AFRIQUE DU SUD, 26 FÉVRIER 1990

Ils voulaient nous montrer que la vie en prison n'est pas facile, que ce n'est pas un pique-nique et qu'il vaut mieux éviter d'y aller. Ils voulaient nous casser.
CONVERSATION AVEC RICHARD STENGEL, 3 DÉCEMBRE 1992

Nous nous occupions non de combattre des gardiens précis, aussi mauvais soient-ils, mais de combattre la politique du département des Prisons.
CONVERSATION AVEC RICHARD STENGEL, 29 DÉCEMBRE 1992

Vous n'avez pas envie d'être agressé, d'être blessé, et vous ressentez la douleur et l'humiliation. Mais en même temps vous savez que c'est le genre de choses, le prix à payer, si vous voulez affirmer votre point de vue, vos idées.
CONVERSATION AVEC RICHARD STENGEL, 9 MARS 1993

Une nation ne doit pas être jugée sur la façon dont elle traite ses plus illustres citoyens, mais ceux qui sont au bas de l'échelle… et l'Afrique du Sud traitait ses citoyens emprisonnés comme des animaux.
DANS *UN LONG CHEMIN VERS LA LIBERTÉ*, 1994

La méchanceté des autorités carcérales était prodigieuse, mais nous n'étions pas surpris.
DOCUMENTAIRE *MANDELA : THE LIVING LEGEND*, 2003

Prison : Pollsmoor

Être transféré d'une prison à une autre était vraiment perturbant, mais nous nous y sommes vite habitués.
CONVERSATION AVEC RICHARD STENGEL, 29 DÉCEMBRE 1992

Prison : réflexion

La cellule est un endroit idéal pour apprendre à se connaître, pour scruter avec honnêteté et régularité la mécanique de son propre esprit et de ses propres sentiments.

LETTRE À WINNIE MANDELA, ALORS À LA PRISON DE KROONSTAD, AFRIQUE DU SUD, ÉCRITE À ROBBEN ISLAND, 1ER FÉVRIER 1975

La prison, notamment pour ceux qui ont des cellules individuelles, offre beaucoup de moments pour réfléchir à des problèmes trop nombreux pour que j'en dresse la liste sur le papier.

LETTRE À ZINDZI MANDELA, ÉCRITE À ROBBEN ISLAND, 1ER MARS 1981

Quand on passe vingt-sept ans en prison, on perd beaucoup de choses, mais en même temps, et bien qu'aucun être humain ne soit fait pour la prison, on peut aussi y réfléchir, penser, ce qui est enrichissant.

CHEZ LUI, À SOWETO, AFRIQUE DU SUD, 14 FÉVRIER 1990

J'ai eu en prison l'occasion de prendre de la distance et de me regarder, ainsi que mon organisation, avec un certain détachement, et de réfléchir très calmement à mes erreurs et à mes faiblesses – les erreurs passées et les faiblesses qui se sont révélées dans le cadre de mon travail politique.

CONVERSATION AVEC RICHARD STENGEL, 10 MARS 1993

En ce qui me concerne, je reviens avec les mêmes opinions qu'avant d'aller en prison, et avec un enthousiasme intact pour faire de la politique au service de notre peuple.

IBID.

Je ne crois pas que j'étais fondamentalement différent de ce que j'étais avant d'aller en prison, sauf qu'en prison j'ai eu beaucoup de temps pour réfléchir aux problèmes et pour comprendre les erreurs que j'avais faites. J'en suis ressorti plus mûr.

CONVERSATION AVEC RICHARD STENGEL, VERS MARS 1993

J'ai pris de longues vacances, vingt-sept ans, ça a été une période de prise de distance vis-à-vis de moi-même, de la société, qui m'a permis d'observer le monde. Même si ce fut une expérience tragique, elle nous a beaucoup aidés parce qu'elle nous a permis d'analyser notre travail, les erreurs que nous avions commises, nos réussites aussi, et nous en sommes sortis mieux préparés à poursuivre notre travail et à faire face à de nouveaux défis.

EN REVISITANT LE LIEU DE SON ARRESTATION DU 5 AOÛT 1962, HOWICK, AFRIQUE DU SUD, 15 NOVEMBRE 1993

La prison donne du temps, plus qu'il n'en faut, pour réfléchir à ce qu'on a fait ou à ce qu'on n'a pas fait.

DANS *UN LONG CHEMIN VERS LA LIBERTÉ*, 1994

En prison, on a le temps de réfléchir à son passé, la mémoire devient à la fois amie et ennemie. Ma mémoire me faisait revivre des moments de grande joie et de grande tristesse.

IBID.

Nous avons connu des moments accablants, mais ce qui domine, c'est ce qui s'est passé de positif. Et entre autres, la possibilité de réfléchir aux problèmes ; nous l'avons beaucoup moins maintenant que nous sommes de nouveau engagés dans la lutte.

IBID.

L'un des aspects de la prison que j'ai appréciés, en dépit de la tragédie de l'incarcération, en particulier pour une longue peine, c'est le fait de pouvoir s'asseoir et réfléchir.

DISCOURS DE CLÔTURE DE LA QUARANTE-NEUVIÈME CONFÉRENCE NATIONALE DE L'A.N.C., BLOEMFONTEIN, AFRIQUE DU SUD, 22 DÉCEMBRE 1994

Que jamais, plus jamais, l'Afrique du Sud n'enferme ses citoyens pour la seule raison qu'ils ne sont pas d'accord avec leur gouvernement.

LORS DE LA CONFÉRENCE DE RÉCONCILIATION DE ROBBEN ISLAND, UNIVERSITÉ DU CAP-OCCIDENTAL, BELLVILLE, AFRIQUE DU SUD, 12 FÉVRIER 1995

Le fait de pouvoir s'asseoir et méditer nous donnait la chance merveilleuse de changer.

DOCUMENTAIRE DE LA B.B.C. (GRANDE-BRETAGNE), 1996

On était en colère de ce qui nous arrivait : l'humiliation, la perte de notre dignité. Nous avions tendance à réagir en fonction de cette colère et de notre émotion, au lieu de nous asseoir et de réfléchir correctement aux choses. Mais en prison, surtout pour ceux qui avaient des cellules individuelles, vous aviez souvent l'occasion de vous asseoir et de réfléchir.

INTERVIEW AVEC JOHN BATTERSBY, JOHANNESBURG, AFRIQUE DU SUD, PUBLIÉE DANS *THE CHRISTIAN SCIENCE MONITOR* DU 10 FÉVRIER 2000

Réfléchir est une des armes les plus importantes pour affronter les problèmes… et dehors, nous n'en avons pas le temps.

IBID.

L'une des choses les plus difficiles à comprendre pour moi est que nous y ayons passé tellement de temps.

DOCUMENTAIRE *MANDELA : THE LIVING LEGEND*, À PROPOS DE SA CELLULE À ROBBEN ISLAND, 2003

L'une des choses qui m'ont fait regretter la prison, c'est qu'après ma libération je n'avais presque plus de temps pour lire, réfléchir et méditer.

ANNONCE DE SON « DÉPART À LA RETRAITE », FONDATION NELSON MANDELA, JOHANNESBURG, AFRIQUE DU SUD, 2 JUIN 2004

On pouvait être dans sa cellule toute la nuit, rester assis et réfléchir, et on pouvait prendre de la distance, analyser l'action menée avant la prison.

DOCUMENTAIRE *LEGENDS : NELSON MANDELA*, 2005

Prison : réinsertion

Les prisons, telles qu'elles existaient et qu'elles continuent d'exister dans notre pays, ne sont pas propices à la réinsertion des prisonniers.

INAUGURATION DU CENTRE EKUSENI DE LA JEUNESSE, NEWCASTLE, AFRIQUE DU SUD, 19 NOVEMBRE 1996

Prison : résistance

On sait bien que l'important, ce n'est pas ce qui arrive à une personne, mais la façon dont elle le prend.

LETTRE À TIM MAHARAJ, ÉCRITE À ROBBEN ISLAND, 1ER FÉVRIER 1971

Je commence à penser qu'aucun métal, pas même l'or, ni le diamant, n'est à l'abri de l'effet corrosif de la rouille.

LETTRE À THOROBETSANE TSHUKUDU (ADELAIDE TAMBO), ÉCRITE À ROBBEN ISLAND, 1ER JANVIER 1977

Si nous continuons à être en bonne santé et si nous gardons le moral, ce n'est pas vraiment grâce aux attentions ou aux soins particuliers du département des Prisons.

LETTRE AU PRÉSIDENT P.W. BOTHA, ÉCRITE À LA PRISON DE POLLSMOOR, LE CAP, AFRIQUE DU SUD, 13 FÉVRIER 1985

Nous avons compris que ni les murs, ni les chiens de garde, ni les flots glacés qui forment une sorte de douve mortelle autour de la prison de Robben Island, ne réussiraient jamais à entraver les désirs de toute l'humanité. Nous avons puisé notre courage et notre résistance dans la certitude que nous faisions partie de l'humanité au même titre que nos geôliers.

DISCOURS À LA CATHÉDRALE D'UPPSALA, SUÈDE, 13 MARS 1990

La prison, loin de nous briser, a renforcé notre détermination à poursuivre le combat jusqu'à la victoire.

CONVERSATION AVEC RICHARD STENGEL, 10 MARS 1993

La prison est un immense instrument d'éducation à la patience et à la persévérance. Plus que tout, elle éprouve la résolution du prisonnier. Ceux qui sont passés par cette école y ont tous acquis de la détermination, tempérée par une aptitude remarquable à épouser les coups du sort.

EN REVISITANT ROBBEN ISLAND, LE CAP, AFRIQUE DU SUD, 11 FÉVRIER 1994

La prison et les autorités conspirent pour dépouiller les hommes de leur dignité. C'est cela qui garantissait ma survie, car tout homme ou toute institution cherchant à me dépouiller de ma dignité sont voués à la défaite : je ne la cède à aucun prix, quelle que soit la pression.

DANS *UN LONG CHEMIN VERS LA LIBERTÉ*, 1994

La prison est une sorte de creuset où est testé le caractère des hommes. L'incarcération révélait la résistance nerveuse de certains tandis que d'autres se montraient sous un jour moins favorable qu'on aurait pu le croire.

IBID.

Je pense que la manière dont les autorités de la prison nous traitent dépend de notre comportement et qu'il faut se battre dès le premier jour.
DOCUMENTAIRE DE LA B.B.C. (GRANDE-BRETAGNE), 1996

Si vous obéissez, vous devrez supporter des choses humiliantes pendant tout votre séjour en prison. Mieux vaut se défendre dès le début.
DOCUMENTAIRE *MANDELA : THE LIVING LEGEND*, 2003

Nous n'avons pas fait de compromis, nous les avons sans cesse défiés.
INTERVIEW AVEC VERNE HARRIS À PROPOS DE SES RAPPORTS AVEC LES AUTORITÉS EN PRISON, JOHANNESBURG, AFRIQUE DU SUD, 2005

Prison : rêves

Mes rêves se sont considérablement enrichis, j'avais l'impression de passer toutes mes nuits à revivre les bons et les mauvais moments des anciens jours.
DANS *UN LONG CHEMIN VERS LA LIBERTÉ*, 1994

Dans l'un de mes rêves récurrents en prison, je rentrais chez moi en passant par la ville, je devais marcher du centre jusqu'à Soweto et, en arrivant à la maison, je découvrais qu'elle était ouverte et qu'il n'y avait personne à l'intérieur, et je m'inquiétais de ce qui était arrivé à Winnie et aux enfants.
DOCUMENTAIRE DE LA B.B.C. (GRANDE-BRETAGNE), 1996

Prison : Robben Island

J'étais curieux à l'idée de découvrir Robben Island, un endroit dont j'avais entendu parler dès mon enfance, un endroit que notre peuple appelait *esiqithini* : « l'île ».
MANUSCRIT AUTOBIOGRAPHIQUE INÉDIT, ÉCRIT À ROBBEN ISLAND, 1975

Nous avions à peine posé le pied sur l'île que la rumeur de notre arrivée se propageait parmi les prisonniers.
IBID.

Autshumao fut banni par Van Riebeek à Robben Island à la fin de la guerre de 1658 entre les Khoïkhoï et les Hollandais. L'honneur est d'autant plus grand qu'Autshumao est jusqu'à aujourd'hui la première et la dernière personne à avoir réussi à s'évader de l'île. Après plusieurs tentatives, il réussit à prendre la fuite sur un vieux bateau à la coque trouée dont personne n'imaginait qu'il puisse prendre la mer.
IBID.

Je n'ai jamais pu savoir avec certitude pourquoi on m'a transféré à Pretoria après seulement deux semaines à Robben Island. Le transfert n'a aucun lien avec mon accusation ultérieure au procès de Rivonia, puisque l'arrestation qui a conduit à ce procès n'a eu lieu que le 11 juillet 1963, soit presque un mois après mon transfert.
IBID.

Certains jours, le ciel au-dessus de l'île est vraiment magnifique.
LETTRE À UN AMI, ÉCRITE À ROBBEN ISLAND, 5 MARS 1978

Nos premières années étaient très dures, mais nous faisions la part des choses entre le système que nous combattions et les individus qui mettaient en œuvre cette politique.
INTERVIEW AVEC JAMES ROBBINS POUR LA B.B.C. (GRANDE-BRETAGNE), CHEZ LUI, À SOWETO, AFRIQUE DU SUD, 14 FÉVRIER 1990

Il y avait une très bonne ambiance.
CONVERSATION AVEC RICHARD STENGEL À PROPOS DE SON TRANSFERT À ROBBEN ISLAND APRÈS SA CONDAMNATION À PERPÉTUITÉ, 3 DÉCEMBRE 1992

En 1947, j'ai passé des vacances au Cap, et je suis allé en haut de la montagne de la Table, le point culminant de la ville, et de là j'ai vu Robben Island. Je n'ai jamais imaginé qu'un jour je m'y retrouverais.
CONVERSATION AVEC RICHARD STENGEL, 3 DÉCEMBRE 1993

Cela réveille beaucoup de souvenirs, mais je me concentre sur les bons.
EN REVISITANT ROBBEN ISLAND, LE CAP, AFRIQUE DU SUD, 11 FÉVRIER 1994

Je sais que nous trouverons ensemble un moyen de présenter les différentes facettes de Robben Island, et que nous le ferons de façon à en faire le symbole de la victoire de l'esprit contre l'oppression et de la réconciliation contre la division imposée.
JOURNÉE DU PATRIMOINE, ROBBEN ISLAND, LE CAP, AFRIQUE DU SUD, 24 SEPTEMBRE 1997

Comment refléter le fait que le peuple d'Afrique du Sud, avec l'appui de la communauté internationale, transforme un des plus grands symboles mondiaux de l'oppression raciste en icône planétaire de l'universalité des droits de l'homme, de l'espoir, de la paix et de la réconciliation ?
IBID.

Robben Island est un élément crucial de la mémoire collective sud-africaine.
IBID.

Esiqithini – l'île –, lieu de souffrance et d'enfermement pendant des siècles, se présente maintenant à nous comme un élément de notre patrimoine ; son avenir suscite des débats intenses et d'une grande portée.
IBID.

L'île s'est transformée en un monument de la lutte pour la démocratie, en une partie de cet héritage qui inspirera toujours nos enfants et nos amis étrangers tandis que nous nous efforçons de bâtir une nation juste et prospère.

IBID.

En général, ils nous traitaient durement et ne se calmaient que lorsqu'il y avait un visiteur important. Ils disaient : « Oh non, non, vous n'êtes pas obligés de travailler continuellement, vous pouvez vous promener dans la carrière, si vous voulez. » Alors nous savions qu'un visiteur allait arriver. Mais dès qu'il repartait, leurs cruautés recommençaient.

INTERVIEW AVEC VERNE HARRIS, JOHANNESBURG, AFRIQUE DU SUD, 2005

Vous savez, j'aime beaucoup Robben Island, même si ce n'était pas mon endroit préféré en tant que prisonnier. Mais en y repensant aujourd'hui, non, c'était un bon endroit. Pas l'expérience elle-même, vous comprenez ? Parce que c'était totalement différent des autres expériences et de ce qu'on peut désirer, mais je suis heureux d'être passé par là.

DOCUMENTAIRE *MANDELA À 90 ANS*, 2008

Prison : routine

La routine est la loi suprême en prison, pratiquement dans tous les pays du monde, chaque jour ressemble au précédent, à tous les niveaux.

LETTRE À FRIEDA MATTHEWS, ÉCRITE À LA PRISON DE POLLSMOOR, LE CAP, AFRIQUE DU SUD, 25 FÉVRIER 1987

Prison : solitude

Mon principal problème depuis que j'ai quitté la maison, c'est de dormir sans ta présence à mes côtés et de me réveiller de la même façon, ce sont les jours qui passent sans te voir et sans entendre ta voix. Les lettres que je t'écris et celles que tu m'écris ne sont qu'un baume sur la blessure de notre séparation.

LETTRE À WINNIE MANDELA, ÉCRITE À ROBBEN ISLAND, 26 OCTOBRE 1976

Une réprimande est toujours désarmante, même quand on est entouré de vieux amis et qu'on a beaucoup de réconfort. Alors dans la solitude de la cellule, les reproches d'un couple aimé font aussi mal qu'une flèche en plein cœur.

LETTRE À AMINA CACHALIA, ÉCRITE À LA PRISON DE POLLSMOOR, LE CAP, AFRIQUE DU SUD, 1ER MARS 1988

Se trouver seul en prison est difficile. N'essayez pas.

CONVERSATION AVEC RICHARD STENGEL, 6 AVRIL 1993

Bien que je pense avoir l'instinct grégaire, j'aime davantage encore la solitude. J'apprécie les occasions d'être seul, de réfléchir, d'inventer. Mais on peut trouver pesante la solitude. Mon épouse et ma famille me manquaient terriblement.

EN REVISITANT ROBBEN ISLAND, LE CAP, AFRIQUE DU SUD, 11 FÉVRIER 1994

Prison : souffrance

Trop nombreux sont ceux qui sont morts depuis que je suis en prison. Trop nombreux sont ceux qui ont souffert de leur amour de la liberté. J'ai des devoirs envers leurs veuves, leurs orphelins, leurs mères et leurs pères, qui les ont pleurés. Je ne suis pas le seul à avoir souffert durant ces longues années gâchées. Je n'aime pas moins la vie que vous.

RÉPONSE À L'OFFRE DE LIBERTÉ CONDITIONNELLE, LUE PAR ZINDZI MANDELA LORS D'UN RASSEMBLEMENT, STADE JABULANI, SOWETO, AFRIQUE DU SUD, 10 FÉVRIER 1985

Je dois dire que c'est une énorme source d'inquiétude d'être mis sur la touche et d'assister en simple spectateur à la tragique tourmente qui déchire notre pays, et cela génère de dangereuses passions.

LETTRE À LORD NICHOLAS BETHELL, ÉCRITE À LA PRISON DE POLLSMOOR, LE CAP, AFRIQUE DU SUD, 4 JUIN 1986

Au cours de ces vingt-six années d'incarcération, mon incapacité à répondre comme il l'aurait fallu à des appels à l'aide financière a été atroce.

LETTRE AU RÉVÉREND AUSTEN MASSEY, ÉCRITE À LA PRISON VICTOR VERSTER, PAARL, AFRIQUE DU SUD, 17 JANVIER 1989

La prison ne vous dépouille pas seulement de la liberté, elle essaie de vous dépouiller de votre identité.

DANS *UN LONG CHEMIN VERS LA LIBERTÉ*, 1994

Je n'avais pas le temps de broyer du noir. J'aimais lire et écrire des lettres et cela occupait complètement mon esprit, sauf bien sûr lorsque j'apprenais les difficultés de ma famille, ce qui évidemment me perturbait.

EN REVISITANT ROBBEN ISLAND, LE CAP, AFRIQUE DU SUD, 11 FÉVRIER 1994

Bien sûr, il y eut des moments pénibles, car le régime d'apartheid était expert en matière de persécution psychologique des prisonniers.

DOCUMENTAIRE *MANDELA : THE LIVING LEGEND*, 2003

Prison : travail

Quand nous sommes arrivés, ils nous ont demandé de casser des pierres pour faire du gravier. Ils apportaient de gros blocs, ils en posaient un à terre, et ensuite on devait casser les cailloux sur ce gros bloc.

CONVERSATION AVEC RICHARD STENGEL, 5 DÉCEMBRE 1993

Prison : unité

À Robben Island, il y avait des membres de l'ANC, du PAC [Congrès panafricain], de l'AZAPO [Organisation du peuple azanien], et nous avons réussi ensemble à résoudre les problèmes qui se posaient à nous en tant que prisonniers.

EN REVISITANT ROBBEN ISLAND, LE CAP, AFRIQUE DU SUD, 11 FÉVRIER 1994

L'un des avantages de la prison… c'est d'abord le fait qu'y sont rassemblés des membres de diverses organisations politiques. Nous pouvions engager une discussion sur la question de l'unité et sur une approche commune des problèmes.

IBID.

Prison : Victor Verster

J'apprécie la vie dans cette ferme, loin de la jungle de béton qui m'a entouré toutes ces années. Ici, en comparaison, je respire un air pur.

LETTRE À EVON KEARNS, ÉCRITE À LA PRISON VICTOR VERSTER, PAARL, AFRIQUE DU SUD, 28 FÉVRIER 1989

La seule chose indiquant qu'il s'agissait d'une prison était le mur de sécurité autour du bâtiment, mais sinon j'étais libre.

À PROPOS DE LA PRISON VICTOR VERSTER, EN REVISITANT ROBBEN ISLAND, LE CAP, AFRIQUE DU SUD, 11 FÉVRIER 1994

J'avais l'habitude de m'installer sous un arbre et de me détendre en me disant que j'étais libre. Pourtant, il y avait un micro dans l'arbre.

INTERVIEW AVEC VERNE HARRIS, JOHANNESBURG, AFRIQUE DU SUD, 2005

Même si au départ c'était censé être une punition, j'ai appris à l'aimer. Les autres prisonniers étaient dans un bâtiment. Me placer à l'isolement, dans cette maison, était une sorte de privilège.
IBID.

Les gardes n'étaient pas autorisés à nager, mais ils désignaient un surveillant et on nageait ensemble.
IBID.

Prison : visites

On ne peut pas toujours se féliciter d'une visite en prison, cela dépend des conditions. Si vous ne pouvez parler à votre conjoint que pour un temps limité et sans aucune espèce d'intimité, c'est une expérience déprimante.
LETTRE AU PRINCE THUMBUMUZI DLAMINI, ÉCRITE À LA PRISON DE POLLSMOOR, LE CAP, AFRIQUE DU SUD, 5 AOÛT 1985

Pour un prisonnier, les visites ont toujours une importance difficile à exprimer.
LETTRE À FRIEDA MATTHEWS, ÉCRITE À LA PRISON DE POLLSMOOR, LE CAP, AFRIQUE DU SUD, 25 FÉVRIER 1987

Il y a une séparation en verre, le visiteur est d'un côté et le prisonnier de l'autre. Il y a un gardien derrière chacun, pour contrôler qu'on ne parle que des affaires de la famille.
CONVERSATION AVEC RICHARD STENGEL, 4 DÉCEMBRE 1992

Prisonniers politiques

La seule manière d'éviter le désastre consiste à ne pas garder des innocents en prison, à abandonner vos actions provocantes et à mener une politique sensée et éclairée.
LETTRE AU MINISTRE DE LA JUSTICE, ÉCRITE À ROBBEN ISLAND, 22 AVRIL 1969

Nous avons côtoyé en prison de grands patriotes africains, de nobles représentants de l'humanité qui n'ont pas plié face à la torture, qui ont chanté la liberté la corde au cou, qui ont accepté leurs cellules comme une école dont leurs convictions, leur détermination et leur consentement aux sacrifices sortiraient immensément renforcés.

DISCOURS DEVANT LE PARLEMENT DU CANADA, OTTAWA, CANADA, 18 JUIN 1990

Le gouvernement voulait limiter la désignation de prisonnier politique à des gens qui avaient quitté le pays sans papiers. Ils essayaient de limiter la qualification au moins de gens possible. Mais nous sommes intervenus : « Est concernée toute personne dont le délit est motivé politiquement, quel que soit le délit, sédition, trahison, vol, agression, tant que c'est motivé politiquement. »

CONVERSATION AVEC RICHARD STENGEL, 22 AVRIL 1993

J'ai dû aller les convaincre : « Écoutez, sortez, nous avons besoin de vous dehors, venez nous aider. Cela n'a aucun sens de rester en prison alors que vous pouvez être libres. »

CONVERSATION AVEC RICHARD STENGEL À PROPOS DES PRISONNIERS QUI NE VOULAIENT SORTIR DE PRISON QU'AU TERME D'UNE VICTOIRE « SUR LE CHAMP DE BATAILLE », 23 AVRIL 1993

Prix Nobel de la paix

Que l'Afrique du Sud ait encore une fois reçu le prix Nobel de la paix est un hommage rendu à l'ensemble des Sud-Africains. C'est l'expression de la profonde confiance que nous accorde la communauté internationale, qui nous sait capables collectivement de régler les énormes problèmes de notre pays sans recourir à la violence et à la coercition.

APRÈS L'ANNONCE DU PRIX NOBEL DE LA PAIX, 15 OCTOBRE 1993

J'ai parfaitement conscience que le prix Nobel de la paix m'oblige, à titre personnel, à travailler toujours plus, dans l'intérêt de tous les Sud-Africains, pour la paix, la justice et la démocratie.
IBID.

Que les générations futures ne puissent jamais dire que l'indifférence, le cynisme et l'égoïsme nous ont empêchés d'être à la hauteur des idéaux humanistes qu'affirme le prix Nobel de la paix. Que les efforts de tous prouvent combien Martin Luther King avait raison lorsqu'il disait que l'humanité ne peut plus être plongée dans la nuit sans étoiles du racisme et de la guerre.
CÉRÉMONIE DE REMISE DU PRIX NOBEL DE LA PAIX, OSLO, NORVÈGE, 10 DÉCEMBRE 1993

Je ne me suis jamais beaucoup intéressé aux distinctions personnelles. On ne devient pas un combattant de la liberté dans l'espoir de remporter des trophées. Cependant, quand on m'a annoncé que l'on m'avait décerné le prix Nobel de la paix conjointement avec M. De Klerk, j'ai été profondément ému.
DANS *UN LONG CHEMIN VERS LA LIBERTÉ*, 1994

Procès de Rivonia

Le procès de Rivonia a suscité une énorme émotion, car le gouvernement espérait nous mettre sur le banc des accusés et c'est nous qui l'y avons mis. Dès l'inculpation, nous avons fait comprendre que ce serait un procès unique et nous avons dit que c'était au gouvernement de se trouver sur le banc des accusés à notre place. Nous avons plaidé non coupables.
CONVERSATION AVEC RICHARD STENGEL, 3 DÉCEMBRE 1992

J'ai lu ce discours outrageant pour les autorités, où j'avouais avoir fait les choses qu'on me reprochait, mais je disais que je les avais commises en conscience, parce que j'étais un homme de principe et parce que je ne pouvais pas accepter d'être traité comme un être inférieur par quiconque. C'est ce qui m'a mis sous le feu des projecteurs.

CONVERSATION AVEC RICHARD STENGEL, 10 MARS 1993

Ma culpabilité était évidente et il n'aurait pas été judicieux sur le plan politique de nier les allégations, il fallait que je fasse moi-même mon contre-interrogatoire pour justifier ce que j'avais fait.

CONVERSATION AVEC RICHARD STENGEL EXPLIQUANT POURQUOI IL A PRÉFÉRÉ, AU PROCÈS DE RIVONIA, PRONONCER UN DISCOURS DEPUIS LE BANC DES ACCUSÉS PLUTÔT QUE DE TÉMOIGNER, CE QUI LUI AURAIT DONNÉ DROIT À UN CONTRE-INTERROGATOIRE, 17 AVRIL 1993

Nous n'avons pas plaidé coupables au procès de Rivonia. Nous avons plaidé non coupables, tu te souviens ? Nous avons dit que c'était le gouvernement qui était criminel.

CONVERSATION AVEC AHMED KATHRADA, VERS 1993-1994

Procès pour trahison

Presque personne ne pensait que nous serions condamnés. D'ailleurs, pendant le procès même, les gens lisaient, se passaient des romans ; ils ne s'intéressaient pas à la procédure.

CONVERSATION AVEC RICHARD STENGEL, 30 MARS 1993

Le principal travail de Duma Nokwe et de moi-même, puisque nous deux étions avocats, consistait à préparer la défense des accusés.

CONVERSATION AVEC RICHARD STENGEL, 4 AVRIL 1993

Promesses

Il est facile de faire des promesses et de ne jamais passer à l'acte.

CONCERT LIVE 8, MARY FITZGERALD SQUARE, JOHANNESBURG, AFRIQUE DU SUD, 2 JUILLET 2005

Racisme

Je veux affirmer une bonne fois que je ne suis pas raciste et que je déteste le racisme pour sa barbarie, qu'il vienne d'un Noir ou d'un Blanc.

DEMANDE DE RÉCUSATION DU JUGE WA VAN HELSDINGEN, ANCIENNE SYNAGOGUE, PRETORIA, AFRIQUE DU SUD, 22 OCTOBRE 1962

Dans leurs relations avec nous, les Sud-Africains blancs considèrent juste et normal de mener une politique qui scandalise la conscience de l'humanité et de tous les hommes honnêtes et droits à travers le monde civilisé. Ils étouffent nos revendications, nous barrent le chemin de la liberté, nous empêchent d'accéder au progrès moral et matériel, et de nous mettre à l'abri du besoin et de la peur.

IBID.

Je hais farouchement la discrimination raciale, sous toutes ses formes. Je l'ai combattue tout au long de ma vie ; je la combats encore, et je poursuivrai ce combat jusqu'à mon dernier souffle. Même si aujourd'hui je suis jugé par quelqu'un dont je tiens l'opinion en haute estime, je déteste de tout mon cœur le dispositif qui m'entoure ici. Il me donne le sentiment d'être un homme noir dans le tribunal des hommes blancs. C'est intolérable.

IBID.

Quoi qu'ils puissent dire pour leur défense, le sens moral des Blancs de ce pays doit être jugé sur le fait qu'ils ont condamné la grande majorité des citoyens sud-africains à la servitude et à l'infériorité.

IBID.

Toutes les bonnes choses de la vie sont réservées aux Blancs, et l'on attend des Noirs qu'ils se contentent de récupérer les miettes tombées des tables où mangent des hommes à la peau blanche.

IBID.

Je déteste la pratique de la discrimination raciale, et je me sens soutenu dans cette détestation par le fait que l'immense majorité de l'humanité la déteste également… Rien de ce que ce tribunal pourra me faire ne me fera oublier cette détestation, car elle ne s'épuisera qu'avec la fin de l'injustice et de l'inhumanité que j'ai essayé d'extirper de la vie politique et sociale de ce pays.

PLAIDOYER POUR L'ATTÉNUATION DE SA PEINE APRÈS AVOIR ÉTÉ RECONNU COUPABLE D'AVOIR INCITÉ DES TRAVAILLEURS À FAIRE GRÈVE ET D'AVOIR QUITTÉ LE PAYS ILLÉGALEMENT, ANCIENNE SYNAGOGUE, PRETORIA, AFRIQUE DU SUD, NOVEMBRE 1962

Je déteste qu'on inculque aux enfants des préjugés liés à la couleur de peau et je sais que l'immense majorité des hommes et des femmes, ici et partout dans le monde, partagent mon avis.

IBID.

L'humiliation dont les Africains ont fait l'expérience est le résultat direct de la politique de suprématie blanche. La suprématie blanche implique l'infériorité noire. Les lois visant à préserver cette suprématie blanche sont fondées sur cette idée. En Afrique du Sud, les tâches subalternes sont invariablement accomplies par des Africains.

DISCOURS DEPUIS LE BANC DES ACCUSÉS, PROCÈS DE RIVONIA, PALAIS DE JUSTICE, PRETORIA, AFRIQUE DU SUD, 20 AVRIL 1964

Il est faux de prétendre que l'émancipation de tous se traduira par la domination raciale. Les divisions politiques qui se fondent sur la couleur de peau sont complètement artificielles et, quand elles disparaîtront, c'en sera fini de la domination d'un groupe de couleur sur l'autre. L'ANC a passé un demi-siècle à se battre contre le racisme. Quand il triomphera, sa politique ne changera pas.

IBID.

Je hais la suprématie blanche et je combattrai avec toutes les armes à ma disposition.

LETTRE AU GÉNÉRAL DU PREEZ, COMMISSAIRE DES PRISONS, ÉCRITE À ROBBEN ISLAND, 12 JUILLET 1976

Je vais donc demander que l'on interdise à vos officiers et à vous-même, dans la section des cellules individuelles où je suis écroué, de prêcher le racisme auprès des prisonniers issus de diverses communautés et d'essayer de faire naître des sentiments hostiles entre nous.

LETTRE AU COLONEL ROELOFSE, COMMANDANT DES OFFICIERS DE LA PRISON DE ROBBEN ISLAND, ÉCRITE À ROBBEN ISLAND

Nous avons toujours condamné la barrière des couleurs et affirmé qu'aucun homme de principe ne pouvait faire fi de sa dignité et se soumettre à cela.

ESSAI INTITULÉ « BALAYER LES OBSTACLES ET AFFRONTER L'ENNEMI », ÉCRIT À ROBBEN ISLAND, 1976

La science et les expérimentations ont montré qu'aucune race n'est en soi supérieure aux autres, et ce mythe a aussi explosé là où les Blancs et les Noirs ont les mêmes chances de développement.

ESSAI INTITULÉ « LE MOUVEMENT DE CONSCIENCE NOIRE », ÉCRIT À ROBBEN ISLAND, 1978

Ceux qui s'accordent à perpétuer la suprématie blanche sont les ennemis du peuple, même s'ils sont noirs, alors que ceux qui s'opposent à toutes les formes de racisme font partie du peuple, quelle que soit leur couleur.

IBID.

Notre mission sacrée est de vous empêcher d'entraîner le pays dans la guerre civile simplement pour défendre l'oppression raciale.

LETTRE À LOUIS LE GRANGE, MINISTRE DES PRISONS ET DE LA POLICE, ÉCRITE À ROBBEN ISLAND, 4 SEPTEMBRE 1979

Il sera important en Afrique du Sud, comme en Allemagne après la Seconde Guerre mondiale, que des institutions démocratiques soient mises en place pour éviter que la tyrannie raciale revienne en force.

DISCOURS LORS DE LA CONFÉRENCE INTERNATIONALE DU TRAVAIL, GENÈVE, SUISSE, 8 JUIN 1990

Jamais le racisme ne doit réapparaître dans notre pays, et dans aucun milieu. Noirs ou Blancs, tous les Sud-Africains doivent construire un sentiment d'appartenance commun à la nation, sans tolérer les idées de vengeance ou de châtiment.

DISCOURS DEVANT LE PARLEMENT DU CANADA, OTTAWA, CANADA, 18 JUIN 1990

Pour en finir avec le racisme dans le monde, nous devons tous ensemble anéantir l'apartheid raciste en Afrique du Sud. La justice et la liberté sont nos instruments, la prospérité et le bonheur nos armes.

DISCOURS DEVANT LE CONGRÈS DES ÉTATS-UNIS, WASHINGTON D.C., U.S.A., 26 JUIN 1990

Aucune institution engagée dans la quête de la vérité ne peut exister au sein d'un ordre social qui vise par le racisme à perpétuer la domination raciale.

RÉCEPTION DU DOCTORAT HONORIS CAUSA EN DROIT, UNIVERSITÉ DU WITWATERSRAND, JOHANNESBURG, AFRIQUE DU SUD, 6 SEPTEMBRE 1991

Une charte des droits n'est pas compatible avec la subordination politique ou économique d'une majorité ou d'une minorité. Si nous devons retenir une leçon de la lutte contre le racisme, dans notre pays comme dans le vôtre, c'est que le racisme doit être combattu ouvertement, et non toléré discrètement.

REMISE DE DÉCORATION, CLARK UNIVERSITY, ATLANTA, U.S.A., 10 JUILLET 1993

Chacun d'entre nous s'est senti moins qu'humain en constatant que des hommes pouvaient en traiter d'autres comme on traiterait des ordures. Finalement, les hommes de conscience n'ont pu supporter de rester les bras croisés sans chercher comment mettre un terme au crime contre l'humanité qu'est l'apartheid.

DISCOURS AUX NATIONS UNIES, NEW YORK, U.S.A., 24 SEPTEMBRE 1993

Peut-être arrivera-t-il que nous, qui avons connu dans notre pays le pire exemple de racisme depuis la défaite du nazisme, apporterons notre contribution à la civilisation en réglant nos problèmes de telle façon que nous mettrons un terme définitif au racisme à travers le monde.

QUARANTE-NEUVIÈME SESSION DE L'ASSEMBLÉE GÉNÉRALE DES NATIONS UNIES, NEW YORK, U.S.A., 2 OCTOBRE 1994

Dans tout ce que nous entreprenons, nous devons avant tout penser à cicatriser les blessures de notre peuple et à combler la ligne de fracture imposée à notre société

par des siècles de colonialisme et d'apartheid. Nous devons faire en sorte que la couleur, la race et le sexe soient un don divin, et non une marque indélébile ou un attribut d'où découle un statut particulier.
IBID.

Quel que soit le temps qu'il faudra, nous ne lâcherons pas. Le fait que le racisme soit dégradant autant pour le raciste que pour sa victime nous ordonne, afin de respecter l'engagement fait de protéger la dignité humaine, de combattre jusqu'à la victoire.
IBID.

Nous savons tous que le racisme s'ancre obstinément dans l'esprit et qu'il infecte profondément l'âme. Quand il est soutenu par l'ordonnancement racial du monde matériel, comme dans notre pays, sa prolifération est multipliée par cent.
IBID.

Personne ne naît en haïssant l'autre en raison de la couleur de sa peau, de ses origines ou de sa religion. Les gens apprennent à haïr, et si on leur apprend à haïr, on peut aussi leur apprendre à aimer, car l'amour vient plus naturellement au cœur des hommes.
DANS *UN LONG CHEMIN VERS LA LIBERTÉ*, 1994

Il faut voir comment vivent les gens pour véritablement comprendre les conséquences de l'oppression raciale dans ce pays. Comment des êtres humains peuvent-ils être si cruels envers d'autres êtres humains ?
INTERVIEW AVEC ADRIAN HADLAN POUR *THE STAR* ET SAHM VENTER POUR L'ASSOCIATED PRESS, QUNU, MTHATHA, AFRIQUE DU SUD, 25 DÉCEMBRE 1995

Le racisme est une maladie de la conscience. L'idée qu'un peuple est inférieur à un autre – au point que ceux qui se considèrent supérieurs en viennent à définir et à traiter les autres comme des sous-hommes – nie l'humanité même de ceux qui s'élèvent au rang de dieux.

DISCOURS DEVANT LES DEUX CHAMBRES DU PARLEMENT, WESTMINSTER HALL, LONDRES, GRANDE-BRETAGNE, 11 JUILLET 1996

Devons-nous continuer à tolérer qu'on dise de nos ancêtres qu'ils ne sont pas entrés dans l'Histoire ? Ces représentations dégradantes empêchent nos enfants d'apprécier pleinement la valeur et la force de notre démocratie, de la tolérance et des droits de l'homme. Elles abaissent les victimes et pervertissent l'esprit de ceux qui les répandent.

CÉLÉBRATIONS DE LA JOURNÉE DU PATRIMOINE, ROBBEN ISLAND, LE CAP, AFRIQUE DU SUD, 24 SEPTEMBRE 1997

Nous ne sommes pas tombés du ciel directement dans cette nouvelle Afrique du Sud ; nous avons rampé dans le passé boueux de la division raciale. Et, alors que nous avançons vers un avenir radieux et trébuchons parfois en chemin, il incombe à chacun d'entre nous de relever l'autre et de l'aider à se nettoyer.

DISCOURS À L'UNIVERSITÉ DE PRETORIA, AFRIQUE DU SUD, 4 DÉCEMBRE 1997

Nous nous écrasons les uns les autres par nos paroles et nos postures. Nous nous écrasons les uns les autres par les stéréotypes et la méfiance dont nos têtes sont encombrées, et par les paroles de haine qui s'échappent de nos lèvres.

DISCOURS DEVANT LE PARLEMENT, LE CAP, AFRIQUE DU SUD, 5 FÉVRIER 1999

Nous avons lutté contre la suprématie blanche, pas contre les Blancs.

CÉLÉBRATIONS DU QUARANTIÈME ANNIVERSAIRE DE LA FONDATION D'UMKHONTO WE SIZWE, SOWETO, JOHANNESBURG, AFRIQUE DU SUD, 16 DÉCEMBRE 2001

Nous avons essayé d'arracher le prisme du racisme à travers lequel les gens regardaient le monde.
MESSAGE VIDÉO ENREGISTRÉ POUR LE LANCEMENT DE L'EXPOSITION « DEAR MR MANDELA, DEAR MRS PARKS : CHILDREN'S LETTERS, GLOBAL LESSONS », MUSÉE NATIONAL NELSON MANDELA, QUNU, AFRIQUE DU SUD, 19 JUILLET 2008

La discrimination et la stigmatisation d'une partie de la population dévalorise l'humanité non seulement des victimes, mais de l'ensemble du peuple de notre nation.
DÉCLARATION LUE LORS DE L'OUVERTURE OFFICIELLE DE LA CONFÉRENCE D'EXAMEN DE DURBAN, GENÈVE, SUISSE, 20 AVRIL 2009

Néanmoins, nous ne devons pas laisser des divergences d'opinion paralyser nos efforts pour parvenir à un monde libéré du racisme, de la haine, de la discrimination et de l'intolérance.
IBID.

Au cours de notre vie, nous avons lutté contre la domination blanche et nous avons lutté contre la domination noire ; nous avons bien l'intention de rester fidèles à ce principe jusqu'à notre dernier jour.
SOURCE INCONNUE

Réalisme

Le réaliste, aussi horrifié et déçu soit-il par les faiblesses de ceux qu'il adore, observe le comportement des hommes sous tous les angles et avec objectivité, et il se concentre sur les qualités édifiantes des individus, celles qui élèvent l'esprit et exacerbent l'envie de vivre.
LETTRE À WINNIE MANDELA, ÉCRITE À ROBBEN ISLAND, 9 DÉCEMBRE 1979

Réconciliation

Nombreux sont ceux qui ne comprennent pas que pour soigner il fallait d'abord crever l'abcès. Qui ne comprennent pas que le silence obéissant des esclaves n'apportera pas la paix qui nous est due. Qui ne comprennent pas que le droit à la rébellion contre la tyrannie garantit la permanence de la liberté.

FUNÉRAILLES D'OLIVER TAMBO, F.N.B. STADIUM, SOWETO, JOHANNESBURG, AFRIQUE DU SUD, 2 MAI 1993

L'heure est venue de refermer les plaies. L'heure est venue de créer des ponts au-dessus du fossé qui nous séparait. L'heure est venue de construire.

PRESTATION DE SERMENT, INVESTITURE À LA PRÉSIDENCE DE L'AFRIQUE DU SUD, UNION BUILDINGS, PRETORIA, AFRIQUE DU SUD, 10 MAI 1994

En fin de compte, la réconciliation est un processus spirituel qui requiert autre chose qu'un simple cadre légal. Il faut qu'elle ait lieu dans le cœur et dans l'esprit des individus.

CONFÉRENCE ANNUELLE DE L'ÉGLISE MÉTHODISTE, MTHATHA, AFRIQUE DU SUD, 18 SEPTEMBRE 1994

Nos maîtres-mots doivent être justice, paix, réconciliation. Ainsi nous construirons un pays démocratique, non racial et non sexiste. Dans tout ce que nous entreprenons, nous devons avant tout penser à cicatriser les blessures de notre peuple et à combler le fossé imposé à notre société par des siècles de colonialisme et d'apartheid.

QUARANTE-NEUVIÈME SESSION DE L'ASSEMBLÉE GÉNÉRALE DES NATIONS UNIES, NEW YORK, U.S.A., 3 OCTOBRE 1994

La réconciliation signifie qu'il faut travailler ensemble pour rectifier les injustices héritées du passé.

JOURNÉE DE RÉCONCILIATION NATIONALE, AFRIQUE DU SUD, 16 DÉCEMBRE 1995

La pierre fondatrice de notre nouveau pays est la réconciliation et l'unité nationale. Le fait qu'elle soit désormais solidement scellée se passe de commentaire. Si tel n'était pas le cas, le sang dans les rues proclamerait que nous avons échoué à faire accepter la nécessité, pour les Blancs et les Noirs, de vivre ensemble en paix, comme des citoyens égaux liés par un destin commun.
DISCOURS DEVANT LES DEUX CHAMBRES DU PARLEMENT, WESTMINSTER HALL, LONDRES, GRANDE-BRETAGNE, 11 JUILLET 1996

Ayant accédé en retard à la liberté et à la démocratie, nous bénéficions de l'expérience des autres. Grâce à eux, nous savons que la reconnaissance des droits politiques reste une coquille vide et que la démocratie est toujours fragile sans véritable amélioration des conditions de vie et sans une approche globale qui réconcilie les bénéficiaires de l'ancien ordre avec ceux qui cherchent à améliorer le nouveau.
CONFÉRENCE AU CENTRE D'ÉTUDES ISLAMIQUES D'OXFORD, SHELDONIAN THEATRE, OXFORD, GRANDE-BRETAGNE, 11 JUILLET 1997

Dans la mesure où la réconciliation concerne tous les aspects de notre vie, elle est vitale pour notre nation.
DÉBAT SPÉCIAL SUR LE RAPPORT DE LA COMMISSION VÉRITÉ ET RÉCONCILIATION, PARLEMENT, LE CAP, AFRIQUE DU SUD, 25 FÉVRIER 1999

La quête de la réconciliation est l'aiguillon qui a permis le difficile processus des négociations et l'accord qui en a découlé.
IBID.

La réconciliation est un élément essentiel de la vision qui a poussé des millions d'hommes et des femmes à tout risquer, y compris leur vie, en luttant contre l'apartheid et la domination blanche. Elle est inséparable de l'avènement d'une nation non raciale, démocratique et unie, qui accorde à tous un statut de citoyen, avec des droits et des devoirs, et qui respecte la richesse et la diversité de notre peuple.

IBID.

Puisque nous formons une nation avec un destin commun, notre première tâche est l'éradication collective de l'héritage inhumain du système d'apartheid. C'est une étape fondamentale pour la réconciliation au sein de la nation.

DISCOURS D'OUVERTURE DU DÉBAT DU BUDGET PRÉSIDENTIEL, PARLEMENT, LE CAP, AFRIQUE DU SUD, 2 MARS 1999

La réconciliation n'est pas venue après coup, elle n'a pas été rajoutée à notre lutte après que nous avons triomphé. Elle a toujours fait partie de notre lutte. La réconciliation était l'un des moyens de la lutte en même temps que son objectif.

CONFÉRENCE LORS DU FORUM INTERNATIONAL DES FEMMES, TOKYO, JAPON, 30 JANVIER 2003

Célébrons nos réussites aussi souvent que possible. Et continuons de construire, comme vous en avez fait le choix avec ce projet, continuons de promouvoir la réconciliation nationale et de militer en sa faveur.

DISCOURS AU NOBEL SQUARE, LE CAP, AFRIQUE DU SUD, 14 DÉCEMBRE 2003

Peut-être devrions nous appeler les Sud-Africains, à tous les moments de la vie, à trouver au sein de leurs communautés, de leurs villes ou de leurs villages, une occasion de rendre concrète la réconciliation nationale… Faites en sorte que la réconciliation nationale soit une réalité dans votre vie.

IBID.

Si nous ne leur pardonnons pas, nous garderons toujours cette amertume et cet esprit de revanche. Nous

disons plutôt : « Oublions le passé, intéressons-nous au présent et à l'avenir », mais pour dire que les atrocités du passé ne doivent plus jamais se reproduire.
DOCUMENTAIRE *MANDELA : THE LIVING LEGEND*, 2003

Je suis né et j'ai été élevé en Afrique du Sud et je voyais très bien comment les Sud-Africains répondraient à un message constructif de réconciliation.
DOCUMENTAIRE *LEGENDS : NELSON MANDELA*, 2005

C'est une façon concrète d'oublier le passé et de construire le pays.
RÉCEPTION DES FEMMES ET DES VEUVES DES ANCIENS COMBATTANTS DE LA LIBERTÉ ET DES ANCIENS PRÉSIDENTS ET PREMIERS MINISTRES D'AFRIQUE DU SUD, PRETORIA, AFRIQUE DU SUD, 23 JUILLET 1994

Reconnaissance

C'est toujours une grande source de réconfort de savoir que vos efforts sont largement appréciés.
LETTRE À HELEN SUZMAN, ÉCRITE À ROBBEN ISLAND, 1ER MARS 1974

Avant d'aller en prison, j'étais très arrogant. Je me comportais comme un animal vis-à-vis de gens qui se conduisaient gentiment avec moi, et j'ai décidé que si j'en avais la chance, je ferais en sorte de leur montrer que je leur en étais reconnaissant, je leur montrerais que j'y avais été sensible.
DOCUMENTAIRE *MANDELA : THE LIVING LEGEND*, 2003

Reconstruction et développement

La réalité cependant, c'est que, de la même façon qu'il n'a pas été facile d'obtenir la libération politique, il ne sera pas facile d'arriver à améliorer les conditions socio-économiques pour l'ensemble du peuple. Nous devons donc aborder le défi de la reconstruction et du développement en gardant résolument les pieds sur terre.

CONFÉRENCE NATIONALE DE L'A.N.C. SUR LA STRATÉGIE DE RECONSTRUCTION, NASREC, JOHANNESBURG, AFRIQUE DU SUD, 21 JANVIER 1994

Conformément à notre objectif, qui est de créer une société pour le peuple, et afin de traiter avec efficacité la question cruciale de la croissance, de la reconstruction et du développement, en collaboration avec les syndicats et avec le secteur privé, nous allons nous occuper en premier lieu de la question du développement des ressources humaines.

DISCOURS AU PARLEMENT, LE CAP, AFRIQUE DU SUD, 24 MAI 1994

Nous avons obtenu la liberté. Mais la libération ne sera qu'une coquille vide si nous ne commençons pas tout de suite à nous occuper des conditions sociales créées par l'apartheid. Le Programme de reconstruction et de développement doit être mis en œuvre sans délai.

ANNIVERSAIRE DU SOULÈVEMENT DE SOWETO DU 16 JUIN 1976, AFRIQUE DU SUD, 16 JUIN 1994

La réussite du Programme de reconstruction et de développement offrira la garantie de la paix durable et de la stabilité.

DISCOURS AU DÉJEUNER DE LA CONFÉRENCE DES ÉDITEURS, AFRIQUE DU SUD, 6 SEPTEMBRE 1994

La reconstruction et le développement ne consistent pas seulement à créer des emplois et à construire des maisons. Cela implique la restructuration complète de la société, y compris des relations sur les lieux de travail.

MESSAGE AU CINQUIÈME CONGRÈS NATIONAL DU COSATU (CONGRÈS DES SYNDICATS SUD-AFRICAINS), SOWETO, AFRIQUE DU SUD, 7 SEPTEMBRE 1994

Nous ne pouvons construire ou guérir notre nation si, dans le secteur privé et le secteur public, dans les écoles et les universités, dans notre manière de traiter le crime ou l'exclusion sociale, nous continuons à faire comme avant, en nous complaisant dans des schémas obsolètes. Partout, et dans tout ce que nous faisons, nous avons besoin d'audace dans la pensée, de fermeté dans la résolution et de constance dans l'action.

DISCOURS AU PARLEMENT, LE CAP, AFRIQUE DU SUD, 9 FÉVRIER 1995

La réconciliation ne sera possible qu'avec la reconstruction et le développement, et *vice-versa*.

ARTICLE ÉCRIT POUR *THE SUNDAY TIMES* (AFRIQUE DU SUD), 22 FÉVRIER 1996

De la même façon que la libération de l'Afrique du Sud était un aboutissement pour toute l'Afrique, la reconstruction et le développement de notre pays participe de la renaissance du continent.

CONFÉRENCE AU CENTRE D'ÉTUDES ISLAMIQUES D'OXFORD, SHELDONIAN THEATRE, OXFORD, GRANDE-BRETAGNE, 11 JUILLET 1997

Oliver Tambo nous a conduits vers la liberté. Aujourd'hui, nous sommes engagés dans une lutte encore plus difficile, encore plus ardue : la lutte pour reconstruire et développer notre pays, afin que chacun ait une vie meilleure.

INAUGURATION DU TAMBO MEMORIAL HOSPITAL, AFRIQUE DU SUD, 16 AVRIL 1998

Nous avons progressivement augmenté les budgets alloués aux programmes de réduction de la pauvreté et de création d'emplois. Nous avons donc un programme de vaste amplitude pour répondre aux besoins sociaux et économiques. Il ne se concentre pas sur quelques communautés, mais sur toutes les communautés qui vivent dans le dénuement. Il résulte d'une approche multiple et exigeante des problèmes de reconstruction et de développement.

OUVERTURE DU DÉBAT DU BUDGET PRÉSIDENTIEL, PARLEMENT, LE CAP, AFRIQUE DU SUD, 2 MARS 1999

Une croissance économique soutenue est indispensable à la réussite de nos objectifs de reconstruction et de développement, en particulier l'éradication de la pauvreté.

DISCOURS DEVANT LE PARLEMENT DES PAYS-BAS, LA HAYE, PAYS-BAS, 12 MARS 1999

Si j'ai pu entraîner notre pays dans une nouvelle ère, c'est parce que je suis le produit des peuples du monde qui souhaitent une vie meilleure à chacun, où qu'il soit.

SÉANCE FINALE DU PREMIER PARLEMENT DÉMOCRATIQUEMENT ÉLU, LE CAP, AFRIQUE DU SUD, 26 MARS 1999

Nous avons *miraculeusement* – comme ils sont nombreux à l'avoir dit – dépassé les profondes divisions du passé pour créer un nouvel ordre démocratique ; en tant que nation, nous ne doutions pas non plus que nous saurions faire face aux défis de la reconstruction et du développement.

SÉANCE DU PARLEMENT À L'OCCASION DE L'ANNIVERSAIRE DES DIX ANS DE LA DÉMOCRATIE, PARLEMENT, LE CAP, AFRIQUE DU SUD, 10 MAI 2004

Regret

Le seul regret qui m'ait poursuivi toute ma vie, c'est de ne pas avoir été champion du monde de boxe poids lourds.

RENCONTRE AVEC LE PRÉSIDENT BILL CLINTON, WASHINGTON D.C., U.S.A., 1990

Personnellement, je ne regretterai jamais d'avoir essayé de partager ma vie avec la camarade Nomzamo [Winnie

Mandela]. Cependant, des circonstances indépendantes de notre volonté ont décidé qu'il en serait autrement. Je l'embrasse avec toute la tendresse et l'affection que j'ai éprouvées pour elle, en prison et en dehors, dès le premier instant où je l'ai rencontrée.

ANNONCE DE SA SÉPARATION D'AVEC WINNIE MANDELA, JOHANNESBURG, AFRIQUE DU SUD, 13 AVRIL 1992

Je regrette que nombre de gens qui ont permis à ce jour d'arriver ne soient pas là pour voir la nouvelle Afrique du Sud.

LORS DE LA CONFÉRENCE DE RÉCONCILIATION DE ROBBEN ISLAND, UNIVERSITÉ DU CAP-OCCIDENTAL, BELLVILLE, AFRIQUE DU SUD, 12 FÉVRIER 1995

En prison, je méditais souvent sur les choses que j'avais négligées ou omises. Dans ces cas-là, je pensais toujours aux gens que j'avais oublié de remercier et d'honorer alors qu'ils avaient été importants dans ma vie. Bien souvent, il nous est arrivé de négliger les familles des camarades qui luttaient à nos côtés.

HOMMAGE À YUSUF CACHALIA ET À BRAM FISCHER, JOHANNESBURG METROPOLITAN CENTRE, JOHANNESBURG, AFRIQUE DU SUD, 5 JUIN 2005

Relations

Je pense que, lorsqu'on souscrit aux mêmes valeurs, qu'on a une vision commune et qu'on reconnaît l'intégrité de l'autre, on pose les bases d'une relation saine.

DOSSIER PERSONNEL, DATE INCONNUE

Religion

Les armes spirituelles sont dynamiques et elles ont souvent un impact difficile à apprécier dans des circonstances données, sauf à la lumière de l'expérience. D'une certaine façon, des prisonniers elles font des hommes libres, transforment les roturiers en monarques et la boue en or pur.

LETTRE AU SÉNATEUR DOUGLAS LUKHELE, ÉCRITE À ROBBEN ISLAND, 1ER AOÛT 1970

Les deux influences qui dominaient ma pensée et mes actions à cette époque étaient la chefferie et l'Église.

MANUSCRIT AUTOBIOGRAPHIQUE INÉDIT, ÉCRIT À ROBBEN ISLAND, 1975

Nous qui avons grandi dans des maisons religieuses et qui avons étudié dans les écoles des missionnaires, nous avons fait l'expérience d'un profond conflit spirituel quand nous avons vu le mode de vie que nous jugions sacré remis en question par de nouvelles philosophies, et quand nous nous sommes rendu compte que, parmi ceux qui traitaient notre foi d'opium, il y avait des penseurs dont l'intégrité et l'amour pour les hommes ne faisaient pas de doute.

LETTRE À FATIMA MEER, ÉCRITE À ROBBEN ISLAND, 1ER JANVIER 1976

La leçon très simple de toutes les religions, de toutes les philosophies et de la vie elle-même est que, même si le mal peut temporairement se déchaîner, le bien emporte les lauriers à la fin.

IBID.

J'ai mes propres croyances quant à l'existence ou la non-existence d'un Être suprême, et il est bien possible qu'on puisse facilement expliquer pourquoi depuis des temps immémoriaux l'humanité a cru en l'existence d'un dieu.

LETTRE À MAKAZIWE MANDELA, ÉCRITE À ROBBEN ISLAND, 27 MARS 1977

À Fort Hare, j'ai même enseigné à l'École du dimanche.

IBID.

J'ai bien sûr été baptisé à l'Église wesleyenne et j'ai fréquenté ses écoles missionnaires. Dehors comme ici, je lui reste fidèle, mais mes conceptions ont eu tendance à s'élargir et à être bienveillante envers l'unité religieuse.

LETTRE À MME N. THULARE, ÉCRITE À ROBBEN ISLAND, 19 JUILLET 1977

Toujours faire de la religion une affaire privée, réservée à soi. N'encombre pas les autres avec ta religion et autres croyances personnelles.

LETTRE À MAKAWIZE MANDELA, ÉCRITE À ROBBEN ISLAND, 21 DÉCEMBRE 1978

J'ai toujours regardé la multiplicité des dieux dans la mythologie grecque comme une manifestation de plus de la croyance répandue que la destinée des hommes et de la nature est entre les mains de divinités dont l'excellence surhumaine, source d'inspiration et d'espoir pour toute la création, finira par dominer le monde.

LETTRE À FATIMA MEER, ÉCRITE À ROBBEN ISLAND, 1ER JANVIER 1979

Il y avait au moins une chose sur laquelle s'accordaient les fidèles des Écritures et les athées : la croyance en l'existence d'êtres aux pouvoirs surhumains indique ce à quoi l'homme voudrait ressembler et comment au fil des siècles il a combattu le mal sous toutes ses formes et s'est efforcé de mener une vie vertueuse.

IBID.

Les hommes de vision ont proclamé que nous vivons sur le même monde, que nous avons les mêmes problèmes sociaux et que la justice et la paix apportent sécurité et joie aux hommes.

LETTRE À HELEN JOSEPH, ÉCRITE À ROBBEN ISLAND, 11 MARS 1979

La religion, et notamment la croyance en l'existence d'un Être suprême, a toujours été un sujet de controverse qui déchire les nations, et même les familles. Il vaut toujours mieux considérer la relation entre un individu et son dieu comme une affaire strictement personnelle, une question de foi et non de logique. Nul n'a le droit de prescrire aux autres ce qu'ils doivent croire ou non.

LETTRE À MME DEBORAH OPITZ, ÉCRITE À LA PRISON DE POLLSMOOR, LE CAP, AFRIQUE DU SUD, 10 MAI 1988

Les Églises sud-africaines ont grandement contribué à la lutte pour le changement dans ce pays et l'Église de la Province s'inscrit fièrement dans cette histoire. Sa constance et sa rectitude à propos des problèmes nationaux est une inspiration pour nous tous.

LETTRE À L'ARCHEVÊQUE DESMOND TUTU ET À SA FEMME LEAH, ÉCRITE À LA PRISON VICTOR VERSTER, PAARL, AFRIQUE DU SUD, 21 AOÛT 1989

Peu de gens nient que l'Église de la Province a donné des héros et des martyrs d'une grande intégrité.

LETTRE AU RÉVÉREND ANDREW HUNTER, ÉCRITE À LA PRISON DE POLLSMOOR, LE CAP, AFRIQUE DU SUD, 21 AOÛT 1989

Nos prêtres et nos organisations religieuses font un travail remarquable pour rendre possible la paix et la sécurité de notre peuple.

DISCOURS À KAGISO, WEST RAND, AFRIQUE DU SUD, 1991

Nous sommes résolus à construire des ponts, à rassembler toute l'humanité sous la même bannière et à avancer en confiance vers un avenir meilleur. Nous croyons que les textes hindous ne disent pas autre chose.

FÊTE DE DIWALI, DURBAN, AFRIQUE DU SUD, 3 NOVEMBRE 1991

La religion repose sur la croyance, non sur la logique et… mais parfois, on aimerait pouvoir enquêter sur l'origine d'une idée dans la Bible et sur les leçons qu'on peut tirer des histoires qui y sont décrites, et là où il y a une base scientifique, cela jette un éclairage nouveau, parce que la Bible c'est de la grande… de la très grande littérature.

CONVERSATION AVEC RICHARD STENGEL, 21 DÉCEMBRE 1992

Il y avait un homme qui priait, le révérend Japhta, et il prononçait un serment vraiment remarquable, il disait : « Mon Dieu, nous t'avons imploré, supplié, demandé de nous libérer. Aujourd'hui, nous t'ordonnons de nous libérer. »

CONVERSATION AVEC RICHARD STENGEL, 5 AVRIL 1993

Les Sud-Africains d'origine juive sont historiquement surreprésentés parmi les compatriotes blancs qui ont pris part à la lutte pour la libération.

TRENTE-SEPTIÈME CONGRÈS DU CONSEIL DES DÉPUTÉS JUIFS D'AFRIQUE DU SUD, HÔTEL CARLTON, JOHANNESBURG, AFRIQUE DU SUD, 21 AOÛT 1993

La religion parle d'amour mutuel, de respect pour les autres et pour la vie elle-même. Elle parle de dignité, d'égalité et de l'humanité faite à l'image de Dieu.

INTERVIEW AVEC CHARLES VILLA-VICENCIO, JOHANNESBURG, AFRIQUE DU SUD, 1993

Partager le sacrement qui fait partie de la tradition de mon Église était important à mes yeux. Cela me procurait l'apaisement et le calme intérieur. En sortant des services, j'étais un homme neuf.

IBID.

Je ne suis pas particulièrement religieux ou spirituel. Disons que je m'intéresse à toutes les tentatives qui sont faites pour découvrir le sens de la vie. La religion relève de cet exercice.

IBID.

Je n'ai jamais abandonné mes croyances chrétiennes.
CONVERSATION AVEC AHMED KATHRADA, VERS 1993-1994

Bien des gens acceptent les explications scientifiques en étant malgré tout des chrétiens dévots ou en ayant simplement des convictions religieuses.
IBID.

Le sentiment de responsabilité sociale que la communauté religieuse a toujours mis en avant a trouvé son expression dans votre immense contribution aux efforts pour débarrasser notre pays du fléau du racisme et de l'apartheid. À une époque où les déclarations et les actions contre le pouvoir en place étaient passibles de persécutions, voire de condamnations à mort, vous avez osé vous dresser contre les tyrans.
CONFÉRENCE ANNUELLE DE L'ÉGLISE MÉTHODISTE, MTHATHA, AFRIQUE DU SUD, 18 SEPTEMBRE 1994

Je ne saurais trop insister sur le rôle que l'Église méthodiste a joué dans ma vie.
IBID.

L'Église, avec son message de pardon, a un rôle important à jouer dans la réconciliation nationale.
IBID.

Il faut aider ceux qui ont bénéficié de privilèges injustes à découvrir un nouvel esprit de partage.
IBID.

L'esprit de réconciliation et la bonne volonté qui règnent dans la nation sont en grande partie attribuables aux interventions morales et spirituelles de la communauté religieuse.
IBID.

Tous les Sud-Africains doivent être libres de pratiquer la religion de leur choix.

VINGT-TROISIÈME ANNIVERSAIRE DE LA GOSPEL CHURCH OF POWER OF REPUBLIC OF SOUTH AFRICA, BISHO, AFRIQUE DU SUD, 10 SEPTEMBRE 1995

Notre défi est de faire en sorte que personne n'ait moins de droits ou ne soit tourmenté parce qu'il est né différent, qu'il a des opinions politiques opposées à la majorité ou qu'il prie Dieu d'une autre manière.

RÉUNION COMMÉMORATIVE DE L'ASSEMBLÉE GÉNÉRALE POUR LE CINQUANTIÈME ANNIVERSAIRE DES NATIONS UNIES, NEW YORK, U.S.A., 23 OCTOBRE 1995

Toutes les grandes religions enseignent l'importance de la paix et de la réconciliation. Mais elles insistent aussi pour que la réconciliation soit en corrélation avec la fin des injustices.

OUVERTURE DU CONSEIL MONDIAL DES JEUNES OUVRIERS CHRÉTIENS, OUKASIE, AFRIQUE DU SUD, 26 NOVEMBRE 1995

Pour notre nouvelle nation, la reconstruction marche main dans la main avec la réconciliation. Nous nous tournons vers l'Église, vers son message de justice, de paix, de pardon, de guérison, pour qu'elle joue son rôle et qu'elle aide les individus de toutes les couleurs à dépasser les divisions du passé et à envisager un avenir dans l'unité, où l'on rectifiera les erreurs pour restaurer un ordre juste.

SERVICE DU JOUR DE L'ACTION DE GRÂCE POUR LE DÉPART À LA RETRAITE DE L'ARCHEVÊQUE DESMOND TUTU, CATHÉDRALE SAINT-GEORGE, LE CAP, AFRIQUE DU SUD, 23 JUIN 1996

Croyants de toutes les religions, professeurs et étudiants des villes et des zones rurales, du nord au sud et d'est en ouest, donnons-nous la main pour la paix et la prospérité.

SIGNATURE DE LA NOUVELLE CONSTITUTION, SHARPEVILLE, VEREENIGING, AFRIQUE DU SUD, 10 DÉCEMBRE 1996

Aucun pouvoir sur terre ne peut être comparé à la religion, c'est pourquoi je la respecte.
DOCUMENTAIRE DE LA B.B.C. (GRANDE-BRETAGNE), 1996

Par les diverses facettes de son héritage, la religion africaine traditionnelle est de plus en plus reconnue pour sa contribution à la marche du monde. Elle n'est plus la misérable superstition qu'il fallait remplacer par des formes de croyance supérieures : aujourd'hui, il est reconnu que son héritage spirituel enrichit l'humanité.
CONFÉRENCE AU CENTRE D'ÉTUDES ISLAMIQUES D'OXFORD, SHELDONIAN THEATRE, OXFORD, GRANDE-BRETAGNE, 11 JUILLET 1997

Dans le nouvel ordre mondial, aucun pays, aucune région ni aucun continent ne peut agir seul, isolé du reste du monde. Aucun mouvement social dans aucun pays ou continent ne peut rester à l'écart des mouvements similaires qui existent à côté. Cela s'applique à la religion comme à tout le reste de la vie en société.
IBID.

La force de la solidarité interreligieuse – et pas la simple concorde ou coexistence – dans l'action contre l'apartheid a été cruciale pour abattre ce mauvais système. Cette approche, plutôt que des discours concurrents, a permis à chaque tradition de se mettre au service de tous.
IBID.

Nous avons besoin que les institutions religieuses continuent d'être la conscience de la société, le gardien de la morale et des intérêts des faibles et des opprimés. Nous avons besoin que les organisations religieuses participent à la société civile mobilisée pour la justice et la protection des droits de l'homme.
JOURNÉE HOMMAGE À L'ÉGLISE REGINA MUNDI, REGINA MUNDI CHURCH, SOWETO, AFRIQUE DU SUD, 30 NOVEMBRE 1997

La liberté que nous avons gagnée avec la participation active de la communauté religieuse, et de la majorité des Sud-Africains, nous a donné une Constitution qui garantit à tous les Sud-Africains la liberté de culte.
IBID.

Les organisations religieuses ont aussi joué un rôle fondamental pour montrer ce qu'était réellement l'apartheid : une imposture et une hérésie. Il était encourageant d'entendre parler d'un Dieu qui ne tolérait pas l'oppression, qui se tenait aux côtés des opprimés.
PREMIÈRE CONFÉRENCE TRISANNUELLE DE L'ÉGLISE MÉTHODISTE D'AFRIQUE DU SUD, DURBAN, AFRIQUE DU SUD, 17 JUILLET 1998

Quand les nobles idéaux et les valeurs de la religion ont engendré des actions concrètes, cela nous a renforcés et en même temps a nourri l'idéal du mouvement de libération.
CINQUANTIÈME ANNIVERSAIRE DU CONSEIL MONDIAL DES ÉGLISES, HARARE, ZIMBABWE, 13 DÉCEMBRE 1998

La décadence morale de certaines communautés à travers le monde est révélée entre autres par l'utilisation du nom de Dieu pour justifier des actions condamnées par le monde entier comme des crimes contre l'humanité.
SUITE INÉDITE À SON AUTOBIOGRAPHIE, VERS 1998

À l'abord de ce nouveau siècle, nous allons devoir puiser à la source de notre foi. Comme à n'importe quelle époque de l'histoire, la religion aura un rôle crucial à jouer pour guider l'humanité et l'inspirer face aux énormes défis qui l'attendent.
DISCOURS DEVANT LE PARLEMENT MONDIAL DES RELIGIONS, LE CAP, AFRIQUE DU SUD, DÉCEMBRE 1999

Sans l'Église, sans les institutions religieuses, je ne serais pas là aujourd'hui.
IBID.

J'ai conscience de l'importance de la religion… Il faut avoir connu les prisons d'Afrique du Sud sous l'apartheid, vous pouviez y voir la cruauté des hommes sous sa forme la plus crue. Mais il y avait aussi les institutions religieuses, hindoues, musulmanes, juives, chrétiennes, c'étaient elles qui nous donnaient l'espoir qu'un jour nous sortirions, qu'un jour nous reviendrions.

IBID.

Nos leaders religieux étaient en première ligne, ils ont maintenu en vie l'esprit de la résistance parmi le peuple, à une époque où la répression s'intensifiait et prenait des proportions dramatiques destinées à soumettre le peuple.

SOIXANTE-QUINZIÈME ANNIVERSAIRE DE L'ARCHEVÊQUE DESMOND TUTU, JOHANNESBURG, AFRIQUE DU SUD, 8 OCTOBRE 2006

Renaissance africaine

L'Afrique a depuis longtemps dépassé l'état d'esprit qui consiste à rejeter le blâme sur le passé et sur les autres. L'ère de la renaissance dans laquelle nous entrons est basée, comme elle doit l'être, sur les propres efforts des Africains pour améliorer les conditions de vie en Afrique.

CÉRÉMONIE DE REMISE DE L'AFRICA PEACE AWARD, DURBAN, AFRIQUE DU SUD, 18 MARS 1995

Il ne fait pas de doute que la renaissance africaine est proche – et notre défi est de gouverner le continent dans les remous de l'histoire. Il ne faut pas que, à cause du comportement de ses dirigeants, on puisse discerner une tendance à se vautrer dans l'autosatisfaction et la jouissance des attributs du pouvoir.

SOMMET DE L'O.U.A. (ORGANISATION DE L'UNITÉ AFRICAINE), YAOUNDÉ, CAMEROUN, 8 JUILLET 1996

Toutes nos couleurs et nos races se combinent en une nation pour former le peuple africain. Les objectifs que nous poursuivons en politique, le développement économique et social, ne seront atteints que s'ils contribuent à la renaissance africaine.

DISCOURS AUX DEUX CHAMBRES DU PARLEMENT, WESTMINSTER HALL, LONDRES, GRANDE-BRETAGNE, 11 JUILLET 1996

Le renouveau de l'Afrique est désormais un peu plus qu'une idée. Ses graines sont semées dans les communautés régionales que nous construisons et dans le continent dans son ensemble.

BANQUET EN L'HONNEUR DU PRÉSIDENT OUGANDAIS MUSEVENI, LE CAP, AFRIQUE DU SUD, 27 MAI 1997

L'heure du renouveau africain a sonné, qui verra notre continent couronné de succès et placé sur un piédestal. L'Afrique aspire, comme elle le mérite, à renouer avec sa gloire, à réaffirmer sa contribution à l'économie, à la politique, à la culture et aux arts, et à redevenir un pionnier dans les nombreux champs d'expérimentation humains.

PRÉSENTATION DE L'AFRICA PEACE PRIZE DÉCERNÉ AU MOZAMBIQUE, DURBAN, AFRIQUE DU SUD, 1ER NOVEMBRE 1997

Tout en rêvant et en travaillant à la régénération de notre continent, nous restons conscients que la renaissance africaine ne peut réussir que dans le cadre du développement d'un nouvel ordre mondial équitable, dans lequel tous les anciens pays colonisés et marginalisés auront une juste place d'acteurs de l'histoire, et non de sujets des autres nations.

CLÔTURE DU DIX-NEUVIÈME SOMMET DES CHEFS DE GOUVERNEMENT DE LA CARICOM (COMMUNAUTÉ CARIBÉENNE), SAINTE-LUCIE, 4 JUILLET 1998

Répression

La répression avait éliminé toute organisation populaire. Mais à chaque tournant de l'histoire l'apartheid était vouée à engendrer la résistance ; elle était vouée à donner naissance aux forces qui la feraient tomber.

INAUGURATION DE LA STATUE COMMÉMORANT LE VINGTIÈME ANNIVERSAIRE DE LA MORT DE STEVE BIKO, EAST LONDON, AFRIQUE DU SUD, 1ER SEPTEMBRE 1997

Reproches

Tout reprocher au passé n'améliore en rien les choses.

ÉCOLE PRIMAIRE ROLIHLAHLA, ARRENTON, AFRIQUE DU SUD, 20 AOÛT 1996

Il est facile de reprocher tous nos problèmes à un système sans visage : la Couronne, l'Église, la hiérarchie, la mondialisation, les entreprises multinationales, le régime d'apartheid. Il n'est pas bien dur de lancer des reproches en l'air. Mais nous devons regarder en nous, devenir responsables et apporter des solutions neuves si nous voulons faire autre chose que nous plaindre ou nous chercher des excuses.

LANCEMENT DU RAPPORT FINAL DE LA COMMISSION MONDIALE SUR LES BARRAGES, CABOT HALL, LONDRES, GRANDE-BRETAGNE, 16 NOVEMBRE 2000

Jamais plus nous ne devons faire reproche aux autres de notre condition ni les tenir responsables de notre développement. Nous sommes maîtres de notre destin.

BANQUET CÉLÉBRANT LES CENT MEILLEURS LIVRES AFRICAINS DU XXE SIÈCLE, LE CAP, AFRIQUE DU SUD, JUILLET 2002

Résistance passive

La philosophie de paix, de tolérance et de non-violence de Gandhi a servi en Afrique du Sud de puissant instrument de changement social.

INAUGURATION DU GANDHI HALL, LENASIA, AFRIQUE DU SUD, 2 SEPTEMBRE 1992

Résolutions

Au début de l'année, j'avais l'habitude de prendre des résolutions à propos de ceci ou de cela, pour m'apercevoir que je n'étais pas capable de m'y tenir plus de deux jours.

CONVERSATION AVEC RICHARD STENGEL, 3 MAI 1993

Respect

La police avait du respect pour moi parce que j'étais déjà avocat, et en plus ils connaissaient mes origines.

CONVERSATION AVEC RICHARD STENGEL, 18 MARS 1993

Responsabilité

L'effondrement de la conscience morale, l'absence de sens de la responsabilité et de contrôle public conduisent aux crimes contre l'humanité et à la violation du droit international.

RASSEMBLEMENT, BLOEMFONTEIN, AFRIQUE DU SUD, 25 FÉVRIER 1990

La responsabilité des leaders devant la base et la responsabilité des membres vis-à-vis des structures auxquelles ils sont affiliés sont inhérentes à la démocratie. Cet engagement doit aussi s'étendre aux relations entre le mouvement dans son ensemble et notre peuple.

DISCOURS DE CLÔTURE DE LA CONFÉRENCE CONSULTATIVE NATIONALE DE L'A.N.C., SOCCER CITY, SOWETO, AFRIQUE DU SUD, 16 DÉCEMBRE 1990

Quand vous souhaitez prendre une initiative parce que vous êtes convaincu qu'elle est juste, il faut agir et en assumer les conséquences.
CONVERSATION AVEC RICHARD STENGEL, 5 AVRIL 1993

Le sens des responsabilités est absent à tous les niveaux du gouvernement et de l'État, il n'y a aucun contrôle. Pour venir à bout de cet héritage handicapant, il faut agir avec détermination et s'engager avec force pour transformer la société actuelle, en crise, en quelque chose dont tous les Sud-Africains puissent être fiers.
CONGRÈS DE L'INSTITUT INTERNATIONAL DE LA PRESSE, LE CAP, AFRIQUE DU SUD, 14 FÉVRIER 1994

Nous ne pouvons ni guérir ni construire si, d'un côté, les riches de notre société ne voient les pauvres que comme des hordes importunes, et de l'autre, les pauvres s'avachissent et attendent la charité. Nous devons tous prendre nos responsabilités pour améliorer nos conditions de vie, et avoir pour volonté de donner le meilleur de nous-mêmes, pour le bénéfice de tous.
DISCOURS AU PARLEMENT, LE CAP, AFRIQUE DU SUD, 9 FÉVRIER 1995

Dès le début, nous étions conscients que l'obligation de rendre des comptes est cruciale en démocratie. Nous avions appris d'expérience les dangers qui peuvent découler d'un gouvernement sans transparence ni obligation de rendre des comptes. C'est pourquoi notre Constitution contient plusieurs mécanismes destinés à garantir que le gouvernement ne soit plus le problème, mais la solution.
CONFÉRENCE RÉGIONALE AFRICAINE DE L'INSTITUT INTERNATIONAL DE L'OMBUDSMAN, PRETORIA, AFRIQUE DU SUD, 26 AOÛT 1996

Il est du devoir des Sud-Africains, eux-mêmes jadis bénéficiaires d'un généreux soutien international, de se lever et de compter parmi ceux qui contribuent activement à la cause de la liberté et de la justice.

DISCOURS LORS DE LA JOURNÉE INTERNATIONALE DE SOLIDARITÉ AVEC LE PEUPLE PALESTINIEN, PRETORIA, AFRIQUE DU SUD, 4 DÉCEMBRE 1997

Nous devrions tous nous poser la question suivante : ai-je fait tout ce qui est en mon pouvoir pour que règnent la paix et la prospérité dans ma ville et mon pays ?

RECEVANT LA « FREEDOM OF THE CITY OF DURBAN », DURBAN, AFRIQUE DU SUD, 16 AVRIL 1999

Ressentiment

J'ai l'impression d'avoir été souillé dans les geôles, comme si tout ce qui compose mon corps – la chair, le sang, les os et l'âme – était si amer que je me sens complètement impuissant à t'aider dans les épreuves infernales que tu traverses.

LETTRE À WINNIE MANDELA, ALORS INCARCÉRÉE À LA PRISON CENTRALE DE PRETORIA, ÉCRITE À ROBBEN ISLAND, 1ER AOÛT 1970

Peut-être que si j'étais oisif, si je n'avais pas un travail à accomplir, j'aurais autant de ressentiment que d'autres. Mais comme j'ai un travail à accomplir, je n'ai pas le temps de penser aux cruelles expériences que j'ai vécues. Je ne suis pas une exception. D'autres ont tout autant de raisons que moi d'être amer. D'innombrables gens ont croupi en prison et vivent aujourd'hui sans aigreur, parce qu'ils voient qu'ils ne se sont pas sacrifiés en vain, que les idées pour lesquelles ils ont vécu sont sur le point de l'emporter. Et cela empêche leur cœur de se charger d'amertume.

SOURCE INCONNUE, 14 JUIN 1993

Depuis cette estrade, après une vie passée à lutter, nous voulons faire écho au Chilien [Pablo Neruda] et exprimer notre conviction que, en disparaissant, ce siècle emportera avec lui le ressentiment accumulé dans nos cœurs, parce que le colonialisme, le néocolonialisme et la domination de la minorité blanche l'y avaient logé.

SOMMET DE L'O.U.A. (ORGANISATION DE L'UNITÉ AFRICAINE), OUAGADOUGOU, BURKINA FASO, 8 JUIN 1998

Retraite

La vie continuera après ma présidence. Non seulement elle continuera, mais vous constaterez des changements spectaculaires, et plus rapides que ceux que je suis capable de mettre en œuvre à l'heure actuelle.

DÉCLARATION AUX MÉDIAS DEVANT LE 10 DOWNING STREET APRÈS UNE RENCONTRE AVEC LE PREMIER MINISTRE JOHN MAJOR, LONDRES, GRANDE-BRETAGNE, 10 JUILLET 1996

Je vous rends les rênes du mouvement : veillez sur son héritage ; défendez son unité et son intégrité en disciples du changement que vous êtes ; poursuivez ses objectifs populaires comme de vrais révolutionnaires qui ne cherchent qu'à servir leur nation.

SESSION DE CLÔTURE DE LA CINQUANTIÈME CONFÉRENCE NATIONALE DE L'A.N.C., UNIVERSITÉ DU NORD-OUEST, CAMPUS DE MAFIKENG, AFRIQUE DU SUD, 20 DÉCEMBRE 1997

L'heure est venue de passer le relais. Et je rêve du moment où avec mes anciens camarades, que vous voyez ici, nous pourrons observer de près et juger de loin. L'échéance de 1999 approche. En tant que président de la République, je vais déléguer de plus en plus, afin d'assurer une transition facile au nouveau Président. Ainsi j'aurai la chance dans mes dernières années de gâter mes petits-enfants et d'aider de diverses façons les enfants d'Afrique du Sud, surtout ceux qui ont été les malheureuses victimes d'un système qui ne se souciait pas d'eux.

IBID.

L'heure est venue pour moi de prendre mon congé. L'heure est venue de passer le relais pour que se poursuive le parcours initié il y a quatre-vingt-cinq ans à Mangaung, non, il y a des siècles, quand les guerriers Autshumao, Makhanda, Mzilikazi, Moshweshwe, Khama, Sekhukhune, Labotsibeni, Cetshwayo, Nghunghunyane, Uithalder et Ramabulana ont sacrifié leur vie pour défendre la dignité et l'intégrité de leur peuple.
IBID.

Né à la fin de la Première Guerre mondiale, je quitte la vie publique alors que le monde célèbre les cinquante ans de la Déclaration universelle des droits de l'homme. J'arrive au bout de ma longue marche et il m'est accordé, comme ce devrait être le cas pour tous les hommes et les femmes, de me retirer pour me reposer dans la tranquillité du village de mon enfance.
CINQUANTE-TROISIÈME ASSEMBLÉE GÉNÉRALE DES NATIONS UNIES, NEW YORK, U.S.A., 21 SEPTEMBRE 1998

C'est un grand privilège pour moi, alors que ma vie publique touche à son terme, d'avoir l'occasion de partager avec vous ces pensées et le rêve d'un monde meilleur. Je le fais rempli d'espoir, sachant que je me trouve parmi des hommes et des femmes qui ont choisi de faire du monde le théâtre de leurs opérations, tournées vers la liberté et la justice. C'est dans un monde qui devient progressivement pacifique et équitable que je vais pouvoir, comme tous ceux à la surface du globe qui ont consacré leur existence à rendre la vie meilleure, me retirer, satisfait et en paix.
CINQUANTIÈME ANNIVERSAIRE DU CONSEIL MONDIAL DES ÉGLISES, HARARE, ZIMBABWE, DÉCEMBRE 1998

Je vais me ranger parmi les vieillards de notre société ; parmi les habitants des zones rurales ; parmi les hommes inquiets pour les enfants et les jeunes de ce pays ; parmi les citoyens du monde engagés à œuvrer, tant que j'en aurai la force, pour une vie meilleure pour tous. Et comme toujours, je ferai ce que je peux dans le cadre du vaste mouvement pour la paix et la démocratie auquel j'appartiens.

SÉANCE FINALE DU PREMIER PARLEMENT DÉMOCRATIQUEMENT ÉLU, LE CAP, AFRIQUE DU SUD, 26 MARS 1999

Pour ma part, j'aimerais dire que c'est un grand privilège que d'avoir été responsable devant ce Parlement. Bien que mon départ s'accompagne de tristesse, je suis satisfait, car j'entends encore résonner vos voix lors des nombreux débats auxquels j'ai assisté.

IBID.

M. [Thabo] Mbeki sait bien mieux que ce vieil homme ce qu'il a à faire.

DISCOURS D'ADIEU AUX ÉDITEURS ET AUX ÉDITORIALISTES, PRETORIA, AFRIQUE DU SUD, 10 MAI 1999

Je ne veux pas atteindre l'âge de cent ans et devoir encore chercher une solution à un problème international complexe.

IBID.

J'ai hâte de pouvoir jouir de l'obscurité comme je le ferai quand je quitterai mes fonctions.

IBID.

Il n'est pas facile de se reposer alors que des millions de gens souffrent encore de la pauvreté et de l'insécurité. Mais mes journées sont pleines de satisfaction, tant que je ne regarde pas les divisions sociales, les frontières nationales, les continents et les océans, pour garder l'illusion de l'humanité commune au nom de laquelle nous avons ensemble fait le long chemin qui nous a menés où nous sommes aujourd'hui.

BANQUET D'ADIEU DONNÉ PAR LE PRÉSIDENT THABO MBEKI, PRETORIA, AFRIQUE DU SUD, 16 JUIN 1999

Il serait tentant de se complaire dans la retraite, mais nous avons tous la responsabilité d'apporter notre contribution, aussi minime soit-elle.

DÎNER EN L'HONNEUR DE NELSON MANDELA ET DE GRAÇA MACHEL, STANHOPE HOTEL, NEW YORK, U.S.A., 6 MAI 2002

C'était un grand réconfort et une grande consolation pour moi que le très jeune Bill Clinton me rejoigne dans les rangs des anciens Présidents à la retraite privés de pouvoir.

MESSAGE ENREGISTRÉ POUR LA FONDATION CLINTON, 1ER MARS 2004

Merci d'être gentil avec le vieil homme, de lui permettre de prendre du repos, même si certains d'entre vous pensent sans doute que, après avoir flâné quelque part sur une île et dans d'autres endroits pendant vingt-sept ans, ce repos n'est pas forcément mérité.

ANNONCE DE SON « DÉPART À LA RETRAITE », FONDATION NELSON MANDELA, JOHANNESBURG, AFRIQUE DU SUD, 2 JUIN 2004

Quand j'ai dit à l'un de mes conseillers il y a quelques mois que je voulais prendre ma retraire, il m'a grommelé : « Vous *êtes* à la retraite. » Si c'est vraiment le cas, j'annonce aujourd'hui que je prends ma retraite de la retraite.

IBID.

Je n'ai pas l'intention de me dérober complètement au public, mais dorénavant je préfère que ce soit moi qui vous appelle pour savoir si ma présence est bienvenue, plutôt que vous m'appeliez pour que je fasse

des choses ou que je participe à des événements. Mon message est le suivant : « Ne m'appelez pas, c'est moi qui vous appellerai. »
IBID.

Nous nous sommes battus pour la paix et la réconciliation, pour la justice sociale, pour que tous les hommes, les femmes et les enfants vivent ensemble en harmonie avec des chances égales. Ce sont des idéaux que je porte toujours, des idéaux qui me font vivre, mais l'heure est venue de laisser mes organisations caritatives s'en occuper : la Fondation Nelson Mandela, le Fonds Nelson Mandela pour les enfants et la Fondation Mandela Rhodes.
MESSAGE ENREGISTRÉ POUR L'INSTITUT PASTEUR, 1ER DÉCEMBRE 2004

Je ne fais plus de politique, je regarde de loin et quand les gens me demandent : « Que devons-nous faire dans cette situation ? », je réponds : « Non, allez voir des gens qui font de la politique, je suis à la retraite. »
DOCUMENTAIRE *MANDELA À 90 ANS*, 2008

Je suis fier d'être ici, à cette première réunion des Sages. Comme je l'ai dit, j'essaie de prendre la retraite au sérieux et, même si je ne serai pas en mesure de participer à la partie la plus excitante du travail, l'analyse des problèmes, la recherche de solutions, de partenaires, je serai avec vous en esprit.
DISCOURS AUX SAGES, RÉSERVE DE CHASSE PRIVÉE D'ULUSABA, AFRIQUE DU SUD, 26 MAI 2008

Rêves

Tous mes rêves sont ancrés dans la sagesse collective de l'humanité dans son ensemble.
LETTRE AU SÉNATEUR DOUGLAS LUKHELE, ÉCRITE À ROBBEN ISLAND, 1ER AOÛT 1970

En faisant le compte de nos réussites et de nos échecs, nous ne devrions pas, jamais, oublier que nous rêvions autrefois avec ambition d'éducation, de participation économique totale, de démocratie et de liberté pour tous.

DISCOURS AU FESTIVAL NATIONAL DE LA JEUNESSE, AFRIQUE DU SUD, JUIN 2008

Routine

Quand vous avez un programme à appliquer, quel que soit l'intérêt de ce programme, il vous est difficile de vous concentrer sur les aspects négatifs de votre vie.

EN RÉVISITANT ROBBEN ISLAND, LE CAP, AFRIQUE DU SUD, 11 FÉVRIER 1994

Saints et pécheurs

N'oublie jamais qu'un saint est un pécheur qui essaie de s'améliorer.

LETTRE À WINNIE MANDELA, ÉCRITE À ROBBEN ISLAND, 1ER FÉVRIER 1975

On nous dit qu'un saint est un pécheur qui s'efforce de rester pur. On peut très bien être un vaurien pendant les trois quarts de sa vie et finir canonisé parce qu'on a vécu en saint le dernier quart de sa vie.

LETTRE À WINNIE MANDELA, ÉCRITE À ROBBEN ISLAND, 9 DÉCEMBRE 1979

L'une des questions qui me perturbaient en prison, c'était la fausse image que je projetais contre mon gré dans le monde : on me considérait comme un saint. Je ne l'ai jamais été, même si l'on se réfère à la définition terre-à-terre selon laquelle un saint est un pécheur qui essaie de s'améliorer.

SUITE INÉDITE À SON AUTOBIOGRAPHIE, VERS 1998

Si vous passez pour un saint, cela peut décourager les gens.
INTERVIEW AVEC JOHN BATTERSBY POUR *THE CHRISTIAN SCIENCE MONITOR*, JOHANNESBURG, AFRIQUE DU SUD, 10 FÉVRIER 2000

Ce qui m'a toujours inquiété en prison, c'était d'avoir l'image d'un homme toujours juste à cent pour cent, incapable de faire quoi que ce soit de mal.
IBID.

L'impression d'être un demi-dieu me dérangeait. Je voulais être comme n'importe quel homme, avec ses vertus et ses vices.
DOCUMENTAIRE *MANDELA : THE LIVING LEGEND*, 2003

Sanctions

C'est grâce aux sanctions que des progrès énormes ont été faits.
DOCUMENTAIRE *MANDELA IN AMERICA*, 1990

Nous avons été obligés d'adopter des sanctions parce que c'était le seul moyen, en dehors de la lutte armée, de faire avancer les choses.
CHEZ LUI, À SOWETO, AFRIQUE DU SUD, 14 FÉVRIER 1990

En ce qui nous concerne, les sanctions ont très bien fonctionné.
IBID.

Santé

De temps à autre, il y a des rumeurs selon lesquelles ma santé décline et que je suis au bout du rouleau.
LETTRE À AMINA CACHALIA, ÉCRITE À ROBBEN ISLAND, 3 MAI 1981

Je me sens si bien que je pourrais me présenter comme challenger pour le titre de champion du monde poids lourds de boxe.

LETTRE À ELAINE KEARNS, ÉCRITE À LA PRISON VICTOR VERSTER, PAARL, AFRIQUE DU SUD, 14 FÉVRIER 1989

Je me sens en pleine forme.

JOHANNESBURG, AFRIQUE DU SUD, 1990

Quand je m'enrhume, je prends mon mal en patience. Je ne crois pas trop aux médicaments.

CONVERSATION AVEC RICHARD STENGEL, VERS AVRIL OU MAI 1993

Je pensais que j'irais voir le médecin et qu'il me dirait : « Ma foi, vous mourrez de tout sauf du cœur. »

INTERVIEW AVEC TOM COHEN ET SAHM VENTER POUR L'ASSOCIATED PRESS, TUYNHUYS, LE CAP, AFRIQUE DU SUD, 22 SEPTEMBRE 1994

Il est important de suivre les prescriptions des médecins, mais il est tout aussi important d'être déterminé à vivre, à ne pas se laisser aller et à faire des choses qui égaient l'esprit de ceux qui souffrent de cette maladie.

OUVERTURE DE LA CLINIQUE ZOLA, SOWETO, AFRIQUE DU SUD, 7 MARS 2002

J'avais un cancer de la prostate et j'en ai parlé avec mes amis en prison : « Écoutez, il vaut mieux que ce soit moi qui annonce publiquement que j'ai un cancer. Si je vais chez un médecin pour me faire traiter, ça va engendrer des rumeurs : "Tu sais que Mandela a le cancer ?" »

CONVERSATION AVEC MORGAN FREEMAN, JOHANNESBURG, AFRIQUE DU SUD, 14 NOVEMBRE 2006

Science

On peut sans le vouloir offenser beaucoup de gens en essayant de leur présenter des idées qu'ils considèrent comme de la pure fiction sans aucun fondement scientifique.

LETTRE À MAKAZIWE MANDELA, ÉCRITE À ROBBEN ISLAND, 27 MARS 1977

Tu feras bien de chercher une explication scientifique à tout ce qui se passe, même si tu arrives à de mauvaises conclusions.

LETTRE À ZINDZI MANDELA, ÉCRITE À ROBBEN ISLAND, 26 NOVEMBRE 1978

Je n'aime pas les miracles qui ont lieu dans des pays lointains, en particulier s'ils ne sont validés par aucune explication scientifique.

LETTRE À ZINDZI MANDELA, ÉCRITE À ROBBEN ISLAND, 25 MARS 1979

Le rôle de la connaissance scientifique est de s'assurer qu'on prenne les décisions en s'appuyant sur des faits et des savoirs plutôt que sur des croyances, des mythes et des superstitions.

DEUXIÈME CONFÉRENCE INTERNATIONALE SUR LE SIDA, PARIS, FRANCE, 13 JUILLET 2003

Service de la communauté

J'ai toujours admiré les hommes et les femmes qui mettaient leurs talents au service de la communauté, et dont les efforts et les sacrifices étaient grandement respectés et admirés, d'autant qu'ils n'y étaient pas obligés par leur position au sein du gouvernement ou leur situation sociale.

SUITE INÉDITE À SON AUTOBIOGRAPHIE, VERS 1998

Service public

Que vous changiez les draps ou que vous recousiez les plaies, que vous cuisiniez ou que vous distribuiez les médicaments, vous avez le pouvoir d'offrir un service public de qualité à ceux qui ont donné leur vie pour le rêve de la démocratie.

INAUGURATION DU TAMBO MEMORIAL HOSPITAL, BOKSBURG, AFRIQUE DU SUD, 16 AVRIL 1998

Sexualité

Quand je suis allé en prison, je me suis résigné à ne plus avoir l'occasion d'exprimer ma sexualité. Je savais que j'étais capable de m'y faire.

CONVERSATION AVEC RICHARD STENGEL, 9 MARS 1993

Sida

Le sida est un problème majeur dont le monde entier doit se saisir. S'y attaquer suppose des ressources supérieures à la capacité d'un continent. Aucun pays, seul, n'a la capacité de le traiter.

CARNET, DÉCEMBRE 1991

Nous sommes nombreux à avoir des difficultés à parler de sexe avec nos enfants, mais en vérité, si nous ne guidons pas la jeunesse vers des pratiques sexuelles protégées, nous les livrons à la prédation d'une maladie mortelle.

CONFÉRENCE NATIONALE SUR LE SIDA, NASREC, JOHANNESBURG, AFRIQUE DU SUD, 23 OCTOBRE 1992

Nous savons déjà qu'on ne guérit pas du sida et qu'il n'existe pas de vaccin, malgré les efforts intenses des

chercheurs. En conséquence, la prévention reste la stratégie à employer.
IBID.

Le défi d'aujourd'hui, pour les jeunes comme pour les adultes, est de faire des choix de vie qui permettent de combattre l'épidémie.
MESSAGE PRONONCÉ LORS DE LA JOURNÉE MONDIALE CONTRE LE SIDA, 1ER DÉCEMBRE 1994

Faisons la démonstration, par nos actes, que notre pays est à la pointe de la protection des droits des séropositifs et que nous agissons selon nos responsabilités pour stopper l'épidémie et assurer aux malades des soins et un environnement favorable.
IBID.

Nous devons offrir aux gens un environnement qui les aide à se protéger grâce à un accès facilité aux préservatifs, aux médicaments contre les maladies sexuellement transmissibles, aux soins, aux tests et à des conseils de spécialistes. Il faut s'élever contre la stigmatisation, la condamnation, la honte et le déni qui ont jusqu'ici été associés à cette épidémie.
IBID.

Le sida ne sera vaincu que si nous travaillons tous ensemble à la manière d'une communauté globale.
FORUM ÉCONOMIQUE MONDIAL DE DAVOS, SUISSE, 3 FÉVRIER 1997

Nous devons répéter encore et encore notre appel aux jeunes pour qu'ils s'abstiennent d'avoir une vie sexuelle le plus longtemps possible. Si vous décidez d'avoir une activité sexuelle, portez des préservatifs. Nous devons répéter encore et encore notre appel aux hommes et aux femmes pour qu'ils soient fidèles

les uns aux autres, et à défaut qu'ils se servent de préservatifs.

RASSEMBLEMENT LORS DE LA JOURNÉE MONDIALE CONTRE LE SIDA, MTUBATUBA, AFRIQUE DU SUD, 1ER DÉCEMBRE 1998

Brisons le silence, parlons ouvertement, publiquement du sida, et mettons un terme à la discrimination contre ceux qui vivent avec cette maladie ; prenons en charge les malades du sida et les orphelins, traitons-les avec amour et compassion.

IBID.

Nous porterons le ruban rouge aujourd'hui, puis tous les jours, en souvenir des morts et en solidarité avec ceux qui sont affectés. Portons-le comme un signe de notre engagement et de notre promesse.

IBID.

L'heure est venue pour vous d'apprendre aux enfants ce qu'est une vie sexuelle sans risques, que chacun ne doit avoir qu'un partenaire, doit employer les moyens de contraception, etc. J'ai pu voir lorsque je m'adressais à eux que je disais là quelque chose, disons, qui les révoltait.

RÉUNION AVEC DES ÉDITORIALISTES ET DES PERSONNALITÉS, PRETORIA, AFRIQUE DU SUD, 10 MAI 1999

Une intense campagne d'éducation est absolument nécessaire pour convaincre le peuple qu'il doit abandonner les anciennes traditions et les vieux tabous, car cette maladie attaque les segments de population les plus actifs sur le plan économique. Elle peut détruire l'économie de ce pays.

IBID.

Il faut prendre un certain nombre d'initiatives pour éduquer le public et, bien sûr, faire en sorte que les médicaments soient accessibles, et pas hors de prix comme c'est encore le cas. Il faut que ce soit abordable – nous n'avons pas les ressources pour les distribuer gratuitement.

IBID.

Ne cherchons pas de faux-fuyants : une tragédie sans précédent se déroule en Afrique. Aujourd'hui, le sida prend plus de vies que la somme totale des guerres, des famines, des inondations et même des maladies mortelles qui font des ravages, comme la malaria. Il dévaste les familles et les communautés. Il submerge les services médicaux, les asphyxie, et vide les écoles à la fois de leurs élèves et de leurs enseignants.

DISCOURS DE CLÔTURE DE LA XIIIE CONFÉRENCE ANNUELLE SUR LE SIDA, DURBAN, AFRIQUE DU SUD, 14 JUILLET 2000

Face à la grave menace du sida, nous devons surmonter nos différences et combiner nos efforts pour sauver le peuple. L'Histoire nous jugera durement si nous échouons sur ce point maintenant, là maintenant.

IBID.

Nous devons briser le silence, interdire la stigmatisation et la discrimination et mener une guerre totale contre le sida ; ceux qui sont infectés par cette terrible maladie n'ont pas besoin d'être stigmatisés, mais aimés.

IBID.

Le défi est de passer de la rhétorique à l'action, et une action d'une ampleur et d'une intensité sans précédent. Nous devons nous concentrer sur ce qui marche avec certitude.

IBID.

Le VIH est pire qu'une guerre. Mais c'est une guerre dans laquelle vous pouvez jouer un rôle. Parlez de sexe avec vos parents, vos amis, vos professeurs, et parlez des dangers du sida.
MESSAGE D'INTÉRÊT PUBLIC, 1ER DÉCEMBRE 2000

Renseignez-vous sur le sexe avant de le pratiquer ; renseignez-vous sur les pratiques à risques. Mieux vaut attendre d'être adulte pour avoir des relations sexuelles. Quand vous avez des relations sexuelles, pensez à vous et à ceux que vous aimez. Portez un préservatif.
IBID.

Vous êtes l'avenir ; protégez votre vie et celles de vos proches en faisant en sorte que le sida n'en fasse pas partie. Chacun d'entre vous doit se protéger et protéger ceux qu'il aime. Je vous aime et je vous remercie de prendre soin de votre avenir et de notre avenir commun.
IBID.

Je suis convaincu que le message contre le sida ne passe pas à cause d'un obstacle majeur : la stigmatisation.
DISCOURS AU COTASU (CONGRÈS DES SYNDICATS SUD-AFRICAINS), COMITÉ EXÉCUTIF, JOHANNESBURG, AFRIQUE DU SUD, 25 JUILLET 2001

Le sida n'est pas une malédiction qu'on peut nier, c'est une maladie qu'on peut vaincre. Résister à la stigmatisation générale des séropositifs n'est pas seulement un acte de compassion, mais une nécessité pratique.
IBID.

Cela devrait commencer par chaque membre des Amakhosi qui parlerait franchement à son peuple ; ça irait jusqu'aux parlementaires qui consacreraient dix pour cent de chaque discours à ce sujet, aux médecins qui discuteraient avec leurs patients à chaque consultation. Le moindre responsable syndicaliste, le moindre responsable de magasin, le moindre employé, le moindre avocat, au cours de sa journée de travail, devrait se demander : que puis-je faire pour empêcher que le sida se répande ?

IBID.

Notre pays devrait former une armée de militants contre le sida ; ils considéreraient le virus comme un ennemi contre lequel notre pays est en guerre. Et chaque jour ils mèneraient la lutte, dans les magasins, les bureaux, sur les terrains de sport et dans les classes.

IBID.

La mise au ban est parfois plus dangereuse que la phase terminale de la maladie elle-même. Parce que vous pouvez vous soigner, vous pouvez lutter et survivre aussi longtemps que possible avec l'aide des médicaments, mais la stigmatisation brise votre confiance en vous-même.

INAUGURATION DE LA CLINIQUE ZOLA, SOWETO, AFRIQUE DU SUD, 7 MARS 2002

De mon point de vue, rien n'est plus déchirant et ne requiert plus notre attention que le problème des orphelins du sida, qui sont si souvent rejetés, ostracisés par leur communauté. Personnellement, rien ne me choque plus que la vue de ces enfants innocents qui souffrent physiquement, socialement et moralement des conséquences d'actions et de comportements sur lesquels ils n'ont eu aucun contrôle.

CÉRÉMONIE DE CLÔTURE DE LA QUINZIÈME CONFÉRENCE SUR LE SIDA, BARCELONE, ESPAGNE, 12 JUILLET 2002

Ayant consacré presque toute ma vie à la lutte pour un monde meilleur, malgré des chances souvent minimes de réussir, je veux vous dire, à vous les activistes de la guerre contre le sida : « Vous avez ma plus profonde admiration. Continuez le combat et vous vaincrez ce terrible fléau qui menace l'humanité. »

IBID.

Nous sommes tous des êtres humains et l'épidémie de sida nous affecte tous, en dernière instance. Si nous abandonnions les malades qui meurent du sida, nous ne pourrions plus nous considérer comme des êtres humains.

IBID.

Ensemble, nous pouvons et nous devons vaincre le fléau le plus terrible qu'ait affronté l'humanité depuis des siècles.

LANCEMENT DU CENTRE D'INVESTIGATION NELSON MANDELA/HSRC SUR LE SIDA, JOHANNESBURG, AFRIQUE DU SUD, SEPTEMBRE 2002

La lutte contre le sida exige une autre révolution sociale. Une fois de plus, la jeunesse de notre pays est amenée à jouer un rôle crucial dans la révolution sociale, comme elle l'a si héroïquement fait lors de la lutte révolutionnaire contre l'apartheid.

FORUM DE LA JEUNESSE SUR LE SIDA, UNIVERSITÉ DU WITWATERSRAND, JOHANNESBURG, AFRIQUE DU SUD, 22 SEPTEMBRE 2002

On n'attrape pas le VIH comme on attrape un rhume ; c'est la conséquence de pratiques sexuelles à risques. Nous sommes tous responsables de notre comportement. Et je veux dire en particulier aux parents : parlez ouvertement et régulièrement à vos enfants du VIH, du sexe et des relations.

CÉRÉMONIE DE CÉLÉBRATION DU PARTENARIAT ENTRE LA FONDATION NELSON MANDELA ET LA KAISER FAMILY FUNDATION EN SOUTIEN À L'INITIATIVE « LOVELIFE », JOHANNESBURG, AFRIQUE DU SUD, 28 SEPTEMBRE 2002

Parlons ouvertement de la sexualité, des relations sexuelles, du sida et de la façon dont nous pouvons participer au combat contre la pandémie. La lutte commence par la conscience.

LANCEMENT DE LA STRATÉGIE DE CONSCIENTISATION POUR L'INDUSTRIE DU BÂTIMENT, MUSÉE NATIONAL NELSON MANDELA, QUNU, AFRIQUE DU SUD, 21 OCTOBRE 2002

Nous devons aimer, encourager et stimuler les séropositifs. C'est la plus grande contribution que nous puissions faire à la lutte contre le sida.

NOLUNGILE, KHAYELITSHA, LE CAP, AFRIQUE DU SUD, 12 DÉCEMBRE 2002

La lutte contre le VIH nous offre l'occasion de puiser une nouvelle fois dans cet altruisme et cette compassion qui ont caractérisé notre peuple dans son combat contre l'apartheid. Encore une fois, les gens de toutes origines, de tous sexes et de tous âges doivent répondre à l'appel et s'unir pour sauver notre nation de la destruction.

FORUM DE LA JEUNESSE SUR LE SIDA, UNIVERSITÉ DU WITWATERSTRAND, JOHANNESBURG, AFRIQUE DU SUD, 22 SEPTEMBRE 2003

Le sida a un impact dévastateur sur les familles, les communautés, la société et l'économie. Il a amputé des dizaines d'années d'espérance de vie et on s'attend à ce que la mortalité infantile fasse plus que doubler dans les pays africains les plus affectés, notamment l'Afrique du Sud. Le sida est un vrai désastre, il balaye tous les efforts que nous avons faits pour nous développer ces dernières décennies et il saborde notre avenir.

IBID.

Au cours de nos vies, nous avons livré maintes batailles, que nous avons souvent gagnées. Aujourd'hui, il nous faut une fois de plus livrer une bataille, contre le sida,

mais aussi contre le sort inhumain fait aux enfants. Il ne nous est pas permis d'abandonner ou de succomber.
CÉLÉBRATION ANNUELLE DES ENFANTS, BLOEMFONTEIN, AFRIQUE DU SUD, 27 SEPTEMBRE 2003

Aujourd'hui, alors que nous reconstruisons notre pays et que nous le développons, nous devons faire face à un ennemi encore plus redoutable, qui a pris la forme du sida. Cette pandémie menace notre avenir d'une façon et avec une ampleur que nous n'aurions pu imaginer.
CONFÉRENCE DE PRESSE POUR LA CAMPAGNE DU 466664, ROBBEN ISLAND, 28 NOVEMBRE 2003

Le sida n'est plus seulement une maladie ; c'est une question de droits de l'homme.
IBID.

Nous devons faire en sorte que ceux qui en ont besoin bénéficient d'un traitement, en particulier ceux qui ne peuvent le payer. La santé ne peut être une question de revenus ; c'est un droit de l'homme fondamental. Nous devons donner aux gens l'espoir qu'il est possible de vivre une vie saine, accomplie, même quand on a le sida.
INAUGURATION DU PREMIER CENTRE À FINANCEMENT PUBLIC ET PRIVÉ DE TRAITEMENT DU SIDA, GF JOOSTE HOSPITAL, LE CAP, AFRIQUE DU SUD, 1ER DÉCEMBRE 2003

La dignité la plus fondamentale – le droit de vivre et de vivre en bonne santé – est menacée par cette pandémie destructrice.
VINGT-HUITIÈME CONFÉRENCE INTERNATIONALE DE LA CROIX-ROUGE ET DU CROISSANT-ROUGE, GENÈVE, SUISSE, 2 DÉCEMBRE 2003

Il existe des médicaments qui transforment la peine de mort qu'est le VIH en maladie chronique, pour ceux qui reçoivent le traitement. Il existe d'autres

médicaments qui évitent que les mères et les femmes enceintes contaminent leur bébé.
MESSAGE POUR LE LANCEMENT D'UN CD ET D'UN DVD DE LA CAMPAGNE DU 466664, 1ER AVRIL 2004

La lutte contre le sida est l'un des plus grands défis lancés au monde en ce début de XXIe siècle.
CÉRÉMONIE DE CLÔTURE DE LA QUINZIÈME CONFÉRENCE INTERNATIONALE SUR LE SIDA, BANGKOK, THAÏLANDE, 16 JUILLET 2004

Dans l'histoire de l'humanité, jamais nous n'avons connu une menace plus grande que l'épidémie de sida. Notre attention ne doit pas être accaparée par des problèmes apparemment plus pressants. L'Histoire nous jugera sans doute durement si nous n'agissons pas avec toute l'énergie et les ressources dont nous disposons pour combattre le sida.
IBID.

Mon fils est mort du sida.
CONFÉRENCE DE PRESSE ANNONÇANT LA MORT DE SON FILS MAKGATHO, JOHANNESBURG, AFRIQUE DU SUD, 6 JANVIER 2005

J'espère qu'avec le temps nous nous rendrons compte qu'il est important de parler ouvertement des gens morts à cause du sida.
IBID.

Sensibilisons la population au problème du sida, ne le dissimulons pas, car la seule manière d'en faire une maladie normale, comme la tuberculose ou le cancer, est d'en parler, de déclarer que telle personne est morte du sida. Et les gens finiront par arrêter de regarder le sida comme quelque chose d'extraordinaire, comme une maladie réservée aux gens voués à l'enfer.
IBID.

Entendons la voix des femmes africaines dans la lutte contre le sida. Que leurs voix se fassent entendre jusqu'aux centres du pouvoir. Que leurs voix se fassent entendre dans les fermes et dans les usines, dans les villes et les villages.

CONCERT DU 466664, FANCOURT, GEORGE, AFRIQUE DU SUD, 19 MARS 2005

Nous vous demandons d'ajouter votre voix au concert de soutiens qui arrivent de partout à travers le monde. Plus nous manquons de courage, de volonté pour agir, plus nous condamnons à mort nos frères et nos sœurs, nos enfants et nos petits-enfants. Quand l'histoire de notre époque sera écrite, se souviendra-t-on de nous comme de la génération qui a tourné le dos à une crise mondiale ou sera-t-il dit que nous avons fait ce qu'il fallait ?

CONCERT DU 466664, TROMSØ, NORVÈGE, 11 JUIN 2005

Nous vivons dans un monde où la pandémie du sida menace le tissu même de nos sociétés. Pourtant nous dépensons plus d'argent pour l'armement que pour payer les traitements et les soins aux millions de malades infectés par le VIH. Ce monde est plein de promesse et d'espoir. Il est aussi plein de désespoir, de malades et d'affamés.

CONCERT LIVE 8, MARY FITZGERALD SQUARE, AFRIQUE DU SUD, 2 JUILLET 2005

Le sida a tué plus de gens que toutes les guerres, et nous devons nous protéger, ainsi que nos enfants et nos petits-enfants, contre la maladie. Nous ne pouvons laisser une maladie détruire l'avenir de notre liberté.

RASSEMBLEMENT POUR LA COURSE DE RELAIS DE LA FLAMME 466664, MIDDELBURG, AFRIQUE DU SUD, 22 JUILLET 2005

Le sida est le plus grand défi qu'ait à relever notre nation. Il exige de nous une résolution sans faille, sur le long terme, pour coordonner une prévention à tous les niveaux, des traitements, des soins et le soutien de tous.

DÉCLARATION DEVANT LES MÉDIAS, 5 NOVEMBRE 2005

Nous savons que la pandémie du sida nous affecte tous, et que ce sont les femmes qui en souffrent le plus. Nos filles, nos mères, nos sœurs, nos grands-mères font chaque jour l'expérience de cette pandémie, elles la vivent au quotidien. Elles sont les prisonnières oubliées de notre époque.

RECEVANT LE PRIX D'« AMBASSADEUR DE LA CONSCIENCE » D'AMNESTY INTERNATIONAL, FONDATION NELSON MANDELA, JOHANNESBURG, AFRIQUE DU SUD, 1ER NOVEMBRE 2006

L'une des plus grandes questions d'aujourd'hui, ce sont les disparités croissantes dans les réponses au VIH selon les pays ou les régions du monde. La stigmatisation et la discrimination liées au sida sont généralisées, et elles constituent de véritables obstacles à la lutte contre la propagation de la maladie.

IBID.

Le sida est une maladie exceptionnelle, qui nécessite une réponse exceptionnelle. Nous avons besoin de dirigeants forts au niveau international, national et même communautaire.

MESSAGE ENREGISTRÉ POUR UNE CONFÉRENCE INTERNATIONALE SUR LES VACCINS CONTRE LE SIDA, DATE INCONNUE

Le sida affecte et menace tous les secteurs de la société, mais ses effets sur les enfants nous déchirent le cœur et imposent un vrai supplice à notre sens de la compassion.

DVD PROMOTIONNEL, *LA FONDATION NELSON MANDELA*.

Siècle

Notre génération a traversé un siècle caractérisé par les conflits, les bains de sang, la haine et l'intolérance : un siècle qui a essayé sans vraiment y parvenir de résoudre le problème des disparités entre les riches et les pauvres, entre pays développés et pays en voie de développement.

SESSION DE CLÔTURE DE LA CINQUANTIÈME CONFÉRENCE NATIONALE DE L'A.N.C., UNIVERSITÉ DU NORD-OUEST, CAMPUS DE MAFIKENG, AFRIQUE DU SUD, 20 DÉCEMBRE 1997

Sionisme

Si le sionisme a pour but que la communauté juive ait une terre et un État à elle, alors je le soutiens. Mais si le sionisme signifie qu'elle doit conquérir des territoires appartenant à d'autres pays et les occuper, alors je m'y oppose.

CONVERSATION AVEC RICHARD STENGEL, 13 JANVIER 1993

Socialisme

Nous admettons tous la nécessité d'une forme de socialisme pour permettre à notre peuple de rattraper les pays avancés de ce monde et de surmonter l'extrême pauvreté qu'il a reçue en héritage. Mais cela ne signifie pas que nous soyons marxistes.

DISCOURS DEPUIS LE BANC DES ACCUSÉS, PROCÈS DE RIVONIA, PALAIS DE JUSTICE, PRETORIA, AFRIQUE DU SUD, 20 AVRIL 1964

Aujourd'hui, je suis attiré par l'idée d'une société sans classes. Cet attrait vient d'une part de mes lectures marxistes, de l'autre de mon admiration pour la structure et l'organisation des sociétés africaines primitives de ce pays. La terre, et les principaux moyens de production, appartenaient à la tribu. Il n'y avait ni riches ni pauvres, et nul n'était exploité.

IBID.

Solidarité

Les gens ont de plus en plus conscience de la nécessité d'une solidarité de toutes les forces démocratiques, quelles que soient leurs races, leurs idéologies, leurs croyances religieuses.

ARTICLE INTITULÉ « COMMENT ON DÉTRUIT LES GENS », *LIBERATION*, OCTOBRE 1955

Je suis aussi ici aujourd'hui pour représenter des millions de gens à travers le monde, le mouvement anti-apartheid, les gouvernements et les organisations qui se sont joints à nous, non pas pour combattre l'Afrique du Sud en tant que pays, ou l'un de ses peuples, mais pour s'opposer à un système inhumain et accélérer la chute d'un régime coupable de crime contre l'humanité.

CÉRÉMONIE DE REMISE DU PRIX NOBEL DE LA PAIX, OSLO, NORVÈGE, 10 DÉCEMBRE 1993

Nous ne pouvons célébrer la liberté et la démocratie sans nous souvenir avec émotion du rôle et de la solidarité de nos partenaires internationaux à travers le monde, qui nous ont aidés à instaurer le changement. Sans leur soutien moral et matériel, nous n'aurions pas obtenu la liberté de cette manière et en aussi peu de temps.

MESSAGE À LA CONFÉRENCE DE ROME SUR L'AFRIQUE, AVRIL 2004

Les valeurs de solidarité qui conduisaient autrefois notre quête d'une société plus humaine semblent avoir été remplacées, ou du moins sont menacées par le matérialisme sans scrupules et la recherche de la satisfaction instantanée. L'un des défis de notre époque, sans vouloir formuler de vœux pieux ou jouer au moraliste, est de réintroduire dans les consciences le sentiment de la solidarité entre les hommes, la nécessite d'être au monde par l'autre, grâce à lui et pour lui.

CINQUIÈME CONFÉRENCE STEVE BIKO, UNIVERSTÉ DU CAP, AFRIQUE DU SUD, 10 SEPTEMBRE 2004

Vos voix ont porté par-delà les océans et nous ont encouragés dans notre lointaine prison. Ce soir, nous sommes libres.

CONCERT 46664, HYDE PARK, LONDRES, GRANDE-BRETAGNE, 2008

Si un homme de quatre-vingt-dix ans peut se permettre de vous donner un conseil que vous n'avez pas sollicité, ce serait que vous placiez la solidarité et le souci de l'autre au centre des valeurs qui vous font vivre.

SIXIÈME CONFÉRENCE ANNUELLE DE NELSON MANDELA, KLIPTOWN, SOWETO, AFRIQUE DU SUD, 12 JUILLET 2008

Solutions

Pour que cette solution soit juste et durable, elle doit entraîner la transformation de l'Afrique du Sud en une démocratie unie et non raciale. Une proposition moins ambitieuse condamnerait notre pays à sombrer dans un conflit endémique. Ce serait une insulte à la mémoire des innombrables patriotes d'Afrique du Sud et du reste de notre région qui ont sacrifié jusqu'à leur vie pour que ce jour advienne, ce jour où nous pouvons dire avec confiance que la fin du régime d'apartheid est proche.

DISCOURS DEVANT LE PARLEMENT EUROPÉEN, STRASBOURG, FRANCE, 13 JUIN 1990

Dans les affaires des hommes, aucun individu, aucune organisation ou formation n'a jamais une position absolument juste et définitive. C'est par la conversation, le débat et la critique que l'on approche des positions susceptibles de fournir des solutions applicables.

MESSAGE LORS DU HUITIÈME CONGRÈS NATIONAL DU COSATU (CONGRÈS DES SYNDICATS SUD-AFRICAINS), MIDRAND, AFRIQUE DU SUD, 15-18 SEPTEMBRE 2003

Souffrance

La souffrance d'un peuple nous affecte tous, où que nous nous trouvions. C'est pour cela qu'il est important que des organismes multilatéraux assument la responsabilité collective de trouver des solutions justes et équitables aux problèmes du monde, en prenant autant en compte les points de vue des forts et des faibles, des riches et des pauvres, des pays développés et des pays en voie de développement.

BANQUET DONNÉ PAR MUAMMAR KHADAFI, LIBYE, 22 OCTOBRE 1997

Nous offrons aujourd'hui notre reconnaissance aux nombreux hommes, femmes et enfants qui ont sacrifié leur liberté et même leur vie, qui sont devenus infirmes ou qui ont perdu leur famille. Nous pensons à la souffrance des communautés et au traumatisme d'une nation tout entière.

DÉBAT SPÉCIAL SUR LE RAPPORT DE LA COMMISSION VÉRITÉ ET RÉCONCILIATION, PARLEMENT, LE CAP, AFRIQUE DU SUD, 25 FÉVRIER 1999

Souhait

Si je pouvais faire part d'un souhait en cette occasion, ce serait que tous les Sud-Africains se consacrent à faire de notre pays le pays de nos rêves : un endroit débarrassé de la haine et de la discrimination ; un endroit où la faim et la mendicité n'existeraient plus ; un endroit sûr où les enfants pourraient grandir pour devenir nos futurs dirigeants.

CÉLÉBRATIONS DE SON QUATRE-VINGTIÈME ANNIVERSAIRE, DOMAINE GALLAGHER, MIDRAND, AFRIQUE DU SUD, 19 JUILLET 1998

Je souhaite que les Sud-Africains n'abandonnent jamais leur croyance en la bonté, qu'ils chérissent leur foi en l'humanité comme la pierre angulaire de notre démocratie.

SÉANCE DU PARLEMENT À L'OCCASION DE L'ANNIVERSAIRE DES DIX ANS DE LA DÉMOCRATIE, PARLEMENT, LE CAP, AFRIQUE DU SUD, 10 MAI 2004

Soupçon

De même que nous jugeons les autres, ils nous jugent. Celui qui se méfie est toujours tourmenté par le soupçon.

LETTRE À WINNIE MANDELA, ÉCRITE À ROBBEN ISLAND, 9 DÉCEMBRE 1979

Soutien

Nous pouvons également dire que des gens très importants, très connus, et qui n'avaient pas manifesté publiquement leur soutien à notre mouvement, étaient très généreux.

CONVERSATION AVEC AHMED KATHRADA, VERS 1993-1994

Mieux vaut compter sur le soutien librement consenti du peuple ; sinon ce soutien est faible et peu fiable. L'organisation doit être un refuge, pas une prison.

DANS *UN LONG CHEMIN VERS LA LIBERTÉ*, 1994

Sport

Pratiquer des sports comme la course, la natation et le tennis te permettra de rester fort, vif, en pleine santé.

LETTRE À DUMANI MANDELA, ÉCRITE À LA PRISON VICTOR VERSTER, PAARL, AFRIQUE DU SUD, 28 FÉVRIER 1989

Le football est une discipline dans laquelle l'Afrique se développe pour démontrer son excellence, latente depuis tellement longtemps.

CÉRÉMONIE D'OUVERTURE DE LA COUPE D'AFRIQUE DES NATIONS, JOHANNESBURG, AFRIQUE DU SUD, 13 JANVIER 1996

Le sport permet de dépasser les vieux clivages et de créer un fond d'aspirations communes.

BANQUET POUR LA COUPE D'AFRIQUE DES NATIONS, AFRIQUE DU SUD, 1ER MARS 1996

Ils nous appartiennent et nous les chérissons, ce sont les joyaux de la couronne du pays. Qu'ils sachent que leurs triomphes sont célébrés par la nation arc-en-ciel tout entière, dont ils ont hissé haut le drapeau parmi les nations du monde.

CÉRÉMONIE DE REMISE DES RÉCOMPENSES SPORTIVES PAR LE PRÉSIDENT, PRETORIA, AFRIQUE DU SUD, 4 OCTOBRE 1996

Qui peut douter que le sport offre une chance cruciale pour la propagation du fair-play et de la justice ? Après tout, le fair-play est une valeur essentielle en sport !

DISCOURS LORS DE LA REMISE DES PRIX INTERNATIONAUX DU FAIR-PLAY, PRETORIA, AFRIQUE DU SUD, 25 JUIN 1997

Reconstruction et réconciliation doivent progresser main dans la main. Dans ce processus, le sport est une grande force d'unité et de réconciliation.

IBID.

Bien que nous vivions dans un monde où la bonté des gens prévaut généralement, il en est malheureusement pour exploiter la magnanimité et l'ouverture d'esprit. Nous devons donc constamment affirmer et célébrer les bonnes actions et les vertus sociales. À cet égard, le sport joue aujourd'hui un rôle prééminent pour montrer ce qui est bon et donner l'exemple de ce qui est sain.

IBID.

Le sport a le pouvoir de changer le monde. Il inspire, il unit les gens comme peu d'autres choses peuvent le faire. Il parle à la jeunesse une langue qu'elle comprend.

RECEVANT LE PREMIER « LAUREUS LIFETIME ACHIEVEMENT AWARD », SPORTING CLUB, MONTE-CARLO, MONACO, 25 MAI 2000

Le sport peut engendrer l'espoir là où il n'y avait que désespoir. Il est plus habile à briser les barrières raciales que les gouvernements. Il rit à la face de toutes les sortes de discrimination.

IBID.

Les Jeux olympiques spéciaux nous offrent un témoignage poignant de l'indestructibilité de l'esprit humain et de notre capacité à surmonter les difficultés et les obstacles.

CÉRÉMONIE D'OUVERTURE DES JEUX OLYMPIQUES SPÉCIAUX, DUBLIN, IRLANDE, 21 JUIN 2003

Le sport atteint des domaines hors de portée des politiciens.

DOCUMENTAIRE *MANDELA : THE LIVING LEGEND*, 2003

Nous sommes prêts pour la Coupe du monde de football 2010 et nous n'attendons plus que l'approbation finale de la FIFA pour nous lancer avec enthousiasme dans les préparatifs.

BANQUET D'ADIEU AU COMITÉ DE CANDIDATURE DE L'AFRIQUE DU SUD POUR L'ORGANISATION DE LA COUPE DU MONDE DE FOOTBALL 2010, VODAWORLD, MIDRAND, AFRIQUE DU SUD, 10 MAI 2004

Le football est immensément populaire en Afrique et il occupe une place à part dans le cœur des gens.

DISCOURS À LA FONDATION NELSON MANDELA, JOHANNESBURG, AFRIQUE DU SUD, DÉCEMBRE 2009

Coupe du monde de football

Je me sens aussi jeune qu'un garçon de quinze ans.

APRÈS L'ATTRIBUTION DE LA COUPE DU MONDE DE FOOTBALL 2010 À L'AFRIQUE DU SUD, ALLEMAGNE, 2004

Finale de la Coupe du monde de rugby

J'ai fait le tour du stade ; je ne m'attendais pas à une telle ovation.

DOCUMENTAIRE *MANDELA : THE LIVING LEGEND*, 2003

Le double effet recherché était de dissiper les peurs des Blancs et celles des Noirs, car ils étaient nombreux à dire : « Le vieux nous trahit », et à me huer quand j'ai dit : « Soutenons l'équipe de rugby maintenant, considérons les joueurs comme nos joueurs. »

IBID.

Structures traditionnelles

Tous les peuples à travers le monde ont été constitués de clans par le passé, et sans doute certains d'entre eux étaient-ils plus puissants et plus célèbres que les nôtres… Mais les nôtres c'est aussi le monde entier, à la fois bouclier et lame d'acier capable de balayer tous les obstacles.

LETTRE À MME N. THULARE, ÉCRITE À ROBBEN ISLAND, 19 JUILLET 1977

Succession

Vous savez que je suis un enfant de la campagne, que j'ai chassé, que j'ai vécu dans la forêt et ainsi de suite. Et j'ai vu des grands arbres. Quand on regarde dessous, rien ne pousse. Mais quand l'arbre tombe, on découvre de nouveaux arbres dans la broussaille. Ces arbres grandissent et deviennent aussi grands que le précédent.

INTERVIEW, 28 OCTOBRE 1993

Superstition

Malgré des coïncidences remarquables, il vaut mieux ne jamais se montrer superstitieux.

LETTRE AU PROFESSEUR WA JOUBERT, ÉCRITE À LA PRISON DE POLLSMOOR, LE CAP, AFRIQUE DU SUD, 22 MAI 1989

Il est d'ailleurs rassurant que le monde soit sorti, ou en voie de l'être, des superstitions des siècles précédents. On trouverait sinon beaucoup de gourous qui verraient des liens de cause à effet dans des enchaînements de faits purement fortuits.

LETTRE AU DR MAMPHELA RAMPHELE, ÉCRITE À ROBBEN ISLAND, 19 SEPTEMBRE 1989

Je n'étais pas superstitieux du tout.

CONVERSATION AVEC RICHARD STENGEL, 30 MARS 1993

Sur lui-même

La structure et l'organisation des anciennes sociétés africaines de ce pays me fascinaient et elles n'ont pas manqué de faire évoluer mes conceptions politiques.
PLAIDOYER POUR L'ATTÉNUATION DE SA PEINE APRÈS AVOIR ÉTÉ RECONNU COUPABLE D'AVOIR INCITÉ DES TRAVAILLEURS À FAIRE GRÈVE ET D'AVOIR QUITTÉ LE PAYS ILLÉGALEMENT, ANCIENNE SYNAGOGUE, PRETORIA, AFRIQUE DU SUD, NOVEMBRE 1962

Je suis de ceux qui possèdent des bribes d'information sur une grande variété de sujets, mais à qui manque une connaissance profonde et pointue du seul domaine dans lequel ils auraient dû se spécialiser, c'est-à-dire dans mon cas l'histoire de mon pays et de mon peuple.
LETTRE À FATIMA MEER, ÉCRITE À ROBBEN ISLAND, 1ER MARS 1971

J'ai parfois l'impression qu'à travers moi la Création a voulu donner l'exemple d'un homme médiocre, au sens littéral du mot.
IBID.

J'évoluais dans des cercles où le bon sens et la connaissance pratique étaient mis en avant, et où un bagage universitaire n'avait pas nécessairement une importance décisive.
MANUSCRIT AUTOBIOGRAPHIQUE INÉDIT, ÉCRIT À ROBBEN ISLAND, 1975

Ma formation et mon expérience d'avocat dans la plus grande ville d'Afrique du Sud, Johannesburg, m'avaient sensibilisé très tôt dans ma carrière politique à ce qui se passait dans les coulisses du pouvoir de ce pays.
IBID.

Les prises de décision n'étaient pas simples et évidentes. J'hésitais longuement à cause du contexte, sans être

certain de ce qu'il fallait faire. Souvent je prenais conscience des conséquences de ce que j'avais fait seulement après avoir franchi le pas.
IBID.

À l'université, j'en étais venu à croire que grâce à mon diplôme je ferais automatiquement partie des dirigeants, que je dirigerais mon peuple dans tous ses efforts.
IBID.

J'ai développé une certaine force intérieure, et rapidement oublié mes difficultés, ma pauvreté et ma souffrance, ma solitude et mes frustrations.
IBID.

J'avais l'intention d'aider à corriger les erreurs de l'Afrique du Sud mais j'avais oublié que la première chose à faire était de dépasser les faiblesses du Sud-Africain que je connaissais le mieux : moi.
IBID.

Personne ne m'avait jamais dit comment on viendrait à bout des préjugés, quels livres je devais lire à ce sujet, ou quelles étaient les organisations politiques auxquelles je pouvais m'inscrire afin de m'engager dans un mouvement organisé pour la liberté. J'ai dû compter sur le hasard et des tentatives désordonnées pour apprendre tout cela.
IBID.

Mais même quand la rupture entre nous aura pris des formes extrêmes, j'aimerais vous combattre sur le plan des principes et des idées, sans haine personnelle, de sorte qu'à la fin de la bataille, et quelle qu'en soit l'issue, je puisse vous serrer la main avec fierté, parce que j'aurai le sentiment d'avoir eu affaire à un adver-

saire digne et droit, qui a observé un code d'honneur et de décence élémentaire.
LETTRE AU GÉNÉRAL DU PREEZ, COMMISSAIRE DES PRISONS, ÉCRITE À ROBBEN ISLAND, 12 JUILLET 1976

J'ai parfois l'impression d'être sur la touche, comme si j'étais passé à côté de la vie elle-même.
LETTRE À WINNIE MANDELA, ÉCRITE À ROBBEN ISLAND, 21 JANVIER 1979

Je ne suis pas prophète mais je suis à coup sûr un optimiste, et dans le cas de mes discussions avec le gouvernement, en particulier avec M. F.W. De Klerk, mon optimisme n'a fait que grandir.
CHEZ LUI, À SOWETO, AFRIQUE DU SUD, 14 FÉVRIER 1990

J'aime réfléchir en détail aux problèmes avant de prendre une décision. Il arrive parfois qu'il faille décider instantanément. Mais de manière générale je préfère réfléchir posément avant de prendre une décision.
CONVERSATION AVEC RICHARD STENGEL, 14 DÉCEMBRE 1992

Eh bien, je me suis arrondi, c'est incontestable. Jeune homme, vous savez, j'étais très radical, j'avais des discours très virulents où je cognais sur tout le monde.
CONVERSATION AVEC RICHARD STENGEL, 3 FÉVRIER 1993

Je suis là pour servir la communauté. Si quelqu'un a des problèmes et, de par ses origines, est dans l'incapacité de les résoudre, je dois l'y aider.
CONVERSATION AVEC RICHARD STENGEL, 9 MARS 1993

Je ne voulais pas qu'on me présente en passant sur les zones plus sombres de ma vie.
CONVERSATION AVEC RICHARD STENGEL, 16 MARS 1993

Nous sommes une équipe. Si mon nom doit être associé à un texte, il est normal que je veuille être au courant

et le lire avec attention pour m'assurer que je suis d'accord sur le fond.
CONVERSATION AVEC RICHARD STENGEL, 4 AVRIL 1993

En tant qu'avocat, je n'étais jamais dans la confrontation pendant les contre-interrogatoires. Il ne sert à rien de se battre avec les témoins.
CONVERSATION AVEC RICHARD STENGEL, 17 AVRIL 1993

Je pense que la révolution interfère avec mes goûts personnels. J'aimerais m'asseoir et pouvoir lire tranquillement, comme je le faisais en prison par exemple, mais la lutte passe en premier, c'est la priorité, et je ne m'en plains pas.
INTERVIEW À LA B.B.C. (GRANDE-BRETAGNE), 28 OCTOBRE 1993

J'avais très peu de temps pour les activités en société.
CONVERSATION AVEC AHMED KATHRADA, VERS 1993-1994

J'étais arrogant à l'époque.
CONVERSATION AVEC AHMED KATHRADA À PROPOS DE 1962, VERS 1993-1994

Je m'inscris en faux contre la conception erronée selon laquelle un individu peut résoudre les problèmes du pays et apporter à lui seul la démocratie.
INTERVIEW À LA B.B.C. (GRANDE-BRETAGNE), 1993

En prison, je ne me considérais pas seulement comme le leader de l'ANC, j'étais aussi un défenseur de l'unité, un médiateur.
DANS *UN LONG CHEMIN VERS LA LIBERTÉ*, 1994

Il n'y a pas eu un jour où je me suis dit : « Je vais me vouer à la libération de mon peuple. » Je m'y suis simplement mis, sans pouvoir faire autrement.
IBID.

On avance parfois une notion ridicule : Mandela serait l'unique artisan des avancées en Afrique du Sud, notamment de la transition démocratique. Ne serait-ce que pour souligner que je suis aussi humain et faillible que quiconque, j'avoue que ces honneurs me flattent.
ARTICLE ÉCRIT POUR *THE SUNDAY TIMES* (AFRIQUE DU SUD), 22 FÉVRIER 1996

Il m'est arrivé, comme à d'autres dirigeants, de me tromper ; je ne prétends pas briller seul en haut de l'olympe.
IBID.

Quand je suis allé à l'école, mon institutrice, Miss Mdingane, m'a demandé : « Quel est ton nom ? » Je lui ai donné mon nom africain, Rolihlahla. Elle m'a dit : « Non, pas celui-là, je veux ton nom chrétien. » J'ai répondu que je n'en avais pas, alors elle m'a annoncé : « À partir de maintenant, tu t'appelleras Nelson. »
DOCUMENTAIRE *MANDELA*, 1996

Cela choquerait probablement beaucoup de gens de savoir que mon ignorance est colossale sur bien des sujets que chacun maîtrise.
DOSSIER PERSONNEL, VERS 1996

En réfléchissant aux objectifs qui nous réunissent ici ce soir, j'en suis arrivé à la conclusion que ma propre vie de lutte n'avait eu de sens, et encore de façon peut-être incohérente, que parce que mon objectif suprême était que chacun, sans distinction de race, de couleur, de sexe ou de statut social, puisse, comme n'importe quel athlète pendant les Jeux olympiques, essayer de toucher les étoiles.
PRÉSENTATION DE LA CANDIDATURE DU CAP LORS DE LA CENT SIXIÈME SESSION DU COMITÉ INTERNATIONAL OLYMPIQUE, LAUSANNE, SUISSE, 5 SEPTEMBRE 1997

En me faisant rejoindre George Washington et Winston Churchill dans la liste des récipiendaires de cette distinction d'une saveur particulière, vous ajoutez le nom d'un Africain parmi ceux de ces illustres chefs d'État du monde occidental.

RÉCEPTION DU DOCTORAT HONORIS CAUSA, UNIVERSITÉ DE HARVARD, U.S.A., 18 SEPTEMBRE 1998

Je considère que j'ai eu de la chance, avec cette génération, que l'histoire m'ait permis de prendre part à la transition de l'Afrique du Sud pour la faire entrer dans cette nouvelle ère dont nous avons posé ensemble les fondations.

SÉANCE FINALE DU PREMIER PARLEMENT DÉMOCRATIQUEMENT ÉLU, LE CAP, AFRIQUE DU SUD, 26 MARS 1999

À titre personnel, j'appartiens à une génération de leaders pour qui l'avènement de la démocratie était le but ultime.

IBID.

J'ai modestement fait mon devoir envers mon pays et mon peuple.

DISCOURS D'ADIEU AUX ÉDITEURS DE PRESSE, PRETORIA, AFRIQUE DU SUD, 10 MAI 1999

Je n'arrive pas à déterminer le moment précis où je me suis politisé. Je n'ai pas eu la révélation que je consacrerais ma vie à la lutte pour la libération. C'était plutôt un processus né de la réalité de l'oppression et de l'influence formatrice d'un tas de gens.

AUX FUNÉRAILLES D'ANTON LEMBEDE, MBUMBULU, AFRIQUE DU SUD, 27 OCTOBRE 2002

Si je devais recommencer ma vie, je ne changerais rien. Tant que notre peuple était opprimé et privé de tout ce qui permet aux êtres humains de jouir de la vie, il était de mon devoir de m'engager et je referais tout de la même façon.

DOCUMENTAIRE *MANDELA : THE LIVING LEGEND*, 2003

Quand vous répondez à des questions qui rendent beaucoup de gens fiers de vous, il peut vous arriver d'en rajouter sur vos propres qualités.

INTERVIEW AVEC TIM COUZENS, VERNE HARRIS ET MAC MAHARAJ POUR *MANDELA : THE AUTHORISED PORTRAIT*, 2006, JOHANNESBURG, AFRIQUE DU SUD, 13 AOÛT 2005

Je vais me coucher avec le sentiment d'avoir fait humblement mon devoir envers mon pays et envers mon peuple.

DOCUMENTAIRE *LEGENDS : NELSON MANDELA*, 2005

Quand Oliver Tambo et moi avons visité l'abbaye de Westminster et Parliament Square en 1962, nous plaisantions à moitié en disant qu'un jour ce serait bien que la statue d'un homme noir soit dressée auprès de celle du général Smuts. Oliver aurait été fier aujourd'hui.

IBID.

Il y en aura d'autres après Mandela. Nous avons beaucoup de gens capables, dans les instances dirigeantes du Congrès national africain. Sur presque tous les plans, ils sont bien au-dessus de Mandela.

DOCUMENTAIRE DE BEATA LIPMAN, DATE INCONNUE

C'est un sentiment de bien-être qui domine, mais bien sûr je ne suis plus un jeune homme et la charge de travail est très lourde.

INTERVIEW, DATE INCONNUE

Syndicats

Il faut faire de chaque maison, de chaque cabane et de chaque hutte en terre une branche du mouvement des syndicats, et ne jamais nous rendre.

DISCOURS DE PRÉSIDENCE DEVANT L'A.N.C. DU TRANSVAAL, AFRIQUE DU SUD, 21 SEPTEMBRE 1953

Pourquoi devrions-nous continuer à enrichir ceux qui nous volent le produit de notre labeur et de notre sang, ceux qui nous exploitent et nous refusent le droit de former des syndicats ?

DÉCLARATION DEVANT LA PRESSE INTITULÉE « LA LUTTE EST MA VIE », EXPLIQUANT SA DÉCISION DE MENER CLANDESTINEMENT LA LUTTE POLITIQUE CONFORMÉMENT AUX VŒUX DU CONSEIL D'ACTION NATIONALE, AFRIQUE DU SUD, 26 JUIN 1961

Depuis le début des années 20, le mouvement syndicaliste joue un rôle important dans nos affaires. Aujourd'hui, il est devenu l'un des instruments les plus dynamiques du progrès, avec un soutien populaire rarement vu jusqu'ici et en s'appuyant sur des stratégies qui porteront inévitablement leurs fruits.

LETTRE À SAM NDOU, ÉCRITE À LA PRISON VICTOR VERSTER, PAARL, AFRIQUE DU SUD, 21 AOÛT 1989

Les dirigeants actuels des syndicats sont les porte-étendards de traditions nées de décennies de luttes et de sacrifices.

LETTRE À CHRIS DLAMINI, ÉCRITE À LA PRISON VICTOR VERSTER, PAARL, AFRIQUE DU SUD, 21 AOÛT 1989

Dans la nouvelle Afrique du Sud que nous voulons créer, les ouvriers devront continuer à s'organiser afin de défendre leurs intérêts contre ceux de leurs employeurs.

DISCOURS LORS DE LA FÊTE DU TRAVAIL, AFRIQUE DU SUD, 1ER MAI 1991

Nous vous saluons pour votre activité inlassable au service de millions d'ouvriers à travers le pays. Nous vous demandons instamment de ne pas vous arrêter, de ne pas succomber au désarroi et de résister en cette époque difficile.

MESSAGE AU NEUVIÈME CONGRÈS NATIONAL DE LA COSATU (CONGRÈS DES SYNDICATS SUD-AFRICAINS), MIDRAND, AFRIQUE DU SUD, 18 SEPTEMBRE 2006

Système judiciaire

Quelle sorte de justice est-ce, de laisser ceux qui sont lésés être jugés par ceux qu'ils accusent ? Un système judiciaire entièrement contrôlé par les Blancs et appliquant des lois promulguées par un parlement blanc, où nous ne sommes pas représentés : des lois qui, dans la majorité des cas, sont votées malgré l'opposition unanime des Africains.

DEMANDE DE RÉCUSATION DU JUGE WA VAN HELSDINGEN, ANCIENNE SYNAGOGUE, PRETORIA, AFRIQUE DU SUD, 22 OCTOBRE 1962

L'indépendance du système judiciaire est l'un des piliers de notre démocratie, de même que notre volonté de se plier aux décisions de la cour, qu'elles soient ou non en notre faveur.

DISCOURS D'OUVERTURE DU DÉBAT DU BUDGET PRÉSIDENTIEL, PARLEMENT, LE CAP, AFRIQUE DU SUD, 21 AVRIL 1998

Je me souviens que l'un des premiers jugements rendus par la Cour constitutionnelle concernait une question dans laquelle j'étais impliqué en tant que président du pays, et le président de la Cour constitutionnelle, sans tenir compte du fait qu'il était autrefois mon avocat, conclut en ma défaveur. Il fut clair pour moi que l'Afrique du Sud était entre de bonnes mains, avec cette cour opérant au sommet de notre démocratie.

DÎNER DE GALA POUR L'INAUGURATION OFFICIELLE DE L'IMMEUBLE DE LA COUR CONSTITUTIONNELLE, JOHANNESBURG, AFRIQUE DU SUD, 19 MARS 2004

Technologie

Dans un monde où les avancées stupéfiantes de la technologie et de la communication ont raccourci les distances entre des terres jadis irrémédiablement lointaines, où les croyances dépassées et les différences imaginaires entre les peuples ont été rapidement éradiquées, où l'exclusion a cédé la place à la coopération et à l'interdépendance, nous devons nous aussi nous débarrasser de nos conceptions étriquées et nous adapter aux nouvelles réalités.

LETTRE À MME MANORAMA BHALLA, SECRÉTAIRE DU CONSEIL INDIEN AUX RELATIONS CULTURELLES, ÉCRITE À ROBBEN ISLAND, 3 AOÛT 1980

La télévision a révolutionné la vie sociale en Afrique du Sud sur bien des plans. Elle a même adouci l'ambiance lugubre d'une prison de haute sécurité et littéralement amené le monde dans la cellule, entraînant le sentiment que, dans quelques circonstances qu'on se trouve, la vie vaut toujours la peine, qu'elle est enrichissante.

LETTRE À EFFIE SCHULTZ, ÉCRITE À LA PRISON DE POLLSMOOR, LE CAP, AFRIQUE DU SUD, 1ER AVRIL 1987

La caméra a la capacité d'offrir plusieurs visages à la même personne.

LETTRE AU DR MAMPHELA RAMPHELE, ÉCRITE À LA PRISON DE POLLSMOOR, LE CAP, AFRIQUE DU SUD, 1ER MARS 1988

Temps

Je ne pense jamais au temps que j'ai perdu. Je suis le programme prévu, parce qu'il est prévu et qu'on me le prépare.

CONVERSATION AVEC RICHARD STENGEL, 3 MAI 1993

Timing

Si vous attendez les conditions parfaites, elles n'arriveront jamais.

DANS *UN LONG CHEMIN VERS LA LIBERTÉ*, 1994

Le temps nous est compté – car si nous n'agissons pas maintenant, de concert, les crises qui prolifèrent autour de nous pourraient bien entraîner une véritable explosion.

DÉCLARATION EN FAVEUR DE LA MISE EN ŒUVRE D'UN PARTENARIAT MONDIAL POUR L'ENFANCE, 6 MAI 2000

Tolérance

En de nombreuses occasions, l'ANC a souligné l'importance de la tolérance dans le cadre de notre travail politique. Les autres partis ont le droit de recruter des militants et de présenter leur point de vue sans que les autres formations politiques interfèrent, telle est notre opinion. Nous n'en avons jamais changé.

CONFÉRENCE DE PRESSE, LE CAP, AFRIQUE DU SUD, 4 MAI 1990

Construire un pont au-dessus de l'abîme, faire preuve de tolérance et de compassion, inclure au lieu d'exclure, encourager la dignité, la fierté, et la liberté d'expression, pour créer une société civile unie et en paix.

OUVERTURE DU CONGRÈS SUR LE DÉVELOPPEMENT CULTUREL, CIVIC THEATRE, JOHANNESBURG, AFRIQUE DU SUD, 25 AVRIL 1993

Le défi, pour chacun d'entre vous, est de prendre au mot ces idéaux de tolérance et de respect, et de les mettre en œuvre à l'école, au sein de votre communauté et tout au long de votre vie.

MESSAGE ENREGISTRÉ POUR LA CAMPAGNE « ROUND SQUARE », AFRIQUE DU SUD, 4 OCTOBRE 1996

Que la tolérance envers les opinions des autres crée des conditions propices à ce que chacun exprime le meilleur de lui-même et s'épanouisse.
SIGNATURE DE LA NOUVELLE CONSTITUTION, SHARPEVILLE, VEREENIGING, AFRIQUE DU SUD, 10 DÉCEMBRE 1996

L'important n'est pas que nous ayons le même point de vue sur tout, ni que nous nous retenions d'exprimer nos différences avec force. C'est plutôt que nous tolérions des avis divergents des nôtres et, en tant que responsables, que nous contribuions à unir la nation sur la base du consensus qui a permis la transition négociée vers la démocratie et l'adoption de notre nouvelle Constitution.
DISCOURS D'OUVERTURE DU DÉBAT DU BUDGET PRÉSIDENTIEL, PARLEMENT, LE CAP, AFRIQUE DU SUD, 2 MARS 1999

Travail

Le travail, le travail, le travail, c'est ce qui fait la différence entre les familles qui vivent décemment et celles qui mènent une existence misérable. Pour beaucoup, avoir un emploi augmente l'estime de soi alors qu'être au chômage donne un sentiment d'impuissance.
DÉBAT DU BUDGET PRÉSIDENTIEL, PARLEMENT, LE CAP, AFRIQUE DU SUD, 20 JUIN 1996

Tribalisme

Sur ce point, rappelons-nous l'appel retentissant lancé par Pixley ka Seme lors de la fondation de l'ANC il y a quatre-vingts ans : « Nous devons enterrer une fois pour toutes le démon du tribalisme. »
FUNÉRAILLES DE REGGIE HADEBE, AFRIQUE DU SUD, 7 NOVEMBRE 1992

Tuberculose

Le monde a fait de la lutte contre le sida sa priorité. C'est une bénédiction. Mais la tuberculose demeure ignorée. Aujourd'hui, nous appelons le monde à reconnaître qu'il ne sera pas possible de lutter contre le sida si l'on ne lutte pas davantage contre la tuberculose.

QUINZIÈME CONFÉRENCE INTERNATIONALE SUR LE SIDA, BANGKOK, THAÏLANDE, 15 JUILLET 2004

Tueries

Les régimes blancs qui se sont succédé ont tous massacré des Noirs désarmés, sans défense, et où qu'ils aient braqué leurs fusils, leur puissance de feu s'est toujours exercée aux dépens du peuple africain.

DÉCLARATION À PROPOS DU SOULÈVEMENT DE SOWETO EN 1976, SORTIE CLANDESTINEMENT DE LA PRISON DE ROBBEN ISLAND ET DIFFUSÉE PAR L'A.N.C. EN EXIL, 1980

La nature pacifique, non violente, de notre lutte n'a jamais impressionné votre gouvernement. Les foules innocentes et sans défense étaient massacrées sans pitié pendant des manifestations pacifiques.

LETTRE AU PRÉSIDENT P.W. BOTHA, ÉCRITE À LA PRISON DE POLLSMOOR, LE CAP, AFRIQUE DU SUD, 13 FVRIER 1985

La résistance farouche, qui est partout à l'œuvre aujourd'hui dans notre pays, et le nombre sans précédent de morts et de gens jetés en prison sont un grave motif d'inquiétude pour moi.

LETTRE AU PROFESSEUR SAMUEL DASH, ÉCRITE À LA PRISON DE POLLSMOOR, LE CAP, AFRIQUE DU SUD, 12 MAI 1985

Le danger est très grand. Même si nous sommes déterminés à tout faire pour créer les conditions d'un règlement pacifique, nous ne sommes pas prêts à poursuivre cet effort indéfiniment. Nous ne sommes pas disposés à assister à la mort de notre peuple.

DÉCLARATION À LA CINQUIÈME SESSION DU COMITÉ *AD HOC* DE L'O.U.A. (ORGANISATION DE L'UNITÉ AFRICAINE) SUR LE SUD DE L'AFRIQUE, 8 SEPTEMBRE 1990

Ceux qui veulent détruire le mouvement de libération ont fait une grave erreur en tuant tant d'innocents. En fait, ils ont réussi à nous rassembler.

DISCOURS À KAGISO, WEST RAND, AFRIQUE DU SUD, VERS 1991

Il y avait un nombre inacceptable d'actes de violence qui aboutissaient à des morts. Et les arrestations, les condamnations étaient rares, très espacées, il était clair qu'il y avait de la connivence de la part des forces de sécurité.

CONVERSATION AVEC RICHARD STENGEL, 26 AVRIL 1993

Peu de choses m'ont davantage mis en colère que ce massacre insensé d'innocents. Mais malgré la colère que j'éprouve, je dois demander à notre peuple, aux Noirs comme aux Blancs, de rester calme et de se concentrer sur l'établissement inexorable d'un gouvernement démocratique.

SOURCE INCONNUE, VERS 1993

Ubuntu

Umuntu ngumuntu ngabantu, cela veut dire : « Il faut servir son prochain. » Vous voyez ? Il faut respecter et servir loyalement son prochain. Car sans lui on ne peut pas progresser. C'est ce que ça veut dire.

CONVERSATION AVEC RICHARD STENGEL, 29 AVRIL OU 3 MAI 1993

Comme pour d'autres aspects de sa culture, la religion traditionnelle africaine est de plus en plus reconnue

pour son apport au monde. Elle n'est plus considérée comme une superstition dédaignable à laquelle il faut substituer des formes de croyances supérieures, aujourd'hui on reconnaît qu'elle enrichit le patrimoine spirituel de l'humanité. L'esprit d'*ubuntu* – ce sentiment profondément africain d'appartenance à l'humanité grâce à l'humanité des autres – n'est pas un phénomène paroissial, il s'est complètement agrégé à notre quête commune d'un monde meilleur.
CONFÉRENCE AU CENTRE D'ÉTUDES ISLAMIQUES D'OXFORD, SHELDONIAN THEATRE, OXFORD, GRANDE-BRETAGNE, 11 JUILLET 1997

En Afrique nous avons un concept qui s'appelle *ubuntu* : il est fondé sur le fait de reconnaître que nous sommes des individus seulement grâce aux autres individus.
CLÔTURE DE LA QUATORZIÈME CONFÉRENCE INTERNATIONALE SUR LE SIDA, BARCELONE, ESPAGNE, 12 JUILLET 2002

Unité

Notre principale tâche est de nous unir pour faire face à l'ennemi avec toute la force que nous donne la loyauté indéfectible de l'ensemble du peuple opprimé.
ESSAI INTITULÉ « BALAYER LES OBSTACLES ET AFFRONTER L'ENNEMI », ÉCRIT À ROBBEN ISLAND, 1976

L'unité entre l'ANC et le PAC [Congrès panafricain] a été bloquée par des désaccords à propos de la Charte de la liberté, du rôle des communistes et autres groupes nationaux, ainsi qu'en raison d'allégations d'extrémisme.
IBID.

Ici en prison, les différends politiques ne nous empêchent pas de présenter un front uni contre l'ennemi.
IBID.

Un mouvement de libération uni, bénéficiant du soutien sans faille de tous les opprimés, qui ne serait pas miné par des rivalités et qui pourrait concentrer toutes ses ressources sur l'unique objectif qui est d'écraser l'ennemi, un tel mouvement marquerait un tournant dans l'histoire de notre pays.
IBID.

L'unité que nous défendons est l'unité des formations politiques existantes au sein du mouvement de libération, qu'elles aient déjà pris les armes, qu'elles s'y préparent ou même qu'elles n'en aient aucunement l'intention.
IBID.

Seul un mouvement uni peut entreprendre et réussir l'unification du pays.
IBID.

La première condition pour la victoire est l'unité noire. Tout acte visant à diviser les Noirs, à courtiser un groupe particulier ou à le monter contre un autre, doit être vigoureusement repoussé. Notre peuple, Africains, métis, Indiens et Blancs démocrates, doit s'unir et former un seul mur de résistance solide et massif, une seule masse agissante.
DÉCLARATION À PROPOS DU SOULÈVEMENT DE SOWETO EN 1976, SORTIE CLANDESTINEMENT DE LA PRISON DE ROBBEN ISLAND ET DIFFUSÉE PAR L'A.N.C. EN EXIL, 1980

Notre lutte grandit et s'affûte. Ce n'est pas le moment de se payer le luxe de la division et de la désunion. À tous les niveaux et à chaque instant, nous devons serrer les rangs. Et dans nos rangs, il faut faire taire les différences afin de réaliser notre unique objectif : le renversement complet de l'apartheid et de la domination raciste.
IBID.

L'une des questions les plus difficiles pour les responsables politiques est celle de l'unité nationale. À aucun autre moment de l'histoire de notre mouvement de libération, il n'a été plus crucial de parler d'une seule voix et de rassembler les combattants de la liberté.

LETTRE À MANGOSUTHU BUTHELEZI, ÉCRITE À LA PRISON VICTOR VERSTER, PAARL, AFRIQUE DU SUD, 3 FÉVRIER 1989

Nous sommes unis, mais nous prenons en compte le fait qu'il y a d'autres formations politiques dont les membres se sont tout autant sacrifiés que nous. Nous considérons qu'il est normal de reconnaître leur contribution et de parler d'unité avec eux.

DÉCLARATION À LA CINQUIÈME SESSION DU COMITÉ *AD HOC* DE L'O.U.A. (ORGANISATION DE L'UNITÉ AFRICAINE) SUR LE SUD DE L'AFRIQUE, 8 SEPTEMBRE 1990

Nous comprenons bien que le chemin vers la liberté est jalonné d'obstacles. Nous savons bien qu'aucun de nous ne peut obtenir grand-chose tout seul. Nous devons agir tous ensemble, comme un peuple uni, pour la réconciliation, la reconstruction et la naissance d'un nouveau monde.

DISCOURS D'INVESTITURE À LA PRÉSIDENCE DE L'AFRIQUE DU SUD, UNION BUILDINGS, PRETORIA, AFRIQUE DU SUD, 10 MAI 1994

Que les Noirs et les Blancs puissent tous dire aujourd'hui dans ce pays qu'ils sont comme des frères et des sœurs, qu'ils forment une nation arc-en-ciel qui tire sa force de l'alliage de toutes ses races et ses couleurs, cela constitue une célébration de l'unité de l'espèce humaine.

DISCOURS DEVANT LE CONGRÈS DES ÉTATS-UNIS, WASHINGTON D.C., U.S.A., OCTOBRE 1994

Au bout du compte, ce qui nous unira le plus et offrira les fondations les plus sûres à notre nouvelle nation sera l'action commune pour construire l'avenir pour notre peuple, sans tenir compte des affiliations politiques.

RECEVANT LA « FREEDOM OF THE CITY OF BOKSBURG », BOKSBURG, AFRIQUE DU SUD, 26 JUIN 1997

Nous devrons encore faire une longue route, difficile, avant de pouvoir véritablement unir la majorité de nos compatriotes, sans distinction de race, de couleur ou de sexe, autour d'un patriotisme commun, dont l'un des éléments cruciaux doit être le souci de l'autre.

SESSION DE CLÔTURE DE LA CINQUANTIÈME CONFÉRENCE NATIONALE DE L'A.N.C., UNIVERSITÉ DU NORD-OUEST, CAMPUS DE MAFIKENG, AFRIQUE DU SUD, 20 DÉCEMBRE 1997

L'engagement inébranlable contre la discrimination raciale, pour l'unité de l'action et la sauvegarde des intérêts de tous les opprimés était devenu le fondement de notre mouvement face à l'apartheid. Cela devrait demeurer le fondement de nos efforts pour construire une nation unie et démocratique.

MESSAGE POUR LES CÉLÉBRATIONS DU CENTENAIRE DE YUSUF DADOO, UNIVERSITÉ DE JOHANNESBURG, AFRIQUE DU SUD, SEPTEMBRE 2009

United Women's Congress (Congrès des femmes unies)

Le Congrès des femmes unies est devenu l'une des armes les plus efficaces du peuple dans la lutte pour la dignité et la justice.

LETTRE AU UNITED WOMEN'S CONGRESS, ÉCRITE À LA PRISON VICTOR VERSTER, PAARL, AFRIQUE DU SUD, 21 AOÛT 1989

Valeurs

Les valeurs inamovibles pour la vie et la réflexion sociales ne peuvent pas être inventées par des gens indifférents ou hostiles aux aspirations de la nation.

LETTRE À WINNIE MANDELA, ÉCRITE À ROBBEN ISLAND, 23 JUIN 1969

Vanité

Le problème, bien sûr, est que les hommes qui ont le plus de succès sont enclins à une forme de vanité. Vient un moment dans la vie où ils considèrent qu'il leur est permis de se montrer égotistes et de se vanter devant l'opinion publique de leur réussite exceptionnelle.

LETTRE AU PROFESSEUR FATIMA MEER, ÉCRITE À ROBBEN ISLAND, 1ER MARS 1971

Vengeance

Nous aurions pu barrer nos drapeaux du mot « vengeance » et décider de répondre à la brutalité par la brutalité. Mais nous comprenions que l'oppression déshumanise l'oppresseur autant qu'elle fait souffrir l'opprimé. Nous comprenions qu'imiter la barbarie du tyran nous transformerait en sauvages, nous aussi. Nous savions que nous souillerions notre cause, que nous l'avilirions, si nous empruntions à l'oppresseur ses méthodes. Il nous fallait refuser que notre long sacrifice nous fasse un cœur de pierre.

DÉCLARATION AU PARLEMENT DE LA RÉPUBLIQUE D'IRLANDE, DUBLIN, IRLANDE, 2 JUILLET 1990

Vérité

Une vision déformée de la réalité trompe beaucoup d'innocents parce qu'elle dissimule des faits concrets et

des événements que ceux qui ont encore une conscience ne songeraient jamais à nier.
LETTRE À WINNIE MANDELA, ÉCRITE À ROBBEN ISLAND, 9 DÉCEMBRE 1979

Aucun individu, aucun relais d'opinion, aucune doctrine politique ou religieuse ne peut revendiquer le monopole de la vérité.
FÉDÉRATION INTERNATIONALE DES ÉDITEURS DE PRESSE, PRAGUE, RÉPUBLIQUE TCHÈQUE, 26 MAI 1992

Victoire

La victoire d'une grande cause ne se mesure pas seulement à l'aune de l'objectif atteint. On peut aussi se faire gloire d'être, dans la vie, à la hauteur des attentes.
LETTRE AU RÉVÉREND FRANK CHIKANE, ÉCRITE À LA PRISON VICTOR VERSTER, PAARL, AFRIQUE DU SUD, 21 AOÛT 1989

Nous ne poursuivons pas d'objectifs qui auraient pour résultat de faire des vainqueurs et des vaincus. Nous nous efforçons de suivre une méthode qui permette que le peuple entier, Noirs comme Blancs, sorte vainqueur.
DISCOURS DEVANT LE PARLEMENT EUROPÉEN, STRASBOURG, FRANCE, JUIN 1990

L'ordre du jour pour tous nos camarades et notre peuple est : Armez-vous de courage pour l'assaut final. La victoire est à portée de main ! Si nous sommes unis, aucune force sur terre ne peut nous vaincre.
DISCOURS LORS D'UN RASSEMBLEMENT, SOCCER CITY, SOWETO, AFRIQUE DU SUD, 16 DÉCEMBRE 1990

Nous ne pouvons pas perdre, car les peuples du monde ne nous laisseront pas perdre.
DOCUMENTAIRE *MANDELA IN AMERICA*, 1990

Tous ces innombrables êtres humains, à l'intérieur et à l'extérieur de nos frontières, avaient la noblesse d'esprit de se dresser contre la tyrannie et l'injustice, sans rien avoir à y gagner. Ils estimaient que la souffrance d'un homme est une souffrance pour tous les autres et ils ont agi en conséquence, pour défendre la justice et la morale commune. Grâce à leur courage et à leur persévérance, aujourd'hui nous pouvons même donner la date où l'humanité célébrera l'une de ses plus extraordinaires victoires du siècle.

CÉRÉMONIE DE REMISE DU PRIX NOBEL DE LA PAIX, OSLO, NORVÈGE, 10 DÉCEMBRE 1993

Aujourd'hui, nous entrons dans une nouvelle ère pour notre pays et notre peuple. Aujourd'hui, nous ne célébrons pas la victoire d'un parti, mais de tout le peuple d'Afrique du Sud.

RASSEMBLEMENT POUR CÉLÉBRER SON ÉLECTION À LA PRÉSIDENCE, HÔTEL DE VILLE, LE CAP, AFRIQUE DU SUD, 9 MAI 1994

Avec les peuples du monde, nous avons célébré une victoire qui appartenait au monde entier. C'était une victoire qui à la fois découlait de notre engagement partagé envers notre humanité commune et l'affirmait.

BANQUET D'ADIEU DONNÉ PAR LE PRÉSIDENT THABO MBEKI, PRETORIA, AFRIQUE DU SUD, 16 JUIN 1999

J'ai toujours pensé que nous finirions par gagner, mais il y a eu deux moments où le régime d'apartheid semblait plus fort et où j'ai douté.

DOCUMENTAIRE *MANDELA : THE LIVING LEGEND*, 2003

Victoires

Cependant, nous le savons bien, nos victoires ne doivent pas être exagérées et servir de prétexte pour ignorer les erreurs commises et les problèmes qui requièrent notre attention immédiate.

ARTICLE PUBLIÉ DANS *AFRICA SOUTH*, VOL. 6.1, OCTOBRE-DÉCEMBRE 1961

Petites ou grandes, nos victoires finissent toujours par être reconnues au moyen de prix et de distinctions. Certains déclinent ces honneurs, d'autres les acceptent et en tirent égoïstement parti. Mais il en est d'autres qui les obtiennent à la suite de leur engagement désintéressé au service de la communauté, et qui s'efforcent d'en faire des instruments utiles à la lutte pour la justice et la dignité des hommes.

LETTRE À DESMOND ET LEAH TUTU, ÉCRITE À ROBBEN ISLAND, 21 AOÛT 1989

Nous avons appris que nos imperfections renvoient à ce que toute l'humanité doit se garder de faire. Et nous apprécions pleinement que nos glorieuses réussites révèlent les sommets de ce que le génie humain peut produire.

PREMIER DISCOURS AU PARLEMENT, LE CAP, AFRIQUE DU SUD, 24 MAI 1994

Si tant est que j'aie réussi quoi que ce soit, je sais que c'est parce que je suis un produit du peuple sud-africain.

SÉANCE FINALE DU PREMIER PARLEMENT DÉMOCRATIQUEMENT ÉLU, LE CAP, AFRIQUE DU SUD, 26 MARS 1999

Nous devons toujours rester modestes quant à ce que nous avons accompli.

QUARANTIÈME ANNIVERSAIRE DE LA CRÉATION D'UMKHONTO WE SIZWE, SOWETO, JOHANNESBURG, AFRIQUE DU SUD, 16 DÉCEMBRE 2001

Vie

Le processus d'illusion et de désenchantement fait partie de la vie, il se poursuit sans fin.

MANUSCRIT AUTOBIOGRAPHIQUE INÉDIT, ÉCRIT À ROBBEN ISLAND, 1975

Ce qui compte dans la vie, ce n'est pas seulement d'avoir vécu. C'est la différence faite dans la vie des autres qui définit le sens de la vie que nous avons menée.
CÉLÉBRATIONS DU QUATRE-VINGT-DIXIÈME ANNIVERSAIRE DE WALTER SISULU, WALTER SISULU HALL, RANDBURG, JOHANNESBURG, AFRIQUE DU SUD, 18 MAI 2002

Je dois me satisfaire de ma vie telle qu'elle est.
DOCUMENTAIRE *MANDELA : THE LIVING LEGEND*, 2003

Vieillissement

Ceux que nous aimons vieillissent rapidement à cause de problèmes physiques et spirituels qui sont trop pénibles pour qu'on les évoque, les liens d'affection tendent à s'affaiblir tandis que l'idéaliste récite sa maxime : l'éloignement nous rend plus chers les êtres aimés.
LETTRE À THOROBETSANE TSHUKUDU (ADELAIDE TAMBO), ÉCRITE À ROBBEN ISLAND, 1ER JANVIER 1977

Si tes genoux deviennent raides, faibles tes yeux, et gris argent tes cheveux, réconforte-toi en te disant que tu as largement contribué à faire lever ce ferment.
LETTRE À HILDA BERNSTEIN, ÉCRITE À LA PRISON DE POLLSMOOR, LE CAP, AFRIQUE DU SUD, 8 JUILLET 1985

Il y a au moins un aspect par lequel je suis plus grand que M. De Klerk, et c'est l'âge.
CONFÉRENCE DE PRESSE, CODESA (CONVENTION POUR UNE AFRIQUE DU SUD DÉMOCRATIQUE), KEMPTON PARK, AFRIQUE DU SUD, 1991

Je porte en moi la fragilité de mon âge et les préjudices qui sont les privilèges des années. Et ma présence ici aujourd'hui a redonné une formidable jeunesse à mon esprit.
PRÉSENTATION DE LA CANDIDATURE DU CAP À L'ORGANISATION DES JEUX OLYMPIQUES, CENT SIXIÈME SESSION DU COMITÉ INTERNATIONAL OLYMPIQUE, LAUSANNE, SUISSE, 5 SEPTEMBRE 1997

Ceux qui arrivent après nous dans le nouveau siècle et le nouveau millénaire devront adopter toute une série de positions pour que nous qui ployons sous le fardeau de l'âge puissions dire, avec conviction, que « l'arbre d'amertume a donné toutes ses feuilles » et que l'automne de nos vies annonce le printemps africain.

SOMMET DE L'O.U.A. (ORGANISATION DE L'UNITÉ AFRICAINE) OUAGADOUGOU, BURKINA FASO, 8 JUIN 1998

L'un des avantages du grand âge, c'est que les gens vous respectent pour vos cheveux gris et disent plein de choses gentilles sur vous, même si elles ne sont pas fondées sur ce que vous êtes réellement.

CÉLÉBRATION DE SON QUATRE-VINGTIÈME ANNIVERSAIRE, GALLAGHER ESTATE, MIDRAND, AFRIQUE DU SUD, 19 JUILLET 1998

L'affirmation, que je répète régulièrement, selon laquelle les vieillards sont davantage respectés pour leurs cheveux gris que pour ce qu'ils ont accompli, se vérifie de plus en plus.

SOMMET DU CONSEIL DE COOPÉRATION DU GOLFE, ABU DHABI, ÉMIRATS ARABES UNIS, 7 DÉCEMBRE 1998

J'aimerais avoir l'énergie et la souplesse pour exécuter un toyi-toyi aujourd'hui.

FUNÉRAILLES DE PETER MOKABA, STADE OSCAR MPETHA, UNIVERSITÉ DU NORD, MANKWENG, AFRIQUE DU SUD, 15 JUIN 2002

Je regardais son dos se voûter au fil des ans, et lui regardait le mien.

DÉVOILEMENT DE LA PIERRE TOMBALE DE WALTER SISULU, CIMETIÈRE NEWCLARE, JOHANNESBURG, AFRIQUE DU SUD, 16 DÉCEMBRE 2003

Je sens que je deviens vieux. Le temps passe mais je ne m'inquiète pas vraiment, les gens qui me voient, et surtout ceux qui me rencontrent pour la première

fois, disent toujours : « Ça alors ! Qu'est-ce que vous avez l'air jeune ! »
RÉUNION AVEC LE COMITÉ DE RÉCEPTION DE MANDELA, JOHANNESBURG, AFRIQUE DU SUD, 4 FÉVRIER 2010

Je ne suis pas malade, je suis vieux.
JOHANNESBURG, AFRIQUE DU SUD, 27 JANVIER 2011

Violence

Tout porte à croire que le peuple, mon peuple, les Africains, se tourne vers des actes de violence délibérée contre le gouvernement afin de convaincre celui-ci par le seul langage qu'il paraît comprendre.
PLAIDOYER POUR L'ATTÉNUATION DE SA PEINE APRÈS AVOIR ÉTÉ RECONNU COUPABLE D'AVOIR INCITÉ DES TRAVAILLEURS À FAIRE GRÈVE ET D'AVOIR QUITTÉ LE PAYS ILLÉGALEMENT, ANCIENNE SYNAGOGUE, PRETORIA, AFRIQUE DU SUD, NOVEMBRE 1962

La violence gouvernementale ne peut réussir qu'à nourrir la contre-violence. Nous avons régulièrement averti que ce gouvernement, en recourant perpétuellement à la violence, nourrissait dans ce pays la contre-violence, et que, au bout du compte, si le gouvernement ne recouvrait pas ses esprits, le conflit se réglerait par la violence et par la force.
IBID.

Le gouvernement s'est comporté comme aucun gouvernement civilisé n'aurait osé le faire, alors qu'il avait face à lui une population pacifique, disciplinée, sensible, exprimant un point de vue démocratique. Il a ordonné la mobilisation de ses forces armées pour tenter d'empêcher par la terreur notre manifestation pacifique. Il a arrêté les personnes connues pour leurs activités politiques.
IBID.

La répression permanente de nos aspirations et les lois coercitives entraînent notre peuple vers la violence.

LETTRE AU MINISTRE DE LA JUSTICE, ÉCRITE À ROBBEN ISLAND, 18 AVRIL 1969

Le fait que des conflits violents et des bains de sang aient lieu dans ce pays repose entièrement sur le gouvernement.

LETTRE AU MINISTRE DE LA JUSTICE, ÉCRITE À ROBBEN ISLAND, 22 AVRIL 1969

De nos dirigeants, nous ne pouvons rien attendre. Ce sont eux qui donnent les ordres aux soldats penchés sur leurs fusils ; c'est leur esprit qui actionne le doigt caressant la gâchette.

DÉCLARATION À PROPOS DU SOULÈVEMENT DE SOWETO EN 1976, SORTIE CLANDESTINEMENT DE LA PRISON DE ROBBEN ISLAND ET DIFFUSÉE PAR L'A.N.C. EN EXIL, 1980

Les armes ont joué un rôle important dans notre histoire. La résistance des Noirs aux colons blancs a été écrasée par les armes. Notre lutte pour nous libérer de la domination blanche est tenue en échec par la force des armes.

IBID.

La position de l'ANC sur la question de la violence est très simple. Notre organisation n'a aucun intérêt à voir la violence éclater. Elle abhorre les actions qui peuvent entraîner la perte d'une vie, la destruction de la propriété ou la misère du peuple. Elle travaille de longue date, avec patience, à une Afrique du Sud fondée sur des valeurs communes et à un État sans divisions, pacifique et non racial. Mais nous considérons que la lutte armée est une forme de légitime défense contre un système de gouvernement moralement répugnant qui n'autorise pas les formes de protestation pacifique.

NOTE À P.W. BOTHA, ÉCRITE À LA PRISON VICTOR VERSTER, PAARL, AFRIQUE DU SUD, VERS JUIN-JUILLET 1989

On ne peut pas construire une nation sur la colère et la violence.

DISCOURS LORS D'UN RASSEMBLEMENT, KINGS PARK STADIUM, DURBAN, AFRIQUE DU SUD, 25 FÉVRIER 1990

Si nous avions eu des canaux de communication pacifique, nous n'aurions jamais songé à recourir à la violence. Sans la violence de l'apartheid, il n'y aurait pas eu de violence de notre part.

CHEZ LUI, À SOWETO, AFRIQUE DU SUD, FÉVRIER 1990

Nous savons que beaucoup de gens qui désirent la paix prient tous les soirs pour que la violence cesse. Nous prions aussi car nous savons que, en rentrant le soir du travail, vous ne savez jamais si vous arriverez jusqu'à chez vous. Vous ne savez jamais si vous trouverez vos femmes et vos enfants vivants, parce que cela n'intéresse aucunement la police et le gouvernement.

DISCOURS À KAGISO, WEST RAND, AFRIQUE DU SUD, VERS 1991

Nous avions affaire à un gouvernement brutal qui n'hésitait pas à tirer à balles réelles contre des civils désarmés et sans défense.

CONVERSATION AVEC RICHARD STENGEL, 5 AVRIL 1993

Nous devons perpétuellement nous battre contre la tendance primitive à la glorification des armes et à l'adulation de la force, nées de l'illusion que l'injustice peut perdurer grâce à la capacité de tuer, ou que les disputes se résolvent nécessairement mieux en recourant à des moyens violents.

DISCOURS LORS DE LA TRENTE-TROISIÈME ASSEMBLÉE GÉNÉRALE DES NATIONS UNIES, NEW YORK, U.S.A., 21 SEPTEMBRE 1998

Quand nous déshumanisons nos opposants, quand nous les diabolisons, nous portons atteinte à la possibilité de résoudre pacifiquement nos différends et cherchons à justifier le recours à la violence.

REMISE D'UN ORDRE NATIONAL AU PRINCE BANDAR BEN SULTAN, AMBASSADEUR DE L'ARABIE SAOUDITE AUX ÉTATS-UNIS, ET AU PROFESSEUR JAKES GERWEL, LE CAP, AFRIQUE DU SUD, 11 MAI 1999

Vision

Cela doit nous servir de leçon de vie : la manière dont parvenons à nos fins peut dépendre du contexte et changer selon les circonstances, mais nous devons rester fidèles à nos engagements.

RECEVANT LE PRIX CHRIS HANI LORS DU DIXIÈME CONGRÈS NATIONAL DU S.A.C.P. (PARTI COMMUNISTE SUD-AFRICAIN), JOHANNESBURG, AFRIQUE DU SUD, 1ER JUILLET 1998

Nous souhaitons une Afrique du Sud juste et démocratique où tous les individus mèneront une vie riche et épanouie.

VIDÉO POUR LA FONDATION NELSON MANDELA, 2006

Vote

Nous combattons pour un avenir dont nous avons la vision et où tous, sans distinction de race, de couleur, de croyance ou de sexe, auront le droit de voter et d'être élus dans tous les organes de l'État.

DISCOURS DEVANT LE CONGRÈS DES ÉTATS-UNIS, WASHINGTON D.C., U.S.A., 26 JUIN 1990

Je suis sorti au bout de vingt-sept ans ; je ne peux toujours pas voter. C'est le problème de l'Afrique du Sud et, tant que le peuple sud-africain sera privé de vote et ne pourra déterminer sa propre destinée, il n'est pas

question de modifier quoi que ce soit à notre stratégie. Les sanctions et les boycotts doivent être maintenus.
DÉCLARATION À LA CINQUIÈME SESSION DU COMITÉ *AD HOC* DE L'O.U.A. (ORGANISATION DE L'UNITÉ AFRICAINE) SUR LE SUD DE L'AFRIQUE, 8 SEPTEMBRE 1990

Avoir le droit de vote sans avoir de quoi manger, s'abriter ou se soigner, créerait l'apparence de l'égalité mais ne ferait que renforcer l'inégalité. Nous ne voulons pas de la liberté sans le pain, de même que nous ne voulons pas du pain sans la liberté.
REMISE DE DÉCORATION, CLARK UNIVERSITY, ATLANTA, U.S.A., 10 JUILLET 1993

À notre joie se mêle de la tristesse, car beaucoup de camarades qui ont lutté et se sont sacrifiés pour notre cause ne seront pas là pour voir leurs rêves les plus chers se réaliser. C'est avec ces sentiments que j'aborde ce jour historique.
DOCUMENTAIRE *COUNTDOWN TO FREEDOM : TEN DAYS THAT CHANGED SOUTH AFRICA*, 1994

Eh bien, je n'ai pas encore pris ma décision.
DOCUMENTAIRE *COUNTDOWN TO FREEDOM : TEN DAYS THAT CHANGED SOUTH AFRICA*, QUAND ON LUI DEMANDA POUR QUI IL ALLAIT VOTER, 1994

J'ai fait une croix dans la case à côté de « ANC », puis j'ai glissé mon bulletin plié dans l'urne en bois. Je venais de voter pour la première fois de ma vie.
DANS *UN LONG CHEMIN VERS LA LIBERTÉ*, 1994

Pour tous les Sud-Africains, c'est un événement inoubliable. Aujourd'hui se réalisent les espoirs et les rêves que nous nourrissons depuis des décennies, le rêve d'une Afrique du Sud qui représente tous les Sud-Africains.
APRÈS AVOIR VOTÉ POUR LA PREMIÈRE FOIS, OHLANGE, AFRIQUE DU SUD, 27 AVRIL 1994

Nous espérons sincèrement que, grâce au simple fait d'avoir voté, le résultat donnera de l'espoir à tous les Sud-Africains et qu'il leur fera prendre conscience que c'est leur pays, leur nation.
IBID.

J'ai attendu plus de soixante-dix ans pour voter pour la première fois. J'ai choisi de le faire près de la tombe de John Dube, premier président de l'ANC, un patriote qui a contribué à fonder notre organisation en 1912. Je n'ai pas voté pour moi uniquement, mais pour tous ceux qui ont pris part à notre lutte.
CONFÉRENCE AU MÉMORIAL BRAM FISCHER, MARKET THEATRE, JOHANNESBURG, AFRIQUE DU SUD, 9 JUIN 1995

En votant, j'ai senti à mes côtés Oliver Tambo, Chris Hani, le chef Albert Luthuli et Bram Fischer. J'ai senti aussi la présence de Josiah Gumede, G.M. Naicker, Dr Abdullah Abdurahman, Lilian Ngoyi, Helen Joseph, Yusuf Dadoo, Moses Kotane, Steve Biko et bien d'autres. Je les ai tous sentis tenir la main avec laquelle je faisais la croix et m'aider à glisser le bulletin plié dans l'urne.
IBID.

S'il y a aux yeux du monde un symbole qui incarne le miracle de notre transition et qui nous a valu l'admiration, c'est l'image des queues d'électeurs qui patientaient ce jour d'avril 1994, lorsque des millions de Sud-Africains de toutes origines ont affirmé leur désir que, malgré les difficultés, le peuple gouverne afin de ne plus jamais revivre l'oppression, l'injustice et l'inhumanité.
DISCOURS D'OUVERTURE DU DÉBAT DU BUDGET PRÉSIDENTIEL, PARLEMENT, LE CAP, AFRIQUE DU SUD, 2 MARS 1999

Nous ouvrions un nouveau chapitre de l'histoire de l'Afrique du Sud. J'avais cela à l'esprit quand j'ai glissé mon bulletin.

DOCUMENTAIRE *MANDELA : THE LIVING LEGEND*, 2003

Rester sur le bas-côté et ne pas se rendre aux urnes, c'est négliger son devoir démocratique. Et dans notre cas, en Afrique du Sud, on peut aussi le lire comme le signal d'un mépris pour les luttes douloureuses qui ont permis de faire naître la démocratie.

RASSEMBLEMENT ÉLECTORAL DE L'A.N.C., F.N.B. STADIUM, SOWETO, 4 AVRIL 2004

Le peuple, c'est-à-dire vous, s'exprimera par les urnes. Vous démontrerez de la façon la plus éclatante que vous voyez ce qu'il y a à voir, que vous entendez ce qu'il y a à entendre et que vous pensez par vous-mêmes.

IBID.

J'espère encore voter de nombreuses fois et, même quand je mourrai, je ressusciterai juste pour aller voter.

APRÈS AVOIR VOTÉ, 1ER MARS 2006

Vue

Je t'avertis de ne laisser personne te prescrire des lunettes. Beaucoup d'étudiants, notamment ceux des zones rurales, ont fait cette erreur désastreuse, et ils ont dû vivre le reste de leur vie avec des yeux faibles et même abîmés.

LETTRE À UN PETIT-FILS, ÉCRITE À LA PRISON DE POLLSMOOR, LE CAP, AFRIQUE DU SUD, 11 AOÛT 1988

Xénophobie

Nous ne pouvons pas blâmer les autres pour nos problèmes. Nous ne sommes pas victimes de l'afflux d'étrangers en Afrique du Sud. Nous devons nous souvenir que c'est essentiellement à cause des politiques hostiles et agressives du régime d'apartheid que le développement économique de nos voisins a été impossible.

DISCOURS LORS D'UN RASSEMBLEMENT, STADE D'ALEXANDRA, JOHANNESBURG, AFRIQUE DU SUD, 19 AOÛT 1995

Au cours des années où j'y ai vécu, les habitants d'Alexandra ignoraient les différences tribales et ethniques. Nous n'étions pas des Xhosa, des Sotho, des Zulu ou des Shangan, nous étions d'Alexandra. Nous formions un peuple et nous ne tenions pas compte des différences que le gouvernement d'apartheid essayait d'imposer à toute force. Cela m'attriste et me met en colère de voir grandir la haine des étrangers.

IBID.

La montée apparente de l'extrême droite intolérante et xénophobe en Europe occidentale n'envoie pas de signaux encourageants. Il semblerait que nous n'ayons pas réussi à débarrasser le monde de la peur.

REMISE DU « FRANKLIN D. ROOSEVELT FOUR FREEDOMS AWARD », 8 JUIN 2002

Chronologie de la vie de Nelson Mandela

1918 Rolihlahla Mandela naît le 18 juillet à Mvezo dans le Transkei, fils de Nosekeni Fanny et de Nkosi Mphakanyiswa Gadla Mandela.

1925 Va à l'école primaire près du village de Qunu. Son instituteur lui donne le nom de « Nelson ».

1927 À la suite du décès de son père, il est confié aux soins du chef Jongintaba Dalindyebo, régent du peuple thembu. Il part vivre avec lui à Mqhekezweni, siège du clan.

1934 Subit le rituel traditionnel de la circoncision, initiation qui fait de lui un homme. Il poursuit sa scolarité au Carkebury Boarding Institute de Engcobo.

1937 Va à Healdtown, un lycée wesleyen de Fort Beaufort. Rencontre Oliver Tambo.

1939 S'inscrit à l'université de Fort Hare, Alice, seul établissement noir d'Afrique du Sud.

1940 Renvoyé de Fort Hare après avoir participé à une manifestation.

1941 Échappe à un mariage arrangé et déménage à Johannesburg, où il trouve un emploi de veilleur de nuit dans une mine d'or. Rencontre Walter Sisulu, qui lui trouve un stage au cabinet d'avocat Witkin, Sidelsky & Eidelman.

1942 Continue ses études de premier cycle par correspondance à l'université d'Afrique du Sud (UNISA). Assiste à ses premières réunions du Congrès national africain (ANC).

1943 Diplômé de premier cycle, il s'inscrit pour un LLB (diplôme de droit) à l'université de Witwatersrand.

1944 Co-fonde la Ligue de la jeunesse de l'ANC (ANCYL). Épouse Evelyn Ntoko Mase, avec qui il aura quatre enfants : Thembekile (1945-1969) ; Makaziwe (1947), qui meurt à neuf mois : Makgatho (1950-2005) ; et Makaziwe (1954).

1948 Élu secrétaire national de l'ANCYL, il entre au bureau exécutif national du Transvaal de l'ANC.

1951 Élu président de l'ANCYL.

1952 Élu président de la section du Transvaal de l'ANC, et vice-président de l'ANC. Porte-parole et leader de la Defiance Campaign, qui commence le 26 juin, il est arrêté à plusieurs reprises et passe quelques jours en prison. Condamné avec dix-neuf camarades en raison du Suppression of Communism Act, il écope de neuf mois de travaux forcés, d'une suspension de deux ans et du premier d'une série d'ordres de bannissement qui l'empêchent d'exercer toute activité politique. Il ouvre sa propre consultation juridique et, trois mois plus tard, ouvre Mandela & Tambo, le premier cabinet d'avocats africains d'Afrique du Sud.

1953 Conçoit la stratégie des futures opérations clandestines de l'ANC.

1955 La Charte de la liberté est adoptée par le Congrès du peuple à Kliptown. Avec d'autres camarades bannis, Mandela suit les débats depuis le toit d'un magasin voisin.

1956 Arrêté et accusé de trahison avec cent cinquante-cinq membres de l'Alliance des Congrès. Le procès durera quatre ans et demi.

1958 Divorce d'Evelyn Mase. Épouse Nomzamo Winifred Madikizela, avec qui il aura deux filles : Zenani (1959) et Zindziswa (1960).

1960 À la suite du massacre de Sharpeville le 21 mars, le gouvernement déclare l'état d'urgence et Mandela est emprisonné. Le 8 avril, l'ANC et le PAC (Congrès panafricain) sont interdits.

1961 Acquittement avec le dernier groupe de trente du Treason Trial de 1956 ; tous les autres accusés ont été blanchis des chefs d'inculpation qui pesaient contre eux à diverses étapes du procès. En avril, Mandela passe à la clandestinité. Le bras armé de l'ANC, Umkhonto we Sizwe (MK), est formé en juin et provoque une série d'explosions en décembre.

1962 En janvier, Mandela quitte l'Afrique du Sud pour suivre un entraînement militaire et pour chercher des soutiens à l'étranger. Il quitte clandestinement le pays par le Botswana – il reviendra par le même chemin en juillet. Il reçoit un entraînement militaire en Éthiopie et au Maroc, près de la frontière algérienne. Au total, il visite douze États africains et passe deux semaines à Londres avec Oliver Tambo. Le 5 août, il est arrêté près d'Howick, dans le Kwazulu-Natal. Le 7 novembre, il est condamné à cinq ans de prison pour incitation à la grève et pour avoir quitté le pays illégalement. Il est d'abord détenu à la prison centrale de Pretoria.

1963 Mandela est transféré à Robben Island en mai, avant de retourner brusquement à la prison centrale de

Pretoria deux semaines plus tard. Le 11 juillet, la police fait une descente à la ferme Liliesleaf de Rivonia et arrête presque tout le haut commandement du MK. En octobre, Mandela passe en procès pour sabotage avec neuf autres inculpés dans ce qui est connu comme le procès de Rivonia. James Kantor et Rusty Bernstein sont acquittés.

1964 En juin, Mandela, Walter Sisulu, Ahmed Kathrada, Govan Mbeki, Raymond Mhlaba, Denis Goldberg, Andrew Mlangeni et Elias Motsoalegi sont reconnus coupables et condamnés à la prison à perpétuité. Tous, sauf Goldberg, sont envoyés à Robben Island.

1968 Décès de la mère de Mandela. On refuse à celui-ci d'assister aux obsèques.

1969 Le fils aîné de Mandela, Madiba Thembekile (Thembi) meurt dans un accident de voiture le 13 juillet. La lettre que Mandela envoie aux autorités pour demander à assister aux funérailles est ignorée.

1975 Commence à écrire son autobiographie en secret. Sisulu et Kathrada révisent le manuscrit et font des commentaires. Mac Maharaj et Laloo Chiba le transcrivent en écriture minuscule et Chiba le dissimule à l'intérieur du cahier d'exercices de Maharaj. Maharaj le fait sortir lors de sa libération en 1976.

1982 Avec Sisulu, Mhlaba, Mlangeni, et plus tard Kathrada, Mandela est envoyé à la prison de Pollsmoor. Ils partagent une grande cellule commune au dernier étage d'un bloc.

1984 Rejette l'offre de son neveu K.D. Matanzima, président de l'État prétendu indépendant (ou bantoustan) du Transkei, qui lui offre d'être libéré et de vivre dans le Transkei.

1985 Rejette l'offre du président P.W. Botha de le relâcher s'il renonce à l'emploi de la violence comme stratégie politique. Le 10 février, sa réponse est lue lors d'un rassemblement à Soweto par sa fille, Zindzi. En novembre, Mandela subit une opération de la prostate au Volks Hospital. Le ministre de la Justice, Kobie Coetsee, lui rend visite à l'hôpital. À son retour en prison, il est placé dans une cellule individuelle. Commencent des discussions préliminaires avec des membres du gouvernement pour créer les conditions des négociations avec l'ANC.

1988 Un concert pop de douze heures, au stade de Wembley, à Londres, en l'honneur du soixante-dixième anniversaire de Mandela, est diffusé dans soixante-sept pays. Il contracte la tuberculose et est admis à l'hôpital Tygerberg, puis à la Constantiaberg Medi-Clinic. Il sort en décembre et est envoyé à la prison Victor Verster, près de Paarl.

1989 Décroche le LLB (diplôme de droit) à l'université d'Afrique du Sud.

1990 L'interdiction de l'ANC prend fin le 2 février. Mandela est libéré de prison le 11 février.

1991 Élu président de l'ANC à la première conférence consultative nationale de l'ANC depuis son interdiction en 1960.

1993 Reçoit le prix Nobel de la paix avec le président F.W. De Klerk.

1994 Vote pour la première fois de sa vie aux premières élections démocratiques d'Afrique du Sud le 27 avril. Le 9 mai, il est élu premier président de l'Afrique du Sud démocratique, et le 10 mai a lieu son investiture à Pretoria. Son autobiographie, *Un long chemin vers la liberté*, est publiée.

1995 Divorce de Winnie Mandela.

1998 Épouse Graça Machel le jour de son quatre-vingtième anniversaire.

1999 Se retire après un mandat de Président.

2001 On lui diagnostique un cancer de la prostate.

2004 Annonce qu'il se retire de la vie publique.

2005 Makgatho, son fils cadet, meurt en janvier. Mandela annonce publiquement que son fils est décédé de complications liées au sida.

2006 Publie *Mandela : The Authorised Portrait.*

2007 Assiste à la proclamation de son petit-fils Mandla Mandela comme chef du Conseil traditionnel Mvezo.

2008 Quatre-vingt-dixième anniversaire. Demande aux générations émergentes de poursuivre le combat pour la justice sociale.

2009 L'anniversaire de Mandela, le 18 juillet, est décrété Journée internationale Nelson Mandela.

2010 En juin, son arrière-petite-fille Zenani Mandela décède dans un accident de voiture. Il publie *Conversations avec moi-même* en octobre.

2011 Il est hospitalisé pour une infection pulmonaire.

Bibliographie sélective

Livres

Daymond, MJ et Corinne Sandwith (eds), *Africa South : Viewpoints 1956–1961*, University of KwaZulu-Natal Press, Scottsville, 2011

Mandela, Nelson, *Conversations avec moi-même*, Éditions de la Martinière, Paris, 2010

Mandela, Nelson, *Un long chemin vers la liberté*, Le Livre de Poche, Paris, 1996

Meer, Fatima, *Higher than Hope*, Skotaville Publishers, Johannesburg, 1988

Nelson Mandela Foundation, *A Prisoner in the Garden : Opening Nelson Mandela's Prison Archive*, Penguin, Johannesburg, 2005

Nicol, Mike, *Mandela : Le portrait autorisé*, Acropole, Paris, 2006

Villa-Vicencio, Charles, *The Spirit of Freedom : South African Leaders on Religion and Politics*, University of California Press, Berkeley et Los Angeles, Californie, 2006

Documentaires

Countdown to Freedom : Ten Days that Changed South Africa, réalisé par Danny Schecter, Globalvision, États-Unis, 1994

« Nelson Mandela », Headliners and Legends, MSNBC, États-Unis, 2006

The Last Mile : Mandela, Africa and Democracy, réalisé par Jennifer Pogrund, Afrique du Sud, 1992

Legends : Nelson Mandela, réalisé par Walter Sucher, SWR, Allemagne, 2005

Mandela at 90, réalisé par Clifford Bestall, Giant Media Productions, Royaume-Uni, 2008
Mandela in America, réalisé par Danny Schecter, Globalvision, États-Unis, 1990
Mandela : Son of Africa, Father of a Nation, réalisé par Joe Menell et Angus Gibson, ClinicaEstetico et Island Pictures, États-Unis, 1996
Mandela : The Living Legend, réalisé par Dominic Allan, BBC Television (UK), Royaume-Uni, 2003
Nelson Mandela Life Story, Imani Media pour la Nelson Mandela Foundation, Afrique du Sud, 2008
A South African Love Story : Walter and Albertina, réalisé par Toni Strasburg, XOXA Productions et Quest Star Communication, Afrique du Sud, 2004
Viva Madiba : A Hero for All Seasons, réalisé par Catherine Meyburgh et Danny Schecter, Videovision Entertainment, Afrique du Sud, 2010

Site Internet

www.nelsonmandela.org

Remerciements

Nous aimerions remercier Nelson Rolihlahla Mandela pour les mots qu'il a prononcés tout au long de sa riche vie ; pour la sagesse qu'ils recèlent, le courage qu'ils inspirent et la chaleur qu'ils transmettent.

Le Centre pour la mémoire de la Fondation Nelson Mandela offre une plateforme pour les travaux sur la vie et l'héritage de Nelson Mandela, un espace qui permet, entre autres projets, la réalisation de livres comme celui-ci. À cet égard, que soient remerciés ici le président du conseil de la Fondation Nelson Mandela, le professeur GJ Gerwell ; les administrateurs de la Fondation Nelson Mandela – Ahmed Kathrada, Chris Liebenberg, Irene Menell, Kgalema Motlanthe, Tokyo Sexwale ; et le directeur de la Fondation Nelson Mandela, Achmat Dangor.

Verne Harris dirige le Centre pour la mémoire, et son soutien a été crucial pour la publication de ce livre. Sans l'enthousiasme et l'énergie de Geoff Blackwell et de Ruth Hobday, de la maison d'édition PQ Blackwell, ce recueil n'aurait pas non plus vu le jour.

Notre équipe du Centre pour la mémoire a également joué un rôle essentiel : Lee Davies, Boniswa Nyati, Lucia Raadschelders, Zanele Riba et Razia Saleh. Nos collègues Yase Godlo, Zelda La Grange, Thoko Mavuso, Vimla Naidoo et Maretha Slabbert nous ont apporté leur concours.

Nous aimerions exprimer notre gratitude à Ahmed Kathrada et Richard Stengel, qui nous ont fourni les bandes enregistrées de leurs entretiens avec Mandela – entretiens réalisés pour son autobiographie, *Un long chemin vers la liberté*, et la biographie autorisée d'Anthony Sampson, *Mandela, un homme d'exception* –, ainsi qu'aux Archives nationales d'Afrique du Sud.

Nous sommes aussi reconnaissants à Rachel Clare, Sarah Anderson, Anant Singh et Nilesh Singh, Dr PR Anderson, Jennifer Pogrund, Anton Swart, Kerry Harris, Gail Behrmann, John Battersby et au professeur Charles Villa-Vicencio.

Notre reconnaissance va à tous ceux qui se sont investis afin que les paroles de Madiba soient fidèlement retranscrites. Merci en particulier, sur ce projet, à Imani Media, Sarah Halfpenny, Richard Atkinson et Brian Widlake.

Table

COMPOSITION : NORD COMPO MULTIMÉDIA
7 RUE DE FIVES - 59650 VILLENEUVE-D'ASCQ

CPI BUSSIÈRE

Cet ouvrage a été imprimé en France par
CPI Bussière
à Saint-Amand-Montrond (Cher)
en décembre 2012.
N° d'édition : 108187-2. - N° d'impression : 124463.
Dépôt légal : novembre 2012.

Éditions Points

Collection Points

P2716. La Princesse effacée, *Alexandra de Broca*
P2717. Un nommé Peter Karras, *George P. Pelecanos*
P2718. Haine, *Anne Holt*
P2719. Les jours s'en vont comme des chevaux sauvages dans les collines, *Charles Bukowski*
P2720. Ma grand-mère avait les mêmes. Les dessous affriolants des petites phrases *Philippe Delerm*
P2721. Mots en toc et formules en tic. Petites maladies du parler d'aujourd'hui, *Frédéric Pommier*
P2722. Les 100 plus belles récitations de notre enfance
P2723. Chansons. L'Intégrale, *Charles Aznavour*
P2724. Vie et opinions de Maf le chien et de son amie Marilyn Monroe, *Andrew O'Hagan*
P2725. Sois près de moi, *Andrew O'Hagan*
P2726. Le Septième Fils, *Arni Thorarinsson*
P2727. La Bête de miséricorde, *Fredric Brown*
P2728. Le Cul des anges, *Benjamin Legrand*
P2729. Cent seize Chinois et quelque, *Thomas Heams-Ogus*
P2730. Conversations avec moi-même. Lettres de prison, notes et carnets intimes *Nelson Mandela*
P2731. L'Inspecteur Ali et la CIA, *Driss Chraïbi*
P2732. Ce délicieux Dexter, *Jeff Lindsay*
P2733. Cinq femmes et demie, *Francisco González Ledesma*
P2734. Ils sont devenus français, *Doan Bui, Isabelle Monnin*
P2735. D'une Allemagne à l'autre. Journal de l'année 1990 *Günter Grass*
P2736. Le Château, *Franz Kafka*
P2737. La Jeunesse mélancolique et très désabusée d'Adolf Hitler *Michel Folco*

P2738. L'Enfant des livres, *François Foll*
P2739. Karitas, l'esquisse d'un rêve, *Kristín Marja Baldursdóttir*
P2740. Un espion d'hier et de demain, *Robert Littell*
P2741. L'Homme inquiet, *Henning Mankell*
P2742. La Petite Fille de ses rêves, *Donna Leon*
P2743. La Théorie du panda, *Pascal Garnier*
P2744. La Nuit sauvage, *Terri Jentz*
P2745. Les Lieux infidèles, *Tana French*
P2746. Vampires, *Thierry Jonquet*
P2747. Eva Moreno, *Håkan Nesser*
P2748. La 7e victime, *Alexandra Marinina*
P2749. Mauvais fils, *George P. Pelecanos*
P2750. L'espoir fait vivre, *Lee Child*
P2751. La Femme congelée, *Jon Michelet*
P2752. Mortelles Voyelles, *Gilles Schlesser*
P2753. Brunetti passe à table. Recettes et récits
Roberta Pianaro et Donna Leon
P2754. Les Leçons du Mal, *Thomas Cook*
P2755. Joseph sous la pluie. Roman, poèmes, dessins
Mano Solo
P2756. Le Vent de la Lune, *Antonio Muñoz Molina*
P2757. Ouvrière, *Franck Magloire*
P2758. Moi aussi un jour, j'irai loin, *Dominique Fabre*
P2759. Cartographie des nuages, *David Mitchell*
P2760. Papa et maman sont morts, *Gilles Paris*
P2761. Caravansérail, *Charif Majdalani*
P2762. Les Confessions de Constanze Mozart
Isabelle Duquesnoy
P2763. Esther Mésopotamie, *Catherine Lépront*
P2764. L'École des Absents, *Patrick Besson*
P2765. Le Livre des brèves amours éternelles, *Andreï Makine*
P2766. Un long silence, *Mikal Gilmore*
P2767. Les Jardins de Kensington, *Rodrigo Fresán*
P2768. Samba pour la France, *Delphine Coulin*
P2769. Danbé, *Aya Cissoko et Marie Desplechin*
P2770. Wiera Gran, l'accusée, *Agata Tuszyńska*
P2771. Qui a tué l'écologie ?, *Fabrice Nicolino*
P2772. Rosa Candida, *Audur Ava Olafsdóttir*
P2773. Otage, *Elie Wiesel*
P2774. Absurdistan, *Gary Shteyngart*
P2775. La Geste des Sanada, *Yasushi Inoué*
P2776. En censurant un roman d'amour iranien
Shahriar Mandanipour
P2777. Un café sur la Lune, *Jean-Marie Gourio*
P2778. Caïn, *José Saramago*
P2779. Le Triomphe du singe-araignée, *Joyce Carol Oates*

P2780. Faut-il manger les animaux?, *Jonathan Safran Foer*
P2781. Les Enfants du nouveau monde, *Assia Djebar*
P2782. L'Opium et le Bâton, *Mouloud Mammeri*
P2783. Cahiers de poèmes, *Emily Brontë*
P2784. Quand la nuit se brise. Anthologie de poésie algérienne
P2785. Tibère et Marjorie, *Régis Jauffret*
P2786. L'Obscure Histoire de la cousine Montsé, *Juan Marsé*
P2787. L'Amant bilingue, *Juan Marsé*
P2788. Jeux de vilains, *Jonathan Kellerman*
P2789. Les Assoiffées, *Bernard Quiriny*
P2790. Les anges s'habillent en caillera, *Rachid Santaki*
P2791. Yum Yum Book, *Robert Crumb*
P2792. Le Casse du siècle, *Michael Lewis*
P2793. Comment Attila Vavavoom remporta la présidentielle avec une seule voix d'avance, *Jacques Lederer*
P2794. Le Nazi et le Barbier, *Edgar Hilsenrath*
P2795. Chants berbères de Kabylie, *Jean Amrouche*
P2796. Une place au soleil, *Driss Chraïbi*
P2797. Le Rouge du tarbouche, *Abdellah Taïa*
P2798. Les Neuf Dragons, *Michael Connelly*
P2799. Le Mécano du vendredi (illustrations de Jacques Ferrandez), *Fellag*
P2800. Le Voyageur à la mallette *suivi de* Le Vieux Quartier *Naguib Mahfouz*
P2801. Le Marquis des Éperviers, *Jean-Paul Desprat*
P2802. Spooner, *Pete Dexter*
P2803. «Merci d'avoir survécu», *Henri Borlant*
P2804. Secondes noires, *Karin Fossum*
P2805. Ultimes Rituels, *Yrsa Sigurdardottir*
P2806. Le Sourire de l'agneau, *David Grossman*
P2807. Le garçon qui voulait dormir, *Aharon Appelfeld*
P2808. Frontière mouvante, *Knut Faldbakken*
P2809. Je ne porte pas mon nom, *Anna Grue*
P2810. Tueurs, *Stéphane Bourgoin*
P2811. La Nuit de Geronimo, *Dominique Sylvain*
P2812. Mauvais Genre, *Naomi Alderman*
P2813. Et l'âne vit l'ange, *Nick Cave*
P2814. Les Yeux au ciel, *Karine Reysset*
P2815. Un traître à notre goût, *John le Carré*
P2816. Les Larmes de mon père, *John Updike*
P2817. Minuit dans une vie parfaite, *Michael Collins*
P2818. Aux malheurs des dames, *Lalie Walker*
P2819. Psychologie du pingouin et autres considérations scientifiques, *Robert Benchley*
P2820. Petit traité de l'injure. Dictionnaire humoristique *Pierre Merle*

P2821. L'Iliade, *Homère*
P2822. Le Roman de Bergen. 1950 Le Zénith – tome III *Gunnar Staalesen*
P2823. Les Enquêtes de Brunetti, *Donna Leon*
P2824. Dernière Nuit à Twisted River, *John Irving*
P2825. Été, *Mons Kallentoft*
P2826. Allmen et les libellules, *Martin Suter*
P2827. Dis camion, *Lisemai*
P2828. La Rivière noire, *Arnaldur Indridason*
P2829. Mary Ann en automne. Chroniques de San Francisco, épisode 8, *Armistead Maupin*
P2830. Les Cendres froides, *Valentin Musso*
P2831. Les Compliments. Chroniques, *François Morel*
P2832. Bienvenue à Oakland, *Eric Miles Williamson*
P2833. Tout le cimetière en parle, *Marie-Ange Guillaume*
P2834. La Vie éternelle de Ramsès II, *Robert Solé*
P2835. Nyctalope ? Ta mère. Petit dictionnaire loufoque des mots savants, *Tristan Savin*
P2836. Les Visages écrasés, *Marin Ledun*
P2837. Crack, *Tristan Jordis*
P2838. Fragments. Poèmes, écrits intimes, lettres, *Marilyn Monroe*
P2839. Histoires d'ici et d'ailleurs, *Luis Sepúlveda*
P2840. La Mauvaise Habitude d'être soi *Martin Page, Quentin Faucompré*
P2841. Trois semaines pour un adieu, *C.J. Box*
P2842. Orphelins de sang, *Patrick Bard*
P2843. La Ballade de Gueule-Tranchée, *Glenn Taylor*
P2844. Cœur de prêtre, cœur de feu, *Guy Gilbert*
P2845. La Grande Maison, *Nicole Krauss*
P2846. 676, *Yan Gérard*
P2847. Betty et ses filles, *Cathleen Schine*
P2848. Je ne suis pas d'ici, *Hugo Hamilton*
P2849. Le Capitalisme hors la loi, *Marc Roche*
P2850. Le Roman de Bergen. 1950 Le Zénith – tome IV *Gunnar Staalesen*
P2851. Pour tout l'or du Brésil, *Jean-Paul Delfino*
P2852. Chamboula, *Paul Fournel*
P2853. Les Heures secrètes, *Élisabeth Brami*
P2854. J.O., *Raymond Depardon*
P2855. Freedom, *Jonathan Franzen*
P2856. Scintillation, *John Burnside*
P2857. Rouler, *Christian Oster*
P2858. Accabadora, *Michela Murgia*
P2859. Kampuchéa, *Patrick Deville*
P2860. Les Idiots (petites vies), *Ermanno Cavazzoni*

P2861. La Femme et l'Ours, *Philippe Jaenada*
P2862. L'Incendie du Chiado, *François Vallejo*
P2863. Le Londres-Louxor, *Jakuta Alikavazovic*
P2864. Rêves de Russie, *Yasushi Inoué*
P2865. Des garçons d'avenir, *Nathalie Bauer*
P2866. La Marche du cavalier, *Geneviève Brisac*
P2867. Cadrages & Débordements
Marc Lièvremont (avec Pierre Ballester)
P2868. Automne, *Mons Kallentoft*
P2869. Du sang sur l'autel, *Thomas Cook*
P2870. Le Vingt et Unième cas, *Håkan Nesser*
P2871. Nous, on peut. Manuel anticrise à l'usage du citoyen
Jacques Généreux
P2872. Une autre jeunesse, *Jean-René Huguenin*
P2873. L'Amour d'une honnête femme, *Alice Munro*
P2874. Secrets de Polichinelle, *Alice Munro*
P2875. Histoire secrète du Costaguana, *Juan Gabriel Vásquez*
P2876. Le Cas Sneijder, *Jean-Paul Dubois*
P2877. Assommons les pauvres !, *Shumona Sinha*
P2878. Brut, *Dalibor Frioux*
P2879. Destruction massive. Géopolitique de la faim
Jean Ziegler
P2880. Une petite ville sans histoire, *Greg Iles*
P2881. Intrusion, *Natsuo Kirino*
P2882. Tatouage, *Manuel Vázquez Montalbán*
P2883. D'une porte l'autre, *Charles Aznavour*
P2884. L'Intégrale Gainsbourg. L'histoire de toutes ses chansons
Loïc Picaud, Gilles Verlant
P2885. Hymne, *Lydie Salvayre*
P2886. B.W., *Lydie Salvayre*
P2887. Les Notaires. Enquête sur la profession la plus puissante de France, *Laurence de Charette, Denis Boulard*
P2888. Le Dépaysement. Voyages en France
Jean-Christophe Bailly
P2889. Les Filles d'Allah, *Nedim Gürsel*
P2890. Les Yeux de Lira, *Eva Joly et Judith Perrignon*
P2891. Recettes intimes de grands chefs, *Irvine Welsh*
P2892. Petit Lexique du petit, *Jean-Luc Petitrenaud*
P2893. La Vie sexuelle d'un islamiste à Paris, *Leïla Marouane*
P2894. Ils sont partis avec panache. Les dernières paroles, de Jules César à Jimi Hendrix, *Michel Gaillard*
P2896. Le Livre de la grammaire intérieure, *David Grossman*
P2897. Philby. Portrait de l'espion en jeune homme
Robert Littell
P2898. Jérusalem, *Gonçalo M. Tavares*
P2899. Un capitaine sans importance, *Patrice Franceschi*

P2900. Grenouilles, *Mo Yan*
P2901. Lost Girls, *Andrew Pyper*
P2902. Satori, *Don Winslow*
P2903. Cadix, ou la diagonale du fou, *Arturo Pérez-Reverte*
P2904. Cranford, *Elizabeth Gaskell*
P2905. Les Confessions de Mr Harrison, *Elizabeth Gaskell*
P2906. Jón l'Islandais, *Bruno d'Halluin*
P2907. Journal d'un mythomane, vol. 1, *Nicolas Bedos*
P2908. Le Roi prédateur, *Catherine Graciet et Éric Laurent*
P2909. Tout passe, *Bernard Comment*
P2910. Paris, mode d'emploi. Bobos, néo-bistro, paniers bio et autres absurdités de la vie parisienne *Jean-Laurent Cassely*
P2911. J'ai réussi à rester en vie, *Joyce Carol Oates*
P2912. Folles nuits, *Joyce Carol Oates*
P2913. L'Insolente de Kaboul, *Chékéba Hachemi*
P2914. Tim Burton : entretiens avec Mark Salisbury
P2915. 99 proverbes à foutre à la poubelle, *Jean-Loup Chiflet*
P2916. Les Plus Belles Expressions de nos régions *Pascale Lafitte-Certa*
P2917. Petit dictionnaire du français familier. 2000 mots et expressions, d'« avoir la pétoche » à « zigouiller », *Claude Duneton*
P2918. Les Deux Sacrements, *Heinrich Böll*
P2919. Le Baiser de la femme-araignée, *Manuel Puig*
P2920. Les Anges perdus, *Jonathan Kellerman*
P2921. L'Humour des chats, *The New Yorker*
P2922. Les Enquêtes d'Erlendur, *Arnaldur Indridason*
P2923. Intermittence, *Andrea Camilleri*
P2924. Betty, *Arnaldur Indridason*
P2925. Grand-père avait un éléphant *Vaikom Muhammad Basheer*
P2926. Les Savants, *Manu Joseph*
P2927. Des saisons au bord de la mer, *François Maspero*
P2928. Le Poil et la Plume, *Anny Duperey*
P2929. Ces 600 milliards qui manquent à la France *Antoine Peillon*
P2930. Pensées pour moi-même. Le livre autorisé de citations *Nelson Mandela*
P2931. Carnivores domestiques (illustrations d'OlivSteen) *Erwan Le Créac'h*
P2932. Tes dernières volontés, *Laura Lippman*
P2933. Disparues, *Chris Mooney*
P2934. La Prisonnière de la tour, *Boris Akounine*
P2935. Cette vie ou une autre, *Dan Chaon*